国家社科基金重点项目“百年中国儿童文学与中国现当代文学的一体化研究”（18AZD033）
的阶段性成果、浙江师范大学中国语言文学一流学科建设成果

中国儿童文学编年史（1908-1949）

吴翔宇 徐健豪 著

南京大学出版社

图书在版编目(CIP)数据

中国儿童文学编年史：1908—1949 / 吴翔宇，徐健豪著. —南京：南京大学出版社，2019.6

ISBN 978-7-305-21665-7

Ⅰ. ①中… Ⅱ. ①吴… ②徐… Ⅲ. ①儿童文学—文学史—中国—1908—1949 教材 Ⅳ. ①I207.8

中国版本图书馆 CIP 数据核字（2019）第 035813 号

出版发行 南京大学出版社
社　　址 南京市汉口路 22 号　　邮编 210093
出 版 人 金鑫荣

书　　名 中国儿童文学编年史(1908—1949)
著　　者 吴翔宇　徐健豪
责任编辑 卢文婷

照　　排 南京理工大学资产经营有限公司
印　　刷 江苏凤凰扬州鑫华印刷有限公司
开　　本 787×960　1/16　印张 25.75　字数 410 千
版　　次 2019 年 6 月第 1 版　2019 年 6 月第 1 次印刷
ISBN 978-7-305-21665-7

定　　价 119.00 元
网　　址：http://www.njupco.com
官方微博：http://weibo.com/njupco
官方微信号：njupress
销售咨询热线：(025)83594756

序

与成人文学研究相比，儿童文学研究还处于“欠发达”的状态。无论是理论体系的建构，还是史料的开掘与整理，都与“儿童”这一独特研究对象的主体地位及受重视的程度有着较大的差距。究其因，这与儿童文学自身的属性、特点以及儿童文学研究者的观念、视野等关系密切。长期以来，儿童文学以儿童为审视和观照的对象，以浅易口语化的文字来传达儿童喜闻乐见的情感。这与成人思想观念中的“微言大义”是有差异的，在避免将儿童社会化、成人化的同时，也无形地拉开了其与成人文学创作的距离。同时，很多儿童文学研究者在儿童文学的领地上精细耕耘，虽将儿童文学视为个人的志业，但在持守学术“本位”的过程中不敢轻易“越位”，或者在凸显儿童本位观念的同时也潜在地将儿童文学本位化了。这都是造成儿童文学研究无法真正走向更为广阔的学术天地的原因。对于儿童文学研究而言，走出纯文学的孤立状态与非文学的依附状态还任重道远。

浙江师范大学的儿童文学研究之所以在学界有较高的学术声誉，其根由在于一代代学人薪火相传，始终围绕“儿童”这一“新人”主体，将中国儿童文学与现代中国的发展联系起来。这其中，对于中国儿童文学“史”的钩沉与书写是我们研究的重点。自 20 世纪 80 年代以来，我们的儿童文学学科就在儿童文学史的研究方面创立了多个第一：1982 年本人出版了中国当代第一部由个人编著的系统的《儿童文学概论》，1986 年韦苇教授出版了中国当代第一部《外国儿童文学史概述》，1987 年本人主编了中国当代第一部儿童文学史著《中国现代儿童文学史》，1991 年本人又主编了第一部《中国当代儿童文学史》，1993 年方卫平出版了儿童文学理论著作《中国儿童文学理论批评史》，2006 年彭懿出版了中国第一部图画书研究专著《图画书：阅读与经典》，2007 年本人主编了第一部中国儿童文学通史《中国儿童文学发展史》，等等。之所以这么重视儿童文学史的梳理，一方面当然是考虑教学的需要;另一方面也有我们重构中国儿童文学史的学术初衷。与其他文学史无异,中国儿童文学史的编撰与书写也离不开时间层面的贯通,在历史的层面来梳理儿童文学的发展状况。由于文学史观的差异,中国儿童文学史也千差万别。这种有差异的文学史的编撰和出版对我们的研究而言当然是有意义的。若将其放在一起互读,会在共同的文学事件中发现诸多并非一致的阐释或结论,而恰是这些看似"不统一"的文字能让我们思考其背后复杂而多元的丰富语境。

可以这样认为,任何一本儿童文学史著都贯彻着撰史者独特的文学史观。文学史观的形成既是撰史者个人思想观念的结晶,也跟撰史者所处的时代语境、文化场域、社会思潮等社会性因素的影响密切相关。因而,中国儿童文学史是有等级、有差异的,它背后牵连着作者及社会等诸多因素。想要规避这种情况的方法就是采用编年的方式来撰史。按照时间的先后顺序,将与儿童文学创作、批评等相关的史料联结起来,构成一部有首有尾的文学史。这种编年史的做法在成人文学史中已多有尝试,儿童文学方面却不大多见。即使以编年的体例来编撰儿童文学史,也难免有些趋向于"大事记",而非真正意义上的编年史。吴翔宇、徐健豪的《中国儿童文学编年史(1908—1949)》是依循编年方式还原儿童文学史的原生形态力作。该著对于1908年至1949年中国儿童文学发展状况做了细致的梳理,其中涉及了儿童文学生产与消费链条中所有环节的文学事件,基本上为我们展示了中国儿童文学在20世纪上半叶发生与发展的演变过程。难能可贵的是,该著没有停留在记"流水账"的浅层次上,著者在爬梳一些原始刊物、文本时发现了很多曾被遗忘的珍贵史料,这种返归历史现场的研究精神是值得肯定的;对于一些重要的文学现象、文学活动也不是止于浮光掠影式的记录,而是贯穿了比较自觉的前承后联的意识,使看似被时间分割的儿童文学史在整体的脉络中变得有了生命。

近年来,儿童文学研究发展得很快,尤其是随着儿童文化产业化及儿童文学社会服务功能的极大强化,儿童文学在助力儿童成长及未来发展方面发挥着越来越重要的作用。这对于儿童文学界既是机遇,也带来了诸多挑战。但不管怎么样,儿童文学的基础研究依然非常必要。年轻的学人能以史料的爬梳为重心,在史的自觉中开掘全新儿童文学图景的努力值得称道。这种基础性的理论研究能汇聚现代中国的动态讯息，将儿童文学的发展演进呈现在我们面前，可为当前儿童文学创作与批评提供可贵的历史经验和话语资源。

吴翔宇教授涉足儿童文学时间并非太长，但这些年他倾心于儿童文学这一领地，也取得了丰硕的研究成果。作为长辈，看到年轻人的成长，我感到由衷的高兴。儿童文学需要更多的人去珍视它，发展它。儿童文学的发展不能封闭于一域，它的研究必须构筑在世界儿童文学的格局之中去考察，同时，也有必要将其与成人文学研究建构关联。非此，儿童文学将很难走出狭窄的圈子，也会越来越边缘化。

以上是我的一些粗浅的看法，拉拉杂杂地写了这么多，谨以此与儿童文学学人共勉！

蒋　风

2018 年 12 月 6 日

目录

绪 论

中国儿童文学是以“文学现代化”为特质的中国文学的有机组成部分，其百年演进的历史与现代中国的转型具有同构性。对百年中国儿童文学演进史整体而系统的研究，能有效地融通“演进”“演进史”与“演进史研究”的内在关联，对重绘中国儿童文学的历史图景与文学谱系有着重要的理论价值。百年中国儿童文学演进史研究不是做断代史的叠加，而是以“新人想象”为一以贯之的主题导向，突显生成论意义上的奠基、延续、发展、变通、对立及争议的内在脉络，以儿童观、审美形态的演变来表征百年中国儿童文学的发展演变，从而在民族性与世界性的格局中展示其独特的文学魅力。

对于百年中国儿童文学的演进史研究，目前学界的研究视角主要集中在如下三个方面：一是时间上的纵向贯通，从源流上延展中国儿童文学发生发展的历史畛域；二是空间上的横向拓展，从多元文化的视角重构中国儿童文学的历史框架；三是从文学史向学术史提升，聚焦儿童文学引起过争议的理论问题，从学理的层面多维度地研究中国儿童文学。[①] 应该说，学界对于百年中国儿童文学的梳理与研究在方法论更新、史料发掘、跨学科观照和学术观点创新等方面已有了重要突破，初步形成了比较开阔的研究视野和比较合理的研究格局：既有中西儿童文学交流与对话的梳理，也有紧密结合中国儿童文学实际的具体分析；既有古代儿童文学文化资源的发现与整理，也有百年儿童文学创作风貌的探索与追寻；既有创作主体的研究、创作现象的分析，也有对社会文化、读者心理的剖示；同时，创造性地吸收当代各种批评流派的成果，研究方法多元并存并能相互补充。但我们也必须承认，关于中国儿童文学演进史的研究依然存在着诸多缺憾，有的

① 吴翔宇：《百年中国儿童文学演进史的研究述评》，《扬州大学学报》（社会科学版）2019 年第 1 期。

研究还停留在对历史史实的陈述上,不免存在着平面化、重复化的现象;更有甚者将中国儿童文学"特殊化""孤立化",没有对百年中国儿童文学的演进史做整体的、宏观的把握,未能在世界儿童文学和中国现当代文学的大格局中审思百年中国儿童文学的演进史,对百年中国儿童文学演进的来龙去脉及其背后隐藏的复杂的文学现象依然缺乏有深度的观照与探究。儿童文学史研究注重叙述历史发展,而缺少儿童文学理论层面的总结和提升,无法真正达至对中国儿童文学中具有普遍意义的重大理论问题的把握与洞悉。从这种情境来说,学界有必要对百年中国儿童文学演进史做系统而深入的探讨,从理论构想到学理分析都充分彰显其内在的规律,进而为中国儿童文学研究提供新的学术增长点。

因而,想要充分彰显中国儿童文学的学科性质,从学理性的层面来阐发其本有的价值,有必要在一个整体性、系统性的格局中来探讨中国儿童文学。概而言之,中国儿童文学的整体性思维最为重要的方面就是系统而全面地把握其发生、发展、转型的演进历程。对百年中国儿童文学演进史的研究,实际上是将其视为"历史化"的一个整体,从"史料的历史化"和"史观的历史化"层面梳理其酝酿、发生、深化、转换、新变的演变史,这有效地勾连了现代中国的动态发展进程,在儿童文学的发展和现代中国的演进之间构建起了深刻关联。从史的维度对其发展演进做分期、断代的研究的同时,我们还要呈现其发展的内在逻辑与规律性,为重新确立中国儿童文学的经典、重新解释中国儿童文学的传统提供话语资源。可以说,确立百年中国儿童文学与百年中国的整体性视野,有助于宏观、全面地考察儿童文学之于儿童教育、儿童成长以及参与现代中国社会化进程的方式、过程与影响,将中国儿童文学的生产、流通、传播、语言、观念、范畴、批评价值体系等形态的变迁与现代中国社会的转型结合起来,在两者动态的张力关系中深入把握推动中国儿童文学发生发展的综合性力量。

在这种思路的引领下,研究界围绕着百年中国儿童文学的发展演变,立足于儿童文学的本体问题,将文学史研究延展至学术史的高度,从而提升了中国儿童文学自身的学术含量。然而,任何文学史的书写都离不开特定史观的牵引、作用与影响。诚如论者所言:"文学史是事实的历史与思想的事实的统一体。"①可以

① 张福贵:《文学史的命名与文学史观的反思》,北京大学出版社 2014 年版,第 17 页。

说，百年中国儿童文学演进的历史必须是整体的事实，离开整体就谈不上对历史真实的理解。由此，一部中国儿童文学的发展史可以视为“事件的历史”与“述说的历史”的综合。前者对应的是儿童文学史自在的、原生态的历史，而后者对应的是儿童文学被研究操控的主观的历史。① 因而，如何处理“事件的历史”和“述说的历史”之间的张力关系，是中国儿童文学史书写无法回避的问题。与成人文学史无异，中国儿童文学史的书写基本贯彻了周作人在《儿童的文学》中所倚重的“儿童的”与“文学的”②两个重要维度来命意，出现了多部中国儿童文学史著。

问题是，长期以来，对于文学史的书写往往存在着“以论带史”或“以论代史”的问题。由于过分强调观念、立场或路线的重要性，对于文学史的概括或梳理就不可避免地被“事件”“史实”之外的其他范式所制导，其结果是造成对文学史阐述的偏差甚至误读。在早期的一些中国儿童文学史著中，也出现过进化史观、革命史观指导下的文学史书写现象。应该说，中国儿童文学的发展，“演”是必然的，“进”则是值得商榷的。对中国儿童文学史持守“今胜于昔”的评价方式存在着简单之弊，“由于对进化的文学史观念的过分强调，使文学史研究的目的论色彩过重，文学史研究似乎仅仅为了用来印证事物进化的普遍规律，而文学史研究自身的目的和意义却多少被忽略了。而且，进化的文学史观念本身在方法论上导致了线性思维和决定论思想方法”③。这也如论者所指出的，在以“思想进步性”作为唯一的价值标准的统领下，文学史呈现为井然有序的“不断进步或进化的历史”图景，并由“思想的进步”推演出文学的艺术性也是不断进步的，把思想性与艺术性等同起来。④ 这样一来，文学史研究的客观性和合理性就自然会因这种既定或先行观念的干扰而受到折损。为了避免这个问题，可行的方法就是回归中国儿童文学发生发展的历史现场，以“论从史出”的观念为主导，突出中国儿童文学史学科的科学性与客观性。于是，“重写儿童文学史”也就成了学界的共识，“编年体”的文学史书写应运而生。

中国自古就有以编年的方式撰史的传统，《春秋》《资治通鉴》为我们提供了

① 方卫平：《从“事件的历史”到“述说的历史”——关于重新发现中国儿童文学的一点思考》，《南方文坛》2012年第3期。

② 周作人：《儿童的文学》，《新青年》第8卷第4号，1920年12月1日。

③ 朱晓进：《二十世纪中国文学史观的反思》，《中国社会科学》2006年第1期。

④ 杜传坤：《中国现代儿童文学史论》，中国社会科学出版社2009年版，第4页。

记史范式。以编年为体例来记录中国儿童文学史的好处在于,可以破除某种主观成见而带来的文学史书写偏狭。众所周知,任何一部文学史之中都是有等级的,章、节的编排就直接体现了这种等级性。当然,这种编排对于我们把握作家创作、文学思想、思潮流派等各类文学现象是有价值的。然而,在这种浸润了时代风尚及作家独特史观的文学史著中,一些作家、作品、文学团体、文化思潮就难以避免地被遮蔽或忽略,这显然折损了中国儿童文学史的整体构架,也不利于整体性的实践。引用编年体的方式来写儿童文学史,可以在时间的维度上系统地梳理与中国儿童文学相关的史料,并在对史料发掘、整理、钩沉、辑佚的过程中,以史料来代替主观的阐释,以富有说服力的史实,改变中国儿童文学研究的一些定论和成见。这种看似以时间点来切割文学现象的中国儿童文学编年研究,虽然无法完整地把握一个作家的长时段创作规律,也无法展示一种文学现象的历史变迁,但毋庸置疑,史料本身就是具有历史性的,"包含着编著者对历史的理解和认识——虽然不是那种长篇大论的思想定义和概念阐述,却应该包含着、提示着著者对历史内在逻辑的理解"[①]。以史料的展开为立足点,围绕该史料呈现出社会生活史和精神生命史,有效地联结和打通文学史的内外构成,一个多元化、多层面的文学史图景也就呈现出来了。

以往的中国现当代文学编年史著,如於可训主编的《中国现代文学编年史》《中国当代文学编年史》,钱理群等人主编的《中国现代文学编年史——以文学广告为中心》,吴俊主编的《中国当代文学批评史料编年》,付祥喜的《20 世纪前期中国文学史写作编年》等,都鲜有儿童文学的内容。刘勇、李怡主编的《中国现代文学编年史(1895—1949)》加入了儿童文学的一些内容,但在现代中国的成人文学的文学谱系中,编者对儿童文学部分的叙述也不过是只言片语、点到为止。在这方面,王泉根的《百年中国儿童文学编年史》是一部绕不过的著作。该著系统地梳理了自 1900 年至 2016 年中国儿童文学的发展状况,从"内部研究"与"外部研究"的一体化统摄来进行中国儿童文学史的撰写,"勉力勾画出一幅眉目清楚、形貌完整、可以传世的百年中国儿童文学的'文学地理图志'与'清明上河图''富

---

① 刘勇、李怡:《总序:中国现代文学编年史的理论价值和实践意义》,《中国现代文学编年史(1895—1949)》,文化艺术出版社 2015 年版,第 7 页。

春山居图'"[①]。确实,在搜集与整理了百年中国儿童文学的史料时,著者遵循着"真正的学究式"的撰史原则,将一些史料从历史的泥沼中打捞出来,让其浮出历史地表。这样一来,宏观的叙事就转换为微观实录,其客观性与科学性也就不言而喻了。然而,由于近百年中国儿童文学本身的复杂性,该著前后缺乏关联,难以寻绎中国儿童文学史发展的内在机理,在零碎的文学事件的铺排中给人一种无序和杂乱之感;更为重要的是,所有的史料和文献都没有注明出处,一些重要的文献也缺乏进一步的阐释与征引。尽管如此,该著仍是本领域不容忽视的重要史著,其意义值得肯定。

本著沿用编年的体例,但也试图克服"大事记"的做法。通过系统爬梳近百年中国儿童文学思潮、理论批评、创作现象、社团流派、文学交往、文学会议、文学报刊沿革等重要事件,注重其典型性、代表性和权威性,在儿童文学发生学史料、儿童文学创作史料、儿童文学理论与批评史料、儿童文学接受史料四个维度中形成"点"—"线"—"面"—"体"的编年研究结构,重构20世纪前半叶中国儿童文学谱系及现代演进的轨迹。在这种接近儿童文学原生形态的文学史结构中,切实把握百年中国儿童文学的新的历史内涵与特性,系统而深入地重新梳理儿童文学的历史逻辑、重新确立儿童文学的经典、重新解释儿童文学的传统。在对百年中国儿童文学发展史料的有机组织中,本著力图从中国儿童文学发展内部的关联性去把握文学发展的脉络,考察中国儿童文学对不同时代主潮以及其特征各异的文学质地的凸显。

由此,本著在撰史的过程中贯彻着如下研究思路:一是以编年的方式消除文学史的等级叙述和判断,还原接近儿童文学原生形态的文学图景;二是融合断代史与通史的研究方法,在突出不同历史时段特异性的同时,还充分注意到各个时段之间的贯通性,从细节关联中折射中国儿童文学的发展演变。同时,考虑到中国儿童文学与现代中国社会发展的共振性,在梳理具体史料时不仅做必要的叙录,还将现代中国的文化语境及生态引入史料的阐释之中。不仅关注具体作家的文本分析,还关注文本的周边,尤其是一些副文本,如序、跋、体例、前言、广告、

① 王泉根:《〈百年中国文学编年史〉的意义与体例》,《百年中国儿童文学编年史》,湖南少年儿童出版社2017年版,第9页。

图像、注释、版权页等。在金宏宇的研究中，副文本是触摸历史现场的支点："那些作为实物的封面、插图、广告、扉页、版权页等就是当年的历史遗迹，就是文物意义上的真正历史现场。它们不仅是穿越时空而流传下来的历史文物，而且是历史文献和历史信息的遗存。"[①]在此类史料的重新整理和分析中，笔者翻阅了较多的原始期刊、作家的传记、日记、年谱、书信等文献资料，试图从本源的角度来再现中国儿童文学的发展历程。显然，这与法国年鉴学派史学家布罗代尔的长时段研究理论有着较大的差异。布罗代尔曾将社会时段分为结构(Structure)、局势(Conjuncture)和事件(Event)，他认为："在叙事的历史学家们看来，人们的生活是被戏剧性的偶然事变所支配，是被那些偶然出现、作为他们自身命运而尤其是我们命运的主人的出类拔萃的人们所主宰着的。并且，当他们谈起'普遍史'时，他们实际上说的就是这些出类拔萃的命运的纵横交错，因为很显然，每一位英雄都需要另外一位来搭配。我们都知道，这不过是欺瞒人的伎俩。"[②]不可否认，布氏的学术实践使事物发展的"整体思想"上升到"多元性的历史"，在他看来，"认清社会时间的这种多元性对于建立人文科学的共同方法论是不可或缺的"[③]。此后，汤因比对布氏的观点做了进一步阐发："历史的生长的过程虽然一致，接受挑战的各部分的经验却不尽相同。"[④]沃勒斯坦曾对此视角提出批评意见："根据《年鉴》的传统，一切历史著述都应该将'历史'组织成'问题'。"[⑤]很明显，沃氏力图从"世界体系理论"出发，希望在碎片化的叙述中重新找寻"学科问题"的思想与方法。因此，在"宏观叙事"中漏失"具体细节"不可避免，但在"微观叙事"中则必须把握"历史趋势"。因着编年的体例，本著无法在宏观和纵向的坐标中再现中国儿童文学的总体趋势，但它仍可以短时段的复杂性呈示长时段的文学发展奥秘。

本著主要以编年为体例，以 1908 年徐念慈的《余之小说观》刊载为时间起点，下限止于 1949 年，按年月编年的方式撰写成书。在编撰过程中，笔者着重对一些重要文本的初版本、初刊本进行介绍，这既包括了中国作家的文学创作，也

① 金宏宇：《中国现代文学的副文本》，《中国社会科学》2012 年第 6 期。
② 彭刚：《叙事的转向》，北京大学出版社 2009 年版，第 3 页。
③ 费尔南・布罗代尔：《论历史》，刘北成、周立红译，北京大学出版社 2008 年版，第 244 页。
④ 汤因比：《历史研究》，曹未风等译，上海人民出版社 1986 年版，第 304 页。
⑤ 费尔南・布罗代尔：《论历史》，刘北成、周立红译，北京大学出版社 2008 年版，第 244 页。

兼及外国儿童文学在中国的翻译及传播，并试图以相对客观的叙录方式来展示中国儿童文学发生、发展的演变历程；在儿童文学发展演变的“史料”“史观”“史撰”三维结构中，呈现接近原生形态的百年中国儿童文学发展历程；同时，采用“追叙法”“预叙法”和“类叙法”来规避编年体史著缺少历史叙事的缺陷。这样既可为中国儿童文学研究提供必不可少的史料，又能在重考据、重实证的撰史中回到第一手的材料，用史料事实本身来说话，避免先入为主的主观成见。

1908 年

1908 年 2 月,徐念慈在《小说林》第 9、10 册刊载了《余之小说观》。该文在论及"小说今后改良"的方向时,论析了为儿童撰写小说的旨趣:"其旨趣,则取积极的,毋取消极的,以足鼓舞儿童之兴趣,启发儿童之智识,培养儿童之德性为主。"①

1908 年 12 月,孙毓修编译的《童话》丛书第 1 集第 1 编《无猫国》由商务印书馆出版发行。《童话》丛书分三集出版,全集书目如下:

第一集

《无猫国》《三问答》《大拇指》《绝岛漂流》《小王子》《夜光璧》《红线领》《哑口会》《人外之友》《女军人》《义狗传》《非力子》《驴史》《玻璃鞋》《笨哥哥》《狮子报恩》《有眼与无眼》《风箱狗》《秘密儿》《木马兵》《十年归》《俄国寓言(上)》《俄国寓言(下)》《中山狼》《怪石洞》《鹦鹉螺》《鸡黍约》《赛皋陶》《气英布》《湛卢剑》《好少年》《快乐种子》《火牛阵》《铜柱劫》《点金术》《三王子》《教子杯》《风尘三达》《兰亭会》《马上谈》《云雪争竞》《鹰雀认母》《麻雀劝和》《献西施》《能言鸟》《橄榄案》《山中人》《河梁怨》《三姊妹》《勇王子》《睡王》《风波亭》《万年灶》《救季布》《红帽儿》《海公主》《丈人女婿》《睡公主》《哥哥弟弟》《如意灯(上)》《如意灯(下)》《傻男爵游记》《皮匠奇遇》《小铅兵》《扶余王西藏寓言(上)》《扶余王西藏寓言(下)》《姊弟捉妖》《大槐国》《千尺绢》《负骨报恩》《伯牙琴》《我知道》《狮螺访猪》《河伯娶妇》《寻快乐》《和平会议》《除三害》《螺大哥》《蛙公主书呆子》《一段麻》《兔娶妇》《怪花园》《树中饿》《牧羊郎官》《海斯交运》《金龟》《飞行鞋》。

第二集

《大人国》《小人国》《风雪英雄》《梦游地球(上)》《梦游地球(下)》《审狐狸》

① 徐念慈:《余之小说观》,《小说林》第 9 册,1908 年 2 月。

《无瑕璧》《芦中人》《巨人岛》。

第三集

《猴儿的故事》《白须小儿》《鸟兽赛球》《长鼻与矮子》。

孙毓修编译的《童话》丛书问世后，周作人、鲁迅、茅盾、叶圣陶等人都表达过自己对儿童文学的认识离不开《童话》丛书的影响。例如张若谷就曾指出："我在孩童时代唯一的恩物与好伴侣，最使我感到深刻印象的是孙毓修编的《大拇指》《三问答》《无猫国》《玻璃鞋》《红帽儿》《小人国》……"①胡从经也指出："孙毓修编译的《无猫国》是中国儿童文学诞生的标志。"②

1908 年 12 月，孙毓修在《东方杂志》第 5 卷第 12 号发表了《〈童话〉序》。对于当时的儿童教育现状，他认为："儿童七八岁，渐有欲周知世故、练达人事之心。各国教育，令皆定此时为入学之期，以习普通之智识。吾国旧俗，以为世故人事，非儿童所急，当俟诸成人之后；学堂所课，专主识字。自新教育兴，此弊少少衰歇，而盛作教科书，以应学校之需要。顾教科书之体，宜作庄语谐语，则不典宜作文言，言俚语，则不雅。典与雅非儿童之所喜也。故以明师在先，保母在后，且又鳃鳃焉。"在孙毓修看来，那些题材为"庄严之教科书"，"恐非儿童之脑力所能任"，但对于那些"荒唐无稽之小说"，儿童"则甘之"。其根由在于这些小说"所言者，皆本于人情中；于世故，又往往故作奇诡以声听闻其辞也。浅而不文，卒而不迂"。他认为，与欧洲那些卷帙过繁的小说相比，欧洲童话之所以受欢迎，主要是"尽合儿童之程度也，乃推本其心理之所宜"。为此，在编译《童话》集时，孙氏对体裁的编排提出了如下注意事项："书中所述以寓言、述事、科学三类为多。假物托事，言近旨远，其事则妇孺知之，其理则圣人有所不能尽，此寓言之用也。里巷琐事，而或史册陈言，传信传疑，事皆可观，闻者足戒，此述事之用也。鸟兽草木之奇，风雨水火之用。亦假伊索之体，以为稗官之料，此科学之用也。神话幽怪之谈，易启人疑，今皆不录。文字之浅深，卷帙之多寡，随集而异。盖随儿童之进步，以为吾书之进步焉，并加图画，以益其趣。"③

---

① 赵景深：《孙毓修童话的来源》，《大江月刊》1928 年第 2 号。

② 胡从经：《晚清儿童文学钩沉》，少年儿童出版社 1982 年版，第 2 页。

③ 孙毓修：《〈童话〉序》，《东方杂志》第 5 卷第 12 号，1908 年 12 月 25 日。

1909 年

1909 年 1 月,戴克敦、高凤谦合编的《儿童教育画》创刊,该刊由商务印书馆出版发行。对于该刊的编辑特色,高梦旦在"例言"中这样概括:"一、本书籍图画之玩赏,引起儿童向学之观念。故所绘图必于德育、智育、体育有关。二、本书科目甚繁,每册必抽换,以新阅者之目。其科目二十二门列下:修身、国文、历史、算学、手工、图画、体操、动物、植物、矿物、格致、卫生、音乐、歌谣、风俗、寓言、游戏、新器械、悬赏画、中国时事、外国时事、今昔比较。三、本书图画上端,标明科目,图中则以极简单之文字说明之,俾儿童既阅是图,更读其文,即知大概。其年太幼,不能识文字者,则可由年长者为之讲解。凡四五岁之儿童,略知图画者,即可阅之。四、本书特列悬赏画一门,并薄有酬赠,以鼓舞儿童之兴趣也。五、本书共十六页,内插五彩图八页。颜色鲜明,印刷鲜美,儿童自然爱不忍释。"①

1909 年 2 月,孙毓修在《东方杂志》第 6 册第 1 号发表了《读欧美小说札记》。其中有介绍安徒生的文字:"安徒生(Anderson)者,丹麦人也,以说平话闻于时。著 Fairy Tales(童话),人人诵习,至今不废。西人文言一致,故虽里巷之谐语,猫犬之啕号,无不可以着于竹帛。后人读之,如亲见其抵掌高谈,而意为之移。此其所长也。尝谓骚赋既兴,西京作者乃有'七'体,诵之以为可以起废疾疑,即说平话之滥觞也。古者言语文字差别殊少,枚叔所云,仅以通俗,迄乎易世。故训殊而音读变,始视为高文典册矣。移风易俗,莫善于此,故自古重之。当明之季,有柳敬亭者,以是名家。稗官小说,尤易动人,岂'七'之流风余韵欤!安徒生研求此术,乃至读书十年,而后成家。王公贵人,咸礼聘之。而安徒生恒喜以诙谐之辞,强小儿而语之,使闻者不懈而几于道。其感人之速,虽良教育者不能及也。方柳生之世,普及教育之制未闻,士大夫所以乐与之者,不过资其胡诌,以为谐笑。盖未得此事之正用也。柳生谈笑而折宁南,其功贤于十万师。云

① 高梦旦:《例言》,《儿童教育画》创刊号,1909 年 1 月。

亭梅村，既传之矣。游哈经哥平者，莫不见安氏之铜像，学生朝夕过者，男子脱帽，女子鞠躬为礼。而柳生之名不彰焉。吾不能不吊柳生之不遇也。”①

1909 年 2 月，包天笑（署名“天笑生”）从日文转译的《馨儿就学记》在《教育杂志》第 1 卷第 1 号上连载，共刊载 12 期，约 8 万字。《馨儿就学记》转译自意大利作家亚米契斯的《爱的教育》，包天笑的转译有很大程度的增改，他这样回忆道：“《馨儿就学记》我是从日文转译得来的，日本人当时翻译欧美小说，他们把书中的人名、习俗、文物、起居一切都改成日本化。我又一切都改变为中国化……有数节，全是我的创作，写到我的家事了。”该译作连载后，深受学生欢迎，其原因如包天笑所说：“此书情文并茂，而又是讲的中国事，提倡旧道德，最适合十一二岁知识初开，一般学生的口味。后来有好多高小学校，均以此为学生毕业的奖品，那一送每次就是成百本。那时定价每册只售三角五分。所以书到绝版止，当可有数十万册。”②

1909 年 3 月，周氏兄弟在日本东京神田印刷所出版了用文言译写的《域外小说集》第 1 册，第 2 册于同年 7 月出版。其中鲁迅据德文转译三篇，其余为周作人据英文翻译或转译。署会稽周氏兄弟纂译，周树人发行，上海广昌隆绸庄寄售。序言、略例，皆出自鲁迅手笔。在第一集中，收有一篇译自英国作家“淮尔特”的童话《安乐王子》，即王尔德的著名童话《快乐王子》。1921 年上海群益书社出版增订本中，又增加了丹麦安兑尔然（安徒生）的《皇帝之新衣》。

1909 年 11 月，《教育杂志》刊载了《儿童读书之心理》一文。该文主要概括“美国藏书楼之发达”“读书与口谈”“读书期之注意”“男女读书趣味之不同”“嗜书时代”“关于动物之书籍”“关于传说之书籍”“言原始生活之书籍”等内容。关于“口谈”的优点，著作指出：“智识之得于书，万不如得于口谈者之速。”在“读书”方面，他提醒读者要注意“其所读之书，以言日常生活之事，又富有趣味者为佳”。他还特别指出“男女读书趣味之不同”，为此，对于儿童读物，“儿童须要动物丛书一部”和“原始时代人类之书籍”，并且“在儿童期，如史传中之大种族神话、叙事诗及其他古典等”③。

① 孙毓修：《读欧美小说札记》，《东方杂志》第 6 册第 1 号，1909 年 2 月 15 日，第 1—2 页。
② 胡从经：《晚清儿童文学钩沉》，少年儿童出版社 1982 年版，第 106 页。
③ 《儿童读书之心理》，《教育杂志》第 1 卷第 12 期，1909 年 11 月 25 日。

1910 年

1910 年 3 月,周桂笙翻译的《飞访木星》由群学社出版发行,该书属“说部丛书”第 39 册,最早刊载于 1907 年 2 月 27 日的《月月小说》第 5 号。周桂笙翻译了多部科学小说,如 1905 年 2 月 18 日发表在《新民丛报》第 3 年第 15 号的《窃贼俱乐部》、1907 年 11 月发表在《月月小说》第 1 年第 10 号的《伦敦新世界》等。他翻译的小说以浅文言为主,有晚清小说的特色,比如在描写轮车飞往木星时:“余偶一回顾,见后车车前所设之灯,灯光若电,闪闪而来,光焰耀目,较之先时所见,愈大愈亮,盖其车已愈行愈近矣。”同时在叙事过程中也常常夹杂着骈体文,如以“上不在天,下不在天,凌云直上,无拘无束,四大皆空,无室无碍”[①]来描写木星的景象。

1910 年 7 月,《小说月报》于上海创刊,由商务印书馆出版发行,先后共出 22 卷,262 期(包括增刊 4 期)。《小说月报》创办之初,由王蕴章(莼农)编辑;第 3 卷第 4 期起改由恽树珏(铁樵)编辑。基本撰稿人是鸳鸯蝴蝶派文人,主要刊登文言章回小说、旧体诗词、改良新剧以及用文言翻译的西洋小说和剧本。其中,趣味庸俗、供人游戏消遣的言情小说和即兴小说占很大篇幅,为鸳鸯蝴蝶派控制的主要刊物之一。1921 年该刊第 12 卷第 1 号起由沈雁冰主编,全面革新内容,成为文学研究会代用机关刊物,是第一种大型新文学刊物。该刊尽管是成人文学刊物,但对儿童文学的发展也起到了推动作用。

① 《飞访木星》,《月月小说》第 5 号,周桂笙译,1907 年 2 月 27 日。

1911 年

1911 年 3 月,《少年》杂志由商务印书馆创刊,于 1931 年停刊。该刊为月刊,首任主编为孙毓修,任期长达 6 年;其他几任主编有杨润田、殷佩斯等。该刊内容丰富,曾经刊发过赵景深翻译的童话《皇帝的新衣》《火绒闸》《白鸽》等,在儿童文学译介方面颇有建树。该刊为了鼓励少年儿童创作,还特地开辟了"少年文艺"与"少年谈话会",前者主要刊载一些文学创作,后者主要介绍民间故事、乡土习俗、传说等。据简平研究:"当时的赵景深、吴祖光、顾均正、费孝通、丰子恺、楼适夷等,都是其热心的读者和小作者。社会学家费孝通十三岁时在'少年谈话会'栏目中发表民间故事《秀才先生的恶作剧》;儿童文学作家、画家丰子恺十六岁时在该刊发表处女作《寓言四则》;叶灵凤当时还是上海美术专科学校的学生,在该刊发表处女作后决定从事文学事业,随即加入著名新文学社团创造社。"① 不难看出,不仅对于儿童文学,该刊对于中国现代文学的发展也有较大的推动作用。

1912 年

1912 年 1 月,陆费逵在上海创办中华书局。该出版社以"开启民智"为宗旨,提出"教育界革命"和"完全华商自办"的口号与商务印书馆竞争。中华书局成立伊始便创办了《中华教育界》,1915 年又先后出版了《中华小说界》《中华实业界》《中华童子界》《中华儿童画报》《大中华》《中华学生界》《中华妇女界》等"中华"系列的杂志。简平认为这些杂志"与商务印书馆出版的杂志基本一一对应,

① 简平:《上海少年儿童报刊简史》,少年儿童出版社 2010 年版,第 21 页。

其中少年儿童类和教育类杂志同样达到一半”[①]。

1912年3月,《中华教育界》创刊。月刊。16开本。该刊以“研究教育,促进文化”为宗旨,内容有法令、记事、名著、小说、教育学等。初由顾树森、沈颐等主持,后由余家菊、陈启天、曹守一、唐縠、金海观、左舜生、孙承先等先后接办。1932年“一·二八事变”后,由倪文宙主编。前期撰稿人有范源廉、陆费逵、黎锦熙、恽代英、周建人、黄炎培、邰爽秋、蔡元培、舒新城、杨效春、周太玄、常道直、李儒勉等。1937年8月,出到第25卷第8期时,因日本侵略军进攻上海而停刊。1947年1月复刊,舒新城任社长,姚绍华任主编,提倡科学教育、电化教育以及卫生与健康教育、生活教育,胡适、黄炎培、陶行知常为该刊撰稿。1950年12月出版新的第4卷第12期后停刊,共出322期。该刊力倡少年儿童的文学阅读。[②]

1912年4月,《教育杂志》第4卷第1期刊登了商务印书馆的《编辑共和国小学教科书的缘起》,该文阐述了教科书应该具有的编辑要点:

1. 注重自由、平等之精神,守法合群之德义,以养成共和国民之人格。

2. 注重表彰中华固有国粹特色,以启发国民之爱国心。

3. 注重国体政体及一切政法常识,以普及参政之能力。

4. 注重汉、满、蒙、回、藏五族平等主义,以巩固统一民国之基础。

5. 注重博爱主义,推及待外人爱生物等事,以扩充国民之德量。

6. 注重体育及军事上之知识,以发挥尚武之精神。

7. 注重国民生活上之知识技能,以养成独立自营之能力。

8. 联络各科教材,以期获得教授上之统一。

9. 各科教材俱先选择分配,再行编辑成书,知识完全,详略得宜。

10. 各科均按照学生程度,循序渐进,绝无躐等之弊。

11. 关于时令之材料,依阳历编次。

---

① 简平:《上海少年儿童报刊简史》,少年儿童出版社2010年版,第23页。

② 简平:《上海少年儿童报刊简史》,少年儿童出版社2010年版,第23页。

12. 各书均编有详备之教授法，以期活用。

13. 书中附图及五彩画，便与文字相引证，并以引起学生兴趣而启发其审美之观念。

14. 初等科兼收女子材料，以便男女同校之用处。[①]

1912 年 7 月，《教育杂志》从第 4 卷第 4 号开始，至 1915 年 2 月第 6 卷第 12 号止，连载了包天笑据日译本编译的教育小说《苦儿流浪记》。该小说 1915 年 3 月由商务印书馆编入《说部丛书》第 2 集第 79 编，并出版单行本，分上中下三册。此后，该教育小说也多次被翻译出版。[②] 小说塑造了苦儿这一儿童形象。在序言中，包天笑写道："天笑生曰：余前读林畏庐先生快肉余生述，为之唏嘘者累日，或曰此书即迭更斯为自己写照。信乎否乎？其实文家之笔，善描物状，竹头木屑咸得其用。一经妙笔渲染，自能化腐臭为神奇。余近得法国文豪爱克脱麦罗斯所著 Sans Famille，而读之。呜呼是亦一块肉余生述也！惟法国作家好以流丽之文章引人兴味，不肯为卑近之谈，而伏严寻流时，时寓以微旨，似逊英人。惟其具一种魔力，能令读此书者，堕彼文字之障，非至终卷不忍释手。是其所以名贵也，是书英德日均有译本，世界流行可达百万部，盖其为法兰西男女学校之赏品，而于少年诸子人格修养上良，多裨益媿。余不文，未能如林先生以佳妙之笔曲曲传神，或且生人睡魔者，是则非原文之过，而译者之罪也。"[③]

1912 年 11 月，周作人在《天觉报》第 16 号发表了《儿童问题之初解》。在该文的开篇，他指出儿童之于一个国家的重要性："一国兴衰之大故，虽原因复杂，其来者远，未可骤详，然考其国人思想视儿童重轻如何，要亦一重因也。盖儿童者，未来之国民，是所以承继先业，则所以开发新化。"然而，传统的中国社会并未意识到儿童的重要性，"东方国俗，尚古守旧，重老而轻少，乃致民志颓丧，无由上征。且教养不讲，遗传所积，日即于下"。他认为，成人对于儿童感情可分三个层

① 《编辑共和国小学教科书的缘起》，《教育杂志》第 4 卷第 1 期，1912 年 4 月 25 日。

② 1933 年 2 月，徐蔚南重译了该教育小说，以《孤零少年》为书名由上海世界书局出版，该书被列入"世界少年文库 23"。1933 年 4 月，林雪清、章衣萍重译了该书，书名为《苦儿努力记》，以上下两集的方式由上海儿童书局出版。1937 年 1 月，何君莲翻译了该书，书名为《苦儿流浪记》，由上海启明书局出版。1938 年 6 月，陈秋帆也翻译了该书，书名为《无家儿》，由上海商务印书馆出版。

③ 包公毅：《序言》，爱克脱麦罗《苦儿流浪记》，包公毅述译，商务印书馆 1915 年版，第 1 页。

次:“初主实际,次为审美,终于研究。”在他看来,中国只存在着动物性的畜养,根本不可能有“儿童研究之学”,即使是诗歌艺术,“有表扬儿童之美者,且不可多得”①。

1913 年

1913 年 2 月,鲁迅于北京《教育部编纂处月刊》第 1 卷第 1 册发表了《拟播布美术意见书》。鲁迅将儿童文学的文体,譬如歌谣、童话、传说设立为国民文术研究会的工作内容。②

1913 年 8 月,周作人的《童话研究》刊发于《教育部编纂处月刊》第 1 卷第 7 期。长期以来,对“童话”的界定存在着分歧。周作人认为童话与初民的生活经验息息相关,“盖神话者(兼世说)原人之文学,茫昧初觉,与自然接,忽有感婴,是非畏懔即为赞叹,本是印象,发为言词,无间雅乱,或当祭典,用以宣诵先德,或会闲暇,因以道说异闻,已及妇孺相娱,乐师所唱,虽庄愉不同,而为心声所寄,乃无有异,外景所临,中怀自应,力求表见,有不能自已者,此固人类之同然,而艺文真谛亦即在是,故探文章之源者,当于童话民歌求解说也”。在周作人看来,童话是幼稚时代的文学,由于“原人”和儿童“思想感情同期准”,所以他们都共同爱好之。这是周作人“复演说”的具体体现,由于“儿童之宗教亦犹原人”,所以儿童能接受类似于原人生活习俗的思维与想象而书写出的童话。更为关键的是,“童话于人地时三者皆无限制,且不著撰述名字,凡所论述,悉本客观,于童蒙之心正相遥应”。同时,他还指出,童话还有自然童话(民歌童话)和文学童话(人为童话)之分。自然童话简短,以记志物事为主,因山川风土国俗民情之异而有别,多从民间辑录而成;文学童话又名人为童话,多为仿自然童话的样式,葺补旧闻,抽发新绪,与童蒙之心相呼应,能在文字之中领略著者特性。就人为童话而言,周作人向中国儿童文学界介绍了安徒生:“如丹麦安兑尔然所著,或葺补旧闻,或抽发

① 启明:《儿童问题之初解》,《天觉报》第 16 号,1912 年 11 月 16 日。
② 周树人:《拟播布美术意见书》,《教育部编纂处月刊》第 1 卷第 1 册,1913 年 2 月 15 日。

新绪，凡经陶冶，皆各浑成，而个性自在，见于行间，盖以童话而接于醇诗者，故可贵也。”[①]应该说，周氏对于安徒生的文学童话创作的贡献是非常肯定的，认为童话创作要有诗的性质，对童话“纯文学”的路向表现出了向往。

1913 年 8 月，徐傅霖编译的童话《二王子》由中华书局出版发行。该童话原著者不详，对此，徐傅霖有这样的说明：“此篇出于《哇都之奇异小说集》，为俄国之口碑也，原名《依温王子与勇猛之蒲剌脱》。”在《〈二王子〉童话例言》中，徐傅霖对“童话”做了如下分类：“童话约有四种：（甲）小说体之奇异纪事。（乙）教育的寓言。（丙）古来相传之事迹。（丁）历史的物语。而（丙）种之内，又分：（一）民间之口碑与（二）勇士之口碑二种。”他还指出：“不知童话之真价者，往往以为无根无据之事，不宜教授儿童。或谓妖怪奇异之谈，少年教育上实为大害。以教育家自任者，竟有发此议论之人，其实彼等仅知（乙）种之教育的寓言，而不知其他三种之价值耳。”[②]

1913 年 11 月，周作人在《教育部编纂处月刊》上发表《童话略论》，这是前述《童话研究》的姊妹篇。相对于《童话研究》而言，《童话略论》对于童话的分类更加细致深入。在他看来，童话本质与神话、世说实为一体。“原人之文学，亦即儿童之文学，以个体发生与系统发生同序，故二者感情趣味约略相同。”他将童话分为“纯正童话”和“游戏童话”两类，“纯正童话”是从世说中分出，分为代表思想者和代表习俗者两种；而“游戏童话”以娱悦为用，又分为动物谈、笑话和复叠故事三种。在谈到童话的内涵时，周作人认为童话是艺术门类的一种，那些训诫的思想并非其本旨：“以艺术论童话，则美为重，但其美不在藻饰而重自然，若造作附会，则趣味为之杀，而俗恶者更无论矣。”这种反教训主义的主张贯穿周作人一生，对于中国儿童文学的影响甚大。童话随着时代的发展必然发生变迁，“自就删汰，以成新式”。周作人意识到了这一点，指出要“删繁去秽，期合于用”。同时，他也指出，民族童话的优劣自有评判标准，好的民族童话应具有“优美”“新奇”“单纯”“匀齐”四方面的特点。最后，他对“天然童话”（民族童话）和“人为童话”的区别进行了论述：“天然童话者，自然而成，具种人之特色，人为童话则由文

---

① 周作人：《童话研究》，《教育部编纂处月刊》第 1 卷第 7 期，1913 年 8 月 15 日。

② 《汉译文学序跋集》第 2 卷，李今主编，罗文军、樊宇婷编注，上海人民出版社 2017 年版，第 27 页。

人著作,具其个人之特色,适于年长之儿童。”在结论部分,周作人总结道:“治教育童话,一当证诸民俗学,否则不成为童话,二当证诸儿童学,否则不合于教育,且欲治教育童话者,不可不自纯粹童话入手。”①

1913年12月,周作人在《叒社丛刊》第1期上发表了《丹麦诗人安兑尔然传》。如果说《童话研究》第一次向国人简单介绍了安徒生的话,那么这篇文章则以“传记”的方式来详细解读安徒生。在介绍了安徒生的生平和人生经历之后,周作人将目光放置于安徒生的童话创作上,他高度评价其童话“富于审思”的特质:“以小儿之目观察万物,而以诗人之笔写之,故美妙自然,可称神品。”②同时,他称赞安徒生的“辞句简易如小儿言,而文情斐亹,欢乐哀愁,皆能动人,且状物写神,妙得其极”。在该文中,他提及安徒生的童话作品有《小克劳斯与大克劳斯》《火刀匣》《丑小鸭》《公主》《雪后》《人鱼》《鹳》《跳蛙》《皇帝之新衣》。尤其值得注意的是,他还将安徒生童话《没有画的画册》中的“第十四夜”翻译了出来。

1914年

1914年1月,周作人在《绍兴县教育会月刊》第4号上发表了《儿歌之研究》。他给儿歌下了一个定义:“儿歌者,儿童歌讴之词,古言童谣。”在中国古代,童谣被视为一种五行妖异:“盖中国视童谣,不以为孺子之歌,而以为鬼神凭托,如乩卜之言,其来远矣。”周作人从儿童语言发声的角度来探讨儿歌:“儿初学语,不成字句,而自有节调,及能言时,恒复述歌词,自能成诵,易于常言。盖儿歌学语,先音节而后词意,此儿歌之所由发生,其在幼稚教育上所以重要,亦正在此。”进而,他从儿童教育的角度出发,指出要顺应自然,儿歌的研究的要旨在于:“儿歌之用,亦无非应儿童身心发达之度,以满足其喜音多语之性而已。童话游戏,其旨准此。”③这也是周作人儿童文学核心观念的具体体现。

① 周作人:《童话略论》,《教育县教育会月刊》第2号,1913年11月15日。
② 周作人:《丹麦诗人安兑尔然传》,《叒社丛刊》创刊号,1913年12月。
③ 作人:《儿歌之研究》,《绍兴县教育会月刊》第4号,1914年1月20日。

1914 年 1 月，周作人在《绍兴县教育会月刊》上发布征集儿歌和童话的启事。"作人今欲采集儿歌童话，录为一编，以存越国土风之特色，为民俗研究儿童教育之资材，即大人读之，如闻天籁，起怀旧之思。"①然而，效果不大明显，后来他回忆道："我预定一年为征集期，但是到了年底，一总只收到一件投稿！那时候大家还不注意到这些东西，成绩不好也是不足怪的。"②

1914 年 2 月，林纾、曾宗巩合译英国作家达孚（Daniel Defoe）的《鲁滨孙漂流记》由上海商务印书馆出版正编，同年 6 月出版续编。卷首有林纾的《序》："英国鲁滨孙者，惟不为中人之中，庸人之庸，故单舸猝出，海狎风涛，濒绝地而处，独行独坐，兼羲、轩、巢、燧诸氏之所为而为之，独居二十七年始返，其事盖亘古所不经见者也。……且云探险之书，此为第一。各家叙跋无数，实为欧人家弦户诵之书，哲学家尤动必引据之者也。"③此后，多位译者对该著进行过翻译，留有多个中译版本④。

1914 年 4 月，周作人的《古童话释义》刊发于《绍兴县教育会月刊》上。在其引言中，周作人指出："中国自昔无童话之目，近始有坊本流行，商务童话第十四篇《玻璃鞋》发端云，'《无猫国》是诸君的第一本童话，在六年前刚才发现，从此诸君始识得讲故事的朋友。《无猫国》要算中国第一本童话，然世界上第一本童话要推这本《玻璃鞋》，在四千年前已出现于埃及国内'云云。"他并不认同这种说法，"中国虽古无童话之名，然实固有成文之童话，见晋唐小说，特多归诸志怪之中，莫为辨别耳"。为此，他列举了《吴洞》《女雀》等文章为例，"附以解说，稗知其本来意旨，与荒唐造作之言，固自有别。用童话者，当上采古籍之遗留，下集口碑

---

① 《启事》，《绍兴县教育会月刊》第 4 号，1914 年 1 月 20 日。

② 岂明：《两种歌谣集的序》，《语丝》第 126 期，1927 年 4 月 9 日。

③ 林纾：《序》，达孚《鲁滨孙漂流记》，林纾等译，上海商务印书馆 1914 年版，第 1 页。

④ 1921 年 6 月，严叔平翻译了《鲁滨孙漂流记》（上、下卷），由上海崇文书局出版。1931 年 12 月，彭兆良翻译了《鲁滨孙漂流记》（上、下册），由上海世界书局出版。1932 年 12 月，李嫘翻译了《鲁滨孙漂流记》，该书被列为"学生文学丛书"之一，由上海中华书局出版。1934 年 10 月，顾均正、唐锡光合译了《鲁滨孙漂流记》，该书被列为"世界少年文学丛刊"之一，由上海开明书店出版。1936 年 5 月，张葆庠翻译了《鲁滨孙漂流记》，该书被列为"世界文学名著"之一，由上海启明书局出版。1937 年 3 月，徐霞村翻译了《鲁滨孙漂流记》，由上海商务印书馆出版。1937 年 5 月，吴鹤声翻译了《鲁滨孙漂流记》，该书被列为"大众丛书第 1 种"，由上海雨丝社出版。1937 年 6 月，殷雄译述了《鲁滨孙漂流续记》，该书被列为"世界名著译本"之一，由上海大通图书社出版。1947 年 12 月，汪原放翻译了《鲁滨孙漂流记》（全译本），由上海建文书社出版。1948 年 4 月，范泉缩写了《鲁滨孙漂流记》，该书被列为"少年文学故事丛书"，由上海永祥印书馆出版。

所传道,次更远求异文,补其缺少,庶为富足,然而非所可望于并代矣”[①]。

1914年6月,周作人第一次提出“儿童本位”,见1914年他的《学校成绩展览会意见书》一文:“今对于征集成绩品之希望,在于保存本真,以儿童为本位。”[②]此后,“儿童本位”成为中国儿童文学发展过程中的核心关键词,儿童文学创作、翻译、推广都与该命题有着密不可分的关系。

1914年6月,周作人的《童话释义》发表于《绍兴县教育会月刊》上。他指出,童话应用于教育,在欧美已广泛盛行。“盖取其适合儿童心理,足以其性灵,为后日问学地,与各科皆有联络之用,而于艺术教育尤有功焉。”他选取《蛇郎》《老虎外婆》《老虎怕漏》《老虎精》《弟与兄》《狡鹿》等六篇越地传说予以释义,他的结论是:“今中国方将以奥义微言为启蒙之具,则是诸儿歌童话,自难于争席。”[③]言外之意,那些想要在儿歌和童话中找寻微言大义的做法是不大可能的。

1914年7月,《中华小说界》刊发了刘半农根据安徒生原文及日本剧本之意翻译的《迷洋小影》(今译《皇帝的新装》)。在《译者引语》中,刘半农指出:“是篇为丹麦物语大师安德生氏(1805年至1875年)原著,名曰《皇帝之新衣》,陈义甚高,措辞诙谐,日人曾节取其意,制为喜剧,名曰《新衣》,大致谓某伯爵崇拜欧人,致贻裸体之笑柄。”对于翻译这篇文章的初衷,刘半农指出:“今兼取安氏原文及日人剧本之义,复参以我国习俗,为洋迷痛下针砭,但求不失其真,非敢以推陈出新自诩也。”[④]后来,周作人改译了刘半农的《迷洋小影》,重译为《皇帝之新衣》,收入群益书局1920年重印的《域外小说集》中。

1914年7月,《中华儿童画报》由中华书局创刊出版,至1917年2月停刊,共出31期。适合年龄在6—9岁的儿童阅读。该画刊图画力求用意深刻,富有兴味,配以简单说明文字。该办刊定位是:“本报就儿童天然审美之观念输入种种知识。家庭及幼儿均极适用。”[⑤]

---

① 启明:《古童话释义》,《绍兴县教育会月刊》第7号,1914年4月20日。
② 周作人:《学校成绩展览会意见书》,《绍兴县教育会月刊》第9号,1914年6月20日。
③ 启明:《童话释义》,《绍兴县教育会月刊》第9号,1914年6月20日。
④ 刘半农:《〈洋迷小影〉篇首译者引言》,《中华小说界》第7期,1914年7月1日。
⑤ 《中华八大杂志》,《中华学生界》1915年第6期。

1914年7月,《学生杂志》[①]由商务印书馆创刊,首任主编为朱元善。该刊主要刊登学生习作,在"学艺""文苑""杂纂"等栏目刊登大量的读后感、心得、论文、随笔、文学、美术、摄影等作品,茅盾曾在该刊上发表论文《学生与社会》、科学小说《二十世纪后之南极》。

1914年7月,《中华童子界》由中华书局创刊出版,1917年2月停刊。该刊物的发刊词为:"童子诸君子,诸君之伴侣多矣。入学校,与同学校交游,居家庭,与兄弟姐妹嬉戏,洵可乐也。然而诸君亦知自今以后将得一良伴侣乎?此何人耶?曰:《中华童子界》。《中华童子界》,于民国三年,始离其母腹而呱呱坠地,年仅一岁尔。与诸君之能行动能饮食能游戏能人学攻书者比较,相差甚远。然吾知诸君之视之也,必爱之如幼弟,敬之如良友,顷刻不能或忘。《中华童子界》,天禀聪颖,迥异惊人。虽在幼稚时代,智识已稍具,出言尤多兴趣,且善与人变。诸君倘与之相遇,必爱莫能释。而缔交愈久,得益愈多。诸君之品学,将与《中华童子界》之年龄而俱长矣。诸君受父母师长之教诲,得友朋兄弟之切磋,固足以促进诸君之品行学问。然学校中有限之教科,与家庭间偶得之智识,范围殊狭,恐犹未能厌诸君之望。惟《中华童子界》,含蓄较广,变化较多。故诸君之父母师长友朋兄弟以外,欲求一循循善诱之人,以辅助学校家庭之不足者,舍《中华童子界》,实不可多得。童子诸君乎,其以幼弟良友,视此《中华童子界》,而乐与之共晨夕哉。"[②]创刊号的目录如下:《世界各国之童子》(插图)、《幼女与马》(西图名画)、《苏州虎邱风景》(毛笔练习书)、《蛙跳游戏园甲乙》(手工练习品)、《〈中华童子界〉发刊词》《我之童子时代》(陆费逵)、《孤儿》(修身谈)、《强盗将军》(历史谈)、《爱圆物之人种》(地理谈)、《奇妙之数字先生》(数学谈)、《船之发达》(发明谈)、《鳄鱼白孔雀》(动物谈)、《土中之果实》(植物谈)、《海底之黄金》(矿物谈)、《车轮世界》(理科谈)、《儿童笑话集》(杂谈)、《顷刻开花》(幻术)、《小雕刻家》(儿童小说)、《呆子、笨人与聪明人》(童话)、《狱中王子》(儿童剧)、《童子俱乐部》。[③]

---

① 1914年7月20日,《学生》杂志创刊,后改名为《学生月刊》。第1卷共出6号,1915年起按年分卷,按月分号。1931年出版第18卷第11号后停刊,并于1938年12月在香港复刊,1941年11月第二次停刊,在1944年12月在重庆复刊,1947年8月终刊,共出24卷。

② 《发刊词》,《中华童子界》创刊号,1914年7月25日。

③ 《中华童子界》创刊号,1914年7月25日。

1915 年

1915 年 1 月,《妇女杂志》在上海创刊,于 1931 年 12 月停刊。王蕴章任首任主编,叶圣陶也曾担任该刊主编。《妇女杂志》从一开始就与中国现代儿童文学保持着密切的关系。1920 年第 6 卷第 1 号上,《妇女杂志》创办了"儿童领地"专栏,为儿童专设发表习作和心得,"儿童领地是预备容纳全国男女儿童所发表的思想心得和成绩的"①。"儿童领地"下设"谈话会""通信处""观摩集""美术展览会""手工"等。此后,《妇女杂志》主编多有更替,但他们始终关注"儿童问题""儿童文学""儿童文学译介""儿童文学理论"等方面的内容。该刊刊发了若干涉及育儿题材的文章,如《母教》(第 2 卷第 1、2 号)、《弗兰克》(第 2 卷第 7 号)、《婴儿之哭》(第 3 卷 10 号)等,同时也有不少关心儿童教育的文章,如魏寿镛的《观察儿童之个性法》(第 4 卷第 1 号)、《小儿之衣食住》(第 4 卷第 6 号)、《年假期中之儿童教育》(第 4 卷第 3 号)、恽代英的《儿童问题之解决》(连载第 4 卷第 2、3、4、5、6 号)、《儿童读书年龄之研究》(第 4 卷第 3 号)、《儿童游戏时间之教育》(第 4 卷第 9 号)等。同时,《妇女杂志》还特别注重西方儿童文学的译介与传播,例如学勤译的《玫瑰花妖》(第 7 卷第 1 号)、《顽童》(第 7 卷第 3 号)、红霞译的《母亲的故事》(第 7 卷第 5 号)、赵景深译《芋麻小传》(第 7 卷第 6 号)、《鹈》(第 7 卷第 8 号)、《一荚五颗豆》(第 7 卷第 11 号)、《恶魔和商人》(第 7 卷第 12 号)、《安琪儿》(第 8 卷第 2 号)、《祖母》(第 8 卷第 12 号)、《老屋》(第 9 卷第 3 号)、《柳下》(第 10 卷第 1 号)、伯恳译的《老街灯》(第 7 卷第 7 号)、仲持译的《她不是好人》(第 8 卷第 3 号)、天赐生译的《一对恋人》(第 10 卷第 11 号)、顾均正译的《大克劳斯和小克劳斯》(第 11 卷第 1 号)、《夜莺》(第 11 卷第 4 号)、汪延高译的《飞尘老人》(第 1 卷第 2 号)等。

1915 年 1 月,日本作家和田万吉的《泰西轩渠录》(又名《笑林广记》)由上海

① 《"儿童领地"说明文字》,《妇女杂志》第 6 卷第 1 号,1920 年 1 月 1 日。

东方书局出版发行，该书由唐真如翻译。全书包括《精细之仆人》《酷爱骨董之兵卒》《法王多能》《分外周到》《日晷仪》《油漆匠》《奇异之比例》《少年时之功名心》《无有恐怖》等童话 187 篇。全书序言如下：

一人向隅，满座不乐，稚子调笑，厉夫动容。盖情之所欲，罔不嗜甘恶人，而兴之所趋，又皆避悲就欢。故骚人韵士，恒好清谈以涤虑。凡夫俗子，亦善戏谑而遣怀。然席上少戏谑之流，逸兴末由遄。发案头无滑稽之籍，雅趣何能横生。昔者匡衡说诗，诸儒解颐。卫玠第谈道，平子绝倒。喷与可之饭，留作佳话。绝淳于之缨，播为美谈。必有君房之妙，始副曼倩之名。自古已然，于今为列，如笑林诙铎，纷焉出版。斗角钩心斗角，争相竞胜，既无抚掌而捧腹，亦倾座而哄堂。一枕惺忪，睡为之破。二竖缠绕，魔可以驱。徵逐场中，堪鼓羽觞之兴。琴瑟钟里，藉助笑敖之资。斯诚怡性之良品，而亦消闲之妙法也。唐子真如，有见于此。爰译泰西轩渠之事，撰为中邦调侃之文。花样新翻，叹碧眼之诡谲。生面别开，惊虹髯之癫狂。光怪陆离，造意殊等于云幻。委婉曲折，措词更属于风流。方彼市井俚语，不无精肤之别。视诸街巷猥谈，真有雅俗之分。况乃意旨浓酣，耐人寻索。甘谏果之回味，醰瑶柱之余鲜。哀者读之，破涕为笑。忧者阅焉，转愁为欢。则是书甯第擅说部之长，而作者且可列史公之传矣。辱承稠情，贶以佳构。甫经寓目，便尔辗然。岂独余性之易感，谅亦众情，之所同，季札观止，蔑以加矣。洛阳纸贵，可预卜之，甲寅冬武进钱恐志坚甫序。①

1915 年 3 月，胡适翻译法国作家 Alphonse Daudet（阿尔丰斯·都德）的《割地》，发表于美国《留美学生季报》第 2 卷第 1 期，后来该文又刊载于 1948 年的《宇宙文摘》第 2 卷第 5 期。1915 年 5 月，阿尔丰斯·都德的《小子之志》由江白痕翻译，后刊载于《中华小说界》第 2 年第 5 期。早在 1913 年 1 月，陈匪石就曾将该作翻译成《最后一课》，刊载于《湖南教育杂志》第 2 年第 1 期上。该作被译

① 和田万吉：《泰西轩渠录》，唐真如译，上海东方书局 1915 年版，第 1—2 页。

成中文后,《北洋周刊》第 91 期刊登了《〈最后一课〉的精神》,作者将该故事的情节和当时平津一带的学生罢课请愿的事件做了对比,对于他们请愿的举动,他表示“总应当表示真实的赞助”,但他也对请愿的学生提出了如下意见:“(一) 口号不能救国,救国要真正本领,要获得真正本领,必须肯费相当的精力。(二) 学生是国家的精华,可以决定未来的国运,在教育尚未普及的中国,这种情形更是明显,所以学生应当充分明了自己的重要责任,努力增加自己的真实本领。(三) 所谓‘非常’,所谓‘最后’,全不是很适当的名辞。我们应当承认自己的国家,有无尽的将来,主要的努力,全应当是长久之计划。”同时,他重申“最后一课”的精神:“希望同学,不要忘记最根本的救国大计划。”[①]此后,1938 年《铁血》第 1 卷第 5 期杂志上刊发了舒展的《最后一课论》。针对当时一些人认为学生应该在教室里安静地读书,并以《最后一课》来勉励学生的言论,舒展的意见是:“学生读书是应当的,这是他们的责任,不过现在敌人是一步一步地侵略,敌机是天天在头上飞翔,学生应该怎样读法,这是个问题;学生们读过的书;怎样应用,这更是一个问题!”他将陶行知的“知行合一”的理念与杜威“生活即教育”的教育观进行对比,肯定了“《最后一课》为读书而救国的精神是值得尊敬的,不过这《最后一课》一定要移到战场上,这《最后一课》才能发生伟大的效能,否则恐怕要上《最后一课》连我们自己也不能保存了”[②]。与此相关的是,陶百川在 1938 年的《血路》第 9 期发表《论最后一课》,认为:“对于初中以下的学生,现在还没有人主张不要读到最后一课。但是在邻近战区的地方,因为敌机的威胁,因为学生、家长和教职员的迁徙流亡,许多初中以下的学校不能开学,许多没有迁徙流亡出去的学生,因为老早就读了他们的《最后一课》,因此早已成为失学的孩子了。这是很不应该的。我以为这些教职员先生们应该读读都德的《最后一课》,应该学学漠麦那先生教最后一课的精神。”[③]作者的主张是要读到“最后一课”,其理由为:“(一) 目前战事,还不需要征募所有高中以上的学生去从军或服务。(二) 高中以上学生的智力体力和生活,未必都配从军或从事战地服务。(三) 即令学生确

① 《〈最后一课〉的精神》,《留美学生季报》1935 年第 2 卷第 1 期,第 2 页。

② 舒展:《最后一课论》,《铁血》1938 年第 1 卷第 5 期,第 4 页。

③ 陶百川:《论最后一课》,《血路》1938 年第 9 期,第 38 页。

能工作，然在他人也能做的时候，为什么一定要学生去做?”①

1915 年 3 月，孙毓修编译的《伊索寓言演义》由上海商务印书馆印行，内收《狼欺小羊》《狗捉己影》《百灵搬家》《狼遇山羊》《两蛙卜居》《老鼠报恩》等寓言 133 则。在《演义丛书序》中，孙毓修道出了其编译《伊索寓言演义》的初衷：由于“惟演义小说，微词托讽，劝一警百，亦一命之士报国之秋也”，于是，“用是发愿，欲之罗施之文，演邹鲁之义。资人咀嚎，体仿虞初，引人入胜，道在识大，或编或译，惟善之从，以次刊行，求有道而就正焉”。同时，在《附记》中，他还将其编译与林纾进行比照：“以文字论，林译高古，拙译浅近；林译如黄钟大吕，拙译如瓦缶污尊，贵贱不同，而亦各当其用焉。”②

1915 年 3 月，鲁迅主持编辑了《全国儿童艺术展览会纪要》专刊。在该纪要的“章程”栏有《儿童艺术展览会旨趣书》，据唐弢考证，该文出自鲁迅之手，是鲁迅关于儿童文学艺术教育规律的探讨和心得。该文首先阐述了儿童与国家的关系，“更进则知儿童与国家之关系，十余年后，皆为成人，一国盛衰，有系于此”。就研究儿童而言，可以通过“察其体质”和“观其精神”来解决。举办全国儿童艺术展览会的旨趣有两个方面：“一在研究儿童，为改良教育之根柢；一在改良教育，即研究儿童之成绩。”③

1915 年 4 月，英国科幻小说家威尔士著、心一翻译的《八十万年后之世界》(《时间机器》)和《火星与地球之战争》(《星际战争》)由上海中华书局出版发行，该书为早期进入中国市场的科幻小说。《八十万年后之世界》为“理想小说”，该书的《提要》内容如下：“本编为英人威尔士原著，著名小说大家心一先生所译，以机器的作用置身于八十万年后之世界，于世界，于人类之退化物质之变换，一一写出情节离奇中却有精确不易之理由，非空之谈可比，是理想小说之别开生面者。”④

1915 年 9 月，《青年杂志》创刊号由亚东图书馆出版发行，第一卷名为《青年杂志》，第二卷名为《新青年》，由陈独秀主编。据茅盾回忆，陈独秀当时认为：

---

① 陶百川：《论最后一课》，《血路》1938 年第 9 期，第 39 页。
② 孙毓修：《演义丛书序》，《伊索寓言演义》，上海商务印书馆 1915 年版，第 1 页。
③ 胡从经：《晚清儿童文学钩沉》，少年儿童出版社 1982 年版，第 226—227 页。
④ 威尔士：《八十万年后之世界》，心一译，中华书局 1915 年版，第 1 页。

"'儿童文学'应该是'儿童问题'之一。"[①]当时的儿童文学作品、研讨儿童问题理论文章也多发表在《新青年》上，例如周作人的《儿童的文学》刊载在《新青年》第8卷第4号、《儿歌》刊载在《新青年》第8卷第4号，鲁迅的《我现在怎样做父亲》刊载在《新青年》第6卷第6号、《随感录·二十五》刊登在《新青年》第5卷第3号，陈衡哲的《小雨点》也刊登在《新青年》的第8卷第4号。在《新青年》杂志刊载的一些白话新诗中，儿童诗也占了一定的比重，由此可见，《新青年》对于中国儿童文学的发生具有重要意义。

1916年

1916年5月，英国作家杨支(Charlotte M. Yonge)的《鹰梯小豪杰》由林纾、陈家麟翻译后在上海商务印书馆出版。卷首有林纾的《序》："此书为日耳曼往古之轶事，其所言，均孝弟之行。余译时，泪泚者再矣。……此书无甚奇幻，亦不近于艳情，但蔼然孝弟之言，读之令人感到，想于风俗，不为无补。"[②]

1916年12月，孙毓修在商务印书馆出版了《欧美小说丛谈》。该著将寓言视为陶冶童心的价值予以认定："Fable者，捉鱼虫草木鸟兽天然之物，而强之入世，以代表人类喜怒哀乐、纷纭静默、忠佞邪正之概。《国策》桃梗土人之互语，鹬蚌渔夫之得失，理足而喻显，事近而旨远，为Fable之正宗矣。译者取庄子寓言八九之意，名曰寓言，日本称为物语。此非深于哲学，老于人情，富于道德，工于词章者，未易为也。自教育大兴，以此颇合于儿童之性，可使不懈而几于道，教科书遂采用之。高文典册，一变而为妇孺皆知之书矣。"[③]《神怪小说》称安徒生为"丹麦之大文学家，亦神怪小说之大家也"。在该书《神怪小说之著者及其杰作》篇里，孙氏又对安徒生的生平与创作做了更详尽的介绍，长达2 000余字。为此，郑振铎这样评价道："中国最初介绍安徒生的是孙毓修先生，他在《欧美小说

① 江:《关于"儿童文学"》,《文学》第4卷第2号,1935年2月1日。
② 林纾:《序》,杨支《鹰梯小豪杰》,林纾等译,上海商务印书馆1916年版,第1页。
③ 孙毓修:《寓言》,《欧美小说丛谈》,商务印书馆1916年版,第71—72页。

丛谈》里介绍过安徒生,又在几本的《童话》上,译过安徒生的几篇作品,如《女人鱼》(改名《海公主》)、《小铅兵》等。但不是译的,只可算是重述。那时,大家对于国外的作品,还不大注意,所以安徒生虽由孙先生介绍给我们,也不曾引起大家的兴味。"①

1917 年

1917 年 1 月,茅盾翻译威尔斯《巨鸟岛》为《三百年后孵化之卵》,连载于《学生杂志》第 4 卷第 1、2、4 号上。茅盾非常重视外国儿童作品中"科学文艺"思想的翻译和引入。他认为:"科学知识乃是一切知识中之最基本的,尤其对于小朋友们。"②茅盾笃信"科技救国"的方法可以救亡图存,他希望通过翻译那些富于想象力和冒险精神的西方科幻小说,启迪群智、鼓舞民众、破除迷信、培养国人的科学精神,从而达到挽救中国的目的。

1917 年 2 月,李大钊在《甲寅》杂志上发表《新中华民族主义》。他明确提出:"盖今日世界之问题,非只国家之问题,乃民族之问题也。而今日民族之问题,尤非苟活残存之问题,乃更生再造之问题也。余于是揭新中华民族主义之赤帜,大声疾呼以号召于吾新中华民族少年之前。"③

1917 年 3 月,周瘦鹃译介的《欧美名家短篇小说丛刊》由上海中华书局出版。在该丛刊下卷,周瘦鹃译介了安徒生的童话《断坟残碣》,文前有介绍安徒生的短文《亨司盎特逊(1805—1875)小传》,并配发了安徒生肖像,让中国读者第一次目睹这位伟大作家的风采。该文指出:"少年即有诗才,意欲投身梨园……综其生平,著述以神怪及语言小说为多。而意中皆有寄托,非徒作也。有《丑鸭》(此篇夫子自道),《锡兵》,《皇帝之新衣》,《火绒箱》诸篇。篇幅虽短,寓意却深。

---

① 郑振铎:《安徒生的作品及关于安徒生的参考书籍》,《小说月报》第 16 卷第 8 号,1925 年 8 月 10 日。

② 茅盾:《从〈有眼与无眼〉说起》,《新华日报》,1940 年 2 月 20 日。

③ 守常:《新中华民族主义》,《甲寅》,1917 年 2 月 19 日。

且状物写生,绝富兴趣。欧美儿童佥好之。”①

1917年4月,周作人撰写的《外国之童话》刊载于《叒社丛刊》第4期上。在该文中,周作人对外国童话的定义和流布进行了阐释,如未有文字之前的英雄神话“希腊阿迪修思故事”;散在民间的格林兄弟的自然童话;路易十四时期仿为小品的陶耳诺夫人的文学童话,此外还有安徒生、王尔德等人的童话也有简单介绍。他认为各国童话各有特色,足能见风物人情,“而以俄国之秾厚瑰奇为最”。在谈到中国的童话时,他笔锋一转,“尝思中国旧来,鲜知自然之美,虽风花雪月时时见于诗句,而信能欣赏物色,于是中得少佳趣者,盖复寥寥”。在他看来,“童话取材,不离天然,虫言鸟语,莫不可亲,至足以涵养童心,进于优美,而教训所予,尚其次焉”。他结合自己儿时阅读童话的经历,阐明了中国童话存在的问题:“中国童话,自昔散逸,儿时所闻,仅有《蛇郎》等数则,又未经识者搜集,虑不更越一世,将尽湮失,亦可惜已。”为此,他提出了这样的倡议:“搜而存之,是诚益不可缓者矣。”②

1917年4月,周作人在《叒社丛刊》第4期上发表介绍安徒生的文章《安兑尔然》。该文与其之前发表的《丹麦诗人安兑尔然传》有诸多相似的地方。两篇文章都指出安徒生童话的一个特点:“其所作童话,即以小儿之目观察万物,而以诗人之笔写之,故美妙自然,可称神品。”这种以小儿的姿态写童话的特点让安徒生的童话别具一格,周作人这样叙述道:“其书实涵异美,鲜可方物。有如山川物色,倒影水晶球中,或如小儿研皂角吹作水泡,色如虹彩,若欲以理数推寻,触之以指,便立消散。又或迷离如在梦境,见诸异事,令人怡悦,而忘其怪诞。”③

1917年10月,茅盾的《中国寓言初编》由商务印书馆出版。孙毓修为该书作“序”,其“序”如下:

易云,称名也小,取类也大,喻言之谓矣。是以风人六义,比兴为多。金锡以喻明德,硅璋以譬秀民,螟蛉以类教诲,蜩螗以写号呼,浣衣以拟心忧,席卷以方志固,麻衣则云如雪,如舞则云两骖;或以比义,或

① 《欧美名家短篇小说丛刊》下册,周瘦鹃译,上海中华书局1917年版,第141—142页。
② 启明:《外国之童话》,《叒社丛刊》第4期,1917年4月。
③ 启明:《安兑尔然》,《叒社丛刊》第4期,1917年4月。

以比类，举一可以反三，告往可以知来。楚骚既沿其波，汉赋复宗其例。姬周之末，诸子肇兴，蒙庄造学鸠之论，寓言乃启；淳于设大鸟之喻，隐语以盛。孟子言性，取象于湍水，公孙论名，借观于白马。遂使写物附言，析理者畅其悬谈，义归意正，谲谏者陈其事势，视彼风诗之婉约，不翅滥觞于江河。冰释泉涌，金相玉振，岂徒有益于文章，抑亦畅发乎名理。记曰：君子知至学之难易而知其美恶，然后能博喻，能博喻然后能为师，故夫立言者必喻而后其言至。知言者必喻喻而后其理澈。魏文听古乐而思卧，庄语之难入也，宋玉赋大言而回听，谐语之易感也。意生于权谲，则片言可以折狱辞出于机智，则一字可以为师。往牒所载，此类实多；辑录成书，未之前闻。明万历间宣城徐太元录《喻林》百二十卷，繁辞未剪，琐语必收，博而寡要，劳而少功，盖足备搞翰者临文之助，未能供读书者研几之用也。译学既兴，浅见者流，惊伊索为独步，奉诘支为导师。贫子忘己之珠，东施效人之颦，亦文林之憾事，诚艺苑之阙典。用是发愤，钞纳成编，题曰《中国寓言》。道兼九流，辞综四代。见仁见智，应有应无。譬如凝眸多宝，有回黄转绿之观；杖策登山，涌横岭侧峰之势，其为用也，岂不大哉！若夫还社求拯于楚，喻眢井而称麦曲；叔仪乞粮于鲁，歌佩玉而呼庚癸；臧文谬书于羊裘，庄姬托辞于龙尾，此为谜语，无关喻言。义例有别，用是阙焉。作述之旨，扬榷如左：

诸子百家，寓言甚多，兹先录周秦两汉诸书，辞义兼至，脍炙人口者，以为初集，续编嗣出。

编录次第，略依四部为序。

周秦古书，如《于陵子》《亢仓子》《天禄阁外史》之类，辞意浅陋，依托显然，今皆不取。

世历绵渺，古籍多亡，其逸文犹见于他书者，并为甄录，存其家数。

所引诸书，并注篇名，以便覆按，一事而诸书并载则取其最先见或兴味较长者，并胪注异同，使阅者参观之而易知其意。

原文或过于冗长，或中杂他事，全录则病太谩，删改又非所宜。今凡节取者于接联处空一字为记。其于原书，都无窜易。

李瀚蒙求，每则皆有题目，期令阅者一览而知其意，终篇能括其文。

兹编亦仿其制。

原书有前人注解者,兹多因之;或旧注艰深,未易领会,僭加删改,俾就浅明。原书无注者亦略加训释。每则略加评语,发明寓意之所在,触类引伸,或有当焉。

三藏经论中多比喻,微言妙义,不让蒙庄。其说来自印度,原非中国所有,别为外编,以待刊行。[①]

在这里,孙毓修没有区分"寓"和"喻",据茅盾回忆:"孙老先生花了半个月时间作这篇骈四俪六的千把字的长序,中心内容仍是寓、喻不分,而开头引诗经的几句以为喻言之始祖,却又接以'楚骚既沿其波,汉赋复宗其例',他把我们称之为形象思维的,统统称之为喻言;至于'公孙论名,借观于白马',显然牛头不对马嘴,那时我对先秦哲学虽无研究,但在学校选读先秦诸子时,也知公孙龙的'白马非马',是'名家'辩术之一例。从此可知不能与'孟子言性,取象于湍水'相并而论。至于书中所收《愚公移山》《夸父逐日》,则是神话,既非'寓言',也不是'喻言'。但是这一些意见,我都不同这位自负不凡的老先生说,因为他写了序和凡例,这书将必由他负责。真不料书印出来时,版权页上却写'编纂者桐乡沈德鸿,校订者无锡孙毓修'。这叫人啼笑不得,但也只能听之而已。这在别人,或者倒会引以为荣的。"[②]该书包括四卷,多选取中国古代的寓言故事改编而成,其中如"孔子劝学""学如炳烛""学以砺身"等有益于儿童身心发展的古典资源,得到了合理化的改造,期冀儿童能养成好的习惯和品格,承担起社会及国家的使命。他力求"把儿童文学古籍里的人物移到近代的背景前"[③],这种古为今用的思维是茅盾儿童文学创造及改编理论的重要维度,自觉地将古与今两个视域联系在一起。茅盾将唐传奇《南柯太守传》改编成童话《大槐国》时,删掉了原作中淳于棼与大槐国宫女调笑等不健康的情节,而其与死去父亲的通信及豪华婚礼场面的描写也一笔带过,对原作所揭露的热衷功名利禄、趋炎附势的丑态进行了强化。这种删改与茅盾"为人生"的文学观念是很相符的,他结合儿童审美的特点,将中

① 孙毓修:《中国寓言序》,《中国寓言初编》,沈德鸿编纂,商务印书馆 1917 年版,第 1—3 页。
② 茅盾:《商务印书馆编译所》,《我走过的道路(上)》,人民文学出版社 1981 年版,第 118 页。
③ 沈雁冰:《最近的儿童文学》,《小说月报》第 15 卷第 1 号,1924 年 1 月 10 日。

国现实的内容融入其要陈述的故事之中，体现了一种古今参照的文学意识。同样，他的另一篇童话《牧羊郎官》也遵此原则，汉朝卜式的故事在史书上的记载是非常简单的，人物形象也并不丰满，茅盾在刻画这个人物时扩充了故事，重点突出卜式“从事实业”“报效国家”的民族精神。

1917 年 12 月，茅盾在《学生杂志》第 4 卷第 12 号发表了《学生与社会》。该文从探索德意志的兴起原因开篇：“德国之强。小学教师之力也。而所以维持其强使不堕者，学生也。学生为一国社会之种子，国势之强弱，固以社会之良窳为准，而社会之良窳又以其种子之善否为判。”在茅盾看来，“学生者，社会之中坚也。社会将来之良窳，胥于是取决于其于社会关系之大，无待赘言”。他认为学生是衡量一个国家强大与否的标志，他进一步补充道：“现社会良而种子恶，国势必衰，反之，现社会虽不良，而种子善，国势必振兴。”对于中国学生所处的困境，他感慨道：“翻五千年之国史，斑斑可考也。”在论析学生与社会的关系时，他批评不良社会对学生的影响：“一不良之社会，其影响及于学生也，语云：‘白沙入泥土，与之俱黑’，‘蓬生麻中，不扶自直’。‘盖外界之风气最足以变异人之气质，而在意志薄弱立脚未稳之人，当之尤甚学生。’”他认为，学生“以现状言，学生固分利之人也，以将来言，学生又为社会之中心，谓其于社会无力耶”。他还将学生所处的地位分为两种：一为旁观者，一为自主者。最后，他做出如下结论：“学生时代，精神当活泼，而处事不可不慎，处世宜乐观，而于一己之品行之学问，不可自满，有担当宇宙之志，而不先事骄矜，蔑视他人。须尤有自主心，以造成高尚之人格，切用之学问，有奋斗力以战退恶运，以建设新业。”①

1918 年

1918 年 1 月，茅盾的《一九一八年之学生》刊发于《学生杂志》第 5 卷第 1 号。该文开篇指出：“二十世纪之时代，一文明进化之时代也。”结合中国的现实，

① 雁冰：《学生与社会》，《学生杂志》第 4 卷第 12 号，1917 年 12 月 5 日。

他反思道:“反观吾国,则自鼎革以还,忽焉六载,根本大法,至今未决。海内蜩螗,刻无宁晷;虚度岁月,暗损利权。此后其将沦胥而与埃及、印度、朝鲜等耶?”对于“停留中路而不进”的状况,他提出三点希望:“一、革新思想。二、创造文明。三、奋斗主义。”①

1918年1月,陈家麟、陈大镫翻译了安徒生的《十之九》,该译作由中华书局出版。内收《火绒箧》《飞箱》《大小克老势》《翰思之良伴》《国王之新服》《牧童》等6篇。因从英文转译,他们误以为安徒生是英国人,署名作者为英国安德森。该译作一发表,周作人就对此提出了批评,《新青年》第5卷第3期中,周作人发表《随感录·二十四》,提及陈家麟、陈大镫的译作,认为“凡外国人著作被翻译到中国的,多是不幸。其中第一不幸的,要算丹麦诗人‘英国安德森’”②。在文中,他将“安德森”改为“安得森”。此外,他还发表了《安得森的〈十之九〉》,批评陈家麟、陈大镫的译作《十之九》,称他们“把小儿的语言,变成了八大家的古文”,“不禁代为著作者叫屈”③。

1918年2月,北京大学歌谣征集处正式成立,它由刘半农、钱玄同、沈兼士、沈尹默发起,刘半农拟写了《北京大学征集全国近世歌谣简章》,北京大学校长蔡元培拟写了《校长启事》,并发表在《北京大学日刊》第61号上。该《简章》还刊发于《新青年》第4卷第3号上,全文如下:

1. 本大学拟于相当期限内刊印左列二书,

一、中国近世歌谣汇编。

二、中国近世歌谣选粹。

2. 其材料之征集用左列二法:

一、本校教职员学生各就闻见所及自行搜集;

二、嘱托各省官厅转嘱各县学校或教育团体代为搜集。

3. 规定时期自宋以及于当代。

4. 入选之歌谣当具左列各项资格之一:

---

① 茅盾:《一九一八年之学生》,《学生杂志》第5卷第1号,1918年1月5日。
② 周作人:《随感录·二十四》,《新青年》第5卷第3号,1918年9月15日。
③ 作人:《安得森的〈十之九〉》,《新青年》第5卷第3号,1918年9月15日。

一、有关一地方、一社会或一时代之人情风俗政教沿革者；

二、寓意深远有关格言者；

三、征夫野老游女怨妇之辞，不涉淫亵，而自然成趣者；

四、童谣谶语，似解非解，而有天然之神韵者。

5. 歌谣之长短无定限。

6. 歌谣之来历如左所限：

一、不知作者姓名而自然通行于一社会或一时代中者；

二、虽为个人著述，然确已通行于一社会或一时代中者。

7. 寄稿人应行注意之事项：

一、字迹贵清楚；如用洋纸，只写一面；

二、方言成语当加以解释；

三、歌辞文俗一仍其真，不可加以润饰，俗字俗语亦不可改为官话；

四、一地通行之俗字为字书所不载者，当附注字音，能用罗马字或 phonetics 尤佳；

五、有其音无其字者，当在其原处地位画一空格加，而以罗马字或 phonetics 附注其音，并详注其义，以便考证；

六、歌谣通行于某社会、某时代，当注明之。

七、歌谣中有历史地理或地方风物之辞句，当注明其所以；

八、歌谣之有音节者，当附注谱（用中国工尺、日本简谱或西洋五线谱，均可）；

九、寄稿者当书明籍贯姓氏，以便刊入书中；

十、寄稿者当书明详细地址，将来书成之后，依所寄稿件多少，赠以《汇编》或《选粹》一部；

十一、稿件寄交“北京东安门内北京大学法科刘复收”，封面应写明“某省某县歌谣”，以便分类保存，且免与私人函件相混；

十二、稿件过多者，应粘订成册，挂号付寄。

8. 此项征集，由左列四人分任其事：沈尹默主任一切，并编辑《选粹》；刘复担任来稿之初次审订，并编辑《汇编》；钱玄同、沈兼士考订方言。

9. 来稿之可用与否,寄稿人当予本校以自由审定之权。

定民国八年六月三十一日为征集截止期,九年十二月三十一日为编辑告竣期,十年本校二十五周年纪念日为《汇编》《选粹》两书出版期。[①]

1918年3月,《新青年》刊发了周作人翻译俄国作家梭罗古勃的《童子Lin之奇迹》。该文塑造了一个勇敢、叛逆、无畏的小孩子Lin,在强大的外族罗马兵面前,他大胆地指出了罗马兵杀害老百姓的事实,为了保护他,其他的小孩子大声哭喊,想压低他的声音,还有几个来拉他的手,想拖他回去,然而他勇敢地站了出来大声诅咒。这个小孩子的身上有着一种弱小国民身上所具备的反抗、叛逆及勇敢,他尽管"手没有力,也尚未长大",但他的诅咒让强大的罗马士兵感到了恐惧,在罗马士兵看来,这是"叛逆的种子","倘若后来长大,便可要联合了作乱"。小孩子Lin的勇敢赴死表征了儿童所具有的精神美德是成人无法压制的,这种死正如周作人在翻译前的序言所言:"然非丑恶可怖之死,而为庄严美大白衣之母;盖以人生之可畏甚于死,而死能救人于人生也。"[②]在《〈童子林的奇迹〉附记》中,周作人指出,梭罗古勃以"死之赞美者"见称于世。"书中主人,实唯'死'之一物,然非丑恶可怖之死,而为庄严美大白衣之母:盖以人生之可畏甚于死,而死能救人于人生也。"[③]

1918年6月,茅盾开始创作童话,后来其创作的童话结集为《童话》丛书由商务印书馆出版。据学者王泉根统计,茅盾创作的童话故事大致分为两种:一种是根据古今中外的传说故事,其中借鉴外国童话故事或民间传说的有十二篇:《驴大哥》《蛙公主》《海斯交运》分别来源于格林童话的《布勒门镇上的音乐家》《青蛙王子》《伶俐的罕斯》,《狮骡访猪》《狮受蚊欺》《狐兔入井》分别来自《伊索寓言》的《驴、狐狸和狮子》《蚊子和狮子》《狐狸和山羊》,《兔娶妇》来自挪威民间故事《结了婚的野兔》,《鼠择婿》参照的是突尼斯民间故事《猫和螃蟹》,《金龟》借鉴

① 《北京大学征集全国近世歌谣简章》,《新青年》第4卷第3号,1918年3月15日。
② Sologub(梭罗古勃):《童子Lin之奇迹》,周作人译,《新青年》第4卷第3号,1918年3月15日。
③ 《汉译文学序跋集》第2卷,李今主编,罗文军、樊宇婷编注,上海人民出版社2017年版,第261页。

了印度童话《多话的龟》,《飞行鞋》来自《贝洛尔童话》之《小拇指》,《怪花园》参照的是法国童话《美女与野兽》,等等。借鉴外国儿童文学向民间和历史传说借力的经验,沈雁冰也积极挖掘中国古代传说故事文本中的素材,创作了五篇童话,《大槐国》《千匹绢》《负骨报恩》《树中饿》和《牧羊郎官》分别从《唐人传奇》《太平广记》《古今小说》和《史记》中寻得创作灵感和故事原型。另一种是少量来源于生活的创作童话。①

1918 年 9 月,周作人在《新青年》上发表了《安得森的〈十之九〉》。在这篇文章中,周作人对于儿童资源的翻译问题提出了自己独特的看法。有感于一些翻译家"有自己无别人"抱定老本领旧思想,不会融通的弊病,周作人担忧这种翻译可能会"把外国异教的著作,都变作班马文章,孔孟道德"。在谈到童话的变迁问题时,周作人意识到了传统儿童资源必须要经过淘洗和变革才能适应现代儿童的需要,因为,"顾时代既遥,亦因自然生诸变化",如果"放逸之思想,怪恶之习俗,或凶残丑恶之事实,与当代人心相抵触者,自就淘汰,以成新式",因而现代人要做的就是"删繁去秽,期合于用,即本此意,贤于率意造作者远矣"②。结合自己的阅读经历,周作人将格林兄弟和安徒生进行了对比。他充分肯定格林兄弟在民俗学上的贡献,认为他们"是学者,采录民间传说,毫无增减,可以供学术上的研究"。相对而言,安徒生则是诗人,"小儿的言说,写出原人——文明国的小儿,便是系统发生上的小野蛮——的思想"。两个人的最大差异在于:"格林兄弟的长处在于'述';安得森的长处,就全在于'作'。"周作人感叹,"小儿自作的童话,却从来不曾有过",倘要说有,他认为安得森可以算得上,因为"他活了七十岁,仍是一个小孩子"。他批评陈家麟、陈大镫翻译安徒生《十之九》将"最合儿童心理的'一二一二',却不见了。把小儿的言语,变成八大家的古文"③。

1918 年 9 月,鲁迅在《新青年》上发表的《随感录·二十五》着重探讨了"儿童教育"的问题。鲁迅站在启蒙主义的文化立场,指出了中国家庭没有"教育"的状况:"穷人的孩子蓬头垢面的在街上转,阔人的孩子妖形妖势娇声娇气的在家里转。转得大了,都昏天黑地的在社会上转,同他们的父亲一样,或者还不如。"

① 王泉根:《现代儿童文学的先驱》,上海文艺出版社 1987 年版,第 48 页。
② 周作人:《童话略论》,《教育部编纂处月刊》第 2 号,1913 年 11 月 15 日。
③ 作人:《安得森的〈十之九〉》,《新青年》第 5 卷第 3 号,1918 年 9 月 15 日。

进而指出隐藏在这种状况背后的错误观念:“中国的孩子,只要生,不管他好不好,只要多,不管他才不才。生他的人,不负教他的责任。所有小孩,只是他父母福气的材料,并非将来的‘人’的萌芽。”即中国人没有“人”的自觉意识。同时,他还对“人”之父与“人”之子陷入历史循环论的陷阱抱有深深的隐忧:“不是‘人’的父亲,他生了孩子,便仍然不是‘人’的萌芽。”①

1919年

1919年1月,安徒生的《卖火柴的女孩》经周作人翻译后刊发于《新青年》第6卷第1号上。周氏后来又翻译了安徒生的《皇帝之新衣》,收入了群益书局在1920年重版的《域外小说集》。此后,在周氏兄弟的大力倡导和亲身实践下,刘半农、赵景深、郑振铎、顾均正等人也陆续翻译了诸多外国童话,极大地推动了中国儿童文学的发展。对此,郑振铎对周作人推介安徒生之功予以高度评价:“使安徒生被中国人清楚地认识的是周作人先生。”“到了‘五四’之后……《新青年》成了青年的指导者,于是周先生登译在《新青年》上的安徒生的《卖火柴的女儿》才为大家注意。周先生又在《新青年》批评陈君译的安徒生童话集,题为《十之九》的。此后,安徒生便为我们所认识。”②

1919年1月,鲁迅在《新青年》发表了探讨儿童问题的文章《随感录·四十》。鲁迅从一首呐喊式的诗作《爱情》出发,批判了中国传统的无爱情婚姻,并强调人生而为人的权益和尊严:“可是东方发白,人类向各民族所要的是‘人’,——自然也是‘人之子’——我们所有的是单是人之子,是儿媳妇与儿媳之夫,不能献出于人类之前。”并总结出结束没有爱的悲哀的根本的办法为:“完全解放了我们的孩子!”③

① 唐俟:《随感录·二十五》,《新青年》第5卷第3号,1918年9月15日。
② 郑振铎:《安徒生的作品及关于安徒生的参考书目》,《小说月报》第16卷第8期,1925年8月10日。
③ 唐俟:《随感录·四十》,《新青年》第6卷第1号,1919年1月15日。

1919 年 2 月，鲁迅在《新青年》上发表了探讨代际伦理的文章《随感录·四十九》。鲁迅从进化论的角度分析生物界的怪现象，批判了“父”对“子”的压迫和束缚，并提出“父”与“子”的新型关系为进化型的关系，即“父”为“子”的新生而铺平道路：“老的让开道，催促着，奖励着，让他们走去。路上有深渊，便用那个死填平了，让他们走去。”①

1919 年 5 月，程生的儿童小说《白旗子》刊发于《每周评论》。该小说以“五四”学生运动为背景，书写了一个家庭里父子俩的冲突。作者借父亲之口道出了学生运动的恢宏场面：“那些学生手里都拿着白旗子，如同雪片一般，在天安门前头站着，人声嚷成一片，不知道要怎么闹才好。我看见旗上写些什么‘爱国’‘杀卖国贼’，又有些什么‘还我青岛’‘同胞快醒’的话头。”在这位父亲看来，学生的这些举动简直没有王法。听说自己的大儿子参加了天安门的学生爱国运动后，他勃然大怒，打了儿子一巴掌并大骂儿子混蛋，“我看这班学生，真是无法无天”。在接下去的父子对话中，父亲显然占据了话语的制高点，“大儿这时候被他老子压住了，那团欢喜也不知抛到哪里去了”。有感于学堂里的教师鼓动儿子参加学生运动，父亲做出决定：“明天不准到学堂里去……从此以后不准上学堂，只在家里念书。”两个儿子最终被关闭于家庭之中，对于外面晃动的“白旗子”，只能一声不响地望着。尽管如此，深受时代感召的儿子却对革命青年的游行示威仍有几分遐想，心中涌动着青春与激情。从大儿向母亲转述大学生演讲内容可见一斑：“我听见那些大学生演说——都讲我们中国大多数的国民，皆是无知识的，那伙官僚，又皆是无心肝、无耻的，现在日本要强占我们青岛，我们这一班青年，有热忱有勇敢的学生，要不出来反对，谁也不问这回事的啊。……娘……你讲他们说的话，何等伤心，何等义气啊！”②旁观的儿童显然也感染了这种宣讲仪式所带来的心灵的震撼和灵魂的洗礼。从儿童向其母亲讲述大学生参加“五四”学生运动时的激昂话语来看，孩子已将这种感染神圣的信仰植于内心，因而也就无法完全被驯服或奴化，他还向母亲展开了“白旗子”，天真地舞了一舞说：“娘……你看这上面还写着杀卖国贼哩。”

1919 年 8 月，胡适在《每周评论》上发表了《我的儿子》。他以“树本无心

① 唐俟：《随感录·四十九》，《新青年》第 6 卷第 2 号，1919 年 2 月 15 日。
② 程生：《白旗子》，《每周评论》第 23 期，1919 年 5 月 26 日。

结子,我也无恩于你"[①]的诗句批判了封建伦理桎梏子女的错误做法,深刻地揭露了传统父母"市恩"的荒唐做法,认为这就像父母把自己放在了"'放高利债'的债主"的位置一样愚蠢。此诗一出,汪长禄写信批评胡适竟把做儿子的晚辈抬举起来。于是,8月17日他撰文《再论"我的儿子"》予以回击。对于旧道德中以"孝"牵制子女,希望子女都做孝子的父母,胡适戏谑地称这是父母在咒自己死,子女不但不用行孝,甚至可以理所当然地当起"'白吃不还账'的主顾"。他以父亲的口吻反问:"假如我卖国卖主义,做了一国一世的大罪人,他应该爱敬我吗?"[②]

1919年11月,鲁迅在《新青年》上发表了《我们现在怎样做父亲》。鲁迅从"研究怎样改革家庭"出发,顺势谈及"从来认为神圣不可侵犯的父子关系"。鲁迅依据进化论的哲学思想,首先将批判锋芒对准"圣人之徒"所认定的传统伦常观:"父对于子,有绝对的权力和威严。"文章指出:"三年无改于父之道可谓孝矣"是"曲说"。这就是"退婴的病根"!因为在进化论的观念中,"只要思想未遭锢蔽的人,谁也喜欢子女比自己更强,更健康,更聪明高尚——更幸福;也就是超越了自己,超越了过去。超越便须改变,所以子孙对于祖先的事,应该改变"。同时,他提出"父母对于子女,应该健全地产生,尽力地教育,完全地解放"。该文还探讨了现代中国社会人"之父"的核心要义,即何谓"'人'之父"。鲁迅对此持有特定的理解,意指历史进化论中"觉醒的人",即启蒙者。"'人'之父"承担着启蒙儿童,或者说,解放儿童的使命,自身却如"中间物"一样注定了消逝在历史进程中。"'人'之父"的这种宿命的悲剧性命表现在:"自己背着因袭的重担,肩住了黑暗的闸门,放他们到宽阔光明的地方去;此后幸福的度日,合理的做人。"但"'人'之父"如此付出的动因不是为了传统伦常观所倡导的"恩",而是为了现代家庭观所追求的"爱"。在此,"'人'之父"已然追求着鲁迅"立人"的思想旨归。[③]

1919年11月,鲁迅在《新青年》上发表《随感录·六十三》。鲁迅认为有岛武郎《与幼者》中的说法符合其对于新型"父"与"子"的关系的想象,符合启蒙者的观点和态度。如:"我爱过你们,而且永远爱着。这并不是说,要从你们受父亲

① 胡适:《我的儿子》,《每周评论》第33号,1919年8月3日。
② 胡适:《再论"我的儿子"》,《每周评论》第35号,1919年8月17日。
③ 唐俟:《我们现在怎样做父亲》,《新青年》第6卷第6号,1919年11月1日。

的报酬，我对于‘教我学会了爱你们的你们’的要求，只是受取我的感谢罢了……像吃尽了父亲的死尸，贮着力量的小狮子一样，刚强勇猛，舍了我，踏到人生上去就是了”，表现“父”作为“子”的踏板。再如：“你们从我的足迹上寻不出不纯的东西的事，是要做的，是一定做的。你们该从我的倒毙的所在，跨出新的脚步去。但那里走，怎么走的事，你们也可以从我的足迹上探索出来”，表现“子”在“父”的基础上有所提升和进步。[①]

1919 年 11 月，郭沫若在《时事新报·学灯》上发表童话剧《黎明》。该剧开篇呈现的是一个浑浊不明、苍莽原始的背景：“海影朦胧。呈现出一种凄惨可怕的颜色。海涛狂暴依然。大海中恍惚有座孤岛。”这种天地相含混、晦暝萧瑟的背景隐喻了社会变动的文化信息。与此同时，黎明曙光、初生太阳出现了，“曙光渐渐浓厚，颜色渐渐转青”，“太阳出海，如火烧天壁，万道光霞齐射”。一对先觉儿女在此情境中出场了，他们是作家憧憬中国未来和新生的符号：“脱了壳的蝉虫”“出了笼的飞鸟”“才出胎的羚羊”“才发芽的春草”。他们唱歌、跳舞，是天宇中的精灵，他们“好像这黎明时候的太阳”“好像这黎明时候的海洋”！在这里，旧时代为新生力量取代也不可避免，这对儿女有“涤荡去一些尘垢秕糠”、破除旧时代的使命感，他们也有创造一个新世界的自豪感，他们诅咒一切桎梏人自由发展的“囚笼”“幽宫”，决定与宇宙中的一切生灵去“制造出一些明耀辉光”“从新制造出一个大洋”，共同欢庆“天地的新生”“海日的新造”。在他们的召唤下，藏禁于“幽宫”和“囚笼”的弟兄姊妹被唤醒了，加入了这一场“黎明到来”的节日仪式。这对先觉儿女用一种狂欢的方式迎接着新太阳的出现：在曙光初现的孤岛，一群儿女放声高唱，他们尽情舞蹈，“跪向太阳祷告，跪向太阳祈祷”。与此同时，旧体制、旧时代在他们的狂欢里黯然地谢幕了，“我们唱着凯歌，来给你们送终”。儿女们在高涨的“更生”“新生”中达至了生命的酩酊状态，得到的是一种狂欢的新生快感，“我们唱着凯歌凯旋”[②]。

---

① 唐俟：《随感录·六十三》，《新青年》第 6 卷第 6 号，1919 年 11 月 1 日。
② 郭沫若：《黎明》，《时事新报·学灯》，1919 年 11 月 14 日。

1920 年

1920 年 1 月,冰心的儿童小说《庄鸿的姊姊》刊发于《晨报》上。主人公庄鸿和姊姊很小就失去了父母,跟随祖母和叔叔一起生活,两人都在一所高等小学读书。尤其是姊姊,“她们学校里的教员,没有一个不夸她的,都说像她这样的材质,这样的志气,前途是不可限量的”。而且姊姊也自命不凡,私下里对“我”说:“我们两个人将来必要做点事业,替社会谋幸福,替祖国争光荣。你不要看我是个女子,我想我将来的成就,未必在你之下。”应该说,冰心刻画的这个儿童有着现代意识,与其他儿童也拉开了距离,是一个独异的儿童形象。然而,就是这样一个大人眼中的叛逆者,却以死亡的方式终结了其成长的历程。深究其因,她依然无法摆脱来自社会与家庭所施加的重压。由于“中交票”大跌,叔叔的薪水无力支撑整个家庭,尽管庄鸿的姊姊是块读书料,祖母却说:“一个姑娘家,要那么大的学问做什么?又不像你们男孩子,将来可以做官,自然必须念书的。”姊姊辍学后,非常失落无助,无奈只能将希望寄托于庄鸿身上。就在庄鸿到外地求学时,姊姊心无所依,在无所寄托的压抑绝望中死去。姊姊在弥留之际陷入了虚无,她没有任何的反抗,默默地接受了一切的安排。主体在逼近自己死亡之际,对生有相对深刻的思考。然而,这种死亡临界点上“生”的发现,对于庄鸿的姊姊来说,没有太多意义,最多不过是本能的反应或是加快其死亡到来的心理要素罢了。尽管在小说的最后,冰心借庄鸿之口质问道:“我不明白为什么中交票要跌落?教育费为什么要拖欠?女子为什么就不必受教育?”①

1920 年 3 月,《晨报》连载了冰心的儿童小说《最后的安息》。冰心塑造了一个叫翠儿的童养媳,她的婆婆成天咒骂她,让她做超负荷的日常家务,稍微不如意,就招致一顿毒打,翠儿整天泪眼婆娑。然而,和她年纪相当的惠姑出现了,她的善良、爱心、友好点亮了翠儿的纯洁心灵,“一片慈祥的光气,笼罩在翠儿身上。

① 冰心:《庄鸿的姊姊》,《晨报》,1920 年 1 月 7 日。

她们两个的影儿,倒映在溪水里”。她们不仅是现实生活的体验者,也是生命的渲染者和抽象抒情的符号。冰心一方面表达了她对于美丽心灵,爱与美的人性的褒扬,“虽然外面是贫,富,智,愚,差得天悬地隔,却从她们天真里发出来的同情,和感恩的心,将她们的精神,连合在一处,造成了一个和爱神妙的世界”①。但另一方面也流露出她对于儿童现实困境的担忧,翠儿带着满是微笑却又伤痕累累的创痛离开了人世。

1920 年 6 月,谢婉莹的儿童小说《小家庭制度下的牺牲》发表在《燕大季刊》上。作家借助一个儿子给其父母的信道出了家族制度对人的精神戕害:“中国贫弱的原因在哪里?就是因为人民的家族观念太深……这万恶的大家族制度,造就了彼此依赖的习惯……像我们这一班青年人,在过渡的时代,更应当竭力的打破习惯,推翻偶像……我们为着国家社会的前途,就不得不牺牲了你二位老人家了……简单说一句,我们要奉行‘我们的主义’,现在和你们二位宣告脱离家庭关系。”②在这里,儿子主体价值的确立是通过对家庭观念的剥离而实现的。“我们的主义”体现了儿子成为独立的主体而不再是父母的附属品。当然,这种全新的父子关系也有其残忍的一面:切断了父子之间的温情,也抽空了子对于父必要的“义务”。正如小说所写到的,儿子离家后,年迈多病的父母只能独自等待和叹息。在老人悲凉地念着儿子的绝交信时,作家笔锋转向了衔着食物来反哺老鸦的雏鸦,在这种比较中透露了作家复杂的情感。

1920 年 8 月,周作人辑录的小说集《点滴》由北京大学出版部出版发行。内收《卖火柴的女儿》(附记)。该文首先对安徒生进行了简单的介绍,然后对“童话”释义:“童话本来是原始社会的文学,也就是儿童的文学;因为在个体发生上,儿童时代正与原人的等级相当。所以历来只有天然的童话,至于认为的文学的童话,未曾有过:有了诗人的笔便已失却小儿的心了。只有安兑尔然是个诗人,活了七十岁,却仍旧是一个孩子。他用孩子的眼光,观察事物,写出极自然的童话;一面却用诗人的笔法去记述,所以又成了文学上的作品。他之所以为古今无双的童话作家,便只是这缘故。”对于《卖火柴的女儿》,周作人这样评析道:“安兑尔然这篇故事,又与平常的童话,略略不同,所以别有一种特色。他写这女儿的

① 冰心:《最后的安息》,《晨报》,1920 年 3 月 11—13 日。
② 谢婉莹:《小家庭制度下的牺牲》,《燕大季刊》第 1 卷第 2 期,1920 年 6 月 1 日。

幻觉,正与俄国平民诗人涅克拉梭夫(Nekrassov)的《赤鼻霜》诗里写农妇在林中冻死所见过去的情景相似。可以同称近世文学中描写冻死的名篇。”①

1920年9月,陈衡哲在《新青年》第8卷第1号上发表童话作品《小雨点》②,这是中国第一篇用白话文创作的童话。主角“小雨点”被拟人化,赋予了生命,他像一个天真活泼的儿童,在大自然中经历了各种奇遇。这篇童话对儿童心理的刻画相当细腻准确,用白话写成的文字也非常晓畅优美,体现出文学艺术上的成熟。该文后来还被收入初中国语教科书。

1920年9月,《晨报》刊发了冰心的儿童小说《是谁断送了你》。这篇小说是冰心“问题小说”的代表作之一。在家长制的“狭的笼”里,儿童的生活没有生路,他们被驯化为缺失主体的儿童。父亲在女儿行将到学堂去读书时对其进行了“训诫”:“从今天起,你总要好好的去做,学问倒不算一件事,一个姑娘家只要会写信,会算账,就足用了。最要紧的千万不要学那些浮躁的女学生们,高谈‘自由’‘解放’,以致道德堕落,名誉扫地,我眼里实在看不惯这种轻狂样儿!”③在父亲的道德规训下,女儿一边听着,一边答应了几十声“是”。在学堂学习时,当有男学生给其写信,信中内容与父亲劝诫的内容不相一致时,女儿便吓得失去灵魂,一病不起,最终在高度紧张的压力中死去。冰心用“是谁断送了你”作为题目和结尾的反问,控诉了父辈的所谓道德伦理对于子辈的精神戕害。

1920年9月,冰心的儿童小说《一个忧郁的青年》发表在《燕大季刊》第1卷第3期上。小说主人公意识到了儿童社会化的成长蜕变,在儿童自足阶段,“无论何事,从幼稚的眼光看去,都不成问题,也都没有问题”,但当他融入成人社会的时候,“眼前的事事物物,都成了问题,满了问题”,前后两个阶段的情形大相径庭:“为什么有我?”——“我为什么活着?”——“为什么念书?”下至穿衣,吃饭,说话,做事;都生了问题。从前的答案是“活着为活着”——“念书为念书”——“吃饭为吃饭”,不求甚解,浑浑噩噩的过去,可以说是没有真正的人生观,不知道人生的意义。——现在是要明白人生的意义,要创造我的人生观,要解决一切的问

---

① 《汉译文学序跋集》第2卷,李今主编,罗文军、樊宇婷编注,上海人民出版社2017年版,第274—275页。

② 陈衡哲:《小雨点》,《新青年》第8卷第1号,1920年9月1日。

③ 冰心:《是谁断送了你》,《晨报》,1920年9月12日。

题。[1] 从现在与过去的对照可以窥见儿童社会化所滋生的诸多问题，这些社会化的成长冲击着儿童相对稚嫩的精神王国，也给他们带来不少困惑，“不想问题便罢，不提出问题便罢，一旦觉悟过来，便无往而不是烦恼忧郁”。对于儿童而言，“烦恼”是其成长的必然现象。生活于自足世界之中的儿童是很难想见的，因为他们还没有真正遭遇社会。社会会让儿童脱离其原有的精神世界，逐渐认识自我及与他人的复杂关系。

1920 年 12 月，周作人在《新青年》上刊发了《儿童的文学》一文，该文系周作人于 1920 年 10 月 26 日在北京孔德学校所讲的内容。在该文中，周作人第一次提出“儿童文学”这一概念。周作人首先指出，以前的人对儿童有不正当的理解，他认为儿童在生理、心理上，虽然和成人有不同，但他们仍是“完全的个人”，有他们自己内外两面的生活。在他看来，儿童文学包含“儿童的”和“文学的”两个不相析离的维面，对于两者的关系而言，他认为：“关于‘文学的’这一层，也不可将它看轻；因为儿童所需要的是文学，并不是商人杜撰的各种文章，所以选用的时候还应注意文学的价值。”儿童有内外两面生活的需要，一味地强调儿童的社会性会影响其自然性的发展。于是，他指出：“在诗歌里鼓吹合群，在故事里提倡爱国，专为将来设想，不顾现在儿童生活的需要的办法，也不免浪费了儿童的时间，缺损了儿童的生活。”他反对那些功利的教化，也不满成人以自己的意志来强加于儿童，“不是将他当作缩小的成人，拿‘圣经贤传’尽量的灌下去，便将他看作不完全的小人，说小孩懂得甚么，一笔抹杀，不去理他”。周作人从人类进化的事实中发现了用人类学视角来理解儿童成长的方法：“照进化说讲来，人类的个体发生原来和系统发生的程序相同：胚胎时代经过生物进化的历程，儿童时代又经过文明发达的历程；所以儿童学（Paidologie）上的许多事项，可以借了人类学（Anthropologie）上的事项来作说明。”对于儿童而言，其成长的过程是人身心得以完善的体现，是其自然性与社会性由原初的析离状态逐步走向融合的阶段。就儿童读物和儿童教育而论，幼儿后期的儿童，“中国小说里的《西游记》讲神怪的事，却与《封神榜》不同，也算纯朴率真，有几节可以当童话用。《今古奇观》等书里，也有可取的地方，不过须加以修订才能适用罢了”。最后，针对儿童读物的

① 谢婉莹：《一个忧郁的青年》，《燕大季刊》第 1 卷第 3 期，1920 年 9 月 1 日。

问题，他发出如下呼吁："我希望有热心的人，结合一个小团体，起手研究，逐渐收集各地歌谣故事，修订古书里的材料，翻译外国的著作，编成几部书，供家庭学校的用，一面又编成儿童用的小册，用了优美的装帧，刊印出去，于儿童教育当有许多的功效。我以前因为汉字困难，怕这事不大容易成功，现在有了注音字母，可以不必多愁了。"①

1921 年

1921 年 1 月，茅盾出任《小说月报》主编，重视儿童文学也成为革新过的《小说月报》特色之一。《小说月报》的三任主编，从茅盾到郑振铎到叶圣陶，都是儿童文学的奠基人。茅盾编译了开创性的《童话》，郑振铎创办了第一个儿童文学刊物《儿童世界》，叶圣陶在《儿童世界》发表了中国现代童话的奠基杰作，因此，《小说月报》也就成为儿童文学的重要阵地。它大量刊登外国儿童文学作品，特别是童话作品，登载有鲁迅译的爱罗先珂童话，徐调孚译的科洛狄童话《木偶的奇遇》，张晓天译的日本小川未明童话，谢之逸译的日本民间童话等；它重视发表儿童文学创作，所发表的童话就有叶圣陶的《牧羊儿》、严既澄的《春天的归去》、徐蔚南的《蛇郎》、郑振铎的《朝霞》《七星》、徐志摩的《小赌婆儿的大话》、敬隐渔的《皇太子》、褚东郊的《喜鹊教造窠》等；它注意介绍外国儿童文学信息和资料，除了茅盾亲自撰写的《海外文坛消息》以外，在 12 卷号外《俄国文学研究》上，刊登了夏丏尊翻译的《俄国的童话》(日本西川勉)，该文介绍了克雷洛夫、特米托利哀夫、普希金、托尔斯泰、契诃夫、梭罗古勃等的童话作品，这是对俄国童话的首次介绍。最引人注目的是从 17 卷 1 号起接连 9 期刊登顾均正的《世界儿童名著介绍》，这是他接替赵景深在上海大学教授《童话概要》时的讲稿，在我国第一次有系统地、大规模地、全面地对外国童话作品进行介绍，共介绍了法国童话《鹅妈妈的故事》、英国童话《镜里世界》、意大利童话《匹诺奇奥的奇遇》(《木偶奇遇

① 周作人:《儿童的文学》,《新青年》第 8 卷第 4 号,1920 年 12 月 1 日。

记》)、美国童话《空想的故事》等 13 种著名童话。另外,《小说月报》从 15 卷 1 号(1924 年)起开辟"儿童文学"专栏,在 16 卷 8、9 号刊出《安徒生号》,17 卷 1、2、3 号,还连续出版了"儿童文学"专辑,为儿童文学登上文坛做了大张旗鼓的宣传,引起全社会的高度关注。

1921 年 1 月,《民铎》第 4 卷第 4 期刊发了郭沫若的文章《儿童文学之管见》。郭沫若首先分析了文坛的"人生的艺术"与"艺术的艺术"之争,他指出:"创作无一不表现人生,问题是在它是不是艺术,是不是于人生有益。"落实到儿童文学,他认为:"儿童文学的提倡对于我国社会和国民,最是起死回春的特效药,不独职司儿童教育者所当注意,举凡一切文化运动家都应当别具只眼以相看待。今天的儿童便为明天的国民。"与此同时,他也指出:儿童文学不是些干燥辛刻的教训文字;儿童文学不是些平板浅薄的通俗文字;儿童文学不是些鬼画桃符的妖怪文字。他进而归纳道:"儿童文学,无论采用何种形式(童话、童谣、剧曲),是用儿童本位的文字,由儿童的器官以直愬于其精神堂奥,准依儿童心理的创造性的想象与感情之艺术。"他充分肯定格林童话的价值:"童话、童谣我国古所素有,其中又不乏真有艺术价值的作品。仿德国《格林童话》之例,由有志者征求、审定而裒集成书,当能得到良好的效果。"最后,郭沫若对儿童文学建设提出了三种建议方法:一是收集,二是创造,三是翻译。①

1921 年 1 月,胡愈之在《妇女杂志》第 7 卷第 1 号中发表《论民间文学》一文,该文章主要分析了民间文学和儿童文学之间的相互关系。胡愈之认为民间文学最初在发生时有两种特质:第一,"创作的人乃是民族全体,不是个人";第二,"民间文学史口述的文学(Oral literature),不是书本的文学(Book literature)"。针对第一种特质,他指出:"因为任凭你是个了不得的天才,个人的作品,断不能使无智识的社会永久传诵的,个人的作品,传到妇女儿童的口里,不免逐渐变化,到了最后,便会把作品中的作者个性完全消矣,所表现的只是民族共通的思想和情感了。所以个人创意的作品,待变成了民间文学,中间必经过无数人的修改,换句话,仍旧是全民族的作品,不是个人的作品了。"对于第二条特质,他的解释是:"书本的文学是固定的,作品完成之后,便难变易,民间文学可是

① 郭沫若:《儿童文学之管见》,《民铎》第 2 卷第 4 期,1921 年 1 月 11 日。

不然;因为故事歌谣的流行,全仗口头的传述,所以是流动的,不是固定的。经过几度的传述,往往跟着时代地点而生变易。"基于此,作者精炼地概括出了民间文学的特质。但该文的特殊之处在于作者特别强调民间文学的重要性:"民间文学全是原始人类的本能的实物,和儿童性情最合,所以又是最好的儿童文学。"他对周作人在北京孔德学校讲演的《儿童的文学》中的观点表示赞赏。对于研究方法,胡愈之将"民情学"分为三种:"第一是民间的信仰和风俗(像婚丧俗例和一切的迷信禁忌等);第二是民间文学;第三是民间艺术。"民情学的主体部分主要包括故事、歌曲和片段的材料。具体的细目是:

一、故事:

1. 演义(Saga),即俗传的史事;

2. 童话(Marchen or Nurseiy tales);

3. 寓言(Fades);

4. 趣话(Doll)、喻言(Apolgues)等;

5. 神话(Myths);

6. 地方传说(Place legends)。

二、有韵的歌谣和小曲。

三、片段的材料,例如乳歌(Nursery rhymes)、谜(Riddes)、俗谚(Proverbs)、绰号(Nickusmes)、地名歌(Place rhymes)等。

对于"中国的故事歌谣,却没有人采集过"的状况,胡愈之主张:"现在要建立我国国民文学,研究我国国民性,自然应该把各地的民间文学,大规模地采集下来,用科学方法整理一番才好呢。"对于具体的做法,他的观点是:"最先把各地的民间故事、民间传说、民间歌谣采集下来,编成民间故事集、歌谣集等;随后把这种资料用归纳的、分类的方法,编成总合的著作。"①

1921年3月始,叶圣陶在《晨报副镌》上发表了系列文章,题为《文艺谈》,全文共40则,每星期刊登4则至6则,到6月25日刊登完毕。这40则中有诸多

① 胡愈之:《论民间文学》,《妇女杂志》第7卷第1号,1921年1月1日。

内容是涉及儿童问题及儿童文学创作与理论的。他认为儿童对于文艺、文艺的灵魂有着极热望的要求，情愿相与融合为一体，因而对于教育者“应当顺他们的自然的要求，多多给他们以文艺品，做他们精神上的食料”。于是，他主张：“为最可保爱的后来者着想，为将来的世界着想，赶紧创作适合儿童的文艺品，总该列为重要事件之一。我以为创作这等文艺品，一、应当将眼光放远一程；二、对准儿童内发的感情而为之响应，使益丰富而纯美。”他还认为，“谆谆诏告不如使其自化”，主张儿童“不知不觉之间受其熏陶，已植立了超过他们父母的根基”①。他反对以教训的方式来创作儿童文学作品，“教训在教育上是一个愚笨寡效的法子，在文艺上也是一种不高明的手法”。在他看来，“儿童文艺绝不含有神怪和教训的因素……总之，儿童文艺里须含有儿童的想象和感情，而有神怪和教训的因素的，决不是真的儿童文艺”②。针对儿童接受音乐方面的问题，叶圣陶认为诗歌和音乐是融合在一起的，“小孩是将来的人，他们尤其需要诗”，他呼吁文艺家“多多为学校里撰点适于儿童的歌辞。又愿当世的教育家不要给儿童设障碍物，愿你们为他们的引导者，于教授方面选材方面力求改革，导他们向艺术之路”③。叶圣陶认为儿童不应依着老路，他请求教师“不要将学校成为枯庙，将课本像和尚念梵咒那样给儿童死读。你们可以化学校为花园，为农圃，为剧院，为工场”。为此，他满含深情地指出：“我们固然不希望个个儿童为创作家，这是不可能的事，但不可不希望个个儿童能欣赏文学，接近文学。”④

1921 年 5 月，文学研究会的机关刊物《文学旬刊》在上海创刊，后改为《文学周报》。历任主编有郑振铎、谢之逸、徐调孚、赵景深等，至 1927 年底停刊，共出 380 期，比较集中地刊登了童话作品及其评论，有郑振铎的《〈稻草人〉序》，叶圣陶的《〈天鹅〉序》，赵景深的《研究童话的途径》《中西童话的比较》《马旦氏的中国童话集》等，顾均正的《童话的起源》《童话与想象》《童话与短篇小说——就小说的观点论童话》《托尔斯泰童话论》《译了〈三公主〉以后——相同故事的转变与各自发生说》等论文；有徐调孚译的安徒生童话《美人鱼》《雏菊》，胡愈之编译的《亚

---

① 圣陶：《文艺谈七》，《晨报副镌》，1921 年 3 月 21、22 日。
② 圣陶：《文艺谈八》，《晨报副镌》，1921 年 3 月 23 日。
③ 圣陶：《文艺谈十四》，《晨报副镌》，1921 年 4 月 4 日。
④ 圣陶：《文艺谈三十九》，《晨报副镌》，1921 年 6 月 24 日。

谷和人类的故事》,汪静之的童话《地球上的砖》《生和死》,何味辛的童话《虹的桥》《田鼠的牺牲》等作品。

1921年5月,周作人在《文学的书》中提出了他重要的主张——"无意思之意思"。他指出:"安徒生的《丑小鸭》大家承认他是一篇佳作,但《小伊达的花》似乎更佳;这并不是因为他讲花的跳舞会,灌输泛神的思想,实在只因他那非教训的无意思,空灵的幻想与快活的嬉笑,比那些老成的文字更与儿童的世界接近了……我说无意思之意思,因为这无意思原自有他的作用,儿童空想正旺盛的时候,能够得到他们的要求,让他们愉快地活动,这便是最大的实益。"①

1921年6月,胡愈之在《东方杂志》第18卷第12号上发表了《法国的儿童小说》。针对《东方杂志》上刊载的安得列夫的《犹拉》、台莪儿的《归家》和苏特曼的《欢乐的家庭》,胡愈之有感而发,他认为:"因为儿童的心理,具有浓厚的感情和丰富的神秘性——这是近代文学中所最宝贵的两种质素。所以晚近的作家,大多是爱用儿童心理来做题材的。"而且对于法兰西这个爱儿童的民族,很多作家都善于心理分析,他在阅读波拉斯佛的《阑干上的孩子》、伏胜的《小学生季拉》等儿童作品的艺术特征后,他认为:"从上述许多儿童小说作家的作品看来,可以明白他们大半是受了布格逊的影响。二十世纪之有布格逊犹之十八世纪之有卢梭,这两个哲学家,在文艺上,影响都是很大的。从布格逊的直观哲学所造成的文艺潮流,是感情之过度而精深,心灵和外部世界调和的要求之热切。这一类的特质,几乎是二十世纪的时代精神,儿童小说上所表现的,也就是这种趋势吧。"②

1921年6月,严既澄在长沙《大公报》上发表了《关于儿童文学之问题》。他认为在定义"儿童文学"的概念时,应该"先要讲文学的定义是甚么"。而对于"儿童文学","就是要扩充儿童的想象,唤起儿童的兴趣,活泼儿童的情绪"。他首先论析了儿童文学的发生:"自有人类,就有儿童文学产生,他的历史是很古,很长久的了……我们中国,近来才有人从西洋介绍这儿童文学过来,注意的人也渐渐的多了。然而这儿童文学的来源虽是很古,西洋也不过近世纪才注意到。"其次提及"儿童文学的功用":"至于儿童文学的功用,就是不使儿童的想象、兴趣、和

---

① 周作人:《文学的书》,《晨报》,1921年5月29日。

② 胡愈之:《法国的儿童小说》,《东方杂志》第18卷第12号,1921年6月25日。

情绪受伤,一方面使他成人之先,就有文学熏染,以增其人生的兴趣,和艺术上创造的智能。"他强调有些材料存在"方言太多,不能全国通行"问题,因此只能"翻译",但同时"须要审察我们中国儿童的性质是怎样的"。对于"形式"方面,他则强调:"一方面要浅显,一方面须得使儿童浏览之后,能够恋恋不舍。"最后他论及了安徒生:"他每在要紧的地方,就变一个形式或变一种方法下笔,使儿童浏览到这里,精神上觉得异样兴奋起来,那就可以达到恋恋不舍的目的。"①

1921 年 6 月,胡愈之在《文学旬刊》上发表了《研究民间传说歌谣的必要》。他首先引用法国批评家泰纳"人种""环境""时代"三要素来强调民族和文化的重要性:"文学家的思想和情感,常是民族的思想民族的情感的结晶。不能窥见民族精神的,不能代表民族思想的,便不能算作伟大的文学家。所以企图真实的艺术创作的,必须摄取民族的心灵,探测民众的深底,使全民族的性格和作家的个性,融合而为一。"为此,他认为要多搜集民间的信仰习俗歌谣故事,并对此进行研究才能真正窥测民族的思想和情感。他还指出,民间的神话、传说、歌谣、俗曲中蕴含了极大的宝藏,却从来没有人发掘过。"我对于现在的创作所不满意的,便是太不真切,太缺乏民族的特殊性,要是大家对于民间的歌谣故事,有相当的注意,也许所得的创作成绩,更要好些。"②

在同一期,胡愈之还刊发了文章《童话与神异故事》。作者开章明义地阐述了儿童文学的重要性:"为文化的未来,打一打盘算,儿童文学的产生似乎比什么都要紧哩。因为在我们成年人当中,也许有许多人是已陷入传统思想的地窖里,再也受享不到外面的光明了。但是我们的孩子——未曾中过毒的孩子,却不能再让他沉沦下去。我们应该怎样培养孩子们的'心灵之花',怎样燃烧孩子们的'生命之火',使他们有充分的能力,担当未来的文化重任。"他认为神话与神异故事在近代文学上占的地位并非狭小的,他呼吁作家不妨也做些神话、童话,"立下儿童文学的一个根基呢"③!

1921 年 7 月,郑振铎接办《时事新报》的《学灯》副刊。本着文学研究会的宗旨,该副刊开辟了《儿童文学》专版。据盛巽昌的研究,该副刊"发表胡天月译自

① 严既澄:《关于儿童文学之问题》,《大公报》,1921 年 6 月 24—25 日。
② 蠢才:《研究民间传说歌谣的必要》,《文学旬刊》第 6 号,1921 年 6 月 30 日。
③ 蠢才:《童话与神异故事》,《文学旬刊》第 6 号,1921 年 6 月 30 日。

《世界语本》的俄国民间异志(传说)、冰心《寄〈儿童世界〉小读者》和吴研因、赵景深及周作人关于儿童文学的理论”①。

1921 年 7 月,刘灵华述译的寓言集《托尔斯泰短篇》由上海公民书局出版发行。内收托尔斯泰创作的寓言、印度寓言和杂记三部分,共 61 篇。他为《老马》《犬逐火车》《黄瓜盗》《越狱之鸟》《一年之佣工妇》《一字教师》《探险须知》《鹁雏》《兔》《猴锯木》《儒牛乳新发》《仓鼠》《野狗选举象王》《海神还珠》《义鹰救主 附义犬》《盲人摸象大会议》《世界罪恶之由来》《驮麦之马》《犬之性》《橡榛竞长》《雏回卵》《鹑之失见》《羊与母牛》《狐之本能》《智羔》《田妇之猫》《鸦奴羊》《野猫策士》《羊毛客》《大火炉》《罪魂诉讼》等 32 篇寓言都作了“附记”。在《译序》中,刘灵华介绍了托尔斯泰的成就和世界影响,对于其寓言,他指出:“此虽近于聊斋戏笔,乃所谓咳唾珠玉,怒骂文章。昔希腊圣哲苏克雷地,酷嗜古代伊索寓言,此殆与相类。于家庭及社会青年辈,行为教育尤良。于自然研究,人情物理上补助不少矣,若其弘篇,当俟续出。”②

1921 年 7 月,《妇女杂志》刊发了张梓生的《论童话》。赵梓生认为:“童话和神话、传说,都有相连的关系。”他对“童话”的界定是:“根据原始思想和礼俗所成的文学”,于是,要了解童话“非用民俗学和儿童学去比较不可”。由于童话历经现代人润色,童话也随之改变,因而“我们研究童话,于变迁上所应该注意的,就是其中流传既久,不免有传闻异词的地方;我们总该细心推想,万不可轻易妄断,失掉它本来的精意”。在此基础上,赵梓生将童话分为“纯正的”与“游戏的”两类,这与周作人的“自然的童话”和“人为的童话”颇为相似,他意识到传统儿童资源中传统“思想”“习俗”需要加以修正,才能将童话真正推向儿童:“我们要利用童话去教育儿童,必须单纯的讲述他的本事,切不可于本事外面,妄自加上诫训的话头;因为童话中怪诞不经的事实里面的道理,只可使儿童自己无意中去领会出来,倘若有人勉强加上一番大道理,儿童非但不易懂得,或者还要为此发生厌倦心,全功因此尽弃哩!”但同时,张梓生非常肯定格林兄弟的民间童话对于中国童话的借鉴价值,他提出:“我们中国也该有人出来,将自己国内流传的大大的研

① 盛巽昌:《解放前儿童文学鸟瞰》,《现代儿童报纸史料》,少年儿童出版社 1986 年版,第 103 页。
② 刘灵华:《〈托尔斯泰短篇〉译序》,《托尔斯泰短篇》,上海公民书局 1921 年版,第 1 页。

究一下，把有关本民族特性的发挥一番。”①

1921年7月，在读了傅孟真发表在《晨报》上的《疯狂的法兰西》后，周作人撰写了一篇题为《国荣与国耻》的文章。他指出：“中国正在提倡国耻教育，我以小学生的父兄的资格，正式地表示反对。我们期望教育者授与学生智识的根本，启发他们活动的能力，至于政治上的主义，让他们知力完足的时候自己去选择。我们期望教育者能够替我们造就各个完成的个人，同时也就是世界社会的好分子，不期望他为贩猪仔的人，将我们子弟贩去做那颇仑们的忠臣，葬到凯旋门下去！国家主义的教育者乘小孩们脑力柔弱没有主意的时候，用各种手段牢笼他们，使边城他的喽啰，这实在是诈欺和诱拐，与老鸨之教练幼妓何异。”②

1921年8月，鲁迅翻译了俄国作家爱罗先珂的童话《狭的笼》，该译作刊发于《新青年》第9卷第4号上。童话中的老虎置身的空间浓缩了社会文化的全部奥秘——“闭塞”“压抑”“狭小”：“狭的笼，笼里看见狭的天空，笼的周围目之所及又是狭的笼……这排列，尽接着尽接着，似乎渡过了动物园的围墙，尽接到世界的尽头。每天每天总如此……”③在被羊和金丝雀等看客包围的情境下，它厌恶看客的嘴脸，“神呵，愿只是不看见那痴呆的脸呵，愿只是不听到那痴呆的笑呵”；他向往自由的天地，那里有“清凉的溪水的微音……弥满了馥郁的花的香气”。它的反扑和突围体现了其对自由的渴望，“疾于飞箭地扑上去。吐出比霹雳更可怕的咆哮。用了电光一般的气势，径攻这围墙”。作者用直接引语的方式标注出来，可以想见这是得不到呼应和共鸣的，也烛照了羊、金丝雀、金鱼等“人类的奴隶”的怯弱：“没有比自由更可怕，再没有比自由世界更不安的吓人的东西了。”老虎反抗精神的价值来源于庸众心理的恐惧和不安，“那放出外面的羊，却发出一种仿佛用了钝的小刀活活的剜着肚肠似的，凄惨的哭声，又逃回原地方来了”。作家借囚禁于狭笼中的老虎痛斥了甘愿做人类奴隶的飞鸟走兽：“单就印度而言，他们并不戚戚于自己不努力于人的生活，却愤愤于被人禁了‘撒提’，所以即使并无敌人，也仍然是笼中的‘最下流的奴隶’。”④他曾将外国童话中的批评与

① 张梓生：《论童话》，《妇女杂志》第7卷第7号，1921年7月1日。
② 子严：《国荣与国耻》，《晨报》，1921年7月23日。
③ 爱罗先珂：《狭的笼》，鲁迅译，《新青年》第9卷第4号，1921年8月1日。
④ 鲁迅：《〈狭的笼〉译者附记》，《新青年》第9卷第4号，1921年8月1日。

讽喻感同身受地置于中国的境地之中:“当我旁观他鞭责自己时,仿佛痛楚到了我的身上了,后来却又霍然,宛如服了一帖凉药。生在陈腐的古国的人们……大抵总觉到一种肿痛,有如生着未破的疮。未尝生过疮的,生而未尝割治的,大概都不会知道;否则就明白一割的创痛,比未割的肿痛要快活得多。这就是所谓‘痛快’吧?我就是想借此先将那肿痛提醒,而后将这‘痛快’分给同病的人们。”[①]这篇童话的译介对于儿童而言是不无裨益的,老虎所追求的不为外在空间所限制的自由精神,以及对于强大势力的反抗意志都能给儿童以心灵洗涤。

1921年8月,周作人在《晨报》发表了《小孩的委屈》。周作人将人类分作男、女和小孩三种,在他看来,“男人是男人,女人是女人,小孩是小孩,他们身心上仍各有差别,不能强为统一。以前人们只承认男人是人,(连女人们都是这样想!)用他的标准来统治人类,于是女人与小孩的委屈,当然是不能免了”。然而,在他看来,女人的委屈程度却要低于儿童,毕竟“女人还有多少力量,有时略可反抗,使敌人受些损害,至于小孩受那野蛮的大人的处治,正如小鸟在顽童的手里,除了哀鸣还有什么法子”[②]?由于儿童处于社会结构中最为弱势的地位,因而发现儿童、解放儿童也成为众多启蒙者的共识。

1921年8月,庐隐的儿童小说《两个小学生》刊发于《小说月报》上。庐隐刻画了一位母亲的形象:她含辛茹苦把自己的孩子养大、送进学校读书不容易,对于学生爱国请愿,她的意见是:“这么点小孩子,也学管那些事;请什么愿?倘若闯出祸来,岂不是白吃亏吗?”[③]应该说,母亲顾怜子女本无可厚非,然而她遵循的这种家族伦理也限制了其子女对于社会的认知。

1921年9月,爱罗先珂的童话《池边》经鲁迅翻译后刊载于《晨报》上。在《〈池边〉译者附记》中,鲁迅认为,诗人爱罗先珂的童话集含有美的感情与纯朴的心。对于其因有宣传危险思想嫌疑而被驱逐的事件,鲁迅指出:“看不出什么危险思想来。他不像宣传家,煽动家;他只是梦幻,纯白,而有大心,也为了非他族类的不幸者而叹息——这大约便是被逐的原因。”[④]

---

① 鲁迅:《〈出了象牙之塔〉后记》,《鲁迅全集》第10卷,人民文学出版社2005年版,第269页。
② 仲密:《小孩的委屈》,《晨报》,1921年8月10日。
③ 庐隐:《两个小学生》,《小说月报》第12卷第8号,1921年8月10日。
④ 鲁迅:《〈池边〉译者附记》,《晨报》,1921年9月24日。

1921 年 10 月，爱罗先珂的童话《春夜的梦》经鲁迅翻译后刊载于《晨报副镌》上。在《〈春夜的梦〉译者附记》中，鲁迅认为："文中的意思，非常了然，不过是说美的占有的最后，和春梦（这与中国所谓一场春梦的春梦，截然是两件事，应该注意的）的将醒的情形。而他的将来的理想，便在结末这一节里。作者曾有危险思想之称，而看完这一篇，却令人觉得他实在只有非常平和而且宽大，近于调和的思想。"借此他提出一个重要的儿童文学理论观点，即"童话中的审美是一种诗意的理想，也是一种调和的思想"①。

1921 年 11 月，冰心在《小说月报》上发表儿童小说《离家的一年》。小说通过姐弟两人的通信展开故事，在外接受教育的十三岁的小弟弟给他的小姊姊的信中有这样一段："我们的国文先生，有一天给我们讲到'杜威论思想'，他说：'杜威论思想，这思想不是你们小孩子胡思乱想的思想；也不是戏台上唱的，"思想起来，好不伤惨人也"的思想，这是……'他说了半天，也没有说出到底是什么思想来。"②对于这位十三岁的小弟弟而言，上面的内容是一件很好笑的事情，因为老师也讲不清究竟什么是"杜威论思想"，而作为学生的"他"就更不明白了。这其中就有接受机制的问题，对于接受者来说，接受习惯性的思想较为容易，接受全新的思想就不容易，至少需要一个过程，而对于教育者和被教育者都很模糊的思想，困难就更大了。

1921 年 11 月，严既澄在《教育杂志》上发表《儿童文学在儿童教育上之价值》。后来该文被选入赵景深主编的《童话评论》中。在文章的开篇，严氏指出："儿童文学，就是专为儿童用的文学。他所包涵的，是童谣，童话，故事，戏剧等类，能唤起儿童的兴趣和想象的东西。"他呼吁科学的儿童教育，而科学的儿童教育有赖于儿童文学的创生："现代的新教育，既然要拿儿童做本位，那么，凡是叫儿童文学的，必得是那些切于儿童的生活，适应儿童的要求，能唤起儿童的兴趣的东西。"他的结论是："真正的儿童教育，应当首先着重这儿童文学。"为了更好地满足儿童内在的生活需要，儿童文学要刺激儿童的情绪，唤起儿童的想象。在他看来，"如果儿童教育上不着重儿童的想象力，不但儿童的生活，不能丰富，而

① 鲁迅：《〈春夜的梦〉译者附记》，《晨报副镌》，1921 年 10 月 22 日。
② 冰心：《离家的一年》，《小说月报》第 12 卷第 11 号，1921 年 11 月 10 日。

且要弄到儿童的将来变成一个想象局促,感情呆笨的人"[①]。

1921年12月,郑振铎在《时事新报》的副刊《学灯》上发表了《〈儿童世界〉宣言》。在该文中,郑振铎不满小学教育"被动的,不是自动的"观点,反对把"种种的死知识、死教训装入"儿童的头脑里,而不知道去"启发儿童的兴趣"。他感叹刻板庄严的教科书是"儿童的唯一的读物",能吸引儿童自觉主动阅读的读物"实在极少",而他创办"《儿童世界》,宗旨就在于弥补这个缺憾"。他引用Macllintock的话指出:"儿童文学及其他学问都要:(一)使他适宜于儿童的地方的及其本能的兴趣及爱好;(二)养成并且指导这种兴趣及爱好;(三)唤起儿童已失的兴趣与爱好。"针对当时一些较为保守的人认为童话故事里"多荒唐怪异之言,于儿童无益而有害","皇帝、公主之事,恐与现在生活在共和国里的儿童不相宜"等顾虑,郑振铎认为"这都是过虑"。在他看来,儿童喜欢的"正是这种怪诞之言",这只是"儿童期的爱好所在",对儿童将来的心理成长"是没有什么影响的"。他还指出,"因为儿童的心理与初民心理相类",因而在《儿童世界》里"更特别多用各民族的神话与传说"[②]。

1922年

1922年1月,《文学旬刊》第24号发表了儿童诗歌《没什么》,作者署名"信"。10日,鲁迅翻译的俄国诗人爱罗先珂的童话《世界的火灾》发表于《小说月报》第13卷第1号。14日,郑振铎主编的《儿童世界》第1卷第2期刊载《世界动物园鸵鸟》《蝴蝶歌(同曲谱)》(许地山作曲、叶绍钧作歌)、《散花的舞》《怪猫》(童话)、《谚语图释》《忠实的童子皮绿》(童话)、《老狗》(童话)、《竹公主(一)月宫》《我的新书》(诗歌)、《两个小猴子的冒险记(二)肥猪告状》。21日,郑振铎主编的《儿童世界》第1卷第3期刊载《世界动物园(一)狮(二)虎》《谁杀了知更雀

① 严既澄:《儿童文学在儿童教育上之价值》,《教育杂志》第13卷第11号,1921年11月25日。
② 郑振铎:《〈儿童世界〉宣言》,《时事新报·学灯》,1921年12月28日。

(诗歌图画故事)》《少年皇帝》(童话)、《不倒翁》(诗歌)、《竹公主(二)五公子》《谚语图释》《两个小猴子的冒险记(三)偷吃鸟卵》。28日,郑振铎主编的《儿童世界》第1卷第4期刊载《世界动物园长颈之兽(麒麟)》《海边(曲谱)》(许地山作曲,郑振铎作歌)、《骡子》(亚拉伯故事)、《运动》(诗)、《一个母亲的故事》(童话)、《小鱼》(诗歌)、《雀子说的》(诗)、《竹公主(三)释迦的石钵》《两个小猴子的冒险记(四)和老虎游戏》。

1922年1月,周作人翻译日本作家柳泽健原的《儿童的世界》。在文中,柳氏提出了介乎"大人"与"儿童"之间的"第三之世界"的概念:"近代的文明实在只是从女人除外的男人的世界所成立,而这男人的世界又只是从儿童除外的大人的世界所成立的。……大人的世界与儿童的世界的对立。从这事实说来,大人的本质上不能再还原为儿童,是当然的了。……大人所见的儿童的世界必不会是儿童所见的儿童的世界。这样的纯粹的儿童的世界的事情,只一切交与儿童的睿智与灵性便好了;大人没有阑入其间的必要,也没有这个资格。大人对于儿童应做的事,并不是去完全变成儿童,却在于生出在儿童的世界与大人的世界的那边的'第三之世界'"①。柳氏所谓"第三之世界"是一种中间状态,是连接成人世界与儿童世界的桥梁,立于"第三之世界"能跳出其他两个世界孤立自足的偏见和短视,洞见两者之间的差异与统一。在他看来,童话就是建构"第三之世界"的重要工具。

在文末,周作人撰写了"附记":"大抵在儿童文学上有两种方向不同的错误:一是太教育的,即偏于教训;一是太艺术的,即偏于玄美。教育家的主张多属前者,诗人多属后者;其实两者都不对,因为他们都不承认儿童的世界。"在致周作人的信中,赵景深非常认同周作人的上述言论,他补充道:"因为儿童对于儿童文学,只觉它的情节有趣,若加以教训,或是玄美的盛装,反易引起儿童的厌恶。我幼时看孙毓修的《童话》,第一二页总是不看的,他那些圣经贤传的大道理,不但看不懂,就是懂也不愿意去看。"②

1921年1月,爱罗先珂的童话《鱼的悲哀》经鲁迅翻译后刊发于《妇女杂志》上。在《〈鱼的悲哀〉译者附记》中,鲁迅提出两个重要的儿童文学理论的问题:其

① 柳泽健原:《儿童的世界——论童谣》,周作人译,《诗》第1卷第1号,1922年1月1日。
② 赵景深、周作人:《童话的讨论三》,《晨报副镌》,1922年3月29日。

一,儿童文学翻译的难度。鲁迅以翻译《鱼的悲哀》时的真切体验为例,指出翻译儿童文学作品是一件难事,儿童语调的难以模拟和中国语言先天缺少童趣的事实,都是翻译时的难点。其二,伟大儿童文学作家的标志。通过爱罗先珂的作品,鲁迅提出了他的儿童文学观念,即伟大的儿童文学作家,首先必备的品格是"对于一切的同情"①。

1922年1月,胡适在《晨报副镌》上发表了题为《国语运动与文学》的文章。这是其在北京教育部国语讲习所同乐会上的演讲稿。在该文章中,胡适主张将儿童文学引入儿童教育的过程中,"近来已有一种趋势,就是'儿童文学'——童话、神话、故事——的提倡"。针对当时有人反对在教学中提倡儿童文学的主张,胡适予以反驳:"'一只猫和一只狗讲话'这些给儿童看,究有什么用?其实,教儿童不比成人,不必顾及实用不实用。"他还进一步论述了儿童文学的提倡对于国语的发展有至关重要的作用:"能够使文学充分地发达,不但可以加增国语运动的势力,帮助国语的统一——大致统一;养成儿童的文学的兴趣,也有多大的关系!"②

1922年1月,赵景深和周作人之间的通信,揭开了中国儿童文学史上关于"童话的讨论"的序幕。在给周作人的信中,赵景深就"童话"的概念提出了自己的主张,他认为童话不是神怪小说,也不是儿童小说。在他看来,"神怪小说里所说的事是成人的人生,里面所表现的是恐怖,决不能和童话相提并论"。而"儿童小说所述的事,近于事实,少有神秘的幻想。一个故事,太实在了,决不能十分动听的,必须调和些神秘的色彩在里面,才能把儿童引到极乐园里。所以童话和儿童小说的分别极明显,前者是含有神秘色彩的,后者不含有神秘色彩的"。他总结道:"童话这件东西,既不太与现实相近,又不太与神秘相触,它实是一种快乐儿童的人生叙述,含有神秘而不恐怖的分子的文学……童话就是初民心理的表现。"

在回复赵景深的信中,周作人指出,童话这个名称是从日本来的。"童话的实质也有许多与神话传说共同,但是有一个不同点,便是童话没有时与地的明确的指示,又其重心不在人物而在事件,因此可以说是文学的。""只要淘汰不合于儿童身心的发达及有害于人类的道德的分子便好了。教育这两个字不过表示应

① 鲁迅:《〈鱼的悲哀〉译者附记》,《妇女杂志》第8卷第1号,1922年1月1日。
② 胡适:《国语运动与文学》,《晨报副镌》,1922年1月9日。

用的范围,并不含有教训的意义,因为我相信童话在儿童教育上的作用是文学的而不是道德的。"[①]

1922年1月,赵元任翻译乐加尔的《阿丽思漫游奇境记》由商务印书馆出版发行。赵元任用"没有意思"[②]来概括这部童话,他认为"没有意思"有两层意思:"第一,著书人不是用它来提倡什么主义的寓言的,他纯粹拿它当一种美术品来做的。第二,所谓没有意思就是英文的nonsense,中国话就叫'不通'。但是凡是不通的东西未必尽有意味,假如你把这部书每章的第一个字连起来,成'阿越这来那她那靠他阿'十二个字,通虽不通了,但是除掉有'可做无意味不通的好例'的意味以外,并没有什么本有的意味在里头。'不通'的笑话,妙在听听好像成一句话,其实不成话说,看看好像成一件事,其实不成事体。"他在翻译中加了些说明,"警告看书的先要自己不通,然后可以免掉补笑的笑话",但是"话要说得通,妙在能叫听的人自己想通它的意味出来,最忌加许多迂注来说明,在笑话尤其如此"。他认为,"这是一部给小孩子看的书",同时"又是一部笑话书",还是"一本哲学和伦理学的参考书"。他还陈述了自己翻译该书时语言实践的几个问题:一是这书要是不用语体文,很难翻译到"得神",所以这个译本可以做一个评判语体文成败的材料;二是这本书的"顽意儿"在代名词的区别;三是这本书里有十来首"打油诗",这些东西译成散文自然"不好顽",译成文体诗词,更不成问题,所以现在就拿他来做"语体诗"式的试验,这些诗都是滑稽诗,只有诗的形式没有诗的意味。该书前还有"凡例":一是注音字母。二是读音。读音不拘哪种方音,但除几处特别叶韵外,最好全用国音。三、读诗的节律。诗里头两字快读,只占一字时间的,都印的靠近些。四、语体。叙事全用普通语体文,但是会话里要说得活现,不得不取用一个活方言的材料。五、翻译。"本书翻译的法子是先看一句,想想这句的大意在中国话要怎么说,才说的自然;把这个写了下来,再对对原文;再尽力照'字字准译'的标准修改,到改到再改就怕像外国话的时候算危险极度。但是有时候译得太准了就会把似通的不通变成不通的不通,或是把双关的笑话变成不相干的不笑话,或是把押韵的诗变成不押韵的不诗,或是把一句成语变成不成语。"

① 周作人、赵景深:《童话的讨论一》,《晨报副镌》,1922年1月25日。
② 赵元任:《译者序》,《阿丽思漫游奇镜记》,上海商务印书馆1922年版,第1页。

对于赵元任的这部译作,周作人读后予以高度评价。他指出:“世上太多的大人虽然都亲自做过小孩子,却早失了‘赤子之心’,好像‘毛毛虫’的变了蝴蝶,前后完全是两种情况:这是很不幸的。”对于这种有意味的“没有意思”,周作人联系国内儿童文学发展状况时指出:“就儿童本身上说,在他想象力发展的时代确有这种空想作品的需要,我们大人无论凭了什么神呀皇帝呀国家呀的神圣之名,都没有剥夺他们的这需要的权力。”他推荐《阿丽思漫游奇镜记》给那些“心情没有完全化学化的大人们”。他佩服赵元任的翻译:“他的纯白话的翻译,注意字母的实用,原本图画的选入,都足以表见忠实于他的工作的态度。”[①]值得注意的是,除了赵元任翻译的版本外,《阿丽思漫游奇境记》还出现了多个中译版本[②]。

1922年2月,郑振铎主编的《儿童世界》第1卷第5期刊载《世界动物园海陆两栖之兽类(膃肭兽)》《初春》(诗)、《风的工作》(童话)、《谚语图释》《狐与狼》(童话)、《竹公主(四)宝玉树枝》《两个小猴子的冒险记(五)大战蟒蛇》。10日,《小说月报》第13卷第2号中刊载郑振铎翻译的俄国作家梭罗古勃所作的寓言《锁钥,独立之树叶,平等》、徐蔚南的儿童诗《微笑》、朱湘的儿童诗《荷叶》、希真翻译的瑞典作家廖特倍格的儿童诗《浴的孩子》、郑振铎翻译的克鲁洛夫的寓言《天鹅梭鱼与螃蟹,箱子》。11日,郑振铎主编的《儿童世界》第1卷第6期刊载《世界动物园(一)亚美利亚狮子(二)白熊(三)印度犀》《快乐之天地》(诗)、《牧师和他的书记》(童话)、《光明》(童话)、《蝇子》(诗)、《狮子与老虎》(童话)、《竹公主(五)火鼠皮衣》《两个小猴子的冒险记(六)市游归来》《投稿规则》。18日,郑振铎编辑的《儿童世界》第1卷第7期刊载《世界动物园脊美鲸之狩猎》《儿童之笛声》(诗歌图画故事)、郑振铎的《行善之报》(童话)、《风之歌(诗歌)(一)北风起了》《谚语图释》、C.T.的《猎犬》(伊索寓言)、胡绳的《儿歌》《谚语图释》《竹公主(六)燕巢贝壳》、C.T.的《小人国》(童话)。25日,郑振铎主编的《儿童世界》第1卷第8期刊载《世界动物园(一)河马(二)羊》《纸船》(诗歌)、《一粒种子》(童话)、

① 仲密:《阿丽思漫游奇境记》,《晨报副镌》,1922年3月12日。

② 据笔者统计,主要有程鹤西翻译的《镜中世界》(上海北新书局1929年4月初版)、徐应昶翻译的《阿丽斯的奇梦》(上海商务印书馆1933年6月初版)、何君莲翻译的《爱丽斯漫游奇境记》(上海启明书局1936年5月初版)及范泉缩写的《爱丽思梦游奇境记》(上海永祥印书馆1948年4月初版)。

《谚话图释》《狮王》(童话)、C.T.的《风之歌(诗歌)(二)风做了什么事》、郑振铎的《聪明之审判官(印度故事)(一)老祖母(二)聪明的孩子》、郑振铎的《竹公主(七)龙珠》。

1922 年 2 月,《儿童世界》杂志刊发《儿童创作的募集》,向学校教师和儿童发出投稿邀约,其规则如下:“儿童自由画,无论是水彩,钢笔,毛笔,铅笔画都欢迎。最要紧的是,这种图画务要儿童就他自己所见的东西大胆地描写出来,而完全没有经过成人修饰的;儿歌、童谣,自己作的或是记载自己平时所唱的都极欢迎;童话,自己编的最为相宜;如有其他稿件也极欢迎。唯必须出于儿童自己的心手。”①

1922 年 2 月,赵景深与周作人关于童话的讨论仍在进行中。赵景深指出了这样一个问题:有人把童话分为两类,神秘的称为童话,不神秘的称为故事。还有的把寓言也和童话分开了。对于这种文体的区隔与差异,赵景深有些疑问,提出来向周作人请教。周作人的回答是:“童话与故事的区别,我想不应以有无超自然的分子为定,最好便将故事去代表偏重人物的历史的传说,便是所谓 saga 这一类的作品……至于寓言与童话,因为形式上不同,似乎应当分离。动物故事原是儿童文学的一支,但是文章简短,只写动物界的殊性,没有社会的背景,因此民俗学家大抵把它分开,不称它作童话了。”②

1922 年 2 月,穆木天选译的《王尔德童话》由泰东图书局出版。该书列为“世界儿童文学选集第 1 种”,由创造社主持编辑。内收《渔夫与他的魂》《莺儿与玫瑰》《幸福王子》《利己的巨人》《星孩儿》等五篇。在《王尔德童话小说序》中,穆木天将王尔德和安徒生、格林兄弟进行比较,他认为王尔德的童话“算不得童话,或者可以说是一种特殊的童话吧”。他进而认为:“王尔德的童话自然是一种童话体的小说,然我更愿说者拿他作为散文诗去鉴赏。”对于“童话”而言,他这样论述道:“‘童话’二字系 Fairy Tales 之译语,Fairy Tales 本应译作‘仙话’——我记得中国有这个名字,什么讲仙话——只以知识阶级的惯用关系,仍译作童话

① 《儿童创作的募集》,《儿童世界》第 1 卷第 5 期,1922 年 2 月 4 日。
② 周作人、赵景深:《童话的讨论二》,《晨报副镌》,1922 年 2 月 12 日。

了。”[①]此后,多人编译王尔德的童话集,出现了多个版本的中国译本[②]。

穆木天选译的《王尔德童话》出版后,周作人发表文章,“想就‘文学的童话’略说几句”。在他看来,“民间童话的人是民俗学者,德国的格林(Grimm)兄弟是最著名的例;创作文学的童话的是文人,王尔德便是其中之一人”。他梳理了文学童话在西方的流变,认为纯粹的文学的童话界的女王是陀耳诺夫人(Madam d'Aulnoy),她的四十一册的《仙灵的宫廷》算是仙灵故事的大成;此后英国庚斯来的《水孩儿》、拉斯庚的《金河之王》、麦陀那耳特的《梦幻家》、加乐耳的《阿丽思》;而安徒生则是文学童话的集大成者,“在文学的童话上没有人能够及得上的”。他认为王尔德是颓废的唯美主义的人,“安徒生童话的特点倘若是在‘小儿说话一样的文体’,那么王尔德的特点可以说是在‘非小儿说话一样的文体’了,因此他的童话是诗人的,而非是儿童的文学”[③]。

1922年2月,《国语月刊》杂志创刊。在该杂志的《发刊辞》中,国语运动先驱者看重儿童教育过程中推动国语统一的重要作用:“小学校是现在宣传国语最得力的机关;小学校又都是快要使用国语的青年。国语的读本虽然渐渐的通行,但是还不能补救儿童世界的饥荒。而一般旧的儿童读物,有的未脱旧小说习惯,有的又浸染西文的气味,都可以使儿童难于十分了解。可见‘国语化的儿童读物’确是国语中的紧要分子。所以本月刊分出一些篇幅,专载关于儿童的读物,和儿童们自己发表的成绩,定位‘儿童文学’栏,既可以让儿童们自由欣赏;又可以作为练习国音的读本。”[④]

1922年2月,白朗(Gilbert L. Brown)的《反对以神话,初民故事和神仙故事作儿童基本读物的理由》经徐侍峰翻译后,发表于《国语月刊》第1卷第1号上。神仙故事是否进入儿童文学的视野,这是“五四”以来许多学者一直在讨论和思考的一个问题。严既澄曾提道:“这种见解,不但我国人有,就是那以儿童研究著

---

① 穆木天:《王尔德童话小说序》,《王尔德童话》,上海泰东图书局1922年版,第1—2页。

② 1932年11月,由宝龙翻译了《王尔德童话集》,该书由上海世界书局出版,被列为“世界少年文库11”,内收7篇童话。1947年1月,穆木天根据《石榴之家》和《幸福王子及其他的故事》两书编译《王尔德童话集》,该书由上海天下书店出版。1948年3月,巴金翻译了《快乐王子集》,该书由上海文化生活出版社出版,内收9篇童话和7篇散文诗。

③ 仲密:《王尔德童话》,《晨报副镌》,1922年4月2日。

④ 《发刊辞》,《国语月刊》第1卷第1期,1922年2月20日。

名的美国人也未尝不有。”[①]这里的美国人说的就是白朗。在白氏的文中，他也认为用神仙读物“作儿童底基本读物还是一个待斟酌的问题”。但他“并不是说此种性质的故事绝不可令儿童读”，他要说明的是“他们底价值是很有限的，并且还有他种材料是更有价值的”。他还对神话和初民故事做出了区分，认为很多学校“之所以能教大家承认是大半在于‘文化时期’的原理（the culture epoch theory）”，如果“以批评的态度研究这文化时期的原理，我们就知道这原理是毫无根据的”。通过一系列的举例论述，他认同学校的课程“应该按着一定时代的社会需要而定，并且就经济的关系和社会适应的关系说必不可使儿童再把民族底生活历程重过一遍，应该使儿童就着他生下来时民族所在的地位作起点向前进”。他特别明确地指出“儿童方面的问题就是要使自己能适应于他所在的现代社会”，在研究的方法上，他认为通常为神仙故事做辩护都是以心理学为根据的。为此，他纠正了当时心理学上的一个错误：“想象并不是单纯的一种，是有许多种类的。现在我们可以把他们分为三种——科学的，文学的和虚构的。”他还指出，神话、初民故事和神仙故事的编写在当时占主要地位，“一半也是因为这些材料是已经被编成故事的体裁了，但是在这一方面，我们似乎忘了故事体裁原始目的了。最初主张用故事者原为补救当时的弊病，因为当时儿童的读本材料全是满篇不连接的句子所拼凑成的”[②]。

1922 年 3 月，郑振铎主编的《儿童世界》第 1 卷第 9 期刊载了《世界动物园——河马之狩猎》、C.T.的《春之消息（诗歌）》、叶绍钧的《小白船》（童话）《谚语图释》、郑振铎的《聪明的审判官（印度故事）（三）失宝复归（四）偷珠贼》、C.Z.的《牧童与狼》（儿童独幕剧本）、《竹公主（八）富士山之烟云》、S.T.的《鸡之冒险记》（图画故事）。10 日，由郑振铎翻译的俄国作家克鲁洛的寓言《骡子与夜莺》发表于《小说月报》第 13 卷第 3 号。11 日，郑振铎主编的《儿童世界》第 1 卷第 10 期刊登了《白》（许地山作谱、叶绍钧作歌）、郑振铎的《柯伊》（奥地利童话）、C.Z 的《系铃》（儿童剧本）、郑振铎的《聪明的审判官（印度故事）（五）两个朋友（六）偷鸡之邻人（七）借指环之故事（八）死象与破瓶》、S.T 的《云与燕子》（诗歌）。18 日，

① 严既澄：《神仙在儿童读物上之位置》，《教育杂志》第 14 卷第 7 号，1922 年 2 月 25 日。

② Gilbert L. Brown：《反对以神话，初民故事和神仙故事作儿童基本读物的理由》，徐侍峰译，《国语月刊》第 1 卷第 1 号，1922 年 2 月 20 日。

郑振铎主编的《儿童世界》第1卷第11期刊载了《世界动物园 自然界的小工人(一)草狗(二)(三)水豚(四)刺鼠》《早与晚》(曲谱,许地山作曲、郑振铎作词)、叶绍钧的《傻子》(童话)、胡天月的《群兽选王》(短篇童话)、顾颉刚的《老鸦哑哑叫》(儿歌)、顾颉刚的《儿歌》、志坚的《鸟女》(童话)、C.Z的《报纸之游行》(滑稽图画故事)、何章宪《两个洞》(独幕短剧)、肖雨青的《三个兄弟》(童话)、T.C的《麻雀》(诗)。25日,郑振铎主编的《儿童世界》第1卷第12期刊载了《世界动物园 自然界的小工人(一)鼹鼠(二)地鼠(三)鼹鼠所造的地下房屋》、叶绍钧的《地球》(童话)、胡绳的《儿歌》、赵光荣《兔子和刺猬的竞走》、赵景深的《稻草煤炭和蚕豆》(短篇童话)、《谚语图释》、胡天月的《弓》(童话)。

1922年3月,叶圣陶的创作集《隔膜》由上海商务印书馆出版,该书是"文学研究会丛书"之一。该书收录了叶圣陶20篇短篇小说,分别为《一生》《春游》《雨封回信》《欢迎》《不快之感》《母》《伊和他》《一个朋友》《低能儿》《萌芽》《恐怖的夜》《苦菜》《隔膜》《阿凤》《绿衣》《小病》《寒晓的琴歌》《疑》《潜隐的爱》《一课》。顾颉刚为该书作序,在《序》中,顾颉刚回忆了与叶圣陶儿时读书的情形,也叙述了叶圣陶走上文学道路的曲折历程。在他看来,"圣陶极不愿拿文艺来敷衍生计。他不肯打诳语,必要有其本事,便可知道他的宗旨在写实,不在虚构,和那时盛行的体情滑稽各派是合不拢来的"。就叶圣陶书取其书名为"隔膜",顾颉刚抄录了叶圣陶写给他的信,这也道出了叶圣陶这一阶段的创作思想:"我有一种空想,人与人的隔膜不是自然的,不可破的。我没有什么理由,只是一种信念罢了。这一层膜,是有所为而遮盖着的;待到不必需的时候,大家自然会赤裸裸地相见。到时,各人相见以心不是相见以貌。我没有别的能力,单想从小说里微略将此义与人以暗示。"对此,顾颉刚也对其文学创作宗旨予以肯定,他概括道:"他的小说完全出于情之所不容已,丝毫假借不得的。"当然,顾颉刚并不满意叶圣陶将其近三年的小说创作结集为《隔膜》这一书名,他指出:"集里固然有几篇——如《一生》《一个朋友》《隔膜》——是从骨子里看出人与人之冥漠无情的,但《母》《伊和他》《小病》《低能儿》诸篇,把人类心情的相通相感之境写得美满极了;况且圣陶作小说的趋势,又向不隔膜方向进行;怎能把小部分去概括全体呢!……所以我劝他改名《微笑》来表达这交互萦感的心神。”①

1922 年 3 月,《儿童世界》杂志刊发《投稿规则》,再次向学校教师和儿童发出投稿邀约。在《投稿规则》中,编辑部重申了对儿童独立创作的欢迎:“儿童创作(诗歌、童话、童谣、自由画等),尤极欢迎,唯须是儿童自己的作品,没有经过成人的润饰的。”②

1922 年 3 月,赵景深给周作人,就童话问题展开了第三次通信讨论。赵景深认同周作人对于童话研究太教育的和太艺术的评价。他结合自己的经历来说明:“我幼时看孙毓修的《童话》,第一二页总是不看的,他那些圣经贤传的大道理,不但看不懂,就是懂也不愿去看。”他的观点是:“我以为一篇好的儿童文学产物,虽不另加任何的教训和玄美,那些都已在其中;只要把那事实写得极真切,儿童就可以渐渐地受感化了,只要除去太不美的事实,儿童就可以觉出那美妙来了。”与周作人不同的是,他认为,“儿童文学会有教训和美妙,都是自然生出,不是造作出的”。在信的最后,他提出这样的问题:“你说,‘童话在儿童教育上的作用是文学的而不是道德的’。我则以为文学的涵养,便仍归到道德上去了。”在给周作人的另一封信中,赵景深指出:“我以为各人的志趋不同,自然对于童话的利用的方法,也各不同,童话虽不能不用民俗学去揭示,但是却不必只从民俗学上去研究。”他概括道:“我的志趋,便是先研究童话中的原人社会,和儿童社会比较,再设法把童话供给儿童。”最后,赵景深还就翻译的问题向周作人提出了这样的疑问:“你说教育童话,它那意思可用消极的选择,但是文学方面,若介绍童话给儿童看,究竟怎样译法(直译,意译或其他)才算合适呢?”针对赵景深的疑问,周作人予以解答:“我本来是赞成直译的,……但是直译也有条件,便是必须达意,尽中国语的能力所及的范围以内,保存原文的风格,表现原语的意义,换一句话就是信与达。”他进一步概括道:“我所主张的翻译法是信而兼达的直译,这其实也可以叫做意译,至于随意增删改篡的译法只能称作随意译而已。童话的翻译或者比直译还可以自由一点,因为儿童虽然一面很好新奇,一面却也有点守旧的。”③

① 顾颉刚:《〈隔膜及其他〉序》,《隔膜》,上海商务印书馆 1922 年版,第 20 页。

② 《投稿规则》,《儿童世界》第 1 卷第 12 期,1922 年 3 月 25 日。

③ 周作人、赵景深:《童话的讨论三》,《晨报副镌》,1922 年 3 月 29 日。

1922年4月，由赵景深编译的《格列姆童话集》由上海崇文书局印刷出版，绘图者为施竣波，该书属于“儿童文学第二种”。《格列姆童话集》内收《水神》《乌鸦》《秘密室》《十二弟兄》《熊皮》和《妖怪和白熊》六篇童话。赵景深在为《格列姆童话集》作序言时对于格列姆兄弟做了如下介绍：“格列姆兄弟的故事是从德国的看护室和炉旁搜集拢来的，现已传遍世界，脍炙人口。他们的第一部著作成于一八一二年，名《儿童与家庭故事》(*Children's and Household Tales*)。哥哥名杰克白 Jacob(一七八五——一八六三)，弟弟名威廉 William(一七八六——一八五九)，他们不但是童话家，亦是学士。他们研究童话；是用人类学来解释的。以后兄弟同在大学当教授；所作就此著名。现在凡是研究文学的，都知有格列姆弟兄 Brothers Grimm。”同时他也介绍了该童话译本在中国的传播状况：“他们的童话译本，在我国极少：黄洁如的《童话集》选过几篇，孙毓修亦在《童话》第一集里意译了几册，至于专集的译本，只有《时谐》，但是书名不标明童话，有时文义深奥，因此儿童每每得不着这书看，这实是件憾事！”对于“儿童文学书系”，赵景深补充道：“此书系从《人民丛书》‘Everyman's Library’里的《家庭琐话》‘Household Tales’中译出。原文六十五篇，除去与《时谐》同的五十五篇，尚存十篇。此十篇中《如意桌》‘Wishing Table’和《少年》上的《风》相似；《三个纺纱仙》‘Three Spinning Fairies’又和《妇女》上的《懒惰美人》大同小异；《二兄弟》篇幅太长，儿童的听力易于涣散，《愚孩子》又太短，儿童听时没甚趣味——这四篇都没有译。”[①]另外在序言后面还有一则图书广告，分别为“儿童文学第三种”的《中国童话集》(赵景深和赵克章合编)和“儿童文学第一种”的《童话集》(黄洁如编写)。

1922年4月1日，郑振铎主编的《儿童世界》第1卷第13期刊载了《世界动物园善于飞跳的小动物(一)蝙蝠(二)食果蝙蝠(三)飞狐猴(四)飞拂(五)松鼠(六)鼯鼠》《黎明的微风》(曲谱，郑振铎、许地山制曲)、叶绍钧的《芳儿的梦》(童话)、《童谣 太阳下山 石榴花》、赵光荣的《钟渊》(童话)、天月的《大罗卜》(短篇童话)、赵光荣的《忠义的猫》《第二卷的本志》。8日，郑振铎主编的《儿童世界》第2卷第1期刊载许敦谷的《燕子》(封面画)、《小小的星》(许地山制曲)、叶绍钧的《燕子》(童话)、《谚语图释》、陈定闾的《雪》(诗歌，儿童创作)、郑振铎的《彭仁

① 《格列姆童话集》，赵景深编，上海崇文书局1922年版，第2—3页。

的口笛》(童话)、顾绮仲的《小鸡的故事》、高仕圻的《音乐家》(童话)、《〈儿童世界〉第一次征文》《投稿规则》。10 日,汪静之的《被残的萌芽》发表于《小说月报》第 13 卷第 4 号。15 日,郑振铎主编的《儿童世界》第 2 卷第 2 期刊载了许敦谷的《取乳》(封面画)、T.G 的《奇异之动物》(插图袋鼠)、叶绍钧的《大喉咙》(童话)、张时方的《飞机》(诗歌)、高仕圻的《走好运的亨斯》(童话)、儿童创作贾绣云包括《不完全的家庭》(儿歌)和陈定闳的《雪人》(儿歌)、查士元的《靴》(印度故事)、志坚的《三个问题》(儿童剧本)。22 日,郑振铎主编的《儿童世界》第 2 卷第 3 期刊载了《鲨鱼:海中之狼》(插图)、郑振铎的《兔子的故事 一、兔子与狐狸 二、兔子与人熊》、儿童创作张宗炳的《猫》(歌)、叶圣陶的《新的表》(童话)、《谚语图释》、郑喜元的《狮、虎和狗》(儿童创作童话)、赵景深的《好小鼠》(童话)、夏承榜的《下雨》(儿童创作小说)、赵光荣的《姐姐的智慧》(剧本)、《谚语图释》,儿童创作有张宗炳的《读书》(歌)和张宗炳的《小弟弟的催眠歌》。29 日,郑振铎主编的《儿童世界》第 2 卷第 4 期刊载了许敦谷的《热带之森林》(封面画)、《离水能活之鱼类》(插图)、郑振铎的《兔子的故事 三、兔子遇险 四、兔子与牛》、胡天月的《聪明的父亲》(儿童笑话)、志坚的《渔翁和他的妻子》、顾绮仲的《狮和兔》、禾千的《兄弟的友爱》(俄国童话)、胡天月的《再不会上进》(儿童笑话)、儿童创作包括张宗炳的《月亮》(诗)和夏承楣的《宝车》(童话)。

1922 年 4 月,中国社会主义青年团(中国共产主义青年团的前身)机关刊物《先驱》刊发了中国共产党对于教育儿童的指示:"中国少年运动问题中,必须有一个是教育少年男女工人和学生使他们有革命的精神,这样他们才能在战争中果敢的前进。"①该组织还对儿童读物的问题进行了特别说明:"这个运动底效果是在使儿童们纯洁稚嫩的脑子里,栽下共产主义的种子,为'少年'培植未来的同志,况且他们最能影响其父母。"②

1922 年 4 月,周作人在《晨报副镌》上发表了《王尔德童话》。周作人认为:"童话的实质也有许多与童话传说相通,但是有一个不同点:便是童话没有时与地的明确的指定,又其重心不在人物而在事件,因此可以说是文学的。"周作人曾以安徒生与王尔德的童话做比,辨析了他们童话的区别:安徒生童话的特点倘若

① 《关于中国少年运动的纲要》,《先驱》第 5 号,1922 年 4 月 1 日。
② 《儿童共产主义组织运动决议案》,《先驱》第 18 号,1923 年 5 月 10 日。

是在“小儿说话一样的文体”，那么王尔德的特点可以说是在“非小儿说话一样的文体”了。因此王尔德的童话是诗人的，而非儿童的文学。[①] 在周作人看来，要成为儿童文学作家必须要有文学家的诗人气质，还要有保持童心的赤子情怀。具有上述特点的作家写出的作品才是“小儿说话一样的文体”。当然，并非所有有文学水平的人都能成为儿童文学作家，在周氏看来，王尔德就不在其列。

1922 年 4 月，上海中华书局创办了杂志《小朋友》，该杂志的首任主编为黎锦晖，初创的《小朋友》杂志以“陶冶儿童性情，增进儿童智慧”为办刊宗旨，刊物办得通俗浅显，活泼有趣，深受小读者欢迎。“小弟弟，小妹妹，我愿意和你们要好。我就是你们的小朋友，我的内容：有唱歌，有图画，有短篇故事，有长篇小说，有笑话，有谜语，有小剧本……材料很多，并且很有趣味，我每星期五出来一次，你们要看我，我在中华书局等着你们……小朋友们呀，我爱你们，你们也爱我吗?”[②]《小朋友》倡导儿童自主创作儿童文学作品，创刊号的《〈小朋友〉投稿的章程》中明确写道：“小学生自己制作的诗歌、故事、笑话，……等，更是欢迎。”[③]同时，《小朋友》也注重儿童健康人格的培养，“让亲爱的小朋友们，逍遥游玩于园内，锻炼身体，增加智慧，陶冶感情，修养人格。一年年长成千万万健全的国民，替社会服务，为民族增光”[④]。创刊号的主要要目是：歌曲《小朋友》、文艺图《马牛羊》、儿歌《喜鹊》、故事《两个孩子》、趣诗《大力士》、笑话《打儿子》、滑稽诗《瓜不见了》、谜语《身体》、剧本《一点不错》、故事诗《海里》、长篇小说《十姊妹》、小时历史《一张字，一文钱；卖什么好?》。《小朋友》第 2 期于是年 4 月 13 日出刊，其目录为：插图《白孔雀开屏》、歌曲《麻雀和小孩》、故事《老虎外婆》、剧本《仁慈的妹妹》、儿歌《渔人得利》、谜语《日用的物品》、故事诗《悔不当初》、故事诗《老白捉小黑》、长篇小说《十姊妹》。在黎锦晖、王人路等人的努力下，《小朋友》成为当时儿童文学创作的重要阵地，极大地推动了中国儿童文学的发展。

1922 年 4 月，赵景深与周作人对于童话问题展开了第四次讨论。这一次讨论是围绕着安徒生和王尔德童话的特点展开的。赵景深认为，安徒生童话的特

---

① 仲密：《王尔德童话》，《晨报副镌》，1922 年 4 月 2 日。
② 《“小朋友”的宣言》，《小朋友》创刊号，1922 年 4 月 6 日。
③ 《〈小朋友〉投稿的章程》，《小朋友》第 2 期，1922 年 4 月 13 日。
④ 黎锦晖：《〈小朋友〉创始时的经过》，《小朋友》第 482 期，“十周年纪念特刊”，1931 年 10 月 29 日。

点在于和儿童的心相近，但他所叙述的不及格林朴实，“安徒生童话只是大部分的‘小儿说话一样的文体’”。王尔德童话则不同，“内中有很多深奥的语句，不是小儿说话一样的文体，似乎是文学家的话”。在他看来，“若要童话最合儿童的心理，莫如民间的童话。文学的童话总及不上”。在陈述了两人的不同后，他还分析了两人相似的地方：其一是都是文学的童话，有所寓意，并且不是平铺直叙，都是文学的结构；其二是都是美的童话。就文学童话的流变，赵景深指出：“安徒生以后有王尔德，王尔德以后又有爱罗先珂。就文学的眼光看来，艺术是渐渐地进步，思想也渐渐进步来了！但就儿童的眼光去看，总觉得一个不如一个。”在给赵景深的回信中，周作人指出：“安徒生与王尔德的童话的差别，据我的意见，是在于纯朴(naive)与否。王尔德的作品无论是哪一篇，总觉得很是漂亮，轻松，而且机警，读去极为愉快，但是有苦的回味，因为在他的童话里创造出来的不是‘第三的世界’，却只在现实上覆了一层极薄的幕，几乎是透明的，所以还是成人的世界了。安徒生因了他异常的天性，能够复造出儿童的世界，但也只是很少数，他的多数作品大抵是属于第三的世界的，这可以说是超过成人与儿童的世界，也可以说是融合成人与儿童的世界。”①

1922 年 4 月，周作人的《歌谣》刊发于《晨报》上。周作人指出，“歌谣”和“民歌”在学术上是同一的意思。“民歌是原始社会的诗，但我们的研究却有两个方面，一是文艺的，一是历史的。从文艺的方面我们可以做诗的变迁的研究，或做新诗创作的参考。在这一点上我们需要现存的民歌比旧的更为重要，古文书里不少好的歌谣，但是经了文人的润色，不是本来的真相了。”同时，他也重申了民歌和新诗的关系：“民歌和新诗的关系，或者有人怀疑，其实是很自然的，因为民歌的最强烈最有价值的特色是他的真挚与诚信，这是艺术品的共通的精魂，于文艺趣味的养成极是有益的。”从历史的角度考虑，周作人认为：“从民歌里去考见国民的思想、风俗和迷信，言语学上也可以得到多少参考的材料。其资源固然很需要新的流行的歌谣，但旧的也一样重要，虽然文人的润色也须注意分别的。”周作人将儿歌视为民歌的一种，他引用欧洲编儿歌集时将儿歌分为“母戏母歌”和“儿戏儿歌”的分类法，将儿歌分为“事物歌”和“游戏歌”。他指出：“儿歌研究的

---

① 周作人、赵景深：《童话的讨论四》，《晨报副镌》，1922 年 4 月 9 日。

效用,除上面所说的两件意外,还有儿童教育的一方面,但是他的益处也是艺术的而非教训的。"对于吕新吾作《演小儿语》想改作儿歌以教"义理身心之学"的做法,周作人是持批判的态度的,认为这样做"道理固然讲不明白,而儿歌也就很可惜的白白的糟掉了"①。

1922年5月,郑振铎主编的《儿童世界》第2卷第5期刊载了许敦谷的《欢迎》(封面画)、《海中之长臂巨人:乌贼鱼与章鱼》(插图),S.K作曲、郑振铎作歌的《春游》,叶绍钧的《旅行家》(童话)、《谚语图释》,李方谟的《儿歌四首》,赵光荣的《鹅》(童话)、《谚语图释》,禾千的《兄弟的友爱》(长篇童话)。13日,郑振铎主编的《儿童世界》第2卷第6期刊载了许敦谷的《鲤鱼》(封面画)、《深海中之美丽生活》(插图),叶绍钧的《鲤鱼的遇险》(童话),陈艾侯和杜天縻的《亚太兰与苹果》(故事),查士元的《胆小的兔子》(短篇童话),禾千的《兄弟的友爱》(长篇童话),李方谟的《儿歌四首》。"儿童投稿"有夏承楹的《魔瓶》(童话)。

20日,郑振铎主编的《儿童世界》第2卷第7期刊载了许敦谷的《小猫》(封面画)、《海中之虾类》(插图),S.K的《小猫》(郑振铎作歌),叶绍钧的《梧洞子》(童话),陈艾侯和杜天縻的《奇磨》(北欧故事),张文禄的《小猫和小皮球》(短篇童话),瞿世荃的《图画的好处》(儿童创作杂文),禾千的《兄弟的友爱》(俄国童话),贾绣云的《小王子》(儿童创作童话)。27日,郑振铎主编的《儿童世界》第2卷第8期刊载了许敦谷的《国王与拜他尔》(封面画)、《电鱼》(插图),郑振铎的《两个生瘤的老人》(童话),耿式之的《巨汉和小孩》(童话),张时方的《邻犬》(诗)、《鸠鸣》(诗),绮仲的《快乐的牧童》(堂话),顾寿白翻译的俄国爱罗先珂的《拜他尔的故事》(连续故事),志坚的《落花生制的洋囡囡》(手工),坚的《国王与他的卫兵》(谜画),胡天月的《就是我》(笑话)、《一个问题》(笑话)。"儿童投稿"有张宗炳的《狐狸探险记》和周莲碧的《填一成四》(游戏)。

1922年5月,《妇女杂志》刊发周作人的文章《〈穿靴子的猫〉附记》。《穿靴子的猫》是法国童话家贝洛尔的名作,该作由葛孚英翻译后,周作人写了"附记"附于该译文后。周作人梳理了"友谊的兽"传说的起源,指出原人与儿童的共通之处。在周氏看来,《穿靴子的猫》的特别之处正在于"没有寓意",这和其评价

① 仲密:《歌谣》,《晨报》,1922年4月13日。

《阿丽思漫游奇镜记》"有意味的没有意思"如出一辙。英国作家克路商克认为:"这篇故事照他原本看来,是一联串的成功的作伪,——诳语的伶俐的教训,终于得到世俗的最大利益的奖赞的欺诈的系统。"周作人并不认同其所谓"作伪"的说法,他提出:"猫大爷的行为虽然确是不道德的,他决不会把一个孩子教成坏人。"①

关于贝洛尔及其《穿靴子的猫》,张圣瑜在其《儿童文学研究》中有一些简要的叙述:二百年前法国人 Charles Perrault(1628—1703)在童年时期,将父亲所讲的童话记述下来,编集成书,其中就包括故事八篇,现在都被认作古典作品的《小神仙》《蛤蟆和钢口》《树林中之睡美人》《蓝髯》《小红骑巾》《穿靴的猫儿》《辛兑立拉》《大拇指》等,附有图画,1697 年出版。一经出版,就风行全国,其中《猫皮》这则故事在他写下前就已经流传了很久,不知道讲述了多少年代,流传的区域遍布全世界,Andrew Sung 曾经对其进行分析得到了 350 种的本子,其中最好的就是为《玻璃鞋》,这本童话集是儿童文学集成大著的开始,其出于童年之心实在可贵。②

1922 年 5 月,赵景深的《童话家格林弟兄传略》在《晨报》上发表,后收录于其编的《童话论集》一书中③。他将"童话"界定为:"童话的真意却不是儿童所说的话。它的意思是对儿童说的故事。"这种对儿童说的故事,若加以教育上的选择,便成了"教育童话"。在他看来,童话的源流是由神话和传说变迁而来的,若不加以选择,必定对儿童的身心有所妨碍,所以教育童话适宜儿童阅读。他认同周作人所谓"只要淘汰不合于儿童身心的发达及有害于人类的道德的分子便好了"。对于格林兄弟的成就,他认为是对德国的神话学、德国文法和其语言的变迁史。他们的"教育童话"使其名声大噪。他们的故事有的是从古书上采集,但多是从农民口中说来。他还翔实地记录了格林兄弟和安徒生的交往。同时,他指出,格林兄弟的童话在中国的传播和影响还不是太大,只有孙毓修、周作人和张梓生对其进行过介绍。"至于格林的教育童话也没有人全部的介绍过来,只有商务的《说部丛书》里有一种《时谐》译了六七十篇我们的童话。但是那本书是用

① 周作人:《〈穿靴子的猫〉附记》,《妇女杂志》第 8 卷第 5 号,1922 年 5 月 1 日。
② 张圣瑜:《儿童文学研究》,上海商务印书馆 1928 年版,第 43—44 页。
③ 赵景深:《童话家格林弟兄传略》,《童话论集》,上海开明书店 1927 年版,第 169—179 页。

文言写的,和儿童不很接近,并且没有标明那是儿童用书,实在是一件缺憾。况且童话的特点,就在于小儿说话一般的文章,现在他用古文腔调说起来,弄得一点生趣也没有了。”①他还介绍了黄洁如编译的格林童话集和他自己所编的《格列姆童话集》的一些情况,最后他提纲挈领地总结了格林童话的特点:一是“不荒唐”,二是“不恐怖”,三是“不粗鄙”②。

1922 年 6 月 3 日,郑振铎主编的《儿童世界》第 2 卷第 9 期刊载了许敦谷的《掷雪球》(封面画)、《海中之奇工人》(插画),志坚的《做乞丐的女孩》(诗),郑振铎的《兔之祖先》(童话),J.C 的《户外游戏》,叶绍钧的《富翁》(童话),徐半梅的《笑话》,张涤中的《童谣》(六首),振铎的《拔苗助长》(中国寓言),《拜他尔的故事》,士武的《细丝》(寓言)。“儿童创作”有刘作雄的《牧羊的童子》(诗歌)、徐庆元的《两个兄弟》(小说)、王世襄的《蜜蜂歌》(诗歌)、J.的《国王与卫兵》(答案)、士武的《蛇头与蛇尾》(寓言)、蔡德诜的《儿童谜语》《儿童世界第二次征文》。

10 日,利民在《小说月报》第 13 卷第 6 号发表儿童小说《三天劳工底自述》。在郑振铎主编的《儿童世界》第 2 卷第 10 期刊载了许敦谷的《武士与蛇》(封面画)、《地面之变迁(一)》(插图),朱均的《人和猫》(图画故事插页),郑振铎的《米袋王》(童话),蔡德诜的《谜语》,赵光荣的《小星》(诗)、《歌谣六首》,张时方的《包德梦游太阳洞》(童话),胡天月的《好学生》(笑话)、《新生孩》(笑话),G.的《冒险寻金》(游戏),J.的《魔棒生火》(新魔术),C.的《口吹砖倒》(新魔术),顾寿白译的爱罗先珂《拜他尔的故事》。“儿童创作”有计圣南的《蝴蝶》(诗歌)、《燕子》(诗歌),许倬的《仙桃》(童话),沈麟书的《雄鸡歌》(诗歌)及《本刊征求投稿启事》。

17 日,郑振铎主编的《儿童世界》第 2 卷第 11 期刊载了许敦谷的《竹马》(封面画)、《地面之变迁(二)》(插画),静之作歌及地山作曲的《飞》,叶绍钧的《画眉鸟》(童话),云六的《谜语》,振铎的《青蛙寻食记》(图画故事),士武的《分配遗产》(寓言),郑振铎的《八十一王子》(童话),志坚的《还金受赐》(笑话),严既澄的《竹马》(诗歌),天月的《鸵鸟的脚》(笑话),沈志坚的《买饼》(笑话),顾寿白译爱罗先珂《拜他尔的故事》,既澄的《胰子泡》(诗歌)。“儿童创作”有王连生的《一个聪明的孩子》(小说)、杨云珠的《蝴蝶》(小说)、计圣南的《小狗》《小鸡》。

---

① 赵景深:《童话家格林兄弟传略》,《晨报副镌》,1922 年 5 月 26 日。
② 周作人、赵景深:《童话的讨论一》,《晨报副镌》,1922 年 1 月 25 日。

24 日，郑振铎主编的《儿童世界》第 2 卷第 12 期刊载了《动物本能的复现》(插图)、志坚的《世界》(诗歌)、振铎的《狗之故事》(图画故事)、叶绍钧的《玫瑰和金鱼》(童话)、J.C.的《谚语图释》、江学辉的《可恨的老鹰》、志坚的《马医》(笑话)、席与权的《买鸡蛋》(笑话)、J.C.的《我们的新乐器》(游戏)、顾寿白译爱罗先珂《拜他尔的故事》、徐增福的《桃姐姐和杨柳妹妹》(诗，儿童习作)、沈麟书的《童谣》。

1922 年 6 月，刘衡如在《中华教育界》第 11 卷第 6 期发表了《儿童图书馆和儿童文学》。该文主要强调了儿童图书馆的重要性。在作者看来，"儿童图书馆的价值是教育的"，同时儿童图书馆发挥了两个功用："培养读书的习惯，使他们将来有一种爱良好著作的习性，和陶冶儿童的性情，使他们不致流入歧途。"①

1922 年 6 月，周作人的《神话与传说》刊载于《晨报副镌》上。在该文中，周作人对于"神话""传说""故事""童话"进行了区分。"神话与传说形式相同，但神话中所讲者是神的事情，传说是人的事情；其性质一是宗教的，一是历史的。传说与故事亦相同，但传说中所讲的是半神的英雄，故事中所讲的是世间的名人；其性质一是历史的，一是传记的。这三种可以归作一类，人与事并重，时地亦多有着落，与重事不重人的童话相对。童话的性质是文学的，与上边三种之由别方面转入文学者不同，但这不过是他们原来性质上的区别，至于其中的成分别无什么大差，在我们现今拿来鉴赏，又原是一样的文艺作品，分不出轻重来了。"周作人将神话研究分为"退化说"和"进化说"两类，他同时指出中国研究界存在的问题："中国凡事多是两极端的，一部分的人现在抱着神话里的信仰，一部分的人便以神话为不合科学的诳语，非排斥不可。"他的主张是："我想如把神话等提出在崇信与攻击之外，还他一个中立的位置，加以学术的考订，归入文化史里去，一方面当作古代文学看，用历史批判或艺术赏鉴去对待他，可以收获相当的好结果。"②

1922 年 7 月，郑振铎主编的《儿童世界》第 2 卷第 13 期刊载了许敦谷的《遇盗》(封面画)、《动物之进化》(插画)、索非谱曲作歌的《唱歌游戏》、振铎的《鹦鹉与贼》(图画故事)、叶绍钧的《眼泪》(童话)、严既澄的《小鸭子》(诗歌)、士武的

① 刘衡如：《儿童图书馆和儿童文学》，《中华教育界》第 11 卷第 6 期，1922 年 6 月 15 日。
② 仲密：《神话与传说》，《晨报副镌》，1922 年 6 月 26 日。

《猴》(寓言)、赵光荣的《兄弟三人》(童话)、云六和凯声的《谜语六则》、胡怀琛的《水中明月》(儿歌)、伯俞的《笑话》(第二名毕业、是的是的)、顾寿白译的爱罗先珂著《拜他尔的故事》(续完)、金蕴璋的《小猫和鼠底死》(童话、儿童创作)、林品弟的《皮老虎》(歌)、强殿元的《一个骗子》(小说)、张乐元的《懒学生》(诗歌)、郑振铎的《第三卷的本志》。在《第三卷的本志》一文中,郑振铎指出,本志的宗旨,"一方面固是力求适应我们的儿童的需要,在另一方面却决不迎合现在社会的——儿童的与儿童父母的——心理……应当本着我们的理想,种下新的形象,新的儿童生活的种子,在儿童乃至儿童父母的心里"。对于外国资源,郑振铎主张"拿来","一切世界各国里的儿童文学的材料,如果是适合于中国儿童的,我们却是要尽量的采用的。因为它们是'外国货'而不用,这完全是蒙昧无知的话。有许多许多儿童的读物,都是没有国界的。存了排斥'外国货'的心理去拒绝格林、安徒生的童话,是很可笑的,很有害的举动。我们希望社会上能够去除这个见解"①。

8 日,郑振铎主编的《儿童世界》第 3 卷第 1 期刊载了《饲羊牛浴(封里插图)》、振铎的《仁侠之鹰》(彩色图画故事)、《夏天最习见的动植物》(彩色画)、《学画》(彩色画)、《周处除三害》(彩色画)、《给读者》《唱歌》(曲谱)、S.K 的《我所用的符号的说明》、沈志坚的《四季歌》(诗歌)、郑振铎的《花架之下(一)虎与熊狐(二)乌鸦与蛇 (三)聪明人与他的两个学生 (四)孔雀与狐狸》(故事)、叶绍钧的《瞎子和聋子》(童话)、周建人的《蜘蛛的生活》、志坚的《钓鱼》、C.J 的《简单的飞机》(手工)、《谚语图释》、士武的《美味的梨》(寓言)、振铎的《水手与大鹰》(图画故事)、刘廷蔚的《玫瑰花的伴侣》、胡怀琛的《厨子和猫》(儿歌)、王统照的《小小的画片》、志伯的《动物的寿命》、伯俞的《笑话 半价的书 生了一个小弟弟 和你一样 煤炭店里的老板》、著继程译安特生的《丑的小鸭》(童话)、章楚的《谜语六则》、志坚的《常识问答 鱼为什么不能生活在陆地上? 世界人种为什么有五种色素?》、杨震希的《拍大麦 摇大船》、天白的《帽中的麻雀》(儿童短剧)、振铎的《无猫国》(故事节述)、士武的《鸭与月》(寓言)。"儿童创作"有柯道民的《不打人》(笑话)、蒋仁毅的《狮子与蚊虫》(寓言)、王朴的《来看夜来香》(儿歌)、李绍侗的

① 郑振铎:《第三卷的本志》,《儿童世界》第 2 卷第 13 期,1922 年 7 月 1 日。

《老虎和狐狸》(寓言)、俞庆生的《唱山歌》(剧本)、钱乎恒的《麻雀的故事》。

10 日,《小说月报》第 13 卷第 7 号发表朱湘的儿童诗《地丁》和刘先的儿童诗《可羡的小儿》。

15 日,郑振铎主编的《儿童世界》第 3 卷第 2 期刊载了许敦谷的《扑萤》(封面画)、《夏之花 冬日之旅行》(封里插画)、《蔷薇 麻雀 牛 蜜蜂 木笔 羊》(彩色插页)、S.K 的《夏天》(循环曲谱)、范九的《聪明的审判官(一)偷烟管(二)偷钱》(中国故事)、《谚语图释》、振铎的《熊与鹿》(图画故事)、志坚的《谜语》、既澄的《早晨》(诗歌)、既澄的《花和鸟》(诗歌)、耿式之的《金鹅》(童话)、肖雨青的《墨水变金鱼》(幻术)、顾绮仲的《笑话 怕热 打死了一个人》、士武的《猿与豌豆》(寓言)、士武的《乳牛》(寓言)、志坚的《月球上有人居住么》(常识问答)、潘凤图的《金篮子》(剧本)、振铎的《大拇指》(故事节述)、许倬的《儿童创作 小口琴(童话)》、李政国的《乞丐》(诗歌)。

22 日,郑振铎主编的《儿童世界》第 3 卷第 3 期刊载许敦谷的《歌神》(封面画)、《动物之生活(封里插图)　犁田之马野生之山羊》《青蛙的宴会》(彩色插页)、郑振铎的《蜻蜓与青蛙》(图画故事)、赵光荣的《我的影》(儿歌)、叶绍钧的《祥哥的胡琴》(童话)、《谚语图释》、一真女士的《笑话 查字典 洗脸 猜物》、洁西的《笑话 加贴邮票 喷出烟气》、赵光荣的《地球上有什么东西》(科学)、陈逖先的《狼和七只小山羊》(童话)、严既澄的《蝉》(诗歌)、沈志坚的《谜语》、洁西的《花园里的吊床》(手工)、孙伯才的《猜谜》(短剧)、振铎的《红线领》(故事节述)、志坚的《田主怎样扩大他的羊圈》(谜画)、宪文的《儿童投稿 常唱的短歌》、邵深泉的《狐与鸡》(故事)。

29 日,郑振铎主编的《儿童世界》第 3 卷第 4 期刊载了许敦谷的《贝壳中之家》(封面画)、《动物之生活(一)狩猎(二)猎犬与野兔》《月下扑萤》(彩色插页)、张春浩的《花园》(表情唱歌)、振铎《象与猴子》(图画故事)、赵光荣的《吊水》(童话)、张鸾和武南金的《夜光画》(手工)、喜元的《字谜》、严既澄的《黄牛儿》(诗歌)与《玫瑰花》(诗歌)、志坚的《鸭子身上怎么永不会湿》(常识问答)与《猫遇了狗何以要弓起背来》(常识问答)、达德《小鸟过海》(童话)、张鸾和武南金的《壁上跑马》(游戏)、伯会的《笑话 听戏 好一个蛋 我的头没有了》、志坚的《自动车》(笑话)、半梅的《药与糖》(笑话)、《狐捉小鸡》(听戏)、蔡斌咸的《不要伤害他们罢》

(故事)、肖雨青的《纸屑变蝴蝶》(幻术)、李振枚和儿童设计的《上当了》(剧本)、志坚的《旅行家的午餐》(疑问)、《第一次征文揭晓》。"儿童创作"有蔡潘林、何达三、钱彤、严修善的《母亲》(诗歌),沈嵩、严修祜、罗品珍、刘钟元的《白鸽》(诗歌),蔡吕林、刘钟元、葛有德、蔡汉初的《我的学校》(诗歌),瞿德等的《麻雀、蝴蝶、春日之田野(自由画)》及《儿童世界社特别启事》。

1922 年 7 月,《妇女杂志》第 8 卷第 7 号开始连载冯飞的长篇论文《童话与空想》,至该刊第 8 卷第 8 号止。在文章的开篇,冯飞认为,"空想"与现实生活有着密不可分的关系,"若将空想除去,可说实生活即无由实现的"。在他看来,优美高尚的空想其实是艺术的生命。落实在童话上,"可说除空想无童话,空想确是童话的真生命"。他指出神话和传说是"童话之母","神话传说之发生全出于未开民族之丰富的空想。小神仙的空想里隐藏着一种自然神秘主义,巨人的空想其实是伟大民族性的表象,要研究条顿民族国民性所以强大发展的原因,则其巨人传说,万不能付之等闲"。进而作者详细地阐释了五种空想:一、小神仙的空想,二、巨人的空想,三、异常动物的空想,四、自然人格化的空想,五、其他各种之空想。最后作者结合空想和童话的关系来谈论童话文学:"凡童话文学的形式,最是自由,以此自由形式,而将人生观,或自己理想或讽刺或暗示或哲学等都包含进去,始能有童话文学的真价值。所以童话文学,其思想必甚新鲜活泼,其生命必甚新洌人生存在;题虽甚小,而其中有伟大意义内含:如此始能说是观照上有价值,意义最深的童话文学。"①

1922 年 7 月,鲁迅、胡愈之、汪馥泉翻译的《爱罗先珂童话集》由上海商务印书馆出版,列为《文学研究会丛书》之一。内收《狭的笼》《鱼的悲哀》《池边》《雕的心》《春夜的梦》《古怪的猫》《两个小小的死》《为人类》《虹之国》《世界的火灾》《为跌下而造的塔》等 11 篇童话故事。其中《虹之国》为汪馥泉所译,《为跌下而造的塔》为胡愈之所译,其他均为鲁迅翻译。除《古怪的猫》一篇未见在报刊上发表外,其他各篇在收入单行本之前曾分别发表于《新青年》《妇女杂志》《东方杂志》《小说月报》与《晨报副镌》。卷首有鲁迅的《序》和爱罗先珂的《我的学校生活的一段片——自叙传》(愈之译)。在《序》中,鲁迅介绍了《爱罗先珂童话集》的篇目

① 冯飞:《童话与空想》,《妇女杂志》第 8 卷第 7 号,1922 年 7 月 1 日。

和译者，同时论析了梦想与现实的关系。在鲁迅看来，童话中的梦想是属于童心的，美的，但亦是“真实性的梦”。鲁迅一面肯定作家“梦梦”，一面警惕作家成为“梦游者”①。

1922 年 7 月，严既澄在《教育杂志》上发表了《神仙在儿童读物上之位置》。针对有人对其编写的《儿童诗歌》中所选用的“神仙一类的资料”有疑虑，严氏“打算说几句话答复那位先生”。他指出“这种见解，不但我国人有，就是那以儿童研究著名的美国人也未尝不有”。作者撰文的目的是要“替‘神仙’在儿童读物上争回他的相当的位置”②。

在质疑“注入式教育”的基础上，严氏认为儿童应该“自有儿童独立的生命”，“我们要教给儿童的东西，便不能不拿儿童做本位”。他认同很多生物学家所主张的“回复原理”(Recapitulation theory)：“幼儿时代的心思和动作，都和野蛮时的人类相同；渐长而入于原始民族时代，也是一样。”关于“儿童的天性”问题，他将“表现于外的天性”分为四类：一、好奇性(Curiosity)，二、恐惧性(Fear)，三、游戏性(Play instinct)，四、同情性(Sympathy)。概而论之，他认为最要紧的还是“要承认儿童的独立的生命，看他做现时就是社会上的一个人”。其次是“要承认他自有他的感觉，他自有他的兴味，他自有他的想象，他自有他的要求，都和成人的不同，我们不能拿他做成人来处理”。再次“就是要承认一个人的进化，和全民族的进化是经过相同的历程的，儿童时代中包括自野蛮以至于文明的各个时期，我们不能自始至终把对付文明人的态度去对付他”。最后是“要承认儿童具有种种逐渐发达的天性，我们处理他时，必须要刻刻留心着，不可太过违背他的天性。我们此刻可以接着讨论儿童读物的问题了”。

严氏引述了当时流行的两种最根本的思想：一是教育要以受教的儿童做主体，做本位；二是教育是动的，不是呆板固定的，他的目的是转变的。他认为第一点“承认了他有他自己的兴味和要求，故不再取注入的、模造的教法，而一切设施教导，都以他做本位”。而第二种思想的是“因为儿童自身是转变生长的，教育的

① 鲁迅：《〈爱罗先珂童话集〉序》，《爱罗先珂童话集》，上海商务印书馆 1922 年版，第 1 页。

② 此处应该为作者回忆错误，白朗(Gilbert L. Brown)在《国语月刊》第 1 卷第 1 号发表过《反对以神话，初民故事和神仙故事作儿童基本读物的理由》一文，该文由徐侍峰翻译自 1921 年 9 月美国的 *Education* 杂志。

目标不能不随着他转变,以求适应他的生长”。基于此,“教材第一要对于儿童现时的生活能适应,有意义,有满足需要的功能”。

严氏将中国的神仙分为“传说上的神仙”和“文辞上的神仙”两派,而“西洋的神仙故事(Fairy tales)”中所称的神仙,便是“文辞上的神仙”。他列举出意思相近的词语:fairy、elf(小神仙)、dwarf(矮小的仙人,亦可译作小魔)、brownie(棕黄色的小仙)、goblin(丑仙)、gnome(地底的仙)、puck(小魔),等等,并做了细致的解释:“这当中 puck 是常做坏事的;elf 是有时帮助人,有时故意和人闹顽笑的;goblin,dwarf,brownie 等都是好意的居多;而 fairy 则常常是善的,爱助人的。”另外,他还参考了英国鲁斯金(Ruskin)的名著《空中皇后》(*The Queen of the Air*)里的观点:“所谓神话的最简单的定义,就是:一段故事,其中另有一个其始所想不到的意义附加于其上的;他所以有这样的一个意义,大概以其中有些特异的情形,或者用平常的话来说就是非自然的(unnatural)情形。”借助这种观点,他得出:“童话上的神仙,是能够做些非自然的事情的拟人的(Personified)东西。”

关于“儿童读物上有没有神仙的需要”的问题,严氏认为“总得有神仙参加在内”。其原因有二,第一,“童话的来源就出于这种传说。然则童话为什么这样投合儿童的脾胃,也就不言而喻了。我们既然承认了生物学家的‘回复原则’是不错的——这个原则,我们但要察过十个八个儿童的进化路径,便可以证明——那末,儿童迟早总要经过一大段原始人类的历程他们的心理状态,也就是原始人类的心理状态,他们又怎能不把全副兴味注在神仙的身上”?第二,“大概因为中国向来没有这一类的儿童用书的缘故。小孩子从前只听得人讲神仙,自己却没有直接读神仙故事的机会,到现在得此机会便不管自己相信不相信,也以一读为快了”。

最后,严既澄以白朗为例分析了神话引入教材的优缺点:“现时儿童学家所提倡的,只是把儿童所爱听的东西弄到书本上,叫他们自己去读而已。以成人的利害的眼光,去禁绝儿童所需要的供给,已是我们武断的不大合理的事情。”并且“儿童本来有一种同情性,然而每每因为想象不发达之故,这种天性发泄不出来,久而久之,便使他麻木了。所以发达儿童的想象,也是教育上的一个重要的目的。就儿童的本身言,神仙故事等读物对于他们,就恰如音乐、诗歌之对于我们成人一般”。最后他得出这样的结论:“儿童在初近书本的那五六年间——自五六岁到十二岁——应当以神仙故事、神话、传说和童话这一类东西,做他们读物的主要材料。”①

1922 年 8 月,郑振铎主编的《儿童世界》第 3 卷第 5 期发表了许敦谷的《爱神》(封面画)、《方儿与狗》(彩色图画故事)、《和平之神》(彩色插页)、《蚂蚁》(彩色图画故事)、《进行歌》(曲谱),郑振铎的《苹果树下》(图画故事),达德的《龌龊孩子》(童话),严既澄的《地球》(诗歌),沈志坚和徐半梅的《笑话 容李 某儿唱歌 愚人的字典 陪去睡觉 不鼓掌的理由 动物的种类》,周建人的《蚂蚁》(自然故事),朱家寿的《谜语五则》,吕超群的《儿歌五首》,蔡炳贤的《古怪的木鱼》(故事),J.C.的《常识问答 右手为什么要比左手有力呢?苍蝇会听见我们唱歌么?》,沈志坚的《山上火烧》(游戏),肖雨青的《纸变国旗》(幻术),蒋懋伦的《找鞋——四个小学生合演的独幕侦探剧》,士武的《谷仓的鼠》(寓言),张鸾和武南金的《游戏 错到底 拍七》,梁一真的《鸟语》(中国故事)。“儿童创作”有汤朝彦的《寄信》(短剧),薛云崑《卫生歌》(儿歌),严修善的《月亮》(诗歌),张名秀的《狗》(儿歌)、《留声机》(笑话)、《奇梦》(笑话),沈书麟的《十猫自争》(童话)。

12 日,郑振铎主编的《儿童世界》第 3 卷第 6 期刊载了许敦谷的《水神》(封面画)、《汽车历险记》(彩色图画故事),郑振铎的《伤狐避害记》(图画故事),沈志坚的《早晨七点钟》(诗歌)、《白嘴鸦》(诗歌),孙凤来和赵景深的《樱桃树》(童话),贝澹云的《笑话五则》,胡怀琛的《星》(儿歌),双羊的《谜语七则》,耿济之的《幸福的人》(故事),肖雨青的《空中写字》(幻术),潘风图的《自私的妇人》(短剧),沈志坚的《孔雀缘》(小说),J.C.的《马蹄形的纸片》(疑问待解),吴立模的《小黄鸡》(童话),洁白的《写隐没字的墨水制造法》(手工)。“儿童创作”有邵履常《“田螺壳小孩子”》,蔡吕林的《告状》(儿童剧本)、《小鸡》(儿歌),严修善的《一个聪明的孩子》。

19 日,郑振铎主编的《儿童世界》第 3 卷第 7 期刊载了许敦谷的《月亮》(封面画),振铎的《黑猫之失败》(彩色图画故事)、《罗辰乘风记》(彩色插图),顾绮仲作歌和谱的《月》(曲谱),志坚和振铎的《催眠歌》(诗歌),叶绍钧的《快乐的人》

① 严既澄:《神仙在儿童读物上之位置》,《教育杂志》第 14 卷第 7 号,1922 年 7 月 25 日。

(童话),林翰如的《谜语十则》,贝澹云的《笑话四则 蓬蓬丛丛 母亲象猫 长辈吃个不休》,耿济之的《两个命运》(童话),杨素月的《儿歌两首》,洁西的《猜想别人想的数目方法》(游戏),汪延高的《穷人和富人》(短剧),张鸾、武南金的《壁上点烛》(幻术),《马蹄形的纸片》(疑问答案),沈志坚的《孔雀缘》(小说)(续)。"儿童创作"有齐乐山的《不倒翁》(诗)、《小鸡雏》(诗),王宪的《我现在已经打胜了》(小说),于汉基的《白鸽》(诗),戴恕忠的《老鼠的毒计》(童话)、《谚语图释》。

26日,郑振铎主编的《儿童世界》第3卷第8期刊载了许敦谷的《邮筒》(封面画)、振铎的《费儿之厄运》(彩色图画故事)、《打秋千》(彩色插图)、顾绮仲作歌和曲的《蜻蜓》(曲语)、郑振铎的《小羊旅行记》(图画故事)、顾孔问的《儿歌》、强有仁的《儿歌》、叶绍钧的《克宜的经历》(童话)、武南金和张鸾的《叶上生字》(游戏)、重威和鸿仙的《谜语十则》、贝澹云的《笑话 贝澹云 误喝墨水的急救法 近视眼 找包袱》、周建人的《蜻蜓和蜉蝣》(自然故事)、武南金和张鸾的《倒杯盛水》(游戏)、张伟涛的《村人易靴》(短剧)、沈志坚的《孔雀缘》(小说)(续)。"儿童创作"有刘遹璜的《樱桃 微雨 小猫儿》(诗)、郑畏民的《小孩和苍蝇》(小说)、沈荼的《强盗(诗) 马儿(诗)》。

1922年8月,唐小圃编撰的《家庭童话》由上海商务印书馆出版,共出12集。在该书第1集中,潘麟昌为《家庭童话》作序。他指出唐小圃是一个很有儿童缘的人,喜欢给儿童讲童话,大家围在一起,一讲就是几个钟头,潘麟昌也曾亲炙唐小圃的童话。他指出唐小圃的童话有两个优点:"一是注重创作和改作,总求与本国儿童的心理相合;所以与直译西文,不顾国情的童话书不同。第二是注重趣味,总求儿童心神愉快,藉以引起儿童的同情心,并发达儿童的智力,想象力和判断力;所以与专重教训、枯板无味的修身书又不同。"他还指出,《家庭童话》的语言特色为"用纯洁的国语,为文艺的描写,既适合儿童的心理,又不背现代的情形。就目下说,总算是最优美最适用的同化了。我敢说这十二集童话出版以后,现代的儿童必受绝好的影响"①。

1922年8月,唐小圃在《家庭的童话》中发表童话《菊花》。该童话写造物主与女儿花仙在空中闲游时,看到世界上的人类正在辛苦劳作,很是欣慰,"一个一

① 潘麟昌:《〈家庭童话〉序》,《家庭童话》第1集第1册,唐小圃编,商务印书馆1922年版,第1—2页。

个的，勉励向前，世界文明，一天比一天进步”。花仙建议造物主给人类送些花样子，这样世界必定会显得更美丽。于是，他们将各种鲜花洒向人间。这时，花仙拿出了她认为是第一等的花(菊花)，但她有点犹豫，不知道该放在哪一个国家开放？她的条件是：一个极大的国，这国里有极好的人民，还有极好的天气，并且要发达到第一等国家。造物主思考后有了主意：“造物主寻思了半天，忽然拍手说道：‘有了！中国！中国！’花仙说道：‘中国在什么地方？’造物主说道：‘在亚洲。’花仙说道：‘中国是大国吗？’造物主说道：‘是大国，是大国。这个国，差不多占了亚洲一大半，还不算是大国吗？’花仙说道：‘这个国的天气，怎么样呢？’造物主说道：‘这个国，在温带地方，不十分热，又不十分冷，并且风雨调和，实在是好天气呀！’花仙说道：‘这个国的人民，怎么样呢？’造物主说道：‘这国的人民，聪明强干，勤朴耐劳，将来有许多圣贤豪杰，全要生在这个国里呢！’花仙说道：‘我听说中国的人民，性情稳健，永远是按部就班地做事，因此兴旺得太慢；恐怕将来不能成为第一等国吧？’造物主说道：‘中国，诚然是兴旺得太慢。你要知道，他是一点一点地，往前进步。日后他要是兴旺起来，可是比哪一国都兴旺。’”[①]这篇童话对“中国”之于“世界”的定位及发展可能性做了预测，“教这第一等的花，开在第一等的国”。

1922 年 8 月，《妇女杂志》继续刊发冯飞的《童话与空想》。冯飞认为：“凡童话文学的形式，最是自由，以此自由形式，而将人生观，或自己理想或讽刺或暗示或哲学等都包括进去，始能有童话文学的真价值。所以童话文学，其思想必甚新鲜活泼，其生命必甚健全充实，其组织必甚自由生动；语虽甚浅，而其中有甚深刻思想甚新洌人生存在；题虽甚小，而其中有伟大意义内涵。”在考究外国童话的过程中，冯飞充分肯定外国童话中的“菲丽”形象，他指出，“菲丽所见之特质，是宇宙之‘实在’，此宇宙实在，菲丽以其超自然的视觉去看它出来”，对此，他认为应利用此菲丽的特质，去创造新文学的童话。冯飞认定巨人是养成少年勇武之心和不屈个性的空想，“巨人的空想，骤视似无甚道理，其实是伟大民族性的表象……童话上的空想，与其民族性有密切关系”。在他看来，中国童话缺乏转型时期的那种响彻天宇、横空出世的巨人形象的原因在于，中国国民性中对于强权

① 唐小圃：《菊花》，《家庭的童话》第 1 集第 3 册，商务印书馆 1922 年版，第 7 页。

只有“躲避”“防卫”以及“恐怖心”[①]。

1922年8月,郑振铎在宁波《时事公报》上发表《儿童文学的教授法》。郑振铎提出了儿童文学的两个要素:第一,儿童文学是文学,不是科学的叙述,也不是传导的文字;第二,儿童文学是儿童的——便是以儿童为本位,儿童所喜看、所能看的文学。就其意义而言,“儿童文学超越常理的地方,在成人眼光看来,是没有意义的。但是儿童很喜欢他。又如儿歌之类,也有全无意义的,而在儿童文学上,却占了很重要的地位”。他提出了儿童文学的“工具主义”观点:“工具主义——普通文学极少含有道德的训条的,更没有用来做传达理科方面的智识的。像托尔斯泰诸位极端人生派的批评家,虽然主张文学应为宣传一种宗教或革命思想的工具,然而多数的文学作品,却都是自然的感情的流露,都是无所为而为的作品,而儿童文学则不然,这也是儿童文学与普通文学很不相同之点。”[②]同时,他还论述了教授儿童文学的几个重要原则,如“在教授含有道德训条时不可将里面的意思明白说出”“教授应附以图画”“教师摘抄美丽的结构很好的句子”等,在今天看来依然有很强的指导价值。

1922年8月,《儿童画报》在商务印书馆创刊。朱天民主编,发行140期,1931年11月停刊;一年后,1932年10月复刊,更名为《新儿童画报》,由徐应昶主编、王云五发行,为32开本彩印,半月刊,发行129期(1940年2月20日)。前后共发行269期,运营近20年。该画报设立了“连环画”“漫画”“笑话”“游戏”“作文”“新诗”“滑稽”“故事”“童谣”“新谜语”“儿童剧”“寓言”“童话”“有奖竞猜”等内容,为幼儿文学的发展提供了条件。

1922年8月,郭沫若的童话剧《广寒宫》在《创造季刊》上发表。剧中的张果老被书写成一个迂腐的教书先生,他“耳朵又聋,眼睛又瞎,背又驼,脚又短。他走起路来,倒是非常之快。别人家正欢乐的时候,他就好象一颗流星一样,一溜地就跳起来了”。他给一群被关在“别院”中的女孩子讲课,叫她们去读“那不可了解的怪书”,禁止她们唱歌跳舞,使她们只好“偷着空儿取乐”[③]。他的这些举动招致女学生的嘲笑和作弄,更让人瞠目的是,她们竟然将老师绑在月桂树上,

① 冯飞:《童话与空想》,《妇女杂志》第8卷第8号,1922年8月1日。
② 郑振铎:《儿童文学的教授法》,《时事公报》,1922年8月10日。
③ 郭沫若:《广寒宫》,《创造季刊》第1卷第2期,1922年8月25日。

然后一起到广寒宫跳舞去了。

1922 年 9 月,郑振铎主编的《儿童世界》第 3 卷第 9 期刊载了许敦谷的《扇子》(封面画),铎的《小鱼遇险记》(图画故事)、《他的小狗》(彩色插页)、《海滩拾贝》(彩色插页),吴造我的《读书歌》(曲谱),郑振铎的《猴王》(图画故事)、《断尾狐》(图画故事),卓文的《小缸》(小说),绮仲的《笑话五则》《通讯》(振铎复增福),刘儒的《儿歌》,俞平伯的《儿歌》,叶绍钧的《玻乞丐》(童话),沈志坚的《晴雨表制造法》(手工),韵涛的《谜语》,肖雨青的《折断牙签复原》(幻术),张春浩的《小学生》(剧本),志坚的《两块纸片的大小》(谜语)。"儿童创作"有章中的《聪明的农夫》(故事)、夏勤的《电灯》(诗歌)、鲍墉的《小白鸡 栽葱》(儿歌)。

9 日,郑振铎主编的《儿童世界》第 3 卷第 10 期刊载了许敦谷的《收获》(封面画),振铎的《狗之变化》(彩色图画故事)、《鼠先生画象记》(彩色图画故事),叔和的《小猫》(诗歌),继程的《小狗历险记》(国画故事),卓呆的《笑话八则》,张鸾和武南金的《杯水上升》(游戏),沈志坚的《两个小学生》(故事),肖雨青的《指环来去》(幻术),陈尊美的《大月亮小月亮》(童谣),林翰如的《诸葛亮》(游戏),福章的《谜语十则》,卓西的《不可思议之笛》(短篇童话)、《幸福岛》(短篇童话),胡怀琛的《小人国》(诗歌)、《大人国》(诗歌),赵光荣的《迷儿》(童话)、《第二次征文揭晓》。

16 日,郑振铎主编的《儿童世界》第 3 卷第 11 期刊载了许敦谷的《网之上》(封面画),振铎的《吃西瓜》(彩色插图),《木偶之宴会》(彩色插图),《农夫》(表情唱歌),郑振铎的《苦约克之经历》(图画故事),唐三鉴的《牧童歌》,卓呆的《笑话》,汪绍箕的《王诚奇遇》(故事),严既澄的《我的世界》(诗歌),张鸾和武南金的《夺锦标》(游戏)、《数的幻术》(游戏),沈志坚的《我们的一尊炮》(手工),朱旭光的《骆驼和狼》(童话),巧仙的《谜语九则》,洁西的《歌罢捕人》(户外游戏),《通讯》(记者答戴克修),卓呆的《邻家的金三》(小说),肖雨青的《移东就西》(幻术),《通讯》(记者复桂秉衡函),《父亲怎样分配他的花园?》(谜画)。"儿童创作"有胡启怡的《东方朔偷蟠桃的故事》、杨云珠的《骑竹马》、齐乐三的《无鼠邑》(寓言)。

23 日,郑振铎主编的《儿童世界》第 3 卷第 12 期刊载了许敦谷的《和平之鸽》(封面画)、《捉迷藏》(彩色插页)、《仙后》(彩色插图,诗歌)、《草地上之兄妹》(彩色插图),严既澄的《海的风》(诗歌),金适如的《老青蛙》(童话),《通讯》(振铎复周得寿),张勉寅的《笨大汉》(图画故事),张鸾和武南金的《纸人刺血》(游戏),唐小璋的《谜语六则》,卓呆的《笑话六则》,张鸾和武南金的《怪人头》(游戏),卑西的《黑卵》(短篇童话),杨汝杰、张世铭、胡怀探三人的《儿歌四首》,杨彬如的《夏令手工三种》(手工),王桂林的《勇少年》(儿童剧本),肖雨膏的《瓶中之神》(童话)。"儿童创作"有王钟懿的《我亲爱的小弟弟》(诗)、蒋应榆的《上学》(诗)、陆兰勋的《小弟弟》(诗)。

30 日,郑振铎主编的《儿童世界》第 3 卷第 13 期刊载了许敦谷的《钓鱼》(封面画),铎《溪旁发生的故事》(彩色插图),郑振铎和许地山的《湖水》(曲谱),继程的《园丁与两个孩子》(图画故事),既澄的《雀儿飞》(诗歌),卓西的《小鹿》(短篇童话),张鸾和武南金的《计算新历闰年的方法》(常识),卓呆的《笑话七则》,唐小璋的《谜语六则》,薛涵的《种蚕豆的母猴》(故事),《征求相片》,洁西的《各种小船的制法》(手工),俞觐如的《贪心的狼——三个小学生合演的独幕剧》(剧本),志坚的《简易画猫法》(游戏),梁一真的《蛇吞象》(中国故事),张鸾和武南金的《数的幻术》(游戏),胡怀琛的《麻雀儿》(儿歌)、《猫》(儿歌),耿式之的《雅哥的房子》(童话)。"儿童创作"有许敬果的《对小鸡》(诗歌)、来元义的《跛足》(故事)、李长植的《早晨的大雨》(儿歌)。

1922 年 9 月,冰心在《小说月报》发表了题为《寂寞》的儿童小说。在这篇小说中,冰心将"世界"与"国家"的观念带入儿童的对话之中。在两个儿童的对话中,冰心这样写道:"妹妹道:'你为什么不跟伯伯到英国去?'小小摇头道:'母亲不去,我也不去。我只爱我的国,又有树,又有水。我不爱英国,他们那里尽是些黄头发蓝眼睛的孩子!'妹妹说:'我们先生常常说,我们也应当爱外国,我想那是合理的。'小小道:'你要爱你就爱,横竖我只有一个心,爱了我的国,就没有心再去爱别国。'妹妹一面抚着头发,说:'一个心也可以分作多少份儿,就如我的一个心,爱了父亲,又爱母亲,又爱了许多的……'"①在两个儿童的对话中,"爱国"似乎还是离他们很远的事情,他们无法深入地理解爱国的含义及具体的做法,却饱含着爱国的情感。

1922 年 9 月,陈和祥编撰的《图绘童谣大观》由上海世界书局出版发行。编

① 冰心:《寂寞》,《小说月报》第 13 卷第 9 号,1922 年 9 月 10 日。

者所编的童谣,以上海周围——也就是江浙地区的童谣为主,也有广东、四川、湖北、河北等省的童谣入选。由于语言、民俗方面的差异,儿童很难读懂。为此,编者加了不少必要的扼要说明,使儿童一目了然。童谣很多,难免夹杂着糟粕。但该书除个别童谣如嘲笑麻子等生理残疾现象的童谣选入欠妥,又缺少批判性的说明外,绝大多数童谣都选得很精当,而且涉及政治、经济、伦理道德等社会生活的许多侧面,内容广博。在该书的前面,有陈和祥撰写的《编辑概要》。《编辑概要》的开篇这样写道:"童谣随便从儿童嘴里唱出来,自然能够应着气运,所以古来大事变,往往先有一种奇怪的童谣,起先大家莫名其妙,后来方才知道事有先机,竟然被他说中了。这不是儿童有先见之明,实在是一时间跟着气运走的东西。现在把近时各地童谣录出,有识见的人也许看得出几分将来的国运,到底是怎样。"①周作人阅读《图绘童谣大观》后,撰写了《读〈童谣大观〉》。他指出:"现在研究童谣的人,大约可以分作三派,从三个不同的方面着眼。其一,是民俗学的,认定歌谣是民族心理的表现,含蓄着许多古代制度仪式的遗迹,我们可以从这里边得到考证的资料。其二,是教育的,既然知道歌吟是儿童的一种天然的需要,便顺应这个要求供给他们整理的适用的材料,能够收到更好的效果。其三,是文艺的,'晓得俗歌里有许多可以供我们取法的风格与方法',把那些特别有文学意味的'风诗'选录出来,'供大家的赏玩,供诗人的吟咏取材'。"他不满意《图绘童谣大观》依然援引"五行志"一派的说法,认为:"童谣并不是荧惑星所编,教给儿童唱的。"他指出那些所谓"后来都一一应了"的说辞"真是莫名其妙"。同时他也指出该书中存在着诸多问题,如抄写的疏忽、纸墨的恶劣以及印刷和"绣像式的插图"等方面都有不可避免的问题。最后,他这样总结道:"《绘图童谣大观》于我们或者不无用处,但是看了那样的纸墨图画,——即使没有那篇序文,总之也不是我们所愿放在儿童手里的一本插图的儿歌集。"②

1922 年 9 月,周尚志、王芝九的《儿童文学读本教学法》刊载于商务印书馆出版的《儿童文学读本教学法(第 1 册)》,该丛书共有 12 册。作者论述了该教材的使用原则:"一、凡教授某一种读本,必须明白某一种读本的内容,于教授时方得'了如指掌',毫无隔阂;二、儿童文学读本中的故事,大半是假托的;三、儿童文

① 陈和祥:《编辑概要》,《图绘童话大观》,上海世界书局 1922 年版,第 1 页。
② 周作人:《读〈童谣大观〉》,《歌谣》第 1 卷第 10 号,1923 年 3 月 18 日。

学读本的用法，固然要挨了次序，一本一本读下去；但每本却不必挨了课数的次序，一课一课教下去，尽不妨颠倒活用；四、本书各教材，都用注音字母注音，这不是定要教师照他读正，然后去教儿童；五、读本中所用标点符号，并不是第一天读这书，就要使儿童明白的；六、本书所载补充教材，实是一种重要东西，教师决不可忽视他；七、文学教学，分科独立固然也尽不妨。不过最好和各教科打成一片，不要有显然的分疆划界；八、文学与缀文写字有密切的关系，教师除试验研究文学教授法外，时时不要忘了缀文写字。”著者将儿童识字的过程分为四步：“第一步——要指引儿童从家庭生活过渡到学校生活；第二步——要指引儿童，使他们熟悉学校生活；第三步——要指引儿童使他们有学习课程的需要；第四步——要指引学生认识许多单字名辞各个零碎的文字。”最后，作者认为应从“动机、目的、考察内容和形式、体味”①这四个层面展开教学。

1922 年 10 月，郑振铎主编的《儿童世界》第 4 卷第 1 期刊载了许敦谷的《秋之消息》(封面画)、铎的《祸首之狗》(图画故事)、雨后(彩色插图)、S.K.的《邻家失火》(循环曲谱)、西谛的《汉士与郭丽》(童话)、严既澄的《小狗打老虎》(图画故事)、《通信》(振铎与余姚达三国民校读书会)、周建人的《甲虫的故事》(自然故事)、一真女士的《谜语十则》、卓呆的《大力的酒杯》(科学游戏)及《笑话四则(一)药的辨别法(二)最大成功(三)流动物(四)用左右手的理由》、谢六逸的《一棵柿树》(故事)、一真女士的《儿童的智慧》、沈志坚的《一种火柴的戏法》(幻术)、卓西的《矮小儿》(短篇童话)、洁西的《我是侦探》(户外游戏)、《通讯》(记者复汪家瑞)、胡怀琛的《马路上的电灯》(儿歌)及《蟹子》(儿歌)、郝药吾的《狗兄弟》(童话)、《通讯》(记者复何思聪)、郑振铎的《巢人(长篇故事)(一)古代的故事(二)锐齿女士》。“儿童创作”有张学智的《蜘蛛上当》、食涣章的《不幸的鹦鹉》。

14 日，郑振铎主编的《儿童世界》第 4 卷第 2 期刊载了许敦谷的《虫之渡》(封面画)，《到底是那个大呢》(彩色插图)，继程的《小鸟的遭遇》(图画故事)，振铎的《香蕉做的小鸟》(游戏)，严素的《那个做得好》(诗歌)，卓西的《牵牛花》(小说)，郑喜元的《滑稽问答》，卓呆的《笑话》，周建人的《甲虫的故事第二》(自然故事)，卓西的《小人报恩》(短篇故事)、《狐智》(短篇故事)，沈志坚

① 周尚志、王芝九:《儿童文学读本教学法》，上海商务印书馆 1922 年版。转引自张新科《民国儿童文学教育文论辑笺》，海豚出版社 2012 年版，第 204 页。

的《一剪刀剪出一个星》（手工），洁西的《夺旗》（户外游戏），毓球的《谜语五则》，耿式之的《四个兄弟》（童话），胡怀琛的《老鼠搬家》（儿歌）、《蟋蟀娶妇》（儿歌），肖雨青的《瓶口立牌》（幻术），郑振铎的《巢人（三）山林（四）锐齿远游》（长篇故事）。"儿童创作"有邵深泉的《狼和羊》（故事）、郑喜元的《猎人和狐狸》（故事）、陆杏岐的《鱼人和罗鬼》。

21 日，郑振铎主编的《儿童世界》第 4 卷第 3 期刊载了敦谷的《看菊》（封面画）、振铎的《河马幼稚园》（图画）、《扑蝶》（插图）、振铎的《古瓶碎了》（图画故事）、西谛的《夏天的梦》（诗歌）、卓西的《表上针》（短篇童话）及《星钱》（短篇童话）、陈逖先的《老妇亨雷》（童话）、振铎的《果子做的渔翁》（游戏）、志坚的《手指吸帽》（幻术）、孙瑜的《小猴子》（童话）、《谚语图释》、卓呆的《笑话四则》、一真女士的《儿童的智慧四则》、一真女士和幽青女士的《谜语》（字谜）、胡怀琛的《雨来了》（儿歌）及《月世界》（诗歌）、耿济之的《象医生》（长篇故事）、洁西的《走过城门》（户外游戏）、郑振铎的《巢人》（长篇故事）。"儿童创作"有许倬的《乘凉》、王宪的《纳凉》（诗）、李庆塝的《月亮》（诗）、臧凤年的《一棵小柳树》（故事）。

1922 年 10 月，鲁迅在《晨报副镌》发表《儿歌的"反动"》。为了批判胡怀琛等"鸳鸯蝴蝶派"作家对新文学运动的反动，鲁迅用"小孩子"的笔名讽刺胡怀琛所作的《儿歌》。"小孩子"的《反动歌》与《儿歌》两相比较，《反动歌》轻松、诙谐，十足白话，并且采用了民歌体，以俗乱雅。其中，《反动歌》里"破镜飞上天"始见于一首双关隐语诗："藁砧今何在？山上复有山。何当大刀头？破镜飞上天。"①

1922 年 11 月，郑振铎主编的《儿童世界》第 4 卷第 5 期刊载了许敦谷的《黄鸟》（封面画）、章锡琛的《小鸟》（诗歌）、何其宽的《鸟儿唱歌的故事》（童话）、卓呆的《笑话 奇怪 铜元一个》、李振华的《缸钵》、张文禄的《谜语八则》、昝瀛洲的《骗子》（故事）、卓西的《栗》（童话）、振铎的《果子做的兔子》（游戏）、徐鲁光的《儿歌三首》、郑振铎的《河马幼稚园（三）猴买果》（图画故事）、一真女士的《儿童的智慧三则》、志坚的《洋烛和烛盘》（小手工）、耿济之的《象医生》（长篇故事）（续）、半梅的《少年工匠的死》（小说）、郑振铎的《巢人》（长篇故事）（五）、铎的《衣服污了》（插图说明）。"儿童创作"有黄俊升的《马蚁》（诗）、钟莓麟的《父亲的儿子》（剧

① 某生者：《儿歌的"反动"》，《晨报副镌》，1922 年 10 月 9 日。

本)、章士信的《小鼠》(童话)、金蕴璋的《孝乌》(散文)。

11日,郑振铎主编的《儿童世界》第4卷第6期刊载了许敦谷的《秋之田野》(封面画)、铎的《杂货店里》(图画故事)、刘孟晋《羊儿》(诗歌)、C.K《小羊的歌》(曲谱)、振铎的《鼠夫人教子记》(彩色图画故亨)、卓的《鹅笛》(童话)、顾绮仲的《笑话 酸性反应 近视眼的农夫 勤恳》、邵深泉的《老夫妇的鹦鹉》(童话)、张文禄的《谜语八则》、郑振铎的《苹果做的象》(游戏)、徐鲁光的《儿歌 蚕茧 蜘蛛网 蝴蝶》、孙伯才的《长春花》(儿童剧本)、郑振铎的《河马幼稚园(四)玩具店(图画故事)》、胡愈之的《喀拉格拉》(印度童话)、志坚的《铜元穿木板》(幻术)、郑振铎的《巢人》(长篇故事)(六)。"儿童创作"有计圣南的《蜘蛛结网》(诗歌)、潘先顺的《自害》(童话)、周绍基的《得过且过》(诗歌)、朱裕璟的《上学不早的害处》(文论)、崔和昌的《放学》(歌)。

18日,郑振铎主编的《儿童世界》第4卷第7期刊载了许敦谷的《兄与妹》(封面画)、《低语》(插图)、刘孟晋的《荡秋千》(诗歌)、卓西的《驴脑》(童话)、范钺的《常唱的短歌》、志坚的《女士茶话会》(手工)、张勉寅的《笑话二则》、张春浩的《鼠和牛的争执》(童话)、一真女士的《我问你》(诗歌)、徐鲁光的《儿歌 猫语 狗》、振铎的《捕鸟记》(彩色图画故事)、张文禄的《谜语八则》、孙伯才的《长春花》(剧本)(续)、一真女士的《儿童的智慧 地球的中心点》、郑振铎的《河马幼稚园》(图画故事)、严良才的《七只乌鸦》(童话)、郑振铎的《巢人》(长篇故事)。"儿童创作"有孙国珍的《红花和白花》(诗歌)、谢冰季的《绿宝石》(童话)、何五庆的《天明了》(诗歌)、李孟棠的《可怕的大风》、铎的《自行车场》(图画故事)。

25日,郑振铎主编的《儿童世界》第4卷第8期刊载了许敦谷的《晚秋》(封面画)、振铎的《婴儿看护》(插画)、索非谱曲作歌的《读书好》、孙伯才的《狡猾的兔子》(童话)、谢六逸和许敦谷的《性缓的人》(图画故事)、徐鲁光的《鸦兔语》(儿歌)、徐鲁光的《黄莺》(儿歌)、张勉寅的《教室里不许讲话》(笑话)、雨青的《贫人和富人》(堂话)、韵涛的《谜语》、半梅的《狼的大衣》(童话)、志坚的《"隔层见物"的玩具(手工)》、郑振铎的《河马幼稚园(六)漆匠(图画故事)》、卓西的《掘金(小说)》、宁家栋的《月亮歌》、半梅的《枫叶车(小说)》、郑振铎的《巢人》(长篇故事)。"儿童创作"有周亭云的《蜻蜓》(诗)、《不觉得重》(笑话)、莫妙人的《上学歌 放学歌》、杨云珠的《猫》(故事)。

28 日，郑振铎主编的《儿童世界》第 4 卷第 4 期刊载了许敦谷的《蜻蜓》(封面画)、索非作歌的《好学生》(曲谱)、卓西的《初三月》(短篇童话)及《马智》(短篇童话)、张文禄的《仙人之歌》(童话)、振铎的《香蕉做的两只猪》(游戏)、卓呆的《笑话三则》、苏祖泰的《谜语七则》、徐鲁光的《勤力女子》(儿歌)及《农夫》(儿歌)、半梅的《湖上城》(童话)、一真女士的《儿童的智慧三则》、郑振铎的《河马幼稚园(二)钓鱼(图画故事)》、耿济之的《象医生(长篇故事)(续)》、梁一真的《小三的沙地(童话)》、郑振铎的《巢人(长篇故事)(四)》《马和骑马的人(游戏)》。"儿童创作"有魏珍祥的《西瓜》(诗歌)、潘先隆的《狗歌》(诗歌)、潘先隆的《鸡歌》(诗歌)、顾烈之的《老虎和兔子》(故事)、黄金福的《猫》(诗歌)、毛俊民的《橄榄谈话》(童话)。

1922 年 12 月，郑振铎主编的《儿童世界》第 4 卷第 9 期刊载了许敦谷的《溪上》(封面画)、振铎的《猫与镜子》(插画)、张伟涛的《白羊与黑羊》(童话)、一真女士的《日儿》(诗歌)、徐鲁光的《纸鹞 月》(诗歌)、王翼之的《恩娜和仙人》(童话)、谢六逸和许敦谷的《性急的人》(图画故事)、志坚的《金盏花冠的制法》(手工)、卓西的《猿智》(短篇童话)、韵涛的《谜语》、梁一真的《黄老孩》(童话)、张勉寅的《笑话 白的字不曾写过 猎人的马》、郑振铎的《河马幼稚园(七)上山下山(图画故事)》、卓西的《可沉可浮的船》(幻术)、半梅的《野里拾得的》(小说)、郑振铎的《巢人》(长篇故事)、绮仲的《这是送的》(笑话)。

18 日，郑振铎主编的《儿童世界》第 4 卷第 10 期刊载了许敦谷的《圣诞老人》(封面画)、S.K 的《三只瞎鼠》(曲谱)、振铎的《猫与鹅》(图画故事)、卓西的《五色鱼》(短篇童话)、卓西的《莺和雀》(短篇堂话)、志坚的《笑话》、李方谟的《江中鱼》、绮仲的《马也有近视眼的》(笑话)、韵涛的《谜语五则》、张文禄的《对歌三则》、高君箴的《怪戒指》(童话)、《影盘的制造法》(插页，附说明)、洁西的《桔子做的小篮》(手工)及《碎扇还原》(幻术)、半梅的《金窗》、郑振铎的《河马幼稚园(八)请医生》及《巢人》(长篇故事)。"儿童创作"有汪克检的《雨》(诗歌)、周绍安的《叫哥哥》(儿歌)、汪克检的《晚景》(诗歌)、杨云碧的《粗心的红儿》(故事)、简卓坚的《野兽山》(童话)。

1922 年 12 月，《歌谣》周刊创刊，该刊于 1925 年 10 月停刊。歌谣研究会的成立和《歌谣》周刊的创刊，对儿歌的创作与传播有着至关重要的作用。周作人

执笔撰写了《发刊词》,全文如下:

我本校发起征集全国近世歌谣,前后已有五年,但是因为种种事情,不能顺利进行,以致所拟刊行的歌谣汇编和选录均未能编就,现在乘本年纪念日的机会创刊《歌谣周刊》,作为征集和讨论的机关,庶几集思广益,使这编集歌谣的事业得有完成的日子。

歌谣征集,发起于民国七年二月,由刘复、沈尹默、周作人三位教授担任编辑,钱玄同、沈兼士二位担任考订方言。从五月末起,在《(北大)日刊》上揭载刘先生所编订的《歌谣选》,共148则。"五四"运动以后,进行暂时停顿,随后刘沈二先生都出国留学去了,缺人主持,事务更不能发展。九年的冬天,组织"歌谣研究会",管理其事,由沈兼士、周作人二先生主任。但是十年春天因为经费问题,闭校数次,周先生又久病,这两年里几乎一点都没有举动,所以虽有五年的岁月,成绩却很寥寥,这是不得不望大家共力合作,兼程并进,期补救于将来的了。

本会蒐集歌谣的目的共有两种,一是学术的,一是文艺的。我们相信民俗学的研究在现今的中国确是很重要的一件事业,虽然还没有学者注意及此,只靠几个有志未逮的人是做不出什么来的,但是也不能不各尽一分的力,至少去供给多少材料或引起一点兴味。歌谣是民俗学上的一种重要的资料,我们把他辑录起来,以备专门的研究;这是第一个目的。因此我们希望投稿者不必自己先加甄别,尽量的录寄,因为在学术上是无所谓卑猥或粗鄙的。从这些学术的资料之中,再由文艺批评的眼光加以选择,编成一部国民心声的选集。意大利的卫太尔曾说:"根据在这些歌谣之上,根据在人民的真感情之上,一种新的'民族的诗'也许能产生出来。"所以这种工作不仅是在表彰隐藏着的光辉,还在引起当来的民族的诗的发展;这是第二个目的。汇编与选录即是这两方面的预定的结果的名目。

但是这个事业非常繁重,没有大家的帮助是断不能成功的,所以本会决计发起这个周刊,作为机关,登载歌谣材料及论著等,借以引起一般的兴趣，欢迎歌谣及讨论的投稿，如特殊的歌谣固然最所需要，即普通大同小异的歌词，于比较研究上也极有价值，更希望注意抄示。倘若承大家热心的帮助，到了本校二十五周年纪念时能够拿出一部分有价值的成绩来，那就是本会最大的希望与喜悦了。①

1922 年 12 月，张闻天、汪馥泉、沈泽民翻译王尔德的《狱中记》由上海商务印书馆出版发行。卷首有田汉撰写的《致张闻天兄书——序他和汪馥泉译的王尔德狱中记》，书末还附载了译者的《〈狱中记〉王尔德介绍》。在《〈狱中记〉王尔德介绍》中，译者介绍了王尔德的身世和人生经历，将易卜生和王尔德视为“人生的艺术”和“艺术的艺术”的标准代表，认为王尔德对于人生的态度有如下特色：一是反对科学，二是自己崇拜，三是唯美主义。对于王尔德作品的特点，译者认为一是深刻的印象的缺乏，二是词藻的优美、适合与和谐。对于王尔德的童话，译者列举了五篇具有代表性的童话《渔夫及其魂》《星孩》《幸福的王子》《莺儿与玫瑰》《利己的巨人》并予以分析，进而指出王尔德的个人主义不是自私自利主义，他的享乐主义也并不是单讲官能的享乐，而是对于“美的乐园的享受”。“他执着这种美的乐园，他是极端的罗曼主义者，他反对这种死的、无味的、机械的社会，主张把人生美化、戏剧化，把人生造成一篇 Romance，一首 Idyll。”②

1922 年 12 月，郑振铎在《儿童世界》发表“宣言”指出：“近来有许多人对于儿童文学很有怀疑，以为故事、童话中多荒唐怪异之言，于儿童无益而有害。有几个人并且写信来同我说，童话中多言及皇帝、公主之事，恐与现在生活在共和国里的儿童不相宜。这都是过虑。人类儿童期的心理正是这样，他们所喜欢的正是这种怪诞之言。”③

---

① 《发刊词》，《歌谣》第 1 卷第 1 号，1922 年 12 月 17 日。
② 《汉译文学序跋集》第三卷，李今主编，樊宇婷编注，上海人民出版社 2017 年版，第 159—160 页。
③ 郑振铎：《儿童世界〈宣言〉》，《时事新报·学灯》，1922 年 12 月 28 日。

1923 年

1923 年 1 月,周作人的《法布耳〈昆虫记〉》刊发于《晨报副镌》上。这是中国最早介绍法布耳的文章。周作人评价法布耳是“科学的诗人”,他认为法布耳所讲的昆虫故事比那些无聊的小说喜剧更有趣味,更有意义。“他不去做解剖和分类的工夫(普通昆虫学理已经说的够了),却用了观察与试验的方法,实地的纪录昆虫的生活现象,本能和习性之不可思议的神妙与愚蒙。”在周作人看来,法布耳的《昆虫记》“不愧有昆虫的史诗之称”。他认为“小孩子没有不爱生物的”,也希望“中国有人来做这翻译编纂的事业”[①]。

1923 年 2 月,朱天民编的《各省童谣集》由商务印书馆发行,共录 203 首,搜集了北京、直隶、吉林、山东、河南、江苏、福建、安徽、江西、浙江、湖北、湖南、四川、广东、云南、贵州等十六个省的各地童谣。吴研因撰写了序言,指出中国古代诗歌如果“不入于尧耳”“不出于舜口”,那就在文字上被省略,也无法被记载下来。而书本上所记的,文人所歌咏的,都是士大夫的兴感之作。曲高和寡,愈变愈文,逐渐演变成“古典文学”“贵族文学”。但诗歌并不是士大夫所能垄断的,村夫稚子却也不能没有思想情感,他们平民色彩的民歌也自然存在。在他看来,“民歌是众口所传,通过许多人同视同听,同味同好而成立的”,“民歌是‘民众’的,‘民族’的,‘自然而很好斧凿痕’的,否则决不能流传于众口”。同时,吴研因还对当前打着“民众文学”旗号的新诗表现得很警惕,认为它们只不过换了“一付西洋气的新面具”,满纸“赤裸裸”“死沉沉”“爱”“热”“泪波”“心潮”“人们”“伊”……认为这实在是“新古典”。其语言表现为“字句啰啰嗦嗦,声调吱吱格格夹着许多英语的文法”[②],与民众相差很远,无法让其接受。他指出现在是民歌流散的年代,几千年间没有人注意此事,朱天民收集编写的《各省民谣集》的重要性就可想而知了。在《各省民谣集》里,编者也收

① 作人:《法布耳〈昆虫记〉》,《晨报副镌》,1923 年 1 月 26 日。
② 吴研因:《〈各省歌谣集〉序》,朱天民编,《各省歌谣集》,商务印书馆 1923 年版,第 5 页。

录了青柳的《读〈各省童谣集〉》。青柳强调,中国人没有足够重视童谣,认为这是儿童的信口开河,到了近代,越来越多的人意识到儿童文学与民俗学之间的关联,从事这项"搜辑"工作至关重要。读了朱天民的《各省童谣集》第一集后,他希望能有更多的集子出现,指出这本集子的一个重要特色是"每首的后面都附有很短的注释",因为童谣都带有地方色彩,混杂乡俗和方言。同时,青柳对于编者"添足"和"要使小儿知道……"的主观性提了客观的批评,"这种近于诗传式的研究最危险,因为稍一失足,便陷入了牵强附会之途了。归根说来,我以为在何种情形下,注释很是需要,但无论如何,都要像前清时代的一个人,必须带着一个辫子,这便太可不必了"①。

1923 年 2 月,周作人在《晨报副镌》上发表了《歌咏儿童的文学》。《歌咏儿童的文学》原是日本作家高岛平三郎编写,竹久梦二绘制插图。周作人认同高岛为儿童着想编写该书的初衷,以日本儿童文学与中国的儿童文学进行比照,表达了对中国儿童文学的担忧。周作人指出:"中国缺乏儿童的诗,由于对于儿童及文学的观念的陈旧,非改变态度以后不会有这种文学发生,即使现在似乎也还不是这个时候。"②

1923 年 2 月,周作人在《晨报副镌》发表了《俺的春天》。该文重点介绍了日本作家小林一茶的作品《俺的春天》,周作人非常欣赏小林一茶的俳句,认为:"一茶的俳句在日本文学史是独一无二的作品,可以说是前无古人,大约也不妨说后无来者的。"对于其俳句的特色,他这样概括道:"他的特色是在于他的所谓小孩子气。这在他的行事和文章上一样明显的表现出来,一方面是天真烂漫的稚气,一方面却又是倔强皮赖,容易闹脾气的:因为这两者本事小孩子的性情,不足为奇,而且他又是一个继子,这更使他的同情与反感愈加深厚了。"③

1923 年 3 月,周作人在《晨报副镌》上发表了《儿童剧》。周作人认为儿童剧在中国是非常必要的,在他看来,"理想的儿童剧固在儿童的自编自演,但一二参考引导的书也不可少,而且借此可以给大人们一个具体的说明,使他们能够正当的理解"。在肯定儿童剧之于儿童教育的价值的同时,他也指出:"儿童剧于幼稚

① 青柳:《读〈各省歌谣集〉》,朱天民编,《各省歌谣集》,商务印书馆 1923 年版,第 4 页。
② 作人:《歌咏儿童的文学》,《晨报副镌》,1923 年 2 月 11 日。
③ 作人:《俺的春天》,《晨报副镌》,1923 年 2 月 14 日。

教育当然很有效用,不过这应当是广义的,决不可限于道德或者教训的意义。我想这只须消极的加以斟酌,只要没有害就好,而且即此也就可以说有好处了。所以有许多的因袭的常识眼光以为不合的,都不妨事,如荒唐的,怪异的,虚幻的皆是。"对于儿童剧剧本及实践的问题,他认为:"第一要紧的是一个童话的世界,虽以现实的事物为材而全体的情调应为非现实的,有如雾里看花,形色变易,才是合作:这是我从经验抽出来的理论。作者只要复活他的童心,(虽然是一件难的工作,)照着心奥的镜里的影子,参酌学艺的规律,描写下来,儿童剧所需要的剧本便可成功,即使不能说是尽美,也就十得六七了。"最后,周作人对儿童剧在中国的未来表达了希望:"我很希望于儿童童话以外,有美而健全的儿童剧本出现于中国,使他们得在院子里树阴下或唱或读,或搬演浪漫的故事,正当地享受他们应得的悦乐。"①

1923年4月,周作人在《歌谣》上发表了《吕坤的〈演小儿语〉》。文章指出,中国向来缺少为儿童的文学,吕坤的《演小儿语》虽表明"蒙以养正",但"知道利用儿童的歌词,能够趣味与教训并重,确是不可多得"。尽管中国古代也有童蒙读物也有为儿童计,"仿作小儿语",然而,结果却并不乐观,诚如《演小儿语》的作者所感叹的那样,"言各有体,为诸生家则患其不文,为儿曹家则患其不俗。余为儿语而文,殊不近体;然刻意求为俗,弗能"。这种用文言来仿作小儿语的尝试既无法达至儿童的内心、切近儿童的心灵世界,也使正统的文言失去了其原有的章法和规范。在周作人看来,"童谣用在教育上只要无害便好,至于在学术研究上,那就是有害的也很重要了"。言外之意,对童谣的改作、对歌谣有害性的发掘于学术研究是有帮助的,对于推动儿童教育也是重要的。"《演小儿语》共四十六首,虽说经过改作,但据我看去有几首似乎还是'小儿之旧语',或者删改的地方很少。"②

1923年4月,许杰在《小朋友》第53期上发表了童话《头上的橘树》。该童话主要讲述了爱晖和他的弟弟爱明一起吃橘子,爱明吃得快,"便一连塞了几瓣进嘴;塞得太多了,一不留神,连核都吞了下去"。爱晖却拍手笑道:"好!从此我们可以用不着拿钱去买橘子吃了。等你肚里的橘核发芽,从头上长出一棵橘树

① 作人:《儿童剧》,《晨报副镌》,1923年3月8日。
② 周作人:《吕坤的〈演小儿语〉》,《歌谣》第1卷第12号,1923年4月1日。

来，那时青的，黄的，生满了一树，要吃时，只要伸手便摘着了。哈！你看多么的便当。"那夜，爱明上了床，果然头上长出一个橘子来，他很高兴，想去摘一个尝尝味道，"但是树干太高了，他那短小的手，随他怎样，总是够不到。他想了想，便用竹竿去打，那橘树更长得高了，也是打不着。他又想了一想，便拿了一个石子抛上去掷它，那石子掷了一个空，掉下来正打在他头上，他哎哟一声，直骇得哭起来"①。醒来后发现原来是个梦。1991 年，圣野拿了这篇文章的复印稿给许杰看，许杰指出："这，原来是我发表在《小朋友》上的第一篇童话呢。"②

1923 年 5 月，徐志摩翻译德国作家福沟的童话《涡堤孩》由上海商务印书馆出版。该书是徐志摩根据高斯(E. Gosse)的英译本转译而成，被列为"共学社文学丛书"之一。卷前有徐志摩的《引子》，简要地介绍了著者和该作品，他指出福沟有两大爱好，一是当兵的荣耀，二是写浪漫的故事。在他看来，"福沟算是十九世纪浪漫派最后也是最纯粹的一个作者。他谨守浪漫派的壁垒，丝毫不让步，人家都叫他 Don Quixote"③。在国人关注自然主义、象征主义、将来主义、浪漫主义的氛围中，他希望这篇"稀旧荒谬的浪漫事"能带来一些新的声音。

1923 年 5 月，徐玉诺在《小说月报》第 14 卷第 5 号上发表了《在摇篮里(其一)》(另外还在 1923 年 8 月 10 日《小说月报》第 14 卷第 8 号发表儿童小说《到何处去——在摇篮里之三》，在 1923 年 12 月 10 日的《小说月报》第 14 卷第 12 号发表儿童小说《祖父的故事——在摇篮里之二》)，另外，《小说月报》第 14 卷第 5 号还刊载了叶绍钧的儿童小说《平常的故事》、高君箴翻译的安徒生童话《缝针》。

1923 年 5 月，中国社会主义青年团机关刊物《先驱》第 18 号所刊的《儿童共产主义组织运动决议案》中，第一次出现了中国共产党对于儿童读物的指示。其具体组织和运动原则如下："一，儿童共产主义运动范围必当扩大，把一切无产阶级组织都弄到活动范围之内；但'少年'监督此项运动之权，执行此项运动之职是仍当保持实行的。二，实行方法，应注重儿童自动的活动和平常工作以致互相教育之效，不注重教训的(teaching)原则。运用适当的方法，使儿童们得到良好的训练，好似住了'少年'底预备学校；自然要使年龄较大的儿童，熟习'少年'活动

① 许杰：《头上的橘树》，《小朋友》第 53 期，1923 年 4 月 5 日。
② 许杰：《有趣的回忆》，《新民晚报·夜光杯》，1991 年 5 月 29 日。
③ 徐志摩：《小引》，福沟《涡堤孩》，徐志摩译，上海商务印书馆 1923 年版，第Ⅲ页。

之性质与方法。三,儿童读物必须过细编辑,务使其为富有普遍性的共产主义劳动儿童的读物。"

同时该期还有一则《少年国际刊物决议案》,该文认为:"《少年国际》月刊,在从前要算少年国际底会刊,又要算知识短乏工人底宣传刊物;从此次后,这样的性质又要销减了,他应该是'少年'之进步动员的刊物。像苏俄工人生活画报这一类的刊物是应该刊印出来作少年国际宣传材料。"①

1923年5月,朱天民编的《各省童谣集》出版后,周作人撰写了《读〈各省童谣集〉》予以评论。首先他认为《各省童谣集》比那些投机的"有光纸本"要胜一筹,"材料比较确实,还没有抄引古书当作现代儿歌的情事"。他也指出了朱天民在收集和编辑过程中存在的问题,如《拜菩萨》缺了5页,范啸风的《越彦》没有收录等。同时,周作人还指出朱天民对于歌谣有修改过的痕迹。由此,周氏对于那些不了解学术上的意义,只着眼于通俗这一点,常常随意动笔,胡乱校订的现象提出了批评。他对朱天民所录童谣后加上注解的现象也提出了自己的看法,他不主张加上可有可无、穿凿附会的注解,认为反而让小读者糊涂:"大抵'教育家'的头脑容易填满格式,成为呆板的,对于一切事物不能自然的看去,必定要牵强的加上一层做作,这种情形在议论或著作儿童文学的教育家里很明白地可以看出来。"他将这种现象背后的根由认定为中国传统家庭教育体制:"中国家庭旧教育的弊病在于不能理解儿童,以为他们是矮小的成人,同成人一样的教练,其结果是一大班的'少年老成'——早熟半僵的果子,只适于做遗少的材料。到了现代,改了学校了,那些'少年老成'主义也就侵入里面去。在那里依法炮制,便是一首歌谣也还不让好好地唱,一定要撒上什么应爱国保种的胡椒末,花样是时式的,但在那些儿童可是够受了。"对于这部童谣集,他的评价是:"总之这童谣集的材料是可取的,不过用在学术方面,还必须审慎的别择;用在儿童方面,则上面所说的注释都非抹不可,不然我怕是得不偿失的。"②

1923年6月,由吴研因起草、全国教育联合会新学制课程标准委员会编订的《新学制课程标准纲要小学国语课程纲要》颁布,该草案由《教育杂志》的主编李石岑邀请吴研因起草。该草案的颁布,使得儿童教育在小学国语课程中地位

① 《儿童共产主义组织运动决议案》,《先驱》第18号,1923年5月10日。
② 周作人:《读〈各省童谣集〉》,《歌谣》第20号,1923年5月27日。

得以凸显。课程标准颁布后，黎锦熙称其使"'儿童文学'这一股潮流……达到最高点"[①]。早在1922年，吴研因就对"国语儿童文学科"下过定义："旧时称国语科，包括语言体文的读缀书各法，和语言的练习。鄙意国语两字……国语中加入儿童文学后，就改称国语文学，比较的明显而适当。"[②]吴研因对于当时的小学教学课程有过这样的设计："内容以儿童文学为主，把往时国语、国文中所谓实用知识的各种教材摒除到社会、自然各科去。"[③]

1923年6月，周作人在《晨报副镌》上发表了《儿童的书》。周作人结合自己童年读书的经历，指出："中国向来认为儿童只应该念那经书的，以外并不给预备一点东西，让他们自己去挣扎，止那精神上的饥饿；机会好一点的，偶然从文字堆中——掘出一点什么来，聊以充腹。"他坚持其一贯折中的看法认为儿童文学创作和研究存在两种方向不同的错误：一是太教育的，即偏于教训；一是太艺术的，即偏于玄美；教育家的主张多属于前者，诗人多属于后者。封建时期对于儿童的教化是"对儿童讲一句话，眨一眨眼，都非含有意义不可"的，遗憾的是这种教化束缚了儿童的发展。为此，他对儿童的书提出这样的意见："儿童的文学只是儿童本位的，此外更没有什么标准。"他还说道："古代流传下来的神话传说，现代野蛮民族里以及乡民及小儿社会里通行的歌谣故事，都是很好的材料，但是这些材料还不能就成为'儿童的书'，须得加以编订才能适用。""儿童同成人一样的需要文艺，而自己不能造作，不得不要求成人的供给。"[④]

1923年7月，鲁迅翻译俄国作家爱罗先珂的童话剧《桃色的云》在北京新潮社出版，该书被列为"文艺丛书"之一。鲁迅的译文曾陆续发表于1922年5月15日至6月25日的《晨报副镌》。书前有鲁迅的《译者序》，他指出爱罗先珂童话剧的意义："无论何人，在风雪的呼号中，花卉的议论中，虫鸟的歌舞中，谅必都能够更洪亮的听得自然母的言辞，更锋利的看见土拨鼠和春子的运命。世间本没有别的言说，能比诗人以语言文字画出自己的心和梦，更为明白晓畅的了。"[⑤]

---

① 黎锦熙：《国语运动史纲（上）》，商务印书馆1934年版，第121页。

② 吴研因：《小学校和初级中学校的课程草案》，《教育杂志》第14卷号外"学制课程研究号"第7号，1922年。

③ 吴研因：《小学国语教学法概要》，《教育杂志》第16卷第1号，1924年1月20日。

④ 周作人：《儿童的书》，《晨报副镌》，1923年6月21日。

⑤ 鲁迅：《译者序》，爱罗先珂《桃色的云》，鲁迅译，北京新潮社1923年版，第1页。

在谈到翻译该剧的缘由，鲁迅说："其实，我当时的意思，不过要传播被虐待者的苦痛的呼声和激发国人对于强权者的憎恶和愤怒而已，并不是从什么'艺术之宫'里伸出手来，拔了海外的奇花瑶草，来移植在华国的艺苑。"①同时，书前还附有日本作家秋田雨雀的《读了童话剧〈桃色的云〉》，书末附有鲁迅的《记剧中人物的译名》。

1923年7月，唐小圃翻译的《托尔斯泰儿童文学类编》(第四编、第五编)由上海商务印书馆出版。该书第四编收录了《发遣》《朝拜圣地》《蜡烛》《祸源》等4篇民间童话，第五编收录了《高加索的俘虏》和《耶耳马克远征》等2篇童话。

1923年7月，《晨报副镌》开辟"儿童世界"专栏，其创办宗旨为："从今日起，我们添设儿童世界一栏，先陆续登载周作人先生的《土之盘筵》，以后凡有可以为儿童读物者，或创作或翻译均当多多登载，那非儿童读物，而如有关儿童学问的评论者，如承赐下，本刊亦所欢迎。"《土之盘筵》是周作人收集整理的民间童话和儿歌集。周作人撰写了《〈土之盘筵〉小引》，通过对儿童游戏习性的考察，发掘了成人与儿童的重大分歧："现在，在开化的家庭学校里，游戏总算是被容忍了；但我想这样的时候将要到来，那刻大人将庄严地为儿童筑'沙堆'，如筑圣堂一样。这些东西在高雅的大人先生们看来，当然是'土饭尘羹'，万不及圣经贤传之高远，四六八股之美妙，但在儿童我相信他们能够从这里得到一点趣味。"②该专栏的《后记》这样写道："冰心女士提议过好几回，本刊上应该添加一栏儿童的读物。记者是非常赞成的，但实行却是一件难事。中国近来的学术界，各方面都感到缺人。儿童的读物：一方需要采集；一方也需要创作，但现在哪一方都没有人。因为没有人，所以这一件事延搁到今日。从今日起，我们添设《儿童世界》一栏。"③

后来，《晨报副镌》又推出儿童文学的力作，如冰心《寄小读者》，刊登了徐志摩的童话《香水》。冰心《寄小读者》的开头是这样写的："似曾相识的小朋友们：在这开宗明义的第一封信里，请你们容我在你们面前介绍我自己。我是你们天真队里的一个落伍者——然而有一件事，是我常常用以自傲的：就是我从前也曾是一个小孩子，现在还有时仍是一个小孩子。为着要保守这一点天真直到我转

① 鲁迅：《杂忆》，《莽原》第9期，1925年6月19日。
② 作人：《〈土之盘筵〉小引》，《晨报副镌》，1923年7月24日。
③ 《后记》，《晨报副镌》，1923年7月24日。

入另一世界时为止,我恳切的希望你们帮助我,提携我,我自己也要永远勉励着,做你们的一个热情最忠实的朋友!"①显然,冰心想和这些小朋友平等地交流是通过"童年"来完成的,"我从前也曾是一个小孩子"。而这里所谓"似曾相识的小朋友"也表明了她倾诉和交流的对象不是专指某一个特定的群体,而是"想象的读者"。

1923年7月,《晨报副镌》刊发了周作人《土之盘筵》中的两篇文章《稻草与煤与蚕豆》和《乡间的老鼠和京都的老鼠》。《稻草与煤与蚕豆》取自格林童话。在附记中,周作人这样写道:"这一篇本系格林童话集的第十八篇,现据美国凯思女士的《故事与讲故事法》中所收本译出。查与原本无甚出入,唯略加趣味的修饰而已。"②《乡间的老鼠和京都的老鼠》取材于《伊索寓言》,是日本作家坪内逍遥所作,从他的《家庭用儿童剧》第一集中译出。在《附记》中,他这样说道:"《土之盘筵》我本想接续写下去,预定约二十篇,但是这篇才译三分之一,不意的生了病,没有精神再写了,现在勉强译成,《土之盘筵》亦就此暂且停止。"③事实上,此后,周作人还继续翻译了8篇文章,分别是《乡鼠与城鼠》(1923年8月3日刊于《晨报副镌》)、《蝙蝠与癞蛤蟆》(1923年8月4日刊于《晨报副镌》)、《蜂与蚁》(1923年8月7日刊于《晨报副镌》)、《蜘蛛的毒》(1923年8月25日刊于《晨报副镌》)、《大萝卜》(1923年8月28日刊于《晨报副镌》)、《上古的人》(1923年9月2日刊于《晨报副镌》)、《蚂蚁的客》(1924年1月16日刊于《晨报副镌》)、《老鼠的会议》(1924年1月17日刊于《晨报副镌》)。

1923年7月,黎锦晖在《小朋友》第66期上发表了歌舞剧本《葡萄仙子》。当时该剧本刊登以后,出演该剧的电影演员黎明晖名声大噪。据许杰回忆:"黎明晖还远去新加坡去演出过《葡萄仙子》。"④可见该剧在当时的影响之大。该歌剧之前便有黎锦晖对于此剧本内容的精炼概括,内容如下:

冬季刚完的时候,花园里有一位葡萄仙子,正想要预备抽芽,发叶,

① 冰心:《寄小读者·通讯一》,《晨报·儿童世界》,1923年7月29日。
② 格林:《稻草与煤与蚕豆》,《晨报副镌》,周作人译,1923年7月24日。
③ 坪内逍遥:《乡间的老鼠和京都的老鼠》,《晨报副镌》,周作人译,1923年7月28日。
④ 许杰:《有趣的回忆》,《新民晚报·夜光杯》,1991年5月29日。

开花,结果,恰好雪花,雨点,太阳,春风,露珠一五位仙人,陆续来访问她,并且说明,愿意随时来帮助或保护她。

喜鹊奶奶因为要修理房屋,向仙子要点枯枝,仙子不肯,说是留着枝儿,将来要抽芽的。

后来仙子抽芽了,甲虫先生向她要嫩芽吃,她不肯,说是留着芽儿,将来要发叶的。

后来仙子发叶了,山羊小姐向她要嫩叶吃,她不肯,说是留着叶儿,将来要开花的。

后来仙子开花了,兔子弟弟(或松鼠弟弟)向她要花戴,她不肯,说是留着花儿,将来要结果的。

后来仙子结果了,白头翁(鸟)老先生向仙子要果子吃,她不肯,说是果子没有长熟,不能吃,要留着让它成熟。

后来仙子的果子熟了,哥哥和妹妹向她要果子吃,她立刻就允许了,并且说道:"我辛辛苦苦的结果子,就是为着你们小朋友啊!"①

1923年8月,叶圣陶的《稻草人》由商务印书馆出版。郑振铎为其撰写序文,后这篇序又刊发于《文学》第92期。对于安徒生"人生是最美丽的童话"的言论,郑振铎指出,现代的人生是最足使人伤感的悲剧,而不是最美丽的童话,"在成人的灰色云雾里,想重现儿童的天真,写儿童的超越一切的心理,几乎是不可能的企图",在现实的境遇面前,倾心营构"美丽的童话人生"总不免显得幼稚和廉价。"所谓'美丽的童话人生'在哪里可以找到呢?现代的人世间,哪里可以实现'美丽的童话的人生'呢?"他针对一些人的疑虑,"带着极深挚的成人的悲哀与极残切的失望的呼音,给儿童看是否会引起什么障碍",明确地表明:"把成人的悲哀显示给儿童,可以说是应该的。他们需要知道人间社会的现状,正如需要知道地理和博物的知识一样,我们不必也不能有意地加以防阻。"②鲁迅高度评价了叶圣陶《稻草人》之于中国童话的价值:"叶绍钧先生的《稻草人》是给中国的童

① 黎锦晖:《葡萄仙子》,《小朋友》第66期,1923年7月5日。
② 郑振铎:《〈稻草人〉序》,《文学》第92期,1923年10月15日。

话开了一条自己创作的路的。"[①]

1923 年 8 月,《小朋友》杂志第 70 期发布"提倡国货号"宣言。在文章的开篇,杂志社同人向读者发出了"提倡国货,是救国的妙方"的宣言。该文指出:"小朋友们,你们都是中华民国将来的主人翁,更要十分努力宣传这种极和平的救国妙方,使锦绣般的中华,不至于落到敌人手里去!这个,的确是诸君的大责任!而且只要齐心,这件事是最容易做到的——再没有比这事还容易做的了。这本小书,只能鼓励诸君的感情,没有多大的精彩;若是诸君真能在感动以后,竭力实行,将来国富民强之时,这本小书,也可以沾着诸君的光荣,而增长不少的价值呵!"[②]

1923 年 8 月,周作人在《晨报副镌》上发表了《关于儿童的书》。有感于《小朋友》等杂志所提倡的"国耻号"宣言以及"国家主义"对儿童教育和儿童文学的渗透,周作人反感其太过于功利化的倾向。在他看来,儿童与政治上的主义并不处于一个较为切近的范畴内,等到儿童智力完全充足的时候自然会有所择选,教育人士不应将一时一地的政治观念注入其幼稚的头脑里去,"我们对于教育的希望是把儿童养成一个正当的——'人',而现在的教育却想把他做成一个忠顺的国民,这是极大的谬误……我很反对学校把政治上的偏见注入于小学儿童,我更反对儿童文学的书报也来提倡这些事"。对于那些成人认为的重大事件,周作人认为于儿童并没有什么意义,他以"示威运动"为例分析道:"去年为什么事对外'示威运动',许多小学生在大雨中拖泥带水地走,虽然不是自己的小孩,我看了不禁伤心,想起那些主任教员真可以当得'贼夫子之子'的评语。小孩子长大时,因了自主的判断,要去冒险舍生,别人没有什么话说,但是这样的糟蹋,可以说是惨无人道了。"在他看来,"群众运动有时在实际上无论怎样重要,但于儿童的文学没有什么价值,不但无益而且还是有害"[③]。

1923 年 8 月,针对周作人的文章《关于儿童的书》,郑兆松撰文《敬质周作人先生》予以批评。他不认同周作人完全无视政治的"真空"哲学:"我认为一个忠顺的国民,不见得就是一个不正当的人;为国家去冒险舍生,不会就是一件不正

---

① 鲁迅:《〈表〉译者的话》,《译文》第 2 卷第 1 期,1935 年 3 月 16 日。
② 《小朋友》第 70 期,1923 年 8 月 2 日。
③ 周作人:《关于儿童的书》,《晨报副镌》,1923 年 8 月 17 日。

当的事业。并且,弱国国民的爱国精神,急要在儿童时代濡染起来,使它欣慕,虽然不必就有什么儿童军。”[①]为此,周作人予以回驳:“我的确是反对把任何主义的政治思想注入儿童。我想至少在小学时代不应该教他们去怎样的爱国,我们只将文化史上的过去现在情形讲给他们知道,等到中学时代知力完足一点的时候,让他们根据了过去现在的事实自己去选择适当的路,那时无论是大同也好,小康也好,以至拓地殖民也好,总之我们此刻不好代为指定,如父母替子女指腹为婚似的。”[②]

1923 年 8 月,冰心在《晨报》上发表了《寄小读者·通讯六》。她呼吁儿童创作自己的作品:“‘儿童世界’栏,是为儿童辟的,原当是儿童写给儿童看的。我们正不妨得寸进寸,得尺进尺的,竭力占领这方土地。有什么可喜乐的事情,不妨说出来,让天下小孩子一同笑笑;有什么可悲哀的事情,也不妨说出来,让天下小孩子陪着哭哭。只管坦然公然的,大人前无须畏缩。”[③]

1923 年 9 月,郑振铎翻译泰戈尔的《新月集》由上海商务印书馆出版,该书作为文学研究会的丛书之一。在《译者自序》中,郑振铎将泰戈尔与安徒生童话进行比较:“安徒生的文字美丽而富有诗趣,他有一种不可测的魔力,能把我们从忙扰的人世间,带到美丽和平的花的世界,虫的世界,人鱼的世界里去;能使我们忘了一切艰苦的境遇,随了他走进有静的方池的绿水,有美的挂在黄昏的天空的雨后弧虹等等的天国里去。《新月集》也具有这种不可测的魔力。它把我们从怀疑贪望的成人的世界,带到秀嫩天真的儿童的新月之国里去。我们忙着费时间在计算数字,它却能使我们重又回到坐在泥土里以枯枝断梗为戏的时代;我们忙着入海采珠,掘山寻金,它却能使我们在心里重温着在海滨以贝壳为餐具,以落叶为舟,以绿草的露点为圆珠的儿童的梦,总之,我们只要一翻开它来,便立刻如得到两只有魔术的翼膀,可以使自己从现实的苦闷的境地里飞翔到美静天真的儿童国里去。”针对有人认为《新月集》是一部写给儿童看的书,郑振铎并不认同:“这是他们受了广告上附注的‘儿歌’(Child Poems)二字的暗示的缘故。实际上,《新月集》虽然未尝没有几首儿童可以看得懂的诗歌,而太戈尔之写这些诗,

① 郑兆松:《敬质周作人先生》,《晨报副镌》,1923 年 8 月 24 日。
② 周作人:《敬答郑兆松先生》,《晨报副镌》,1923 年 8 月 24 日。
③ 冰心:《寄小读者·通讯六》,《晨报·儿童世界》,1923 年 8 月 29 日。

却决非为儿童而作的,它并不是一部写给儿童读的诗歌集,乃是一部叙述儿童心理、儿童生活的最好的诗歌集。这正如俄国许多民众小说家所作的民众小说,并不是为民众而作,而是写民众的生活的作品一样,我们如果认清了这一点,便不会无端地引起什么怀疑与什么争论了。”①

1923年9月,魏寿镛和周侯予编辑的《儿童文学概论》由上海商务印书馆出版发行。在谈及撰写该书的动机时,著者指出:“小孩的生命,他现在是冬眠了。他们也热望那热烈温和,亲爱的司春之神去救他们,他们正是天天伸着手向我们讨新生命的源泉咧!我们快快想办法拿新生命的源泉送给他们罢!新生命的源泉是什么?便是‘儿童文学’。”②

要弄清儿童文学是什么,著者认为必先研究文学是什么。然而,中国古代的研究著述“大都是修辞的方法,文体的变迁”,而具体的譬喻,从来没有爽快的定义、切实的界说。著者认为西方著述也存在着片面的观点,在梳理西方学界关于文学定义的不同流脉后,著者给儿童文学下了这样一个定义:“儿童文学,是表现儿童生活,和批评儿童生活;思想高远,有情感,有想象;用艺术的组织,把它发表出来。”该著进一步概括道:“所以儿童文学就是用儿童本位组成的文学,由儿童的感官,可以直接诉于他精神的堂奥的。换句话说:就是明白浅显,饶有趣味,一方面投儿童心理所好,一方面儿童可以自己欣赏的文学。”③在明确了儿童文学的定义后,著者还提出分辨文学和非文学、儿童文学和成人文学的方法。该著指出,儿童的环境和成人的生活不同,儿童的情感想象当然也不同乎成人的情感想象。所以要看一个作品是不是儿童文学,“只须看它的内容方面是不是切合儿童环境,迎合儿童心理;是不是儿童想象得到的,并且能引起他的情感的。形式是不是合乎儿童的口吻,儿童自己能欣赏的”④。

在著者的意识中,儿童非常需要儿童文学,究其因,儿童自己需要文学,教育儿童需要文学。该书从儿童和原人的相似性出发,“儿童都是拜物教,他相信草木有思想,猫狗能说话”,针对有人认为儿童的文学同原人相近,有野蛮荒唐的思

---

① 郑振铎:《译者自序》,太戈尔《新月集》,郑振铎译,上海商务印书馆1923年版,第2页。
② 魏寿镛、周侯予:《儿童文学概论》,上海商务印书馆1923年版,第2页。
③ 魏寿镛、周侯予:《儿童文学概论》,上海商务印书馆1923年版,第10页。
④ 魏寿镛、周侯予:《儿童文学概论》,上海商务印书馆1923年版,第11页。

想,这是应该禁止的说法,著者认为是错误的。同时他也批判了“草木思想,猫狗说话拿来教儿童,纵使儿童学会了,又有什么好处呢?”的另一种说法。著者认为儿童文学来教学是“投其所好”“合其自然”,对于儿童的身心有莫大的好处。该书从“想象”“思想”“感情”和“兴味”四个方面分别论说了儿童文学教育之于儿童的影响,儿童文学在教育方面的价值也就体现在四个方面:一可以扩充想象,二可以发展思想,三可以培养感情和道德,四养成读书的趣味。①

在谈到儿童文学的选材标准和要素时,著者从内容和形式两方面进行论述。具体而论,内容可分为理想的文学和写实的文学。所谓“理想的文学”,以开发心性,扩充想象为主。而“写实的文学”则以培养感情,增加兴趣为主。概括起来,儿童文学在内容上的要素为:一、要富于想象的,二、要富于情感的,三、要思想纯正的,四、要切合环境的,五、内容要积极的,六、不违背时代精神的,七、意义简单而要多变化的。落实到形式方面,该著将儿童文学形式分为韵文和散文两大类。“儿歌,新诗,旧诗,童谣,谚语等可以吟诵的,都属韵文类。童话,寓言,传记,小说,故事,剧本等,可以阅读的,都属散文类。”②就韵文方面的要素而论,著者将其概括为三项:一要音调自然的,二要字句清浅的,三要有美感的。而散文方面的要素,著者则有六个方面的概述:一、言语要合自然次序的,二、层次要明晰的,三、叙述要活泼的,四、用字要由浅入深的,五、用字要日常应用的,六、生字发见的次数要多。

对于儿童文学的来源问题,著者提出了三个方法,一是收集,二是翻译,三是创作。著者意识到中国古代没有成型的儿童读物,只有一些教化儿童的“天经地义”“启蒙必读”的书,只有民间口传的山歌、神话、故事和几部旧书,有几篇还可应用,只要把它收集起来用“客观的标准”加一番审查功夫;或者要摘取,或者要修改——至少限度。只有到了近代,才有人提倡要研究、翻译和创作儿童文学。考虑到一些具体的条件,著者认为在审查时应注意这是不是儿童文学?有没有儿童文学的要素?是不是用客观的标准批评的?对于翻译而言,主要分两种,一种是把文言翻译成白话,一种是把东西文译成中文。文言译白话的时候要用“意译法”,取文言的内容,用白话的形式,“尽可把它的组织重新改造,做成‘笔墨如

① 魏寿镛、周侯予:《儿童文学概论》,上海商务印书馆 1923 年版,第 18 页。
② 魏寿镛、周侯予:《儿童文学概论》,上海商务印书馆 1923 年版,第 25 页。

生'的文学，方才有价值。那个原本文言作品，譬如一个骷髅，儿童看了毫无意味，用白话意译之后便'有声有色'，像一个'活龙活现'的石膏像了。倘使译的时候，不用'意译法'，把'之''乎''者''也'，换'的''吗''哩''啊'许多字，虽然是白话，仿佛是一个石膏骷髅，和骷髅有什么不同呢"[①]？外国文字翻译成中文要注意的是：一、这东西就文学本体讲，是否有价值？二、这东西就世界主义说是否普遍？三、这东西就儿童心理讲，是否有效？著者主张用"直译法"而不用"意译法"，"对于外国风俗、人情和国民性，要有研究；对于儿童文学要有研究，方才可以从事翻译。否则'谬种流传'很是危险"。最后，魏寿镛、周侯予将儿童文学分为十一类：诗歌、童话、寓言、故事、谜语、谐谈、传记、游记、小说、剧本和论说。根据儿童生长的年龄，著者将不同的文体置于不同的年龄层次之中。同时，该书还系统地阐释了儿童文学的教学法，其具体教法也因儿童年龄的差异而有不同。

1923 年 11 月，冯国华的《儿歌的研究》在《民国日报·觉悟》上分 3 期连载。这是一篇系统研究儿歌的理论文章。对于"儿童文学"这一概念，冯国华也提出了自己的看法："我以为儿童文学，就是儿童的文学；详细地说：用儿童本位的文字组成的文学，由儿童底感官可以直接诉于其精神之堂奥者；换句话说，就是明白浅显，富有兴趣，一方投儿童的心理所好，一方儿童能够自己欣赏的，就是儿童文学。"随后，冯国华根据儿童的想象、好奇和注意等心理提出儿歌要顺应儿童的心理、取材要在儿童生活里的、音节要自然、命意有趣而不鄙陋的要求。就儿歌的形式而言，他认为语词组织须合儿童口语、用字要俗。对于儿歌的选择问题，他的看法是："一、让儿童自己鉴定——拿儿歌给儿童唱，儿童欢喜唱的，就算好的。二、要儿童化——入于婴孩的世界。三、用客观的眼光，定'至少精粹'的方法。——教材的需要，各地不同，惟在同年龄，同智慧的儿童，所需要的教材，大旨相仿，故合多数儿童所好的，这就是'至少精粹'法。"[②]

1923 年 12 月，商务印书馆出版了范寿康的《学校剧》。该书被列为"百科小丛书"第三十六种之一，丛书主编为王岫庐。这是一本关于介绍学校剧的理论著作。范寿康强调艺术教育的美育的作用，分析了艺术教育的广义和狭义两者之间的区别，认为艺术之源可以追溯到希腊时代。不仅如此，他还对 20 世纪初在

① 魏寿镛、周侯予：《儿童文学概论》，上海商务印书馆 1923 年版，第 34 页。
② 冯国华：《儿歌的研究》，《民国日报·觉悟》，1923 年 11 月 23、27、29 日。

德国所开的三次艺术教育大会做了简单的介绍,并以此作为中国艺术教育的参照。在论及艺术教育的本质时,他指出:"一、艺术教育是教育的一部分,不是教育的全部。二、在普通教育范围内的艺术教育只应以培养儿童对于艺术的初步了解及对于创作的基础能力为目的,绝不应以养成艺术家为目的。"①他认为艺术主要分为两类:空间的艺术和时间的艺术。时间的艺术分为感官的艺术和中枢的艺术(小说、诗歌、戏剧),感官的艺术包括音乐(声乐和器乐)和跳舞,空间的艺术包括平面的艺术(建筑和雕刻)和立体的艺术(绘画)。而以上因素又恰好是剧(舞台艺术)所必需,所以作者认为学校剧在儿童的艺术教育中起到至关重要的作用。

在论及学校剧的社会价值时,范寿康将其概括为四点:一、扮演戏剧,能够修炼记忆;二、扮演戏剧,能够调和声音;三、扮演戏剧,能够涵养优美的风度;四、扮演戏剧,能够使行动大方。② 同时他列举了学校剧的意义:一、学校剧的扮演能够综合地陶冶儿童的感情,二、学校剧的扮演能够附带地陶冶儿童的理知和意志,三、儿童剧能使儿童生活的内容格外充实,四、学校剧能使儿童人格的发达格外圆满,五、学校剧能与儿童以慰藉和休养,六、学校剧能培养儿童写作互助的精神,七、学校剧能咎发儿童变现的能力,八、学校剧的扮演能使儿童讲口明白,九、学校剧的扮演能使儿童行动大方。③ 在此基础上,他对学校剧的本质做出如下评价:"戏剧为综合艺术,如上所述,戏剧的内容,实在在各种艺术之中,包含最为丰富。"④最后,他总结道:"综合艺术绝不是混合艺术,那末,戏剧所包含的各部分中间当然应有有机的联络决不可杂然纷陈,毫不统一。"⑤

1923 年 10 月,胡寄麈在《红杂志》第 2 卷发表了《儿童读物趣史》。该文介绍了中国童蒙读物的趣史,作者指出:"中国未有教材以前,儿童入塾,率读《三字经》《千字文》《百家姓》等书。村童读之,村学究教之。及今年在三十以上者,想无人不能背诵一二句也。然一考此等书籍之来历,则知者甚少,今以见闻所及。

① 范寿康:《学校剧》,上海商务印书馆 1923 年版,第 11 页
② 范寿康:《学校剧》,上海商务印书馆 1923 年版,第 18 页
③ 范寿康:《学校剧》,上海商务印书馆 1923 年版,第 18—19 页
④ 范寿康:《学校剧》,上海商务印书馆 1923 年版,第 20 页
⑤ 范寿康:《学校剧》,上海商务印书馆 1923 年版,第 20、21 页

考证如次，其间除《三字经》以外，又皆含有可笑之意味。故名之曰趣史云。”[①]

1923 年 12 月，朱西周编译的《学校剧论》由上海血潮学社出版印行。该书原著者为日本作家小原国芳，校阅者为于道申，属“学校剧论一集”。欧阳予倩为该书作“学校剧论叙”时指出：“近年国内教育家逐渐以艺术教育为当务之急，有列戏剧一科入课程者。学生亦多，组织剧团以相呼应惜少。相当剧本足资研究，而经验较富之教师能任指导。实习之责者复不多，见遂不免盲从。至于论剧之书，舍片段之批评外，一无所有。学子苦之，适朱子西周译小原国芳氏所著《学校剧论》既成，持以见示时哉，时哉。原书初出版时，予曾翻阅一过。其所论列多有可采征引，颇富组织，亦整洁，甚和与学校参考之用。”同时，他还指出学校剧应注意的四个问题：“一、何谓艺术？二、何谓戏剧？三、何谓剧之艺术？四、何谓艺术之剧？”[②]朱西周将学校剧运动和新文化的思想结合起来，认为艺术可以改变国人长时间的封闭之思想：“自新文化运动以来，国人思想学术为之不变。即顽固者，流亦多改，厥观念无形软化剧术一道。今亦得大放厥词，厕诸诗歌之列一二。教育名家察及戏剧关系于艺术，有谓：全人教育者，飞过论也。期于社会，非唯感化人心。抑且转译风气潜力之大，不可方物体固匪，仅于文学于艺术有价值已也。是以我国千百年来，斥为俳千优侏儒之作。今且尊为文艺列之教育科，为世推崇。已可概见西周不敏于剧学，分所饫闻所苦者，缺乏师资鲜掣专籍。留日三载，渐无所成迩见。东隣新出《学校戏剧》，立意既正，取材尤新，其言艺术、教育至详，且尽在彼邦朝野士夫惊为创作特迻译之。”[③]

1924 年

1924 年 1 月，周作人的《神话的辩护》刊载于《晨报副镌》上。周作人不认同那些把神话当成迷信的说法。在他看来，“神话在儿童读物里的价值是空想和趣

① 胡寄塵：《儿童读物趣史》，《红杂志》第 2 卷，1923 年 10 月 12 日。
② 小原国芳：《学校剧论》，朱西周编译，上海血潮学社 1923 年版，第 1 页。
③ 小原国芳：《学校剧论》，朱西周编译，上海血潮学社 1923 年版，第 2 页。

味,不是事实和知识”。针对神话反对者所谓将神话理解为事实和知识的观点,周作人的态度是事实和知识的要求,“当由科学去满足他,但不能因此而遂打消空想”。他提醒读者,不要误认读神话的目的是为求知识与教训。他也不认同从神话到传说再到童话的发展轨迹。就童话而言,周作人认为童话没有一定的时地和人名,童话的主人公多是异物,“童话中也有人,但大率处于被动的地位,现在则有独立的人格,公然与异物对抗,足以表见民族思想的变迁”①。

1924 年 2 月,赵景深的《研究童话的途径》一文发表在《文学周报》第 108 期上。他指出,童话根据不同的途径可分为三个方向:一、民间的童话,二、教育的童话,三、文学的童话。文章充分肯定了《妇女杂志》对于“民间童话”推广的贡献,“采集各省各县的传说,要想发扬我国民族的精神”。其文体特征是“希望做到照着农夫村妇的口吻写下来,所以方言口语都插入文里,另加必要的注释”。赵景深认为民间童话是从西方人类学研究方法而来,哈特兰德是其中的健将。张梓生、胡愈之、冯飞等人的著作认为童话是从神话递受而来,走的也是这种路子。

文章同时也指出,“在我国努力最大而成效最著的自然要算是教育童话”。在这方面,《儿童世界》《小朋友》推力最大,商务印书馆和中华书局出版的童话也多是这种。赵景深还将民间童话和教育童话进行了比较:“民间童话是注重研究学问,而教育童话的对象却是儿童,所以处处在儿童方面着想。”他认为教育童话可以充分吸收民间童话的有效质素,“他们能否适当地融化我们所给予的滋养料。自然,口语方言是不能用的,用了便有碍普遍。至于采集的童话虽然和民间童话并无二致,字句却更加浅显明白,而又不是凡有一个传说便可拿来充材料的,必须有一番相当的选择,大约以仙子和太子公主的故事最合宜,鬼和恶魔都带有恐怖的分子,是在他们排斥之列。创作方面以物语为多。还有一种是介于创作和采集之间的,那便是加过艺术修饰的传说”。在他看来,“上述两种都含有文学的创造性,都可以归入文学的童话例,但因它们一则仍不能脱离小儿传说的系统,二者并不含有深意,所以仍是归在教育的童话里要妥当些”。

对于文学童话而言,赵景深认为“要算《晨报》的努力最多……近来《文学》周

---

① 作人:《神话的辩护》,《晨报副镌》,1924 年 1 月 29 日。

报亦颇努力于此”。赵氏认为那些带有成人的悲哀、童话体的小说可算为此类。它主要包括经过修饰的传说、物语、童话体小说、加见解的传说。王尔德、孟代、爱罗先珂等人的东西“目的是在社会,并不是想把这些东西给儿童看,或者更恰当地说,他们的目的只是表现他们自己”。“我以为叶绍钧君的《稻草人》前半或尚可给儿童看,而后半却只能给成人看了。”最后他归纳道:“民间的童话是原始的文学,文学的童话自然是文学的正宗,而教育童话又是从二者取出的。”①

1924年2月,《晨报副镌》刊发了周作人的文章《童话与伦常》。在文章的开篇,周作人引述了《学灯》里的一段话:“现在小学校里所用的教科书,不是猫说话,就是狗说话,或者老鼠变成神仙,这一类的神话。对于中国的五伦,反是一点不讲,实在是大错特错。因为儿童不终是儿童,当他们幼时,仅读这些神话的教科书,他们由国民学校毕业之后,固然不配做世界上的人,更不配做中国的国民,岂不是要猫化狗化畜生化的国民么?”对于这段话里的批评意见,周作人并不认同,他指出:童话的好处“因为不讲教训是文学的一个要点,而不讲传统的教训尤为要紧”。对于某教授担心童话会让儿童“猫化狗化”的言论,周作人认为这是杞人忧天,在他看来:“猫狗讲话,乃是猫狗的人化,怎能反使别人猫化狗化?”“人非猫狗,即使听了他们的话,苟非同气,不会被其同化……其实人类外表虽与猫狗迥异,但其天命之性未尝无相通之点。”②

1924年4月,周作人发表了《续神话的辩护》,这是其之前发表的《神话的辩护》(刊发于1924年1月29日的《晨报副镌》)的续篇。周作人从郑振铎译介希腊神话入手,论述了一些人将神话视为迷信的说法。对于神话,他这样解释:“神话是原始人的文学,原始人的哲学——原始人的科学,原始人的宗教传说,但这是人民的信仰的表现,并不是造成信仰的原因。说神话会养成迷信,那是倒果为因的话,一点都没有理由。”在该文中,周作人继续延续了《神话的辩护》里的主张,认为神话里的空想和趣味对于儿童阅读和培养的正面效应。同时,他还论述了德国缪勒为代表的言语学派,梳理了这一派别存在的问题,最后他这样写道:“中国神话研究刚在开始,关于解释意义一层不可不略加注意,不要走进言语学

---

① 赵景深:《研究童话的途径》,《文学》第108期,1924年2月11日。
② 荆生:《童话与伦常》,《晨报副镌》,1924年2月28日。

派的迷途里去才好。”[1]

1924年3月,汪继伯在《小朋友》杂志上发表了《要求黎先生多作歌曲》的信函。在该信函在开头,汪继伯对黎锦晖的作品做了高度的评价:“你作了《麻雀和小孩子》和《葡萄仙子》,使我们得到这些表演的材料,家庭里和学校里,就都增了不少的乐趣和感化。”同时,他也向黎锦晖提出请求:“请你在《小朋友》上,每期不断的给我们一些歌剧,或歌曲。”[2]

1924年5月,唐小圃编译的《俄国童话集》(共六册)由上海商务印书馆出版发行。该书共收《猎夫》《兄弟告状》等俄国童话25篇。潘麟昌为该书作序,他指出“强毅卓绝”是俄国民族性的特质,正是这种特性使“他所以能把蒙古人驱出境外,能压服国内诸小民族,能输入欧洲的文明,能扩张己国的领土,能推倒根深蒂固的专制皇帝,能施行万国疾视的老农主义,能因推行主义破坏一切牺牲一切而不惜,能因保持主义孤立世界外,断绝民食而不顾”。在他看来,这种特性是从儿童时期渐渐培养出来的,“俄国的童话,便是俄国‘特性’的结晶,也可以说俄国的童话,便是构成俄国‘特性’的材料”。为此,他将中国的“五分钟的热心”与俄国的这种特性进行比较,指出要注意俄国的童话:“欲养成俄国‘特性’的,应从俄国童话入手!欲研究俄国‘特性’的,也应从俄国童话入手!”[3]该书出版后,赵景深曾撰文《俄国民间故事研究》予以评析。他详细地列出了该书与别国故事的异同:“《猎夫》手帕洗面的一节同书末篇《独手琴》相似。《傻伊汪》似格林的《丕伟德》,又似中国的《呆女婿故事》。《铜国银国金国》似格林的《三公主》。《帖门和帖脱》似《天方夜谭》的《怪石洞》。《白狐》似西西利岛的《梨伯爵》,高加索的《巴古齐汗》,意大利的《盖留梭》以及法国的《穿靴子的猫》。《奇妙的戒指》似《天方夜谭》的《如意灯》。《金翅鸟》似格林的《狐》或《三公主》。《钱口袋》在中国有极相似的民间故事。《牧师和仆人》有一段似格林的《级工》。《老夫妇》似安徒生的《老人做事不会错》,又似格林的《汉斯侥幸》。《变形法》有些像《西游记》。《监》有些像《无猫国》。《独手琴》是复合的故事,似英国市本《无猫国》,加上《天方夜

① 陶然:《续神话的辩护》,《晨报副镌》,1924年4月10日。
② 汪继伯:《要求黎先生多作歌曲》,《小朋友》第103期,1924年3月20日。
③ 潘麟昌:《序》,《俄国童话集》,唐小圃编译,上海商务印书馆1924年版,第2—3页。

谭》的《如意灯》，又加上格林的《莽中的犹太人》，最后再加上格林的《棒》一篇。"[①]

1924年5月，根据 Thomas J. Vivian 英译本，张近芬(CF女士)转译了法国童话作家孟代的童话集《纺轮的故事》，由北新书局出版发行。该书由周作人编选，是"新潮社文艺丛书"之一，内收《睡美人》《三个播种者》《公主化鸟》《镜》《冰心》《致命的愿望》《可怜的食品》《钱匣》等14篇童话。书前有译者序和英译者序。在《译者序》中，张近芬对孟代进行了简要的介绍，指出孟代是一个唯美主义者，她认同拉衣德对孟代的评论，在此基础上，她概括了该书最显著的特点：一是充满了爱的空气，二是想象的精美。最后，她还交代："本书所译各篇，已于《觉悟》《妇女评论》及《晨报副镌》上陆续发表过。蒙友人均以刊印单行本为劝，故特再汇集刊印。"[②]在该书后，还附作者的《失却的爱字》、德国格林的《睡美人》以及周作人的《读〈纺轮的故事〉》等3篇文章。在《读〈纺轮的故事〉》中，周作人从汤谟孙和波特莱尔对其评价入手，介绍了孟代于他的基本印象。他指出《纺轮的故事》虽不是他的代表作，却有他的特色。他将王尔德和孟代做了比较，"我虽然也爱好《石留之家》，但觉得还不及这册书的有趣味，因为王尔德在那里有时还要野狐禅的说法，孟代却是老实的说他的撒但的格言"。他还以《两枝雏菊》为例，指出孟代的教训更是老实，"不是为儿童而是'为青年男女(Virginibus Puerisque)'的，这是他的所以别有趣味的地方"。最后，他这样论述道："孟代的甜味里的确有点毒性，不过于现代的青年不会发生什么效果，因为传统的抗毒质已经太深了，虽然我是还希望这毒能有一点反应。"[③]

1924年5月，郑振铎在《小说月报》上发表了《卷头语》，着重探讨了"文艺真实"和"生活真实"的关系。在他看来："所谓'真实'，并非谓文艺如人间史迹的记述，所述的事迹必须真实的，乃谓所叙写的事迹，不妨为想象的，幻想的，神奇的，而他的叙写却非真实的不可。如安徒生的童话，虽叙写小绿虫，蝴蝶，以及其他动物世界的事，而他的叙述却极为真实，能使读者如身临其境，这就是所谓叙写

① 赵景深：《俄国民间故事研究》，《文学周报》第337期，1928年9月30日。
② 张近芬：《译者序》，孟代《纺轮的故事》，张近芬译，上海北新书局1924年版，第10—11页。
③ 周作人：《读〈纺轮的故事〉》，孟代《纺轮的故事》，张近芬译，上海北新书局1924年版，第213—214页。

的真实。至于那种写未读过书的农夫的说话。而却用典故与‘雅词’,写中国的事,而使人觉得‘非中国的’,则即使其所写的事迹完全是真实也非所谓文艺上的‘真实’,决不能感动读者。”[①]郑振铎的意思是写“中国”的事,一定要使人觉得是“中国”的,这才算文艺上的真实。

1924年5月,张九如在《教育杂志》第16卷第5期中发表了《儿童文艺教学法》。该文探讨了儿童文学与国语课程教学的代表性文章,并列举了详细的实例。张九如认为儿童文艺教学有六大价值:“1.满足儿童自然的需要;2.能发展儿童的想象力;3.能涵养儿童的美感;4.能满足儿童好奇的本能;5.能引起儿童读书的兴味;6.能涵养儿童的欣赏。”在如何选取文艺材料来教学的问题上,他提出九条原则:“1.能满足儿童自然的需要的;2.能发展儿童的想象力,并且是儿童自己能想象得到的;3.能涵养儿童的美感的;4.能满足儿童好奇的本能的;5.能引起儿童爱读的兴味的;6.能涵养儿童的欣赏的。”就形式方面而论,他列出十条标准:“1.合于儿童语言的自然次序的,如在白话,须不费译解,如在文言,须极易译述;2.层次明晰,标点清楚,读了就晓得他的大意的;3.行文活泼,不是平直呆板的;4.格调清真自然,不是雕琢堆砌的;5.生字支配均匀,且多反复的;6.图画留有想象余地的;7.字迹鲜美明朗的;8.纸本明洁可爱的;9.韵文先于散文的;10.排行疏朗爽目的。”他还对“韵文先于散文的”的问题做了详细的论述。在儿童文艺怎样教学的问题上,他主张将散文、韵文相区别,并在教学方法中对“自然”与“相异”之处做了分述。[②]

1924年6月,赵景深编选的《安徒生童话集》由新文化书社出版发行。内收《小伊达的花》《豌豆上的公主》《柳花》《坚定的锡兵》《松树》《世界上最可爱的玫瑰》《自满的苹果树枝》《火绒匣》《国王的新衣》《白鸽》等14篇童话。书前有赵景深的《短序》,他交代了编安徒生童话的初衷是要为其妹妹慧深讲童话,他非常感谢“我们的大孩子”周作人对该书的支持,“《小伊达的花》和《坚定的锡兵》是他最爱的两篇……我以我的孩子的心将这书献给周作人先生,我想他决不会苛责我的胡闹,反是以了解青年的心情的对我微笑”[③]。在该书前,赵景深还写了《安徒

① 郑振铎:《卷头语》,《小说月报》第15卷第5号,1924年5月10日。
② 张九如:《儿童文艺教学法》,《教育杂志》第16卷第5号,1924年5月25日。
③ 赵景深:《短序》,《安徒生童话集》,上海新文化书社1924年版,第1页。

生的人生观》和《安徒生评传》。在《安徒生的人生观》中，赵景深指出童话家的思想和批评者之间的隔膜，他对安徒生童话的阅读感受是"我读过安徒生几篇童话后，更觉得安慰是人生幸福的源泉，烦闷和痛苦人们的明灯，转向奋斗的枢纽"，他列举《丑小鸭》《雏菊》《老屋》《天使》《一荚五颗豆》等作品来阐释安慰的重要性。最后，他这样总结道："安徒生的一生，贫困颠连，疾病相迫，加之为诗不成，为木人戏不成，为戏剧演员不成。差不多山穷水尽，但他仍过着快乐的生命，保守着赤子之心，为文坛上努力，在童话界放极大的光辉，都因为他先有了安慰，不灰心，仍是快快乐乐的向前走！"①

1924 年 6 月，奚若译述、叶绍钧校注的《天方夜谭》(上、下册)由上海商务印书馆出版。书前有叶绍钧的《序》和奚若的《译者序》。在《序》中，叶绍钧首先对《天方夜谭》进行了简要的介绍，在他看来，民间歌谣故事是通过口头来传播的，传授者不免对原故事进行增删，他论析了阅读该民间故事的感受："我们读这部瑰丽的书，将觉现在这时代这世界都退隐了，我们已跨入几百年或者千年以前的在我们西方的古国……在这部书的许多故事里，除了神话以外，又含有迷恋的情史，巧妙的传奇，讽世的叙述，冒险的经历，等等。"②此后，《天方夜谭》经多名中国译者翻译，留有多个翻译版本。③

1924 年 7 月，北新书局的李小峰以"林兰女士"的笔名在《晨报副镌》上发表了《徐文长的故事》(三篇)。在儿童文学出版史上，"林兰"编的民间传说故事集陆续由北新书局出版，引起了出版界和学界的高度关注。据车锡伦统计，北新书局共编辑了 40 种:《民间趣事》(1926)、《徐文长故事》(五集，1927)、《徐文长故事外集》(二集)、《吕洞宾故事》(二集，1927)、《鸟的故事》(1928)、《新仔婿故事》(1928)、《巧舌妇的故事》(1928)、《民间趣事新编》(1929)、《朱元璋故事》(1929)、

---

① 赵景深:《安徒生的人生观》,《安徒生童话集》,上海新文化书社 1924 年版,第 3—4 页。

② 叶绍钧:《序》,《天方夜谭》(上、下册),奚若译述、叶绍钧校注,上海商务印书馆 1924 年版,第 5 页。

③ 1928 年 6 月,屺瞻生、天笑生根据 A. L. Lane 的英译本翻译了《天方夜谈》,该书由上海中华书局出版,共收录了 13 篇阿拉伯民间故事。1930 年 4 月,汪原放根据 A. L. Lane 的英译本翻译了《一千〇一夜》,该书由上海亚东图书馆出版,共收录阿拉伯民间故事 20 篇。1931 年 1 月,陈逸飞、郦昭蕙根据英译本转译了该书,书名为《天方千夜奇谈》,由北京敬文书社出版,共收 11 篇阿拉伯民间故事。1936 年 5 月,方正译述了《天方夜谭》,由上海启明书局出版,共收 13 篇阿拉伯民间故事。1940 年 2 月至 1941 年 11 月,纳川翻译了《天方夜谭》(5 册),由长沙商务印书馆出版。1947 年 2 月,林俊千翻译了《天方夜谭》,由上海春明书店出版,共收 13 篇阿拉伯民间故事。1948 年 4 月,范泉根据 R. F. Burton 的英译本编译了《天方夜谭》,由上海永祥印书馆出版,共收 3 篇阿拉伯民间故事。

《渔夫的情人》(1929)、《换心后》(1929)、《金田鸡》(1929)、《鬼哥哥》(1930)、《红花女》(1930)、《菜花郎》(1930)、《三儿媳故事》(1930)、《相思树》(1931)、《沙龙》(1931)、《呆黄忠》(1931)、《穷秀才的故事》(1931)、《云中的母亲》(1931)、《三个愿望》(1931)、《名人的故事》(1931)、《八仙的故事》(1931)、《民间传说》(三集,1931)、《趣联的故事》(1932)、《贪嘴的妇人》(1932)、《小猪八戒》(1932)、《董仙卖雷》(1932)、《灰大王》(1933)、《三将军》(1933)、《呆女婿的故事》(1933)、《瓜王》(1933)、《文人的故事》(1933)。在车锡伦看来,"林兰"(或"林兰女士")"应是北新书局先后参与编辑、出版民间传说故事集的集体署名,单独视为李小峰或蔡漱六的笔名均不符合实际"①。

1924 年 9 月,周作人发表《科学小说》一文,就"科学"与"儿童学""儿童文学"的关系展开论述。周作人认为科学进入中国儿童界,并未建设起"儿童学",反而造成了攻击童话的大潮。在美国的勃朗等人眼中,"听了童话未必能造飞机或机关枪,所以即使让步说儿童要听故事,也只许读'科学小说'"。对此,周作人并不认同,"我对于'科学小说'总是怀疑,要替童话辩护"。他援引蔼理斯和法兰西的著述来论证其观点,他的观点是儿童读童话并非是为了掌握知识与现实,童话给儿童更多的是幻想与冒险,如果硬塞给儿童科学小说,其效果是令人担忧的。最后,他这样总结道:"科学小说做得好的,其结果还是一篇童话,这才令人有阅读的兴致,所不同者,其中偶有抛物线等的讲义须急忙翻过去,不像童话的行行都读而已。"②

1924 年 10 月,《小说月报》第 15 卷第 10 号刊发了郑振铎(署名西谛)翻译的莱森寓言《驴与赛跑的马》《夜莺与孔雀》《狼在死榻上》《狮与驴》《二狗与羊》《狐》《荆棘》《夜莺与百灵鸟》《梭罗门的鬼魂》《伊索与驴》《弓手》《有益的东西》《象棋中的武士》《盲鸡》《铜像》《群兽争长》,以及高君箴翻译的安徒生童话《天鹅》,冰心的散文《山中杂记——遥记小朋友(选录)》。

1924 年 10 月,朱鼎元的《儿童文学概论》由中华书局出版发行。著者从文学的含义和起源开始论述,将研究视角转向文学和儿童上来。他指出:"文学是一种不识不知无形无踪伟大的工具。我们做教师的,要传达道德的信条或其他

① 车锡伦:《"林兰"与赵景深》,《新文学史料》2002 年第 1 期。
② 开明:《科学小说》,《晨报副镌》,1924 年 9 月 3 日。

必要的智识，假使板起面孔，用干燥无味的言语文字来刺激，一定不生效果；若用文学来做工具，无形中就能收效了……要教儿童以理科的智识，可以把禽兽人格化(Personified)，编成动物的故事来讲讲。”[①]他从培养儿童道德智识、涵养文学兴趣、文学效能等三方面来说明儿童文学对于儿童的重要性。

在论析儿童文学的定义时，朱鼎元批判了有些人误将儿童所需要的文学理解为成人的文学，他指出，儿童和原人是相像的，所以儿童的文学，像儿歌童谣等的内容和形式常常带有野蛮或荒唐的思想。同时，儿童的生活有独立的资格，儿童不是成人的缩影，也不是不完全的小人，他的精神生活和大人不同。儿童的生活是转变生长的，儿童嗜好文学的习性也时时变换。基于此，朱鼎元将儿童文学定义为：“儿童文学，是建筑在儿童生活和儿童心理的基础上的一种文学，以适应儿童自然的需要的。”[②]

在解释了儿童文学的定义后，朱鼎元进一步阐释了儿童文学的本质。在他看来，儿童文学不是简短枯窘的文字，也不是枯燥辛刻的教训文字，“儿童文学，尤其应该注意，只能让他像藏在白雪里的一些刺手的草芽，决不能像狮子般的张牙舞爪”[③]。儿童文学也不是平板肤浅的通俗文字，更不是鬼话桃符的妖怪文字。在剔除了上述不纯的观念后，朱鼎元论证了儿童文学的本质：一要为儿童本位的文字，二要有重复而多变化的描写，三要有欣赏的价值，四要培养读者的感情，五要能开发读者的想象力。

儿童文学材料的分类从来都是众说纷纭，朱鼎元将其归纳为三大类：一是故事，包括神仙故事(神话和荒唐话)、实际生活故事(寓言、传记、小说、游记、笑话)、科学的故事(物语)；二是诗歌，包括儿歌、谜语、新诗、旧诗；三是戏曲，包括历史剧、故事剧、趣剧。[④]

在论及儿童文学的建设时，朱鼎元认为其建设的方法主要有三种：一是选集，从本国旧有的书籍里，或民间口述中选出来的；二是翻译，把外国儿童的读物选译出来的；三是创作，文学家或教育家自出心裁创作出来的。[⑤] 就选集而论，

---

① 朱鼎元：《儿童文学概论》，上海中华书局 1924 年版，第 13 页。
② 朱鼎元：《儿童文学概论》，上海中华书局 1924 年版，第 15 页。
③ 朱鼎元：《儿童文学概论》，上海中华书局 1924 年版，第 15—16 页。
④ 朱鼎元：《儿童文学概论》，上海中华书局 1924 年版，第 18 页。
⑤ 朱鼎元：《儿童文学概论》，上海中华书局 1924 年版，第 24—25 页。

他提出了四个具体的方法:要有范围的征求、极严审的批判、改译语体的重要、如何采用未经改译的东西。就翻译而论,他认为要在共同性、适合国情、想象得到的、删改和增补等方面加以注意。就创作而言,他认为要有文学的天才、要研究儿童心理、要彻底明了儿童文学的本质、要搜集儿童文学的作品加以深切地研究。在此基础上,着力于体裁的革新和创作批评的提倡。

在谈及儿童文学的教学法时,朱鼎元认为应遵循三个原则:一顺应满足儿童之本能的趣味和嗜好,二培养并指导那些趣味,三唤起已失去的或新的趣味和嗜好。根据上述原则,还应注意如下七个方面:增减合度,注重直观,新奇而不费解,勿道破包含的教训,有适当的图书和模型,使儿童的文学有进步之机会,注重表演。

1924年11月,《小说月报》第15卷第11号刊载了西谛翻译的印度寓言《猴与镜》《群兽的大宴》《蓝狐》《蛇与鹦鹉》《井中的盲龟》《剑与剃刀及皮磨》《二愚人与鼓体质好与体质坏的》《狐与蟹》《象与猿》《麻雀与鹰》《鼓与兵士》《狐与熊》《聪明人与他的两个学生》《猫头鹰与乌鸦》《乌鸦与牛群》《孔雀与鹅及火鸡》《铁店》《虎与兔》《隐士与他的一块布》《孔雀与狐狸》,西谛翻译的克鲁洛夫的寓言《云雨》《杜鹃鸟》及张晓天翻译的日本作家秋田雨鹊的童话剧《牧神与羊群》。

1924年11月,郑振铎翻译的《印度寓言(上)》刊发于《小说月报》第15卷第11期上。具体篇目如下:《猴与镜》《群兽的大宴》《蓝狐》《蛇与鹦鹉》《井中的盲龟》《剑与剃刀及皮磨》《愚人与鼓》《体质好的与体质坏的》《狐与蟹》《象与猴》《麻雀与鹰》《鼓与兵士》《狐与熊》《聪明人与他的两个学生》《猫头鹰与乌鸦》《乌鸦与牛群》《孔雀、鹅与火鸡》《铁店》《虎与兔》《隐士与他的一块布》《孔雀与狐狸》。①

此后,郑振铎编译了《印度寓言(一)》,由上海商务印书馆1925年8月出版,该书作为"文学研究会丛书"之一,内收55则寓言,其中大部分是据P. V. Ramaswami Raju选辑的*Pilpay*一书译出。在《序》中,郑振铎将"寓言"与"故事"和"比喻"进行对比,认为:"寓言必须包含有教训的目的,而故事及比喻可以不必。寓言所常表达的是道德的格言,人间的真理。最高尚的寓言常包含有伟大的目标,它在说着人间的真理,在教训着对面的人类,却把它的教训与真理,隐

① 《小说月报》第15卷第11号,1924年11月10日。

藏于创造的人物的言、动中……寓言作家于他们的一言一动中，传达出他的教训。读者得到这种教训，却并不看见教训者之立在他的面前。”在他看来，教训并非直露于故事之中，而是“非常明白、非常亲切的织合于所叙的事实中”，简言之，“寓言是很简陋的文体，它并不需华丽的雕饰，并没有繁复的内容；叙述直捷而简明，教训也浅露而不稍含蓄。然其故事却为儿童所最愉悦，其教训也为成人所深感动”[①]。

1924 年 12 月，郑振铎（署名西谛）选译的《印度寓言（下）》在《小说月报》第 15 卷第 12 号上发表，具体篇目如下：《富人与乐师》《聪明的首相》《幸运仙与不幸仙》《猫头鹰与他的学校》《虫与太阳》《鸢与乌鸦及狐狸》《猫头鹰与回声》《骡与看门狗》《海与狐狸及狼》《狮与少狮》《群猪与圣者》《四只猫头鹰》《狮及说故事的狐狸》《国王与滑稽者》《口伐树人与树林》《狼与山羊》《主人与轿夫》《公羊与母羊及狼》《圣者与禽兽》《乌鸦与蛇》《兽与鱼》《农夫与狐狸》《幸运的人与努力的人》《鹭鸶与蟹及鱼》《愚人与热病》《莲花与蜜蜂及蛙》《狮与象》。

1924 年 12 月，周作人在《晨报》的《文学旬刊》上发表了《神话的趣味》。该文是周作人在中国大学演讲的记录，笔记者为姜华和伍剑禅。在文章中，周作人论析了神话的概念，他反对那种将神话定义为荒唐无稽之言的言论，认为神话不仅于民俗学有研究的价值，和文艺方面也极有关系。他将神话分为四种：一是神话（Mythos＝Myth），二是传说（Saga＝Legend），三是故事（Logos＝Anecdote），四是童话（Maerchen＝Fairy tale）。就神话与传说而言，“神话与传说性质相异：神话中所讲的是神的事情，传说中所传的是人的事情，故其性质，一是宗教的，一是历史的，但其形式者相同”。就传说和故事而言，“传说与故事性质亦相异：传说中所讲的是半神的英雄，故事中所讲的是世间的名人，故其性质一是历史的，一是传记的，但其形式相同”。在其基础上，周作人对童话做了进一步的界定：“童话则不然，重事不重人，其性质是文学的，与上列三种由别方面转入文学者不同。但这不过是它们原来性质上的区别，至于其中的成分则没有什么大差异，在现时我们拿来鉴赏，可原是一样的文艺作品，分不出轻重来了。”周作人将神话新旧学说分为退化说和进化说两派，其中“退化说”包括历史学派、譬喻派、神学派、

① 郑振铎：《序》，《印度寓言（一）》，郑振铎编译，上海商务印书馆 1925 年版，第 1—3 页。该文后以《论寓言——〈印度寓言集〉序》为题发表于《文学周报》第 181 期，1925 年 7 月 12 日。

言语学派;“进化说”则主要由人类学派所构成。对于神话本身的价值,周作人总结道:“在表面上看神话似乎没有多大用处,中国人很反对对小孩子谈鬼说怪,怕引入迷信,这话是错了。我们对于神话拿研究文学的眼光看来,是有价值的,有趣味的;又从心理学上看,那更是不可漠视了。所以我对于神话与对于其他的科学是一样看重的。”①

1925 年

1925 年 1 月,《小说月报》第 16 卷第 1 号发表沈雁冰的《中国神话的研究》、徐调孚翻译的英国的丁尼生的儿歌《小鸟儿说些什么》、李劼人翻译的法国的马尔格利特的儿童小说《虫》、陈虾翻译的柴霍甫的儿童小说《小孩们》、桂裕翻译安徒生的童话《蜗牛与蔷薇丛》、高君箴翻译的北欧神话《奇异的礼物》、晓天翻译的小川未明的儿童小说《教师与儿童》、严既澄翻译的童话《春天的归去》。

1925 年 1 月,《天鹅童话集》由上海商务印书馆出版,该书由郑振铎编入文学研究会丛书,由郑振铎及其夫人高君箴译述,共辑童话 34 篇,分别为《柯伊》《竹公主》《八十一王子》《米袋王》《彭仁的口笛》《牧师和他的书记》《聪明之审判官》《兔子的故事》《光明》《骡子》《狮王》《花架之下》《金河王》《魔镜》《怪戒子》《兄妹》《熊与鹿》《白云女郎》《海水为什么有盐》《自私的巨人》《安乐王子》《少年皇帝》《骡子与夜莺》《天鹅、梭鱼与螃蟹》《箱子》《独立之树叶》《锁钥》《平等》《芳名》《飞翼》《缝针》《天鹅》《一个母亲的故事》《伊索先生》。其中郑振铎译述 12 篇,翻译 10 篇,高君箴译述、翻译 9 篇。在《序一》中,郑振铎指出,这些童话的原料都是从英文的各种书本中翻译出来的,有的是翻译的,有的是重述的,“我们以为‘童话’为求于儿童的易于阅读计,不妨用‘重述’的方法来移植世界上最重要的作品到我们中国来”。考虑到当时所有的工作环境,他们采用了“转译”的方法,“将来,如有向‘创作’这路走去的可能时,也许可以更贡献给他们以我们自己的

① 周作人:《神话的趣味》,《晨报·文学旬刊》,1924 年 12 月 5 日。

东西"[①]。在《序二》中，叶圣陶指出："夫妻两人的撰作汇合成书，至少是件富有意趣的事情，何况这书的本身原具有更丰富的意趣。两个'大孩子'(君箴女士当然也是一个大孩子)从此将愈益快乐，因为他们自己既有这赏心的天鹅，有可以用来娱悦他们的同伴——小孩子。于是，他们将永远是一对'大孩子'。"[②]

1925年1月，张雪门在《晨报副镌》上发表了《儿童和玩具》。作者指出："桃太郎是日本开国的一种神话，桃便是女子生殖器的象征。这个神话含有浓烈的日本的国民性，日本的每一幼稚园每一家庭和每一儿童，几乎无一不讲无一不晓，比英美人三只小熊的故事还要普遍。国中小姑娘手里所拿的，背上所负的，全是桃太郎。一年有一时节，是迎赛桃太郎的日期，举行的一天，正是万人空巷。还有和桃太郎有关系的鸡狗和猴子，不论在什么玩具上，也常联在一起做的。"[③]周作人阅读了张雪门的文章后，撰写了《桃太郎的辩护》和《桃太郎之神话》予以批评。他的不同意见在于："一、桃太郎是童话，不是神话。二、日本开国神话是在《古事记》上卷，不是桃太郎，桃太郎是英国的'杀巨人的甲克'一类的故事。三、桃太郎中并不含有怎样'浓烈的日本的国民性'。"针对张雪门提到的"童话包含有神话物话两种"的说话，周作人并不认同，他认为："神话与童话截然是两件东西，虽然古代的神话也可以流落为现代童话，别国的神话的内容在本国也会与童话相同，不过成了童话便不是神话了，因为神话的性质是宗教的历史的，而童话是文艺的。"[④]

1925年2月，《小说月报》第16卷第2号发表了梁宗岱翻译的儿童小说《游伴》、高君箴翻译的爱特加华士的儿童小说《天真的莎珊》(后来该小说又连载于1925年3月10日的《小说月报》第16卷第3号、1925年4月10日的《小说月报》第16卷第4号、1925年5月10日的《小说月报》第16卷第5号、1925年6月10日的《小说月报》第16卷第6号)。

1925年3月，李步青在《中华教育界》第15卷第3期上发表了《小学国语文学读本之研究》。李步青着重论析了"当知文学为何""当知儿童文学为何""当知

---

① 郑振铎：《序一》，《天鹅童话集》，上海商务印书馆1925年版，第1—2页。
② 叶圣陶：《序二》，《天鹅童话集》，上海商务印书馆1925年版，第4页。
③ 雪门：《儿童和玩具》，《晨报副镌》，1925年1月18日。
④ 王母：《桃太郎的辩护》，《京报副刊》，1925年1月29日。

已往的国语读本之缺点为何”三个问题,通过研究,他得出儿童文学的两个原则:“一是取儿童教材,适合于学习心理。二是取文学陶冶,达教育目的。”他从“国语读本不是听的儿童文学”“国语读本不是看的儿童文学”“国语读本不是唱的儿童文学”“国语读本应为教科书体式”四方面展开论述,得出如下结论:“国语读本,必集合各种儿童文学,以自然之语言,通常之文字,重加组织,便于诵习,而成为教学之工具,可断言也。抑又有言,吾国旧时学文,所以能臻豁然贯通之境,大都收效于吟诵玩味之中。然非构成之文,足使儿童能读喜读,屡读不厌;虽吟诵而不感兴趣,虽玩味而毫无所得。年来小学国文成绩之不良,任用何种方法,而收效皆浅。思之思之,一方当应儿童文学之新潮。一方当反求旧时吟诵玩味之作用。庶于学习吾国之语言文学得以通其窾窍。故改造读本,殊为急务。不此之求,徒言深究,竟谈缀法,仍无益也。”同时,他还概括出儿童语言的四个特点:“一、儿童所发表之语言,完全是从自身活动与对于事物之感觉而出。二、儿童之叙述,分项说明,不求衔接,与向来书本上之叙述式,连续成文,必用文法上衔接之词者不同。三、儿童所说之长句,必由数个短语所构成,语气不断而可以停顿。四、除讪笑外无用词藻之形容词。”在此基础上,他着重从“识字问题”和“应用文问题”[①]两方面提出自己的见解。

1925 年 4 月 10 日,《小说月报》第 16 卷第 4 号刊登了徐调孚翻译的挪威民间故事《为什么熊是短尾的》、冰岛民间故事《十字路》,顾均正翻译的安徒生的童话《飞箱》,郑振铎(署名西谛)翻译莱森的寓言《狮与兔》《周比特与马》《凤鸟》《夜莺与鹰》《麻雀》《猫头鹰与觅宝者》《米洛甫士》《赫克里士》《驴与狮》《羊》《仙人的赠品》。

1925 年 4 月,鲁迅在《京报副刊》上发表了《忽然想到·五》。鲁迅站在一贯的启蒙主义的立场,评判了长者对幼者的禁锢和束缚。他还提及幼时因羡慕项羽面对秦始皇时“彼可取而代也!”和刘邦“大丈夫不当如是耶?”的随意说笑而渴望赶忙变成大人,却不料遇到“正经人”的钉子,因而不得不继续“死相”的伪装,这是“正人君子”对“幼者”的另一种形式的压迫。鲁迅呼吁“敢说,敢笑,敢哭,敢怒,敢骂,敢打”,从而激发灵魂生命的活性,实现“在这可诅咒的地方击退了可诅

① 李步青:《小学国语文学读本之研究》,《中华教育界》第 15 卷第 3 期,1925 年 3 月 15 日。

咒的时代”①。

1925 年 5 月，焦颂周在《学生文艺丛刊》上发表了《儿童文学为什么用国语》。儿童文学的语言问题一直是当时教育界讨论的重点话题：“儿童文学改用国语的声浪，早已很高，就是报纸和杂志里边，也把这个儿童文学为什么用国语的意见发过几次。”焦颂周的观点是：“儿童知识的进步，十分之二三靠着环境和年龄，十分之六七靠着文学。文字是记载思想的工具，创造文学的利器，文字越是简单，发表思想越是容易，创造文学越是便利。儿童的脑力发育尚未十分完全，对于繁复的文字，一定不能懂得。吾们中国从前教导儿童的书籍，都是用着文言；虽是句子短字少，但是儿童读了，总是不懂。”焦颂周认为从文言转变到国语的理由是：“因为在同一国家的国民，往往一地之隔，言语就不一样……并且言语不统一，国民和国民的感情就十分薄弱，怎样可以叫他们互相联络，亲爱如兄弟呢？但是语言统一，必须先定一适宜地方的语言，作标准语，叫大家去学习，那么将来就有语言统一的希望了，这标准语就叫国语。”儿童如果从小能学习一种的国语，使用统一化的语言，在他看来：“将来大家都说了这一种话，自然不会语言不通。并且国语字字都可以写出来，就是一种浅显的文字，极正确的语言，儿童读了，岂不是大有益处的吗？所以儿童文学，一定要用国语。”②

1925 年 5 月，丹麦作家爱华耳特的科学童话《两条腿》由北新书局出版。该书由李小峰翻译，鲁迅校对。周作人为该书写序，他认为《两条腿》是一篇好的文学的童话，“自然的童话妙在不必有什么意思，文学的童话则大抵意思多于趣味，便是安徒生有许多都是如此，不必说王尔德(Oscar Wilde)等人了。所谓意思可以分为两种，一是智慧，一是知识。第一种重在教训，是主观的，自劝诫寄托以至表达人生观都算在内，种类颇多，数量也不少，古来文学的童话几乎十九都属此类。第二种便是科学故事，是客观的；科学发达本来只是近百年来的事，要把这些枯燥的事实讲成鲜甜的故事并非容易的工作，所以这类东西非常缺少，差不多是有目无书，和上边的正是一个反面”。在周作人看来，《两条腿》是科学童话中的佳作，不但故事讲得好，而且材料也很有戏剧的趣味和教育价值。作为动物故

① 鲁迅：《忽然想到·五》，《京报副刊》，1925 年 4 月 18 日、22 日。
② 焦颂周：《儿童文学为什么用国语》，《学生文艺丛刊》第 2 卷第 5 期，1925 年 5 月。

事,《两条腿》没有加上“一层自己中心的粉饰”,但“总是人类的实在情形”①。

在《儿童文学研究》一书中,张圣瑜曾引用王尔德的《两条腿》中的故事来谈论儿童文学与人生的问题。张圣瑜指出,人类是不能没有皈依的,当真理消失时,人们是十分惶恐不安的,人们都固执的以为真理是自己所见到的那样,相互争论,而一个小女孩的天真却消释了盲目的酣战。故事中所讲的童话,广义上可以看作儿童故事,儿童文学代表人生所处和快乐的境地,所表现的是纯化后的风仪,智慧的深沉,以及是男是女,是成人,是儿童的性格。这些都是儿童文学对于人生的象征。所以指示人类求真,即儿童的天真,因为其所包涵的人生意味是博大精深的,留在草地里的不止有儿童,其中可以看到“爱氏”故事所表达的对于儿童文学与人生的关系的观点,在《两条腿》中亦可以寻找到利用自然为生的原人,智慧进化的痕迹,“其指示人生意味,较生物科学,偏于理智多与会,且能普植于人生之早年”②。

1925年6月,周作人为其翻译集《陀螺》所写的《序》刊发于《语丝》上。在这篇文章中,作者自嘲这本小集子“实在是我的一种玩意儿”,他这样写道:“我本来不是诗人,亦非文士,文字涂写,全是游戏——或者更好说是玩耍。”他充分肯定这种“玩”的游戏精神:“我们走过了童年,赶不着艺术的人,不容易得到这个心境,但是虽不能至,心向往之;既不求法,亦不求知,那么努力学玩,正是我们唯一的道了。”就其翻译而言,他坦言自己惯于直译法,“我现在还是相信直译法,因为我觉得没有更好的方法。但是直译也有条件,便是必须达意,尽汉语的能力所及的范围内,保存原文的风格,表现原语的意义,换一句话就是信与达”。对于那些不能达意的翻译,他将其称为“胡译”或“死译”③。

1925年6月,鲁迅在《民众周刊》上发表了《忽然想到·十一》。针对“五卅”运动高潮中知识分子群体中非常流行的“到民间去”的口号,鲁迅将“儿时的钓游之地”视为“民间”的一种想象,并对知识青年提出警醒:不要对“民间”产生不切实际的幻想,在现代社会中,纯然快乐的儿童生活是一个虚妄。④

---

① 作人:《〈两条腿〉序》,《语丝》第17期,1925年3月9日。

② 张圣瑜:《儿童文学研究》,上海商务印书馆1928年版,第33—34页。

③ 周作人:《〈陀螺〉序》,《语丝》第32期,1925年6月22日。

④ 鲁迅:《忽然想到·十一》,《民众周刊》,1925年6月23日。

1925 年 7 月，曾在《儿童教育画》做过编辑工作的伍联德与友人创办《少年良友》周刊，4 开 4 版，形式主要是连环图画，内容包括科学常识、历史故事、德育故事及益智游戏等。伍联德主编了该刊前 4 期。该刊意欲与当时两大出版巨头商务印书馆和中华书局的儿童刊物一争高下，虽然没有获得预期的成功，但伍联德积累了经验，旋即于 1926 年 2 月 5 日创办了影响甚广的上海第一本大型综合性画刊《良友画报》①。

1925 年 7 月，郑振铎在《文学周报》上发表了《寓言的复兴》。该文较为全面地介绍了中国寓言的发展历程。作者指出，中国的寓言，自周秦诸子之后，作者绝少。对于这种现象，他将其归结为“儒家的统一思想，帝政之桎梏人才”。后来印度寓言虽在六朝的时候输入，却不能复燃中国寓言的“美丽光辉”，所看到的大部分见于《法苑珠林》。此后，韩愈、柳宗元在寓言方面有突出的表现，郑振铎认为“读这些作品，总觉得他用力太多，不大有自然的风趣”。柳宗元之后寓言创作者寥寥，到了明朝，寓言的作者突然集中出现，一时间寓言颇有复兴的气象。他谈到了马中锡及其《中山狼传》，又介绍了康对山讽喻李空同的《中山狼》。同时，他还论及了陆灼的《艾子后语》、江盈科的《雪涛小说》中的寓言、刘元卿的《应谐录》、耿定向的《权子》。针对寓言复兴的议题，作者感慨道：“我们如一面搜罗各地民间故事，一面求取其来源，一一校正之，也是一种很有趣的工作。”②

1925 年 8 月，《小说月报》第 16 卷第 8 号刊登了赵景深翻译安徒生的《我作童话的来源和经过》《豌豆上的公主》《牧羊女郎和打扫烟囱者》《锁眼阿来》《烛》、赵景深转译自安徒生的童话《天鹅》、赵景深的《安徒生逸事》、张友松翻译丹麦作家博益生的《安徒生评传》、徐调孚翻译安徒生的童话《火绒箱》《牧豕人》、傅东华翻译安徒生的童话《幸运的套鞋》、郑振铎（署名西谛）翻译安徒生的童话《孩子们的闲谈》、岑麒祥翻译安徒生的童话《小绿虫》、顾均正翻译安徒生的童话《老人做的总不错》、文基译述的《列那狐的故事》（后来该文连载于 1925 年 9 月 10 日《小说月报》第 16 卷第 9 号、1925 年 10 月 10 日《小说月报》第 16 卷第 10 号、1925 年 10 月 10 日《小说月报》第 16 卷第 10 号、1925 年 11 月 10 日《小说月报》第 16

① 简平：《上海少年儿童报刊简史》，少年儿童出版社 2010 年版，第 37 页。
② 西谛：《寓言的复兴》，《文学周报》第 183 期，1925 年 7 月 26 日。

卷第 11 号、1925 年 12 月 10 日《小说月报》第 16 卷第12 号）。

1925 年 8 月，王少明翻译格林兄弟的《格尔木童话集》由河南教育厅编译处出版发行。该译本译自德语版本，王少明也是第一个从德语直译格林童话的翻译者。该书内收《六个仆人》《苦儿》《铁韩斯》《兄弟三人》《大萝卜》《裁缝游天宫》《雪姑娘》《小死衣》《鬼的使者》《月亮》等 10 篇童话。在《格氏兄弟小史》中，王少明指出："格氏兄弟之童话，虽亦多采自妇孺翁妪之口，言情有致，全是小说家之真正精神与体意。兴味津津，能使读者不忍释手，故格氏兄弟之童话集，德人几于无家无之，此所以格氏兄弟之名，盛传于德国妇孺之口也。"在《译者短言》中，王少明说道："国人所译格氏兄弟的童话，……多与原文不相符合；不知是译者故为修改，也不知是，非译自原文——外人已有删增了。"有感于这种现象，他对内容"自觉着也未加以增删"，其目的在于"是想把这世界著名的童话，介绍于小学教师们，以备他们采择参用；并分给予天真烂漫可爱的儿童们，以满足他们心灵上的需要"①。

1925 年 8 月，郑振铎根据歌德的改写本将欧洲童话《列那狐的历史》译述为中文，在《小说月报》第 8 号至 12 号上连载，署名"文译述"，后作为"文学周报丛书"由开明书店出版。在《列那狐的历史》中，郑振铎高度赞誉其是"一部伟大的禽兽史诗"，其最可爱最特异的一点，"便是善于描写禽兽的行动及性格，使之如真的一般"。在翻译这部童话时，郑氏采用了"重述"法，并对该童话的结局进行了改造，由列那狐的"得释"转变为"被处死刑"，其目的在于"不欲使狡者得志"。在郑振铎看来，"编译儿童书而处处要顾全'道德'，是要失掉许多文学的趣味的"②。早在 1922 年，郑振铎就根据《列那狐的历史》改写了《狐与狼》，该文刊发于《儿童故事》第 1 卷第 5 期上。关于郑振铎述译的《列那狐的历史》一书，赵景深在其《童话论集》中有一章《列那狐的历史》专门予以介绍③。

1925 年 8 月，郑振铎根据 C.T.Cheng 英译本编选了《莱森寓言》。内收《驴与赛跑的马》《夜莺与孔雀》《狼在死榻上》《狮与驴》《二狗与羊》《狐》《荆棘》《夜莺与百灵鸟》《梭罗门(Solomon)的魂》《伊索与驴》《弓手》《有益的东西》《象棋中的

① 王少明：《译者短言》，格尔木《格尔木童话集》，王少明译，河南教育厅编译处 1925 年版，第 1 页。
② 郑振铎：《〈列那狐的历史〉译序》，《小说月报》第 16 卷第 8 号，1925 年 8 月。
③ 赵景深：《〈列那狐的历史〉》，《童话论集》，上海开明书店 1927 年版，第 181—185 页。

武士》《盲鸡》《铜像》《群兽争长——四则的寓言》《马与牛》《鸭》《麻雀与鸵鸟》《驴与狼》。在《〈莱森寓言〉序》一文中，郑振铎认为莱森的寓言是反抗拉芳登所开创的寓言传统的，拉芳登的寓言将 17 世纪法国全社会的种种色相捉入寓言中，后来模仿者很多，专以讽刺当代人的愚行及小错为务。对此，郑振铎重申了寓言的教化特征："寓言乃是一则道德的训条，用一个简明的例子来说明它的。当然的，寓言作家所注视的乃是全个人间，乃是不变的道德训条，乃是深切的人间真理，并不是一时的社会现象及当代人的愚行、小错。"他认为以莱森的寓言作为小学校的教本是适宜的，"虽然其中有几则深刻的道德训条，是儿童们所未必懂的，故事的本身已足使他们愉悦了"①。

1925 年 8 月，王人路在《小朋友》杂志上发表了《征集歌谣》的启事："小朋友们，你们平常，/在家乡唱些什么歌谣？/你们如果将所爱唱的儿歌/或是童谣抄出来，/投到《小朋友》编辑部，/一定可以得到可爱的奖品。"②作为《小朋友》的编辑，王人路通过杂志征集歌谣，极大地调动了儿童搜集和创作歌谣的积极性，对童诗创作的发展起到了推动作用。

1925 年 8 月，为了纪念安徒生诞生 120 周年，《小说月报》第 16 卷第 8 号和第 9 号开设了"安徒生号"。在"卷头语"中，郑振铎高度评价了安徒生作为童话作家所做的贡献，认为"他的伟大就在于以他的童心和诗才开辟一个童话的天地，给文学以一个新的式样与新的珠宝"。就其语言而论，他指出："他所用的文字是新的简易的如谈话似的文字。当他动手写童话之前，先把这童话告诉给小孩子听，然后才写在纸上，所以能创出一种特异的真朴而可爱的文体"③。同时，郑氏也指出安徒生童话之所以能让世界儿童所接受，"就在于如勃兰特所说的能织入一切歌声、图画和鬼脸在文中"。"安徒生号(上)"包括关于安徒生的传记文章 4 篇：《安徒生传》(顾均正)、《我作童话的来源和经过》(赵景深译)、《安徒生逸事(四则)》(赵景深译)、《安徒生评传》(博益生著、张友松译)；安徒生的作品 10 篇：《火绒箱》《牧豕人》《幸福的鞋套》《豌豆上的公主》《牧羊女郎和打扫烟囱者》《锁眼阿来》《烛》《孩子们的闲谈》《小绿虫》《老人做的总不错》；另有郑振铎的《安

① 郑振铎：《〈莱森寓言〉序》，《莱森寓言》，上海商务印书馆 1925 年版，第 1—2 页。
② 王人路：《征集歌谣》，《小朋友》第 176 期，1925 年 8 月 13 日。
③ 郑振铎：《卷头语》，《小说月报 安徒生号(上)》第 16 卷第 8 号，1925 年 8 月。

徒生的作品及关于安徒生的参考书籍》、赵景深改编的童话剧《天鹅》。

1925年8月,《文学周报》第186期设置了“纪念安徒生专号”,刊发了5篇文章,分别是徐调孚的《“哥哥,安徒生是谁?”》、顾均正的《安徒生的恋爱故事》、赵景深的《安徒生童话里的思想》、徐调孚的《安徒生的处女作》、沈雁冰的《文艺的新生命——布兰特斯〈安徒生论〉第一节的大意》。

在《“哥哥,安徒生是谁?”》中,徐调孚首先向儿童抛出了这样的话题:“小弟弟啊,你听见过一个兵士在树洞中拾着一只火绒盒的故事吗?你听见过一匹丑陋的小鸭后来变做天鹅的故事吗?你还知道有小如你的拇指这样的人,和一个用锡来做的兵士,他们都会做出许许多多的事来吗?”然后引出了安徒生。他简单介绍了安徒生的出身情况,指出安徒生年幼时的娱乐很特别,“除了唱歌和制花圈外,他最喜欢玩木傀儡戏,替一个个的木傀儡做巧妙的小衣服”。后来安徒生的父亲去世后,他到裁缝店学裁缝,“为了他能讲故事,能用尖锐的声音唱几首悦耳的歌曲,裁缝厂的伙伴都愿意帮他代做工作”。作者还介绍了安徒生的另一个技能——剪纸。“他的童话,总共一百三四十篇,现在也有人要把它顺了写著的次序,一篇一篇翻译出来,供你的阅看了,你且等着罢!”①

顾均正的《安徒生的恋爱故事》着重分析了安徒生恋爱失败的原因:一是因为他没有家,二是因为他的容貌生得很丑陋。他还介绍了与安徒生有过恋爱经历的女性:小学时期的一个小女孩、亨利蒂、富人的女儿、林得女士。在文章的最后,作者这样感叹道:“多么不幸的安徒生啊!”②

赵景深的《安徒生童话里的思想》是一篇系统介绍安徒生童话思想的力作。作者指出,只要读一读安徒生的《我的一生的童话》这部书的前几章,谁也不能不表同情地为这个漂泊诗人叹息!“倘若他不在胸中幻想出一个幸福的童话世界来,恐怕他早就要自尽了!他的奋斗,他的不断的努力,都靠着他能够在梦境里求安慰。我们试翻阅一下他的童话,你看呵,这里尽是和生命搏战的创伤和血痕呢!”他认为安徒生郁积的痛苦的表达并非黄河滔滔、长江滚滚的,而是清浅的河流淙淙地流向前去。作者以《烛》《天使》和《自满的苹果树枝》为例,指出安徒生童话思想中的一个特点是:“穷人和富人是没什么分别的,无所谓尊贵,卑贱,大

① 徐调孚:《“哥哥,安徒生是谁?”》,《文学周报》第186期,1925年8月16日。
② 顾均正:《安徒生的恋爱故事》,《文学周报》第186期,1925年8月16日。

家都是世界上的一个'人',大家都能同样的享受自然界的一切!"①

在《安徒生的处女作》中,徐调孚以他人的研究"安徒生在十一二岁就开始编著他的第一篇剧本"开篇,着重介绍了这篇剧本,"这是一篇悲剧,其中全体的角色,都是惨死的……剧中的大意是取材于古民歌",故事主要讲述了一个隐士和他的儿子都爱上了 Thisbe,后来她死了,他们都自杀了。故事中关于隐士所说的话都是那种问答体的圣经中抄下来的,这篇剧本的名字叫 *Abord and Elvira*②。

沈雁冰的《文艺的新生命》是由其翻译布兰特斯《安徒生论》中第一节的大意所阐发出来的。作者认为,一个天才的作家必须有勇气,必须有自信的灵感,"自信他脑膜上浮起的种种幻想一定是健全的,自信他所信手拈来形式,即使是一个新形式,有存在的资格。他必须毫无顾虑,跟着他的本能倨傲任性地做去,依次而开辟了文艺界的新疆土的,便是丹麦诗人安徒生"。他以安徒生童话的开头来谈论其"反常规性"。他指出:"你讲一个故事给儿童听,如果要得他们欢迎,你决不可正襟危坐背书似的讲演;你须得做手势扮鬼脸吹口作气,随时摹拟故事中的动作。换言之,就是要把音乐绘书和扮演,融合在你的故事里。作儿童故事亦然。要使得你的故事书一开卷就有音乐绘画扮演从字里行间跳出来。抽象的描写没有用,修辞学也没有用;你必须使每字每句是直接诉诸耳目的感觉的。"最后,他概括了安徒生之所以成为著名的儿童文学作家的原因:"即因他是通信的老孩子,懂得儿童的心理,对于儿童真有同情:这是谁都知道的。但是安徒生在文学上的最大贡献却是有勇气有自信心去创造新形式。文艺之所以能推陈出新,大概就在这一点。"③

1925 年 9 月,《小说月报》第 16 卷第 9 号开辟"安徒生号(下)"。郑振铎高度肯定安徒生童话语言对于儿童接受的美学思维:"无论谁,如果要写故事给儿童看,一定要有改变的音调,突然的停歇,姿态的叙述,畏惧的态度,欣喜的微笑,急剧的情绪——一切都应该织入他的叙述里,他虽不能直接唱歌、绘画、跳舞给儿童看,他却可以在散文里吸收歌声、图书和鬼脸,把他们潜伏在字里行间,成为

---

① 赵景深:《安徒生童话里的思想》,《文学周报》第 186 期,1925 年 8 月 16 日。
② 徐调孚:《安徒生的处女作》,《文学周报》第 186 期,1925 年 8 月 16 日。
③ 沈雁冰:《文艺的新生命》,《文学周报》第 186 期,1925 年 8 月 16 日。

一大势力,使儿童一打开书就可以感得到。"[①]主要文章有后觉翻译丹麦 C. M. R. Peterson 的《安徒生及其生地奥顿瑟》,赵景深翻译丹麦勃兰特的《安徒生童话的艺术》,顾均正的论丛《即兴诗人》,张友松翻译安徒生的《安徒生童话的来源和系统——他自己的记载》,胡愈之翻译安徒生的《践踏在面包上的女孩子》,樊仲云翻译安徒生的童话《茶壶》,顾均正翻译安徒生的童话《乐园》《七曜日》《一个大悲哀》,郑振铎翻译安徒生童话《扑满》《千年之后》《凤鸟》,沈志坚翻译安徒生的童话《雪人》,梁指南翻译安徒生的著作《红鞋》,季赞育翻译安徒生的童话《妖山》,徐调孚和顾均正合著的《安徒生年谱》。

1925 年 9 月,周作人与雪林"关于菜瓜蛇的通信"刊发在《语丝》上。周作人与雪林的这次讨论与对话源于雪林所写的《菜瓜蛇的故事》(刊于《语丝》第 42 期)。《菜瓜蛇的故事》写的是安徽太平县菜瓜蛇传说。周作人认为《菜瓜蛇的故事》和《蛇郎》颇有相似的地方,菜瓜蛇在童话里被"人身化",与埃及的《两兄弟》很相似。同时,周作人提出记述这类传说故事的要点是:"最要紧是忠实,在普通话流行的地方最好是逐句抄写,别处可用国语叙述,唯原本特别注重,是用韵律语表出者,亦当照写,拼音加注,至于润色或改作最为犯忌。《菜瓜蛇的故事》等写法甚是适当,可以为法,因原本之文艺价值即在其本身,记述者的职务只在努力保存其固有的色彩而已。"[②]

1925 年 10 月,周作人的《〈蛇郎精〉按语》刊载于《语丝》上。这篇文章可与其《关于"菜瓜蛇"的通信》对读,周作人提出了记录故事的原则与方法:"一即如张先生所说,在特殊新奇的以外,更要搜集普通的近似以至雷同的故事,以便查传说分布的广远。二即如实的抄录,多用科学的而少用文学的方法。大凡这种搜集开始的时候,大家多喜欢加上一点藻饰,以为这样能使故事更好些,这是难怪的,但我们不可不注意,努力免避。不增减不改变地如实记录,于学术上固然有价值,在文艺上却未必减色,因为民间文学自有它的风趣,足以当得章大愚氏'朴壮生逸'四字的品评。全体叙述可用简洁的国语,但其中之韵律语,特殊名物,及有特别意义的词句,均须保存原本方言,别加注释。"[③]

---

① 郑振铎:《卷头语》,《小说月报 安徒生号(下)》第 16 卷第 9 号,1925 年 9 月。
② 周作人:《关于"菜瓜蛇"的通信》,《语丝》第 44 期,1925 年 9 月 14 日。
③ 凯明:《〈蛇郎精〉按语》,《语丝》第 50 期,1925 年 10 月 26 日。

1925 年 11 月,《小说月报》第 16 卷第 11 号刊载了金满成的儿童小说《儿时回忆:王桂枝、活泼道人、外婆家》、秋芸翻译日本作家木村小舟的童话《兔儿的衣服》、张晓天翻译小川未明的童话《小的红花》、燕志俊的散文《蝴蝶的家》、丰子恺的文章《漫画浅说》、郑振铎的《子恺漫画集序》、徐调孚翻译拉封登的寓言《狐狸与葡萄》。

1925 年 11 月,黄中的儿童小说《一个小小的牺牲者》发表在《小说月报》上。该小说塑造了一个战争时期的儿童形象,她"虽则是一个五岁的女孩……志气有时却胜过成人,加之沉静的性格,坚毅的意志,已在超出一辈普通的孩子,就是体格,也在兄妹中算是最健",在战乱的环境中,她观照外在世界的眼光总是和善的,对什么都不设禁忌,她敢指着穷凶极恶的排长说:"这个兵好……"[①]这种毫无忌讳的语言是儿童该有的品质,即使在战乱的时候依然绽放出特定的光彩。

1925 年 11 月,赵景深在《文学周报》上发表了《童话的分系》。该文依据麦荀劳克《小说的童年》对于童话的较精密的分系,"我们在现今很难找到一个童话仅属于一系的,每每一个童话能属于三,四系。这实在是极泛常的事。因此。在未分系以前,不能不知道怎样分系"。作者将分系与分类做比较,从而确立分系的标准:"分系是和分类不同的,我们可似夏芝的分法,按照童话里的人物分类,分出菲丽,僧侣,巨人,盗贼……但分系却不是这个意思。分系是按照童话的事件分的,也就是说,是按照童话中反映的初民礼仪,风俗与信仰而分的。"[②]

为了读者的方便起见,赵景深从西洋《格林童话集》和中国《西游记》中取出童话约分为十二系,这十二系,又可以分为四大类,今分述如并略加说明与举例。他将"初民心理"分为三类:(一) 生命水系,(二) 复活系,(三) 分身系。就安徒生童话而言,也可分为"说话的无生物系""友谊的兽系""兽婚系"几类。而这些与初民风俗密不可分,具体而论,有"食人精系""太岁系""承继系""献祭系"等几类。从神话的角度来看,赵景深根据爱尔兰夏芝的分类,分为"小神仙""鬼""巫""陶兰奥格人""修道士""恶鬼""巨人""国王,王后,公主,伯爵与盗贼"等。在他的意识中,"此类所述,大都可采用为教育童话,以上七类,恐怖分子极多;与此类大不相同"。"童话又可分为狭义的童话和广义的两类。狭义的童话仅指快乐的

① 黄中:《一个小小的牺牲者》,《小说月报》第 17 卷第 11 期,1925 年 11 月 10 日。
② 赵景深:《童话的分系》,《文学周报》第 200 期,1925 年 11 月 22 日。

民间故事，而广义的童话则兼收神话寓言、故事趣谈等。趣谈是民间故事的最近形式，这是由于近人已不相信神权，于是本是神怪的事都变成了欺骗的事了。在《神话与民间故事》曾举《人变为驴》一篇童话为例。”赵景深列举了安徒生的《大小克劳斯》和格林的《级工》，猜想以前“小克劳斯大约真是会变魔术的人，而级工也是真有力气的人”，“本来这在童话中是极普通的事。因为年深日久，就变成完全游戏的，找不到一丝宗教气息来了”①。

1925年12月，《小说月报》刊发了庐隐的儿童小说《危机》。张文和尤成不满家庭的禁锢和专制，“我天天怕回家，看见我爹爹那厉害的脸，我就全身不舒服”，“我反正是要想法子，和家庭脱离关系”。受英文老师所讲的富兰克林的影响，他们决定着一起逃离家庭去当土匪，他们想象着作为英雄的样子：“我们向河南一带去，那里不是有土匪吗？咱们投伙去，你看水浒里的英雄，他们多快活！咱们入伙之后，练习些打仗的本领，然后咱们邀着他们一起出去统一亚洲，把那些欺负我们的矮人，一刀一个都杀干净；我们就作一个亚洲的拿破仑，我们也要一个顶美的。”在他们的意识中，“只要能逃跑，离开家庭，前途便有无限的光明”。在这种幻想的推动下，他们决绝地离开了家，最终还是被抓了回来。尽管他们被父母软禁了三天，但他们的存在撼动了家族和校方稳固的文化秩序。校方也很紧张，并专门召开紧急会议讨论这一事件，校长的话令人深思：“我们与其使学生景慕英雄的生活，不如使他们得到平淡生活的趣味。”②

1925年12月，我国第一部儿童诗歌集《忆》由北京朴社出版发行，作者俞平伯。该书由丰子恺作插图，朱自清为其写跋，特别是该书均由作者毛笔手书，更体现出该诗集的艺术性。朱自清在为《中国新文学大系·诗集》所撰写的导言中提道：“《忆》是儿时的追怀，难在还多少保存着那天真烂漫的口吻。作这独尝试的，似乎还没有别人。”③俞平伯为该诗集写了《自序》，全文内容如下：

云海的浮沤，风来时散了。云的纤柔，风的流荡，自己虽是两无心的，而在下面的却每不辞冒昧去代惋惜着；这真是痴愚得到无可辩解的

① 赵景深：《童话概要》，上海北新书局1927年版，第78页。
② 庐隐：《危机》，《小说月报》第16卷第12号，1925年12月10日。
③ 朱自清编选：《中国新文学大系·诗集(影印本)》，上海文艺出版社2003年版，第3页。

了。但若这个亦不足稍留我们的眷恋,人间的情思岂不更将漂泊于茫昧中了。我们且以此自珍罢,且以此自慰罢,且莫听那"我们外"的冷笑吧!

我们低首在没奈何的光景下,这便是没奈何中的可奈何。

至于童心原非成人所能了解的,且非成人所能回溯的。忆中所有的只是薄薄的影罢哩。虽然,即使是薄影吧——只要它们在刹那的情怀里,如涛的怒,如火的焚煎,历历而可画;我不禁摇撼这风魔了似的眷念。

凭着忆吧,凭着忆吧,来慰这永永彷徨于"第三世界"的我。真可诅咒的一切啊,你们使我再不忍诅咒这没奈何中的可奈何!①

1926年

1926年1月,《小说月报》第17卷第1号刊载了顾德隆翻译的儿童剧《讲道》、张若谷翻译的拉风歹纳寓言《二友人》《雄鸡与愚人》、敬隐渔的民间传说《皇太子》、樊仲云翻译的安徒生童话《玫瑰与麻雀》、燕志俊的寓言《二位批评家》《猪与羊》、郑振铎(署名西谛)翻译的高加索民间故事《乞丐》、纫秋女士翻译的M. H.Wade的神仙故事《恶汉乐斯和三个火堆——印度的神仙故事》、顾均正的《世界童话名著介绍(一)》(一、英国吉卜林著的《莽丛集》、二、英国加乐尔的《镜里世界》)、张若谷翻译的拉风歹纳的寓言《猫鱼黄狼及野兔》《狼变成牧童》《牧童与羊群》、朱湘的儿童诗歌《摇篮歌》、郑振铎(署名西谛)翻译的高加索民间故事《渔夫的儿子》、顾均正的《世界童话名著介绍(二)》(三、英国巴莱著《〈彼得班恩〉》四、英国伊温夫人著《〈猿儿〉及其他》)。

1926年1月,顾均正在《小说月报》第17卷开始辑录《世界童话名著介绍》,

① 俞平伯:《忆》,北京朴社1925年版,第1页。

分九次在《小说月报》上刊登:第一次他辑录了英国吉卜林《莽丛集》和英国加乐尔的《镜里世界》[①],第二次他辑录了英国巴莱的《彼得班恩》和英国的伊温夫人的《〈猿儿〉及其他》[②],第三次他辑录了英国阿尔登的《钟为什么响》和意大利科罗狄的《匹诺契奥》[③],第四次他辑录了美国斯托克顿的《空想的故事》[④],第五次他辑录了英国印泽罗的《仙女莫泊萨》[⑤],第六次他辑录了英国盖替夫人的《自然的喻言》[⑥],第七次他辑录了法国贝洛尔的《鹅母亲故事》[⑦],第八次他辑录法国微拉绥夫人的《美人与野兽》[⑧],第九次他辑录了挪威阿斯皮尔孙和摩伊合著的《挪威民间故事》[⑨]。同时,1月10日,顾均正还在《学生杂志》第13卷第1期发表了科幻小说《无空气国》。

1926年1月,《小说月报》第17卷连载了张若谷翻译的《拉风歹纳寓言》,共11期,25篇寓言,分别是:第1号的《二友人》《雄鸡与愚人》,第2号的《猫与黄狼及野兔》《狼变成牧童》,第3号的《山生子》《苏格拉底的话》《牡牛与蛙》,第4号的《狮出征》《死神与穷汉》,第5号的《鸢与黄莺》,第6号的《牝狗与她同伴》《约诺与孔雀》《兔与鹧鸪》《雏鸡与猫及幼鼠》,第7号的《遣往亚历山大的兽群》《橡树与荻芦》,第8号的《狮子老了》《狼狐聚讼于狗前》《象与周比特的猴子》,第9号的《死神与临死人》《大言不惭的游历家》,第10号的《蝉与蚁》《妇女与秘密》《二鸽》,第11号的《不忠实的受托人》。

1926年1月,张若谷在《文学周报》第207期上发表了《拉风歹纳寓言序》。文章开篇,他引用法国文学批评家尼柴尔在《法国文学史》上的话:"寓言是为一切众人的,不是单为儿童或一部分文艺爱好者。"他道出了翻译拉风歹纳寓言的目的:"正是想贡献给中国一切众人的。我很愿家庭中和小学校里的弟弟妹妹都来读这些有趣的故事,中学以上的哥哥姊姊们,都来读这些好教训的格言,社

① 顾均正:《世界童话名著介绍(一)》,《小说月报》第17卷第1号,1926年1月10日。
② 顾均正:《世界童话名著介绍(二)》,《小说月报》第17卷第2号,1926年2月10日。
③ 顾均正:《世界童话名著介绍(三)》,《小说月报》第17卷第3号,1926年3月10日。
④ 顾均正:《世界童话名著介绍(四)》,《小说月报》第17卷第5号,1926年5月10日。
⑤ 顾均正:《世界童话名著介绍(五)》,《小说月报》第17卷第6号,1926年6月10日。
⑥ 顾均正:《世界童话名著介绍(六)》,《小说月报》第17卷第7号,1926年7月10日。
⑦ 顾均正:《世界童话名著介绍(七)》,《小说月报》第17卷第8号,1926年8月10日。
⑧ 顾均正:《世界童话名著介绍(八)》,《小说月报》第17卷第9号,1926年9月10日。
⑨ 顾均正:《世界童话名著介绍(九)》,《小说月报》第17卷第11号,1926年11月10日。

会上和家庭里的伯伯妈姆们，都来读这些有表则的镜鉴，我更希望童颜鹤发的老公公老婆婆们，都戴上玳瑁老花眼镜，都来念这些修心养神的人生经。”①

1926 年 1 月，赵景深的《童话的印度来源说》发表于《文学周报》第 208 期上。该文指出主张印度来源说的是梵文学者班发（Benfey），“他觉得凡相类似的故事都是转变，而非各自创造，至多不过是转变的痕迹”。他特别注意研究印度民间故事和欧洲民间故事的相同点，认为很多欧洲童话都是从印度“写下来的”总集散播来的。法国的考司昆、英国的杰考白司认为不但“写下来的”总集是欧洲童话的原始，还有许多口述的故事也是欧洲童话的原始。然而，也有两个“印度来源说”的反对者，一个是哈特兰德，一个是麦苟劳克。哈特兰德认为：“童话既是口上相传的，当然不能用历史的方法从文字上找到转变的恶痕迹。童话之在先的未必能算是最早的第一个故事，每每有较野蛮的童话，记录得很迟；而较文明的童话却反记录在前的。所以要想决定童话的原始地位，文明须抛开写下来的迟早的关系，要从故事的本身（实质和形式）找到证据来。”麦苟劳克则认为：“我们可以说，有一部分的童话是从印度传到欧洲的，但我们不能说，一切童话的童话都从印度传来的。在印度的写下来的童话未传到欧洲，欧洲早就有许多相似的童话了。这只不过是偶合而已。”赵景深的看法是：“印度来源说实无存在之理由。我们只能说印度有一部分童话能传到别国去，而印度也不能不吸收外来的童话——这在任何国都是一样地传播着，一样地对流着。”②

1926 年 2 月，王化周的《童话的研究》刊载于《教育杂志》第 18 卷第 2 期。关于“童话是什么东西”，王化周的观点是：“凡是一种童话，在教育上都各具有一种特殊的教义及功用；而且这种教义及功用，差不多是一定不变的。”同时“若不分青红皂白，一味地灌注下去，不但童话的功用全失，且足以引起儿童不痛快与茫然之感”。在他看来，“积极的以儿童心理发达及艺术的价值为标准；消极的以不涉及过于残忍、凄惨、反道德及性的表示过强者为标准”。对于“童话的起源”，他列举了四种常见的观点：“一是所有童话，皆发生于印度，渐次传播于四方；二是童话为神话之变形；三是所谓童话，乃说明天然现象的神话；四是童话为低级文化阶级的民族团聚时添助兴味应运而生的一种趣话。”他还指出了其评价与局

① 张若谷：《拉风歹纳寓言序》，《文学周报》第 207 期，1926 年 1 月 10 日。
② 赵景深：《童话的印度来源说》，《文学周报》第 208 期，1926 年 1 月 17 日。

限。在此基础上,他着重论述了“童话新倾向”的看法:“(1) 从说明的、散文的转向情绪的、诗的方向,(2) 从记述的倾向转向象征的倾向,(3) 从高踏的、超时代的倾向转向民众的、现实的倾向,(4) 科学的童话之新生。”就“童话的种类”而论,他着重分析了九类读物:“1. 故事(Fairy Tales, Marchen),2. 幼稚园童话(Kindergarten Tales),3. 滑稽谈(Humorous Tales),4. 寓言(Fables),5. 传说(Legends),6. 神话(Myths),7. 历史谈(Historical Tales),8. 自然界童话(Nature-Stories),9. 事实谈(True Stories)。”他将“童话的要素”概括为九个方面:“1. 生活感,2. 亲密性,3. 感官印象,4. 音律和反复,5. 想象的要素,6. 神秘的要素,7. 活动冒险的要素,8. 滑稽的要素,9. 知识的要素。”最后,王化周概括了“童话在教育上的价值”:“1. 兴味和愉快的赋与,2. 情绪的启发,3. 想象力的启发,4. 知力的开发,5. 美感的启导,6. 道德感的深化,7. 同情博爱心的养成,8. 不良习惯的矫正。”①

1926 年 3 月,《小说月报》第 17 卷第 3 号刊载了郑振铎(署名西谛)的童话《朝露》、褚东郊的童话《喜鹊教造巢》、顾均正的《世界童话名著介绍(三)》(五、英国阿尔登的《钟为什么响》;六、意大利科罗狄的《匹诺契奥的奇遇》)、张若谷翻译的《拉风歹纳寓言:山生子、苏格腊底的话、牡牛与蛙》《拉风歹纳寓言:狮出征、死神与穷汉》。

1926 年 3 月,意大利作家亚米契斯的儿童文学作品《爱的教育》经夏丏尊翻译后于上海开明书店出版。此后,多人翻译了该作品,出现了多个版本。② 该书为日记体小说,夏丏尊据日译本和英译本转译,卷首有译者序言、作者传略。在《译者序言》中,夏丏尊交代其阅读该原著时的感受:“我在思念前始得此书的日译本,记得曾流了泪三日夜读毕,就是后来再翻译或随便阅读时,还深深地感到刺激,不觉眼睛润湿。这不是悲哀的眼泪,乃是惭愧和感激的眼泪。”这种惭愧和感激的眼泪来自“书中叙述父子之爱,师生之情,朋友之谊,乡国之感,社会之同

① 王化周:《童话的研究》,《教育杂志》第 18 卷第 2 号,1926 年 2 月 25 日。

② 1931 年 10 月,柯蓬州根据日译本翻译了该书,书名为《爱的学校》,由上海世界书局出版。1935 年 8 月,张栋重译了该书,以“通俗本”的方式于上海龙虎书店出版,书名为《爱的学校》。1936 年 5 月,施瑛根据英译本转译,在上海启明书局出版该书,书名为《爱的教育》。1940 年 11 月,知非翻译了该书,由长春大陆书局出版。1946 年 5 月,林绿丛翻译了该书,分上、下两册由上海春明书店出版。1947 年 2 月,冯石竹编译《爱的教育》,该书为节写本,由上海经纬书局出版。

情，都已近于理想的世界，虽是幻影，使人读了觉得理想世界的情味，以为世间要如此才好”。他还简要地叙述了日译本和英译本的情况：“这书原名《考莱》(*Coure*)，在意大利原语是‘心’的意思。原书在 1904 年已三百版，各国大概都有译本，书名都不一致。我所有的是日译本和英译本，英译本虽仍作《考莱》，下又标《一个意大利小学生的日记》几字，日译本改称《爱的学校》。”[①]

1926 年 3 月，梁实秋在《晨报副镌》上撰文《现代中国文学之浪漫的趋势》。梁实秋提出了“儿童文学是以儿童为中心的文学”的论断：“安徒生的童话，王尔德的童话，都很受读者的欢迎，而这些读者大概十分之九半是成年的人，并非是儿童。故我所谓儿童文学并非是为儿童而作的文学，实是以儿童为中心的文学。”[②]在此基础上，梁实秋还区别了“五四”浪漫主义与古典主义的质的差异，还道出了浪漫主义“撇开现实生活，返于儿童的梦境”的倾向。

1926 年 3 月，王志成的《儿童文学的重要》刊载于《教育杂志》第 18 卷第 3 期。文章开头，王志成感慨道：“世界上最美丽最完满的生活，莫过于这喜听故事的儿童，无怪几千年前的老子要提倡什么‘复归于婴儿’的学生呢！”随后，他提出一个现实性的问题：“世界上的儿童都能过这‘神仙般’的生活吗？他们的保护者——父母兄姊——都能满足他们的需要吗？”在他的看来，20 世纪的中国“恐怕还不能个个都明白‘儿童’的意义”，中国的家庭通常都“听得使女用人说自己的子女会跳门槛、攀柱子了，他们就放心托胆地把子女送到一个邻近的小学校里去，也不问问学校的内容怎样，只要是价廉就是了。”对此，他希望通过问读者“儿童看小说是不是一件坏事”来让其理解儿童的意义：“要晓得儿童自有儿童独立的生命，他们有他们特殊的需要，我们做老师的不但不能埋没他的本能，唤发之唯恐不暇。”这正好印证了他在文中引用的福禄贝尔的一句话：“教育的责任，全在唤醒儿童的自发活动。”对于“自发活动”的具体所指，他给出的解释是：“看那些故事、神怪小说和童话。”对于一些小学教师“把活泼泼的童心给压抑住了，甚且把白话文废掉”的行为，他表示很惋惜。至于“儿童文学的价值”，他提出：“凡是一个活泼泼的心灵，都有欣赏文学的可能。我们提创儿童文学，不是要儿童各个成大文学家，不过为开发儿童思想的一种利器，藉此满足儿童的需要。”因此他

① 夏丏尊：《译者序言》，亚米契斯《爱的教育》，夏丏尊译，上海开明书店 1926 年版，第 1—2 页。
② 梁实秋：《现代中国文学之浪漫的趋势》，《晨报副镌》，1926 年 3 月 25 日。

借助安徒生“人生是美丽的童话”的观点来对童话下个定义:“人生是美丽的童话”的观点,对“童话”下了一个定义:“一种快乐儿童的人生叙述,纯出于自然的陶冶,丝毫不含有威严和恐吓的道德教训。儿童看了这种读物,当然适合他的心理,不期然而心醉了。”①

1926年4月,黎锦晖的儿童歌舞剧《月明之夜》由中华书局出版。该书开头为邓湘寿的题词:“这是文学的艺术,也是艺术的文学。既可以用来吟语,又可以用来歌唱。分开是音乐教材,合起来便成歌剧。”②

1926年5月,蒋光慈创作的一篇直接反映“五卅”事件的儿童小说《疯儿》,在中国共产主义青年团机关刊物《中国青年》的“五月特刊号”上发表。编者专门为这篇小说加了一段按语:“我们对于文艺的意见,以为只要是真能表现现代被压迫者的人生,只要是实际生活中喊出来的被压迫者的痛苦和欲求,那便好了;我们不看重形式的美,老实说,我们真有点恶嫌‘志摩式’的‘华丽’!”③

1926年5月,《小说月报》第17卷第5号刊载了顾均正的论丛《世界童话名著介绍(四)》(七、美国斯托克顿的《空想的故事》)、张若谷翻译的寓言《拉风歹纳寓言:鸢与黄莺、狂与爱、溪流与河水》。

1926年6月,《小说月报》第17卷第6号刊载了张若谷的寓言《拉风歹纳寓言:雏鸡与猫及幼鼠、牝狗鱼她同伴、约诺与孔雀、兔与鹧鸪》、顾均正的《世界童话名著介绍(五)》(八、英国印泽罗的《仙女莫泊萨》)、《小说月报》记者的论丛《介绍“列那狐的故事”》。

1926年6月,法国作家法朗士的长篇童话故事《蜜蜂》由穆木天翻译、于泰东图书馆出版发行。该书为创造社编辑世界儿童文学选集第三种。书前有滕固的诗一首《蜜蜂的赞歌——赠木天及其新人》全诗如下:

嗡咙!嗡咙!//可拉里的蜜蜂;//加上了美丽的冠冕,//翱翔于小人们的王宫。//她巡遍了五花八门,//领略了秘密的美妙;//她看过些神工鬼斧,//悟出了造化的奇巧;//她抚摩着金银玉帛,//相见了乔治

① 王志成:《儿童文学的重要》,《教育杂志》第18卷第3期,1926年3月25日。
② 黎锦晖:《月明之夜》,中华书局1926年版,第1页。
③ 《关于〈疯儿〉》,《中国青年》第121期,1926年5月30日。

的颜色。//痴情的鲁格王啊！//枉费了你多少的殷勤，//她忘不了旧时的深情。//七年的幽禁期满了，//梦想的乔治也来了。//鲁格王唱道：//"来，我们的小朋友！//你们站在蜜蜂和乔治的前面，//他们在相倚而相亲。//你们应当歌颂那如花美春！//你们应当歌颂那一堆玉人！"//于是小人们同声地唱道：//"万岁，万岁，//可拉里的蜜蜂万岁，//伯兰的乔治万岁！//你们千万莫要忘了，//尊者圣者的鲁格王。//万岁，万岁，万万岁！"①

1926 年 6 月，王人路在《小朋友》第 221 期发表了《〈小朋友〉的弟弟快要出世啦》。该文是王人路写给孩子们的一封信，他和吴启瑞两个人在办《小朋友》画报，第 1 期于 1926 年 7 月 1 日正式出版。王人路指出："这一点小小的礼物，就是我们俩一年来给诸位的弟妹们。"《小朋友》画报的主要内容，主要"是许多有趣的儿歌、故事和美丽的彩色图画，每一个月出两期"②。

1926 年 6 月，《小说月报》第 17 卷第 6 号上刊发了题为《介绍〈列那狐的历史〉》的文章。该文高度赞扬了原作者能"活用古代的寓言，他把伊索的以及当时流传的寓言，插用了许多在这部大史诗，却都如已成为融化了的原样似的，毫不觉得有缝纫的线痕"③。

1926 年 6 月，褚东郊的《中国儿歌的研究》在《小说月报》上发表，这是一篇关于儿歌研究的重要理论文章。褚东郊引用意大利人威大利的话"在中国民歌中，可以寻到一点真的诗"展开话题，他指出自己研究儿歌的动机"是文艺的，不是历史的"。在他看来，文学与环境关系密切，儿歌中含有浓厚的地方色彩，"儿歌因为不著于文字，仅凭口授，于转相传述的时候，往往因各地风俗、物产、人情、方言的不同，或稍加增减，或略事修饰，也是常有的事"。褚东郊强调儿歌实质与形式的统一：实质方面包括催眠止哭、游戏应用、练习发音、知识、含教训意义、滑稽等内容；形式方面包括用韵、体裁和句法。④

① 滕固：《蜜蜂的赞歌——赠木天及其新人》，《蜜蜂》，穆木天译，泰东图书馆 1924 年版，第 1—2 页。
② 王人路：《〈小朋友〉的弟弟快要出世啦》，《小朋友》第 221 期，1926 年 6 月 26 日。
③《介绍〈列那狐的历史〉》，《小说月报》第 17 卷第 6 号，1926 年 6 月 10 日。
④ 褚东郊：《中国儿歌的研究》，《小说月报》第 17 卷号外《中国文学研究》专号，1926 年 6 月。

1926年7月10日,《小说月报》第17卷第7号刊载张若谷翻译的《拉风歹纳寓言:橡树与荻芦、遣往亚历山大的兽群》、顾均正的论丛《世界童话名著介绍(六)》(九、英国盖替夫人著《自然的寓言》)。

1926年7月,顾颉刚所辑的《吴歌甲集》由北京大学研究所国学门歌谣研究会出版。该书系北京大学歌谣研究会丛书之一。《〈吴歌甲集〉自序》曾刊载于《文学周报》第188期上。顾颉刚指出这是他生平出版的作品的第一种。他叙述了搜集歌谣的经历:1917年,北京大学开始搜集歌谣,由刘半农主持其事。1918年顾颉刚先妻去世,顾颉刚休学回家,每天收到《北大日刊》,于是以此排遣丧妻的痛苦,叶圣陶、潘介泉、蒋仲川、郭绍虞给他寄来了一些资料,这为该书的出版准备了条件。1920年,郭绍虞担任撰述《晨报》的文艺稿件,顾颉刚收集的一些歌谣也就相继刊发于《晨报》。后来,《歌谣周刊》改变体例,刊行专集,顾颉刚将所录的一部分整理成集,作为第一种。他搜集的材料主要有如下五类:一是儿童的歌,二是乡村妇女的歌,三是闺阁妇女的歌,四是男子(农、工、流氓)的歌,五是杂歌。儿歌为上卷,其余四种都是成人的歌,为下卷。他给儿歌的界定是:"这是就儿童的兴会发抒,或以音韵的谐和,或以联想的凑集,或以顽皮的戏谑而成的歌。"①

1926年8月,《小说月报》第17卷第8号刊载了张若谷翻译的《拉风歹纳寓言:狮子老了、狼狐聚讼于猴前、象与周比特的猴子》、赵景深翻译的英国作家哈特兰德论丛的《神话与民间故事》、顾均正的论丛《世界童话名著介绍(七)》(十、法国贝洛尔著《鹅母亲故事》)。

1926年9月,《小说月报》第17卷第9号刊载了张若谷翻译的《拉风歹纳寓言:死神与临死人、大言不惭的游历家》、顾均正翻译的《世界童话名著介绍(八)(十一、法国微拉绥夫人的《美女与野兽》)。

1926年10月,张若谷翻译的《拉风歹纳寓言:蝉与蚁、妇女与秘密、二鸽》发表于《小说月报》第17卷第10号。

1926年11月,郑振铎根据英译本译述了《列那狐》,该书由上海开明书店出版。该书列为"世界少年文学丛刊:传说1"。卷首有郑振铎的《译者序》,他指

① 顾颉刚:《〈吴歌甲集〉自序》,《吴歌甲集》,北京大学研究所国学门歌谣研究会1926年版,第2—3页。

出："采取便于中国儿童计，此书采用'重述'法。但所删节的地方并不多曾见。另一英译本，删节了三分之二，只叙到第十四节为止。原书的结局是列那狐终于得释，这个英译本，却不欲使狡猾者得志，竟把它的结果改作：列那狐被判处死刑，大快人心！编译儿童书而处处要顾全'道德'，是要失掉很多文学的趣味的。"①

1926 年 11 月，《小说月报》第 17 卷第 11 号刊载了张若谷翻译的《拉风歹纳寓言：不忠实的受托人》、无署名的论丛《介绍〈爱的教育〉》、黄中的《一个小小的牺牲者——哭亡女娟》、顾均正翻译的《世界童话名著介绍（九）》（十二、挪威阿斯皮尔孙、摩伊合的《挪威民间故事》）。

1926 年 11 月，徐如泰在《中华教育界》上发表论文《童话之研究》。徐如泰将童话分为神话、故事、滑稽话、寓言、传说、历史谈、实事谈、自然童话等 8 类，此处的"童话"延续了日本关于童话的概念。对于童话创作的原则，他提出了 30 条规律供童话创作者借鉴，其中的如"关于人生行为动作之描写，要不背时代的精神"，"不以消极的教训，作卑鄙恶浊的故事"，"要能使儿童确定人生观的根基"②等，都反映了著者基于中国立场来审思中国儿童文学创作的精神。

1926 年 12 月，开明书店开始编辑出版《世界少年文学丛刊》，其主要编撰者是顾均正和徐调孚。从 1927 年到 1937 年，这部丛刊陆续编纂了近 10 年时间，共分为童话、故事、小说、神话、传说、寓言、儿歌、儿童剧、名著述略几类。关于这套丛书的出版目的，徐调孚强调："我们编译这部丛刊的目的，固然是给孩子的阅读。然而还得着两个附带的效用：一个是文学的欣赏，一个是民俗学的研究。"也正因为此，这部丛刊在文体的选择上是比较全面的，既有审美性较强的童话、小说、儿童剧、寓言，也有一些保留民俗材料较多的文体，如故事、神话、传说、儿歌等。对于童话和民间故事的区别，徐调孚指出：童话，指最狭义的童话，专指 Modern Fantastic Tales 一类，他是有个别的作者，因此有个别的风格而且有艺术的描写，有结构，叙事与好情并重的；故事，是指"民间童话"，乃是"原始社会的文学"，"口述的文学"，保存在民间妇孺们的口头，借由人类交谈的本能而辗转相传说着。在作品的选择上，他们一方面重视艺术性，即与儿童的心理特征和欣赏

① 郑振铎：《译序》，《列那狐》，上海开明书店 1926 年版，第Ⅱ页。

② 徐如泰：《童话之研究》，《中华教育界》第 16 卷第 5 期，1926 年 11 月。

习惯相契合,例如,在将寓言收入丛刊时,就着重提出“我们注重在故事的本身,并不是把他作为修身教科书用的”,选择儿歌时“注重在韵节”,而选择儿童剧时则“注重在趣味及易于扮演”;另一方面,也重视作品的思想性,即对儿童的引导和教育:“我们该尽我们的能力,给他们以充分发展的机缘,我们要灌喂以滋养剂,使他们长成一个健全的人!我们应给他们的生活以愉快;我们应满足他们游戏的精神;我们应与他们以正确的观察的能力;我们应拓展他们情绪的力量,启发他们想象的能力,训练他们的记忆,运用他们的理性,我们应增加他们对于社会的关系的强度。”①

1926年12月,丰子恺在《文学周报》第4卷第6期上发表了《给我的孩子们》。在文章开篇,丰子恺这样写道:“我的孩子们!我憧憬于你们的生活,每天不止一次!我想委曲地说出来,使你们自己晓得。可惜到你们懂得我的话的意思的时候,你们将不复是可以使我憧憬的人了。这是何等可悲哀的事啊!”同时,他没有回避现实的语境:“但是,你们的黄金时代有限,现实终于要暴露的。这是我经验过来的情形,也是大人们谁也经验过的情形。”②

1927年

1927年1月,顾均正在《文学周报》上发表了《童话与想象》。顾均正指出:“想象是利用旧经验,用自由泼活的态度,构成新的观念。”而童话与想象密不可分,“童话是由连续的语言而成,它很有次序地叙述一件事迹的始终变化,一个人物的前后行动,所以它激起的想象的范围更其广阔,而活动的状况也更其明显。他差不多领导一个小孩子,到它的想象的世界里去游历一遍,所以小孩子听了(或看了)童话,可以扩充他们的想象力”。他较为详细地介绍了罗斯金《代近画家》中关于联合的想象、洞察的想象和观照的想象的观点。③

① 徐调孚:《一个广告——世界少年文学丛刊》,《文学周报》第4卷第10期,1926年12月19日。
② 丰子恺:《给我的孩子们》,《文学周报》第4卷第6期,1926年12月26日。
③ 均正:《童话与想象》,《文学周报》第259期,1927年1月23日。

1927 年 1 月，顾均正在《文学周报》上发表了《童话的起源》。顾均正归纳了四种童话起源学说：一是神话渣滓说，二是自然现象记述说，三是兴味欲求说，四是印度起源说。主张神话渣滓说的认为童话是从神话退化而来的渣滓。反对这一学说的，认为通俗的故事有与希腊英雄神话相似的事实，那些故事并不是神话的渣滓，而都有一个更早的故事，其来源是原来的故事、民间童话和神话。就自然现象记述说而言，他认为，马克司·缪勒和格林兄弟主张此说甚力。[①]

1927 年 3 月，陈鹤琴主编的《幼稚教育》由中国幼稚教育研究会创刊，这是中国第一本幼儿教育期刊，于 1928 年 5 月更名为《儿童教育》。陈鹤琴在《创刊号》上发表《我们的主张》一文，该文提倡三种"凡儿童自己"原则："凡儿童自己能够做的，应当让他自己做""凡儿童自己能够想的，应当让他自己想""凡儿童自己能够学的，应当教他学"[②]。由于陈鹤琴提倡诗教，因此该刊选入胡适、李大钊、郭沫若、徐志摩、陈伯吹等人的 15 首儿童诗。

1927 年 4 月，谢六逸翻译的日本民间传说《桃太郎》《猿与螃》《断蛇鸟》《浦岛太郎》《羽衣》《开花翁》《因幡的白兔》《八岐大蛇》《黄泉》《和尚的长鼻》，分别刊载于《小说月报》第 18 卷第 4 号、1927 年 5 月 10 日《小说月报》第 18 卷第 5 号、1927 年 8 月 10 日《小说月报》第 18 卷第 8 号、1927 年 10 月 10 日《小说月报》第 18 卷第 10 号、1927 年 11 月 10 日《小说月报》第 18 卷第 11 号、1927 年 12 月 10 日《小说月报》第 18 卷第 12 号。

1927 年 5 月，由顾均正翻译的法国童话家保罗·缪塞的《风先生和雨太太》在上海开明书店出版。该书为"世界少年文学丛刊"之一。保罗·缪塞所写的《〈风先生和雨太太〉序》经顾均正翻译后曾在《文学周报》第 258 期上发表，作家曾这样断言："我亲爱的小孩子们，我想，这个童话之使你们愉悦，会比大芬加耳的历史之于拿破仑皇更其深一层呢！"[③]在《译者的话》中，顾均正指出："本书译文，于信达外，力求浅显，文法务合于儿童语言的自然顺序。"[④]在该书最后，徐调孚还做了这样的介绍："这类的作品，翻译似不甚相宜，大部都要重述的，如鲁滨

① 均正：《童话的起源》，《文学周报》第 260 期，1927 年 1 月 30 日。

② 陈鹤琴：《我们的主张》创刊号，1927 年 3 月。

③ 保罗·缪塞：《〈风先生和雨太太〉序》，均正译，《文学周报》第 258 期，1927 年 1 月 16 日。

④ 顾均正：《译者的话》，保罗·缪塞《风先生和雨太太》，顾均正译，上海开明书店 1927 年版，第 XII 页。

逊漂流记,瑞士家庭鲁滨逊,吉诃德先生,格列佛游记,耶稣节歌等都是极好的材料,然直译究不适用于儿童,必须加以极忠实的谨慎的重述才可。"

1927年6月10日,《小说月报》第18卷第6号刊载谢六逸的神话传说《罗马人的行迹选择》、丰子恺的儿童小说《忆儿时》《华瞻的日记》、徐调孚的论丛《近代名著百种:七、童话全集(丹麦安徒生著)》。

1927年7月,赵景深的专著《童话概要》由北新书局出版发行。在该书的开篇,著者以爱尔兰威廉·爱灵亥姆的一篇诗做引,说到"英国人称童话为菲丽故事,fairy Tales亦即是这首诗所说的菲丽",引出对于童话概念的定义。作者引用了夏芝的考证,得出结论:"至少,我们知道菲丽是一种特别的神。而童话里所包含的不但有菲丽的故事,还有巨人,鬼怪,神巫等等的故事,所以拿菲丽故事来作童话的名称是不妥的。"在赵景深看来,"照此说来,似乎依照德国人称作(神怪故事)Marchen要妥当些。但童话里所包含的不但有神怪的故事,他还有一点不神怪的故事"。既然神怪故事不可以作为童话的名称,那么用童话的名称可不可以呢?他说:"这是很容易引起误会的。望文生意,不妨说:童话者,儿童所说之语言也。"著者认为用童话的名称比英文的菲丽故事和德文的神怪故事都好,其理由是:其一,"不过这两个字已经成了日本的术语,沿用已久。十八世纪中日本小说家山东金传在《骨董级》里开始用'童话'这两个字。曲亭马琴在《燕石杂志》和《玄同放言》中发表了许多童话的考证,于是这名词可说是完全确定了"。其二,"童话意即原始社会的故事。但儿童实在和原人差不多。蛮性遗留于儿童者最深。儿童在故事中看到杀人,不会觉到残忍,只觉得和看电影一样的有趣。……原始人类知识浅短,思想简单,儿童也是如此;原始人分不清人和动植物,儿童也是如此,原始人类信仰神鬼,儿童也是如此。儿童就是原人的缩影,当然童话也就可以当做原始社会的故事,所以我觉得用童话的名称比英文的菲丽故事和德文的神怪故事都好"①。在此基础上,赵景深将"神话""传说"和"童话"进行了区分:"神话与传说发生较早,童话发生较迟。神话和传说都是民族文学,由民族全体创造出来的,不是一个人创造出来的;并且是口述,不是笔书的。""至于神话传说,原始人类都极信仰。他们把神话和传说看作严肃的故事。因之神

① 赵景深:《童话概要》,上海北新书局1927年版,第7—9页。

话传说都有时间,地点,人名可据,神话是记神的事,传说是记半神和英雄,伟人的事。这是神话与传说、传说与童话不同的地方。”作者讲述了神话如何演变为传说,传说又如何演变为童话这样的经过。“倘世上真有神仙的话;现在将神的事拿来加在人的身上便成了传说。”神话通过在各处传播,渐渐成了传说。“但原始信仰渐到人民知识开化时便会失去其效力,于是‘信以为真’的故事便不得不改为‘当他是真’的故事,这样传说便成了童话。”他的结论是:“童话是从原始信仰的神话转变下来的游戏故事,但我们研究起来,却不可不回到神话去,去探求他的真义。”①

与欧洲人说故事多在冬天晚间不同,中国城市中人说故事都在夏天。“每当月白风清,纳凉于豆棚瓜架,小孩每每要求他的祖母或是保姆说:‘给我讲一个故事罢!’”童话在口述的过程中必然会由说故事的人加入不同的内容,使得童话在传播的过程中发生了转变。作者借用哈特兰德的观点来阐释童话在口口相传中内容变得参差。童话除了转变,还有联合,上述的是两个区域或一国之内一个童话转化为另外一个童话,是一个童话转为另一个童话,有时候两个童话可以联合为一个更加精致的童话。为此,赵景深得出如下结论:“童话不一定有转变,最普通的童话转变的较多,较不普通的童话转变少,甚至有些童话是没有转变的。”②

根据解释童话的不同观点,赵景深将童话研究的派系分为如下五类:历史学派、譬喻派、神学派、言语派和人类学派。赵景深对于上述四派做了归纳:历史学派与语言学派都是以历史方法证明讹传的,譬喻派、神学派则是以为童话不过是寓意的。作者指出了他们共同的特点:“他们似乎都不从童话的本身着想,生恐童话带上了一点神秘的色彩,拿科学的头脑,来希望原始的童话也是和他们一样的无宗教信仰,不能给童话应有的地位。”“他们共同的缺点,就是通过事演绎,各任己性,不能做一种科学的归纳,无怪乎人类学派要成为童话研究的正宗了。”③赵景深认为,解释民间故事由言语学方法转而人类学方法是非常可取的,他说:“人类学方法是最科学的方法。”这种人类学的研究方法,即:“人类学方法便是将许多同类的民间故事归纳起来。基本工作便是要多多地搜集材料;因为相关的

① 赵景深:《童话概要》,上海北新书局 1927 年版,第 10—11 页。
② 赵景深:《童话概要》,上海北新书局 1927 年版,第 26 页。
③ 赵景深:《童话概要》,上海北新书局 1927 年版,第 46 页。

事搜集得愈多,归纳的结果一定也愈准确。”在赵景深看来,这些故事,风俗和信仰的知识不仅古代的哲学家培根赶不上,就连格林也赶不上。作者简要地评说了格林:“虽说我们很感谢格林是第一个知道民间故事的重要的,第一个搜集有系统的材料来做比较的。”①他的研究方法与后来门哈德及其弟子的研究方法是一样的,但格林没有同风俗和信仰比较的意识。

1927年9月,赵景深所著的《童话论集》由上海开明书店出版。此书收录了赵景深自1922年至1927年间的儿童文学理论文章15篇。在《序》中,赵景深介绍了该书的内容以及其心路历程:“我作童话论文,起自1922年,到现在为止,六年间的东西都已收入这本结集。”对于论文结集,他是这样认为的,最初的是想把童话应用到教育上,到最后除却格林的一篇以外,差不多就是从民俗方面去研究的。

其中,《研究童话的途径》,原载《文学》第108期,1924年2月11日;《安徒生童话里的思想》原载于《文学周报》第186期上,1925年8月16日。详见前文的内容。《神话与民间故事》是赵景深从英国学者哈特兰德的学说中译出。《民间故事的探讨》是赵景深从麦苟劳克的《小说的童年》中译出。

赵景深的《皮特曼的中国童话集》写于1925年7月26日。他对皮特曼的《中国童话集》的介绍是:“这本书是 Thomas Y. Crowell and Co.一九一零年出版的,内含故事十一篇,彩色插图八幅。”他的评价是:“全书文字简洁,且有很好的结构;因为是给儿童读的,所以所选的故事道德的气息极浓厚;这在教育的方面说,自然极好,但在民俗研究方面,却使人无从探寻野蛮人的遗迹。”②赵景深对皮特曼《中国童话集》里的篇目《乐陶的第一课》《睡觉的小孩》《小孩与羹汤》《上帝知道》《盲孩鲁深》《沈厘的命运》《老仙孩与虎》《于工与鬼》《小孩后来成了皇帝》《欺骗之灰》《龙王之妻》逐一进行了解读。

赵景深的《费尔德的〈中国童话集〉》写于1925年8月30日。费尔德的《中国童话集》是仿《天方夜谭》写的,原名《中国夜谭》。赵景深的评价是:“这本书的体例也和《天方夜谭》一样,四十个故事都是联续下去的。在费尔德以为如‘一堆小珠子穿成一串’,但我却以为不是一颗完整的大珠子,只是勉强的把短篇改为

① 赵景深:《童话概要》,上海北新书局1927年版,第48页。
② 赵景深:《皮特曼的中国童话集》,《童话论集》,上海开明书店1927年版,第78页。

长篇罢了。我总觉得这是多事。”[1]他进一步指出，该书“足以代表中国昔时的思想、风俗和人情，那时的中国，教育、政治都还不发达，近年来竟大有进步，这本书可以表示出中国人未受外人势力影响时是个什么样子”。在他看来，“其实，费尔德所记的以‘趣事’Droll 为多，童话很少”。他借用哈特兰德的话“趣事在文化中是比童话发生得较迟的”，可以看出作者对于费尔曼的野心是有所怀疑的，最后作者不忘加上一句“比起欧美野蛮的故事来，这些中国的‘趣事’总要文明得多了”。赵景深认为这本书虽然比较皮特曼的那一部要好一些，但是仍然存在错误，具体表现在：一是体例混乱，二是记载错误。他还对书中的插图也进行了批评，插图是请中国画师画的，共二十五幅，很是美丽，但是与文中所产生的关系甚少，作者列举了几个插图的标题——“八仙”“鞋店”“补桶人”“音乐家”，得出“总之是静的人多，而有动作和事实的人少”[2]。

《徐文长故事与西洋传说》写于 1925 年 4 月 19 日。在文章开头，赵景深介绍了人类学的解释法，他引用了哈特兰德的话谈的是故事在流传的过程中发生转变，使得故事的版本变得愈来愈多。作者认为要想辨别转变的原因，就要先搜集，而格林兄弟是第一个搜集有系统的材料来做比较的，是学习的榜样。他认为故事的流传变异的特点在于：一是传播区域愈远大转变愈纷歧，二是传播时间愈久真实也愈减损。

《安徒生评传》是赵景深《童话论集》中的重要组成部分。在介绍了安徒生的人生经历之后，赵景深叙述了其童话的特点：一是和儿童的心很近；二是和自然的美相接。[3] 他分析了安徒生的童话《丑小鸭》和《散沙老人》，认为前者里面有安徒生自己的影子，而后者代表了安徒生的思想：“童话的大目的不在教训，教训在童话自然产生，不能加以造作。”[4]在分析《白鹄》时，赵景深论及了儿童文学中的“两性问题”。他认为在童话中若说结婚的事，似乎不甚相宜。后来发现在各篇童话里面，结婚都十分容易，一句话就可以了，简直就像儿戏一样。虽说这是古时候结婚仪式太简单的证据，但是以此等纯真而不重要的解释也就够了，“儿

---

① 赵景深：《费尔德的〈中国童话集〉》，《童话论集》，上海开明书店 1927 年版，第 86 页。
② 赵景深：《费尔德的〈中国童话集〉》，《童话论集》，上海开明书店 1927 年版，第 88 页。
③ 赵景深：《安徒生评传》，《童话论集》，上海开明书店 1927 年版，第 120—121 页。
④ 赵景深：《安徒生评传》，《童话论集》，上海开明书店 1927 年版，第 123 页。

童的心极纯真,与以纯真的解释,可以免去儿童好奇的问,或可弥补其智识的缺陷"①。

《安徒生童话的艺术》的作者是丹麦学者勃兰特,后收入赵景深的《童话论集》。勃兰特注意到安徒生童话的开篇:"无论谁,都要猜疑那鸭池里发生了很大的乱子,闹得这样厉害。所有的鸭子——本来有的正在游水,有的垂着头站在池边的。——忽然都跳上岸,立刻池畔的湿泥上印满了他们的脚印,他们还送过一阵受惊的高声。"或者像是这样的:"好罢,我们现在讲起来罢讲完了,我们就更明白了;管他的,先将罢。从前有一个坏妖精,真的呀,他是妖精里面顶坏的一个!"在勃兰特看来,上面各个句子的构造和地位,以及全篇的组织是不合于最简单的句法的。这个是按照向小孩说话的方式,改变了一下,不依照成人文法的规则,而是以儿童的理解力为标准。安徒生选择了这样的语体,方便了儿童的接受,"他有勇敢的决心将口语写成文字,他不是作文,只是说话;如果他能避免成人的句法,他很欢喜完全照学童一样的去写。'写'的字实在太可怜而且不够用,口语却可以与杂音的摹仿,手势的摹拟,声调的长短,喜怒,庄谐以及一切相联合"②。

在勃兰特看来,"要想知道安徒生童话的艺术,应该知道他的读者的幻想。童话艺术的起点便是由于儿童的游戏性;于此相和的便是艺术家的游戏性,他把玩具当作自然物的形状,当作超自然的人,当作英雄。反之,他又把一切自然与超自然的东西——英雄,妖怪,神仙——当作玩具。"③勃兰特认为安徒生幻想艺术在于:"将幻影变为象征,将梦境变成神话,并且通过艺术方法,将简单的虚构的特性变成全生命的焦点。"落实在安徒生童话中,"这样的幻想并不能透入事物的深奥处,只是小玩意儿;他观察丑恶的方面,却不能观察伟大的方面;他能使人惊诧,而不能深入人脑;它能使人添上伤痕,然而并无多大危险;这样的幻想好似蝴蝶在四处翩翻,停歇在不同的花上,又好似聪明的蜘蛛,从许多的起点织它的网,把它弄的很完美"④。

勃兰特认为我们想要透彻地了解安徒生的艺术,就要看他是怎么工作的。

---

① 赵景深:《安徒生评传》,《童话论集》,上海开明书店 1927 年版,第 123—124 页。
② 勃兰特:《安徒生童话的艺术》,《童话论集》,上海开明书店 1927 年版,第 136 页。
③ 勃兰特:《安徒生童话的艺术》,《童话论集》,上海开明书店 1927 年版,第 139 页。
④ 勃兰特:《安徒生童话的艺术》,《童话论集》,上海开明书店 1927 年版,第 141 页。

最好的就是看他怎样改编童话。他以《国王的新衣》为例进行分析，指出安徒生在改编的时候将教训去掉了，他改变了这个故事的中心，采用对话的方式来进行叙述。最后，勃兰特对于安徒生的童话艺术做了总结性的描述："他的童话艺术是同儿童的心情和口语一致。因为他的童话是给儿童们看的，要想他们看得懂，他不得不用最简单的字，最简单的概念，免去一切抽象的事物，以直接叙述替代间接叙述。"①

《安徒生作童话的来源和经过》是赵景深摘译自安徒生《我的一生的童话》。安徒生讲述了其童话故事从不能被人理解到被人们接受的过程。当安徒生的童话得到大众的认可之后，有几个喜剧演员想要在戏台上说他的故事，渐渐地私立的剧场也开始说他的故事，因而观众对于安徒生说故事的态度有了解，并且明白了他为何将其故事称为"说给儿童们听的故事"。安徒生谈到自己的创作，"在纸上所写的，完全和口里所说的一样，甚至连声容笑貌都写了进去，仿佛在作家的对面就有一个小孩在听着一般。我相信无论是老头子，中年人，小孩子都喜欢读，小孩子可以在他的童话里面看里面的事实，大人还可以领略那里面所含的深意。童话不仅写给小孩子看，又要写给大人看，自然是一件很难的工作"②。安徒生还谈到其童话的译介问题："我的童话已译成欧洲各国文字；德国有好几种译本，英国和法国也是一样，都是继续地译下去；在瑞典，荷兰等国也都有译本。"他童话所得到的荣誉是在"模仿法国童话"以上的，作者庆幸自己没有听从朋友的建议，要不然他的童话就不能被翻译为法文，更不能被人拿他的童话和拉封丹(La Fontaine)的"不朽的寓言"这样的比较了，同时无法在本国获得像这样的批评——"安徒生是新的勒封登(拉封丹)，他使动物说有生命的话，他自己也化为它们中的一个，它们的叙述者，深切的感到他们的悲苦和快乐；他知道怎样替动物造成一种又忠实，又动人，又自然的语言来。"③

《童话家之王尔德》是赵景深"笔记中的几段"，其目的在于"介绍王尔德的童话给不知道的诸君，并且使已知的诸君和他的童话更熟识"。赵景深从王尔德的家庭、所处的幻境及其所做的选择三个方面阐释了其创作童话的趋向。在他看

① 勃兰特：《安徒生童话的艺术》，《童话论集》，上海开明书店 1927 年版，第 149—150 页。
② 赵景深：《安徒生作童话的来源和经过》，《童话论集》，上海开明书店 1927 年版，第 154 页。
③ 赵景深：《安徒生作童话的来源和经过》，《童话论集》，上海开明书店 1927 年版，第 155 页。

来,“王尔德是唯美派和唯美运动的首领,他主张人生的艺术化,他注重空想,不重视现实,要想把世界造成一个美丽的世界。因为他注意空想和唯美,所以他的文艺最合于浪漫派,更与童话的体裁相合”①。

赵景深对王尔德的7部中译本进行了介绍,还介绍了没有翻译的王尔德的《王女的生日》和《忠实的朋友》。他指出:“上述九篇的王尔德作品所以被称之为童话,只是他的体裁相近,实质上内容所表现的并不是儿童的说话,而含有成人的对于社会的哀怜。而且他的文字多是丰丽的,作者认为我们只能把他当作散文诗去鉴赏。”②就王尔德的代表作《快乐王子》而言,赵景深列举了沈雁冰、胡愈之、穆木天等人的评价。在他看来,王尔德并非颓废主义者:“谁说他是颓废派呢?谁说他是厌世主义者呢?”“唯美主义并不是厌世主义。写实主义主张艺术要人生化,他却主张人生要艺术化。虽是立论不同,究竟都是离不开人生的。王尔德并没有弃绝人世,他不过是嫉恨社会一般虚伪的人的憎恶,所以他主张这主义,就是想另造美的世界,有了美,真善爱也就同时能够实现。他对于纯真的人和物仍是非常爱的,那么,他与社会表同情,便不得说他是与他的唯美主义有冲突了。”③

在王尔德所有的童话中,《渔夫和他的魂》是赵景深非常认可的一篇,他甚至在文中不甚吝惜的夸赞:“就王尔德的作品看来,《渔夫和他的魂》自是文学界重要的著作,也是童话里面最好的一篇。”在看完一瞬,作者竟想不出里面所表达的思想。但是不知他的意思有什么要紧,这篇不仅是为意思的,因为若为思想,就用不着什么太长的文;作者认为作家的主旨是在于表明他的唯美主义,实现他的唯美主义的。④

《〈列那狐的历史〉》是赵景深对于郑振铎述译的一篇书评。在文章的开头,赵景深这样评价道:“文笔质朴,不假修饰。虽然吹弯喇叭的,伪的唯美主义者不太喜欢这种文体,但在孩子以及未失童心的成人看来,却是极赞成的。”他认为译者的文笔非常的流畅,极近中国口语,这也是这本书的特色之一。他还谈到,我

① 赵景深:《童话家王尔德》,《童话论集》,上海开明书店1927年版,第159页。
② 赵景深:《童话家王尔德》,《童话论集》,上海开明书店1927年版,第162页。
③ 赵景深:《童话家王尔德》,《童话论集》,上海开明书店1927年版,第166页。
④ 赵景深:《童话家王尔德》,《童话论集》,上海开明书店1927年版,第167页。

国有孙毓修译的节略本,名为《审狐狸》,收入了童话第二集。但那是不完全的,且图也不好。赵景深还从历史流变的角度阐释了《列那狐的历史》。这部禽兽史诗传递流通于法兰西、荷兰、德意志等处,是叙来娱乐的,不是叙来说教的。作者对于这个故事的流传演变做了个交代,这书的异式有很多,它最初的产地根据《大英百科全书》所说,是在德国。“列那狐自己,白鲁因熊,特保猫……都有德文名字,大半是 Lorraine 的人名。到了九四零年有一个僧侣讲述这个故事,一一四八尼法得(Nivard)重述,一二五零年芬兰威里姆 Willem 又有同样的记载,共有三四七四行,一三七零年无名氏补作,约四千行,德国教育童话家格林即据威里姆本述作;据说这是对于教堂僧侣尼姑的讽刺,又有说这是对于贪财的人的讽刺。此后一八二六年法国也有重述本出现,总共有四卷,四万行,比之于与芬兰无名氏所补作多了十倍。”①

1927 年 10 月,周作人的《〈蒙氏教育法〉序》刊发于《语丝》上。在该文中,周作人提出其著名的“三大发见”:“儿童这样东西原是古已有之的,但历来似乎都不知道,虽然他们终日在大人们的眼前,甚至很近的近世,而且还在夷地,这才被人家发见,原来世上有一种所谓儿童的物事,与人及女人的发见并称为三大发见之一。”他指出钱稻孙是中国最早介绍意大利教育家蒙德梭利的教育法的,张雪门极力推动蒙氏教育法,他编撰了《蒙氏教育法》。对此,周作人的态度是“蒙氏教育法到底是很好的,可以说是儿童界的福音,特别是在此刻现在的中国”②。

1927 年 10 月,茅盾的《各民族的神话何以多相似》发表在《文学周报》288 期上。他运用人类学派的心理学方法,将中国民间故事分为六个派系:偶然说、假借说、印度发源说、历史说、阿利安种说以及心理说。坚持历史说的一派,茅盾认为他们将神话等同于古代历史的认识首先就不成立,因此由之衍生出来的观念都是站不住脚的。假借说、印度发源说与阿利安种说,虽然名目不一,从本质上来说,都是对“那些故事(神话)是发源于一个中心点,或系民族间互相授受”说法的坚持。人类学学者安德鲁·兰认为:“既然容许中心点和辗转授受的说法,以为未可一笔抹煞,则新的假定(就是说相似的神话之广布于各民族乃由于原始人民心理状态之相似)便也有要求承认的资格,并且这个新假定实在是更便于解释

① 赵景深:《〈列那狐的历史〉》,《童话论集》,上海开明书店 1927 年版,第 183 页。
② 岂明:《〈蒙氏教育法〉序》,《语丝》第 154 期,1927 年 10 月 22 日。

各项疑点的。"①

1927年11月,鲁彦翻译俄国作家马明西皮雅克的《给海兰的童话》由上海大光书局出版。该书收入"狂飙丛书"第3辑,内收《长耳朵斜眼睛短尾巴的大胆的兔子》《小蚊子》《最后的苍蝇》《牛乳儿麦粥儿和灰色的猫满尔克》《是睡觉的时候了》。卷首有马明西皮雅克的《序》。

1927年11月,黄石的《神话研究》一书由上海开明书店出版发行。书前有广州协和神科大学校长龚约翰的序文。龚约翰对神话做了如下界定:"神话是世界上最古的文学。它们在各国发生,远在发明之前。它们一代一代的传下来,经过很多很多的世纪,慢慢的发展;经过无数人的心思,而结晶成形。如此说,神话不仅是文学,并且是一种社会的产物,并且是个时代的生活和思想的反映,这也许是神话更胜于文学的地方。"然后,他结合儿童的生长来谈论其与神话的关系:"儿童的生长,先想象而后理性,人类的历史,正是一样,想象的时代在先,理性的时代在后。神话是属于人类心智醒觉的第一个时代,当人类最初受心智的自由和能力之感召而生的东西。神话是人类最伟大的理智成绩,堪与哲学科学相比并。它们同是发生于求知识求了解万事万物的那种热情。"②

关于什么是神话的问题,黄石认为其源于希腊语,他认为要了解神话的特质,应与其相似的东西如"传说""珍奇故事""童话""寓言"等区别,才可得清晰明确的概念。在他看来,神话是想象的产物,原人对万物的解释可称为"解释的神话",还有一种是不在乎道德的教训,在讲着和听着都发于求快乐的动机,这类神话被称为"唯美的神话"。他着重论析了神话与童话的区别:"童话虽具有神话的第一种特质——就是记述的,和第四种特质——就是把死物人格化,予以人格,叫石头,草木,日月,星辰……都能够说话,能够走动,但是童话是带有'游戏性'的,与庄严的神话不同。幼稚的儿童,也许相信童话的故事是真的,但成人一看便知道是幻想的;就是作者和讲者也知道并不是真的,其所以这样说,不过为适合儿童的心理罢了。这样说,神话的第二种特质,便为童话所无了。"他还援引周作人的"童话的主人公是异物","人与事并重,时地亦多有着落,与重事不重人的

① 玄珠:《各民族的神话何以多相似》,《文学》288期,1927年10月30日。
② 龚约翰:《序文》,《神话研究》,上海开明书店1927年版,第IX页。

童话相对。童话的性质是文学的”来阐释童话与神话的区别。至于神话与寓言的区别，他这样写道：“神话是用故事体来做的，寓言也多数是用故事体来做的，但神话的目的，是解释宇宙人生的现象，寓言的目的，却是借一件事，或异物的动作，来暗示或表现出一种道德的教训”。①

对于神话的分类问题，黄石指出“解释的神话”和“唯美的神话”的分类存在着太多粗略的问题。他引述了将神话分为“科学的”和“历史的”说法，认为这种分类也存在着交错的问题。另一派的分法是将其分为“野蛮民族的神话”和“开化民族的神话”。综合以上分类的利弊，黄石将神话分为“哲学的”“科学的”“宗教的”“社会的”“历史的”五类。

关于神话的起源和它的意义，黄石着重介绍了五种说法：一是隐喻派的解释，二是神学的解释，三是历史派的解释，四是言语学派的解释，五是人类学的解释。在黄石看来，我们不能因为神话的怪诞荒唐而摒弃之，更不能像士大夫因“其言不雅训”便将其一笔抹杀。神话是原人及野蛮人对于宇宙人生的思想的结晶，在未有文字之时，这些传说，便不啻是透明的思想之无形的记录，这样说，“神话变成了人类思想的原料”②。同时，“神话是古代社会生活的反映”。神话历史价值的确存在，“有一部分神话确是历史的转变，做背景”，“一部分神话有历史的事实来做基础”③。黄石尖锐地批判那些将神话视为古代的祭司或妖人所造用来做宣传迷信的工具的说法是“倒果为因的话”。“神话之所以作，并非出于宣传宗教的作用，倒是已有的宗教信仰的表现。它的内容与形式都受宗教精神的影响。换言之，就是先有宗教思想，而后有神话”。针对有人指出神话所谓“不道德”的言论，黄石认为是不足为训的：“我们要知道原人的道德观念，和我们不同，我们之所谓‘不道德’，有许多在原人却视为当然的”④，要向神话寻求道德的教训，只是“道学家”的一厢情愿。

1927 年 11 月，胡愈之翻译俄国作家陀罗雪维支的《东方寓言集》由上海开明书店出版发行。该书列为“文学周报社丛书”之一，内收《寓言的寓言》《喀立甫

① 黄石：《神话研究》，上海开明书店 1927 年版，第 7—8 页。
② 黄石：《神话研究》，上海开明书店 1927 年版，第 63 页。
③ 黄石：《神话研究》，上海开明书店 1927 年版，第 66 页。
④ 黄石：《神话研究》，上海开明书店 1927 年版，第 70 页。

与女罪犯》《赫三怎样落下了裤子》《错打了屁股》《雨》《猪的历史》等 6 篇寓言。在《〈东方寓言集〉序》中，胡愈之简要地介绍了陀罗雪维支的生平后，对该书进行了介绍："本书所选陀罗雪维支的作品共六篇，除《雪》是从世界语周刊 *Sennaciulo* 中译出外，其余的五节都是从世界语《国际文学丛书》第十五种 *Orientaj Fabeloj* 转译。世界语的原译者为 Sro.Nikolao Hohlov。就中《错打了屁股》一篇，因为所说的是中国的故事，不少牵强附会的地方，译成中文后，曾加以改作，和原文已有许多出入。又本书的署名，照世界语题名，应称为《东方童话集》，但就陀罗雪维支的文体，却是以讽刺为主，似更近于伊索式的寓言，并不是专给儿童看的，所以改题为《东方寓言集》。"[①]

1927 年 11 月，赵景深在《文学周报》上发表了《民间故事专家哈特兰德逝世——呈江绍原先生》。赵景深指出，民间故事的价值是在从故事里探讨古代的风俗礼仪和宗教。他曾将哈特兰德的《神话与民间故事》翻译出来，收入其《童话论集》中。在赵氏看来，哈特兰德毕生对民俗学和人类学极感兴趣，在比较民俗学方面造诣深厚，"他能够将野蛮民族的风俗，信仰和经验很详尽的加以研究"[②]。

1927 年 11 月，《大公报》开辟了"儿童特刊"，署名为"大孩子"的编辑刊发创刊词《起头的几句话》，该文指出小孩子想读书而无书可读，这是"大孩子""老孩子"的责任。[③] 自此，该副刊刊发了丰子恺等人多种漫画、照片及文学作品，受到儿童的欢迎。

1927 年 11 月，锦明在《小说月报》上发表儿童小说《小岔儿的世界》。小岔儿是一个穷人家的孩子，他有着超越现实苦痛的童心，他的心灵世界纯净无尘。当处于生活底层的成人惧怕寒冬时，他却渴望寒冬的到来，因为寒冬是其枯燥无味生活的亮色。他不懂得世俗社会的交换规则，用洋糖换了自己喜欢的卡片。路上学堂同龄人深深地吸引了他，他无法理解他们的冷眼和悲悯。当爷爷不允许他再出门做买卖时，他却用将来"我可是还得进城上学"予以回驳。[④] 小岔儿

① 胡愈之:《序》，陀巴雪维支:《东方寓言集》，胡愈之译，上海开明书店 1927 年版，第 XI 页。

② 赵景深:《民间故事专家哈特兰德逝世——呈江绍原先生》，《文学周报》第 289 期，1927 年 11 月 6 日。

③ "大孩子":《起头的几句话》，《大公报・儿童特刊》，1927 年 11 月 9 日。

④ 锦明:《小岔儿的世界》，《小说月报》第 18 卷第 11 号，1927 年 11 月 10 日。

童言无忌的话超越了现实的苦难。

1927 年 11 月，赵景深的《中西童话的比较——〈广东民间文艺集〉付印题记》刊发于《文学周报》第 290 期上。作者采用麦苟劳克的分类方法，将中国民间故事进行分类，《人熊外婆》《老狼娶七姐》归为其中的“位人精系”，与流传于法国的民间故事《小红骑巾》（今译《小红帽》）十分类似，尤其是受害者与乔装者之间的一番问答，简直惊人的相似。最后，作者对这种情节上的相似性做出一番心理学的解释：原始社会中，人们穴居荒野，人兽杂处，很容易被野兽侵袭。所以为人母的常常讲述野兽食人的故事给小孩听，以示警诫。①

1927 年 11 月，鲁迅在《莽原》半月刊上发表《略论中国人的脸》。在该文中，鲁迅指出对中国人的妖魔化，是西方人的传统，即使是在童话故事中，也不例外：“我看见西洋人所画的中国人，才知道他们对于我们的相貌也很不敬。那似乎是《天方夜谭》或者《安兑生童话》中的插画，现在不很记得清楚了。头上戴着拖花翎的红缨帽，一条辫子在空中飞扬，朝靴的粉底非常之厚。但这些都是满洲人连累我们的。独有两眼歪斜，张嘴露齿，却是我们自己本来的面貌。”对于外国童话妖魔化的他塑，鲁迅认为是“外国人特地要奚落我们，所以格外形容得过度了”②。

1927 年 12 月，赵景深的《马旦氏的中国童话集》刊载于《文学周报》上。赵氏认为，在其所见的英美人编辑的《中国童话集》中，这本算是比较好一点的，“因为它很能注意到我国的风俗礼仪和信仰，在每一篇叙述后面加上了一点注释，这在我们中国固然是妇孺都晓，但在英美却是不很明了的”。同时，赵氏也指出，这本书虽是还好，错误却也很多。最后，他这样写道：“中国神话是应该加以整理的，沈雁冰预备下一番功夫去做。龚约翰也曾劝黄石编一本中国神话。马旦氏所收，当然脱不出道教和旧小说的范围，要他从《离骚》《列子》等书去搜求，那简直是做梦。童话的工作也须我们自己去采集，至少我们不会把《西游》《封神》《聊斋》一类书改编一下，当作童话，好在这种工作已经有许多人在做了，但我还盼望

---

① 赵景深：《中西童话的比较——〈广东民间文艺集〉付印题记》，《文学周报》第 290 期，1927 年 11 月 13 日。

② 鲁迅：《略论中国人的脸》，《莽原》第 2 卷第 21、22 期合刊，1927 年 11 月 25 日。

有一部很大的结集。”[①]

1928 年

1928 年 1 月,赵景深的《太阳神话研究》刊载于《文学周报》上。该文是赵氏阅读了张若谷等人所著的《艺术三家言》以及张若谷的《太阳神话研究》后的评论文章。在他看来,《太阳神话研究》举例太少,有些遗憾。于是想在此基础上补充一些资料,他总共新增了五则希腊关于太阳的神话,分别是“太阳神的诞生”“太阳神造圣殿”“非洲撒哈拉沙漠”“风信子”“向日葵”。这五则都是郑振铎的《文学大纲》、沈雁冰的《希腊神话》以及黄石的《神话研究》等著作中所不曾记载的[②]。

1928 年 1 月,鲁迅翻译荷兰作家望・蔼覃的《小约翰》[③]由北京未名社出版。该书被列为“未名丛刊”之一,正文前由鲁迅撰写的《〈小约翰〉引言》和《动植物译名小记》。《小约翰》看似写小孩子的,实际上与成人的世界密切相关。鲁迅认为这是一篇“象征写实的童话诗”,是“无韵的诗,成人的童话,并且是超过了一般成人的童话”。在童话的开篇,叙述者这样提醒读者:“我的故事,那韵调好像一篇童话,然而一切全是曾经实现的。设使你们不再相信了,你们就无须看下去,因为那就是我并非为你们而作。”这里体现出了“间离”读者的言说策略,言外之意是那些不相信在现实中实现过的“童话”的读者,没有阅读这一作品的必要。那么哪些读者可以读呢?当然有稚气未脱的儿童,还有那些不失赤子之心的成人。童话通过主人翁小约翰的经历,探讨和思考人类心志成长的过程。小约翰真正的成长是在他确定了自我奋斗和追求的目标,在他陷入厌世的境地中,小约翰以梦为马,最终还是选择了那个有人和人的不幸和痛苦的黑沉沉的大城市。面对这种两难的境地,鲁迅认为,这体现了“人性的矛盾”,“人在稚齿”无忧无虑,“与

① 赵景深:《马旦氏的中国童话集》,《文学周报》第 295 期,1927 年 12 月 18 日。

② 赵景深:《太阳神话研究》,《文学周报》第 297 期,1928 年 1 月 1 日。

③ 《小约翰》出版时有一则广告:“荷兰望・蔼覃作。是用象征来写实的童话体散文诗。叙约翰原是大自然的朋友,因为求知,终于成为他所憎恶的人类了。”参见范用《爱看书的广告》,生活・读书・新知三联书店 2004 年版,第 9 页。

造化为友”，当年龄增长，“怎么样，是什么，为什么”的求知欲望增加，于是烦恼也增加了，“童年的梦幻撕成粉碎了”。造成这苦痛的原因在于“他知道若干，却未曾知道一切，遂终于是‘人类’之一，不能和自然合体，以天地之心为心”[①]。这种在“自然世界”和“人类世界”之间徘徊的矛盾是永远难以平复的，鲁迅翻译此文并将其介绍给儿童，其用意是不言自明的。

1928 年 1 月，夏文运在《中华教育界》第 17 卷第 1 期上发表了《艺术童话的研究》。该文将童话主要分为“民间童话”和“艺术童话”两类。夏文运认为，民间童话是有限的，是不可随意增加他的数量的，而艺术童话是门户开放的，可是在质的方面，不得不受限制。他指出，为了救济缺乏童话的国家的儿童的生活，不得不借助于艺术童话。并强调，如何研究和创作艺术童话“这是新人教育家的重大的责任”。在如何研究艺术童话方面，夏文运认为“要钻入儿童的精神，儿童的身体里，去谋合他们的精神的作品出现”[②]。针对有人认为童话是妄诞和撒谎的说法，夏文运并不认同。他强调要认清儿童心理的重要性，要立在儿童的世界来创作艺术童话。文章还对野蛮人所谓的“动物小说”“天上小说”“运命小说”做了详细的探讨。

1928 年 2 月，黎锦晖创作的儿童歌舞剧《麻雀与小孩》由中华书局出版发行。在“卷头语”中，黎锦晖明确地提出：“学国语最好从唱歌入手，最好从‘训练儿童’做起。”[③]该歌舞剧包括六场：第一场教学，第二场引诱，第三场悲伤，第四场慰问，第五场忏悔，第六场团圆。其情节主要围绕小孩与麻雀展开，小孩的引诱让麻雀母女分离，而麻雀母亲的悲伤让小孩感同身受，最后促使了麻雀母女的团圆。该歌舞剧首演于 1921 年，是黎锦晖第一部歌舞剧，作品采用旧曲填词的方法，引用了《苏武牧羊》《银绞丝》等民间曲调，“飞飞舞”则配合歌曲形象，准确地表达了作品主题，传唱久远。

1928 年 3 月，钟敬文的《中国印欧民间故事之相似》刊载于《文学周报》上。在论及“各地的民间故事有很多相似的”问题时，钟敬文将解释民间故事的流派分为六类：偶然说、假借说、印度发源说、历史说、阿利安种说、心理说。他认为

---

① 鲁迅：《〈小约翰〉引言》，《语丝》第 137 期，1927 年 6 月 26 日。
② 夏文运：《艺术童话的研究》，《中华教育界》第 17 卷第 1 期，1928 年 1 月 15 日。
③ 黎锦晖：《卷头语》，《麻雀与小孩》，上海中华书局 1928 年版，第 1 页。

“心理说”比较完满可靠。他援引 *The Classic Mythe in English Literature* 一书的观点,“相同的偶然事件或境遇的存在,可用人类的思想,经验及感情来求解释。这种可叫作心理学的学说”。同时,他参照了英国民俗会出版的《民俗学概论》中《印欧民间故事型式表》,将印欧罗巴民族的民间故事归纳为七十式,认为与中国的民间故事多有相似。例如“天鹅处女式”和《西游记》十分相似,“杜松树式”与曹植的《今禽恶鸟论》中所记伯奇化鸟的故事甚形似,此外,他还论析了“和尔式”“白猫式”“美人与兽式”“报恩兽”“兽鸟鱼式”等童话都与中国民间故事有相似之处。①

1928 年 3 月,钱杏邨的理论文章《德国文坛漫评——劳动儿童故事》和西谛的《希腊罗马神话传说中的恋爱故事》连载于 1928 年 4 月 10 日《小说月报》第 19 卷第 4 号、1928 年 5 月 10 日《小说月报》第 19 卷第 5 号、1928 年 6 月 10 日《小说月报》第 19 卷第 6 号、1928 年 7 月 10 日《小说月报》第 19 卷第 7 号。

1928 年 3 月,在阅读《朱洪武故事》(“北新小丛书”第 12 种)后,赵景深撰写了《论帝王出身传说——读〈朱洪武故事〉》。赵景深对《朱洪武故事》的来由做了考据和比较,尤其是对其中的四节做了全面的分析,得出了“朱洪武是刘秀、妙香女、程咬金、薛仁贵、罗隐、赵匡胤、顾亭林、林翰林这么许多人的化身”的结论。针对传说与特殊传说之论争,赵景深认为:“须看故事的侧重点,重人的是英雄传说,而重地的是地方传说。”②此外,赵景深着重比较了西洋传说和中国传说的异同。

1928 年 4 月,顾均正的《译了〈三公主〉以后——相同故事的转变与各自发生说》刊载于《文学周报》上。《三公主》原名《蓝山中的三个公主》,它是中国《云中落绣鞋》的故事。在比照了两个故事后,顾均正认为两个故事中的结构可以说是完全相同的。而相异的地方是因为中外民俗之不同。他的结论是“故事中的普通的结构是可以传播的。故事中有关于民俗的信仰与习惯,意味的事件或境遇,是不能传播的”。为此,他提出了这样的疑问:“我们怎样去决定某某几个相似故事是各自发生的呢?”他认为“凡故事在普通的结构上相似的,当为同一故事

① 钟敬文:《中国印欧民间故事之相似》,《文学周报》第 306 期,1928 年 3 月 4 日。

② 赵景深:《论帝王出身传说——读〈朱洪武故事〉》,《民间文学丛谈》,湖南人民出版社 1982 年版,第 204 页。

之转变;若故事在有关于民俗的信仰与习惯意味的时间或境遇上相似的便算为是各自发生”①。

1928 年 4 月,朱湘给赵景深的通信《中国神话的美丽想象》刊载于《文学周报》上。朱湘取材中国神话与传说作英文诗,感悟到中国神话是极其美丽的。他以“太阳”意象为例,分析了中国神话中“金鸡”“乌鸦”的隐喻,“日起扶桑,日落若木”并非异想天开,确有来源。他还对“月亮神”进行了阐释,联系“后羿射日”的神话来讨论神话的想象力。②

1928 年 4 月,叶德均的《民间文艺的分类》发表于《文学周报》上。自从民间文艺被人认识后,民间文艺的书籍也开始在学术界中流传。对于民间文艺的分类,叶德均着重以沈杰三的《民间文艺的类别》、徐蔚南的《民间文艺》和周作人的“歌谣分类”为例具体析之。在简要地评析上述三种分类存在的问题后,叶氏归纳了其关于民间文艺的分类:一、故事类的,包括故事、传说、童话、神话、寓言、笑话;二、有韵的,包括歌谣、小调;三、片段的,包括谜语、俗谚。③

1928 年 4 月,赵景深撰写了《中国民间故事型式发端——英国谭勤研究的结果》,该文后来收录于《民间文学丛谈》一书。钟敬文曾送给赵景深一册其与杨成志合译的《印欧民间故事型式表》,赵氏认为,《印欧民间故事型式表》的雅科布斯型式应用到中国民间故事中去的研究方法与谭勤的《中国民俗学》:“《印欧民间故事型式表》所列凡七十系,漫无系属,实难记忆,应该有个大类才好。谭勤便是分为八大类型,十七式的。这八类是:(一)夫妻故事,(二)亲子故事,(三)人与不可见的世界,(四)人与自然争斗,(五)人与人争斗,(六)人的英雄事迹,(七)人与兽,(八)人身变为植物等。照此分法,雅科布斯的七十式,第一至第八式似可隶之于第一类;第九至第十七式可隶之于第三类;第十八至第二十五式似可另列一兄弟姊妹故事类,或简称手足故事类,或同胞故事类;第四十六至第四十九式显然是可隶之于第七类的;至于第六十七至七十则已明白标出是重叠趣话了。看雅科布斯排列的前后次序,似乎有意归为故颇有线索可寻,大约译者把

① 顾均正:《译了〈三公主〉以后——相同故事的转变与各自发生说》,《文学周报》第 311 期,1928 年 4 月 8 日。

② 朱湘:《中国神话的美丽想象》,《文学周报》第 313 期,1928 年 4 月 22 日。

③ 叶德均:《民间文艺的分类》,《文学周报》第 313 期,1928 年 4 月 22 日。

它略去了罢?”[①]由上可见,不难看出,此时赵对于雅科布斯式的方法是持有怀疑态度的。

1928年5月,茅盾在《文学周报》上发表了《中国神话的保存》。茅盾认为中国民族确实产生过伟大美丽的神话。他援引鲁迅《中国小说史略》来分析中国神话之所以仅存零星之故:“一者华士之民先居黄河流域,颇乏天惠,其生也勤,故重实际而黜玄想,不更能集古传以成大文。二者孔子出,以修身齐家治国平天下等实用为教,不欲言鬼神,太古荒唐之说,俱为儒者所不道,故其后不特无所广大,而又有散亡。”然而,中国古代的南方民族却保留了若干中国神话。茅盾指出中国古代哲学家将神话之带有解释自然现象之一部分,作为他们宇宙论的引证;文学家将唯美的和揭示的神话都应用在作品内,使作品美丽而有梦幻的色彩;历史学家他们也像外国的历史学家一般,认神话中的一部分为历史材料加以保存。这三类人对中国神话的保存起到了重要的作用。他详细地分析了《庄子》《列子》《淮南子》《楚辞》《山海经》等书中神话的保存情况。最后他概括道:“中国神话之系统的记述,是古籍中所没有的;我们只有若干零碎材料,足以表见中国的神话原来也是伟大美丽而已。”[②]

1928年5月,顾均正的《童话与短篇小说》刊发于《文学周报》第318期上。文章开篇认为“童话是一种特别的文学形式——短篇小说”,由此其立论的逻辑就是研究童话“应该依照短篇小说的标准”[③]。顾均正引用布兰特马泰《短篇小说之哲学》里的观点,指出短篇小说的三个主要特性是题旨的新奇、创意的技巧和简洁。他从人物、结构和处景三方面展开童话的研究。在他看来,从小说创作的角度来研究童话艺术这在以往儿童文学研究中是没有的,尽管这些观念是从 Laura F. Kread 的《童话研究》中摘录的,但对童话艺术研究有着重要的研究价值。

1928年5月,钟敬文给江绍原的信刊载于《文学周报》上。钟敬文认为,对于民俗学工作尽点责任的,只有江绍原、周作人、顾颉刚等寥寥数人。“你与周顾二先生比较起来,可说更为专心一点(虽然先生所从事的,颇偏于迷信及其行为

① 赵景深:《中国民间故事型式发端——英国谭勤研究的结果》,《民间文学丛谈》,湖南人民出版社1982年版,第147—148页。

② 玄珠:《中国神话的保存》,《文学周报》第315、316期,1928年5月13日。

③ 顾均正:《童话与短篇小说——就小说的观点论童话》,《文学周报》第318期,1928年5月27日。

方面），因为他们对于民俗学的努力，就及不得他们的对于文艺和史学。”他向江绍原介绍了《民间周刊》的出版情况以及民俗学会的初衷。同时，他还结合其与杨成志合译的《印欧民间故事型式表》，给江绍原介绍了一些关于迷信方面的材料，例如“剌谟皮斯他理忒士京式”关于魂魄有灵的说法、算命先生“禅师仔”“唤名收魂”的风俗等。[①]

1928 年 6 月，德国的作家狄尔著、郑振铎翻译的《高加索民间故事》由商务印书馆出版发行。据郑振铎回忆，该书“都是由 Adolph Dirr 的《高加索民间故事》一书中译来的。Dirr 是德国著名的语言学家，他在高加索住了许多年，很勤辛的，在当地人民的口中搜集了那末一本故事出来”。对于翻译本书的目的，他说：“我译这部书，没有别的意思，不过欲介绍进一种儿童的读物而已。这里面的许多故事，我想，我们的儿童们一定都是很高兴读的。至于研究民间故事的先生们，如欲取来参考，我想，也不是完全没有益处的。”在论及该译本的特色时，他指出：“Dirr 写此书时，语气与词句都力求近于当时口述者的原本，我这个译本，也力求合于 Dirr 的书。虽然经了这几重转述，原来的文句与语气，多少总走漏或变异了些，然仍觉得真朴有趣；虽然文字很简质，毫没有什么藻饰，然自有一种朴质的美。”[②]该书译录了《渔夫的儿子》《拨灰棒》《乞丐》《先生与他的学生》《做梦的人》《求不死国的人》《乐园的玫瑰花》《雌雄夜莺》《金头发的孩子们》《猪的故事》《秃头和看鹅的人》《巴古齐汗》《巴拉和布特》《处女王》《三愿》《阿述曼》《忠仆》《红鱼》《沙旦姬》《新娘是谁的》《勇敢的那斯尼》《父亲的遗产》《勇敢的女儿》《前妻的女儿》《魔马魔洋与魔棒》《美丽的海伦娜》《吉超》《穷人和富翁》《有用的公羊》《火马》《孝顺的儿子》等 31 则民间故事。

1928 年 6 月，科罗狄著、徐调孚译的《木偶奇遇记》由上海开明书店发行，该书被列为“世界少年文学丛刊”之一。徐氏在“译者的话”中提道：“在这里，我首先应该谢谢帮助我的几位朋友：第一个是顾均正先生，因着他的引诱和怂恿，使我对于本书，发生兴趣和翻译的决心。郑振铎先生，他允许我陆续翻译，陆续在《小说月报》上发表，更增加我的勇气。翻译时承赵景深先生做我的‘顾问’，翻译后我又承叶圣陶先生的修润；他们都使我的译文超出我的能力之上。谢六逸先

① 钟敬文：《给江绍原先生》，《文学周报》第 318 期，1928 年 5 月 27 日。
② 郑振铎：《序》，狄尔《高加索民间故事》，郑振铎译，上海商务印书馆 1928 年版，第 I—II 页。

生知道我在搜集本书的各类英译本,慨然的把他自己所有的一本送给我,也是使我不能忘记的,尤其是丰子恺先生,他不但给本书画一个漂亮的封面,又多承他的好意,劝我把本书速印成单行本;而且他还利用我的译文,把这故事讲给她的几位孩子们听,害得他们给本书迷人的情节所吸引住,连饭都不要吃。再说,如果没有章雪村先生,像这样拙劣的译文,还有谁肯印刷呢?"[①]该书并非翻译者从意大利文直译过来,而是参考两种英译本:一种是"万人丛书"本,另一种是"昔日丛书"本。对此,徐氏说:"后者译文比较浅显。为使适宜于儿童阅读的缘故,我并未完全直译,尽我所有的能力,总想使它浅显流利。可怜的是老天爷只给我这一点点本领,不够我的应用。幸亏这故事的本身太奇妙了,无论译文是怎样的拙劣,多少都保存着一点原著的特点。"[②]对于该书的插图,他指出:"与本书的故事同样有名的是 C. Copelard 给原书画的插图,多谢'昔日丛书'的编者,把原图复载在他的译本里;现在,我也全部重印在这里(你看他画得神情多么毕肖!),只除去了卷首的一页不用,改印谢六逸先生送我的一本里的彩色图,画者是 C. Folkard。"[③]《木偶奇遇记》出版时,《开明》创刊号为该书做了一则广告:"如果哪位先生或太太嫌你的小孩子在家里胡闹,我们介绍你买一本《木偶奇遇记》给他。他看了这本书,就不会再吵了。你不信吗?我们来报告你一件新闻:丰子恺先生曾把这本书的故事讲给他的三个小孩子听,他们听得出神了,连饭都不要吃,肚子饿都忘了。难道这是我们编造出来的吗?你们有机会去问问丰先生看。"[④]此后,科罗狄的《木偶奇遇记》经徐调孚翻译后,中国也有译者重译该书,出现了多个翻译的版本。[⑤]

1928 年 6 月,黄诏年编的儿歌集《孩子们的歌声》由国立中山大学语言历史研究所、中山大学民俗协会出版发行。在《自序》中,黄诏年指出,该书出版前,儿

① 徐调孚:《译者的话》,科罗狄《木偶奇遇记》,徐调孚译,上海开明书店 1928 年版,第 VI 页。
② 徐调孚:《译者的话》,科罗狄《木偶奇遇记》,徐调孚译,上海开明书店 1928 年版,第 VII 页。
③ 徐调孚:《译者的话》,科罗狄《木偶奇遇记》,徐调孚译,上海开明书店 1928 年版,第 VIII 页。
④ 王建辉:《图书广告谈屑》,范用《爱看书的广告》,生活·读书·新知三联书店,第 209—210 页。
⑤ 1933 年 3 月,钱公侠、钱天培翻译了该书,书名为《木偶历险记》,该书被列为"世界少年文库 30"由上海世界书局出版。1936 年 4 月,傅一明翻译了该书,书名为《木偶奇遇记》,该书被列为"世界文学名著"的一种,由上海启明书局出版。1936 年 7 月,文化励进社编译部翻译了《木偶奇遇记》并出版。1944 年 10 月,林之孝翻译了该书,书名为《木偶奇遇记》,由上海经纬书局出版。1947 年 10 月,石碚翻译了该书,书名为《木偶历险记》,由上海大东书局出版。

歌专集从未有过。儿歌的编辑只是草创，拟作的研究的长序没法实行。钟敬文为该书撰写序言，他将童谣分为民歌和儿歌，前者是一种“韵语”，后者则是“抚育儿童之歌”。他赞同周作人《儿歌之研究》对“儿歌”的界定，同时也提出了自己的观点：儿歌是“儿童本身所作所唱的及别人为他们而作而唱的一切歌谣”。他从西人“母歌”和“儿歌”的分类出发，指出这两者都应归于儿歌的范畴。但也指出并非所有的成年人为儿童创作的童谣都契合儿童的精神，那些“投射着成人之生活的阴影”的歌是民歌而不是儿歌。钟敬文批判了五行学派将儿歌视为“预报人间吉凶的谶语”的谬论，认为是一种“附会”的结果①。

1928 年 6 月，国立中山大学民俗学会出版了刘万章编的《广州儿歌甲集》。顾颉刚为该书作序，他指出：“刘万章先生是一个极能搜集材料的人，他标点了《粤讴》，调查了广州婚丧风俗，更编成这部《广州儿歌甲集》，我们一向看不到的粤中小孩子的歌谣，现在是看到一部分了，他们是第一次露脸。”②该书出版后，招勉之撰文《评广州儿歌甲集》对其进行评论。在简要论析该书存在的一些小问题后，他指出编民间歌谣应该注意的事有四点：“一是本国人明了——或一切读者——歌谣的意义和发音，故在注解当不妨详细些，谨慎些，因为倘使别人看来不明白，难保其不被看官们奥伏赫变于故纸堆中而不复看的，特别地是在今日的懒惰的小资产阶级根性未除的中国人会犯了这样的毛病。二是歌儿的排编，似乎应该分分类以醒人耳目增加读者之趣味。至于怎样分法那都不妨由编者自己的欢喜。……三是编者应该自己加以谨慎的考查，若有疑点的材料，却不顾舍弃，不妨自己也打一个耳朵于期间的……四是印刷要讲究些，至少错字不要太多，像这本书的封面也还很使人看来觉得有趣，可惜在勘误表后错误仍然层出不穷。”③

1928 年 6 月，丰子恺在《一般》杂志第 5 卷第 2 号上发表了儿童散文《渐》。对于人生中“渐”这个话题，丰子恺总结道：“‘逐’的本质是‘时间’。”“使人生圆滑进行的微妙的要素，莫如‘渐’；造物主骗人的手段，也莫如‘渐’。在不知不觉之中，天真烂漫的孩子‘渐渐’变成野心勃勃的青年；慷慨豪侠的青年‘渐渐’变成冷

① 钟敬文：《关于〈孩子们的歌声〉——序黄诏年君编的儿歌集》，《民俗》第 18 期，1928 年 6 月。
② 刘万章：《广州儿歌甲集》，国立中山大学语言历史研究所 1928 年版，第 2 页。
③ 招勉之：《评广州儿歌甲集》，《文学周报》第 327 期，1928 年 7 月 29 日。

酷的成人;血气旺盛的成人'渐渐'变成顽固的老头子。"但对于人生变化的现实,他并不持悲观态度,认为:"人之能堪受境遇的变衰,也全靠这'渐'助力。"并进一步分析:"这真是大自然的神秘的原则,造物主的微妙的功夫!"因为"'渐'的作用,就是用每步相差极微极缓的方法来隐蔽时间的过去与事物的变迁的痕迹,使人误认其为恒久不变"。"然人类中也有几个能胜任百年的或千古的寿命的人。那是'大人格''大人生'。他们能不为'渐'所迷,不为造物所欺,而收缩无限的时间并空间于方寸的心中。故佛家能纳须弥于芥子。"①

1928年6月,茅盾在《文学周报》上发表了《人类学派神话起源的解释》。茅盾认为,神话是"一件随着人们的主观而委婉变迁的东西:历史家可以从神话里找出历史来,信徒们找出宗教来,哲学家就找出哲理来……"每一时代新思潮常给古代神话加上一件新外套,因而需要对神话进行全新的解释。比较人类学用在神话上,结果证明了各民族的神话只是他们在上古时代的生活和思想的产物。代表人物是安德烈·兰。神话缘何而发生,神话中的不合理的质素又是什么缘故呢?安德烈·兰认为缘由就是在创造神话的原始人的心理与生活状况。他采用的方式是"取今以证古",即研究现代野蛮民族的思想和生活,看它们和古代神话里所传述的是否有几分相吻合。茅盾从野蛮民族的研究中得出原始人心理的六个特点:一为相信万物皆有生命、思想、情绪与人类一般,此即所谓汎灵论;二为魔术的迷信,以为人可变兽,犹亦可变为人,而风雨雷电晦暝亦可用魔术以招致;三为相信人死后魂离躯壳,仍有知觉,且存在于别一世界,衣食作息,与生前无异;四为相信鬼可附于有生的或无生的物类,灵魂亦常能脱离躯壳而变为鸟兽以行其事;五为相信人类本可不死,所以死者乃是受了仇人的暗算;六为好奇心非常强烈,见了自然现象以及生死睡梦等事都觉得奇怪,渴望求其解释。而神话的起源则是:"原始人本此蒙昧思想,加以强烈的好奇心,务要探索宇宙万物的秘奥,结果则为创造种种荒诞的故事以代合理的解释,此即今日我们所见的神话。"他进而概括道:"大体而言,我们不能不说神话之起源是在原始人的蒙昧思想与野蛮生活之混合的表现。"②

1928年6月,茅盾的《神话的意义与类别》发表于《文学周报》。茅盾给神话

① 丰子恺:《渐》,《一般》杂志第5卷第2号,1928年6月。

② 玄珠:《人类学派神话起源的解释》,《文学周报》第319期,1928年6月3日。

下了这样一个定义:“一种流行于上古民间的故事,所叙述者,是超乎人类能力以上的神们的行事,虽然荒唐无稽,但是古代人们相传述,却信以为真。”他由此辨析了神话与传说、神话与寓言的差异。在此基础上,茅盾将神话分为“解释的神话”和“唯美的神话”两类。他认为神话内混合着两种相反的质素:合理的和不合理的。中国的神话比较的要算合理的元素最多了,但是不合理的元素仍旧存在着。“总而言之各民族的神话里都有合理的与不合理的元素混合并存,乃是确定的事实。”针对“没意思的野蛮的思想乃是各民族神话的本来面目。而美妙伟大的思想却是后人加进去的”说法,茅盾并不认同,“因为我们固可假定现代文明民族的神话是经过修改的,然而不能说现代野蛮民族的神话也已经过文人修改;可是现代野蛮民族的神话内却已有不少合理的质素了。即此可知神话是自始就包含着合理的和不合理的质素的”①。

1928 年 7 月,谢六逸的《神话学 ABC》由上海世界书局出版。该书对神话的起源、成长和特质进行了较为全面的探讨,同时论析了蒐集法、分类法、比较法的具体实践,从自然神话、人文神话、洪水神话和英雄神话四种类型神话入手,探究了中外神话的差异。卷首有谢六逸的《序》,他指出:“那些说明自然现象与社会现象的先民的传说或神话,是宇宙之谜的一管钥匙。”与欧洲相比,中国的神话是“片段的”,没有“神话学”的人文科学出现。因而该书“将神话一般的智识,近代神话学说的大略,以及研究神话的方法,简明的论述在这一册里”②。

1928 年 7 月,沈从文根据英国作家卡罗尔《阿丽思漫游奇境记》改编的《阿丽思中国游记》由上海新月书店出版。该小说最初发表于 1928 年 3 月 10 日至 6 月 10 日《新月》第 1 卷第 1—4 号上。在仿写过程中,沈从文用中国人的方式来构思和撰写,将这一个童话原型嫁接于中国的土壤上,开出了融合中西的全新花朵。在漫游路上,阿丽思与傩喜看到了诸多残忍的现实内容,如连自杀都需要求助于人的难民;毫无特操,为了虚名竞相倾轧的知识分子;此外还有欺上瞒下,贪赃枉法的文化官员,以及表征中国人、中国文化的种种弊病均被外来人所发现。无奈,她们来到了远离都市的边缘之所——湘西苗部,然而,这里也远非所期待的真正“自然”,在亲历了原始而残忍的奴隶买卖后,她们决定结束漫游回英国

① 玄珠:《神话的意义与类别》,《文学周报》第 322 期,1928 年 6 月 17 日。
② 谢六逸:《神话学 ABC》,上海世界书局 1928 年版,第 1—3 页。

去。“外国孩子”这一独特的他者身份，为阿丽思提供了观照中国的很多便利。对她而言，中国的一切都是新鲜而陌生的，儿童的天性让她不会像成人外来者那样理性地思考异域风景。然而，现实的生活彻底击溃了她稚嫩的幻想，现实的发现让她变得沉重，童话本身的趣味性自然退场。沈从文以“天真打量沉重”的改编策略彰明其秉持的中国立场，也体现了其跨文化实践的现代认知。沈氏强调，“把阿丽思写错了”，“阿丽思小姐的天真在我笔下也失去不少”[①]，道出了他改写西方童话时错位的文化心理，其实质依然是内涵的中国情结。加入“社会沉痛情形”的色调后，该童话的主旨不再止于纯粹的“逗小孩子笑”的趣味上，而有了更多想象中国的话语实践了。

1928年7月，赵景深撰写了《评〈印欧民间故事型式表〉》一文。该文是对雅科布斯的《印欧民间故事型式表》的评论文章。他指出：“雅科布斯的《印欧民间故事型式表》将民间故事分为邱匹得与赛支式、来罗赛那式、天鹅处女式、皮涅罗皮式等70种类型。”“说一句大胆的话，数雅科布斯替库路德修正的这个欧民间故事型式表冲实在还有修正的必要，甚至可以完全废除。所以要废除的理由，便是一切民间故事，不一定在这个表里能够寻得着，像这样仔细的分类至少可以分出一千类来。他几乎是每篇故事算作一类的，把《天方夜谭》的全部拿来，便已经可以分作一千多了(并非指通行的节本《天方夜谭》)。比方，第六、七、八三式都是可以归为一式的，雅科布斯却分作三式，即是分得过于仔细的证明。”而关于如何修改这个问题，他认为：“应该把神话和历史以及趣事去掉。雅科布斯似乎还不大明白神话历史趣事和民间故事的分别，他的型式是有些混乱的。”[②]

1928年7月，在看完伊本纳兹的《我们的海》后，赵景深撰写了《中国的吉诃德先生》。当时有很多外国的民间故事被翻译成中文，据该文介绍，民间的童话主要有以下几种：《波斯故事》(章铁民译，北新书局)、《凯亚》(梁得所译，良友图书公司)、《俄国童话集》(唐小圃译，商务)、《三公主》(顾均正译，开明书店)、《时谐》(商务)、《格列姆童话集》(赵景深译，中原书局)、《德国童话集》(杨钟健等译，文化书社)。[③] 该文将西方民间故事与中国传说做了比较，主要从“故事的综合”

① 沈从文：《后序》，《阿丽思中国游记》，上海新月书店1928年版，第1—2页。
② 赵景深：《评〈印欧民间故事型式表〉》，《民间文学丛谈》，湖南人民出版社1982年版，第154页。
③ 赵景深：《中国的吉诃德先生》，《民间文学丛谈》，湖南人民出版社1982年版，第194页。

“学话的失败”“东方呆丈夫和西方呆老婆”三方面来展开立论。

1928 年 7 月，《开明》创刊号上刊发了一则《木偶奇遇记》的广告，内容如下：“如果哪位先生或太太嫌你的小孩子在家里胡闹，我们介绍你买一本《木偶奇遇记》给他。他看了这本书，就不会再吵了。你不信吗？我们来报告你一件新闻：丰子恺先生曾把这本书的故事讲给他的三个小孩子听，他们听得出神了连饭都不要吃，肚子饿都忘了。难道这是我们编造出来的吗？你们有机会去问问丰先生看。”①

1928 年 7 月，茅盾在《文学周报》第 326 期上发表《北欧神话的保存》。该文总结了北欧神话的三种来源：“一是古代金石器上雕刻的鲁纳文（Rune 北欧古文）的铭识，二是古代北欧行吟诗人（Skald）的诗歌，三是北欧史诗厄达（Eddas）与佐贺（Sagaa）”。具体而论，“鲁纳文的铭识”在北欧流行的最早的文字名为 Rune（北欧古文），意即“神秘”，这些文字最早仅为一种奇形的记号，意为含有神秘力的，并且在欧洲许多古遗迹中均有分布，虽然简短，但均有神话的价值，有些甚至刻在器物之上，均为北欧神话之片段。对于“行吟诗人的诗歌”，他认为：“如果没有了这一班分子——诗人北欧的许多传说和神话都不能保存到我们的手里了。”“厄达（Eddas）与佐贺（Sagaa）”是北欧神话中最重要的记载，“厄达（Eddas）”有时用为“曾祖母”之义，“一说是日耳曼古文 Erda 一字之讹，Erda 义为‘地母’”，也有学者认为“厄达”意思为“心”或“诗”。当时主要称作“厄达（Eddas）”的北欧古籍主要有两部：一为斯诺里（Snorri），又名为《散文厄达》（Prose Poetical）或《小厄达》（Younger Edda）；一为陕蒙德（Saemund），本名为《韵文厄达》（Poetical Edda）或《大厄达》（Elder Edda）②。

1928 年 8 月，沈玄英在《小说月报》第 19 卷第 8 号上刊载论丛《希腊神话与北欧神话》一文。该文主要分为“相异与相同”“天地开辟及神之起源”“宇宙观”“自然界的现象”“宙斯与奥定”“人的创造”“命运之神与诺尔痕斯（Norns）”“叨尔（Thor）和希腊诸神”“星月和猎神”“夫赖（Frey）和阿博洛”“弗利耶和维那”“林达和丹内伊（Danae）”“发尔坎和浮龙特”“海和冥土的神话”“洪水的故事及

① 《开明》创刊号，1928 年 7 月 10 日。

② 茅盾：《北欧神话的保存》，《文学周报》第 326 期，1928 年 7 月 22 日。

其他”“结论”[1]等几部分。

1928年8月,《乡教丛讯》第2卷第5期刊载了陶行知的《小孩子最要紧的是进学校》。该文为陶行知在晓庄师范中山诞辰纪念会上的演讲记录。他以孙中山游晓庄的故事为例,借此来对“天天在家里读死书”的儿童提出一些期望:“希望大家把小孩子送到学校里去,读活人的书,做活人的事,过活人的生活。这样看来,小孩子最紧要的是进学校。”[2]

1928年9月,赵景深翻译的《安徒生童话新集》由上海亚细亚书局发行。该童话集包含《牧羊女郎和打扫烟囱者》《锁眼阿来》《豌豆上的公主》《烛》《鹳》《恶魔和商人》《一荚五豌豆》《苧麻小传》等8篇童话,在《序言》中,赵景深交代:“该童话集是新文化书社出版的《安徒生童话集》所没有的,只是《豌豆上的公主》另外根据牛津大学 Cragie 夫妇的全集重译了一遍,与‘新文化书社’本完全不同。《一荚五颗豆》和《苧麻小传》,是根据节译本译出来的。但儿童看来,或者更容易了解一些。”[3]

1928年9月,顾均正编的《安徒生传》由上海开明书店出版发行。该书列为“世界文学丛书”之一。在“编者的话”中,顾均正着重感谢了两个人,一个是张友松,“他允许我把他所译的《安徒生童话的来源和系统》转载在本书的后面,作为一个附录”。另一个是赵景深,“他供给我许多重要的材料,本书第九十二章,差不多全是根据他所译的勃兰特的《安徒生论》而成的”[4]。钟敬文读了顾均正编写的《安徒生传》后,为其撰写了一篇书评。钟敬文感悟到,中国学术界有两点不很好的现象:一是有一些人,口头笔下整日高喊着“伟大”“创造”,把人家诚意而努力的工作,任情藐视嘲弄。二是大家都喜欢赶热闹,不大愿意从事比较清冷点的工作。“因此我想到你和调孚兄等,不管什么伟大和热闹与否,对于曾经时髦过一次,而现在已不大有人过问的‘儿童文学’,诚恳地埋着头去从事,不息地把自己所能得到的成绩,呈献给大家,这一点至少在我个人觉得它是可敬与感谢的。”对于该书,钟敬文认为这一个单行本的评传,“于他本人和我们可怜的读书

---

① 沈玄英:《希腊神话与北欧神话》,《小说月报》第19卷第8号,1928年8月10日。
② 陶行知:《小孩子最要紧的是进学校》,《乡教丛讯》第2卷第5期,1928年8月16日。
③ 赵景深:《序言》,安徒生《安徒生童话新集》,赵景深译,上海亚细亚书局1928年版,第1页。
④ 顾均正:《安徒生传》,上海开明书店1928年版,第1—2页。

界，不能不说是差足告慰了”①。

1928 年 9 月，张圣瑜编的《儿童文学研究》一书由商务印书馆出版发行。该书的《序一》为汪懋祖所写，他认为，“凡人莫不具有欣赏文艺之兴趣，而有享受文艺之需要”，而“儿童为自然的产物，真性表露，幻想流转。其活动随在涵有艺术之趣味，故儿童亦自有其文学”。对于神话与传说，汪氏认为，一个是怪诞不经，一是远悖时代潮流的，这两个体裁的为一般人所诟病，但是作者认为这些攻击只是在其资料与教法之上，并非是对儿童文学本身来说的。值得注意的是，他还论述到儿童文学中复演学说的不圆满之处，“儿童与原人之想象，虽多相似；而其环境既已不同，故意识之发展亦异”。在这里作者举出了一个具体的例子，即：“原始人见不可解释之自然现象，目为神怪，虔拜所以求富佑。儿童决无此观念，是原人富于宗教性，儿童则全乎为艺术性。”对于科举思想、专制思想、遗传之旧故事，都应删除，这里就谈到了要想确立儿童文学选择标准，就“必深究儿童生活，教育原理；又须具有文学训练，方言知识”。该书的《序二》为施仁夫所写，他指出，“儿童生活，以情为主要原素，发于中，形于外，情之流露，一任自然”，儿童歌咏景物，虽然“不出原始之方式，实皆有文学之意味”。他还指出：“教育上如能丰富其感情，发展其思想，扩充其想象，使本能工作日趋于社会化，艺术化，则儿童生活，必能日臻完善。”

该书从“儿童文学”这一概念入手，著者认为儿童文学是建立在诸多人文科学的基础之上的，比如说心理学、生理学、教育学、社会论、艺术论等。针对成人鄙夷儿童的文艺思想、文艺表演、艺术的态度，著者并不认同，他指出：“儿童之心为心，以儿童之生为生，则自各有其价值。”②他从“儿童之生为生”的分析入手，认为：“儿童生活确为独立，决非成人之预备也：虽为全生活之断片，决不为其他断片之附庸也；具有继续性之转变生长，而决非成人之缩影也。”对于“儿童之心为心”的问题，著者批评了那些鄙夷童年、以童子为无知之流的说法，指出“‘童心’之内涵，有其意识，有其想象，有真情之流焉”。在比照了儿童和成人的区别后，著者下了这样一个结论：“‘大人不失其赤子之心’自是儿童文学研究者唯一

① 钟敬文：《“安徒生传”》，《文学周报》第 349 期，1928 年 12 月 23 日。

② 张圣瑜：《儿童文学研究》，上海商务印书馆 1928 年版，第 2 页。

适宜的态度。”[①]在著者这里，文学是表现人生的，但是人生并非是文学的整体，而儿童的人生表现于儿童文学，研究者在研究儿童文学时，不能舍弃文学在儿童期的位置，和儿童在文学上之价值而立义。他梳理了周作人、严既澄、魏寿镛、朱鼎元等人对于儿童文学的界定，他认为这些观点“或是仅及其体；或但言其用；或谓系自外供给之物；或太拘泥于文学之科律，鲜有顾及儿童自己自有之文学，并鲜得文学之精髓”。进而他提出了自己观点：“儿童文学者，表现儿童想象与情感之生活，应儿童天性最高部分之要求，扩大人生之喜悦同情与兴趣者也。”[②]

对于儿童文学的起源问题，著者考察了还被抱在怀里面的孩子，“含乳而歌，咿噢呕哑，吐乳而舞者”，认为这就是文学以为之表征了，“慈母催眠，业余调笑，顺口呕唫，每能微拊弱小心灵而逗之顽笑，甚且导之深入睡乡”。他结合自己的人生经验指出，儿童生活乃是儿童文学之起源，“吾一儿生十一月，成有音无字有节奏之腔”，“其腔则文艺之原始声调也”。儿童文学在作者看来可以做两面观，一曰“儿童有其自己所有的文字，发于啊哟吚嚶有音节之腔，随心顺口，演为歌谣；纯为自由独立之发表”；“一曰儿童需求自外供给之文学也”。著者归纳道：“儿童内在生活之种种活动，实儿童文学之星宿海；而缘之汇注者，则元始想象之飞腾也。”[③]即儿童文学的源泉是儿童的内在生活的种种活动，沟通这两者的就是想象的活跃。除了生活、想象等因素外，游戏也是催生儿童文学产生的重要方式。“儿童文学，亦惟凭此元始之艺术冲动——游戏——形成于外矣。”张圣瑜还将儿童文学与原始文学做比较，论述了这二者的相像性，儿童文学和原始文学都在人类的心灵，原始之想象与原始之艺术冲动中发生，从两种文学的发生元素上面看，儿童文学即原始文学。

在谈到儿童文学特质时，著者将其归纳为如下几个方面：一、口传，二、自然，三、单纯，四、纯情，五、神奇意味，六、酣美，七、瞬变，八、能普化。

在张圣瑜看来，人生下来就能够保有童心，是上上之境界；人生到了中途，回恋童年的，稍稍次之，而那些能够了解到儿童的生活是有其独立存在价值的，则是最好的了。他以安徒生为例论述道：“安徒生氏以窭人子，早岁孤穷，无资求

① 张圣瑜:《儿童文学研究》,上海商务印书馆 1928 年版,第 3 页。
② 张圣瑜:《儿童文学研究》,上海商务印书馆 1928 年版,第 8 页。
③ 张圣瑜:《儿童文学研究》,上海商务印书馆 1928 年版,第 11 页。

学，无地安身，贫苦颠连，疾病相迫。加之学诗不成，为剧员不成，为傀儡戏不成，山穷水尽，至于此极，卒以创作童话，受儿童之欢迎，遂愈勤制作，愈研求，愈得儿童之欢心，成为名闻世界之儿童文学大家与老孩子。”作者认为安徒生的成功在于儿童，成功于儿童文学，成功于儿童文学的创作。这就是作者所认为的第三种境界，“儿童人生成之也”①，所以人生最理想的境界就是从儿童开始的，用儿童文学来培养处于最佳时期的儿童，实在是十分迫切的任务了。

进入现代社会，在对儿童有了新的认识和新的欣慰之后，文学思想品质的要求越来越高，有不少人致力于文学的儿童本位建设，著者认为“最可宝爱之将来设想，似乎无过于赶紧收集宣传与创作儿童文学之作品矣”。他叙述了贝洛尔、格林兄弟、安徒生创作成就，同时指出，在我国，最早以童话供给儿童的，就是二十年前孙毓修所翻译的《无猫国》(1909)以及林纾所翻译的《伊索寓言》。自民国初元(1912)上海《时报》刊载歌谣，北京大学发起歌谣研究会，而后北京大学组织了风俗研究会，方言谚语都在搜集之列，谚语研究就是这个时候开始的，民国九年(1920)周作人的《儿童的文学》一书出，载在《新青年》八卷四号，在小学教育界号称革新，在本校附属小学(上文作者在例言提及为本校应该就是江苏省立第一师范学校)，与东南大学附属小学，都是革新儿童文艺教育的中坚力量。本校《中国儿歌集》，于民国十二年(1923)一月出版，就是《中国近代歌谣集》中的第一部。②

儿童文学并非静止不变的，著者认为它应该改造，而这种改造的起点在于“举世而对于儿童有新认识矣，则儿童文学之发展或且为改造之普遍运动植其始基耳”③。张圣瑜重点以中国古代的老子和印度诗人泰戈尔为例进行论证，他认为老子意在返回到婴儿，就是一起开始的地方，可惜后来世界了解并将其发扬光大的人并不多。泰戈尔所建的山铁奈克 Shanti-Niketan——意为 House of Peace——改造文明之发动所，这所学校建立的初衷就是，对于西欧不文明的现象，主张倾向大自然主义。所实施的儿童教育，是引导儿童与大自然接触，慕真，爱美。诗人所要表达的优秀人格，在潜移默化之中移于儿童得心灵之中，并且拥

① 张圣瑜:《儿童文学研究》，上海商务印书馆 1928 年版，第 39 页。
② 张圣瑜:《儿童文学研究》，上海商务印书馆 1928 年版，第 46 页。
③ 张圣瑜:《儿童文学研究》，上海商务印书馆 1928 年版，第 51 页。

有"平和""互助""相爱""节俭""自由"等再造文明的德性。他认为想要改造的人们,如果仅仅将儿童看作生命力量的汇聚,是十分浅薄的,这样就谈不上文明的再造了,根本之计,就是要儿童受到改造思想的支配,儿童文学就是支配儿童改造思想和培养其产生的重要手段。

儿童文学之于儿童教育的意义甚大,著者将两者的关系梳理如下:一、有文学趣味之材料,才能引起儿童读书的兴趣,二、儿童文学是发展儿童想象的工具,三、儿童文学为发展儿童思想的工具,四、儿童文学是培养儿童感情的资料。著者认为以上所述就是教育者提倡儿童文学的理由,不论体验如何,倡说如何,佐证如何,都是确认儿童文学操练儿童思想情感想象兴味的可能与效益。

该书用大量的篇幅来分析儿童文学的体裁。就童话而言,著者指出:童话Marchen一词,译自日本,原意虽然是对儿童讲话,现在已经将其当作了Marchen的译名。是根据原始社会的思想与礼俗所成的文学,而人类学上的定义,其间包含儿童与儿童知识程度相等的蛮民乡人娱乐性质的故事。孙毓修的《童话集》,包括了一切寓言、小说、神话、历史故事与科学故事,可以说是被他都当作了儿童文学的又一个名称。作者认为真实的童话材料,莫过于儿童自己,或其相等程度的人口述的事情,这些事情都是他们以简质的心理,感受世间种种事象而发生的。童话通行的分类为:一、纯正的,都自原始人类遗留下来或从后世说转变而成;二、游戏的概为后世文人之造作。对于童话与原始习俗的关系。著者认为:童话的渊源在原始社会的风俗,所以现在的学者常常离开童话本身,而利用材料来研究其他方面的内容。①

1928年9月,顾均正在《文学周报》上发表了《托尔斯泰童话论》。在论述托尔斯泰童话之前,顾均正认为将托尔斯泰与安徒生进行比较是很困难的。原因是童话这个名称,差不多指含有神异分子的一切故事而言。不用说大部分的民间故事都包含在童话之内,而就广义的说法,则竟连寓言神话也可以称为童话。在他看来,"童话是以儿童为本位的,他不但在故事中呈现出的是儿童的世界,连叙述的语法也要模仿儿童。所以安徒生的童话的特点是在天真朴素和远离成人的世界"。相对而言,他认为托尔斯泰的童话就不同了,"他的童话通常都被称为

① 张圣瑜:《儿童文学研究》,上海商务印书馆1928年版,第53页。

短篇小说……因为它处处和现实的社会问题相接触而远离着儿童的空想的世界”。顾均正根据莫德氏的《托尔斯泰二十三故事》，将托尔斯泰的著作按次序进行叙述，介绍了这七部分的童话后，他认为“托氏的童话，是用来说教的，并不是用来作为娱乐的”①。

1928 年 9 月，赵景深的《文学讲话》由上海亚细亚书局出版发行。该书用一定的篇幅来谈论儿童文学，主要包括《史梯文生的儿童的诗园》《冰心的〈繁星〉》《最近民歌的来源》《太阳神话研究》四篇文章。

《司梯文生的儿童的诗园》写于 1923 年 11 月 2 日。对于司梯文生的人生观，赵氏认为：“全部的诗集里充满了天真的情节，我们读诗时，仿佛看见一群快乐的小鸟在眼前飞舞。他有时爬在草囤上玩……真实高兴极了！这并不是说他为了要表现儿童的心理才这样快乐地去描写，为了要迎合儿童的心理才不说悲哀的话，实在是在他一生无不是抱乐观的。”②在他看来，他的诗集和童话集《金银岛》都是儿童极好的伴侣。从《儿童的诗园》中，赵景深看出了作者“对于游历的兴趣”，“他一生虽是大部分在旅行中，但他旅行的思想在幼时却已有了”！所以这些游历的诗歌常常“在他的小天地里任意的安排”③。赵景深将司梯文生的诗和太戈尔的诗做了对比：从艺术角度看，“《儿童的诗园》实不及《新月集》干脆，但儿童或者更爱《儿童的诗园》一些。两书很有些相似的取材，都有《海滨》一首诗，太戈尔的《水手》《纸船》《偷偷瞌睡的》，取材亦复同于司梯文生的《海盗的故事》《我的船和我和瞌睡国》。取材最相同的便是儿童对于职业的见解”④。

《冰心的〈繁星〉》写于 1923 年 5 月 22 日。赵景深认为《繁星》中的一些小诗“即使在极炎热的夏天，也能感到一种沁人肺腑，清新凉爽的感觉，虽然有一些儿严冷，但终究觉得非常和蔼。伊的作品的基调是母亲的爱和小孩子的爱，伊的作品善用的背景是海，早经多人批评过了”⑤。他还总结出《繁星》中的两个特点：“一是用字的清新，一是回忆的甜蜜。”当时诗体解放已经有好几年了，但是赵景深认为：“冰心的用字极其清新，使人感到浅笑柔婉的情结；即使在含有教训的儿

---

① 顾均正：《托尔斯泰童话论》，《文学周报》第 333、334 期，1928 年 9 月 9 日。
② 赵景深：《司梯文生的儿童的诗园》，《文学讲话》，上海亚细亚书局印行 1928 年版，第 68 页。
③ 赵景深：《司梯文生的儿童的诗园》，《文学讲话》，上海亚细亚书局印行 1928 年版，第 69 页。
④ 赵景深：《司梯文生的儿童的诗园》，《文学讲话》，上海亚细亚书局印行 1928 年版，第 70 页。
⑤ 赵景深：《冰心的〈繁星〉》，《文学讲话》，上海亚细亚书局印行 1928 年版，第 121 页。

句小诗里也能很纤巧地用别一种艺术化的方法叙出来。”他列举了其中第一六首、第三六首,认为:“伊的回忆的情绪极丰富,引起了我深深的共鸣。”①

《最近民歌的来源》是赵景深在1927年3月10日的广州旅行中完成的,写作该书是基于旅途中闲来无事,翻阅了郑振铎编写的《白雪遗音选》(开明书店出版),觉得最近很多的民歌是受了郑氏的影响,因此摘录出他们的相似之处。

《太阳神话研究》一文写于1927年12月13日深夜,该文是赵景深对张若谷《太阳神话研究》的读后感,他认为张若谷的《太阳神话研究》“举例的太少,颇引以为憾”②。

1928年10月,黎锦晖的儿童歌舞剧《神仙妹妹》由中华书局出版发行。在《旨趣》中,黎锦晖指出:“我们表演戏剧,不单是使人喜乐、感动,使自己愉快、光荣,我们最重要的旨意,是要使人类时时向上,一切文明时时进步。”在他看来,音乐创作应夯于现实之上:“不懂一点社会科学的‘老粗’也明白‘肚里饥,身上冷凄凄,男中音高唱爱群爱国,一旁配着妻哭儿啼,凭你的音乐怎样雄壮,到末了一样饿扁归西’。所以用极浅近的常识来断定,所谓‘音乐与民族国家之关系’,国富民强,音乐自然雄壮而快畅,要是国弱而民贫,凭你请上六双莫扎特,一打贝多芬,苦于写不出‘治饿驱寒’的曲子,也是枉然。”该歌舞剧主要由四场组成:第一场“换了的游戏”,第二场“救了三条性命”,第三场“老虎叫门”,第四场“奋斗的结果”。该剧的主题和调子都是积极向上的,“凡人都有一种理想,那种理想之中,必希望造成幸福的社会,大家安乐,永远太平。这种幸福的社会,决不是暴虐的,不平等的,不合道理的社会,乃是用‘和平’与‘互助’的精神,造成平安快乐的社会。所以一切的人,都是为着真理而奋斗,为着自由平等而劳动,任凭怎样辛苦艰难,总不愿退避,总希望理想有实现的一天。因此,绵绵不绝地向前进取,因此人类常常进化,因此文明日日昌明”③。

1928年10月,丰子恺在《小说月报》第19卷第10号上发表了儿童散文《儿女》。在对待儿女的问题上,丰氏认为:“朋友们说我关心儿女。我对于儿女的确关心,在独居中更常有悬念的时候。但我自以为这关心与悬念中除了本能以外,

① 赵景深:《冰心的〈繁星〉》,《文学讲话》,上海亚细亚书局印行1928年版,第122页。
② 赵景深:《太阳神话研究》,《文学讲话》,上海亚细亚书局印行1928年版,第197页。
③ 黎锦晖:《旨趣》,《神仙妹妹》,上海中华书局1928年版,第1—2页。

似乎尚含有一种更强的加味。所以我往往不顾自己的画技与文笔的拙陋，动辄描摹。但是他又认为："他们成人以后我对他们怎样？现在自己也不能晓得，但可推知其一定与现在不同，因为不复含有那种加味了。"在他心中，"天地间最健全的心眼，只是孩子们的所有物，世间事物的真相，只有孩子们能最明确、最完全地见到"。毕竟成人无法回到孩提时代，"我与他们（现在）完全是异世界的人，他们比我聪明、健全得多"①。

1928 年 10 月，《列宁青年》杂志创刊于上海，该刊物为中国共产主义青年团中央机关刊。少峰（华岗）、陆定一先后担任编辑，徐白、曾洪易等参加编辑工作。同时，该刊物初为半月刊，后来改为旬刊、周刊；原来为铅印，后改为油印。由于当时上海环境恶劣，从第 8 期起封面以《美满姻缘》《青年杂志》《国庆几年》《青年半月刊》等伪装发行。1933 年春，团中央迁入中央苏区，不久，又在上海重新组织团中央局。同年 7 月 1 日，《列宁青年》复刊，卷期从第 2 卷第 1 期开始重排，在 1934 年 3 月 20 日出版第 13 期后停刊。《列宁青年》的发刊词在开头强调了该刊物诞生的背景："在官绅资产阶级高唱'革命成功''训政开始'的时候，在张学良'同志'荣任国府委员的时候，在帝国主义者歌颂中国统一，纷纷准备向中国大投资的时候，在各地工农革命先锋重新风起云涌罢工的时候，抵租的时候，在小资产阶级群众纷纷罢市反对苛捐杂税的时候，本刊继续《中国青年》而出版了。"同时对于革命的青年，"只有更加勇猛的，踏着无数阶级先锋的鲜血，在列宁主义的领导之下，冲倒反动统治的铜墙铁壁，获得阶级的自由与解放"②。

1928 年 11 月，戴望舒翻译法国作家贝洛尔的童话故事集《鹅妈妈的故事》由上海开明书店出版。该童话集被列为"世界少年文学丛刊：故事 3"，内收《林中睡美人》《小红帽》《兰须》《穿靴的猫》《仙女》《灰姑娘》《生角的吕盖》《小拇指》等 8 篇童话。在《译者序引》中，戴望舒指出："都是些流行于儿童口中的古传说，并不是贝洛尔的聪明的创作；他不过利用他轻倩动人的笔致把它们写成文学，替它们添了不少的神韵。又为了他自己曾竭力地反对过古昔，很不愿意用他的名字出版这本复述古昔故事的小书，因此却写上了他儿子的名字。所以他便把这些故事，故意用孩童的天真的语气表出。因了这个假名的关系，又曾使不少人费

① 丰子恺：《儿女》，《小说月报》第 19 卷第 10 号，1928 年 10 月 10 日。

② 《发刊词》，《列宁青年》创刊号，1928 年 10 月 22 日。

过思索和探讨,猜了很多时候的谜。"同时,他也指出贝洛尔童话存在的问题:"这些故事虽然是从法文原本极忠实地译出来的,但贝洛尔先生在每一故事终了的地方,总给加上几句韵文教训式的格言;这一种比较的沉闷而又不合现代的字句,我实在不愿意让那里面所包含的道德观念来束缚了小朋友们活泼的灵魂,竟自大胆地截去了。"①

1929 年

1929 年 1 月,茅盾的《中国神话研究 ABC》由世界书局出版,作者署名为"玄珠"。在该书的"序"中,茅盾认为该作"实在是'开荒'的性质,因而也只是'绪论'的性质"。同时,他还指出,自己在撰写的过程中,"处处用人类学的神话解释法以权衡中国古籍里的神话材料"。茅盾充分肯定《山海经》的神话价值,同时也引用了《淮南》《搜神记》《述异记》等书,偶尔也征引方士道教神仙之说和奇诞之谈。

茅盾首先指出:"'神话'这名词,中国向来是没有的。但神话的材料——虽然只是些片段的材料——却散见于古籍甚多,并且已成为中国古代文学中的色彩鲜艳的部分。"②为此,他重点以《山海经》为例,分析了从东汉至清朝以来该文本的存在形态和演变状况,在此基础上,他阐释了不同阶段学者对于旧籍中的神话材料的看法。在此基础上,他给"神话"下了如下的定义:"各民族的神话是各民族在上古时代(或原始时代)的生活和思想的产物。神话所述者,是'神们的行事',但是这些'神们'不是凭空跳出来的,而是原始人民的生活状况和心理状况之必然产物。"由于原始人相信万物皆有生命、对魔术的迷信、相信人死后魂灵离躯壳、相信鬼可附体、相信人类本可不死、好奇心非常强烈等特点,这为其创造种种荒诞故事提供了文化心理。同时,茅盾也相信"现代的文明民族和野蛮民族一样的有它们各自的神话",所不同的是,较之于野蛮民族的神话,文明民族的神话已颇为美丽,其根由是"乃是该民族渐进文明后经过无数诗人的修改藻饰,乃始

① 戴望舒:《译者序引》,贝洛尔《鹅妈妈的故事》,戴望舒译,上海开明书店 1928 年版,第Ⅰ—Ⅱ页。
② 玄珠:《中国神话研究 ABC》,上海商务印书馆 1929 年版,第 1 页。

有今日的形式”。对于这种经由诗人修改的神话形式，茅盾并未一味地肯定，他还看到了修改背后可能存在的问题：“一方面固使朴陋的原始形式的神话变为诡丽多姿，一方面却也使得神话历史化或哲学化，甚至脱离了神话的范畴而成为古代史与哲学的一部分。”[①]最后，茅盾对中国童话的流变与现状做了如下的归纳：“现存的中国神话只是全体中之小部，而且片段不复成系统；然此片段的材料亦非一地所产生，如上说，可分为北中南三部；或者此北中南三部的神话本来都是很美丽伟大，各自成为独立的系统，但不幸均以各种缘因而灭减，至今三者都存了断片，并且三者合起来而成的中国神话也还是不成系统，只是片段而已。”[②]

随后，茅盾重点介绍了神话的保存与修改。在文字未兴之时，神话的传布主要通过“口诵”，祭神的巫祝当次重任。后来文化更进，“弦歌诗人”取神话材料入诗。那时的弦歌诗人转述神话诗，往往喜欢加些新意上去，“这使得朴野的神话美丽奇诡起来了。后来悲剧家更喜欢修改神话的内容，合意者增饰之，不合者删去，于是怪诞不合理的神话又合理起来了”。后来的历史家，“把神话里的神们都算作古代的帝皇，把那些神话当作历史抄了下来”。以后的“半开明的历史家”放手删削修改，“结果成了他们看来是尚可示人的历史”。在他看来，“中国神话之大部恐是这样的被‘秉笔’的‘太史公’消灭了去了”[③]。

茅盾指出，神话是原始信仰加上原始生活的结果，这从人类学方面得到了解释，这也让读者不很讨厌这些“不合理”的记载。但是对于没有近代科学帮助的人而言，他们“很不喜欢那些怪诞粗鲁的东西。因而他们就动手修改了。他们一代一代地把神话传下来，就一代一代地加以修改。他们都照着自己的意思去修改。他们又照着自己的意思增加些枝叶上去。于是本来朴野的简短的故事，变成美丽曲折了；道德的教训，肤浅的哲理，也加进去了。原始人的神话经过了这样的‘演化’，就成为一民族文学的泉源”[④]。

其后，茅盾着重介绍了原始人的宇宙观与神话创生的关系。在他的意识中，原始人受了自然界的束缚，活动范围是很狭小的，然而他们的想象却很阔大。他

① 玄珠：《中国神话研究 ABC》，上海商务印书馆 1929 年版，第 6—7 页。
② 玄珠：《中国神话研究 ABC》，上海商务印书馆 1929 年版，第 32 页。
③ 玄珠：《中国神话研究 ABC》，上海商务印书馆 1929 年版，第 36 页。
④ 玄珠：《中国神话研究 ABC》，上海商务印书馆 1929 年版，第 57—58 页。

们对于辽远的——因自然界的阻隔而使他们不能到的地方，也有强烈的好奇心，因而也就有许多神话。“异方的幻想”也因各民族所居的环境与所遇的经验，而各自不同。

1929年1月，汪原放根据G.F.Townsend的英译本翻译的《伊所伯的寓言》(《伊索寓言》)由上海亚东图书馆出版。该书共收315则寓言。卷首有汪原放的“译者的话”，他指出是用白话文“直译”的方式译出，以期“还它一个本来面目”的译本。在他看来，《伊所伯的寓言》是儿童的“恩物”和“伴侣”，但是，“他的寓言固然不全是无可批评的，有的太单调，有的太理想，有的太牵强，但他的许多‘拆穿西洋镜’的文字始终是不可磨灭的”[①]。此后，有多人对《伊索寓言》进行翻译或译述，出现了多个版本的《伊索寓言》[②]。

1929年1月，赵景深在《文学周报》上发表了《亚当氏的中国童话集》。赵景深的《童话论集》曾评过皮特曼和费尔德的《中国童话集》，《民间故事研究》中曾评过马旦氏的《中国童话集》，这是他第四次来评亚当氏的《中国童话集》。他指出：“凡是欧洲人所编的《中国童话集》都是荒唐可笑的，亚当氏的一本自然也不是例外。不过他们也有一种长处，故事的本身虽然大半是西洋民间故事的乔装，但那琐碎的点缀或描写却是想在显出我国风俗人情与他们不同的地方。”落实到亚当氏的《中国童话集》，赵景深首先谈论了其合理的地方，然后就一针见血地指出：“说到内容，可就不敢恭维了。这四篇童话可以说是没有一篇不是杜撰或者改作的。我们看过以后，只觉得它们是西洋童话，不是中国童话。”他指出第一篇故事的缺点：“此篇牵绊根据唐铏所作的《裴航传》，但亦有错误：后半简直完全是杜撰了。”在第二篇故事开头他就认为：“元宵的前半是哈特兰德在《童话学》中所谓‘偭乡淹留传说’(The Supernational Lapse of Time in Fairyland)，美国文学

---

① 汪原放：《译者的话》，伊所伯：《伊所伯的寓言》，汪原放译，上海亚东图书馆1929年版，第Ⅶ—Ⅷ页。

② 1932年8月，孙立源根据J.H.Stickney的英文本翻译了《伊索寓言》，该书列入“世界少年文学丛刊：寓言4”，该书由上海开明书店出版，内收141篇寓言。1935年6月，沈志坚编译了《伊索寓言选》，该书由上海新中国书局出版，内收42篇寓言。1935年9月，吕金录选辑了《伊索寓言》(上、下册)，该书由上海商务印书馆出版，被列为“民众基础丛书第1集”。1936年3月，许敬言编译了《伊索寓言选》，该书由上海商务印书馆出版，内收27篇寓言。1936年5月，林华翻译了《伊索寓言》，该书由上海启明书局出版，内收300篇寓言。1947年10月，许敬言编译了《伊索寓言选》，该书由上海商务印书馆出版，被列为“新小学文库第1集”，内收30篇寓言。

家华盛顿伊尔文的‘见闻杂记’中有一篇李迫大梦(Rip Van Winkle)便是属于这一类。格林的彼得牧羊人和高加索的求不死国的人也都是属于这一类的。”他对第三篇故事的看法是:“柳花盛(The Story of the Willow-Pattern Plate)似乎是西人因盘子而引起聊思,便捏造出一个故事来。”而第四篇,他则断定:“中国美人与鞑靼野兽(The Chinese Beauty and the Tartar Beast)简直是在套‘美人与野兽’的公式了。”①

1929 年 2 月,赵景深的著作《童话学 ABC》由世界书局出版。在《例言》中,赵景深指出,该书以民俗学作家意尔斯莱的《童话的民俗》为根据,并参酌麦苟劳克的《小说的童年》和哈特兰德的《童话学》而成,间亦参以己见。对于“童话”的定义,他指出:“童话即民间故事。”在绪论中,赵景深对童话的界定是从那些不是童话的分析入手的:第一,“童话不是小儿语”。“我们望文生义,不妨这样的解释:‘童话者,儿童所说之话也’。因之便有人将吕新吾的《小儿语》,片段的格言拿来当作童话了。这是很大的错误,童话时原始的文学,与小说有同样的组织,也是含有有趣的情节的。”第二,“童话也不是小说”。“小说是由个人创造的,童话时由民族创造的;我们可以说出小说的作者是谁,但我们却说不出童话的作者是谁。”在他看来,“那些只是教育小说或是以儿童为主旨的小说,决不是童话。童话是含有神怪分子的”。第三,童话也不是神话。“神话是有神名和地名的,童话则什么都没有,‘从前有一个人,住在城里’,‘从前’究竟是几年前,几百年前,几千年前,我们不知道;‘一个人’究竟是张三,是李四,我们也不知道;‘一个城’究竟是在上海,在伦敦,在纽约,我们也不知道。”在他看来,神话是板着面孔的,好像戏台上的正生;童话是嬉皮笑脸的,好像戏台上的小丑。“神话是‘严肃的故事’(serious story),而童话是‘游戏的故事’(play story)”。他进而指出:“本来神话和童话只是一样东西,后来因为小孩子是小野蛮,便将神话逐渐地改成童话,传给教育室里的儿童,文明的国家更拿来写成书本,辅助教育,复加以基督教的势力,神异分子日益减少,到了现在,甚至改而为趣事笑话,便连一点神异的分子也找不到了。”在剔除了上述三类非童话的形态后,赵景深给童话下了如下定义:“童话是原始民族信仰以为真而现代人视为娱乐的故事。”“童话是神话的最

① 赵景深:《亚当氏的中国童话集》,《文学周报》第 355 期,1929 年 1 月 28 日。

后形式,小说的最初形式。”①

在探讨“研究童话的派别”时,赵景深认为有“历史学派”(以为童话都是历史上的讹传)、“譬喻派”(以为童话都是比喻)、“神学派”(以为童话都是发扬基督教的经义的)、“语言学派”(以为童话都是语言上的讹传)四个研究学派。在剖析这些学派存在的问题的同时,赵景深指出:“从根本的初民心理来观察童话,是进化的人类学派的方法,也就是研究童话的正宗”②。在“童话中的初民风俗”一章中,赵景深从国家制度、婚姻风俗、食人事件三个方面分析了童话的民俗学内涵,认为原始的民族是母系制度的,进而分析了婚姻风俗带给童话的四种故事模式。

1929 年 2 月,郑振铎在《小说月报》上发表了题为《榨牛奶的女郎》的读书杂记。《榨牛奶的女郎》是伊索寓言中的一个型式,郑氏从聪明人的故事和愚人所闹的故事谈起,谈到了《堂吉诃德》中类似的故事片段。他总结这种形式所包蕴的道理:“像这样的一种故事,其骨子总是写愚人以幻想为真实,一旦忘其所以,便连他所得的最小的东西,即他的幻想的起原物,也竟成了他幻想的牺牲。”他梳理了中国的笔记里与之类似的故事:一是江盈科的《雪涛小说》,一个是青成子的《志异续编》卷七里的故事。③

1929 年 2 月,赵景深在《文学周报》上发表了《白朗的中国童话集》。白朗的中国童话集名为《中国夜谈》,与费尔德的命名相同,小题目则为《中华古国的故事》。赵景深认为:“这本《中华古国的故事》可说是糟透了,我们简直在这本书里找不出什么民间相传的故事,大半只是一些文士的创作罢了。”他简要介绍了白朗中国童话集的构成,第一部分九篇题为《中国夜谈》,几乎有二分之一是取材于《聊斋志异》的,第二部分十五篇,题为《道教故事》,可以说是全部取材于《列子》的,只有几篇是例外,第三部分八篇题为《元宵节》,大半都是取材于《中国说部》的。他认为白朗所选的五篇《聊斋》、十篇《列子》,只有《王六郎》够得上称为童话的。作者还指出白朗的中国童话集存在的两个缺点:一是译者讹误,二是插图牵强。最后,他这样总结道:“这本书这样糟,施肇基还替他做序;这关系于我国的

① 赵景深:《童话学 ABC》,上海世界书局 1929 年版,第 4 页。
② 赵景深:《童话学 ABC》,上海世界书局 1929 年版,第 6 页。
③ 西谛:《榨牛奶的女郎》,《小说月报》第 20 卷第 2 号,1929 年 2 月 10 日。

民族精神，施先生怎么不把原书校正一番再做序呢？”①

1929 年 3 月，钱杏邨的《力的文艺》由上海泰东书局出版。该书收录了《劳动的故事》，主要是对德国作家米伦女士（Herminia Zur Mullen）的童话集《劳动儿童故事》（*Fairy Tales For Workers' Children*）的评论。该童话集包含四篇童话：(1)《玫瑰花》（The Rose Has），(2)《小麻雀》（The Sparrow），(3)（小灰狗）（The Little Grey Dog），(4)《为什么？》（Why?）。阿英将这些童话和安徒生童话做了比较，认为：“只要不是空虚的混乱的唯美论者，总该可以看出谁个是时代的需要的罢。”②对《玫瑰花》《小麻雀》《小灰狗》《为什么？》的中心思想、人物特点、插图做了分析之后，阿英总结道：“这些事实的本身或许是唯美派的作家所不屑采取的，但是在穷苦的我们看来，却每一篇都是现代穷人们的孩子们所需要的食料。他们可以藉此愉悦他们的心灵，他们可以藉此认清穷苦的背景，他们更可以因着书中人物的鼓励起而谋他们本身的利益；不是消遣，不是妆饰，而是最迫切的知识！”③

1929 年 3 月，王世颖翻译的《土耳其寓言》由上海开明书店出版。该书被列为“世界少年文学丛刊：寓言 1”，内收《园丁及其妻》《苍蝇》《两少年和庖丁》《水牛和木头》《鸡和鹰》等 46 则寓言故事。卷首有王世颖的《序》，他首先对“寓言”进行了界定：“是一种含有道德教训的故事的叙述，把没有理性的动物或无生物人格化了，用有趣而有情感的形态，说起话来或动作起来。”结合土耳其寓言的特点，他论析了该寓言的特点：“一是无抵抗的默认，二是对于在位者压迫的诋毁。”④

1929 年 5 月，郑振铎在《小说月报》发表题为《老虎婆婆》的读书杂记。郑振铎认为，《小红冠》式的故事，即虎或狼一类的吃人的猛兽，变了人——常常是老太婆——去吃小孩子的故事，是世界各处都有存在着的。他比较了中国式故事与欧洲式故事的异同：“中国式的《小红冠》故事，与欧洲式的《小红冠》故事其间区别得很少。不过，欧洲式带些后来附加上去的教训意味，中国式者无之，而欧

① 赵景深：《白朗的中国童话集》，《文学周报》第 358 期，1929 年 2 月 17 日。
② 钱杏邨：《劳动儿童故事》，《力的文艺》，上海泰东图书馆 1929 年版，第 99 页。
③ 钱杏邨：《劳动儿童故事》，《力的文艺》，上海泰东图书馆 1929 年版，第 103 页。
④ 王世颖：《序》，《土耳其寓言》，王世颖译，上海开明书店 1929 年版，第Ⅴ—Ⅵ页。

洲式的小孩子为一人,中国式的小孩子则常为二人而已。其间特别相同之点,是孩子见了外婆的突然变了样子,例如,眼睛大了,身上有毛之类常要发生疑问,而猛兽外婆则常以巧辩掩饰过去。"他指出,中国式的故事最早见于记载上的是黄之隽的《虎媪传》。①

1929 年 5 月,赵景深为刘万章的《广州民间故事》作序,题为《中西民间故事的进化》,该文刊发于《文学周报》上。赵景深认为读了《广州民间故事》使他非常高兴,究其因《蛇郎》不但把"天鹅处女"拉在一起,还与"灰娘"结了姻缘,他得出了如下公式:女奶娘＝灰娘＋蛇郎＋天鹅处女。作者指出,因为环境的不同,灰娘在中国变了形状,中国人不大跳舞,在《牛奶娘》里变成了迎神赛会,西方女子跳舞的时候最出风头,中国女子看会和看戏的时候最出风头。他用《牛奶娘》《疤妹和靓妹》与《玻璃鞋》里关于穿新衣服的细节比较,还指出中西童话故事的差异:灰娘后来嫁了王子,但是中国女人的虚荣心要低一点,只想攀秀才,所以王子到了中国,便变成秀才。对此,赵景深认为这是"洋鬼子把他们的童话也搬了来,因此《蛇郎》像海绵似的,又把《灰娘》吸收了去,因为我总不相信《灰娘》是我国本来就有的童话"。他还比较了《熊人婆》和格林的《牝牡鸡》,认为格林的记载较为野蛮,而刘万章、黄泽人的较为文明,具体理由为文辞进化、道德进化和信仰进化。同时,作者还指出中国民间故事的一个特点就是"宿命论",不过这种宿命论是乐观的,不是悲观的。用常说"乐天知命"四个字大约可以说明老中国的百姓们的心理了。这种观念也影响了中国人的天财观,也在具体的民间童话故事的讲述产生了影响。②

1929 年 6 月,张清水采集了翁源著名的民间故事十篇,编成《龙王的女儿》,赵景深为该书作序,该序刊发于《文学周报》上。赵景深认为《海龙王的女儿》是属于天鹅处女式的。《嫁蛇》是《蛇郎》的异式,是蛇郎与天鹅处女连合的精致故事。《蟾蜍的故事》有一点像格林的《蛙》,即美男子变成动物,为人抚爱,魔术即解。《猎瓜麻的故事》这由牝牡鸡式、老虎外婆、梳辫故事三则故事构成。《两兄弟》是狗耕田的故事。《范丹的故事》的前半是《问活佛》的异式,后半是《天财》的异式。对于《吕洞宾的故事》,赵景深将其归纳为"吕洞宾爱扮乞丐或贫道或卖油

① 西谛:《老虎外婆》,《小说月报》第 20 卷第 5 号,1929 年 5 月 10 日。
② 赵景深:《中西民间故事的进化》,《文学周报》第 371 期,1929 年 5 月 20 日。

人，先使人暗中讨厌而不明显的讨厌他，以后再使那人的生意兴隆起来"，该篇对应公式中的第一、三、四、六、七，至于二、五、八则不妨以"试心"概括它。《彭祖的故事》共二则，第一则是长命多妻的彭祖后半的异式，第二则是综合故事。[①] 此外，赵景深还简单地介绍了《梁仙伯与祝英台》《呆女婿的故事》两篇。

1929 年 6 月，茅盾的《神话杂论》由上海世界书局出版。该书为作者对于中西方神话研究的学术论文集。在"各民族的开辟神话"中，茅盾对十三个不同地域文化的开辟神话，做了简略介绍，呈现出各国原始神话之间大体的特色与差异。他这样写道："上所引述，当然是简略，并且没有完备，但是低等民族与高等民族之想象力的差数，也颇可窥见了。"同时，他引出了另一个问题："照人类学者的说法，人类——各民族，大概就经过同一的心理发展与社会进化的阶段，那就是说，现今的文明民族在最初也会像现代尚存的低等民族一样的蒙昧无知与生活低劣；而神话的发生既在原人时代，亦即在蒙昧无知与生活低劣时代，然则现代文明民族的神话理应与现存低等民话的神话相差不多，方为合理，方能说人类学者的见解确有立脚点，为什么事实上适得其反，我们却见文明民族的开辟神话竟比低等民族的高明了许多呢？"[②]对此茅盾的解释是："既有增润色，便可知现在我们所看见的神话并非原人时代的原样，而是经过文明渐启时代的文人们修饰过了。至于现代的低等民族的神话则搜集者大都得自口述，该民族自己并无文字，完全在原始状态，故他们口头的神话也保持最原始的形式了。这果然是低等民族的不幸——他们不能像文明民族的早把丑态藏过——然而却是神话学研究者之幸，因为由此便可推知了神话的演进的痕迹，并且解决神话起源的解释。"

对于"自然界的神话"的概念，茅盾给予的定义是："所谓自然界的神话，便是 Nature myths 的翻译，即是解释自然界现象的一切神话。"[③]同时，他阐明了自然神话和开辟神话之间的区别："此与开辟神话，或天地创造的神话（Myths of Creation, or Cosmogonis Myths），原是同一种神话，但我们说开辟神话时，差不多是专指一些关于天地创造的神话，是解释天地创造的经过的有系统的神话，而在神话研究上也有这一类的区分；至于今所言'自然界的神话'，其内容就很广

① 赵景深：《〈龙王的女儿〉序》，《文学周报》第 373 期，1929 年 6 月 2 日。
② 茅盾：《各民族的开辟神话》，《神话杂论》，上海世界书局 1929 年版，第 22 页。
③ 茅盾：《自然界的神话》，《神话杂论》，上海世界书局 1929 年版，第 1 页。

复,本来不成其为独立专门的名词,仅为称呼便利起见,有这名目而已。"[①]

在论证了"自然界的神话"后,茅盾将视野转到"中国神话"上。他对中国神话的状况做了如下分析:"中国神话不但一向没有集成专书,并且散见于古书,亦复非常零碎,所以我们若想整理出一部中国神话来,是极难的。"[②]随后,茅盾对中国古代文献如《淮南子》《列子汤问》《太平御览》(该书引自《风俗通》)等书进行分析。在"希腊神话与北欧神话"中,茅盾主要阐释了两者的异同、天地开辟、众神之起源、宇宙观、自然界的现象等问题。

1929年6月,丰子恺在《小说月报》第20卷6号发表了《缘》。该文的缘起是:谢颂羔的《理想中人》再版,嘱咐丰子恺作序,"听见《理想中人》这一个书名,不暇看它的内容,心中又忙着回想前年秋日的良会的奇缘。就把这回想记在这书的卷首"。这让他回忆起前年秋天弘一法师路过上海来他江湾的寓所中小住的日子,弘一法师曾拿出一本谢颂羔的《理想中人》给丰子恺看,和他谈起谢颂羔。尽管谢颂羔是一个基督徒,但弘一法师"脸上明明表示着很盼望的神色",希望见见谢颂羔。而当"一个虔敬的佛徒和一个虔敬的基督徒相对而坐着,谈笑着",丰氏"不暇听他们的谈话,只是对着了目前的光景而瞑想世间的'缘'的奇妙:目前的良会的缘,是我所完成的"。正如弘一法师所言,"这是很奇妙的'缘'"[③]。

1929年9月,周作人为山格夫人著、赵憩之译的《性教育的示儿编》作序。《性教育的示儿编》原名《母亲对小孩说的话》,后由周作人改成现名。对于性这一话题,周作人认为:"儿童对于生命起源的注意总是真确的事实。"他援引金白在《世界日报》上发表的文章《虚伪的家庭教育观》批驳了那些不尊重生命规律的虚伪的儿童教育。这样一来,"性的事情失了美和庄严,便是以后再加科学艺术深厚的洗练,也不容易把它改变过来,这正是一个极大的损失了"。对于山格夫人被当局逮捕的事件,周作人也认为中国在这方面的禁忌也很严厉,"中国的沙门教(Shamanism)徒大约很不少罢,性教育的前途如何"?这显然无须回答。对于这本书,周作人的意见是:"她这本书我希望于中国谈性教育的,贤明的父母和

① 茅盾:《自然界的神话》,《神话杂论》,上海世界书局1929年版,第25页。
② 茅盾:《中国神话研究》,《神话杂论》,上海世界书局1929年版,第7页。
③ 丰子恺:《缘》,《小说月报》第20卷6号,1929年6月10日。

教师有点用处，可以作为性教育实施的初步的参考。"[1]

1929年9月，茅盾在《文学周报》第336、337期上刊发了两篇关于"童话保存"的文章：《希腊罗马神话的保存》和《埃及印度神话的保存》。茅盾认为，神话最初的传布必全恃口诵；而祭神的巫祝以及乐工便是最早神话的保存者。"故言神话的保存实经过二时期：第一为最初不留名的巫祝瞽师与乐工；第二为各民族古代的文学家。"就希腊罗马神话而言，他认为有四种人保存过神话：一是预言家，二是乐工与行吟诗人，三是诗人与悲剧家，四是历史学家。[2] 埃及神话藉三项材料而保存至今：一为《金塔文》，一为《芦纸抄本之颂歌》，一为《死人之书》。印度神话保存于两种古书里，一是《吠陀经》，一是印度的史诗《马哈巴拉泰》与《拉马耶那》。[3]

1929年10月，巴利的童话小说《潘彼得》经梁实秋翻译后，由上海新月书店出版。此后，《潘彼得》多次被人翻译[4]。《潘彼得》原为儿童剧，为儿童读者所喜爱，后被翻译成儿童小说，在儿童文学界深受好评。叶公超为该书作序，他这样写道："潘彼得可说是近代宗教戏剧方面的一大贡献：这剧的目的是要表现宇宙间那种永在的儿童精神；所以潘彼得就是'永恒'的象征；他重新提醒我们，这世间的主人还是青春的大地和儿童的幻梦；生长，无论在任何生活中，委实不过是一条日暮的穷途，一出天演的悲剧。这句话大概对于新旧的女子都无须十分解释；虽然多半的女子仍情愿先努她们前半生的眼力去掩盖她们生长的表记，这当然不能不说是男子的罪恶。宇宙间万物之动静盛衰，都是一种永在的生的实力在那里维持的；无论是上帝，或是科学，这种永恒的生力在我们的眼光中就好像是潘彼得的精神——一种永长而不长成的东西。我想，人生唯一最重要的原力就是儿童时代那种放任的玩耍精神；假使人类一旦失去了这种原力，这宇宙间便没有我们人的地位了。我们大家都经验过在玩耍时的快乐，或是想念玩耍的快

① 周作人：《〈性教育的示儿编〉序》，《北新》第3卷第17号，1929年9月16日。

② 玄珠：《希腊罗马神话的保存》，《文学周报》第336期，1928年9月23日。

③ 玄珠：《埃及印度神话的保存》，《文学周报》第337期，1928年9月30日。

④ 1931年1月，徐应昶重述了《潘彼得》，该译作作为"世界儿童文学丛书"之一由上海商务印书馆出版。1933年4月，张匡根据亚康南之节本译出《仙童潘彼得》，该译作作为"世界少年文库32"由上海世界书局出版。1934年2月，天澍编译了《巴利童话集》，内收《潘彼得》《花园大旅行》等6篇童话。1938年3月，夏莱蒂翻译了《潘彼得》，该书作为"世界文学名著"丛书的一种由上海启明书局出版。

乐,因为在日常生活中往往不知不觉便玩要起来,可惜我们成人之所谓玩要当然不能和潘彼得一样;他才是代表纯粹玩要精神的结晶,我们不过偶尔有这种的冲动,但已不能完全享受玩要的快乐了。”①

1929年11月,许广平根据林房雄的日译本转译了德国作家至尔·妙伦的长篇童话《小彼得》(原名《小彼得的朋友们讲的故事》),该书由上海春潮书局出版发行。书前有鲁迅的《〈小彼得〉译本序》,他指出:“作者的本意,是写给劳动者的孩子们看的,但输入中国,结果却又不如此……总而言之,这作品一经搬家,效果已大不如作者的意料。倘使硬要加上一种意义,那么,至多,也许可以供成人而不失赤子之心的,或并未劳动而不忘勤劳大众的人们的一览,或者给留心世界文学的人们,报告现代劳动者文学界中,有这样的一位作家,这样的一种作品罢了。”②

1929年11月,许地山翻译印度作家戴伯诃利的《孟加拉民间故事》由商务印书馆出版。该故事集内收《死新郎》《骊龙珠》《三宝罐》《罗刹国》《鲛人泪》《吉祥子》《七母子》《宝扇缘》等22篇。在卷首,许地山交代其翻译该书的动机:“我译述这二十二段故事的动机,一来是因为我对‘民俗学’(Folklore)的研究很有兴趣,觉得中国有许多民间故事是从印度辗转流入的,多译些印度的故事,对于研究中国民俗学必定很有帮助;二来是因为今年春间芝子问我要小说看,我自己许久没动笔了,一时也写不了许多,不如就用两三个月的工夫译述一二十段故事来给她看,更能使她满足。”许地山将故事分为三类:神话、传说和野乘。学者将神话和传说界定为“认真说”,将野乘界定为“游戏说”。凡认真说的故事都是神圣的故事,游戏说则是庸俗的故事。野乘常比神话和传说短,并且注重道德的教训,常寓一种训诫,所以这类故事常缩短为寓言(Fables)。寓言常以兽类的品性抽象地说明人类的道德关系,其中每含有滑稽成分,使听者发噱。为方便起见,学者另分野乘为禽语(Beast-Tales)、谐语(Drolls)、集语(Cumulative Tales)及喻言(Apologues)四种。③ 在《〈蒙古故事集〉序》中,周作人高度评价许地山对于印度民间文化的推介,“我希望许先生

① 叶公超:《〈潘彼得〉序》,巴利《潘彼得》梁实秋译,上海新月书店1929年版,第1页。
② 鲁迅:《〈小彼得〉译本序》,至尔·妙伦《小彼得》,徐霞译,上海春潮书局1929年版,第1—2页。
③ 许地山:《序》,戴伯诃利《孟加拉民间故事》,许地山译,上海商务印书馆1929年版,第1—2页。

能够继续地做这种有益的工作”[①]。

1929 年 11 月，高君箴翻译了德国作家瓦格纳《尼伯龙根的指环》中的《莱茵河黄金》，该译作刊发于《小说月报》上。《莱茵河黄金》是《尼伯龙根的指环》四连剧的序幕，共八章，主要讲述了莱茵河底有莱茵女仙守卫之魔金，取以铸成指环，即可统治世界，但其人必须事先弃绝爱情。尼伯龙根侏儒阿尔贝里希受到女仙的嘲弄，得不到她们的爱情，愤而宣誓弃绝爱情，夺得魔金，铸成指环，成为世界之主。在该译作后，有郑振铎校译的感想：“这个故事很有趣，是有大名的《尼卜朗歌》的一个转变。也就是大音乐家魏格纳(Wagner)的从《莱茵河黄金》以下三部不朽的歌剧的本事。读者试以此与《文学大纲》第二册中所述的《尼卜朗歌》故事比较，便可以知道他们是如何相异。现在，特请君箴把这篇译出。以故事而论，这也是很好的给儿童看的一篇故事。君箴译完后要我校改一下。连日忙着收拾行装，不能动笔。于是便把它带到 Athos 上来，在海上费一天功夫把它校改好了。”[②]

1929 年 11 月，赵景深的《民间故事杂抄》发表于《文学周报》第 376 期。在“桃花女圆法”中，赵景深由钟敬文和江绍原的研究提起“桃花女的故事”，引出贺昌群所谓“这故事在元朝即已有之”的说法，贺氏认为元曲选中就有桃花女破法下嫁周公的故事，并说明了其中的异同。在翻阅清人的笔记后，赵景深却认为“关于下嫁习俗，对于民俗学者却仍是有用的”，所以他特地将这个习俗摘录来呈给江绍原。因为“西谛在中国文学研究上有一篇《螺壳中的女郎》，而且他偶然在程麟的《此中人语》中看到这篇故事”，因此他特地将田螺精故事的转变呈抄给郑振铎。关于“吕洞宾的故事”，赵氏认为民间相传的吕洞宾的故事，很多“并不一定是吕洞宾，只因吕洞宾实为妇孺所通晓，名气很大，于是一切仙人的传说，只要是帮助穷苦的善人的故事，便都在吕洞宾身上了，这差不多是传说的普通命运”[③]。

1929 年 12 月，王人路在《教育杂志》第 21 卷 12 期上发表了《儿童读物的分类和选择》。王人路将儿童文学分为“纯文学”和“文学化的科学”两部分，把“纯

① 岂明：《〈蒙古故事集〉序》，《骆驼草》第 5 期，1930 年 6 月 9 日。
② 魏格纳：《莱茵河黄金》，高君箴译，《小说月报》第 20 卷第 11 号，1929 年 11 月 10 日。
③ 赵景深：《民间故事杂抄》，《文学周报》第 376 期，1929 年 11 月 24 日。

文学”分为“韵文的”和“散文的”两类,“文学化的科学”分为“关于自然的”“关于卫生常识的”“关于社会的”三类。在第二部分“儿童读物的分类”中,王人路将其分为18类:(1) 儿歌,(2) 童谣,(3) 民歌,(4) 笑话,(5) 童话,(6) 神话,(7) 神仙故事,(8) 故事,(9) 自然故事,(10) 诗,(11) 谜语,(12) 谚语,(13) 寓言,(14) 歌剧,(15) 剧本,(16) 小说,(17) 传记,(18) 论说。最后,作者就“关于歌谣和诗词”“关于笑话和语言”“关于童话、神话、故事和小说”“关于谜语和科学游戏等等”“关于歌剧和剧本”[①]五个方面的选择标准问题展开论述。

1929年12月,《教育杂志》第21卷12号刊登了美国学者 Porter Lander Macclintock 的《儿童的文学教育》[②]。该文主要通过概念分析的方法来对美国的儿童文学教育做出总结,通过文学、教育、儿童三个角度来讨论儿童文学,这显然对于中国的儿童文学教育具有一定的指导和参考价值。正如作者在前文中所说:“文学的界说也很难确定”,因此儿童文学也是“难被封锁在书本里的”。有趣的是,作者在该文中还特别提到了中国的儿童文学教育:“中国从来的儿童教科书中只充溢了干燥的零碎的知识,儿童读之,毫不发生兴趣。时至今日,儿童的文学教育已渐渐惹一般教育家的注意,而在小学校中文学课本几有侵占其他学科地位的趋势。在几部儿童教科书中也可以找得到儿童文学的文字了。加以新的教授法,儿童之爱好儿童文学正如爱好玩具般地热烈,而且所受的熏陶当不浅显。”在美国,儿童的文学教育更其为一般教育家所注意,事实上美国当初和中国一样,他们的“儿童文学的教材实在太少,甚至可以说没有”。对于教师的“儿童文学观”,作者也强调:“它应该一种研究、消化和同化”,同时它也应该“受一种严重的批评”。他还特别提到了一些优秀的儿童文学作品:“加乐尔(Carol)、史蒂文生(Stevenson)、帕特尔(Pater)、霍布特曼(Hauptman),他们的《阿丽思》(Alice)、《儿童之花园》(The Child's Garden)、《屋中的儿童》(The Child in the House)、《汉纳尔》(Hannel)。”[③]

---

① 王人路:《儿童读物的分类和选择》,《教育杂志》第21卷12期,1929年12月25日。
② 本文选自“Literature in the Elementary School”一文,《教育杂志》中的文章节选自该文的第一章。
③ Porter Lander Macclintock:《儿童的文学教育》,《教育杂志》第21卷12号,1929年12月25日。

1930 年

1930 年 1 月,《小说月报》第 21 卷第 1 号开始连载郑振铎(署名西谛)的《希腊罗马神话传说中的英雄传说》(后文连载于 1930 年 2 月 10 日《小说月报》第 21 卷第 2 号、1930 年 3 月 10 日《小说月报》第 21 卷第 3 号、1930 年 4 月 10 日《小说月报》第 21 卷第 4 号、1930 年 5 月 10 日《小说月报》第 21 卷第 5 号、1930 年 6 月 10 日《小说月报》第 21 卷第 6 号、1930 年 7 月 10 日《小说月报》第 21 卷第 7 号、1930 年 8 月 10 日《小说月报》第 21 卷第 8 号、1930 年 9 月 10 日《小说月报》第 21 卷第 9 号、1930 年 10 月 10 日《小说月报》第 21 卷第 10 号、1931 年 1 月 10 日《小说月报》第 21 卷第 1 号、1931 年 2 月 10 日《小说月报》第 21 卷第 2 号、1931 年 3 月 10 日《小说月报》第 21 卷第 3 号、1931 年 4 月 10 日《小说月报》第 21 卷第 4 号、1931 年 5 月 10 日《小说月报》第 21 卷第 5 号)和徐调孚翻译的瑞典作家苏特堡的儿童小说《火烧的城》。

1930 年 1 月,顾均正翻译英国作家萨克莱的童话《玫瑰与指环》由上海开明书店出版。该书被列入"世界少年文学丛刊:童话 7"。在书前,有顾均正撰写的《译者的话》,他简要地介绍了萨克莱的生平:"他是一个很矛盾的人——仪表粗恶,态度却很精雅;做事脚踏实地,却又常常迷恋于感伤与偏见的浪漫的蜃楼;一方面是个常带泪痕的犬儒主义信徒,一方面却是个相信任何人之长处的乐观者。"在他看来,萨克莱所获得荣誉"全在他的悸动与差不多是令人悲不自胜的活力;他忍受,他苦笑,他沉思,他感伤,而当我们跑近他的身旁,望见了他的大眼睛的光辉时,我们就分享着他的情绪"①。此后,《玫瑰与指环》被其他人翻译出版,有多个中译版本②。

① 顾均正:《译者的话》,萨克莱《玫瑰与指环》,顾均正译,上海开明书店 1930 年版,第Ⅱ—Ⅲ页。

② 1933 年 2 月,陈征麟翻译萨克莱的《玫瑰与指环》由上海世界书局出版,该书被列为"世界少年文库 27"。1937 年 1 月,叶炽强翻译的《玫瑰与指环》由上海启明书局出版,该书被列为"世界文学名著"的一种。

1930年1月,叶圣陶的童话《古代英雄的石像》发表于《中学生》创刊号。这篇童话主要讲述一个雕刻家,用石头雕刻成了一个古代英雄的石像,把它放在了市区广场的最中央。从此,人们便天天来跪拜和瞻仰这位英雄。看到人们那么尊敬它,石像觉得自己至高无上,而认为那些搭台子的石子们没有用。它得意地对下面的石块说:"你们算得了什么呢?"下面的石头也"回敬"它,说它没支撑点,"忘了从前,也忘了现在"①。于是,石像在一夜之间就倒塌了。后来,人们修马路把石块重新排列整齐,铺成了结实的路。

1930年1月,丰子恺在《中学生》第1号发表了《美与同情》。该文主要阐释了丰子恺的艺术观。在文章中,丰子恺对儿童进行了礼赞:"在这里我们不得不赞美儿童了。因为儿童大都是最富于同情的,且共同情不但及于人类,又自然地及于猫犬,花草,鸟蝶,鱼虫,玩具等一切事物,他们认真地对猫犬说话,认真地和花接吻,认真地和人像[玩偶,娃娃](doll)玩耍,其心比艺术家的心真切而自然得多!他们往往能注意大人们所不能注意的事,发见大人们所不能发见的点。所以儿童的本质是艺术的。换言之,即人类本来是艺术的,本来是富于同情的。"他还着重介绍了西方艺术者论艺术的思想,尤其是"感情移入"说,他觉得这种"自我没入的行为","在儿童的生活中为最多。他们往往把兴趣深深地没入在游戏中,而忘却自身的饥寒与疲劳。圣书中说:你们不像小孩子,便不得进入天国。小孩子真是人生的黄金时代!我们的黄金时代虽然已经过去,但我们可以因了艺术的修养而重新面见这幸福,仁爱,而和平的世界"②。

1930年2月,张雪门编的《儿童文学讲义》(上编)由香山慈幼院出版。该书被列为"幼稚师范丛书"之一。在《自序》中,张雪门指出:"我编纂这一部儿童文学讲义,根据于第三院女师范四年级授课的材料,我的旨趣,想养成她们自动研究——读书的方法,并不想供给她们若干的教材。"③同年4月,张雪门又出版了《儿童文学讲义》中编,该书着重介绍了童话、史地故事、笑话、韵文、图画故事等儿童文学文体。在介绍上述文体时,张雪门提出了如下"预习问题":试与科学故事相比并寻出其不同之点、试与寓言比较而略述其异同、试与第三类故事相比并

① 叶圣陶:《古代英雄的石像》,《中学生》第1号,1930年1月1日。
② 丰子恺:《美与同情》,《中学生》第1号,1930年1月1日。
③ 张雪门:《儿童文学讲义》上编,香山慈幼院1930年版,第1页。

寻出其不同之点、试与神怪故事比较而略述其异同、试另在其他的书籍或民间传说中搜得这一类的故事。①

1930 年 2 月，钱杏邨撰写了《革命的儿童与农民的新姿态——介绍戴平万的〈都市之夜〉与〈陆阿六〉》，后该文改名为《关于〈都市之夜〉及其他》编入《文艺批评集》。该文是对戴平万儿童小说的评论文章。他认为："戴平万的创作虽然不多，然而，就在这不多的量的当中，已经展开了他的初期的成就。他的创作，除去三两篇使我们不能满意而外，大多数的作品所表现的意识，在新兴文艺创作里，确实是比较健全的；技术形式，在《陆阿六》发表以前，虽没有新的开展，仍然承继着旧写实主义的方式，但也是具有着相当的基础的。"从技术上看，"他受了不少的西洋文艺的影响"，从所表现的艺术上看，"可以证明他是如何的了解革命"。在其儿童短篇作品中，钱杏邨最喜欢的是《小丰》，其次是《献给伟大的革命事业》。在描写无产阶级流氓儿童的作品中，他认为"《母亲》里的阿幸的性格展开得最明显"，尤其对于无产阶级革命的性格——"赤贫可以建设罗马"的寓言②。

1930 年 2 月，赵景深的《民间故事丛话》由国立中山大学语言历史研究所发行，该书由民俗学会编审，志读书社合记发行。其中，《亚当氏的中国童话集》一文发表于《文学周报》第 355 期，1929 年 1 月 28 日；《白朗的中国童话集》一文发表于《文学周报》第 358 期，1929 年 2 月 17 日；《中西民间故事的进化》一文发表于《文学周报》第 371 期，1929 年 5 月 20 日；《海龙王的女儿序》一文发表于《文学周报》第 373 期，1929 年 6 月 2 日；《民间故事杂抄》发表于《文学周报》第 376 期，1929 年 11 月 24 日。内容详见前文。

《孙毓修童话的来源》一文发表，孙毓修已经逝世。赵景深认为孙毓修对于他们一代人的童年生活做出了相当大的贡献。他指出孙毓修所编写的"七十七种童话中有二十九种是中国历史故事"，保留"西洋民间故事和名著，有四十八种，他们的来源，我疑心有一小半是取材于故事读本，而不是取材于专书的"③，

① 张雪门：《儿童文学讲义》中编，香山慈幼院 1930 年版，第 1—2 页。

② 钱杏邨：《关于〈都市之夜〉及其他》，《文艺批评集》，上海神州国光社 1930 年版，第 155 页。

③ 赵景深：《孙毓修的童话来源》，《民间故事丛话》，国立中山大学语言历史研究所 1930 年版，第 36 页。

他将这四十八种西洋民间故事和名著分为十二类:(一)希腊神话、(二)泰西武士轶事、(三)天方夜谭、(四)格林童话、(五)培罗脱童话、(六)笛福小说、(七)史威夫特小说、(八)史诗、(九)安徒生童话、(十)名著、(十一)寓言、(十二)其他。

《四游记杂识》记录了作者的一些零碎的感想,主要分为四部分:(一)南游记大约是由戏剧改编的,也就是说,先有南游记的戏剧,然后才有南游记的小说。(二)南游记与北游记可以互看。南游记叙华光救母事,北游记叙真武大帝降妖事。(三)北游记第十五回"华光大败,走去北方,祖师赶去"一节,一直到"走下中界"与南游记第五回末段"华光来到北方地界"一直到"下了中界"几乎完全相同。(四)南游记第十二回"华光与铁扇公主成亲"叙"华光"被"铁扇公主"扇到天空,一直扇到"风毒洞"停下。①

《高加索民间故事》是赵景深对郑振铎翻译的《高加索民间故事》的评论文章,他指出:"我们在这本民间故事集里,可以看到鹿是不可少的'人物'。也许还因为鹿的树枝一样的双角,向上高耸;倘若鹿站在山顶上,便可直入云端;所以才引起高加索人民的敬畏,并不仅仅是为了该地多鹿的缘故?"②赵景深对于一些民间故事的研究多采用《印欧民间故事型式表》,在后文他将该故事集和民间故事进行对比,总结出 16 种民间故事形式。

《木偶奇遇记》是赵景深的一篇读后感。他对于该童话的评价是:"木偶奇遇记是一部教育童话,其实也可说是教育小说。"他的依据是:"大约木偶要受到种种非人的待遇——如弓在树上之类,所以作者本意要直写孩子的,后来想想不大妥当,便以木偶来替代了。"同时他还指出了该童话不同于中国教育小说之处:"作者是温和的勤勉,不是严峻的申斥;是在有趣的故事里写以教训,不是抽象的训条——这就是他与我国的圣贤书不同的地方。"③

1930 年 3 月,夏丏尊翻译孟德格查的《续爱的教育》由上海开明书店出版。该书是夏丏尊根据三浦关造的日译本转译而成,被列入"世界少年文学丛刊"之

① 赵景深:《四游记杂识》,《民间故事丛话》,国立中山大学语言历史研究所 1930 年版,第 47—49 页。

② 赵景深:《高加索民间故事》,《民间故事丛话》,国立中山大学语言历史研究所 1930 年版,第 51 页。

③ 赵景深:《木偶奇遇记》,《民间故事丛话》,国立中山大学语言历史研究所 1930 年版,第 57 页。

一。书前有夏丏尊的《译者序》，他指出，《爱的教育》翻译出版后，反响很好，友人孙俍工等人督促其多翻译此类书。在他看来，"亚米契斯的《爱的教育》是感情教育，软教育，而这书所写的却是意志教育，硬教育。《爱的教育》中含有多量的感伤性，而这书却含有多量的兴奋性"①。

1930 年 3 月，赵景深带病为柏烈伟的《蒙古民间故事》作序。对于当时中国许多民间故事引起了外国学者注意这一现象，他感到非常高兴。《蒙古民间故事》属"中国民俗学会国立北京大学大学民俗丛书"之一，柏烈伟直接将蒙古文译成汉文，这让赵景深很敬佩，称柏烈伟是"中俄文化的沟通者"。当时也有一些外国学者研究中国民间故事，如美国谢尔敦（A，L. Shelton）编印了《西藏民间故事集》（*Tibetan Folk Tales*，1925 年出版于纽约 G.H. Doran 公司），英国沃康劳（Captain W.F.O. Connor）编印了《采自西藏的民间故事》（*Folk Tales from Tibet*，1906 年出版于伦敦 Hurst and Blackett，Ltd. 书店）等。同时，赵景深对该书做了简单的介绍："这本《蒙古民间故事》共分三部分，第一部分凡连续的八章，题作《波格多彼加尔马撒地汗》，雄壮瑰伟，多叙英雄战绩，如果写成韵文，真可以成为蒙古伟大的史诗，这种英雄传说我想撇开不论；第三部分车臣汗的传说只是一个短篇，我也没有什么话要说；只有第二部分是二十五个各自独立的民间故事，题名《施得图克古尔》，我想拿来与西藏的民间故事比较其异同。虽然这二十五章以王子负送神灵为线索，把这些故事贯串起来，其实这种贯串，是与《天方夜谭》中姊妹讲故事一样的无关紧要的。"②

1930 年 3 月，黄源翻译的日本作家芦古重常的《世界童话研究》由上海华通书局出版。赵景深为该书作序，他指出："这一本书涉及的范围很广，题名虽是《世界童话研究》，其实就连神话和传说以及寓言等类，也都在这本书里有扼要的叙述。只在叙述的简洁条理的清楚上，这本书已经很足使我们称赞。一切重要的神话传说故事寓言，都会恰如其分地论到。"③

就童话的起源而言，著者认为也包括了几种研究形态："研究童话是由怎样

① 夏丏尊：《译者序》，孟德格查《续爱的教育》，夏丏尊译，上海开明书店 1930 年版，第 I 页。

② 赵景深：《〈蒙古民间故事〉序》，《民间文学丛谈》，湖南人民出版社 1982 年版，第 175 页。

③ 赵景深：《〈世界童话研究〉序》，芦古重常《世界童话研究》，黄源译，上海华通书局 1930 年版，第 1 页。

的民族心理的要求而发生的，是其一种；研究童话的发生与儿童心理之关系的，又是一种；在传说学上研究童话的发生的，又是一种；还有在语言学上研究童话的发生的；也有在考古学上研究童话的发生。”对于童话的形式，著者则强调要重点考察这种形式的起源、发达和变迁。而童话的内容包括一般的内容和特殊的念头，一般的内容是指和一切的文艺品具有共通的思想和感情之内容，而特殊的内容是指特有的超自然的存在以及超自然的能力之空想。“追究这些空想的起源，寻其变迁是童话学上最必要的工作。”①

著者将童话分为三类：古典童话、口述童话和艺术童话。具体而论，古典童话是这样界定的：“在这些故事中特别是和民族历史及宗教关系较深的艺术的或思想的内容之优秀故事，或被歌咏于诗歌中，或被记录而流传于后世。遗留在这种古代的诗歌及记录中，而富有童话的要素的故事，便成为古典童话。”口述童话是这样界定的：“这种古典所遗漏而尚口传的留存后世的童话；以及到了后世，在民间新发生的，成为口传的流行的童话，便是口述童话。”艺术童话则是这样界定的：“随着文化的发达，民众的艺术的要求，以至口述童话不能满足，便将口述童话作为材料，加以艺术的雕琢，或作家自己创造新的传说，更造出别种的童话来，这种叫做艺术童话。”②

该书从印度故事、希腊神话、北欧神话、犹太神话、基督教神话、天方夜谭、伊索寓言等七种具有地域特色和民俗特色的童话形式来介绍“古典童话”，从格林童话、阿斯皮尔孙的童话、克勒特族的童话、法国的童话、意大利的童话、俄国的童话等几种童话形式来阐释“口述童话”，还从贝洛尔及朵尔诺阿的童话、哈夫的童话、安徒生的童话、克鲁诺夫的寓言、托尔斯泰的童话、王尔德的童话等六种童话形式来谈论“艺术童话”。该书出版后，在儿童文学研究界引起了较大的反响，《中华图书馆协会会报》的“新书介绍”这样评价道：“是书萃世界著名童话于一炉而冶之，内分古典童话，口述童话，艺术童话三大篇，于作家之身世、作风及其影响于世界文坛，皆有极准确深切之叙述，儿童最良之读物也。”③

1930 年 4 月，顾均正翻译的挪威作家阿斯皮尔孙的《三公主》(挪威民间故

① 芦古重常：《世界童话研究》，黄源译，上海华通书局 1930 年版，第 2 页。
② 芦古重常：《世界童话研究》，黄源译，上海华通书局 1930 年版，第 6 页。
③ 《新书介绍》，《中华图书馆协会会报》第 7 卷第 5 期，1932 年 4 月 30 日。

事集)，由上海开明书店出版，该书列入“世界少年文学丛刊：故事 1”。自 1925 年起，《文学》周报陆续刊登顾均正翻译阿斯皮尔孙的《挪威民间故事》。阿斯皮尔孙和摩伊合著的《挪威民间故事》曾由顾均正辑录，于 1926 年在《小说月报》“世界童话故事名著”专栏第 17 卷第 11 号刊登。该书内收《三公主》《富农的妻子》《海水为什么咸》《啄木鸟》《结了婚的野兔》《烟草童子》《熊与狐的故事》《反常的妇人》《牧师和教堂书记》《愚妇人》《自己的子女最美丽》《雄鸡与狐》《绿骑士》《跌在酿酒桶里的雄鸡》《草里的洋囡囡》。在该书的“序”中，顾均正指出：“民间故事犹如是开遍在荒郊的野花，不论在哪一块地方，都会自然的发育滋长。然而在全世界各处虽然尽有无数的故事，却只有德国、挪威、阿拉伯与印度的最为出名。”他介绍了阿斯皮尔孙的著作《挪威民间故事集》和《挪威树精故事》，认为这两本书“不但极受少年读者的欢迎，就是在民俗上也有很高的地位”。他认为，阿斯皮尔孙的译本最有名的是窦申脱(G. W. Dasent)的《北欧通俗故事》与《田野故事》。谈到这两部译本，顾均正笔锋一转，说道：“并不在于原文的信达，而在于译者自己文笔的流利，与适合于英国儿童的口味罢了。”①

1928 年《民俗》第 9 期发表了钟敬文的《读〈三公主〉》。顾均正曾寄给钟敬文两本译作：《风先生和雨太太》《三公主》，钟敬文看后写了该文。他首先对民间文学与文学的关系做了论析：“许多人都说，文学家是民间文学的保留者，这话大略是不错的……但是我们须知道，他们只是利用民间传说，以表现自己的感情思想及艺术，他们的作品，不是民间故事最忠实的记录，而是已经作者渲染或改造过的一种‘变形’(Transfiguration)。民间故事最忠实的记录者，非古来许多伟大的文学家，乃是最近一二世纪中少数有意于民俗的保留与研究的学人。在这个园地里，我们要首屈一指的，便是大家所熟知的格列姆，他所记录的德国民间故事，可说是开世界民间传说忠实的记录史第一页的出品。”②他将《三公主》与中国第一部依据民间故事而编成的旧小说《云中落绣鞋》在文章结构上做比较，将《愚妇人》和雅科布斯所作的《印欧民间故事型式表》中的第六十七条《三蠢人式》(Three Noodles Type)做类比。他还简略提到《重叠的故事》一篇，因为和该童话集中的《跌在酿酒桶里的雄鸡》有些类似。在他看来这些“是一种比较纯粹

① 阿斯皮尔孙：《三公主》(挪威民间故事集)，顾均正译，上海开明书店 1929 年版，第 1—2 页。
② 钟敬文：《读〈三公主〉》，《民俗》1928 年第 19—20 期，第 30 页。

的童话，因为她的内容和形式，都是大略地近于‘儿童的’，虽然我们不能说在别种民间故事，如神话、英雄传说、寓言等的状态里，绝对没有和她内容和形式上相近的，但总不见得会是大多数吧了”。对于中国的民间故事，他认为我们中国人在记录民间故事时，并没有对那些反复重写的故事引起太大的注意，“有些事属于这一类的，因为记录者的太大意或过于聪明之故，把那近似赘累的重复情节删略了”①。

与此同时，愚民在1928年的《民俗》第19—20期发表了《阿斯皮尔孙的〈三公主〉》一文。该文也是关于顾均正译作的评论文章，他将《海水为什么咸》《篮的故事》《啄木鸟》与林兰编的《鸟的故事》《烟草童子》以及《牧师和教堂书记》《乾隆王故事》《梁储故事》等做了情节和结构的对比，但作者对这些童话做分析并不仅仅就其“相似”与“通俗”而做比较研究，而是担心“若是因为太通俗，就以为不值得去记述和比较，那是大错特错了”。在“《三公主》与印欧民间故事”中，作者将静君和杨成君合译的《印欧民间故事型式表》与《三公主》做对比，提出其中的《草里的洋囡囡》与《印欧民间故事型式表》中第十八“金发式”(Goldenhair Type)有三点不同的地方：(1)《三公主》里，不是三王子而是增多至十二个王子；(2)那十一个兄弟虽嫉妒那小兄弟，但尚不至“伏杀而几死之，掠夺了新娘”的程度；(3)《三公主》里，放逐兄弟们的，不是那个小王子而是父王。② 他引用郁达夫在《过去集》中说过的“作家的个性，无论如何，总须在他的作品保留着”来说明童话故事的艺术思想特点，他认为《三公主》“虽然是从民间来的，但阿氏在许许多多的故事传说之中，严格的选集，至少于他是满意的”③。

1930年5月，《大众文艺》刊发了当年3月该杂志社组织的第二次座谈会的讨论记录。出席者有沈起予、欧佐起、孟超、邱韵铎、华汉、沈宪章、叶沉、白薇、潘汉年、田汉、周全平、钱杏邨、戴平万、洪灵菲、冯乃超、蒋光慈、陶晶孙、龚冰庐。他们就《少年大众》的编辑方针进行讨论。龚冰庐指出：“编辑的计划是暂时参考日本的《少年战旗》，用浅显的文字和插图来教导我们的儿童们。我们的目的当然是和《大众文艺》取一致的步调，不过这一栏是给少年看的。”钱杏邨指出：“给

① 钟敬文：《读〈三公主〉》，《民俗》1928年第19—20期，第31页。
② 愚民：《阿斯皮尔孙的〈三公主〉》，《民俗》1928年第19—20期，第19页。
③ 愚民：《阿斯皮尔孙的〈三公主〉》，《民俗》1928年第19—20期，第22页。

少年们以阶级的认识，并且要鼓励他们，使他们了解，并参加斗争之必要，组织之必要。在技术上，第一要用大字印刷，第二要注重插图。”华汉认为：“儿童读的东西与成人读的不同，儿童读物应该要有趣味——当然仅仅是技术上的趣味。内容方面虽则是给少年看的，但是也不能忘记了一般的大众，因为少年不过是大众的一部分。题材方面应该容纳讽刺，暴露，鼓动，教育等几种。”田汉指出：“对于少年，我们第一先要使他们懂，其次是要使他们爱。我们不论著译，文字总要通俗。……我们不妨把过去的英雄艺术化起来使他们了解，指示他们新的世界观，并改编他们日常所接近的故事以转移他们的认识，抵抗他们的封建的意识。”叶沉认为：“少年栏要多加色彩，多加插图，并时时征集小朋友们的意见。”沈起予认为，要多加插图，因为“中国文字的复杂，少年教育的不发达，所以画比文字更重要。中国注音字母假使已经普遍的话，就可以多用注音字母”。潘汉年指出：“《大众文艺》中的少年栏，当然是指工农的少年男女了。那么我们的方针应该是——仅仅是意识还不够，应该真正的少年化。采用多种方言。少理论，注重生活方面。不能单靠文字，要多加插画。”蒋光慈认为：“少年不是成年，少年有少年的兴味，成年有成年的兴味，所以《少年大众》应该大众化而且要少年化。”①

1930 年 5 月，《大众文艺》第 2 卷第 4 期开设“少年大众”栏目，该栏目的《发刊词》为：“这里的种种，都是预备给新时代的弟妹们阅读的。这个光明的时代快到了，我们的社会是不断地在进展着。也许我们所讲的种种是你们所不曾知道过，不曾看见过的；但是这些都是真的事情，而且是必定会来的。因为这些种种都是你们在学校里和家庭里所不会谈起的，大人们是始终把这些事情瞒着你们的。我们要告诉你们，过去是怎样，现在是怎样，将来又是怎样。我们要告诉你们真的事情。这是我们新编《少年大众》唯一的抱负。”②在 1930 年 6 月 1 日出版的《大众文艺》第 2 卷第 5 期、第 6 期合刊中有第 2 期的《少年大众》，包括苏尼亚的《苏俄的童子军》、冯锵的《小阿强》、钱杏邨的《那个十三岁的小孩》、樱影的《顾正鸿》、屈文翻译的《金目王子的故事》(藤森成吉著)、李允的《谁种的米》。

1930 年 5 月，阿英的《陈衡哲》改写完成，原名为《关于陈衡哲创作的考察》，后来该文收录于《文艺批评集》一书，于 1930 年 5 月由上海神州国光社出版发

① 《〈大众文艺〉第二次座谈会》，《大众文艺》第 2 卷第 4 期，1930 年 5 月 1 日。

② 《给新时期的弟妹们》，《大众文艺》第 2 卷第 4 期，1930 年 5 月 1 日。

行。在该文中,阿英特别提到了陈衡哲的儿童文学作品——《小雨点》。他引用了《小雨点》出版时任永叔给陈衡哲撰写的评价:“第一是技巧获得了相当的成功,第二是作品中表现了很锐敏的感觉,第三是作者对于人生问题有了很好的见解。”在他看来,这种评价是非常恰当的,但也提出了不同的见解:陈衡哲“创作的特色,并不在于技巧与感觉的两点,而是她能和其他的女性作家不同,能以跳出‘自序传’式的描写的圈外,很客观的,而且态度积极地描写了一切,以及创作关于人生问题的小说”。和谢冰心和黄庐隐比起来,“她是最先努力的一个”,并且“表现了(这是其他作家所做不到的)当时的民族资产阶级的最进步的意识;在形式方面,她运用了许多种不同的形式”[①]。

1930 年 6 月,《中国儿童时报》在浙江绍兴成立,1931 年 9 月 1 日迁杭州,改为《中国儿童时报》,仍为四开版面,由田锡安(执行委员会主席)、钱耕莘(编辑部主任)、何紫垣(常务编辑)三人全面主持社务,聘请李向荣为法律顾问,罗迪先、谢六逸、郑宗海、夏丏尊、陈鹤琴、俞子夷、尚仲衣、林本侨、朱兆萃、王骏声等十人为编辑顾问。该报战前的特约撰述者包括,“常识”:杨复耀、傅彬然、贾祖璋、李向荣、朱最旸;“卫生”:厉绥之、毛咸;“文艺”:钟敬文、陈得帆、高季琳(柯灵)、吕伯攸、何桂三、宋茶廷;“图画”:孙福熙、何明斋、魏寒石,另外在音乐、工艺、摄影方面均有专家撰稿。据田锡安回忆,当时他们“决定创办一份三日一刊、小型多样,内容适合小学三四年级以上程度,既可做学校时事教材、又可供儿童课外阅读”[②]的课外读物。在《发刊词》中,他们道出了创刊的出发点:“培养社会儿童与科学儿童相结合的新中国儿童”,“培养儿童看报习惯,充实儿童生活常识,增进儿童阅读能力,鼓动儿童创作兴趣——促进儿童教育”。据盛巽昌的研究:“该报头版辟有《儿童新闻》,用简洁、明了的文字介绍国内外大事件,每月还设有时事测验,充代一个阶段的小结;二版的《政治社会》,着意介绍中国历史、纪念日和国耻日的来由,用以激发儿童的爱国情感;三版设《儿童乐园》,有儿童创作,作为读者奋斗方向和奋斗目标。”[③]在以后的抗日战争中,该刊物又补充“抗建儿童”一

① 钱杏邨:《陈衡哲》,《文艺批评集》,上海神州国光社 1930 年版,第 106—107 页。

② 田锡安、何紫垣:《〈中国儿童时报〉记略》,《现代儿童报纸史料》,少年儿童出版社 1986 年版,第 1 页。

③ 盛巽昌:《解放前儿童报纸鸟瞰》,《现代儿童报纸史料》,少年儿童出版社 1986 年版,第 109 页。

条，同时提出“全国儿童总动员”的口号，于 1941 年在金华编成专书出版。为了实现抗战的目标，《中国儿童时报》的内容编排主要是：第一版以时事为主；第二、三版为科学、文艺，同时介绍必要的科学知识，提供优秀的作品；在第四版专门刊载儿童文学的创作，名字为“自己的园地”（后改为“自己的岗位”）。初期曾经彩印，报头文字由儿童轮流执笔，每月更换一次。迁入杭州之后，报纸改为黑白印，报头由教育家经子渊书写，一直到停刊。①

1930 年 6 月，周作人发表了《〈蒙古故事集〉序》。在这篇序言中，周作人非常赞赏许地山在其所译《孟加拉民间故事》的序中所指出的：“我对民俗学的研究很有兴趣，每觉得中国有许多故事是从印度展转流入的，多译些印度的故事，对于研究中国民俗学必定很有帮助。”柏列伟编译的《蒙古故事集》根据蒙古文、俄文各本，译成汉文，其价值不容忽视。周作人认为：“他的故事虽然没有那么浓厚华丽，似乎比较与天方相近，而且有些交递传述的形式也很有《一千一夜》的遗意，这是中国故事里所少见的。”②

1930 年 8 月，赵景深翻译安徒生的童话集《皇帝的新衣》由上海开明书店出版。该书被列为“世界少年文学丛刊：童话 10”，内收《豌豆上的公主》《小伊达的花》《皇帝的新衣》《坚定的锡兵》《鹳》《锁眼阿来》《接骨木女神》《天使》《祖母》《跳蛙》等 10 篇童话。卷首有徐调孚的《付印题记》，简要地介绍了所收童话的来源。他指出：“在中国，我们提起了安徒生，大概也会联想到赵景深的罢。赵先生是介绍安徒生最努力者中的一个，也是出版安徒生童话集的译本的最先的一个。不过他以前出版的几集，都是没有插图，且又校勘不精，印刷恶劣，太不适于做儿童读物了。因此他重加整理，除了《月的话》外，余者依了原著发表的次序，编为两集，归入本丛刊出版。”③

1930 年 9 月，江绍原在《现代文学》第 1 卷第 3 期发表了《读赵景深的童话论文》。该文为江绍原对于赵景深童话研究的总结与批评。虽然江绍原并不是专门研究童话的，可他通过对赵景深著作的阅读指出了以下几点问题：

① 田锡安、何紫垣：《〈中国儿童时报〉记略》，《现代儿童报纸史料》，少年儿童出版社 1986 年版，第 1 页。

② 岂明：《〈蒙古故事集〉序》，《骆驼草》第 5 期，1930 年 6 月 9 日。

③ 徐调孚：《付印题记》，安徒生《皇帝的新衣》，赵景深译，上海开明书店 1930 年版，第Ⅶ页。

一、在赵先生笔下,“童话”与“民间故事”所指的对象同。他说“童话即民间故事”;即“原始民族信以为真而现代人视为娱乐的故事”,亦即“神话的最后形式,小说的最初形式”。但“童话”一辞,在中国出现较早,而且是从日本而来,“民间故事”的名辞及其涵义则似乎是周作人先生首先指点给我们的。易言之,从前中国受了日本的影响,“讲童话大约有十年了,成绩却不很好,这是只在教育的小范围里着眼的缘故”,周先生始提醒我们这所谓“童话”者,现在我们用学术上却是变了广义,近于“民间故事”。以及“童话的分析考据的研究……能帮助研究教育童话的人了解童话的本意”。故中国从前只有编童话的人(如孙毓修),而赵景深自受了周作人的诱掖之后才走上了童话内容的研究——即所谓童话学——的道路。

二、赵在童话学上的努力,表现在:一是介绍西洋的学说。二是批评西洋人 Titman、Fielde、Lafeadio Hearn、Marten 的中国童话故事集。三是分析考据中国的童话及比较中国与非中国的童话。

三、他介绍西洋学说时所参考的书也许欠多,他研究中国童话的结果也许无甚特别惊人的,但不要忘记他从前是个“为了衣食,到处奔走”的教员。所以他的《童话论集》是(他的其他作品或许也是)“忙里偷闲压榨出来的东西”。教员生活这等清苦和西洋书籍这样缺乏的“四千年文明古国”,赵先生的这点成绩,我看已经算是很难得的了呢。

当然江绍原对于赵景深童话研究的阐述远不止于以上三方面,他还通过对《童话概要》《童话学 ABC》和《民间故事研究》的对比来指出一些存在的问题:“《童话概要》中的大部分材料似乎都是一本名为《童话学 ABC》所不能不有的。但赵先生不但为避免重复起见没这样做,而且在序中也只说‘本书系完全新编,与以前卓著童话概要……迥然不容’。呜呼,岂但迥然不同哉!‘《概要》面五六:周作人以为拿精神分析学去研究童话,也是极有趣的事,他还举希腊著名神话 Oedipus 为例,因附说及。’精神分析之光顾神话与童话,似早已成为事实:只说‘周作人以为’,不嫌太轻乎?《ABC》面十五,‘食人的事件不过是一种幻想,’—何以见得?面二十,‘万物精灵论也可称为图腾信仰’—决难同意。面三十,‘渐渐的。精灵倒起霉来，人们不去帮助他，反要使唤他了——怎知道使唤精灵是晚于崇拜精灵？又《民间故事研究》面九三说我对于哈特兰德'很有研究'。但这实在是想当然的话，再版时应该删去。"①

1930 年 9 月，在《现代文学》第 1 期第 3 卷的"批评与介绍"栏目中开设"最近出版的民间故事集"专栏。该专栏刊载了赵景深和叶德均的书信，在叶德均给赵景深的书信中提到林兰的民间童话："《换心后》内《大女儿》一篇是《灰娘》式的，但与《广州民间故事》的《牛奶娘》及《疤妹和靓妹》不同耳。您说《灰娘》是受了外来童话的影响，恐难成立。同书谷风记《老狼的故事》第三段与《瓜麻》相同，反与普通的《老虎外婆》殊异，恐怕记录有误，因前半并未预伏，而后半是忽然而来。又《瓜王》中《受气桶》一篇大约是创作的吧？至少是记录不忠实。"对于广益的四册《民间故事》，他指出四种缺点："一、记录不忠实。二、不记地名。三、至少三分之一不是民间故事。四、喜发酸腐的议论及教训。"同时他还简单论述了周作人的北大歌谣研究会及风俗调差会出版的刊物、谢云声的《福建故事》、谢六逸的《海外传说集》的一些缺点和不足。对此赵景深给叶德均的回复是："中国很早就有《灰娘》的故事，谢六逸在《水沫集》中介绍，是由日本人南方熊楠在《酉阳杂俎》续集里发现的。所以前回我疑心灰娘是受外来的影响，现在我自己也以为难以成立。此外先生论《老狼的故事》恐记录有误，《受气筒》系创作，我均有同感。"②

1930 年 10 月，方璧的《北欧神话 ABC》(上、下册)由上海世界书局出版。该书列入"ABC 丛书"，内分 23 章介绍北欧神话故事。在《例言》中，方璧指出，北欧神话没有希腊神话古老灿烂，但是欧洲文学"泉源之一脉"，因而"本编的目的即为供给文学上的关于北欧的一些古典。因此本编的方法是记述北欧神话的许多故事，而非解释北欧神话"③。

1930 年 10 月，钱杏邨的《文艺与社会倾向》由上海泰东书局出版发行。该书收录了《关于几个文艺运动者》一文，其中有一则题为"那个十三岁的小孩"的短评，该评论是根据杜君衡编译的苏联作家阿柯洛索夫的《十三岁》而阐发的，故

① 江绍原：《读赵景深的童话论文》，《现代文学》第 1 卷第 3 期，1930 年 9 月 16 日。
② 赵景深：《最近出版的民间故事集》，《现代文学》第 1 期第 3 卷，1930 年 9 月 16 日。
③ 方璧：《北欧神话 ABC》，上海世界书局 1930 年版，第 Ⅰ—Ⅱ 页。

事主要描述了一个叫凡卡的孩子因为年龄问题不能进入“共产主义青年团”的经历,最后作者祝福凡卡:“让我们祝福凡卡,让他快快地长到十四岁吧!世界上所有的孩子,都快快地长到十四岁吧!”①

1930 年 10 月,林兰的《红花女》由上海北新书局出版发行,该书于 1931 年 3 月再版。全书包括《美女摄夫》《红花女》《朱学徒》《长毛的故事》《张流钢军人宴会》《张武蟹》《小迷糊双手创帮》《一个白莲教徒》《武生遇险记》《鑽天鹞子》《包识货》《刘罗贼及其妹》《洪门会》《甘凤池》《皇命难收回三县》《江北的贼》《贼的计谋》《丁兰》《何孝子寻亲》《老人》等 20 篇童话。作者在后记中对《美女摄夫》和《梁山伯与祝英台》的故事做了比较分析:“这一篇描写秋痕做梦,过于细腻,因之也就失去忠实。花园是现代的东西,大约是这故事最近的改变,或者是述者故求雅驯。此篇很像梁山伯和祝英台的故事的末段,不过前者是女尸和男子摄入墓中,而后者是女子自己跳入墓中罢了。”对于《红花女》,他认为:“这使我忆起荷马的史诗伊利亚特,一场大战只为了女子海伦;这一篇可说是‘壳中的伊利亚特’了。裸女在城头上跳舞,记得另一个传说讲起枪炮击之,即不发响,也是‘他不’(Tabu)之一。”谈及《武生遇危记》时,他认为:“这一篇特别介绍给‘文艺上的’异物作者周作人先生。”②《丁兰》是根据孙盛的记录而写:“丁兰少丧考妣,刻木像事之如生。邻人张叔因醉来谇骂木人,并以杖击其首,兰夺剑杀之。吏至捕兰,木像为之垂泪。”原作中是张叔打木生,在这篇童话中就成了张叔打他的娘了。《老人》是属于《李迫大梦》(*Rip Van Winkle*)流的传说,不同的地方是:“普通都是少出老归,而这篇确实老出少归。”③

1930 年 10 月,大东书局创刊《现代学生》,刘大杰等编辑,1933 年 8 月停刊。该刊是一本具有思想深度的杂志,曾发表过蔡元培的《以美育代宗教》(第 1 卷第 3 期),胡适的《为什么读书》(第 1 卷第 3、5 期),郁达夫的《文学上的智的价值》(第 2 卷第 9 期)。此刊刊发的儿童文学作品主要有胡也频的儿童小说《黑骨头》(第 1 卷第 1 期),描写 14 岁的童工阿土在工人运动中成长的故事。此外,该刊

---

① 钱杏邨:《关于几个文艺运动者》,《文艺与社会倾向》,上海泰东书局 1930 年版,第 146 页。
② 林兰:《红花女》,上海北新书局 1930 年版,第 127 页。
③ 林兰:《红花女》,上海北新书局 1930 年版,第 128 页。

还推介外国优秀作家和作品,如第 2 卷第 5 期李万居的《写实健将巴尔扎克传略》等①。

1930 年 11 月,法罗拉·皮尔·薛尔登(A. L.薛尔登夫人)著、胡仲持翻译的《西藏故事集》由上海开明书店出版发行。这些故事均由法罗拉·皮尔·薛尔登博士(A. L.薛尔登夫人)在旅行中所收集到的。著者开篇即对西藏人的故事做了一番介绍:“他们的文学大都有着神圣的性质,所说到的就是他们的人种的创始,世界的构造,佛陀及其他的神异的生死,佛陀的轮回和教训。”除此之外,还有一种故事是“以占卜的,略带天文学性质的历史,还有许多充满着教义和迷信的书籍,内中也有崇拜邪神和恶魔的”。而该书里面的故事都是西藏人,“坐在天幕里边三块石头搭成,上面搁着茶壶的火炉周围的时候所讲述的”。该故事集有些迷信的成分,但整本书弥漫着“诙谐的趣味和道德底真理的教训,是我们所意想不到的”②。全书包括《聪明的蝙蝠》《老虎和青蛙》《入了坏队伙的兔》《驴子和石头》《头笨的石人》《奸狐遭殃》《人的忘恩》《贪心》《聪明的木匠》《特拉苏和女神们》等短篇童话 48 篇,西藏歌谣 1 篇(附歌谣)。

1930 年 11 月,上海文华美术图书印刷公司出版了谢颂羔翻译的《跳舞的公主》。《跳舞的公主》是格林兄弟创作的童话,该译本根据英文转译。内收《跳舞的公主》《金鹅》《和尔妈妈》《忠诚的约翰》《牧童与王》《三种职业》《音乐妙手》等 7 篇童话作品。该译本有一段介绍性的话:“《跳舞的公主》原作为英文本,名《格列姆童话集》。久已风行世界,名驰环球。现在谢颂羔先生,本其十数年从事翻译之经验,译成中文。命名《跳舞的公主》,由本公司发行。同时将英文原著,影印问世,版本与本书同样大小,定价低廉。不及原版十分之一。得此二书,可作英文翻译之楷模,尤为研究英文所不可不读。”③

1930 年 11 月,吉卜林所著、张友松翻译的童话《如此如此》由上海开明书店出版发行,该书属“世界少年文学丛刊”之一,丰子恺为童话配了漫画。该书原文一共 12 篇,其中有两篇被略去了,一篇为《袋鼠老人的歪》,另一篇为《字母是怎样造成的》。按照翻译者的说法:“由于在前一篇中,作者太在音调上取巧,无可

① 简平:《上海少年儿童报刊简史》,少年儿童出版社 2010 年版,第 40 页。
② 法罗拉·皮尔·薛尔登:《西藏故事集》,胡仲持译,上海开明书店 1930 年版,第 v 页。
③ 格列姆:《跳舞的公主》,谢颂羔译,上海文华美术图书印刷公司 1930 年版,第 1 页。

翻译,后一篇讲的是ABCD的起源,怕于中国儿童不大相宜",所以将后面两篇删去。世界少年文学丛刊编者在该书的《付印题记》中对该书有如下评价:"《如此如此》是一部非常有趣的童话。实在近代童话自安徒生的以后,我们没有见到过比这更好的作品——至少就儿童文学的见地而论。我们知道,每一个儿童都充满着求知识的欲望,他们对于各种新奇的事物,都有一种热烈的好奇心,要问:'这是什么?'吉氏就在本书的每一篇童话中,依照了科学的原理,用最巧妙,最合于事实的神话的解释,回答一两个小孩子所不能了解的问题。吉氏在这些童话中启示了近代童话的一个该走的正途,尤其是《象儿子》一文,恐怕是童话园地中的一篇最有价值的作品罢,他具有一切童话的长处,他是儿童的,文学的,科学的。儿童文学的著名研究者克利迪(Kreaelg)在他的《童话研究》(*Study of Fairy Tales*)中,曾用这一篇为例来说明近代童话的特点,他以为这一篇故事可以用估量小说的规矩来估量他,因为他有结构,有性格,有想象,有情绪。但同时他仍不失为一篇童话,因为他合于童话的规矩,即幽默,新奇,重覆,变异,以及各种语音的效应(Phonic effect)。"①在给该童话写序言时,徐调孚对于儿童文学的年龄分期提出自己的看法:"从一岁到三岁是婴儿期,三岁到十岁是幼儿期(通常又分为两期,六岁以前为前期,以后为后期),十岁到十五岁是少年期,十五岁到二十岁是青年期,我们在这里所成为的'少年文学',自然是适用于少年期的,然而一部分却也适宜于后期幼儿期的。为事实上的便宜起见,就这样的混称。"②他还对儿童文学的种类做了如下的分类与简略说明:

(一) 童话　我们在这里所称的童话,是指最狭义的童话,换句话说,就是专指Modern Fantastic Tales一类东西而言的。它是有个别的作者,因此有个别的风格而且又艺术的描写,有结构,叙事技巧与抒情并重的。安徒生、王尔德的作品,自然是属于这类,其他的像罗斯金的《金河王》、科洛提的《木偶的冒险》、金斯莱的《水孩》、拉绮尔洛孚的《尼尔奇遇记》都是。

(二) 故事　这里所谓的故事。是指"民间童话"而言的,乃是"原

① 吉卜林:《如此如此》,张友松译,上海开明书店出版社1930年版,第1—2页。
② 吉卜林:《如此如此》,张友松译,上海开明书店出版社1930年版,第3—4页。

始社会的文学”，“口述的文学”，保存在民间妇孺们的口头，藉人类交话本能而辗转相传说着，必须经了文人的记录，为写在本上的，与上一类适成相反。格列姆和阿司皮龙生等便是它们的最好的记录者。

（三）小说　这类的作品，翻译似不甚互宜，大部都要重述的。如《鲁滨逊漂流记》《瑞士家庭鲁滨逊》《吉诃德先生》《格列佛游记》《圣诞节歌》等都是极好的材料，然直译究不适用于儿童，必须加以极忠实的谨慎的重译才可。中国的固有材料，若《西游记》等亦须加以整理和节选。

（四）神话　除各民族的神话外。凡文学家利用它作题材的作品，亦须收入，如霍爽的《奇书》、丹谷的《闲话》、金司莱的《英雄》等是。

（五）传说　这类材料最适宜于少年期，大部分是保存在史诗里，我们想从希腊起来，把所有各民族的重要的史诗，都要介绍过来。

（六）寓言　我们注重在故事的本身，并不是把它作为修身的教科书用的。

（七）诗歌

（八）儿童剧

（九）名著略述　有许多伟大的作品，文辞甚为深奥，但其丰富的题材，当为儿童所喜阅！于是我们把它重新述做较为简易阅读的故事，如莎士比亚的戏曲有几篇便是适宜用这些方法的。[①]

1930 年 11 月，姚枝碧的《儿童研究概要》由上海新亚书店出版发行，该书校订者为吴静山，藏版者为陈华。姚枝碧从 1923 年开始就在前江苏第五师范教授儿童研究的课程，该书主要因为当时“出版界素材贫乏，参考材料不多”的状况而著的。该书的特色正如作者所说：“此书取材，大半辑时人名著，三分之一从西籍迻译”[②]，对于当时中国本土儿童学的研究具有较大参考价值。在“卷头语”中，姚氏引用了《新约》、歌德的《少年维特之烦恼》、卢梭的《爱弥儿》与王阳明的《训蒙大意》中涉及儿童观的名言。

① 吉卜林：《如此如此》，张友松译，上海开明书店出版社 1930 年版，第 4—6 页。
② 姚枝碧：《儿童研究概要》，上海新亚书店 1930 年版，第 1 页。

1930年11月,蒋光慈撰写《高尔基的〈我的童年〉的书前》,该文是蒋氏为林曼青(洪灵菲)翻译高尔基《我的童年》所作的序言。作者认为柯根(B. Cogan)的《高尔基论》和《伟大的十年间文学》中所论述的高尔基部分是最扼要的。他摘录了很多柯根(B. Cogan)的观点,其中有这样一段:“达到共产主义是各人各有他自己的路的。高尔基出发到共产主义的路,是一个强烈的人类的个性。他不将革命看作单是经济关系和政治组织之整理而以为革命底完成,乃是人类个性的,即从内部的人类的变革,在革命所战争的无数的战线之中,他以为这战线(个性变革),是专属于艺术家的压迫的无数的形态,行于资产阶级支配的时代,但在那时代,高尔基已由此首先觉到,人类个性的破坏人类欲求的被抑压的翼,天才的凝固,沉重的压迫,是妨碍人类的飞跃,要将人类推到地下去的是了。”①这也从宏观的角度叙述了高尔基作品创作的总体风格。而对于《我的童年》的评价,他认为:“这是一种逼切的写真,可以代表着四十年前俄罗斯的被统治的平民的一般的思想,这种思想自然是不对的,但是这只是因为时代的关系,那时候还是在君主政权的压迫之下,人民没有过问政治的可能,政治意识自然是不能够普遍地发展的。”②

1930年12月,赵景深翻译的《格林童话:金雨》由上海北新书局出版发行。该书属“格林童话之一”,于1931年6月再版,这是一本按照篇幅长短来排列的童话集。赵景深翻译该书的目的在《后记》中有所交代:“一方面固然是为了个人对于民间故事的喜爱,想探讨个究竟,一方面也是为了供给儿童们一些读物:因此顾到学习心理”,同时“这一卷里所收的,都是在简陋的《格林童话集》(指英文本)里所不易见到的故事;也就是说,都是第一次译成中文的”。该童话集的《女巫,小羊和小鱼》《光明的太阳照在头上》《从云端里拿来的打禾棒》以及《麦穗》等五篇都是从“科林斯(Collins)绘画儿童文学丛书”(Illustrated Children's Classics)本中翻译过来的,《老麻雀和他的小麻雀》《懒惰与勤谨》《金雨》《富人之墓》《十二懒人》《三种工作》《鸟王》以及《盗穴》八篇是从宝儿(H. B. Paull)夫人

---

① 蒋光慈:《高尔基的〈我的童年〉的书前》,高尔基《我的童年》,林曼青(洪灵菲)译,上海亚东图书馆出版1930年版,第10页。

② 蒋光慈:《高尔基的〈我的童年〉的书前》,高尔基《我的童年》,林曼青(洪灵菲)译,上海亚东图书馆出版1930年版,第19页。

新译的《格林童话集》中翻译过来的。[①] 他还提到在这几篇童话中流传范围极广的《墓穴》，提醒读者将该作品与他自己的著作《挪威民间故事研究》中《三公主》、直隶唐山的《小白龙》、满洲的《小英雄》、中国南方的《云中落绣鞋》、江苏灌云的《青松上的毛女》（原出处为孙佳讯的《民间童话集》之一《换心后》）、中国北方的《王大傻的故事》（原出处为《民间童话集》之四《瓜王》）以及山东的《如意葫芦》（见《大灰狼的故事》）做比较。全书包括《麦穗》《懒惰与勤谨》《从云端里拿来的打禾棒》《金雨》《女巫》《光明的太阳照在头上》《小羊和小鱼》《老麻雀和她的小麻雀》《十二懒人》《鸟王》《富人之墓》《三种工作》《盗穴》等13篇童话。

1930年12月，钟子岩在《教育杂志》上发表了《童话在教育上的价值之研究》。在"童话与道德的关系"中，钟子岩从"童话在道德教育上的价值""当作伦理的教训的童话的处置法"方面予以阐释。钟氏分析了童话的特长："一是关于某种行为，能在情绪方面使儿童从心里为它所感动。就是对于正当的行为从心底里景慕它；对于恶的行为从心底里感到嫌恶。二是借了作者或故事讲述者的伎俩，儿童自己会经验实感到自己所读到或所听到的故事中的人物的各种经验。"对于伦理教训之于童话的影响，他指出五个方面的要求："第一，使童话中所含有的教训和儿童心的发达的各阶段相适应；第二，尊重自然性；第三，须高唱精神的报酬，不可力说物质的报酬；第四，不要特别说明童话中所含有的教训；第五，在一个童话之中，毋求过多的教训。"就"童话在地理教育上的价值"而论，他阐述了童话在地理学中产生的效果："其一，使儿童从心里感到并想象出他国和别的民族所做的种种生活的活动来。其二，向只当作名称或记号被存留在儿童心中的地名和书名注入生命与感情去，使它们变成真实，并使儿童与它们亲密。其三，童话使儿童形成一种世界解释，并使其养成对于人类和人类的事业、理想有比较广大的同情。"在论及"地理教授上的传说的利用"问题时，他强调了两种方法："教地理非从乡土地理教起不可；对于那些已学完了乡土地理的儿童，渐渐教以比较广泛的国土的地理事实。"在钟子岩看来，教授历史对于儿童的真正目的在于："（一）对于人类过去的文化生活的深的理解与同情；（二）对于过去的生活和现在、未来的生活之间的密切的关系的虚心的省察；（三）对儿童的心性培

① 赵景深：《后记》，格林《格林童话：金雨》，赵景深译，上海北新书局1930年版，第99页。

养由这些而涌起来的大的人类爱。”而童话则是最好的认识工具。落实到史谭的童话的处理方法，他认为有四种方法：“(A) 从地方的故事出发；(B) 从传记的故事到社会的集团的故事；(C) 军事的故事与平和的奋斗的故事的并授；(D) 史谭传记故事应做情绪的位置。”在探讨自然界的故事的价值时，他认为要遵循：“严守事实与非事实的界限”“避去过度的人格化与道德化”“对于不可思议的要素要有真正的理解”“要求有机的统一”“科学者的逸话”五方面的原则。钟氏认为童话的价值主要体现在“童话本身的价值”中，作者总结了童话所具有的文学的优秀性是“优秀的想象”“丰富的情绪”“多样的活动”三方面。儿童阅读童话，可以采取以下途径：“(1) 将童话本身给与儿童，使他们领解了文学的意味，自己去憧憬比较高尚的文学，并与之接近；(2) 将文学上的伟人的逸话用了童话的形式给与儿童，以唤起对于文学本身的兴味；(3) 用童话的形式将高贵的文学作品的梗概给与儿童；(4) 提供特种的样本；(5) 提供作品的一部分或几部分。”①

1931年

1931年1月，光华书局创刊《新学生》，月刊，创办时由汪馥泉担任主编，撰稿人有陈望道、郁达夫、郑振铎等。光华书局对推进新文化运动有过卓越的贡献，出版了由鲁迅、冯雪峰编辑的《萌芽》月刊等一系列新文学期刊。汪馥泉是新文化运动的先驱之一，集作家、翻译家、教育家、出版家于一身，他很重视民间文学，因此在《新学生》上刊登了许多民间故事、歌谣、谚语，该刊还曾发表过钟敬文的关于风俗资料征集的文章②。

1931年1月，老舍《小坡的生日》开始连载于《小说月报》第22卷第1号，后连载于1931年2月10日《小说月报》第22卷第2号、1931年3月10日《小说月报》第22卷第3号、1931年4月10日《小说月报》第22卷第4号。

1931年1月开始，张天翼的《小林和大林》在《北斗》上连载。该童话出版

---

① 钟子岩：《童话在教育上的价值之研究》，《教育杂志》第22卷第12期，1930年12月25日。
② 简平：《上海少年儿童报刊简史》，少年儿童出版社2010年版，第40页。

后，好评如潮。胡风就曾这样写道："由《稻草人》到《大林和小林》，大概还不到十年的时间，但天翼的童话取了和《稻草人》完全不同的崭新的样相。"对于这一结论，他是这样解释的："五四运动以后不久出现的《稻草人》，不但在叶氏个人，对于当时整个新文学运动也应该是一部有意义的作品。当时从私塾的《三字经》和小学的《论说文范》等被解放出来了的一部分儿童，能够看到叶氏的用生动的想象和细腻的描写来解释自然现象甚至劳动生活的作品，不能不说是幸福的。可惜的是，那以后不但叶氏个人没有从这个成绩得到更好的发展，而且很少看到其他的致力儿童文学的作者。这个现象一直继续到《大林和小林》的出现。"①

1931 年 1 月，赵景深的《琐忆集》由上海北新书局出版发行。该书为作者的散文合集，他谈到了其小时候迷恋孙毓修编辑的《童话》集里的故事："第一次使我正式接触儿童文学的是我的祖母。我所看的，准确一点，应该说是我所听到的，是孙毓修所编的《无猫国》。这是第一次愉快的享受，至今犹难忘记，眼睛一闭，历历如见……忽然一阵锣鼓之声，打破了这静寂。平时我最喜欢看娶新娘子和抬棺材，一听见锣鼓之声，就要立刻夺门而出，这一次却不然，被那本可爱的小说所吸引，竟舍不得走，嬲着祖母念给我听，祖母就把书放得远远的，慢慢的一句一句的念了起来，从这曼长的书声音里，我知道了大男怎样到京城去找寻金子，后来又怎样流为佣仆，夜间为鼠所苦，养了一只猫，这猫又怎样被主人带去，卖给无猫的国，得了许多珍宝，大男就此发财，我把这故事温得很熟，常以大男自比，而把我的姑母比作小姐，过年的时候，把她给我压岁钱，以便双手捧着，这比拟实在不伦不类，但当时对于此书的着迷，亦已于此可见。"②

1931 年 2 月，《小说月报》第 22 卷第 2 号刊载了熊式弌翻译英国作家巴蕾的童话剧《潘彼得》(后连载于 1931 年 3 月 10 日《小说月报》第 22 卷第 3 号、1931 年 4 月 10 日《小说月报》第 22 卷第 4 号、1931 年 5 月 10 日《小说月报》第 22 卷第 5 号、1931 年 6 月 10 日《小说月报》第 22 卷第 6 号)、赵景深的《两本儿童诗集、俄国的儿童文学》(刊登于"国外文坛消息")。

1931 年 2 月，苏联作家伊林著、吴朗西翻译的作品《五年计划的故事》由上海新生命书局出版发行。该书最早发表于《社会与教育》周刊，樊仲云为其作序。

① 胡风：《关于儿童文学》，《文艺笔谈》，上海书店 1936 年版，第 67 页。
② 赵景深：《琐忆集》，上海北新书局 1931 年版，第 49—51 页。

当时,涉及“五年计划”题材的读物在数量、种类、版本上不可胜数,但正如樊仲云所说:“大抵都是数字表格的记录,这在经济统计未有充分素养的,不仅觉得枯燥无味且亦难以理解。结果是五年计划始终是一个深奥专门的建设方案,一般人到底没有了解的机会。”①对于吴朗西的译本,樊仲云认为:“对于这个深奥专门的计划,他用极浅显的道理加以说明。他以演述小说的笔法,使那枯燥单调的数字,成为生动有趣的故事。这当然是非具有文学天才的科学家不办。”除此之外,樊仲云认为该译本的另一个有点“便是优美的插图”②,这些插图是他根据伦敦的 Jonathan Cape 公司所出的本子加上的(而吴朗西则是根据纽约的 Houghton Mifflin Company 的原本所翻译),因为他认为伦敦版的黑白画,“其线条与笔触的清新巧妙,或许可以在我们的绘画界传播相当的影响”③。樊仲云在后文花了很大的篇幅来介绍苏联的五年计划和社会主义制度,返观中国,他不由地感慨道:“自辛亥革命已二十年,自广东出师北伐已既五年,结果是怎样呢? 强敌侵凌,国土沦亡,内战连年,灾祸频仍,旷观前途尚底止。孰笔至此,复何言哉! 复何言哉!”④

1931 年 2 月,刘北茂翻译的《印度寓言》由上海开明书店出版,该书被列为“世界少年文学丛刊:寓言 2”,内收 106 首印度寓言故事。在“译者的话”中,刘北茂对“寓言”进行了释义:“寓言就是寓意于言,不问其言及人类,动物或者一切无生命的东西,只求其能把人类的思想,动作,行为等都委之于他们,传达出一种或多种意义来。所以寓言又称为‘喻’……寓言与喻本来没什么分别,若要严格判别,则寓言是借着动物去指摘人类的情感与行为,譬喻是借用着较低的造物去解释较高的生命,但是总不超出这些造物的定则之外……寓言与神话相较,则两者大不相同。神话是一种自然产生的文学,太古人民对于自然的或历史的现象有了幻想,就从这个幻想力创造出一种神话来。寓言的历史虽然也很古,但原始于人类的威胁,借着有形体的东西使他明白发表出来,这就成为寓言了。”⑤

---

① 伊林:《五年计划的故事》,吴朗西译,上海新生命书局 1931 年版,第 1—2 页。
② 伊林:《五年计划的故事》,吴朗西译,上海新生命书局 1931 年版,第 2 页。
③ 伊林:《五年计划的故事》,吴朗西译,上海新生命书局 1931 年版,第 4 页。
④ 伊林:《五年计划的故事》,吴朗西译,上海新生命书局 1931 年版,第 9 页。
⑤ 刘北茂:《译者的话》,P.V. Ramaswami Raju《印度寓言》,刘北茂译,上海开明书店 1931 年版,第Ⅴ—Ⅵ页。

1931年3月，爱罗先珂的童话集《幸福的船》由上海开明书店出版发行。该书由鲁迅等人翻译，被列为“世界少年文学丛刊：童话12”。本书所收的十六篇童话中，《幸福的船》《恩宠的滥费》《学者的头》《金丝鸟的死》《一棵梨树》《无宗教者的殉死》《松孩》和《星的神》8篇是从作者的第一童话集《夜明前之歌》里译出的；《海公主与渔人》则译自第二童话集《最后的叹息》。巴金是这样评价爱罗先珂的：“我们爱他，我们也了解他”，“我们的青年确实是了解他的”，“所以在美的童话般的世界里，我们的孩子的心是和盲诗人的心共鸣的。在中国，盲诗人的作品之被人广读，大约也就是因为这个缘故罢”①。

1931年3月，“鸟言兽语”的论争起源于何健发表的《何健咨请教部改良学校课程》。他在文中说到：“民八以前，各学校国文课本，犹有文理；近日课本，每每‘狗说’‘猪说’‘鸭子说’，以及‘猫小姐’‘狗大哥’‘牛公公’之词，充溢行间，禽兽能作人言，尊称加加诸兽类，鄙俚怪诞，莫可言状。”②

1931年4月，吴研因发表《致儿童教育社社员讨论儿童读物的一封信——应否用鸟言兽语的故事》，与尚仲衣关于“鸟言兽语”的言论进行论争。吴在该文中说到：“不合情理的神怪故事，足以引起儿童恐惧、疑惑或者迷信，固然不可用，但鸟言兽语，是否就是神怪，所谓神怪的界说究竟如何？内容究竟如何？”吴研因在文中提出如下问题：“一、何为神怪故事；二、神怪故事是否应该以不合情理为取舍；三、鸟言兽语是否神怪而至于不合理？四、此类故事教学之结果究竟有何流弊，或竟毫无关系？五、尚先生所说鸟言兽语不言而专述动物生活的故事，又是什么？”他并不赞同“纯粹神话”，“不取可怕而无寓意的纯粹神话”③。

1931年5月，尚仲衣在《儿童教育》第3卷第8期上发表了《选择儿童读物的标准》一文。在这篇文章中尚仲衣将选择儿童读物的标准分为两类，一类是消极标准，一类是积极标准。他将儿童读物中的“鸟言兽语”列为消极标准的第一条。他在文中明确指出：“仲衣对于违反自然读物的态度，尚系消极的怀疑。”④在列出七条消极标准之后，尚仲衣从文学价值和兴趣价值出发阐明了他对于儿

① 巴金：《序》，爱罗先珂《幸福的船》，鲁迅等译，上海开明书店1931年版，第Ⅵ页。

② 何健：《何健咨请教部改良学校课程》，《申报·教育消息》，1931年3月5日。

③ 吴研因：《致儿童教育社社员讨论儿童读物的一封信——应否用鸟言兽语的故事》，《申报》，1931年4月29日。

④ 尚仲衣：《选择儿童读物的标准》，《儿童教育》第3卷第8期，1931年5月。

童故事选择的积极标准。由此也引起了中国儿童文学史上关于“鸟言兽语”的讨论。

针对吴研因所提出的五个问题，尚仲衣撰写《再论儿童读物——附答吴研因先生》予以回应。尚仲衣从童话的三种价值来论析童话的存在价值。“一、启发想象，科学故事及自然读物的激发想象的能力决不在童话之下。”“二、引起兴趣，幻想性不是引起兴趣的最好材料。”“三、包含教训，幻想的寓意不会被儿童接受。”通过驳斥人们常以为童话所具有的效用，尚以为，童话之危机，一正一反，进而巩固童话无用论的观点。在提出“童话无用论”之后，他表明了自己的主张：“一、务须将儿童读物和同化量名词避开且认定童话只不过是儿童读物中的极小部分，总是把童话从不流放了……二、务须将童话所占之儿童的时间削缩至最低限度……三、对于童话本身的要求，就是把童话的数量大加删削，格外审慎选择。”在文章最后，尚仲衣对于吴研因的两个疑问做了回答：“一、神怪故事是否应该以合情理不合情理为取舍？二、尚先生所说鸟兽不言而专述动物生活的故事又是什么？”[①]

为此，吴研因发表了《读尚仲衣君〈再论儿童读物〉乃知“鸟言兽语”确实不必打破》予以再商榷。吴研因认为尚仲衣并没有回答鸟言兽语是否就是神怪故事的问题。他指出：“我认为鸟言兽语有些是一种作文法中的‘拟人法’，有些是说明生活的自然故事”，“不但不能和神怪故事混为一谈，而且也不能和幻想性童话混为一谈”。并且举例说明了“固然也有许多神怪故事和‘幻想性童话’是不离鸟言兽语的，但的确有许多鸟言兽语而毫无神怪成分，且不尽含有幻想”。同时，吴研因采取了以子之矛攻子之盾的策略，他说道：“可是对鄙人的问题，所答未能十分圆满。虽未圆满，但我也觉得很满意了。”应该说吴研因抓住尚仲衣在文章中出现自相矛盾的部分。针对尚仲衣在回应中提到吉柏林的《象儿》，吴研因指出：“象儿既和鸵鸟说话，又和长颈鹿说话，并和蟒蛇及鳄鱼说话，不但有鸟言兽语，并且有蛇言鳄语。”最后，吴研因概括道：“童话固然包括一部分的神话和物话，但是物话也有两种：一种是含幻想性的，一种是自然故事。尚仲衣的言论虽不很赞

① 尚仲衣：《再论儿童读物——附答吴研因先生》，《儿童教育》第3卷第8期，1931年5月。

成物话，但他对于自然故事并没反对。"[①]二人的辩论就此拉下帷幕，这场辩论引起了巨大的反响，很多人加入这场辩论之中。

首先加入该论争的是陈鹤琴。他发表的《"鸟言兽语的读物"应当打破吗?》并没有直接辩论"鸟言兽语的读物究竟应否打破"的问题。而是转到了另外两个问题上面：一是这种读物小孩子喜欢听，喜欢看，喜欢讲吗？二是这种读物小孩子听了看了说了，究竟受到什么影响？陈鹤琴从实际生活出发得出结论："小孩子尤其在七八岁以内的，对于鸟言兽语的读物，是很喜欢听，喜欢看，喜欢表演的，这种读物，究竟有多少害处呢？可说是很少很少的，他看的时候，只觉得他们好玩而并不是真的相信的。"在这里，陈鹤琴将这种鸟言兽语的读物比作平常小孩子所需要的东西一样的，尽如"吃奶"。但他并非全然肯定鸟言兽语的价值，而是提出："不过小孩子到了大的时候，我们应当供给他看别种材料，犹如奶吃了，再给他吃别的营养料一样。"[②]

此后，儿童文艺研究社的《童话与儿童读物》也介入了这场有关"鸟言兽语"的讨论。儿童文艺研究社提出了新的观点："儿童用书中有一部分是读的，那顶多也只有儿童文艺一种。可是儿童文艺中之诗歌，大部分应该是小工人做工时之工乐，一小部分才是安慰小烦恼之作品。小孩子无论做什么事，嘴里总是唱着不停，我正好拿有意义之诗歌来代替那无意义的瞎哼。所以儿童诗歌大部分该是儿童之工乐。"在此基础上，他们认为："童话只是儿童文艺中的一小部分；儿童文艺只是儿童用书中的一小部分。"[③]对于文坛上两个争议比较大的问题，儿童文艺研究社的看法是："童话与神话不同，并不反对这种说法。至于鸟言兽语，只问所问所说的好坏，不以鸟兽而废言。"

同时，魏冰心在《世界杂志》上发表的《童话教材的商榷》也与上述"鸟言兽语"论争有关。该文对尚仲衣与吴研因二人辩论的过程做了梳理。魏冰心主张："小学低年级的国语文学，在有条件之下，应该采用童话。"[④]该观点构筑于"童话是幼儿精神生活上的食粮"与"幼儿阅读童话有益而无害"的言论之上，此前魏冰

① 吴研因：《读尚仲衣君〈再论儿童读物〉乃知"鸟言兽语"确实不必打破》，《申报》，1931 年 5 月 19 日。

② 陈鹤琴：《"鸟言兽语的读物"应当打破吗?》，《儿童教育》第 3 卷第 8 期，1931 年 5 月。

③ 儿童文艺研究社：《童话与儿童读物》，《儿童教育》第 3 卷第 8 期，1931 年 5 月。

④ 魏冰心：《童话教材的商榷》，《世界杂志》第 2 卷第 2 期，1931 年 8 月。

心曾对童话的童话性质做过分析,他认为童话分为三种:神话、传说和物话。他发现现代中国出版的小学国语读本中采取的物话最多;神话也有,但分量极少;小学国语课本里所采用童话多数是叙述动植物生活的物话,不能笼统地说鸟言兽语的物化都是神怪教材。魏冰心在文中所举的几种物话,“是用文学的描写,叙述道德的训练,或自然的现象。是利用儿童的好奇心和想象,入于科学的最便的一个桥梁,绝不含神怪的意味及太离奇太荒诞的思想”。他还探讨了“童话何以是儿童精神上的读物”的问题,指出:“儿童也是一个人也有独立的生活,他在生理上虽然和成人有所不同”,但儿童的生活上也自有物质精神两方面的需求,单独只有科学绝不能满足人的需求。他的结论是:“儿童的心理,就是初民的心理。”“初民既然把自然人格化,构成许多荒唐的神话,儿童自然也相信草木有思想,鸟兽能讲话,自然也最欢喜听那些描写动植物生活的物话。”“儿童的兴趣也随着年龄的大小而不同。低年级的儿童,喜爱听童话,高年级的儿童,喜看小说。这是因为童话小说都是情节新奇的故事,足以引起儿童的兴趣。”他还谈及美国反对童话教材的“白朗式”,与拥护童话的“克拉克式”的辩论。并坚信“童话教材是儿童精神生活的粮食”这一说法。

魏冰心将反对教材童话教材的意见归纳为三点,通过驳斥这三点的合理性来说明儿童读物是有益无害的:“白费时间,和将来的实际生活毫没有关系。”他认为:“关于第一点是不承认儿童有独立生活的,以为教给儿童的东西,应该要重实用。其实教儿童不比成人,不必顾到实用不实用,应当满足儿童生活的需要。”对于“荒谬的思想,先入为主,将来不易矫正”,作者认为“是不知道儿童的生活会生长转变”,“其实儿童的脑筋感染得易,也消减得易。并且儿童的生活是逐渐生长的转变的”。针对“童话不过训练幻想,有甚么价值”的说法,他指出:“一部分的童话,虽然含有幻想性,但也无害于将来的实际生活。”但同时他也认为:“本来科学上的发明,必先有一种空想,以此空想,诉之于无数经验,才能创造事物。”通过上述论证,作者提出自己的论点:“我国的小学国语读本中,并无过于荒唐的神话,多是采用描写动植物生活及自然现象的物话。尚先生又何必有多所疑虑,而定要打破鸟言兽语的童话!”[①]

① 魏冰心:《童话教材的商榷》,《世界杂志》第2卷第2期,1931年8月。

值得注意的是，1933 年 9 月，《教育周刊》[①]第 175 期发表了福州市第四小学邵柔杰的《低年级儿童读物用鸟言兽语与不用鸟言兽语比较试验报告》。邵柔杰主要从量化的教育学的方法研究该问题，通过一系列的表格和数据对于"鸟言兽语"的论争进行了研究，可视为上述论争的一个补充，具有一定的参考价值。

1931 年 5 月，西万提斯（Miguel de Cervantes）著、贺玉波翻译的《吉诃德先生》（*Don Quixote*）初版由上海开明书店印刷发行。原作分为上下两卷，上卷分为 4 编 52 章，下卷分为 74 章，全书总共 126 章，40 余万字。而该书是贺玉波根据英国卡林顿（N. L. Carrington）的节本翻译而成。西万提斯生于西班牙的大学区亚尔加拉（Alcala），父亲是一个走江湖的外科医生，家境贫寒，但勤奋读书，爱看武士冒险小说。后来又出国当兵，在里邦托（Lepanto）海战打败了土耳其人，却因此受了伤，被俘虏到阿尔基（Algiers）做了五年的奴隶。后来他的朋友将他赎了回来，干了很多工作，都失败了。后因为收税的事情又被抓入监狱，这部作品就是他在监狱中写成的。贺玉波对该书持有高度的评价："正如西班牙人把《吉诃德先生》看作各种智慧的宝库，正像他国人尊崇《圣经》一样。西班牙政府指令学校里的学生每日至少须读书一段《吉诃德先生》，因为这本小书可以供给读者多种的趣味。"同时他也认为："本书很像古时的传奇，充满了诙谐和生活的智慧；可以看作一幅完美的西班牙生活的书图，也许可以看作人类天性的写照。"对于该书所描述的一些人物，贺玉波认为："如吉诃德先生，牧师都诺斯亚，尤其是山差邦扎，都有一种使我们爱好的情性。即其中的流氓痞徒，也能引起我们的兴趣。作者并不隐藏书中人物的缺点，但我们读了，也能感到各种人的善良的本性。本书把西班牙各阶级的生活显露无遗。在现在看来，有许多地方，也仍可以说是现代西班牙的真实生活的写照。"[②]

1931 年 5 月，冯品兰的《儿童研究》由上海商务印书馆出版。该书属"师范小丛书"之一，丛书发行人为王云五。该书虽然是研究儿童，但对于儿童文学的参考价值也非常大。在讨论儿童教育的问题时，冯品兰指出："从教育史上看起

① 邵柔杰：《低年级儿童读物用鸟言兽语与不用鸟言兽语的比较试验报告》，《教育周刊》第 175 期，1933 年 9 月。

② 西万提斯（Miguel de Cervantes）：《吉诃德先生》，贺玉波译，上海开明书店出版社 1931 年版，第Ⅲ页。

来,教育家知道儿童的重要,实在是百年来的事情,最早人多不认识教育为重要,其次是认为教育重要,但所用的教材教法,大概依成人心理而定。直到卢梭提倡自然教育学说,教育者才晓得注意儿童的研究,后经斐斯泰洛齐,海尔巴脱,福禄培尔,蒙台梭利等提倡,更知儿童心理与成人不同,另有一种本能需要和环境,此种本能需要和环境,即为教育的根据。”①

1931 年 6 月,苏联作家 M. Ilin(伊林)著、董纯才翻译、克摩得绘画的《五年计划故事》初版由上海开明书店出版发行。对于苏联的五年计划,董纯才认为:“如果现在苏联的国运,可以说是强盛的话,如果苏联的人民,可以说比别国人民幸福的话,那么,他们的强盛和幸福,绝不是偶然从天上掉下来的,而是千百万人同心协力,有计划地干成的结果。”②通过这本书的翻译,董氏希望可以告诉小读者“怎样计划去征服自然建设一个合理的社会,他们怎样去改造人民自己,来适应新时代”③。在他看来,“伊林的作品,都可以算是不欺骗人的,有价值的‘精神食粮’,译者深切希望这类读物,能够普及到少年大众和工农大众的队伍里去”④。新中国成立后,高士其也对伊林做了极高的评价:“伊林的作品是具有高度的思想性的。它是和政治紧密地联系在一起的。应该承认没有思想性的作品,是不可能受到有高度觉悟的人民欢迎的。伊林有强烈的爱和憎,他的作品深刻地表现出对于资本主义制度的憎恨,对于旧社会黑暗统治的憎恨,对于剥削者和压迫者的憎恨。他的作品同时充满着对于科学、对于祖国、对于劳动的热爱,对于社会主义制度的热爱,对于共产主义事业的热爱。”⑤

1931 年 6 月,叶圣陶的第二部短篇童话集《古代英雄的石像》(“世界少年文学丛刊”之一)由开明书店出版。内收《古代英雄的石像》《书的夜话》《皇帝的新衣》《含羞草》《毛贼》《蚕儿和蚂蚁》《绝了种的人》《熊夫人的幼稚园》《慈儿》等童话 9 篇。丰子恺为该书作插图,并写下了读后感。在丰子恺看来,“图画只能表示静止的一瞬间的外部的形态,文章则可写出活动的经过及内容的意义。况言语为日常惯用之物,自比形色容易动人”。他回忆了生病时读到叶圣陶《皇帝的

① 冯品兰:《儿童研究》,上海商务印书馆 1931 年版,第 5 页。
② M.Ilin(伊林):《五年计划故事》,董纯才译,上海开明书店 1931 年版,第 1 页。
③ M.Ilin(伊林):《五年计划故事》,董纯才译,上海开明书店 1931 年版,第 2 页。
④ M.Ilin(伊林):《五年计划故事》,董纯才译,上海开明书店 1931 年版,第 3 页。
⑤ 高士其:《向着伊林所指引的道路前进》,《科学通报》1954 年第 2 期。

新衣》时的感想，认为该童话本身的内容早已超越了图画所能表达的意义，“只有读的时候有兴味，描画依然是为文章的内容作图解！非但无补于文章，反把文章中的变化活跃的情景用具象的形状来固定了……所以我相信读书比描画有兴味，文章比图画容易使人感到”①。

1931 年 6 月，阎哲吾编写的《学校戏剧概论》由中央书店发行。原《汉钟》杂志副主编左明为《学校戏剧概论》作代序，他明确指出，“学校戏剧在中国已有十多年的历史了”②，而该书是对于学校戏剧运动的一种回应，也是对学校戏剧成熟化所获得经验的一个简单的总结。左明高度评价了学校戏剧运动，他指出：“我们说学校戏剧运动是达到民众剧的一个不可少的阶级。”③他认为：“学校剧可以挽救一切颓风，可以避免一切外来的阻难，它不受政治及一切封建思想的牵制，它不需要迎合某一种妨碍戏剧的观众。”④其目的就是要把戏剧本身归还给民众。他还制定出了学校剧运动的步骤，归纳起来有两点：“首先最先促进有知识的青年的觉悟，其次便要促进民众自身的觉悟。”⑤

在该书的另一篇代序中，姜敬舆指出学校戏剧运动的消极意义：“我现在只想说学校戏剧运动消极的含义，说不是这样活那样，予那些误解学校学校戏剧运动的人，一个较明确的分析，我不以为这是我个人的什么主张，我仍然觉得这还是事实的问题。”⑥他指出了当时对于学校戏剧的误解：“第一个误解，就是以为学校戏剧运动是提倡学校剧的意思，学校剧在教育上有它的地位，它是偏于教育方面的，或如黄君所说，它是‘以学校为中心，编这教育问题的戏本，为学校而演剧，使教职员学生，怎样以艺术的精神去改善学校生活。’”“第二个误解，是以为学校剧运动是与民众戏剧运动对立的。以为要先‘完成了学校戏剧运动之后才可以普及民众剧’。”“第三个误解，以为学校戏剧运动是专门在学校青年中从事的意思，以为干这些运动的是这些青年人、演出来也是这批人看的，学校戏剧运动范围绝不是囿于一校园，事实上也不是，它是应当到社会上去的，演戏也应当让

① 丰子恺：《〈古代英雄的石像〉读后感》，《古代英雄的石像》，上海开明书店 1931 年版，第 83 页。
② 左明：《代序》，《学校戏剧概论》，阎哲吾编，上海中央书店 1931 年版，第 1 页。
③ 左明：《代序》，《学校戏剧概论》，阎哲吾编，上海中央书店 1931 年版，第 2 页。
④ 左明：《代序》，《学校戏剧概论》，阎哲吾编，上海中央书店 1931 年版，第 3 页。
⑤ 左明：《代序》，《学校戏剧概论》，阎哲吾编，上海中央书店 1931 年版，第 3—4 页。
⑥ 姜敬舆：《学校戏剧运动答客难》，《学校戏剧概论》，阎哲吾编，上海中央书店 1931 年版，第5 页。

社会上人看的。""第四个误解,是以为学校戏剧运动会'因剧本的提高,则稍能鉴赏戏剧的智识较低的民众却不能不退出剧场,被赶了出来'。""第五个误解,是以为学校戏剧运动会使那'依据旧社会势力而存在的尚不是克服的那纯艺术鉴赏趣味。""第六个误解,以为校园戏剧运动是适应观众的。""此外,还有以为校园戏剧运动仅是爱美的。"①

该书的第三篇代序为阎哲吾所写。围绕"学校戏剧与儿童教育""学校戏剧与艺术教育""学校戏剧与休闲教育""学校戏剧与训育""学校戏剧与教学""学校戏剧与体育""学校戏剧与社会教育"等问题,阎哲吾得出如下结论:"提倡学校戏剧于学校教育上有很深厚的意义。"②

该书的第十四章"关于学校剧与儿童剧"分别从"儿童剧的价值""儿童剧的特质""儿童剧的取材""儿童剧的表演"四个方面展开论述。就"儿童剧的价值"而言,编者将其概括为四个层面:一、扮演戏剧能修炼记忆,二、扮演戏剧能够调和声音,三、扮演喜剧能够涵养优美的丰度,四、扮演戏剧能够行动大方。③关于"儿童剧的特质"问题,编者认为:"关于儿童本剧的创作,不能以一般戏剧的材料为准备。"④他将儿童剧本的特质归纳为五点:一、儿童的,二、教育的,三、心理的,四、动作的,五、神幻的。"儿童剧的取材"所包括的范畴,编者将其归纳为六种:历史、传记、故事、小说、神话和寓言。

1931年8月,英国作家查理斯·金斯莱的长篇童话 The Water Babies,经王清溪翻译后,以《水孩》为书名在上海儿童书局出版。1931年11月,杨镇华翻译该童话后,以《水婴孩》为书名在上海世界书局出版。1932年1月,赖恒信、肖潞峰重译了该童话后,以《水孩》为书名在上海开明书店出版,该书被列为"世界少年文学丛刊:童话18"。1936年5月,应瑛根据 J.H.Stickneg 编定的节本重译《水婴孩》,由上海启明书局出版。1947年6月,严既澄将该童话翻译为《水孩子》(上、下册),由上海商务印书馆出版。

1931年8月,张匡发表《儿童读物的探讨》最后加入"鸟言兽语"论战。张匡

① 姜敬舆:《学校戏剧运动答客难》,《学校戏剧概论》,上海中央书店1931年版,第5—9页。
② 阎哲吾:《学校戏剧与学校教育》,《学校戏剧概论》,上海中央书店1931年版,第10—16页。
③ 阎哲吾编:《学校戏剧概论》,上海中央书店1931年版,第88—89页。
④ 阎哲吾编:《学校戏剧概论》,上海中央书店1931年版,第90页。

认为成人有成人时代的价值，儿童有儿童时代的价值。说到读物方面也不例外，成人有成人的读物，儿童应该有儿童的读物，儿童读物另有一个领域，不能用成人的心理和经验去推测。通过儿童读物的选材问题入手。张匡首先列举了儿童对于神话物话的兴趣调查，得出结论是“初级小学的儿童对神话故事及物话均有相当的信仰和性味”。既然如此，“教师不妨善为利用”。进而提出了童话的选择标准：“1. 无封建思想——有封建思想的文字，不使混入，就是国王，王后，王子，公主等材料，皆在摈弃之列。……2. 适合国情——上面说到翻译作品当根据社会为背景，其次当注意本国的国情和适合本国儿童的经验……3. 勿取有迷信的材料——迷信的材料在民间文艺中间为最多……但是民间文艺中也有一小部分材料可以来充儿童应用。选择时最要注意下面两个条件，a. 避免神怪民间故事中关于鬼的故事占据了重要部分……这些故事足以引起儿童恐惧性影响的儿童心理与生理危害非浅，那是绝对不可采用的。但是对于神话故事，尽不妨相当的采用。b. 勿违反科学——父老辈常讲给儿童听，天上有雷公电母，这便是违反科学的。但是讲鸡犬争功等故事，倒也无妨。……不过要注意一点，就是不可违背物性。”①他的结论是神话和物话是可以用的，只要不违反上面以上几个条件。

1931 年 8 月，陈伯吹长篇童话《续阿丽思游记》在《小学生》上连载。1932 年 12 月由北新书局出版单行本时改名《阿丽思小姐》。赵景深为该书撰写“前言”，他指出该书是切近儿童的生活的，该书不仅教给儿童“识名”“思辨”和“认真”，而且教给他们“怎样作文”。在其“重版前言”中，陈伯吹写道，阿丽思的中国游记是“让她到半封建半殖民的中国看看”。有感于“九·一八事变”，他让主人公“从梦游中回到现实生活上来，从游戏生活的途中走上关心国家大事的生活漩涡里去”②。在读了《阿丽思小姐》后，翻译家康同衍给陈伯吹写信，评价：“《阿丽思小姐》即日就一口气地读完了。我不禁替中国的、全世界的孩子们庆幸：有一位这样好的母亲，在不断地绞脑汁，写出这许多划时代的她们需要的东西来教育她们。”③

1931 年 8 月，陶行知发表《儿童科学丛书编辑原则》一文。该文主要阐明儿

① 张匡：《儿童读物的探讨》，《世界杂志》第 2 卷第 2 期，1931 年 8 月。
② 陈伯吹：《蹩脚的“自画像”》，叶圣陶等《我和儿童文学》，少年儿童出版社 1990 年版，第 31 页。
③ 《康同衍女士信札》，《陈伯吹文集》第 1 卷，少年儿童出版社 1989 年版，第 455 页。

童科学丛书的编辑原则,陶行知认为“本丛书是一部以儿童生活为中心,以教学做合一为方法的儿童科学书。”其中编辑原则内容如下:

(一)新时代的儿童,是一个广义的小工人,小工人所需要的,不是读的书而是用的书。

(二)小工人的工作是一点小试验,小建设,小生产,小改革;他所要用的书便是小试验指南,小建设指南,小生产指南,小改革指南。

(三)要想把工做得好,必须有动作,有思想,有新价值之产生。所以本丛书努力发挥以上三种力量:

(甲)能够引导儿童喜欢去动作,喜欢去干了一个动作又干一个动作;

(乙)能够引导儿童喜欢去思想,喜欢去想了又想;

(丙)能够引导儿童喜欢去运用动作思想以产生新价值,新而又新的价值。

(四)书中直接或间接指导做的目的,做的方法,做的工具,做的材料,做的理论,做的演进,做的各方面之关系。遇必要时特指示做的预算,做的组织,做的时令,做的地名,做的参考书。

(五)在那些含有渐进性质之工作中,尤注意于引导儿童由浅入深,由易而难,用有兴趣的有意义的图画表示出来,从第一步做到第二步,从第二步到第三步,……

(六)本丛书努力搜罗世界最新的科学知识,并充分运用本国材料、工具及最经济之方法。①

1931年9月,《小朋友》杂志刊出“抗日救国专刊”。该刊发表了热情洋溢的宣言:“这次日本军队在东三省逞蛮暴动,侵略我们的国土,凡是中华民国的国民,当然非常愤慨;对于东北军队的不和他们抵抗,把枪械白白地缴给敌人,尤其觉得气愤。本刊的读者,虽然都是年幼的小朋友,但他们在读书的时候,听先生

① 陶行知:《儿童科学丛书编辑原则》,《儿童科学丛书》,1931年8月。

说‘军队是卫国卫民的’。这次东北的军队,既不能卫国,又不能卫民,所以有很多读者,竟来信要求本社替他们解释军队的用处,由此可见就是年幼的小朋友,心中也是很愤慨的。但是,小朋友,日本政府处心积虑,打算侵占我们的东三省,已有多年了,我们却一直不知道防备,所以如今虽想防御,已是来不及了！现在过去的事且不必说;诸君都是我国将来的主人翁,让我们除去现在能尽的责任,如不用日货等外,应当吃苦勤劳,锻炼身体,努力求学,增进知识;对国际的情形,仔细研究,拆穿日本的阴谋,到那时,我们建成了一个强盛的国家,还有谁敢来欺侮我们呢！可爱可敬的小朋友啊！我愿你努力,努力,努力不息！现在暂时受辱,算得什么呢！”①

次日,《小朋友》刊发《国难临头　奋起救国》的文章,该文首先援引了《小朋友》附刊《每周新闻》号外:“九月十八日下午十时日本兵在东三省暴动!!! 眼看他们:杀了吾国的同胞！逼缴吾国军警的枪械！逮捕吾国的官吏！占据官署、兵工厂、飞机场……侵占辽宁、吉林两省各地！威逼东北四省独立,造成第二朝鲜！飞机掷炸弹,追击北宁火车,避难民众无辜惨死！吾国军警奉长官命令,不和他们抵抗,致使日本兵越加逞强,十天之内,占地二十余万方里,如入无人之境！”为此,《小朋友》发出如下倡议:“全国的小朋友！亲爱的小朋友！国难临头,我们应该快快奋起,一致努力救国！努力救国！”②

1931 年 10 月,《小朋友》号外上发表了一个小读者对日本侵略我国的苦恼和疑问。中华书局编辑所所长舒新城 4 次回信,不但热情鼓励和嘉许小读者的爱国热忱,还进一步指点他如何寻找救国的方法。舒新城写道:“第一要把国仇国耻,永远存在心里,一直到报仇雪耻之后;第二是不要买日本货,使日本先感受经济上的痛苦;第三是努力求学,更要留心关于日本的事情,有了学问知识,才可以对付敌人;第四是要切实替家里做事,使祖母、小姨们减少些家务事务,可以多办些国家事务,这是许多救国方法之中的几种……”③。

1931 年 10 月,许达年翻译、朱文叔校对的《日本童话集》由上海中华书局出版。该书被列为“学生文学丛书”之一,内收《桃太郎》《金太郎》《吝啬汉拔牙》《猴

① 《小朋友》第 481 期,1931 年 9 月 23 日。
② 《小朋友》第 482 期,1931 年 10 月 1 日。
③ 《小朋友》第 482 期,1931 年 10 月 1 日。

蟹交战》《窃贼受骗》《罗生门》《断腰雀》等25篇童话。卷首有许达年的《译者序》,他比照了日本童话与西洋童话的区别:“说到童话,日本的比较西洋传来的,尤其和我国的风趣非常接近,第一,日本童话在结构上,大概是素朴的,简单的,不像西洋童话那么复杂,那么富于剧的要素。第二,日本童话的取材,大都是光明的,轻快的,不像西洋童话的富于幻怪和残虐的凄惨性;童话所叙述的妖怪或恶魔,大半是生性滑稽,阳气奕奕的。第三,日本童话中的主人公,大半是乡村中间的老公公和老婆婆,不像西洋童话中大都是王子和公主。所以前者的风趣是平明的,田园的,家族的;而后者的风趣是贵族的,都会的。”①

1931年10月,朱文印在《妇女杂志》上发表文章《童话作法之研究》,重点探讨童话创作的具体问题。在朱文印看来,童话并非简单的只是儿童文艺之一种,而且还是儿童教育的工具,其来源有三个方面:第一从古代传承下来已成的童话里头加以选择,第二就这些已成的童话加以增删修改,第三是完全由于新作而产生。由于脱离原始社会的情境,现代人很难还原过去,那些原始童话都是“被生成的东西”,而完全不是“被作成的东西”。因而对于童话的制作的方法是将自然形成的古代传承下来的童话以及艺术的再表现、模拟和改作。就童话的开端而言,朱文印认为发端必须简单明了,具有刺激官感的作用,具有一般儿童所共同欣赏的对象,绝对不可附加什么序言,必须选用记述体。而童话的主体部分的制作,朱文印则认为在未达到全篇之终结以前,到处要充满着悬宕的延续,在内容上要以渐层的进程趋向终结,在内容上必须保持其有机的统一。对于童话内“大团圆”部分,朱文印主张大团圆应该成为全篇漩涡的中心,应该有感人的惊愕作用。对于童话的结论,他认为在结构上必须给人以安息之感、尽力避免提示某种教训。最后,他总结道:“要制作优秀的童话,则在其构成上必须具有:一、能唤起兴趣与好奇的发端,二、统一而简明的本干,三、能使情绪紧张的团圆,四、有着落的结论。”②

1931年10月,舒新城为《小朋友》创刊十周年撰写了纪念文章《寄〈小朋友〉》。该文首先祝贺《小朋友》创刊十周年,也祝贺那些能阅读《小朋友》的小读者们。作者指出,今年全国的大水灾让很多人生活在困难之中,他期待小读者们

---

① 许达年:《译者序》,《日本童话集》,许达年译,朱文叔校,上海中华书局1931年版,第1页。

② 朱文印:《童话作法之研究》,《妇女杂志》第17卷第10号,1931年10月1日。

能本着同情心去帮助他们，同时也要好好求学，“学问是做人的工具，倘若你真正把学求好了，你能增进别人的幸福，同时也能保持自己的幸福”。对于求学要怎样求法的问题，他提到一个原则：“请你们发展你们的好奇心。”[①]

1931 年 10 月，上海湖风书店出版裴多菲的长篇童话叙事诗《勇敢的约翰》，它以流行的民间传说为题材，描写贫苦牧羊人约翰勇敢机智的斗争故事。该书附有鲁迅的《〈勇敢的约翰〉校后记》，在该文中，鲁迅针对当时一些批评童话的言论予以反驳：“对于童话，近来是连文武官员都有高见了；有的说是猫狗不应该会说话，称作先生，失了人类的体统；有的说是故事不应该讲成王作帝，违背共和的精神。但我以为这似乎是‘杞天之虑’，其实倒并没有什么要紧的。孩子的心，和文武官员的不同，它会进化，决不至于永远停留在一点上，到得胡子老了，还在想骑了巨人到仙人岛去做皇帝。因为他后来就要懂得一点科学了，知道世上并没有所谓巨人和仙人岛。倘还想，那是生来的低能儿，即使终身不读一篇童话，也还是毫无出息的。”[②]鲁迅不认为童话中的鸟言兽语或者讲什么成王作帝是有坏处的，因为鲁迅认为儿童是进化的，随着他们的成长，他们会拥有辨识真假的能力。

1931 年 10 月，周作人为刘育厚翻译的《朝鲜童话集》作序。刘育厚是刘半农的大女儿，《朝鲜童话集》二十篇，原是俄人编述，后被译成法文，刘育厚在法文的基础上将其翻译成中文。周作人指出，古今文艺的变迁经历了两个大时期：“一是集团的，一是个人的。”在他看来，作家的创作个性被民族的集团的话语所遮蔽而失去了个人的“独创的美”。他认可英国学者麦加洛克所说的童话是“小说之童年”，歌谣是“诗的祖母”的观点。[③]

1931 年 10 月，黎锦晖在《小朋友》上发表了《〈小朋友〉创作时的经过》。黎锦晖指出了该刊的宗旨：“在茫茫的郊野中，建造一所小小的乐园：围着静穆的青山，绕着纯洁的流泉，种着健康的乔木，开着美丽的香花，结着甜蜜的鲜果。招来愉快的歌鸟，活泼的游鱼，勤劳的工蜂，清廉的舞蝶，并饲养着天真的玉兔，驯顺

① 舒新城：《寄〈小朋友〉》，《小朋友》第 482 期，1931 年 10 月 1 日。
② 鲁迅：《〈勇敢的约翰〉校后记》，《勇敢的约翰》，上海湖风书店 1931 年版，第 93 页。
③ 周作人：《〈朝鲜童话集〉序》，《周作人散文全集》第 5 卷，广西师范大学出版社 2009 年版，第 783 页。

的绵羊,英伟的雄鸡,忠诚的小狗。让亲爱的小朋友们,逍遥游玩于园内。锻炼身体,增加智慧,陶冶感情,修养人格。一年年长成千万万健全的国民,替社会服务,为民族增光。"他回顾了创刊时"五人一同供给稿件"的约定:"本刊创始时,五个人约定一同供给稿件,又各负专责,分工合作,由伯鸿主持一切,指挥印刷发行,锦晖编辑,衣言排校,人路绘画,黎明翻译,各存专司。"①

1931年10月,上海出版的左联机关杂志《文学导报》六、七合刊刊载《苏区文化情形概况》。该文指出:"童子团是识字运动的主力军,他们利用了教唱革命歌、教讲革命英雄故事来推动识字运动,宣传革命道理。"②

1931年11月,《泰东日报》"文库"连载了朱文印的《童话作法之研究》。朱文印特别强调:"与其用那种枯燥无味的注入式或命令式的教育,反而远不如给儿童们以充分的愉悦和兴趣,在无形中启发其内心的各种智能,更为来得有效。童话是被公认为满足儿童们这一时期的这般需要的最好教材之一。"③他还对童话创作原则进行了分析:"在童话论之构成上还有一条应守的法则,这便是在童话终了的时候绝对不可以拿出含有教训的提示。……如果他们的心情正在感受愉悦之际,我们忽然加以说教式的教训,则必然会使他们反而由此感到失兴与乏味。"④

1931年11月,周锦涛的《学校剧导演法》由上海儿童书局出版发行。作者在"自序"中指出编纂该书的动机:"当时我在南光中学里混饭,感着导演学校的麻烦,每逢心声出来加入这儿,总要将演戏的方法,一五一十,念经似地讲述一遍。一次二次地讲述实在使人不耐。这时我就想编一本稿子付印,使以后有志研究戏剧的,可以忍受一编,自由阅览;不必再费许多口舌。"他还补充道:"学校剧一日一日地发达,导演的人才愈感觉着缺乏,我三四年来所要从事编著的书,愈觉得是近来学校的急需。"⑤对于学校剧的起源,作者在"学校剧的诞生"一章中做了简单阐述:"到了晚近,中国的教育界,起了从来没有的剧烈变动:废除科

① 黎锦晖:《〈小朋友〉创作时的经过》,《小朋友》第482期,1931年10月29日。
② 胡从经:《我国革命儿童文学发展述略》,《文学评论》1963年第2期。
③ 朱文印:《童话作法之研究·引言》,《妇女杂志》,1931年10月1日。
④ 朱文印:《童话作法之研究》,《泰东日报·文库》,1931年11月28日。
⑤ 周锦涛:《学校剧导演法》,上海儿童书局1931年版,第1页。

举，开设学校，采用欧美的教育法，努力改进。”[①]于是，他指出：“欧美学界的教育法，固然值得我们的学习仿行；欧美学校的表演戏剧，更是挽救中国读死书的良法，医麻风的药石头。”西方学校剧发展之快令人震惊：“欧美学校的有戏剧，实产生于十八世纪的末年；十九世纪的开始。那时欧美正励行艺术教育。最初用国画点缀墙壁，音乐陶冶身心，想尽了许多方法，想收良好的效果，结果总是用力倍而奏效稀少。‘集思广益’，‘众志成城’，末了竟被他们想出一种妙法——戏剧。学校里指导儿童努力的演起剧来。”[②]对于当时中国学校戏剧的现状，他认为：“我们中国学校的表演戏剧，既然是仿自欧美，历史当然不久，为期不过一二十年。当初演剧的意思，还不是补救死读书的弊病；逢着庆祝或纪念日，趁着一时的高兴，偶然来演几幕滑稽的新剧，点缀佳期良辰。……或者可以于最短的时间，肃清扫除无疑了。”[③]周锦涛将“学校剧的功效”归为几类：“一、打破沉闷空气。二、增加记忆力量。三、达到语言统一。四、培养合作精神。五。启发发表能力。六、辅助儿童理知。七、帮助学校训育。八、合于职业陶冶。”[④]在“剧本的选择”中，他认为：“剧本的种类真多，材料也广，凡举天地间古往今来一切的事情，都可以供编剧者的材料。编好了剧本，排演出来，有的能够使观的人笑破肚皮，笑不可仰；有的可以使观者眼球着水，热泪横流。有的可以使人们怒发冲冠，咬牙切齿；有的可以使你忧愁不乐，似癫似痴，虽靠演员艺术的高妙，表演的深刻；可是饮水思源起来，这功劳还是要让与剧本。所以剧本的好坏，与表演的胜败，有很密切的关系。”[⑤]该书还说明了学校戏剧中关于普通剧和历史剧的区别。对于普通剧：“普通剧的修编制，比较便利，材料固然可以广探博收，任意删改；词句也可随心写出，只要不离题目，合于剧情，不必像历史剧的动辄要有根据，事事有束缚。”而对于历史剧，“编剧稍不留意，任意删改，就流于不经。观的人不叫你杀猫厨司，就说你不是编剧的老手”[⑥]。

① 周锦涛：《学校剧导演法》，上海儿童书局 1931 年版，第 4 页。
② 周锦涛：《学校剧导演法》，上海儿童书局 1931 年版，第 5 页。
③ 周锦涛：《学校剧导演法》，上海儿童书局 1931 年版，第 6 页。
④ 周锦涛：《学校剧导演法》，上海儿童书局 1931 年版，第 7—13 页。
⑤ 周锦涛：《学校剧导演法》，上海儿童书局 1931 年版，第 14 页。
⑥ 周锦涛：《学校剧导演法》，上海儿童书局 1931 年版，第 20 页。

1932 年

1932 年 2 月,周作人的《儿童文学小论》由上海儿童书局出版发行。该书收录了周作人的《童话略论》《童话研究》《古童话释义》《儿歌之研究》《儿童的文学》《神话与传说》《歌谣》《儿童的书》《科学小说》《吕坤的〈演小儿语〉》《读〈童谣大观〉》等篇目。在该书的"序"中,周作人这样写道:"前四篇都是民国二三年所作,是用文言写的。《童话略论》与《童话研究》写成后没有地方发表……寄给中华书局的《中华教育界》,信里说明是奉送的,只希望他送报一年。原稿退回了,说是不会用的。恰巧北京教育部编纂处办一种月刊,便白送给他刊登了事,也就恕不续作了。后来县教育会要出刊物,由我编辑,写了两篇讲童话、儿歌的论文补白。不到一年又复改组,我的沉闷的文章不大合适,于是趁此收摊,沉默了有六七年。"在该序的最后,周作人对左翼时期的儿童文学观念提出了批评:"中国是个奇怪的国度,主张不定,反复循环,在提倡儿童本位的文学之后会有读经——把某派经典装进儿歌童谣里去的运动发生,这与私塾读《大学》《中庸》有什么区别。"①也正是这几篇研究童话、儿歌的论文,开创了中国学者以人类学派神话学观点研究民间故事的先河。

1932 年 2 月,意大利作家契勃尼(Cherubini)的《续木偶奇遇记》由上海儿童书局出版,翻译者是徐亚倩。该书是根据英译本转译出来的。书前有徐亚倩的《译者序》,她首先指出《木偶奇遇记》非常受儿童喜爱,里面的人物和情节都成了儿童日常谈话的资料,"可是故事终于到了结束的时候,可爱的木偶终于变成孩子了。孩子们仿佛失去了一件珍宝似的,他们倒不愿意木偶变成真实的孩子,却希冀木偶能干一点冒险的事情"。因而,在市场上发现了《续木偶奇遇记》后,徐亚倩如"哥伦布发现了新大陆般的喜出望外",决计将其翻译成中文,"相信孩子们听了这个故事,或谈了这故事,没有不出神的"②。《续木偶奇遇记》主要书写

① 周作人:《〈儿童文学小论〉序》,《儿童文学小论》,上海儿童书局 1932 年版,第 35 页。
② 徐亚倩:《译者序》,Cherubini《续木偶奇遇记》,徐亚倩译,上海儿童书局 1932 年版,第Ⅰ—Ⅱ页。

了匹诺曹在非洲的奇遇故事。

1932年4月，美国作家马克·吐温的《汤姆莎耶》在上海开明书店出版，翻译者为月祺，该书列为“世界少年文学丛刊”之一。书前有赵景深的代序《马克吐温》，他指出马克吐温只是其笔名，真名叫克来曼斯。赵氏援引玛西的比喻：《格利佛游记》有两个版本，一是给成人看的，一是给未成熟的冒险者看的。在少年看来，《格利佛游记》是与《鲁滨逊漂流记》《宝岛》同类的书，在成人看来，这就成了人性的极大嘲讽，众生相的描绘，对于伪善者的赤裸裸的暴露。在他看来，马克·吐温的幽默只是“附属物”，主要的是玛西说的“嘲讽”[①]。此后，有多名翻译者对马克·吐温的《汤姆莎耶》进行了重译，留下了多个中译版本[②]。

1932年4月，《湖北教育厅公报》第3卷第6期发布了《教育部编审处订定审查儿童文学课外读本标准》。全文如下：

> 教育部编审处，订定审查儿童文学课外读物标准如下：
>
> 儿童文学课外读物之审查，遇有犯左列各项之一或一以上者，应予修正或禁止发行。（一）教训与党义显相背者，（而）旨趣与国情不相适合者，（三）思想含有封建意味与宗教色彩者，（四）性质与进化的时代相背驰者，（五）意义近于诲淫诲者盗者，（六）事实与儿童生活悬殊隔绝者，（七）现象过于违背自然法则者，（八）精神近于委靡颓废悲观厌世者，（九）情事近于儌倖谲诈谑浪怨恨刻薄者，（十）传说过于神秘虚妄怪诞不经者，（十一）描摹过于凶恶鲁莽残忍不仁者，（十二）文理过于高深儿童未能领会者，（十三）文字过于鄙俚或杂乱无息者，（十四）内容过于简陋了无意味者，（十五）迻译过于拘呆辞不达意者。[③]

1932年5月，《泰东日报》的“文艺”专栏刊发了穆梓的《本刊的劣见》。该文

---

① 赵景深：《马克吐温》，马克·吐温《汤姆莎耶》，月祺译，上海开明书店1932年版，第Ⅳ—Ⅴ页。

② 1933年3月，吴景新翻译了马克吐温的《汤姆莎耶》，书名为《汤模沙亚传》（上、下册），由上海世界书局出版，被列为“世界少年文库29”。1939年1月，周世雄翻译了《汤姆沙亚》，由上海启明书局出版，该书被列为“世界文学名著”之一。

③ 《教育部编审处订定审查儿童文学课外读本标准》，《湖北教育厅公报》1932年第3卷第6期，1932年4月30日。

指出:“文艺不是编者一人的园地,并且他也没有那些精力去耕耘,是要我们大家开垦,不要袖手旁观,坐享其成。快卷上袖子,大家共同努力。”[①]这不是穆梓第一次向很多作家提出邀请并鼓励他们创作,在这次邀请的内容中就涉及一些儿童文学,虽然儿童文学的创作和成人文学相比呈现边缘化趋势,但根据陈实对于1931年到1943年《泰东日报》史料的查阅和整理,他统计出在《泰东日报》“文艺”“儿童专刊”“儿童”“少年文艺”等副刊中,刊登童话的副刊近500多期。同时常在《泰东日报》“艺苑”“文艺”“儿童专刊”发表童话的作者,有杨慈灯、于临海、穆梓、高兴亚、郑毓均、曹芝清、韩世勋、陈兴华、野百合、公兆才等[②],不难看出在这段时期儿童文学还是非常繁荣的。

1932年6月,叶圣陶主编、丰子恺插画的《开明国语课本》(共八册)由上海开明书店出版。教材一经出版受到社会的普遍赞誉,成为民国时期小学语文教材的经典之作。对此,叶圣陶是这样说的:“在儿童文学方面,我还做过一件比较大的工作。在一九三二年,我花了整整一年时间,编写了一部《开明小学国语课本》,初小八册,高小四册,一共十二册,四百来篇课文。这四百来篇课文,形式和内容都很庞杂,大约有一半可以说是创作,另外一半是有所依据的再创作,总之没有一篇是现成的,是抄来的……在这里提出来,希望能引起有关同志的注意。”[③]《开明国语课本》中有儿歌、儿童诗、童话、寓言、儿童小说、儿童故事等内容,有助于初小学生对儿童文学的接受。尤其值得称道的是图文并茂的设计。在《编辑要旨》中,叶圣陶指出:“本书内容以儿童生活为中心。取材从儿童周围开始,随着儿童生活的进展,逐渐拓张到广大的社会。与社会、自然、艺术等科企图做充分的联络,但本身仍然是文学的。”“本书尽量容纳儿童文学及日常生活上需要的各种文体;词、句、语调力求与儿童切近,同时又和标准语相吻合,适于儿童诵读或吟咏。”[④]

1932年6月,杭州师范学校编写的《师范教育学术讲座演讲集》中收录了陶

---

① 穆梓:《本刊的劣见》,《泰东日报·文艺》,1932年5月11日。转引自陈实《伪满洲国童话研究》,华东师范大学博士论文,2017年。

② 该统计数据源自陈实《伪满洲国童话研究》,华东师范大学博士论文,2017年。

③ 叶圣陶:《我和儿童文学》,叶圣陶、冰心等《我和儿童文学》,少年儿童出版社1980年版,第9页。

④ 叶圣陶:《小学初级学生用〈开明国语课本〉编辑要旨》,《叶圣陶语文教育论集》,教育科学出版社1980年版,第166页。

行知的《儿童科学教育》一文，该文为他在 5 月 13 日在杭州师范学校的讲稿。陶行知认为，"在二十世纪科学昌明的时代，应该是一个科学的中国"，"要造成科学的中国，责任是在小学教师"。而当时教师所存在的问题在于"小时读书便成了小书呆子，做教师时便成了大书呆子"。同时他也强调："我们教小孩子科学，不要叫小孩子做少数人富人的奴隶，要做大众的天使。"①

1932 年 7 月，现代书局发行的《现代》杂志第 1 卷第 3 期刊登了一则广告。广告全文内容如下：

> 三四五六年级小学生的恩物，现代的，科学的，文学的，艺术的儿童读物。
>
> 文字浅显，图画精美，《宋易》主编糜文焕插画，《现代儿童》半月刊。
>
> 本半月刊内容浅显，图画特多，每期有数十幅，执笔者均为著名儿童作家，及富有经验的小学教师，为 1932 年最充实之儿童读物。②

1932 年 7 月，《儿童杂志》创刊。儿童书局出版，初由胡叔异主编。成立于 1930 年 2 月的儿童书局是中国第一家出版儿童读物的专业出版机构，开始设在浙江路、广东路口的东新桥间，后迁至福州路 424 号，其创办者为张一渠、石芝坤，增资后，张一渠为经理，潘公展出任董事长。儿童书局的出版标记是两朵盛开的花朵，以黑色构图为主，在花朵之中写有"儿"与"童"两字，如童话一般颇有儿童情趣。儿童书局共办有 6 种期刊。《儿童杂志》分高级、中级、低级三种版本，供不同年龄段的小学生阅读，主要发表童话、诗歌、小常识、小工艺等，图文并茂。1934 年春，陈伯吹担任儿童书局编辑部主任，接办《儿童杂志》。在办刊过程中，陈伯吹逐渐形成了自己的编辑思路，他向张一渠建议，将《儿童杂志》改刊为《儿童常识画报》。1935 年 3 月，《儿童杂志》停刊，另推出《儿童常识画报》，分为高、中、低三级，陈伯吹主编其中的高级版。③

1932 年 9 月，钱歌川翻译的《缪伦童话集》由上海中华书局出版。该书被列

---

① 陶行知：《儿童科学教育》，《师范教育学术讲座演讲集》第 1 辑，1932 年 6 月 20 日。
② 《广告》，《现代》第 1 卷第 3 期，1932 年 7 月 1 日。
③ 《上海少年儿童报刊简史》，少年儿童出版社 2010 年版，第 41 页。

为“现代文学丛刊”之一,内收《真理之城》《围墙》《国王的帮手》《夜之幻境》《猴子和鞭》《奇怪的墙》《扫帚》《三个朋友》《马车马》《桥》《蔷薇姑娘》等11篇童话。卷前有钱歌川的《译者序》,他对缪伦的评价是:“她不像安徒生他们那样,只一味传说宫女神仙的故事,她却立在实现方面,将人间的疾苦,奴役的来源,用有趣味的童话体材,如实地告诉我们。这里不是虚诞的梦境,而是真实的人生。小朋友还未堕入染缸以前,固然不可不读,即麻木的大人读起来,也可得到几分反省。”[①]

1932年10月,陈伯吹编写的《儿童故事研究》由北新书局出版发行。鲁继会给该书写序,他开章明义地指出:“故事对于儿童心理的魔力实比‘吗啦’对于在旷野的以色列是民族有同样的意义。”[②]他充分地肯定了儿童之于民族、国家的价值:“一国的幼儿,为其民族的返老还童的唯一希望。……我国变法维新数十年未见实效,一方面固由反动的老朽尚未死尽,另一方面亦由新生命未受着相当的培养。老朽的灭绝必出以革命的手段;新民的作育则端赖教育的功能。”就儿童故事对于儿童的教育影响而论,鲁氏并不讳言,他说:“故事的讲述对于儿童为至高无上的教育。为父母者和为幼稚园及小学教师者,若能将全部教学故事化,则其收效必较现在远超十百倍了。所以儿童故事的研究实在具有很远大的意义和深切的效能。”[③]可以说,鲁继会对儿童教育的重视出于对国家未来的忧虑和期待。所以他研究儿童文学的出发点,便是与中国的急需改变的现状联系在一起的:“研究儿童故事,应当首先解决的问题为:我们中华民族有哪几种致命的创伤?我们以扶植中华民族的新生命自命者,应拿什么药方来敷治这些伤痕而使其新机焕发呢?”[④]针对中华民族的贫穷、懦弱、愚昧和无秩序的创伤,鲁继会认为研究儿童故事的人应该极力的搜集极多趣味浓厚的故事来提倡四种救亡的教育——生计教育,勇敢教育,科学教育和纪律教育。最后他概括道:“总而言之:我们对于儿童故事这个问题应当先用社会学的眼光来决定它的主要目标,然后再用心理学的原理来决定它的内容和范围,次用测验学的方法来决定它的常模,再次用实验的方法来甄别它的适宜,最后用比较的方法来研究它的变迁之迹

① 钱歌川:《译者序》,缪伦《缪伦童话集》,钱歌川译,上海中华书局1932年版,第Ⅰ页。
② 鲁继会:《序》,《儿童故事研究》,陈伯吹编,上海北新书局1932年版,第1页。
③ 鲁继会:《序》,《儿童故事研究》,陈伯吹编,上海北新书局1932年版,第2页。
④ 鲁继会:《序》,《儿童故事研究》,陈伯吹编,上海北新书局1932年版,第2—3页。

象以及它的本质之高下。”[①]

1932 年 10 月，贺玉波所著的《现代中国作家论（第一卷）》由光华书局出版发行。该书包含了学界对叶圣陶的评论文章《叶圣陶的童话》，该文详细地论述了叶圣陶童话创作思想的转变，是儿童文学批评史上较为重要的文章。全文以书信形式为主，分为五节对叶圣陶的儿童文学创作做了介绍与分析。

第一节是“你从来不相识的芳君”写给贺玉波的书信。在信中作者是这样评价叶圣陶的：“十年来在他写小说和其他作品外，他是拿了大部分的精神来写童话；在质上在量上都是很客观的。”他对叶圣陶的《稻草人》《一颗种子》《梧桐子》《花园之外》等作品表达出喜爱之情。特别是在阅读《古代英雄的石像》后，他认为这是叶圣陶第二本童话集中相当不错的童话，也让他想起了“作者的思想与作风仍然和从前一样，使人同情而赞美”[②]。对于外国翻译过来的童话译本，中国的儿童喜欢读，但遗憾的是：“国人创作的童话，除几种儿童刊物上的零星的作品外，想要求基本比较成器的单行本，那真是不可能。”[③]因为喜欢叶圣陶的作品，他恳望贺玉波写一篇关于叶圣陶和及其作品的文章。

在给“芳君”的回信中，贺玉波对叶圣陶的写作经验、作品特点与风格转变做了分析，他也认为当初读到《稻草人》与《古代英雄的石像》时感到“像幼儿一般地快乐和幸福”[④]，关于《稻草人》，贺玉波特地引用了郑振铎在《稻草人》的序言中的一段话：“的确如郑氏所说，叶绍钧的童话在前期是含着美丽的梦境的，后来便渐渐地渲染一层灰色的成人的悲哀。这在《稻草人》里便可以看出来，那里面的作品是显然地有两种不同的风格。”[⑤]对于童话折射的社会现实，贺玉波认为叶圣陶的描写非常深刻，具有讽刺的情调，但也指出了郑振铎在论述叶圣陶童话时的忽略之处，他对叶圣陶童话补充了八点意见：一是具有正确而统一的思想，二是含有哲学色彩，三是对现在社会的组织有精密的分析，四是充满灰色的成人的悲哀，五是题材和故事富有趣味，六喜用象征的写法，七是含有自然科学和社会

① 鲁继会：《序》，《儿童故事研究》，陈伯吹编，上海北新书局 1932 年版，第 6 页。
② 贺玉波：《叶圣陶访问记》，《现代中国作家论（第一卷）》，上海光华书局 1932 年版，第 138 页。
③ 贺玉波：《叶圣陶访问记》，《现代中国作家论（第一卷）》，上海光华书局 1932 年版，第 139 页。
④ 贺玉波：《叶圣陶访问记》，《现代中国作家论（第一卷）》，上海光华书局 1932 年版，第 140 页。
⑤ 贺玉波：《叶圣陶访问记》，《现代中国作家论（第一卷）》，上海光华书局 1932 年版，第 142 页。

科学的常识,八是技巧纯熟。[①]

在给"芳君"的第二封回信中,贺玉波主要对《大喉咙》《旅行家》《富翁》《画眉鸟》等诸多反映社会劳动人民的苦难、抨击资本主义的腐朽和黑暗的童话做了分析,并在解读中也更加深刻而具体地阐明了叶圣陶的思想。他以《克宜的经历》为例,将其与《稻草人》做了对比,认为前者揭示出"作者是极力憎恶城市而赞美农村的"[②]。而后者:"在这篇里所描写的田野却不是美丽而有趣的了。"[③]"他把乡村也描写得非常凄怆可怕,充满着浓厚的灰色的悲哀。他那快乐而幸福的将来田野的幻梦已经醒绝。"[④]他还具体地指出了叶圣陶童话创作观念的转变。

在给"芳君"的第三封信中,贺玉波着重论述叶圣陶于1931年出版的第二部童话集《古代英雄的石像》,他先引用丰子恺的《读后感》,认为丰子恺的话已经把这部作品的内容完全说明了。他还分析了作品中的《古代英雄的石像》《皇帝的新衣》《含羞草》等作品,对于《古代英雄的石像》,他的观点是:"所表现的是平等的思想。"[⑤]《皇帝的新衣》则告诉我们一种反抗的方法,而《含羞草》则将思想更近了一步,"作者藉一株小草的观察,把世间集中不合理的现象表白出来,就是在技巧上说:也算是很巧妙的"[⑥]。与《稻草人》相比,这些童话都体现出叶圣陶童话创作中的发展与转变了,贺氏认为:"作者的思想是很精细的。"[⑦]

在给"芳君"的最后一封信中,贺玉波讨论了叶圣陶童话中"带有成人的灰色的悲哀"这个问题,充分分析了"成人化"与"儿童的心理"后,贺玉波指出:"儿童读物最好是不要带有成人的灰色的悲哀。""但是给一般将近成年的儿童去看,也未尝不可。因为他们对于人世间的真象已经渐渐明白了;黑暗,丑恶,痛苦和悲哀,他们已经开始领略了。"[⑧]他对叶绍钧的童话做了总结:"叶绍钧的童话,并不是普通一般的童话,它们像这篇小说一样,对于社会现象有个精细的分析;虽然

① 贺玉波:《叶圣陶访问记》,《现代中国作家论(第一卷)》,上海光华书局1932年版,第142—143页。
② 贺玉波:《叶圣陶访问记》,《现代中国作家论(第一卷)》,上海光华书局1932年版,第152页。
③ 贺玉波:《叶圣陶访问记》,《现代中国作家论(第一卷)》,上海光华书局1932年版,第156页。
④ 贺玉波:《叶圣陶访问记》,《现代中国作家论(第一卷)》,上海光华书局1932年版,第158页。
⑤ 贺玉波:《叶圣陶访问记》,《现代中国作家论(第一卷)》,上海光华书局1932年版,第165页。
⑥ 贺玉波:《叶圣陶访问记》,《现代中国作家论(第一卷)》,上海光华书局1932年版,第169页。
⑦ 贺玉波:《叶圣陶访问记》,《现代中国作家论(第一卷)》,上海光华书局1932年版,第175页。
⑧ 贺玉波:《叶圣陶访问记》,《现代中国作家论(第一卷)》,上海光华书局1932年版,第179页。

还保存着童话的形式，却具有小说的内容，它们是介于童话和小说之间的一种文学作品，而且带有浓烈的灰色的成人的悲哀。所以，我们与其把它们当作童话读，倒不如把它们当作小说读为好。”①

1932 年 11 月，鲁迅在《文学月报》上发表了《“连环图画”辩护》。鲁迅站在思想启蒙立场和文艺大众化的视角，高度赞扬“连环画”的价值，认为：“用活动电影来教学生，一定比教员的讲义好，将来恐怕要变成这样。”他从意大利教皇宫、东方文明、书籍插画、版画中对连环画的使用，得出“连环图画不但可以成为艺术，并且已经坐在‘艺术之宫’的里面了”的结论，并以此回应苏汶以中立的文艺论者的立场所写的将“连环图画”一笔抹杀的文章。同时，他希望青年能够“一样看重并且努力于连环图画和书报的插画，研究欧洲名家的作品，更注意于中国旧书上的绣像和画本，以及新的单张的画纸”②。

1932 年 11 月，上海儿童书局出版了由周作人翻译的《儿童剧》，内中收录了日本作家坪内逍遥的《老鼠会议》《乡间的老鼠和京城的老鼠》《卖纱帽的与猴子》，美国作家诺依思莱的《乡鼠和城鼠》，美国作家斯庚那的《青蛙教授的讲演》《公鸡与母鸡》，共 6 部儿童剧。《儿童剧》译于 1924 年 7 月至 1932 年 8 月，周作人分别于 1923 年 3 月写下了《〈儿童剧〉序一》和 1932 年 8 月写下了《〈儿童剧〉序二》。在他看来，“理想的儿童剧固在儿童的自编自演，但一二参考引导的书也不可少，而且借此可以给大人们一个具体的说明，使他们能够正当的理解，尤其重要的。儿童剧于幼稚教育当然很有效用，不过这应当是广义的，决不可限于道德或教训的意义。……总之这里面的条件第一要紧是一个童话的世界，虽以现实的事物为材而全体的情调应为非现实的，有如雾里看花，形色变异，才是合作，这是我从经验里抽出来的理论。作者只要复活他的童心，(虽然是一件很难的工作，)照着心奥的镜里的影子，参酌学艺的规律，描写下来，儿童所需要的剧本便可成功，即使不能说是尽美，也就十得五六了”③。他还指出，儿童剧的用处有两种，一是当作书看，一是当作戏演。对于翻译儿童剧，他也颇感乏力：“我所最不

① 贺玉波：《叶圣陶访问记》，《现代中国作家论（第一卷）》，上海光华书局 1932 年版，第 180 页。

② 鲁迅：《“连环画”辩护》，《文学月报》第 4 号，1932 年 11 月 15 日。

③ 周作人：《〈儿童剧〉序一》，《周作人译文全集》第 9 卷，止庵编订，上海人民出版社 2012 年版，第 596 页。

满意的是,原本句句是意义明白文句自然,一经我写出来便往往变成生硬别扭的句子,无论怎样总弄不好,这是十分对不起小朋友的事。"对于儿童剧拿去实地扮演,"顶大的毛病便是有旧戏气味"[①],在他看来,这是要特别注意的。

1932年11月,上海生活周刊社编译出版了儿童通俗读物《迷途的羔羊》,该书系"生活信箱外集"丛书第三种,由上海生活书店发行。在《弁言》中,编者阐明其编选作品时的原则:"我们每次编辑信箱外集的时候,最注意的一点,是内容力避和以前的重复,编这一辑时也对这一点有同样的注意。在这辑里面关于法律上及医学上的知识较以前的多,其他如求学婚姻职业等等问题,也是以前未有过相类的才选登出来。"[②]该选集分为几种目次:第一编 求学、第二编 职业、第三编 婚姻、第四编 法律、第五编 疾病、第六编 杂类。第一编包含了《迷途的羔羊》《报上的广告》《枉屈了天才的很多》等13部作品,第二编包含了《有些觉悟了》《很喜欢做冒险的事情》《快走上自杀之途》三部作品,第三编包含了《要我拯救她出火坑》《指点我的迷途》《非要我履行婚约不可》等64则小短文以及涉及婚姻观的常识,第四编包含了《妻妾的遗产分配》《班辈不同》《父子关系》等30则法律知识科普文,第五编包含了《缠脚遗毒》《反胃》《卧病不起》等24则介绍疾病的文章,第六编包含了《想跟一个客人》《称呼》《现社会的种种》等25则其他社会常识。

1932年12月,茅盾在《文学月报》上发表了《"连环图画小说"》。该文着重阐释了"连环图画小说"的利弊,作者认为它根据旧小说的故事而改制成了节本。"那文字的一部分我们不妨称为'说明',通常是印在每页书的上端,像是旧书的'眉批';此外约占每页书的六分之四的地位就是'图画',我们不妨称为'连环图画'的部分。"对于那些"说明",茅盾指出其本身就是一部旧小说的缩本,文字也就是旧小说的白话文。"连环图画小说"主要是图画,而文字部分不过是辅助,意在满足那些识字较多的读者。由于考虑到读者是十岁左右的小学生,"连环图画小说"的内容必须是神怪而武侠。作者认为,其内容都有毒,但是不能否定其形式的价值:"六分之四的地位是附加简单说明的图画,而六分之二的地位却是与那些连续的图画相吻合的自己可以独立的小说节本——确是很可以采用。因为

---

① 周作人:《〈儿童剧〉序二》,《周作人译文全集》第9卷,止庵编订,上海人民出版社2012年版,第598—599页。

② 《弁言》,《迷途的羔羊》,上海生活书店出版社1932年版,第1页。

那连环图画的部分不但可以引诱识字不多的读者，而且可以作为帮助那识字不多的读者渐渐‘自习’地看懂了那文字部分的阶梯。”①

1933 年

1933 年 1 月，赵侣青、徐迥千合著的《儿童文学研究》在上海中华书局印行。在该书的《序一》中，郑坦对赵、徐二人在炮火纷飞的年代编这本书表示钦佩，“感到字里行间，到处充满着热情与血泪，且句句扼要，举例详明，想必大有益于儿童教育界，所以极力促其早日出版，以应时代的要求”。胡叔异在《序二》中指出：“说到儿童文学，实与原始文学相通，因为人生的儿童期就好比人类的原始期，一切思想、感情、想象都和原始人的相仿，爰是由他们反映出来的，有共同的素质与特点。”为此，他提倡“从事儿童文学著作的人，应求吻合儿童游戏心理而创制有趣味的作品，以开展儿童的想象力、思考力，不要徒事教训，弄得枯燥无味，反把原有的目的也丧失了”。在他看来，《儿童文学研究》是一本讲究趣味的书，这对儿童读者的未来和发展是有裨益的。在《序三》中，盛振声认为，“儿童文学的真价值，也只有儿童知之最为真切”，真正的儿童文学，必定是儿童自己创作和欣赏的，除儿童以外的人谈起，都不免有隔靴搔痒的感觉。同时，他也指出，从现实出发，儿童是需要成人的指导和作育的，对于文学创作与鉴赏也是如此，而且儿童与成人之间是没有截然的界限的，都是人生的一个阶段，所以成人并非不可以去谈儿童文学的，所以“只以能愈接近儿童生活为要件”。

从长远来看，著者指出：“除迎头去追求科学之外，不得不同时有求于文学，因为文学足以调济人生，足以使人生活得更加良好，更加丰富，更加深刻，足以弥补物质崇拜的缺憾。而最最根本的努力，还须我们着眼于初等教育时代之儿童文学。”基于此，他提出了如下几个研究的焦点问题：一、儿童文学研究究竟是一个什么东西，二、儿童文学在初等教育段应占怎样的地位，三、儿童文学的体裁

① 茅盾：《“连环图画小说”》，《文学月报》第 1 卷第 5、6 期合刊，1932 年 12 月 15 日。

与举例,四、儿童文学应有些什么条件,五、怎样指导儿童阅读儿童文学,六、怎样指导儿童创作儿童文学,七、儿童文学与注音符号的关系怎样,八、儿童文学与常识科的关系怎样。①

在究竟什么是儿童文学的问题上,著者表示:"儿童文学是儿童需要的一种文学。"即必是儿童自己发现,或要求给予,不但接受且十分欢迎,且能由此而得到满足的,才配称为儿童文学。他也指出:"儿童文学是教育家公认为最适宜于教学给儿童的一种文学。"言外之意,一种文学,经这样的教育家研究试验而认为教学给儿童,最是适宜的,那才配称为儿童文学。为此,儿童文学的来源也可以区分为二:一为儿童自己发现或创作的,其来源属于儿童自身;一为别人代替儿童发现或创作的,其来源属于成人。这样,就来源来回答"儿童究竟是一个什么东西",则可以这样认为:"一、儿童文学,是儿童自己发现或创作的文文学——儿童文学,二、儿童文学,是别人代替儿童发现或创作的文学——儿童化的文学。"②

在探讨"儿童文学在初等教育所处的地位"时,著者梳理了近代以来初等教育的一般状况,他们指出:"民国十一年(1922),教育部公布改革学制,小学课程纲要,也予以确定。"随之而来的,"中华书局有《新小学国语读本》之编印,商务印书馆有《新学制小学国语教科书》、世界书局有《新学制小学国语读本》之发行。同时中华、商务有《儿童文学读本》、儿童文学丛书及儿童周刊——《小朋友》《儿童世界》之编印和出版"。作者对此的评价是:"可说是顾及儿童生理、心理而特编之读物,虽其间有少许或不免属于例外,然就大体讲,已不妨称之为儿童文学,是为而儿童文学在初等教育段得到正式地位与名义的开始。"于是,该书的结论是:"儿童文学在初等教育段,实在应占有十分重要的地位,不过,所谓重要,有时的确可以用数字来标明;然而也不一定要靠呆板的数字。只须我们大家负责,只须我们多方的、继续的给予儿童们以阅读或修养儿童文学的方法与机会,让儿童不绝去追求,在日课表上规定时间内努力,固然很好,即在日课表上未规定时间内努力,也未始不好哪。"③

---

① 赵侣青、徐迥千:《儿童文学研究》,上海中华书局 1933 年版,第 3—4 页。
② 赵侣青、徐迥千:《儿童文学研究》,上海中华书局 1933 年版,第 7 页。
③ 赵侣青、徐迥千:《儿童文学研究》,上海中华书局 1933 年版,第 17 页。

就儿童文学的体裁而言，著者引用了魏寿镛与周侯予对于儿童各时期适用的各项儿童文学列表及吴研因先生的分类法作为依据，参照各家主张，列举了如下体裁：儿歌、民歌、神话、神仙故事、植物故事、谚话、童谣、谐谈、寓言、故事、传记、新诗、剧本、小说、游记、旧诗、论说、词曲。“故事”(分童话、自然故事、历史故事、实际生活故事、传说、笑话六种)、“诗歌”(分谜语、急口令、谣谚、儿歌、民歌、歌曲、诗七种)、“剧本”(分话剧、歌舞剧二种)三种体裁并举例后，作者这样总结道：“儿童文学，可以程度深浅为根据，用教育上各项制造方法，将各类各体，或混合，或分别，以学期为单位，制成小学校一年级第一学期至六年级第二学期分全距离为十二度的儿童文学量表，备做实施教育者选择或编著儿童文学教材之时之参考。”①

在谈论儿童文学应有什么条件时，著者引用了张圣瑜、朱鼎元和吴研因等人的言论与实践，并予以了翔实的分析。他这样概述道：“以上所述，在抽象的原则方面，有张圣瑜先生提出的八点，可资依据。选择标准，各家意见，互有出入，然大体分形式、内容讨论，尤以吴先生之演讲，为最新最备。”②

作者引用了潘梓年对“欣赏”的标准来展开论述：“真正美妙的时间艺术品，当它尚未扣动我们的感官时，我们还无可无不可；等到一扣动我们的感官，我们就万不容许她中止。我们观照那种艺术品的时候，往往开始观照时的第一口气，要到观照终了后，才有功夫转过来来抽那第二口气。”他还根据教育问题的原则制订了特定的教学方法、设计教学过程。在儿童课外阅读的问题上，他建议：“关于这点，最好由学校设置儿童图书馆，或分组分级组织组图书馆、级图书馆或阅书会，尽量搜罗各项儿童书籍，让儿童课外来浏览或借去阅读。其图书须经精密审查，参照各校儿童图书馆成案，依据程度深浅，编为各阶段必读书目与选读书目；并定奖励办法，以提高儿童阅读的兴趣。”③同时，他还就具体谈论儿童图书馆的设置与管理、儿童图书馆阅览须知、儿童的阅读笔记的应记项目以及阅读奖励问题。

理论是应与实践联系起来的，著者专门开辟了“怎样指导儿童创作儿童文

① 赵侣青、徐迥千：《儿童文学研究》，上海中华书局 1933 年版，第 49 页。
② 赵侣青、徐迥千：《儿童文学研究》，上海中华书局 1933 年版，第 64—65 页。
③ 赵侣青、徐迥千：《儿童文学研究》，上海中华书局 1933 年版，第 74 页。

学”专题。对于成人而言，著者也提出了一些具体建议。成人替儿童发现儿童文学，可分为搜集、选译两大纲。“从事搜集，可指定范围，确定原则，托由儿童或同志共同进行。搜集途径，或调查民间传述说，或检阅旧有书籍，或取材近时刊物。”对于所搜集的材料，作者也提出了需要：“严订标准，加以审核，合则留，不合即淘汰。”说到选译，有两种，一个是将文言文译为国语，还有一个就是将外国文翻译为中华国语。在翻译外国资源时，著者认为要遵循以下几个原则：1. 事实之表出，适合儿童口吻；2. 行文要自然而活泼，明晰而正确；3. 时代观念，只要说明“几千年前”或“几百年前”……不必明定某朝；4. 地名，须改用现在的名称；5. 人名可以沿用；6. 不能直译时，用意译；7. 加入插图，表出文字的主要点，要对于当时的情景和装束，适如其分。同时，作者对于翻译者也提出了三点要求：第一就是须对于儿童文学有相当的研究；其次，对于外国文字的修养也应在水平线之上；还有就是对于外国的风俗、人情及国民性，须有相当的认识。①

1933 年 2 月，英国作家吉卜林的童话选集《原来如此》，经杨镇华翻译后由世界书局发行，属“世界少年文库”的一种。在《作者传略》中有杨镇华对于吉卜林的介绍：“在最近的三十五年来，英格兰的作家中，吉卜林(Kipling)是最多才多艺的。他在文学的各方面都有相当大发展，说得稍稍过分一些，我们不妨说吉卜林在文学的各部分都曾致力过，并且都有所成就。他是英国人，一八六五年十二月三十日生于印度底孟买。因之他底童年就消磨于印度，这于他后来的作品上很有影响，他最初的基本书大都取材于印度的。年长后，他虽然送回英国去受教育，可是不久他就完毕他底学校生活，回到印度来致力于新闻事业，他二十五岁时即被目为短篇小说的杰出的作家，同时，他又出版了他的《营房短曲集》，在诗坛上也有点风头，于是他又称为一个诗人。”②该书包括《鲸鱼怎样才会有喉咙的》《骆驼怎样才会有驼背的》《犀牛怎样才会有皮的》《豹子皮上怎样才会有斑纹的》《象底孩子》《犰狳底来历》《最早的一封信是怎样写成的》《拿海来做游戏的蟹》《独自行走的猫》《蝴蝶顿脚》10 篇童话。顾均正撰写的《译完后》指出：“这本书中的几篇，非但新奇，幽默，而且又有适当的重复与变异，使读者颇能感到兴趣。”在他看来，《原来如此》的题目很契合儿童的心理，“为什么这样?”“为什么那

① 赵侣青、徐迥千：《儿童文学研究》，上海中华书局 1933 年版，第 89 页。
② 杨镇华：《作者传略》，吉卜林《原来如此》，杨镇华译，上海世界书局 1933 年版，第 1 页。

样?”不是小孩子常常要问的问题吗?①

1933 年 2 月,《现代父母》杂志创刊,由中华慈幼协会发行。在创刊号中,有孔祥熙为该刊物题词及所写的《〈现代父母〉弁言》。陈鹤琴执笔撰写了《〈现代父母〉发刊词》,他认为,“儿童教育是一切教育的基础”,而实施儿童教育最重要的场所,“当然是家庭”,因为“儿童在未进入学校之前,其品性、习惯、身体等,早已经受家庭方面深刻而又长久的暗示,在既进学校之后,每天和家庭方面的接触,仍旧是占着时间的大部分,品性的陶冶,身体的发育,和各种习惯的养成,可说无时不是受着家庭方面的影响,至于知识的灌输,又在其次了”。为此,他主张:“教养儿童,当然要比到教养一切植物来得困难,来得复杂。”该报刊的发行,“就是抱着这个宏愿,认定改进儿童教育要先从父母教育着手的一个目标做去。内容方面,注重父母的人格,父母的身体,父母的知识和技能,以及抚育儿童的常识,和家庭教育的各种材料”。该创刊号刊载了儿童文学作品:儿童小说《老母亲》、范德莹所写儿童诗《渺渺的母亲》、鲁德的儿童诗《在交战之前》、十五岁小学生卢维明的儿童诗《我更爱我的国家》、六郎深痕的儿童诗《你便是民族的母亲啊》。同时还附录一则《日内瓦保障儿童宣言》,内容如下:

> 第一条　儿童应当享受物质上与精神上的种种权利,俾能充分达到他的可能发展。
>
> 第二条　对待儿童的道理:饿的喂养他,病的看护他,迷误的感化他,落伍的提携他,孤苦的救济他。
>
> 第三条　遇到危险,先救儿童。
>
> 第四条　儿童应当有谋生的机会,应当受相当的保护。
>
> 第五条　我们应当教导儿童,使他从小就觉悟他有竭尽才能,为社会服务的责任。②

1933 年 3 月,王人路的《儿童读物研究》由上海中华书局印行。在开篇的

① 杨镇华:《译完后》,吉卜林《原来如此》,杨镇华译,上海世界书局 1933 年版,第 237—238 页。
② 陈鹤琴:《〈现代父母〉发刊词》,《现代父母》第 1 卷第 1 期,1933 年 2 月 13 日。

“卷首话”中,王人路论述了中国儿童教育存在的问题:“拿《三字经》《千字文》《百家姓》《幼学琼林》《四书》《五经》,用一支朱笔,一根藤鞭,和一副私塾先生的道学面孔,栽灌到一般天真的儿童的肚子里去。”随着时代的发展,开始有人意识到要改变这种现状。但是由于对儿童的认识不足,仍然没有跳出中国传统儿童教育的框架,用的不过是些变相的教忠教孝的课文。他还谈到注音字母的使用,打破了很多年来儿童界求智识的文字障碍,中国儿童似乎得到了一种解放,虽然不能完全使用注音字母的读物,但是他坚信这座文言的古关不可能再耸立在中国的儿童界。

对于“儿童文学”而言,王人路认为:“凡是供给儿童阅读的书籍,都是要经过一番文学化。”他提出了将鬼脸、图画、歌声编入字里行间,让儿童一打开书本就可以感受到:“凡儿童的读物都是要经过一番文学化的工夫,对于纯文学和科学都是一样的。”具体而论,那就是“决没有一种不文学化的发牣读物可以适用于儿童”。王人路意识到,外国介绍过来的读物也存在着问题,不能不加选择地介绍。因为中国从来没有一本专门谈论儿童读物的书,所以选择的标准无从说起,这也是其撰写该书的一个重要出发点。

何谓“儿童读物”?王人路将其界定为:“‘儿童读物’就是‘儿童参考书’,它的范围是很宽的;即除成人的读物之外,凡是一切供给儿童的书籍,不论它是图画,或诗歌,或童话,或故事等,都可以概说它是儿童读物。”根据儿童接受心理的特点,他将“儿童读物”分为“纯文学”和“文学化的科学”两类。“纯文学”包括韵文的诗歌等和散文的小说故事等,“文学化的科学”则包括关于自然的故事、关于社会的故事和介乎二者之间的卫生常识的故事。他这样概括道:“儿童读物是供给儿童阅读的书籍,有活泼的思想,有动人的情感,有奇特的想象,用艺术的文字和图画,把他表现出来,而且是能使普遍的儿童懂得且感兴趣的。”①

王人路将“儿童读物”的分类,按照种类,他将其分为儿歌、童谣、民歌、笑话、童话、神话、神仙故事、故事、自然故事、诗、谜语、谚语、寓言、歌剧、话剧、小说、传记、论说。就“儿童读物”选择的标准,王人路认为:“不论是纯文学或是文学化的科学的读物,一定要有活泼的思想,丰富的想象,曲折的故事,有力的描写,才可

① 王人路:《儿童读物的研究》,上海中华书局1933年版,第3页。

以掀动儿童的情感。使他们感着有兴趣，同时，另一方面，又要不背时代精神，切合儿童的环境。”①具体而论，其选择标准如下：

其一，关于歌谣和诗词。歌谣大抵要音节要很好的，使年龄较小的儿童爱听爱唱。内容上不一定有意义，歌句一定要浅易，当然是国语化，而且不能过于冗长，有时有些毫无意义的歌谣，儿童会仅仅为其音节有趣，而十分的爱听爱唱。也有的十分拗口，常是十分长的一句，傲牙拮齿，但这完全是一种取巧了，它的趣味就完全在这上面。

诗词大抵是要一些音节自然，和谐有韵的。因为这是供给较大的儿童的，所以他的内容意义也要很注重；并且诗句的组织都要合儿童语法的程度，且有百读不厌的文学趣味，使儿童能发生一种美感。

其二，关于笑话和寓言。有趣味和含着一点教训的意思的，都可以采用；但对于儿童的道德或修养上有坏的影响或暗示的，应该加以修改，或摒弃不用。总要使他可以帮助儿童理智的发达，从理智上推想的结果，可以得到一种教训，而不至于使儿童得到恶劣的印象或反应。

其三，关于童话、神话、故事和小说。不避神怪，但是用极庄严的文字去描写一个神仙或妖怪，是不相宜的，应该反对的。不怕虚无缥缈的想象，但是一面得引起儿童们的怀疑。不宜谈帝王和贵族。描写儿童生活的材料，多可以采用。

第四，关于谜语和科学游戏。凡属是可以引起儿童研究的兴趣的，或是帮助儿童理智的发达的，都可以采用。

第五，关于歌剧和话剧。这一类多是将诗歌，故事，童话或小说等各种材料，加以制作，使其变为歌剧或话剧，不仅仅可以做国语会话的课本，并且可以使儿童们实演，以发扬他们高等的想象作用，只要是合于上述的原则的，都可以选用。

王人路总结道：“选择儿童读物，这个读物就必须是合乎以上所说的标准，这

① 王人路：《儿童读物的研究》，上海中华书局 1933 年版，第 66 页。

些材料一定是要经过儿童化，文学化，国语化的，才可以算是一个良好的儿童读物。像那些徒有生字，而没有文学价值，不合于儿童心理的死板的课文，枯涩无味的教科书，就不能被称为良好的儿童读物。"①

在简单介绍了德国、英国、美国、日本、俄国、中国儿童读物的情况后，王人路阐述了其对《阿丽思漫游奇镜记》的理解。他指出："这部书，可以说是一部笑话书。笑话书的种类有很多，有讽刺的，有形容过分的，有的是取巧的，有的是自己装傻子的，还有许多别的各种不同程度的笑话，但是这本书的笑话的妙处在于'没有意思'，就是说，这本书的著者，不是用这本书来提创什么主义的寓言的，而只是拿他纯粹当一种美术品来做的。这些没有意思的笑话或是不同的笑话，他的妙处就在于听着好像成一句话，其实不成说话，看着好像成一件事，其实不成事体。这样的是很难得的，也就是这本书的价值所在。"②他还论析了《阿丽思漫游奇境记》的中国译者赵元任的翻译目的和翻译实践。在他看来，赵元任的翻译有如下特点：

1. 用语体文翻译到不失原书的神韵，也就是把他当评判语体文成败的材料。

2. 原书里有许多代名词的区别，例如一首诗里面 he，she，it，they，没有他，她，它以前是不能翻译的。可见语体文和文言文的大差异。他翻译这本书，对于中国语言上有个大的发现，就是将"我们"和"咱们"这两个词的地位分别出来了。

3. 原书里有十来首打油诗，这些东西，似诗非诗，若是译成散文，自然就不好玩了，译成古体诗，就失去了原书的滑稽意味，所以一定要把他译成语体诗，这也是他一种诗式的试验。③

此外，王人路还对安徒生的童话进行了推介。他援引勃兰特对于安徒生童话价值的评价："无论谁自己如果要写故事与儿童看，一定要有改变的音调，突然

① 王人路：《儿童读物的研究》，上海中华书局 1933 年版，第 69—70 页。
② 王人路：《儿童读物的研究》，上海中华书局 1933 年版，第 106 页。
③ 王人路：《儿童读物的研究》，上海中华书局 1933 年版，第 107—108 页。

的停歇，姿态的叙述，畏惧的态度，欢喜的微笑，急剧的情绪——一切都应该织入他的叙述里。他虽不能直接唱歌，绘图，跳舞给儿童看，他却可以在散文里吸收歌声、图画和鬼脸，把他潜伏在字里行间，成为一大势力。使儿童一打开书本就可以感得到。最要紧的，是不要用迂曲的语法，无论甚么事都要说得异常新鲜活泼。安德孙他能知道儿童的幻想，他的起点是由于儿童的游戏性；所以他大部分的童话都是不想有意加入什么思想和教训的；尤其在他改编的童话里，显示得更清楚：那一处是他省略的，那一处是他扩大的。他对于许多哲理和教训之类枯涩无味，减人兴趣的东西，总是删去；而合乎儿童心理的怪诞的事情，常是特别的描写。他觉得人们能够用不合句法成例的句子向人说话，为什么不能照着写呢。他有勇敢的决心，将口语写成文字，他不是作文，只是说话。他把通常的形式改变了一下，不遵仿成人文法的规则，而以儿童的理解力为标准；所以他的童话都写得很自然。康德说：'近于艺术的自然是好自然，近于自然的艺术是好艺术。为什么呢，只是寻求快乐罢了。'他的童话的艺术是同儿童的心情和口语一致。因为他的童话是给儿童看的，所以他用儿童的口语来写儿童们看得懂的话。"①

与安徒生一样享有盛誉的格林，王人路也予以着重介绍。他将格林兄弟所编的童话分为三部分。一部分是 Die Volksmaerchen 民间故事；都是一些平民爱读的故事；一部分是 Die Haus-maerchen 家庭故事，大半是些妇女和老太婆喜欢讲的故事；一部分是 Die Kindermaerchen 儿童故事——童话，这一部分都是一般儿童所爱听的故事。他认为格林兄弟之所以能成名，主要原因在于："他们是以科学的方法收集民间文学，他们的童话是直接从那些平民口中得来的，他们很忠实地将一般平民的那种朴质的语调保留下来了。他们之所以从事这种工作，就是由于童话在人种学和哲学上的价值引起了他们的热心。这也是格林兄弟和安德孙兄弟不同的地方——安德孙是没有注意到童话的科学的价值的。"②

除了对童话作家进行评价外，王人路还评价了黎锦晖的歌剧。他高度肯定黎锦晖在歌剧方面的成就："他的歌剧的出世可以说为中国的小学教育或者说儿童界里开辟了一个新纪元。"在他看来，黎锦晖与安徒生用儿童的语调写童话被讥评不一样，黎锦晖之所以遭到讥评，是因为"他是第一个叫中国的女孩子露着

① 王人路：《儿童读物的研究》，上海中华书局 1933 年版，第 112 页。
② 王人路：《儿童读物的研究》，上海中华书局 1933 年版，第 115—116 页。

大腿表演歌舞的,而被那些一般假道学的活死人出以无感情的毁谤和压迫。因而贫穷也伴随着他而来了"。

最后,王人路还简要地评析了吕伯攸的诗。他指出吕伯攸诗歌之所以受儿童喜欢,主要是他的诗歌大部分都是在儿童的环境里做出来的,所以很能合儿童的脾胃。"他从前是一个小学教员,因此他与儿童接触的机会很多,并且他有一种天赋的童诗才,他所写诗,多是一些音调很好,合于儿童语法,适合儿童心理的,有很幽美的想象和曲折的情感,所以能够得到儿童的欢迎。他的儿歌也是有同一风味的。虽然他在成人队伍里不怎么知名,但是很多的儿童都能够诵读他的诗歌。"①

1933 年 3 月,鲁迅在《申报》副刊《自由谈》上发表了《"人话"》。鲁迅从荷兰作家望蔼覃的童话《小约翰》里菌类的对话出发,认为站在不同的立场,"人话"具有不同的含义。他指出由于太在意讲"人话",法布耳的《昆虫记》也不能免俗,里面夹杂太多"给人科学知识"的人话而破坏了儿童读物本有的趣味。在"人话"的分类方面,鲁迅指出"高等华人"替"下等华人"代言的现象,以此批判"文学家""学者"假借"人话"对青少年进行诱导和利用。②

1933 年 3 月,章衣萍的《寄儿童们》由上海儿童书局出版。作者在该书序言中说他"是一个很欢喜和儿童做朋友的人"③,并阐明了写该小书的目的、经过和对小朋友们最真挚的爱:"自己觉得在上海滩上,整日和那些不做诗的诗人,搁笔的画家,不会作文章的文豪敷衍,倒不如用心用意写些给儿童看的文章,结交许多小朋友,实在快慰得多了……无论我住在哪里,我的家中,总有许多小朋友的足迹。我写这本小书,曾给住在我家中的十几岁小朋友爱生看过,他以为没有趣味或不对的,我都叫曙天替我抄过,并且改过做过了。我不能写什么东西,迎合青年们的喜欢,但迎合儿童们心理的东西,我希望能多写一些,博得小朋友们的喜欢,并且引导小朋友们向上。"④他希望小朋友们能多读书,读好书,成为一个积极向上的人。

---

① 王人路:《儿童读物的研究》,上海中华书局 1933 年版,第 117 页。
② 何家干:《"人话"》,《晨报·自由谈》,1933 年 3 月 28 日。
③ 章衣萍:《寄儿童们》,上海儿童书局 1933 年版,第 1 页。
④ 章衣萍:《寄儿童们》,上海儿童书局 1933 年版,第 1—2 页。

1933 年 3 月，陈衡哲在《图书评论》第 1 卷第 7 期上发表了《介绍几本儿童读物》。有感于"儿童的读物，无论在量的方面还是质的方面，都是十分缺乏与干枯的"，她认为好的儿童读物要满足三个要求："一是兴趣，二是适合于儿童的心理，三是优美高尚的情节与人物。"①因此根据这些要求，陈衡哲推荐了《小妇人》《儿童剧》《夏威夷故事集》与《高丽故事集》等四种读物。

1933 年 5 月，茅盾在《申报·自由谈》上发表了《给他们看什么好呢?》一文。茅盾对当时流行的儿童读物十分担忧。他指出："孩子一年一年大起来，在玩具果饵而外，便又要求着'精神的食粮'了。七八岁的孩子，还容易对付，我们有《儿童世界》《小朋友》等刊物。到十一二岁，他们对于狗哥哥猫妹妹的故事既已不感兴趣，而又看不懂一般的文艺读物，于是为父母者就非常之窘。"意识到这些问题后，"世界少年文学丛书"出版了一系列优质的儿童读物，但是"一则，数量不多；二则，译文偏于欧化，所以孩子们的强烈的知识饥荒还是不能满足"。儿童们虽然常常无书可读，但"就可惜我们不能因噎废食。并且孩子们会偷偷去租看各种'毒物'，任何方法都禁阻不了"。所以他认为急救的方法是："热心儿童文学的朋友联合起来，研究他们的译著何以不受儿童的热烈喜爱。选定比较'卫生'的材料，有计划地或编或译，但无论是编是译，千万不要文字太欧化。"②

1933 年 5 月，瑞士作家尉司的《瑞士家庭鲁宾孙》(上、下册)由上海商务印书馆出版，甘棠翻译，徐应昶校对。该书被列为"世界儿童文学丛书"之一。书前有徐应昶的《校者的话》，他指出："《瑞士家庭鲁宾孙》一书，在欧美的儿童读物中，占很重要的地位，没有一个儿童不爱读，可以算得上是一本名著。"英国保罗夫人(Mrs. M. B. Baull)将它译成英文，一时风行英美各国。保罗夫人是《安徒生童话》和《格林童话》的译述者。"现在这一册《瑞士家庭鲁滨孙》的中译本，是根据一本英文的节述本译的，原书存于商务印书馆编译所。"③此前，彭兆良述译了《瑞士鲁滨孙家庭漂流记》(第 1—4 册)，该书由上海世界书局出版，被列为"世界少年文库 28"。

---

① 陈衡哲：《介绍几本儿童读物》，《图书评论》第 1 卷第 7 期，1933 年 3 月。

② 茅盾：《给他们看什么好呢?》，《申报·自由谈》，1933 年 5 月 11 日。

③ 徐应昶：《校者的话》，尉司《瑞士家庭鲁宾孙》，甘棠译，徐应昶校，上海商务印书馆 1933 年版，第Ⅱ页。

1933年5月，茅盾(署名“玄”)在《申报·自由谈》上发表了《孩子们要求新鲜》。在1933年5月10日，报纸上刊载儿童书局的声明，称当时许多出版商以“新儿童书局”的名义出版儿童读物而引起法律权益的纠纷。对于这种现象，茅盾认为，“从前仅有《大拇指》《无猫国》等童话的时候，倒还没有连环图画小说”，因此“那少数的童话倒是‘独占’的；现在儿童读物的数量多上几千倍，却反不能防止‘连环图画小说’的无孔不入，在这点上，新书业以及儿童读物的作者应该痛自反省”！他将“连环画小说”分为三类：“一是猫哥哥狗弟弟的简单故事，或译或著或取中国民间故事稍加改换，读者对象是七八岁的儿童。二是较为复杂的了，但题材大部分还是属于第一类，偶有历史传说和神话。三是西洋文学名著的译本。”对于初级的儿童读物而言，他认为：“现在的毛病不在书少而在书的内容辗转抄袭，缺乏新鲜的题材。”①

1933年5月，陈伯吹在《儿童教育》上发表了《童话研究》。陈伯吹首先指出童话是儿童读物中的一种儿童文学，已成为儿童教育上的重要工具。他反对那种“注入式”或“命令式”的教育，认为童话给儿童带来了充分的愉悦与兴趣。对于童话的定义，他是这样阐释的：“童话者，小儿语也。”他也认同这种界定：“童话者，儿童所喜听所喜讲之话也。”为了进一步廓清童话的特征，他将其与神话、寓言、故事和小说比较分析，将童话分为“民族童话”“文学童话”“教育童话”“科学童话”“新兴童话”五种。对于童话的作法，他认为可以从起首、中心、结尾三方面入手。在此基础上，他还认为童话是有批判功能的，他呼吁：“现代的童话作家应把握文学的目的，认清儿童将来的责任，启发，暗示，鼓励他们以将来的职责，使他们深深地了解人间的阴暗与悲惨，激发他们对于革命的信心。”②

1933年6月，日本学者永桥卓介的《法国童话集》，经许达年、许亦非合译后在上海中华书局出版。该书列为“世界童话丛书”之一，内收《青鸟》《犹里和亚倍由》《穿靴子的小猫》《盛谎话的袋》《宝石和青蛙》《烟合》《狡猾的坏孩子》《灰色的矮人》《魔法指环》等14篇童话。书前有许达年的《译者小序》，他首先简要地介绍了法国的地理位置及与我国的关系，然后介绍了配洛、都诺耶夫人、萨比诺等人的文学成就，最后他下了这样的结论：“法国的童话，和别国的童话不同：在叙

① 玄：《孩子们要求新鲜》，《申报·自由谈》，1933年5月16日。
② 陈伯吹：《童话研究》，《儿童教育》第5卷第10期，1933年5月15日。

述方面并没有浓厚的国民性表现，这是大家认为很奇异的。”[①]

1933 年 6 月，茅盾在《申报》副刊《自由谈》上发表了《论儿童读物》。茅盾指出：“能够有计划地编印儿童读物，总是对于儿童有益的；但是我的偏见总以为目前迫切需要者，倒是高年级的儿童读物。”针对高年级的儿童读物的编辑计划，他从字数、题材和体裁三方面提出了具体的方案。在字数上，他认为要 3 万到 4 万字。在题材上，他提出了人体构造的概论、宇宙的起源、地球上各种人民的生活状况、科学上的新发明、关于历史等五类；在体裁上，主张用文艺气味浓厚的故事体。[②]

1933 年 7 月，《小朋友》杂志第 559 期至 560 期刊发了翰云、瑞华与达年合写的《中华书局对于儿童们的贡献》。撰写该文的缘由是，他们考虑到不同的儿童有不同的阅读需求，为了“免除这种隔膜起见”，特地将中华书局所出版的儿童读物，“依照程度的深浅，科目的类别，约略归纳起来，做一次有计划的，有程序的介绍”[③]。该文主要分为十部分，分别为：“一、我们为什么要写这篇文字，二、介绍看图识字的读物，三、介绍儿歌新诗、歌曲、歌剧，四、关于说笑话猜谜语表演话剧的读物，五、介绍有趣的童话和故事，六、怎样选读小说，七、你喜欢玩有趣的玩具吗？你喜欢研究制作的技术吗？八、怎样作文？怎样习字？九、介绍基本增进常识的书，十、给高级小学学生看的书。”

1933 年 8 月，鲁迅在《文学》月刊上发表了《我的种痘》。他回忆自己儿时种痘广告的普及以及三种种痘方法：一样是“请痘神随时随意种上去”，一样是“将痘痂研成细末，给孩子由鼻孔里吸进去”，一样是“牛痘”。鲁迅还讲述了自己儿时对“万花筒”的喜爱与想象：“我于是背着大人，在僻远之地，剥去外面的花纸，使它露出难看的纸版来；又挖掉两端的玻璃，就有一些五色的通草丝和小片落下；最后是撕破圆筒，发见了用三片镜玻璃条合成的空心的三角。”他又谈及“种痘”方法的变化以及不同时代情况下的“种痘”情况，还有再见万花筒时的失望，表示对童年丧失的忧思。他以儿童时代吃的东西为例，论析了随着年龄增长“奇

---

① 许达年：《译者小序》，永桥卓介《法国童话集》，许达年、许亦非合译，上海中华书局 1933 年版，第Ⅳ页。

② 珠：《论儿童读物》，《申报·自由谈》，1933 年 6 月 17 日。

③ 翰云、瑞华、达年：《中华书局对于儿童们的贡献》，《小朋友》第 559—560 期，1933 年 7 月20 日。

怪的是味道不如我所记忆的好”,这“倒好像惊破了美丽的好梦,还不如永远的相思一般”①。

1933 年 8 月,《申报》刊发了介绍北新书局出版儿童读物的广告。该广告指出,北新书局的儿童读物已覆盖了小学生读者的各层次年龄段,“既有为低年级阅读的《连续图画故事》60 册,也有为中年级学生翻看的《常识丛书》100 册,还有为中高年级准备的《小朋友丛书》100 册”②。

1933 年 8 月,鲁迅在《申报·自由谈》上发表了《我们怎样教育儿童的?》一文。鲁迅对历史教科书和现实的教科书进行了双向批判。一方面,鲁迅概要回顾了汉、唐宋、清末的儿童“教科书”,质疑了“教科书”观念的腐朽;另一方面,鲁迅分析了新、旧社会转型时期近三十年的中国教科书,批判了新教科书的“复古主义”以及对儿童天性和灵性的压迫。同时,鲁迅认为:“中国要作家,要‘文豪’,但也要真正的学究。倘有人作一部历史,将中国历来教育儿童的方法,用书,作一个明确的记录,给人明白我们的古人以至我们,是怎样的被熏陶下来的,则其公德,当不在禹(虽然他也许不过是一条书虫)下。”他期待儿童教育家在专业领域进行研究。③

1933 年 9 月,鲁迅在《申报·自由谈》上发表了《新秋杂识》。鲁迅从两队打仗的蚂蚁谈及童话作家爱罗先珂对未来战争的担忧,又将蚂蚁中的武士蚁与人类社会的成人做比对,将被武士蚁掠取的愚忠的幼虫和蛹与经受“教育”而“失掉天真,变得呆头呆脑”的孩子做对比,批判了人类社会成人对“幼者”的毒害,同时认为“仗自然是要打的,要打掉制造打仗机器的蚁冢,打掉毒害小儿的药饵,打掉陷没将来的阴谋:这才是人的战士的任务”④。

1933 年 9 月,鲁迅的《上海的少女》刊发于《申报月刊》第 2 卷第 9 号上。鲁迅将目光聚焦于上海的一个特殊群体——早熟少女,她们“精神已是成人,肢体却还是孩子”。中国少女进入险境的原因主要有两个,其一为中国传统文化的吞噬,如“《西游记》里的魔王,吃人的时候必须童男和童女而已,在人类的富户豪

---

① 鲁迅:《我的种痘》,《文学》第 1 卷第 2 号,1933 年 8 月 1 日。
② 《图书广告》,《申报》1933 年 8 月 18 日。
③ 旅隼:《我们怎样教育儿童的?》,《申报·自由谈》,1933 年 8 月 18 日。
④ 旅隼:《新秋杂识》,《申报·自由谈》,1933 年 9 月 2 日。

家，也一向以童女为侍奉，纵欲，鸣高，寻仙，采补的材料”；其二则为西方资本价值观的负面影响，表现在未成年少女学着时髦女人“在店铺里购买东西，侧着头，佯嗔薄怒，如临大敌”[①]。

1933 年 9 月，鲁迅的《上海的儿童》刊发于《申报月刊》第 2 卷第 9 号上。鲁迅认为当时的中国孩子相比较于轩昂活泼的外国孩子，显出衣裤郎当、精神萎靡的特点，应归咎于中国家庭对儿童放任自流和不近人情的教育方式。中国的中流家庭，孩子的教育方法一般只有两种：其一为“任其跋扈，一点也不管，在门内或门前是暴主，但到外面，立刻毫无能力”；其二为“终日给以冷遇或呵斥，甚而至于扑打，使他畏葸退缩”。他随即谈到中国的画本人物带着横暴冥顽的气息，满是衰惫的气象。他认为：“顽劣，钝滞，都足以使人没落，灭亡。童年的情形，便是将来的命运。”同时，他呼吁全社会关注“家庭教育的问题，学校教育的问题，社会改革的问题”[②]。

1933 年 10 月，鲁迅在《申报·自由谈》上发表了《看变戏法》。鲁迅谈及“变戏法”敛财的两种必要工具：一只黑熊、一个小孩子。黑熊的“训练方法”为“打”和“饿”，小孩则与大人串通，在场面上装出“很苦楚，很为难，很吃重的相貌，要看客解救”的样子。而黑熊“是要被虐待至死的，再寻幼小的来”，小孩则是“当大了之后，另寻一个小孩和一只黑熊，仍旧来变照样的戏法”，从此陷入历史循环论。最后，他提出“事情真是简单得很，想一下，就好像令人索然无味。然而我还是常常看。此外叫我看什么呢，诸君？”的疑问和反思。[③]

1933 年 10 月，陈伯吹的《火线上的孩子们》由少年书局出版发行。该书以作者的诗作为序言，内容如下：“黑暗掩盖着地球，是暴风雨的时候！谁还能袖手，悠悠？倚高楼，想舒服，温柔？那天边，光明莫想一线偷——别愁，咱们齐向火线走！奋斗！奋斗！热血洗去黑暗，光明耀在上头！”[④]

1933 年 10 月，江西苏区政府在发行儿童刊物《时刻准备着》，到 1934 年 7 月终刊，总共出了 18 期，其前身是共青团中央机关刊物《青年实话》。《创刊词》

---

① 洛文：《上海的少女》，《申报月刊》第 2 卷第 9 号，1933 年 9 月 15 日。
② 洛文：《上海的儿童》，《申报月刊》第 2 卷第 9 号，1933 年 9 月 15 日。
③ 游光：《看变戏法》，《申报·自由谈》，1933 年 10 月 4 日。
④ 陈伯吹：《火线上的孩子们》，上海少年书局 1933 年版，第 1 页。

有云:“我们应当把这个刊物,发展起来,散布到每个乡村中,使每个儿童都看到。这个刊物的种子将产生无数的儿童刊物,如像苏联的儿童所享受的一样,有成千成万各种的儿童刊物。”①

1933年10月,商务印书馆开始编印《小学生文库》,至1935年4月结束。该文库主编是王云五和徐永昶,共计500册,分社会科学、自然科学、史地、文艺等大类,其中的文艺类如童话、神话等非常适合儿童。对于“小学生文库”的编印,茅盾撰写了《对于〈小学生文库〉的希望》予以推介。他指出:“在此儿童读物贫乏的时候,‘小学生文库’的出现自是造福万众;然而总希望不要再像以前的‘万有文库’拉上许多‘底货’凑数。”他也不讳言之前出版的“少年丛书”,“大多数不合于现代思潮”,也不能将商务印书馆十年前出版的自然科学和文学的儿童读物夹杂在“文库”中,认为这种“回汤豆腐干”的做法是“不成话”的。②

1933年10月,鲁迅在《申报·自由谈》上发表了《冲》。鲁迅首先批判贵阳教育厅长谭星阁得知各校学生集合游行,紧急调动军队镇压学生,从而发生了军车冲向学生队伍,导致“死学生二人,伤四十余”的惨剧,表达了对“小学生”遭屠杀的至痛之感和对屠杀者的蔑视。他以一贯尖锐的语言讽刺屠杀者的无能:“况且冲的时候,倘使对面是能够有些抵抗的敌人,那就汽车会弄得不爽利,冲着也就不英雄,所以敌人总须选得嫩弱。流氓欺乡下佬,洋人打中国人,教育厅长冲小学生,都是善于克敌的豪杰。”他援引《圣经》中“婴儿杀戮”的语句来谴责当局对儿童下狠手的行径。他看来,如果任由这种事情发生,“将乳儿抛上空中去,接以枪尖,不过看作一种玩把戏的日子,恐怕也就不远了罢”③。

1933年10月,孙季叔编著的《儿童文章作法》由上海亚细亚书局出版。关于儿童创作,著者首先提出两个问题:“我们为什么要作文?作文有什么意义和作用?”他的观点是:“我们要知道,作文是自动的,绝不是被动的呵!”同时他也批评了当时儿童创作教育的僵化的状况:“因为课程表上规定着,不得不作;因为先生出了题目,不得不作;或者甚至于为了要得分数,不得不作——那

① 《创刊词》,《时刻准备着》第1期,1933年10月。
② 止水:《对于〈小学生文库〉的希望》,《申报·自由谈》,1933年10月13日。
③ 旅隼:《冲》,《申报·自由谈》,1933年10月22日。

么作文岂不是毫无意义了吗？那样的作文，与小和尚念经又有什么差异呢？”[①]他对“究竟什么叫作文”给出了自己的观点：“作文是表情达意的一种手段或工具正如说话一样。”“我们想到了什么，或者感到了什么，如果只保藏在自己的心里便是思想和感情。要是把它表达出来呢？——用嘴发为声音，便是说用；用笔写为文字，便是作文。说话是把声音组织起来而成为言语，作文是把许多文字组织起来而成为文章。所以思想和感情是心里的言语，文字是纸上的言语——作文便是在纸上说。”[②]在论及“儿童为什么要作文”时，他认为：“我们为了要表达自己的思想和情感，去同别人交流，所以要作文；它的意义和功用完全与说话一样；不过说话不能持久和行远，作文确有更进一步的作用——它还可以补充说话的不足，济语言之穷呢。”[③]他认为好的文章要注意两个条件：第一要真实，第二要明确。[④]

1933 年 12 月，《新儿童报》创刊。该刊以“发扬儿童文化、提倡科学精神”，“供给浅明的时事报告，补充小学校活用教材”为宗旨，向小读者着重介绍“全国各地儿童生活的描述，名胜风景的记载、电影、学校记事”。据盛巽昌的研究，《新儿童报》在民族危机中诞生，“它往往在与小读者讲授知识时，介绍抗日救国的道理。选择的新闻条目，也着意讽刺或揭露日本军国主义，如摘录日本陆军大臣赐予在华的军用犬两头以帝国最高勋章，因为它们侦察看护有‘功’。它对国民党政府时而刺之，揭露它破坏抗日的罪行，当时，由于中国共产党关于抗日主张的影响，十九路军陈铭枢、蒋光鼐、蔡廷锴等在福建成立了抗日反蒋的‘人民革命政府’，蒋介石集团对它采取了坚决消灭的手段，分兵几路进攻福建，并派飞机轰炸福州、泉州（晋江）等地，《新儿童报》代为向上海小读者揭露”[⑤]。

① 孙季叔编：《儿童文章作法》，上海亚细亚书局 1933 年版，第 2 页。
② 孙季叔编：《儿童文章作法》，上海亚细亚书局 1933 年版，第 4 页。
③ 孙季叔编：《儿童文章作法》，上海亚细亚书局 1933 年版，第 5 页。
④ 孙季叔编：《儿童文章作法》，上海亚细亚书局 1933 年版，第 6—9 页。
⑤ 盛巽昌：《解放前儿童报纸鸟瞰》，《现代儿童报纸史料》，少年儿童出版社 1986 年版，第 111 页。

1934 年

1934 年 1 月,赵景深编辑的《童话评论》由新文化书社出版发行。在《序》中,赵景深希望这本书对于教育家、社会学家、文学家、小学国文教师、师范生等都有些帮助。同时,他还向研究者介绍了周作人的《自己的园地》、商务印书馆单行本《儿童文学概论》和《儿童用书研究号》三本书籍。① 该书共分为三部分:第一部分是民俗学上的研究,第二部分是教育学上的研究,第三部分文学上的研究。书中收录了张梓生的《论童话》《童话的讨论》,冯飞的《童话与空想》,中孚的《什么叫神话》,周作人的《神话与传说》《儿童的文学》《王尔德童话》《读〈十之九〉》,胡愈之的《论民间文学》,赵景深的《西游记在民俗学上的价值》《童话家格林兄弟传略》《童话家之王尔德》《安徒生评传》,赵景深与周作人的《童话的讨论》,严既澄的《儿童文学在儿童教育上的位置》《神仙在儿童读物上之位置》,戴渭清的《儿童文学的哲学观》,章松龄的《关于儿童用书之原理》,周邦道的《儿童文学之研究》,饶上达的《童话小说在儿童用书中之位置》,陈学佳的《儿童文学问题》,郑振铎的《儿童世界宣言》《〈稻草人〉序》,胡适的《儿童文学的价值》,郭沫若的《儿童文学之管见》,夏丏尊的《俄国的童话文学》,张闻天和汪馥泉的《王尔德的童话》等。

1934 年 1 月,赵景深创作完成《儿童图画故事论》一文,收于 1982 年 7 月出版的《民间文学丛谈》中。赵景深感慨:“我们中国的儿童真是不幸,成人对于他们,是从来不加注意的。”②由于儿童无法获得属于儿童自己的读物,所以他们只能把目光转向街头的连环画。他批判了当时的一些武侠小说,认为:“许多封建的、顽固的旧思想全灌注到幼儿的脑子里去了。”他分析了当时的一些图画书,包括一些新编的和一些有旧内容的,认为“大都注重在事件的重叠上”③。尤其是

① 赵景深:《序》,《童话评论》,上海新文化书社 1934 年版,第 1 页。
② 赵景深:《儿童图画故事论》,《民间文学丛谈》,湖南人民出版社 1982 年版,第 214 页。
③ 赵景深:《儿童图画故事论》,《民间文学丛谈》,湖南人民出版社 1982 年版,第 214 页。

意尔斯莱(Macleod Yearsley)在《童话的民俗》(*The Folklore of Fairy Tales*)里称这种故事为“重叠趣话”。这种重叠趣话的原来是泰罗(Tylor)的《初民文化》所写,“原来是希伯来的赞美诗,可说是很严肃的宗教文学”。他以宗亮寰编写的《小猪过桥》为例,对其中的内容和形式做了对比,认为“这样的深文奥义,当然不是儿童所能知道的,也不是儿童所知道的。但对于研究或从事编著图画故事者,略知其源流,晓得一首严肃的赞美诗怎样编成游戏的图画故事,也不是全然无益之事”。在论及形式问题时,他仍以《小猪过桥》为个案,与雅科布斯(Mr. Joseph Jacobs)的《印欧民间故事型式表》中“老妇与小豚”式做了对比分析,得出“《印欧民间故事型式表》共七十式,重叠趣话为最后四式,如上所举。好象只有老妇与小豚式曾被引用,其余都不曾利用为图画故事的材料”[①]。在“详例”一部分中,作者对于《替泰鼠》式的故事与《世界民间故事》(*Folk Tales of All Nations*)里的一篇《铁底鼠与塔底鼠》(Titty Mouse and Tatty Mouse)、北新版的《两只老鼠》(丁芬、卫之国编,1933 年版)做了比较分析,认为:“三蠢人是一时不及检查它的本源,暂付阙如。《铁底鼠和塔底鼠》原本就是从雅科布斯的《英国童话集》(*English Fairy Tales*)里取下来的。《亨利播尼》则得之于口碑。”[②]在“评论”部分中,赵景深列出三条关于图画故事的“概论”,内容如下:

1. 周作人的《儿童文学小论》《童话略论》《复叠故事》:“述各事,或反复重说,渐益引长,初无议旨,而儿童甚好之,如 That is the House Jack Built 最有名,是盖介于儿歌与童话之间者,顾在乡村农民亦或乐此,则固未能谓纯属于儿童也。”

2. 黄翼的《神仙故事与儿童心理》指示邓恩(Dunn)和格志(Gats)的研究结果,都以为“重复”可以引起儿童的兴趣。

3. 陈伯吹的《儿童故事研究》对于重叠故事颇为注意,例如第一章引《老妇人和她的猪》(《小猪过桥》)和《小小》(《铁底鼠与塔底鼠》),第二章引《三只猪》和《三只熊》,以及《海纳潘纳》(《亨利潘尼》),这些都是

① 赵景深:《儿童图画故事论》,《民间文学丛谈》,湖南人民出版社 1982 年版,第 215 页。
② 赵景深:《儿童图画故事论》,《民间文学丛谈》,湖南人民出版社 1982 年版,第 220 页。

重叠趣话,《三只猪》并为商务所采用[①]。

在“价值”部分中,作者论析了图画书的价值,内容如下:

1. 重复生字。我以为这是图画故事最大的功能。平常我们教小孩子读书,倔强一些或贪玩一些的每每不肯好好地读下去,读过一遍,就算了事。你要再叫他读,他就要摇头,或者表示不高兴。图画故事因为语多重复,儿童在极浓厚的兴趣中,会自然而然地记得许多生字。这种记忆,可以记得更牢更久,比一时的强记好得多。

2. 多识名物。周作人说:“童话叙社会生活,大致略具,而悉化为单纯,儿童闻之,能了知人事大概,为将来入世之资。又所言事物及鸟兽草木,皆所习见:多识名物,亦有裨诵习也。”这段话完全可以应用在图画故事上。

3. 灌输常识。例如北新的《小猫养蚕》可以使儿童知道一点蚕桑的知识,又如北新的《秋虫游艺会》可以使儿童知道一些关于昆虫的知识。[②]

1934 年 1 月,鲁迅在《申报 · 自由谈》上发表了《漫骂》。在该文中,鲁迅指出:“说儿童为了一点食物就会打起来,是冤枉儿童的,其实是漫骂。”他坚持一贯的观点:“儿童的行为,出于天性,也因环境而改变。”在他的意识中,“打起来的,是家庭的影响,便是成人,不也有争家私,夺遗产的吗?孩子学了样了。”[③]他反对对儿童行为进行过度阐释,并且强调儿童行为的选择与成人行为的影响密不可分。

1934 年 2 月,《生活教育》第 2 卷第 2 期刊载了陶行知的《小先生》。“小先生”理论不仅是陶行知的教育思想,更贯穿他的教育思想。他认为:“普及生活教育所要建立的第一个信念,便是小孩能做先生。”对于“小孩能教大人之铁证”的

① 赵景深:《儿童图画故事论》,《民间文学丛谈》,湖南人民出版社 1982 年版,第 221 页。
② 赵景深:《儿童图画故事论》,《民间文学丛谈》,湖南人民出版社 1982 年版,第 221—222 页。
③ 倪朔尔:《漫骂》,《申报 · 自由谈》,1934 年 1 月 22 日。

观点，他提出“大人能教小孩，小孩也能教大人”[1]，并列出几项证据证明。

1934 年 3 月，日本学者马场睦夫的《意大利童话集》由上海中华书局出版，该书属“世界童话丛书”之一，由康同衍翻译。该书内收《审判官的鼻子》《一批笨人》《石田老公公》《长鼻公主》《聪明的女孩子》《无耳公主》《傻孩子》等 17 篇童话。卷首有康同衍的《译者小序》，他指出：“意大利的妖精，不像别国那样摇曳着阴险恐怖的黑影；它只是和人们融混在一个世界，卷在快乐、趣味、机智和美妙的音乐舞蹈的漩涡里面，就是人们在路上遇到了妖精，也不会感觉到它是个恶魔的。亲爱的小朋友，你读完这本书，会展开你无数的微笑，会燃烧着你欢喜的火焰，尤其是作者把意大利的实在的风土人情描写出来，真好像给我们一本绝好的风土和生活的写真呢。”[2]

1934 年 3 月，William Elliot 的《荷兰童话集》由上海中华书局出版，该书属“世界童话丛书”之一种，由康同衍翻译，发行者为中华书局有限公司，代表人为路戏三。在《译者小序》中，康同衍提道：“我译这本书，赠给可爱的小朋友们，做玩具以外的礼物。亲爱的小朋友！当你们玩厌了玩具，或者做完了功课的时候，你们阅读这本书，或者请妈妈，妹妹，先生们看了书讲给你们听，你们可知道古时候荷兰人的生活、性情和环境的一部分了；同时，你们还会感觉到，人类的生活是进步的，人类是最聪明，又最富于创造性的。”[3]

1934 年 3 月，丰子恺在《小学教师》杂志上发表了《儿童画》。丰子恺阐述了儿童画对于儿童的重要性，也解释了儿童的心理，及儿童的美育观念。对于大人面对孩子在墙上乱涂乱画事件，他觉得虽然这是“有害于整洁，道德及美感的。但当动手销毁的时候，倘得仔细将这些作品审视一下，而稍加考虑与设法，这种家庭的罪犯一定可以不禁自止，且可由此获得教导的良机”。在他看来，“倘得大人们的适当的指导与培养，使他们不必私藏炭条，黄泥块与粉笔头，不必偷偷地在墙壁窗门上涂抹，而有特备的画具与公然的画权，其发展定更有可观。同时艺术教育的前途定将有显著的进步”[4]。

---

① 陶行知：《小先生》，《生活教育》第 2 卷第 2 期，1934 年 2 月 16 日。
② 康同衍：《译者小序》，马场睦夫《意大利童话集》，康同衍译，上海中华书局 1934 年版，第Ⅰ页。
③ 康同衍：《译者小序》，William Elliot《荷兰童话集》，康同衍译，上海中华书局 1934 年版，第 1 页。
④ 丰子恺：《儿童画》，《小学教师》1934 年 3 月 7 日。

1934 年 4 月,黎正甫在《磐石》上发表了《编制公教儿童文学读物的商榷》。黎正甫首先提到了当时儿童读物存在的问题:"公教青年读物与儿童读物的缺乏,我们只须稍为调查国内公教出版物,就可一目了然。"他认为青年读物、儿童读物与青年教育、儿童教育都有着密切的关系。对于成人文学和儿童文学的区别,他指出:"儿童文学的制作,不可不捉摸儿童的心理而凑合他们的趣味。"同时也认为在儿童文学中占有重要地位的是故事、童话:"所谓童话,其取材多怪异离奇,而常为超自然的假设,叙述的手法也很简单。"作者认为,童话和神话又有着区别,因为:"神话是原始人信仰心理发达的表现;传说是原始人口授的历史;而童话则为原始人想象的文学。"在洞悉了原始人和儿童之间存在着差别后,他认为,儿童的心理并不是原始人的心理,儿童的思维也不是原始人的思维。但对于童话,他认为并不是越荒谬越好。他以安徒生童话为例,将其和中国的《西游记》《山海经》《十洲记》做了比较,强调"必须鼓捣儿童文学在教育上的功用,绝不可专为投好儿童的趣味,或不顾到儿童的趣味而忽略儿童的教育"。对文学与教育的关系,他指出:"儿童的头脑虽不能灌输那样复杂的高深的思想,但不妨用这种方法,本某种主张,授予儿童以简单而重要的知识。"在儿童读物的整体把握上,作者不仅关注其中的内容,还关注里面的图画:"至于图画的好处,即在于描摹人物的逼真。在儿童的各种读物中,多插图画,既可引起儿童对于书本发生兴趣,又可增加儿童的理解力。因为图画与文学,本来同属艺术的东西。"但作者还是坚持文学的描写高于图画的描写,强调图画的辅助作用:"只是图画的描绘人物动作是固定的,它的传情与发表思想也是死的。而文学的描写却是活泼的,能不断的连续的描写,一直可以描写到人的内心深处,及变化的情感。"而对于儿童文学编著的方法,作者认为:首先要"认定儿童文学的格式,及其作用,去努力";其次要"揣摩儿童的心理与顾及儿童的认识程度"。在创作方面,则应该抱定这样的宗旨:"即指导公教儿童的正当生活,矫正儿童的谬误行为,灌输儿童以高尚的思想,启发儿童以真理知识。"[①]

1934 年 4 月,鲁迅的《"小童挡驾"》刊于《申报·自由谈》。鲁迅从一些"小童挡驾"式的电影出发,认为:"中国的儿童也许比较的早熟,也许性感比较的敏,

---

① 黎正甫:《编制公教儿童文学读物的商榷》,《磐石》第 2 卷第 4 期,1934 年 4 月。

但总不至于比成年的他的‘爸爸’，心地更不干净的。”他还讽刺中国社会的“父亲们”在性问题上伪善的意淫心理：“他总要‘以己之心，度人之心’，度了之后，便将这心硬塞在别人的腔子里，装作不是自己的，而说别人的心没有他的干净。”①他认为成人应该直面儿童的性教育问题，绝对不能因为成人的性压抑心理来欺瞒儿童的性教育。

1934年5月，鲁迅在《中华日报·动向》上发表《连环图画琐谈》。鲁迅认为民间的《智灯难字》《日用杂字》可以帮助儿童识字，《圣谕像解》和《二十四孝图》都是借图画以启蒙，但是因为中国文字太难，只得用图画来济文字之穷。鲁迅认为连环图画起启蒙的功效，但要启蒙，即必须能懂。而“懂的标准，当然不能俯就低能儿或白痴，但应该着眼于一般的大众”，为进一步阐释，鲁迅以中国画为喻。针对艾思奇先生“若能够触到大众真正的切身问题，那恐怕愈是新的，才愈能流行”的言论，鲁迅持有保留意见，他认为：“不过要商量的是怎样才能触到，触到之法，‘懂’是最要紧的，而且能懂的图画，也可以仍然是艺术。”②即不能切断历史的流脉。

1934年5月，郑振铎在《大公报》上发表了《儿童读物问题》。文章指出：“把成人的‘读物’全盘的喂给儿童，那是不合理的；即把它们‘缩小’了给儿童，也还是不合理的。”郑振铎认识到了安徒生这一特点，“童话有专为儿童写的，也有不专为儿童写的。最有名的童话作家安徒生所做便有一部分不适合儿童的”。同时，郑氏也不主张全盘接受，他提出了有条件的接受方式，对于不合适儿童接受的资源力主剔除：“《伊索寓言》、中国周秦诸子书中的寓言，都是寓着极深刻的哲理与教训的，儿童未必懂，而近代的寓言作家，像克鲁洛夫和梭罗古勃，又都是借寓言以寓其讽刺与悲哀的，也不是恰当的儿童读物。”他进而下了这样一个结论：“凡是儿童读物，必须以儿童为本位。要顺应了儿童的智慧和情绪的发展的程序而给他以最适当的读物。这个原则恐怕是打不破的。”③

1934年5月，针对当时湖南广东两省强行让中小学读经的现象，汪懋祖在《时代公论》上发表了《禁习文言与强令读经》。汪氏指出：“小学读经，故非合理，

① 宓子章：《“小孩挡驾”》，《申报·自由谈》，1934年4月7日。
② 燕客：《连环图画琐谈》，《中华日报·动向》1934年5月11日。
③ 郑振铎：《儿童读物问题》，《大公报》，1934年5月20日。

禁绝文言,似亦近于感情作用。窃谓初级小学,自以全用白话教材为宜。”同时,他又补充:“五六年级,应参教文言。不特为升学及社会应用所需,即对于不升学者,亦不当绝其研习文言之机会也。初级中学国文科文言教材,以限于课程标准,分量至薄。”汪氏对此的解释是:“青年因长久诵习语体,潜移默化,而耽好所谓时代作品;即平易之古文,涵正当之思想,每摒弃不观,独于现代文艺之诡谲,刻画,与新奇刺激,多孜孜不释手,虽检查禁阅不能绝也。其结果则习为浪漫,为机巧刻薄,驯至甘堕于流浪的生活。”①

1934 年 6 月,钱子衿编译、郁达夫和丰子恺校订的《日本少年文学集》由上海儿童书局印行。内收南山正雄的《裸体的国王》、宇野浩二的《摇篮歌的追忆》、小川未明的《两个幸福的人》《国王的饭碗》、秋田雨雀的《狐的同情》《佛陀的战争》《酒与瘦马》、吉屋信子的《光的使者》《剩下的羊和小孩》等童话作品。郁达夫为该译著作序,他重申童话对于国民教育的意义:“中国的童话集成书者,一向就很少很少。只近几年因新书业的丕振,才有几册三不像的儿童读物,流行在市上。但大体也如译者之所说,仅能供幼稚生的阅读而已。高级一点,带有一点艺术性的童话集译,大约要算这一本书导其先路了罢?”②

1934 年 6 月,鲁迅的《玩具》刊载于《申报·自由谈》。在各种洋玩具的包围中,鲁迅先是叹息本土儿童玩具的粗糙和缺少原创性,通过中外儿童的比较,鲁迅指出:“公园里面,外国孩子聚沙成为圆堆,横插上两条短树干,这明明是在创造铁甲炮车了,而中国孩子是青白的,瘦瘦的脸,躲在大人的背后,羞怯的,惊异的看着,身上穿着一件斯文之极的长衫。”继而质疑洋玩具对战争理念的文化输出,再而批判中国上层社会对儿童心理的漠视,最后则盛赞江北一带的江苏人,称他们是制造玩具的天才。在对待外国玩具的态度上,鲁迅肯定国外玩具注重儿童个性发展的一面,同时也警惕西方国家通过玩具对中国儿童文化侵略的另一面;在对待本国玩具的态度上,鲁迅固然批判中国本土创造力的缺失,但也确信“劳动人民质朴的创造才能有强健的民族自信力”③。

1934 年 6 月,奚若译述、叶圣陶校著的中学语文科补充读物《天方夜谭》由

① 汪懋祖:《禁习文言与强令读经》,《时代公论》第 110 号,1934 年 5 月 4 日。
② 《日本少年文学集》,钱子衿编译,郁达夫、丰子恺校订,上海儿童书局 1934 年版,第 1—2 页。
③ 宓子章:《玩具》,《申报·自由谈》,1934 年 6 月 14 日。

商务印书馆出版发行。《天方夜谭》刚传到中国时并不是专门作为儿童文学的，其主要的受众群体为考古学家、历史学家以及嗜好故事与文学的成人。1906 年奚若将该书翻译到中国后，很多出版社将这部书改编成了童话，例如商务印书馆的《能言鸟》《橄榄案》等。

1934 年 7 月，老舍在《论语》第 44 期上发表了《考而不死是为神》。该文是老舍对于考试制度的评论文章，语言生动活泼而有不乏真知灼见。他开章显义："考试制度是一切制度里最好的，它能把人支使得不像人了，而把脑子严格地分成若干小块块。一块装历史，一块装化学，一块……"在他看来，在这么多功课中最难的是作文，"假如题目是'爱国论'，或'天下兴亡匹夫有责'；你的心要是不跳吧，笔下便无血无泪；跳吧，下午还考物理呢。把定律们都跳出去，或是跳个乱七八糟，爱国是爱了，而定律一乱则没有人替你整理，怎办？幸而不是爱国论，是山中消夏记，心无须跳了。可是，得有诗意呀。仿佛考完代数你更文雅了似的！假如你能逃出这一关去，你便大有希望了，够分不够的，反正你死不了了。被'人生于世'憋死，不是什么稀罕的事"①。

1934 年 7 月，穆木天在《申报・自由谈》上发表了《儿童文艺》。在文中，穆木天交代了这样一个事件："日本派了童谣诗人野口雨情到了'满洲国'。据说是有重大的文艺的使命。"穆木天认为"帝国使用着它的御用的童谣诗人麻醉儿童之这件事"应从反面引起反思，"我们是需要有我们的新的儿童文艺家，以解放中国民众为其基本的任务的"。"新的儿童，需要新的文艺。但是，新的儿童文艺，不应是中世风的动物故事，或是理想化了的唯美的歌谣。在现阶段的中国，是不要那种蒙蔽儿童眼睛的东西……""是需要用现实主题，去创造新的儿童文艺的。新的童话，新的童谣，都宜有现实性。从帝国主义压迫中国诸事实，'九・一八'，'一・二八'，以及数年来东北民众的惨苦生活中，我们是都可汲出来新的儿童文艺的主题的。而用那些有真实性的主题，制作出来新的儿童文艺作品来，是大大地可以教育中国儿童的。"②

1934 年 7 月，鲁迅在《文学季刊》上发表了《看图识字》。鲁迅认为中国的儿童用书的纸张、色彩、印订大都远不及别国。他谈及自己儿时所阅的《日用杂

① 老舍：《考而不死是为神》，《论语》第 44 期，1934 年 7 月 1 日。
② 穆木天：《儿童文艺》，《申报・自由谈》，1934 年 7 月 16 日。

字》,指出:"这是一本教育妇女婢仆,使她们能够记账的书,虽然名物的种类并不多,图画也很粗劣,然而很活泼,也很像。"究其原因,就在于绘画者熟悉他所表现的对象。他认为连环画的创作方法为:"观察事物,修炼本领。"同时,他对儿童书的制作提出要求,认为:"给儿童看的图书就必须十分慎重。即如《看图识字》这两本小书,就天文,地理,人事,物情,无所不有。其实是,倘不是对于上至宇宙之大,下至苍蝇之微,都有些切实的知识的画家,绝难胜任的。"[①]最后他直接批评了中国社会对儿童读物的忽视以及对儿童教育的缺失。

1934 年 8 月,魏以新翻译的《格林童话全集》(上、下册)由上海商务印书馆出版。这是中国第一部格林童话全集,书前有《格林兄弟传》。该全集翻译自莱比锡《德国名著丛书》,有一部分篇目来自魏以新的导师欧特曼教授口授。该译本包括 200 个"儿童家庭故事"和 10 个"儿童的宗教传说",共 210 则童话,分上下集两册。"译者的话"中这样写道:"这部《格林童话全集》……共二百一十篇,内有二十一篇是用德国方言写成的……德人亦有十分之六不能完全了解,然译者因为日夕在业师德国语言学家欧特曼教授……手下工作,竟得因其口授而完全译出,颇以为幸!"[②]

1934 年 8 月,鲁迅的《从孩子的照相说起》刊发于《新语林》。文章首先援引一些人区分中国和日本小孩的错误论断:"温文尔雅,不大言笑,不大动弹的,是中国孩子;健壮活泼,不怕生人,大叫大跳的,是日本孩子。"鲁迅联想到自己的儿子在日本照相馆与中国照相馆拍出风格截然不同的照片,一张很"日本",一张很"中国"。他由此展开对"中国式"驯良的思考,认为:"驯良之类并不是恶德。但发展开去,对一切事无不驯良,却决不是美德,也许简直倒是没出息。但中国一般的趋势,却只在向驯良之类——'静'的一方面发展,低眉顺眼,唯唯诺诺,才算一个好孩子,名之曰'有趣'。活泼,健康,顽强,挺胸仰面……凡是属于'动'的,那就未免有人摇头了,甚至于称之为'洋气'"。这种"驯良",也就是奴性,阻碍了民族的进步。同手,他认为在所谓的"洋气"中,有不少优点,是值得学习的。[③]

1934 年 8 月,奚识之译注的《天方夜谭》由上海春江书局出版。该书的一大

---

① 唐俟:《看图识字》,《文学季刊》第 3 期,1934 年 7 月 1 日。
② 魏以新:《译者的话》,《格林童话全集》,上海商务印书馆 1934 年版,第 4 页。
③ 孺牛:《从孩子的照相说起》,《新语林》第 4 期,1934 年 8 月 20 日。

特色便是中英文对照，当时该书的出版目的主要是英文教学，正如夏晋麟在序言中所说："英文在今日的中国，有成为'第二语言'的趋势，成为治学者所必需之工具……然而全国各学校中，英文教学的效率，似乎不能令我们满意。以中学毕业生而论，平均每个中学生，习英文至六七年之久，然而毕业之后，除了师长曾经讲授过的课本以外，不能阅读原文书籍的，是占着绝对的大多数。这是一个很可惜的现象，梁任公先生曾说：'这一种外国语，等于发现一处新殖民地。'（大意如此）"为了使"各校学生得到了这些英汉对照的书籍，可以无师自通，揣摩研究，用以认英文之迷津，入英文学之堂奥"[①]。

1934 年 8 月，陶行知在《生活教育》上发表了《小先生解》。该文以问答的形式对"小先生"理论做了简要评述，全文仅有四段话，内容如下：

"小先生教人我很赞成，但是小先生这个名字未免有些矛盾。"

"何以见得？"

"先出世的是先生，后出世的是后生。后生跟先生学便是学生。小孩子既是后生，又称他为小先生，怎么说得通？"

"生是生活，先过那一种生活的便是那一种生活的先生。后过那一种生活的便是那一种生活的后生。学生便是学过生活的人。先生的职务是教人过生活。在教育不普及的社会里，前代的人的教育机会是被忽略了，被抹杀了，被剥削了。到了这代他们是落伍了，小孩子倒赶在他们前面去，先过了新时代的生活。小孩子先过了这种生活，又肯教导前辈或同辈的人去过同样的生活，是一位名实相符的小先生了。"[②]

1934 年 9 月，茅盾翻译了匈牙利小说家米克沙特的《皇帝的衣服》，这篇译作是茅盾根据 1921 年美国出版社的《外国著名小说集》转译的，英译者为安德伍德。后来，该译作首次发表在 1935 年 11 月文化生活出版社出版的《桃园》里。

1934 年 10 月，日本学者大户喜一郎编的《丹麦童话集》由上海中华书局出版。该书译者为许达年，被列入"世界童话丛书"之一，内收《金色的羽毛》《牛有

① 夏晋麟：《序言》，《天方夜谭》，奚识之译注，上海春江书局 1934 年版，第 1 页。
② 陶行知：《小先生解》，《生活教育》第 1 卷第 12 期，1934 年 8 月 16 日。

四只角》《愚笨的农夫》《绿色的骑士》《我知道的》《寄居在天国》《梦》等15篇童话。书前有许达年的《译者小序》,他首先简要地介绍了丹麦的地理位置及文化教育状况,在谈及儿童文学时着重强调了安徒生的文学地位,“他以卓越的天才,丰满的情趣,写了许多童话,传遍全世界,差不多把全世界儿童的心情,完全抓住了”①。

1934年10月,意大利作家雷巴地的童话《木偶游海记》在上海开明书店出版,翻译者为宋易,该书被列为“世界少年文学丛刊”之一。书前有宋易的《译者序》,他指出,《木偶游海记》是取了科罗狄《木偶奇遇记》里的人物匹诺曹而写成的,雷巴地是意大利著名的海洋生物学家,因而对木偶的“海洋”奇遇经历就比较得心应手。故事虽与原著有很大的差异,但作者对于儿童心灵世界的理解和把握确是极其相似的。该书是其根据英译本转译而成。②

1934年10月,陈济成、陈伯吹撰写的《儿童文学研究》由上海幼稚师范学校丛书社出版。在《自序》中,著者阐明了撰写该书的初衷和方法:“幼稚园教师之修养,与其侧重在智识,毋宁偏注在技能”,“是故幼稚园师范之同学,在校内亟应具备幼稚园中所需要之各种技能为第一要者,殆无疑义……而对于儿童文学一科,尤宜注意于‘讲故事’‘作儿歌’‘编童剧’等之技能修养”。

在界定“儿童文学”之前,著者先对“文学”进行了解释。他们给儿童文学下了这样一个定义:“儿童文学是儿童的文学,它是以儿童的情绪想象思想(虽然作者已不是儿童)形式(儿童本位的文学)构成的文学,此类文学专提供儿童欣赏的(自然成人要欣赏也不会禁止),由儿童的感官可以直接诉于其精神的堂奥的。”进而,将儿童文学与儿童结合起来,“文学是时代的先驱与指导者,儿童文学也不例外,革命的儿童,生长在革命的儿童文学中。所谓革命的儿童文学,非贵族的而应为平民的,非怯懦和平而应为勇敢反抗的,非歌颂过去而应为追求进化的”③。

在探究“儿童文学与儿童”的问题时,著者讨论了三个问题:

一是情绪,作者引用了“鼓吹感情教育为教育的新门径”的犹维尔(J.R.

---

① 许达年:《译者小序》,《丹麦童话集》,大户喜一郎编、许达年译,上海中华书局1934年版,第Ⅲ页。
② 宋易:《译者序》,雷巴地《木偶游海记》,宋易译,上海开明书店1934年版,第Ⅰ—Ⅱ页。
③ 陈济成、陈伯吹:《儿童文学研究》,上海幼稚师范学校丛书社1934年版,第4页。

Jewell)的话来证明感情于儿童的重要性:“是的,唯有当真情共鸣的时候,兴趣横生,儿童乃不厌不倦地磨炼他们的本能。但是引发这样喜悦的情绪,自然只有儿童文学最可能了。所以儿童的健全,基于本能;本能的发展,基于情绪;情绪的培养,基于儿童文学。”同时还援引麦克茂利(McMury)的话来做结:“欣赏的要求与满足,当以文学为最有势力,因其不仅增进智慧与理性,(正如其他科目一样,)还能够给与高尚的情感与艺术的判断,以及道德的情操呢。”①

二是想象。想象是儿童的精神活动中最占有势力的,著者意识到:“想象的价值,是在超越目前狭小的感觉范围,而开展一条思想(这里思想两个字,并不当作一个心理学上的名词用)的路。”但是儿童的想象面临着一个进退维谷的困境,一方面,如果放任他们想象去,因了幻想越过了限度,甚至于实在的事物和幻想的事物,分别不出来,陷入一种危险的境地;而另一方面,儿童如果没有了想象的生活,又会变得索然无味。为此,作者认为要利用好儿童这宝贵的心理,就必须要请教儿童文学了,并且举出这样做的原因:“因为儿童文学,一方面供给他们想象的材料;另一方面指导他们想象的途径,这途径便指出适当的趋向,防止幻想的过度。”②

三是思想。陈济成、陈伯吹认为:“思想是人类的本能,所以儿童也能思想的。此种人生最高的知力的作用,并不是成人的私产,而是从儿童渐渐发展起来。”但他们也指出:“不过儿童经验缺乏,他们的思想,是没有系统的,少有理智成分的,不很正确。”为了避免此等错误,儿童文学是很好的工具,“因为文字是思想的符号,文学是思想的结晶,虽说是儿童文学比较简单,但也自有它的组织与结构。儿童读了之后,兴趣犹为余事,由此思想可有途径遵循,读者愈多,思想将愈发达了。所以儿童文学是儿童思想进步的滋养料”。作者引用怀特莱(Whitley)和杜威(Dewey)的话来作结:“儿童文学中,尤其是童话与小说,是不断地继续供给儿童以新动境,与唤起他们的新问题”,根据杜威所提出的锻炼思想的自然能力:好奇,暗示,次序,“这都是恰好为儿童文学说话的,因为唯有儿童文学能使儿童好奇,能给儿童暗示,能叫儿童有次序”③。

① 陈济成、陈伯吹:《儿童文学研究》,上海幼稚师范学校丛书社 1934 年版,第 6 页。
② 陈济成、陈伯吹:《儿童文学研究》,上海幼稚师范学校丛书社 1934 年版,第 7 页。
③ 陈济成、陈伯吹:《儿童文学研究》,上海幼稚师范学校丛书社 1934 年版,第 10 页。

1934年11月,夏丏尊、叶圣陶、宋云彬、陈望道合编的《开明国文讲义》(共三册)由开明书店出版发行,该书属"开明中学讲义"之一。在文章的选录方面,第一、二两册注重在文章的类别和写作的技术方面,第三册注重在文学史的了解方面,通体阅读之后,就可以得到关于国文科的全部知识。同时,"每篇选文的后面附有解题作者传略以及语释。解题述说那篇文章的来历和其他相关的事项;作者传略述说作者的生平;语释解明文章里的难词、难句"。另外,"在第一、二两册里,每隔开四篇选文有一篇文话,用谈话式的体裁,述说关于文章的写作、欣赏种种方面的项目,比较起寻常的读书法作文法来,又活泼,又精密,读了自然会发生兴味,得到实益。在第三册里,每隔开三篇选文有一篇文学史话,注重文学的时代和社会的背景,并不琐屑地做对于文家和文篇的述叙,不像一般文学史那样枯燥呆板,读了自然会穷源知委,明了大概"①。该讲义中包含了多篇儿童文学作品,如陈衡哲的《小雨点》、周作人的《乌篷船》、叶绍钧的《一个朋友》等。

1934年12月,周作人为李长之的《长之文学论文集》作跋,题为《论救救孩子——题〈长之文学论文集〉后》。周作人不满成人对于儿童的不正常的态度,认为是新礼教下的种种花样。要去除那种操之过急的态度,"先让这班小朋友们去充分地生长,满足他们自然的欲望,供给他们世间的知识,至少到了中学完毕,那时再来诱引或哄骗,拉进各派去也总不迟。现在那么迫不及待,道学家恨不能夺去小孩子手里的不倒翁而易以俎豆,军国主义者又想他们都玩小机关枪或大刀,在幼稚园也加上战事的训练,其他各派准此。"他还认为中国并不重视儿童,也不重视儿童文学,其结果是"儿童文学也是一大堆的虚空,没有什么好书,更没有什么好画"。通过比较,他指出:"在日本这种情形很不相同,学者文人都来给儿童写作或编述,如高木敏雄,森林太郎,岛崎藤村,铃木三重吉等皆是……可惜中国没有这种画家,一个也没有——可是这有什么法子。第一,实在天不生这些人才。第二,国民是整个的,政客军人教育家文士画师,好总都好,坏也都坏,单独期望谁都不成,攻击谁也都不大平安。"这体现了周作人对于儿童与儿童文学现状的担忧和愤懑。②

1934年12月,周作人为翟显亭编述的《儿童故事》作序。文章开篇,周作人

① 《开明国文讲义》,夏丏尊、叶圣陶、宋云彬、陈望道编,上海开明书店1934年版,第1页。
② 知堂:《论救救孩子——题〈长之文学论文集〉后》,《大公报》,1934年12月8日。

简要地介绍了中国童话的历史与现状:“中国讲童话大约还不到三十年的历史。上海一两家书店在清末出些童话小册,差不多都是抄译日本岩谷小波的《世界童话百种》。我还记得有《玻璃鞋》《无猫国》等诸篇。”对于中国童话不兴盛的原因,他将其归因于中国文化的“打圈子”:“在中国革新与复古总是循环的来,正如水车之翻转。”于是,童话的厄运就不可避免:“积极的方面是要叫童话去传道,一边想它鼓吹纲常名教,一边恨它不宣传阶级专政,消极的方面则齐声骂现今童话的落伍,只讲猫狗说话,不能羽翼经传。”他呼吁:“为儿童福利计,则童话仍应该积极地提倡也。研究,编写,应用,都应该有许多人,长久的时间,切实的工作。”他指出翟显亭的《儿童故事》体现了“有心想救救孩子”的思想,他还指出编述童话的困难有二:“其一是材料的选择,其二是语句的安排,这是给儿童吃的东西,要他们吃了有滋味,好消化,不是大人的标准所能代为决定的。”①在他看来,翟显亭编述的方法值得提倡,即将故事交给儿童去读,并给一个分数,满意的就编述,不满意的就淘汰。

1934 年 12 月,陶行知在《生活教育》上发表了《小先生与民众教育》。该文对“小先生为什么能把知识变成空气一样的容易普遍呢”的问题做出回答。陶行知认为:“小先生便是小学生,他早上学了两个字,晚上便可以把这两个字拿去教人;此刻学了一件知识或一种技能,彼时即可以把这一件知识或一种技能去教别人。他不像大先生一样要领薪水,所以我们可以不花经费把教育普及出去。”对于有些人所质疑的“小先生要有相当程度才行”的观点,陶行知认为:“六岁小孩可以做先生,这是有着铁打的事实。当然,小先生所遇到的困难非常多……我们要帮助小先生去解除一难又一难,把教育变成新鲜空气普及出去,以增加大众的新兴力量。”在陶行知看来,“小先生”的问题其实是教育大众化和普及化的问题。而对于民办教育,他认为必须承认:“农人最好的先生,不是我,也不是你,是农人自己队伍里最进步的农人!工人最好的先生,不是我,也不是你,是工人自己队伍里最进步的工人!小孩子最好的先生,不是我,也不是你,是小孩子自己队伍里最进步的小孩子!”②

① 知堂:《〈儿童故事〉序》,《大公报》,1934 年 12 月 26 日。
② 陶行知:《小先生与民众教育》,《生活教育》第 1 卷第 20 期,1934 年 12 月 1 日。

1935 年

1935 年 1 月，徐调孚在《文学》第 4 卷第 1 号上发表了《丹麦童话家安徒生》。他首先肯定了安徒生童话易于儿童读者接受的特点："非但他的句法极易使儿童理解，他的情感更是和儿童接近，深深地进入儿童所能领悟的区域。因此，他的童话每个孩子都喜欢读。"同时，他也指出安徒生童话思想存在的问题，在于"惟有他的思想是我们现在所感到不满意的。他所给予孩子们的粮食只是一种空虚的思想，从未把握住过现实，从未把孩子们时刻接触的社会相解剖给孩子们看，而成为适合现代的我们的理想的童话作家"。"逃避了现实躲向'天鹅''人鱼'等的乐园里去，这是安徒生童话的特色。现代的儿童不客气地说，已经不需要这些麻醉品了。把安徒生的童话加以精细的定性分析所得的结果多少总有一些毒质的，就今日的眼光来评价安徒生，我们的结论是如此。"对于其根源，他指出："原来这时丹麦正在奉行浪漫主义，安徒生的作品正是最充分表现那种思潮的，明白了这时代的背景，我们自然也不会再怪他为什么不能成为一个前进者了。"①

1935 年 2 月，茅盾的《关于"儿童文学"》刊发于《文学》第 4 卷第 2 号上。他指出，"五四"时代的开始注意"儿童文学"是把"儿童文学"和"儿童问题"联系起来看的："'儿童文学'这个名称始于'五四'时代。大概是'五四'运动的上一年罢，《新青年》杂志有一条启事，征求关于'妇女问题'和'儿童问题'的文章。'五四'时代的开始注意儿童文学是把'儿童文学'和'儿童问题'联系起来看的，这观念很对。记得是一九二二年顷，《新青年》那时的主编陈仲甫先生在私人的谈话中表示过这样的意见，他不很赞成'儿童文学'运动的人们仅仅直译格林童话或安徒生童话而忘记了'儿童文学'应该是'儿童问题'之一。"茅盾总结"五四"时期的童话译介情况时说："我们翻译了不少的西洋的'童话'来，在尚有现成的西洋

① 狄福：《丹麦童话家安徒生》，《文学》第 4 卷第 1 号，1935 年 1 月 1 日。

‘童话’可供翻译时，我们是老老实实翻译了来的，虽然翻译的时候不免稍稍改头换面，因为我们那时候很记得应该‘中学为体’的。”在他看来，“一部‘儿童文学’必须有明晰的故事(结构)，使得儿童们能够清清楚楚知道怎样的人是好的，怎样的人是坏的。”他毫不讳言儿童对英雄的崇拜，“儿童是喜欢那些故事中的英雄的，他从这些英雄的事迹去认识人生，并且构成了他将来做一个怎样的人的观念”①。

1935 年 2 月，郑振铎编著的《希腊神话》(上、下册)由上海书店出版。该书是翻译和改写的希腊神话故事集，包括《底赛莱的传说》《安哥斯系的传说》《战神爱莱士系的英雄》《底必斯的建立者》《赫克里士的生与死》《雅典系的传说》《辟洛甫士系的传说》等 7 部希腊神话故事。书前有周作人的《序》，在该序中，周作人回顾了与郑振铎的交往，然后他颇有感触地指出：“可喜别国的小孩子有好书读，我们独无。这大约是不可免的。中国是无论如何喜欢读经的国度，神话这种不经的东西自然不在可读之列。还有，中国总是喜欢文以载道的。希腊与日本的神话纵美妙，若论其意义则其一多是仪式的说明，其他又满是政治的色味，当然没有意思，这要当作故事听，又要讲的写的好，而在中国却偏偏都是少人理会的。”在他看来，郑振铎的《希腊神话》“不但足与英美作家竞爽，而且还可以打破一点国内现今乌黑的鸟空气，灌一阵新鲜的冷风进去”②。在郑振铎的《序》中，他指出：“希腊神话是欧洲文化史上的一个最弘伟的成就，也便是欧洲文艺作品所最常取材的渊薮。”在谈及这些希腊神话时，他说：“这书直译希腊神话诸悲剧和 Ovid《变形记》等书的地方颇不少，故有的时候，有的叙述显得不匀称的冗长。但这对于未问鼎于希腊罗马的弘伟美丽的古典文学的人们，也许便将是一个诱引。打开了一扇窗户而向花园里窥看着时，还有不想跑进去游观的么？”③

1935 年 3 月，斯威夫特(Swift)著、黄庐隐译注的《格列佛游记》由中华书局出版发行。李唯健为该书作序。原书共 24 篇，但该书仅取前两篇——《小人国》和《大人国》。李唯健认为该书“从字里行间可以窥出作者犀利的作风和孤僻的

---

① 江：《关于“儿童文学”》，《文学》第 4 卷第 2 号，1935 年 2 月 1 日。

② 周作人：《序》，郑振铎编著《希腊神话》(上、下册)，上海生活书店 1935 年版，第 6 页。后该序以《〈希腊的神与英雄与人〉》为题刊发于《大公报》1935 年 2 月 3 日。

③ 郑振铎：《序》，郑振铎编著《希腊神话》(上、下册)，上海生活书店 1935 年版，第 7—8 页。

个性。但这本书决不仅以其能冷嘲热讽而为我们所赞赏;它实具有《鲁滨逊漂流记》的鲜明的想象和《天路历程》的热挚的宗教。至于其中讲到善恶的判别,尊卑的区分,更显出作者的社会观察的深刻,但时常把人类全体放在卑恶的圈套中,殊觉其偏见过甚”。对于庐隐的翻译,李唯健认为:“现在姑不论其成绩如何;我以为她能从创作十年的经验中体验出翻译之有必要,因而从事:这不能不算是她的文学生涯中的一个纪念,但不幸上天妒才,不使永年;从此国内少了一位创作上的健将,在翻译界虽然庐隐并未占何地位,但将来的光彩谁又能预料呢?”①

1935年2月,金星的《儿童文学的题材》刊载于《现代父母》上。苏联作家伊林的儿童文学作品引进中国后,金星读到了良友出版的《钟的故事》和《童子奇遇记》,他认为伊林的作品“不论在内容、技巧,和对儿童文学的观点上,都跟前辈先生安徒生、格林、爱罗先珂,及现在尚健在的秋田雨雀,我国叶绍钧……几位儿童文学作家采取了完全不同的路线。”在他看来,伊林等作家虽然创造了一种美好的人生观点,“但是他们这种企图,在事实上很少有实现的可能,因为在这个世界,这个社会上,经济的条件先限制了实现我们理想的乐土。”伊林这一类作家“作品内容,是以物质建设、近世的机械工程、天文地理一切日常生活必要的知识作题材”。因此,“读着这册书的儿童,也跟着那孩子变作了大人”。最后,金星还推荐了当时国内出版的类似的儿童读物,如陈鹤琴编的“科学丛书”、商务印书馆的“小学生文库”,不过他也认为“它们都太注意于科学原理的解释和试验,而忽略了内容的兴味性。结果,弄得枯燥乏味,引不起儿童的接近”②。

1935年3月,茅盾在《文学》上发表了《书报述评·几本儿童刊物》。该文介绍了中国儿童刊物的一般情况:“据上海杂志公司的《杂志月报》(附在《读书生活》后边)第一号调查,儿童读物有(1)《新儿童报》,(2)《小朋友》,(3)《儿歌世界》,(4)《儿童科学杂志》,(5)《我的画报》,(6)《儿童画报》,(7)《小朋友画报》,(8)《小学生》,(9)《高级儿童杂志》,(10)《中级儿童杂志》,(11)《低级儿童杂志》,(12)《儿童良友》。——共十二种。这个目录,大概算不得完备,因为上举的十二种儿童定期刊物都是在上海出版的。”他指出了《童话月刊》存在的问题:那些“半

① 李唯健:《〈格列佛游记〉序》,斯威夫特《格列佛游记》,黄庐隐译注,上海中华书局1935年版,第1—2页。

② 金星:《儿童文学的题材》,《现代父母》第3卷第2期,1935年2月13日。

文半白”“不文不白”的句子；《儿童科学杂志》的最大缺点在于它仅仅能够“明白如话”，而不能“活泼有味”；《儿童杂志》“四平八稳”的写法。对于“教训主义”，茅盾指出：“我们并不是无条件反对儿童读物的‘教训主义’。但是我们以为儿童读物即使是‘教训’的，也应当有浓厚的文艺性；……儿童文学当然不能不有‘教训’的目的，——事实上，无论哪一部门的儿童文学都含有‘教训’，广义的或狭义的；但是这‘教训’应当包含在艺术的形象中，而且亦只有如此，这才儿童文学是儿童的‘文学’，而不是‘故事化’的‘格言’或‘劝善文’。”茅盾指出童话的两大文学质素“幻想”和“荒诞”是金银线，组织成功新的儿童文学。他对创作者提出了如下建议：“儿童们是爱‘奇异’，爱‘热闹’，爱‘多变化’，爱‘泼辣’，爱‘紧张’的；我们照他们的‘脾胃’调制出菜来供给他们，这才能够丰富他们的多方面的知识，这才能够培养他们的文艺的趣味，这才能够使得他们自己不再去抓有毒的小说来瞎吃一顿。”[①]

1935 年 4 月，茅盾的《读安德生》发表于《世界文学》第 1 卷第 4 期上。“安德生”即安徒生。在该文中，茅盾着重转述了布兰特斯的《安德生论》，他认为这篇文章也和安德生童话一样轻松而有趣。他转述了如下内容：“谁要是讲故事给孩子们听，谁就自然而然的会在讲述的时候做许多手势，装许多鬼脸，因为孩子们听故事，同时也当真是看故事，孩子们差不多同狗一样的，一句和气的话或是一声恶狠狠的呼喝倒不如一个和气的手势或者板一板面孔更能惹起他们的注意。因此，谁要是用文字来将故事给孩子听，他必须有这样的本领——音调要能够抑扬顿挫，要能够突然来个停顿。要能够做手势，装出吃惊的一副面孔，要有暗示那故事将要转向快乐方面时的微笑，要能滑稽，能亲热，要有提神的使人忘倦的恳切而认真的口吻——这一切，他必须织进他的文字中，自然他的文章不能够直接唱出歌来，画出彩色来，也不能跳舞，但是他必须把歌，舞，画，都装进在他的文字中，就好比是关牢在那里似的，一翻开书来，它们就霍的直跳出来。要办到这地步，第一，就不要用迂回曲折的叙述，什么都得从嘴巴里新新鲜鲜当场出彩——哦，说是讲出来还嫌不够，应当是咪咪吗吗，帝帝打打，而且是呜嘟嘟像号筒。”[②]这段描写之所以有趣主要在于作者论述安徒生时站在儿童的视角来分析

① 子渔：《书报述评·几本儿童刊物》，《文学》第 6 卷第 1 号，1935 年 3 月 1 日。

② 茅盾：《读安德生》，《世界文学》第 1 卷第 4 期，1935 年 4 月。

其童话的特色,语言优美,形象而生动。

1935 年 4 月,上海书局出版了《我们的旅行记》一书。该书刊载了陶行知的《送别新安儿童旅行团的谈话》一文,陶行知认为:"现在的教育,是要普遍的细胞分裂的教育方法去行。"同时他对儿童提出要求:"你们拿了农民的钱,应该用在农民的身上,归还农民,为农民办学,把些技术给农民,为农民谋幸福,这也是你们要着实干起来的。"①

1935 年 4 月,"申报儿童周刊社"主办的《儿童之友》杂志创刊。周瘦鹃作《发刊词》,如下:

宇宙间的一切,不外乎生息于三个时期以内:过去,现在,未来。人之常情况,总是感伤着过去,不满于现在,而希望着未来。那么,让我们来抓住未来吧!

儿童,是未来的代表者,所以我们对于未来的一切希望,也就整个儿属于儿童们的身上。我们是渐渐地老了,不中用了,眼瞧着这内忧外患相煎相迫的祖国,除了摇头太息外,谁也想不出一个挽救的方法来。所希望者,只得希望我们的富有朝气的儿童们,将来都能把救国救民的一副重担,挑在他们的肩头,仗着大刀阔斧,杀出一条生路来,使我们这可怜的祖国,终于有否极泰来的一天。

可爱的儿童们啊,你们是我们绝望中的一丝希望,黑暗中的一线光明!我们目前虽是沦陷在地狱之中,却期待你们快快长大起来,拯救我们。你们是祖国未来的主人,你们的责任是何等的重大?

然而你们现在还是在幼小的时代,如花含苞,如日方升,甚么都需要我们的扶助与爱护。可是我们自愧力量太单薄了,只能在每星日刊行这一纸小小的《儿童周报》,贡献于我们亲爱的小朋友,给你们每星期日在跑跳玩笑之余,多一种有兴味的读物。小朋友们啊,我们鞠着十二万分的至诚,祝你们智德体三育同时并进,进步无量。②

① 陶行知:《送别新安儿童旅行团的谈话》,《陶行知全集》第 2 卷,湖南教育出版社 1984 年版,第 631 页。

② 周瘦鹃:《发刊词》,《儿童周报》第 1 辑,1935 年 4 月。

1935 年 5 月，鲁迅在《文学》月刊第四卷第五号“文学论坛”栏发表了《人生识字胡涂始》。鲁迅从阅读与写作两个角度切入，反对青少年重回读古书的复古主义道路，主张青少年深化“白话文”的写作目标——“明白如话”。他认为：“我们虽然拼命的读古文，但时间究竟是有限的，不像说话，整天的可以听见。而且自己本是胡涂的，写起文章来自然也胡涂。读者看起文章来，自然也不会倒明白。然而无论怎样的胡涂文作者，听他讲话，却大抵清楚，不至于令人听不懂的——除了故意大显本领的讲演之外。”同时，在语言方面，他认为：“第一是在作者先把似识非识的字放弃，从活人的嘴上，采取有生命的词汇，搬到纸上来；也就是学学孩子，只说些自己的确能懂的话。至于旧语的复活，方言的普遍化，那自然也是必要的，但一须选择，二须有字典以确定所含的意义。”①

1935 年 6 月，陶行知在《生活教育》第 2 卷第 7 期发表了《儿戏与儿教》。该文强调了儿童戏剧的重要性，陶行知认为：“我到现在还相信这些小孩，到上海来是划分了一个新时代。他们的行动证明了穷小孩的力量。凡是见过他们的人，都觉得他们的力量是出人意想之外的伟大。他们不是把儿教当作儿戏，乃是把儿戏化为儿教。”②

1935 年 7 月，鲁迅翻译苏联作家台莱耶夫的《表》在上海生活书局出版。《表》讲述了一个名叫彼蒂加的流浪儿在教养院成长为一个爱好知识、热爱劳动的好孩子，最终归还偷来的一块金表的故事。鲁迅翻译该童话的目的在于：“在开译前，自己确曾抱了不小的野心。第一，是要将这样的崭新的童话，绍介一点进中国来，以供孩子们的父母，师长，以及教育家，童话作家来参考；第二，想不用什么难字，给十岁上下的孩子们也可看。”③1949 年 3 月，范泉根据鲁迅译本改写了该书，书名为《金表》，由上海永祥印书馆出版。

1935 年 7 月，碧云的《儿童读物问题之商榷》刊发于《东方杂志》上。该文认为，儿童的本质是纯洁无瑕，儿童的思想与行为是最容易熏陶习染的。儿童读物在儿童教育上发挥着重要影响，中国的儿童读物却存在着很大的问题。“在坊间已出版的儿童读物，十之八九都是些神奇鬼怪王子公主之陈腐童话，花月猫狗之

① 庚：《人生识字胡涂始》，《文学》第 4 卷第 5 号，1935 年 5 月 1 日。
② 陶行知：《儿戏与儿教》，《生活教育》第 2 卷第 7 期，1935 年 6 月 1 日。
③ 鲁迅：《〈表〉译者的话》，《译文》第 2 卷第 1 期，1935 年 3 月 16 日。

无聊诗歌,以及含有迷信意味,或封建意识色彩极浓重的东西,如:'从前有一个王子,他有三个儿子……''一个人被妖魔迷住了。妖魔变成了一个极美的人和他结婚……'等等,至于儿童所需要的,如以新的技巧所写作的童话、小说、诗歌、故事,内容正和上面相反的暴露着旧式童话中美丽的王国与王子的丑态与残暴,和那些虚伪与迷信一类。"儿童读物的优良对儿童教育的影响甚大,很多人"却终日把天真烂漫的儿童们放在美丽乌托邦的环境,尽量地使他们与现实世界隔离,社会上的黑暗,以及种种的罪恶,不惟不详细地指示儿童去了解,去做正面的认识,反而以这些黑暗与罪恶的美化来蒙蔽儿童,欺骗与麻醉儿童,不管儿童兴味是否正当,而一味以低级趣味的创作去迎合,以致神奇古怪的王子公主的童话,猫弟狗哥胡闹一场的故事小说,直到现在还占着儿童读物中的绝大之数,这种令人痛心的恶劣现象,是负有儿童教育职责的作家专家与出版家们,所以不能辞其咎的"! 为此,他提出:"在新时代里,我们应该创造出新的儿童读物,应以新的观点,新的技巧来创作些适合儿童教育原则的读物。作者还提出了应遵循的教育原则:一是满足儿童的精神活动,二是启发儿童的社会情绪,三是养成儿童自动的学习精神,四是建设儿童优美的品性。"①

1935 年 8 月,上海文化生活出版社出版了《俄罗斯的童话》。该书为高尔基所著,内收童话十六篇,俄文原本出版于 1918 年。鲁迅根据日本高桥晚成译本译成中文,文化生活出版社将其列为《文化生活丛刊》第三种。在该书版权页中,鲁迅写下这样的话:

> 高尔基所做的大抵是小说和戏剧,谁也决不说他是童话作家,然而他偏偏要做童话。他所做的童话里,再三再四的教人不要忘记这是童话,然而又偏偏不大像童话。说是做给成人看的童话罢,那自然倒也可以的,然而又可恨做得太出色,太恶辣了。
>
> 作者在地窖子里看了一批人,又伸出头来在地面上看了一批人,又伸进头去在沙龙里看了一批人,就看得熟透了,都收在历来的创作里。这种童话里所写的却全不像真的人,所以也不像事实,然而这是呼吸,

① 碧云:《儿童读物问题之商榷》,《东方杂志》第 32 卷第 13 号,1935 年 7 月 1 日。

是痱子，是疮疽，都是人所必有的，或者是会有的。

短短的十六篇，用漫画的笔法，写出了老俄国人的生态和病情，但又不只是写出了老俄国人，所以这作品是世界的；就是我们中国人看起来，也往往会觉得他好像讲着周围的人物，或者简直自己的顶门上给扎了一大针。

但是，要痊愈的病人不辞热痛的针灸，要上进的读者也决不怕恶辣的书。①

1935 年 9 月，陶行知在《晨报·普教周刊》上发表了《大不如小》。该文指出“大不如小”的两个原因：第一，小学生生活单纯，能专心做即知即传的工作；第二，小学生天真烂漫，知识私有的习惯未成，很愿意把知识拿来送人。②

1935 年 9 月，风沙的《给少年者》由上海生活书店出版发行。赵景深为其作序，他认为风沙不仅是“文学爱好者，同时又是一个教育家”。在序言中，他没有阐述其他的观点，只是强调了风沙“读书的广博”。为此，赵景深将风沙在作品中所引证的文字全部列举出来：

高尔基的诗、雪莱、济慈、拜伦、安徒生、法朗士、伊索、斯各脱、爱罗先珂、藤田满雄、小泉八云、鹤见祐辅、哥尔德斯密司、司马迁、王安石、顾亭林、喀莱尔、《诗经》《爱的教育》、冰心的《寄小读者》、缪塞、绿漪的《棘心》、萧伯纳、巴金的《新生》、易卜生、屠格涅夫、杜思退益夫斯基、卢骚、莫泊桑、《桑妇谣》《采桑词》、林房雄、朗弗落、左拉、卡萨尔《卡兰市民》、有岛武朗、托尔斯泰的《战争与和平》、施耐庵的《水浒》、贾岛、蒋捷的《一剪梅》、鲁迅的《阿 Q 正传》、沙士比亚、罗斯金、辛克莱、金子洋文、陈文述《插秧妇》、杜甫诗、李绅、郑板桥、范成大、赵执信等的《家诗》、魏用、罢俄的《死囚的末日》、王充《论衡》、叶绍钧的《古代英雄的石像》、哥德的《浮士德》、福罗贝尔的《萨阑坡》等、席勒、爱伦坡、斯蒂芬生、马克吐温、狄福的《鲁滨孙漂流记》、安得孙、柳永的《雨霖铃》、迭更

① 高尔基：《俄罗斯的童话》，上海文化生活出版社 1935 年版，版权页。
② 陶行知：《大不如小》，《晨报·普教周刊》，1935 年 9 月 24 日。

司、威尔斯、李白、般生、巴比塞的《火线下》、郭沫若诗集。①

1935年9月,《儿童日报》创刊。该报纸上印着醒目的标语:“关心国家大事,才是一个爱国儿童”,“《儿童日报》是小学时事学习的现成材料”。据何公超回忆:“为了引起小读者的兴趣,两色套印。内容分四栏:‘国内新闻’‘国际新闻’‘儿童公园’‘儿童习作’。发行人兼主笔黄一德,编辑‘国内新闻’;总编辑何公超,编辑‘国际新闻’。报馆规模小,没有力量聘用记者专门采访新闻、消息。所有国内、国际的新闻,都是从当天的大报摘录改写而成。这样,消息当然要比大报迟一天。从大读者的眼光看来,新闻变成旧闻了。但是,经过改写,文字变得浅显、明白了,给学习时事的小读者以阅读的方便。更重要的是,我们在编写新闻时,对国内或国际的某件事或某些人,在字里行间,总是明显地揭示我们的是非看法和爱憎态度,如拥护抗战,反对投降,斥责卖国汉奸,颂扬抗日将士。”②

1935年9月,《民众先锋》第1期刊载了题为《小朋友发表创作的好机会》的广告。内容如下:“儿童年,是儿童活跃的上上机会,本刊欢迎各地小朋友自动创作寄来本刊发表、更望小学的老师们帮他们的忙。书信、故事,游记,谜语,诗歌,一概都收,俟有相当数量,当辟‘儿童创作特辑’发表。”③

1935年10月,凌叔华的短篇小说集《小哥儿俩》由上海良友公司出版。该书被列为“良友文学丛书之二十”。在自序中,凌叔华写道:“书里的小人儿都是常在我心窝上的安琪儿,有两三个可以说是我追忆儿时的写意画。”④该书出版后,茅盾在其《再谈儿童文学》中予以推介,他认为凌叔华与叶圣陶、张天翼不同的地方在于,“叶张两位先生的给小孩看的作品似乎都是观察儿童生活的结果,而且似乎下笔时‘有所为而为’,所以决不是‘写意画’”⑤。在众多篇什中,茅盾最中意的是《小哥儿俩》《搬家》《凤凰》《小英》《开瑟林》等五篇。他认为作者所要写的是儿童的天真与纯洁。在他看来,凌叔华的儿童小说没有说教的姿态,然而竭力描写着儿童的天真等,这本可以发生道德作用。

---

① 赵景深:《〈给少年者〉序》,风沙《给少年者》,上海生活书店1935年版,第1—2页。
② 何公超:《〈儿童日报〉四年苦斗》,《现代儿童报纸史料》,少年儿童出版社,1986年版,第33页。
③ 《小朋友发表创作的好机会》,《民众先锋》第1期,1935年9月25日。
④ 凌叔华:《自序》,《小哥儿俩》,上海良友出版公司1935年版,第1页。
⑤ 惕:《再谈儿童文学》,《文学》第6卷第1号,1936年1月1日。

1935 年 10 月，陶行知在《晨报・普教周刊》上发表了《再谈大不如小》。该文通过高小学生去叫人识字来推究出“大不如小”的原因①。

1935 年 10 月，钟子岩翻译日本学者松村武雄的《童话与儿童的研究》由上海开明书店出版。松村武雄将童话的内涵界定为幼稚园故事、滑稽谈、寓言、神仙故事、神话、传说、历史谈、自然界故事以及实事谈等。而童话的要素概而言之，即：第一，在儿童的心灵的成长上做重要的职务的，是愉快和兴味；第二，童话是涵养并发达情绪和想象力的；第三，童话能够启发智力和观察力；第四，童话使儿童的社会感和道德感广博而且强烈；第五，童话启发并且锻炼了儿童的美感。为此，著者提出童话研究的三种方式：第一，儿童的心理和生活的研究；第二，童话的民族心理学的、民俗学的以及史的研究；第三，未开化民族的心理的研究。

在著者的意识中，童话之所以能给儿童带来愉悦和兴味，是因为其包含了如下要素：1. 亲密性与反亲密性的交错，2. 观念的想像的要素，3. 艺术的美，4. 诗的正义，5. 儿童的生活和心理的类似。② 他根据杜威的《学校与社会》所述的理论将儿童创造性的反应分为四种：会话的本能、探究的本能、建造的本能、艺术表现的本能。

长期以来，很多人认为让儿童去演儿童剧于教育并无好处，著者并不认同。他指出：“若把二十世纪看作儿童的世纪，则它确是一个‘童话复兴期’。”而在这个“童话复兴期”中，儿童剧是深受儿童青睐的项目。在他看来，儿童剧对于儿童德性的影响是巨大的，具体表现在：一、提高了对于故事中的人物的兴味和理解，二、使表现力发达，三、刺激种种的理想，四、使儿童发出热意和努力来，想由自己来解决故事中所含有的人生种种问题。③ 而对于哪些童话可以用来编制童话剧呢？松村武雄的意见是最富于动作者、最富于情绪的活动者、事件为儿童所熟悉而便于处置者、儿童所热心地希求戏剧化者。

该著探讨的一个核心问题是童话的种类问题。就幼稚园故事而言，著者认为应用最简短的形式来表达，主要有两类：一、故事的全部或大部分具有协韵的诗的形式者；二、虽然不用诗的形式而用散文的形式，但它的文句和全体的结构

① 陶行知：《再谈大不如小》，《晨报・普教周刊》，1935 年 10 月 1 日。
② 松村武雄：《童话与儿童的研究》，钟子岩译，上海开明书店 1935 年版，第 11 页。
③ 松村武雄：《童话与儿童的研究》，钟子岩译，上海开明书店 1935 年版，第 43 页。

有一种节奏者。[①] 著者将滑稽谈界定为以兴味为中心的故事;至于它的兴味,大都是由滑稽、诙谐而起。它主要分为无意义谈和笑话两类。“无意义谈,是形式简素,毫无意义的故事”,而“笑话是以滑稽、诙谐的趣味为其本质要素的简单的故事”。对于古已有之的“寓言”而言,著者认为它“是借了生物或无生物,来说述道德的喻言的故事”[②]。因而这种文体教训是第一位的,兴味是第二位的。他特别之处,这种文体是很呆板矜重,只用了教训来传达终究无法引起儿童的兴趣。著者将神仙故事“童话界的国王”,针对有人将童话和神仙故事等同的观点,著者并不认同,他认为童话是“给予儿童的故事”,神仙故事不过是童话的一种而已[③]。他对神话的界定是:“想把自然和人事解释明白的质朴的民族,向他们认为和人类有相通的关系的超自然的灵格,投入自己的思想和感情去,而产生出来的关于宇宙诸存在的发生、血统、行为等的故事的记录。”[④]

1935年11月,陶行知的《怎样做小先生》由上海生活书店出版发行。该书收录了《怎样做小先生》一文,该文主要从“为什么要做小先生”“找学生”“课本要不要”“识字呢,读文呢?”“活动材料”“留声机和无线电”“图画书之功用”“知道什么教什么”“教人的时间”“不要摆架子”“虚心求学”“教你的学生也做小先生”“小先生团”“一变二”“钉住你的学生也让你的学生钉住你”等方面展开论述[⑤]。

1935年12月,湖南省立农民教育馆编辑委员会编辑的《湖南儿童歌谣》由湖南省立农民教育馆出版发行。该书属“农教丛书”之一,欧阳刚为该书撰写序言。他引用《易经》“蒙以养正,圣功也”来立论:“幼稚的儿童,从事学习,往往妨碍其身心的发育。”在他看来,蒙书之作用,主要表现在“唱游戏一类的歌”,因为“一方面能使儿童发生快感,他方面能令儿童的胸部及气管,得以混动开展”[⑥]。他还引用了《乐记》“用勇有义,非歌孰能保此”来强调歌谣之于儿童的重要性:“歌之为言也,长言之也。说之故言之,言之不足故长言之。”他的结论是:歌唱

① 松村武雄:《童话与儿童的研究》,钟子岩译,上海开明书店1935年版,第55—56页。
② 松村武雄:《童话与儿童的研究》,钟子岩译,上海开明书店1935年版,第64页。
③ 松村武雄:《童话与儿童的研究》,钟子岩译,上海开明书店1935年版,第70页。
④ 松村武雄:《童话与儿童的研究》,钟子岩译,上海开明书店1935年版,第85页。
⑤ 陶行知:《怎样做小先生》,《普报·普教周刊》,1935年5月14日—8月20日。
⑥ 《湖南儿童歌谣》,湖南省立农民教育馆编辑委员会编,湖南省立农民教育馆1935年版,第1页。

“实在是涵养儿童德性的良好工具”①。

1935 年 12 月，毛秋白在《教与学》第 1 卷第 6 期上发表了《儿童剧与学校剧的变迁》。该文较详细地论述了学校剧和儿童的历史。文章开章明义：“人们听到学校剧这个名词，或许要当做是教育上一种新的尝试，其实它是一件历史上很古的事件。”该文追溯了学校剧的历史，从希腊罗马中世纪时期，到索福客莱斯、幼里彼得斯、伊士奇拉斯的剧本、柏拉图的《共和国》。乌衣金斯的翻译剧、教父所作的《格言集》与亚乌索牛斯的《七贤人剧》早期戏剧，按照毛秋白的理解，应该是以荷拉比柴自己写的剧本在宗教学校上演为起点。他又提到英国在 12 世纪就有人已经在宗教学校尝试宗教剧，以圣卡沙林的戏剧在宗教学校表演作为开端，到 14 世纪末由儿童开始表演，最后在 15 世纪开始在学校大为发展这一过程来说明儿童剧的起源与嬗变。后来出现了许多学校剧的反对者，新拉丁语也开始逐渐被一些学校所采用，其中最著名的是拿夫由斯的《亚考拉斯他斯》。因为拿夫由斯幼年时受过宗教学校的教育，在后来宗教改革中陷入信仰烦闷之中，三十岁因为攻击了僧侣的生活的腐败，因此被捕；获释后再度遭到攻击，三十二岁的时候写了伟大的学校剧《亚考拉斯他斯》。② 该剧六十多年内发行了五十多版，德国、英国、法国均有该书的译本。随着新拉丁剧《亚考拉斯他斯》产生的是波得克斯大学的白加南教授的四篇拉丁剧，他的剧本也确认了拉丁剧产生的价值。可那时拉丁语已经失去了以往的地位，学校剧也因此走向衰落，因此在 17 世纪学校剧差不多已经失去了原有的地位。但学校剧的衰落并没有影响学校剧的别种形式的艺术的衰落，邬达尔的“Christmas play”在英国以英语的形式开始发展起来了。不止在英国，这时的德国学校剧也发展了起来，而且德国发展起来的学校剧场和英国有很多不同，德国主要是提供给宗教的道德训练用的。到了 18 世纪，这些学校剧又走向衰微的边缘，即使在英国并未走向灭绝，但也鲜有显著的纪录传下来。到了 18 世纪末叶，法国的吉林斯伯爵夫人开始为儿童创设了世界上最初的教育剧场，因为伯爵夫人受到卢梭《爱弥儿》的影响，所以在她看来儿童戏剧的特点就是不能以文字写成的教训和历史来教化儿童，这样便可以使

① 《湖南儿童歌谣》，湖南省立农民教育馆编辑委员会编，湖南省立农民教育馆 1935 年版，第 2 页。
② 毛秋白：《儿童剧与学校剧的变迁》，《教与学》第 1 卷第 6 期，1935 年 12 月 1 日。

他们体会到教科书上所学不到的精神。

1935年12月,朱友亮在《东山》第1期上发表了《儿童文学之我见》。朱友亮认为:"要改造国家社会的根本,须得改造各个分子国民,而尤须从儿童改起,才是彻底的,透彻的,这因为现在的儿童,就是将来国家的分子,就是将来的国民。"按他的说法,先要有优美的儿童,才会有优美的国民,才能培养出优美的社会。而要有高洁的精神的儿童,他认为必须将建设重心放置于爱美的艺术上。而艺术的范围是广泛的、复杂的、和谐的,他强调:"儿童文学尤能于不识不知之间,引导儿童入于优美之境,高洁之境,使以发展其良知良能。"可儿童文学并不是一件容易的事情,在创作儿童文学时,他指出应该注意以下四点:一是儿童文学应以儿童本位的文学书写,二是儿童文学要绝对有乐观而前进的精神,三是儿童文学应含有教训的成分,四是儿童文学应存有民族意识。①

1935年12月,心岂在《东山》杂志上发表了《儿童文学中应否采取物语问题》。文章对当时儿童问题的讨论做了回顾:"这个时代是被爱伦凯称为儿童世纪的,我国政府特颁定今年为儿童年,未始不含有重大意义。因此,近来各处对于儿童文学的探讨,是非常的热闹。"当时围绕儿童文学的物语问题的讨论如火如荼,作者列举了当时反对儿童文学中运用物语的三大理由:一、养成不正确的观念,二、违背自然律,三、阻碍科学思想的发展。对第一个理由,作者提出:"儿童因富于好奇心,仍欢喜这种故事,而同时物语本身充满了浓厚郁的想象的价值之故。倘我们再进一步说,猫狗,鸦雀,他们也许确能够说话,不过我们人类听不懂吧了。"他结合幼年时的经历:"幼时,很喜欢看听物语一类的故事,虽有许多在实际生活中没有,然年纪稍大,就彻底明白其非真实性……所以说物语要养成儿童不正确的观念一点,我以为不必多虑。"对于第二个理由,作者认为:"违背自然规律,'猫狗说话''鸦雀问答'确实不符合科学原理,但最要紧的问题是能否把握住'儿童文学'究竟是属于'文学'范围,而非属于'科学'范围。"在他看来,"儿童文学中可以有违背自然的地方,正如成人文学中有神秘主义,超现实主义一样地不足为怪。任何一个科学发达到极点的国家,绝没有干涉文学中的违背自然律的举动,同时这些文学,亦决不会影响科学的前进,毫无疑义"。对于当时有人提

① 朱友亮:《儿童文学之我见》,《东山》第1期,1935年12月5日。

出儿童文献"阻碍科学思想的发展"的观点,他并不认同:"欧美的儿童,他们所阅读的童话,物语故事的书,在量上不知道要比中国儿童要多到好几倍,可是,我们并没有听见欧美儿童就因此科学思想说是阻碍了,反之,他们儿童对于科学上的知识,或许比我国一般中学生还要来得好!又,外国有许多科学家,在儿童时期嗜好童话物语故事哩!"他引用苏俄的例子进一步指出:"苏俄自革命后,对于儿童读物就有严格禁止,隔离现实违背自然的规定。但自一九三二年春季起,一恢复开始比较自由的政策,就是儿童读物中可以酌量采取神话物语的成分了。"对于在童话中积极采取物语的问题,他提出了三点理由:一、适合儿童好奇的本能,二、易引起儿童的兴趣,三、可以发展儿童的想象力。不过在具体实施时,他认为有几点需要竭力避免:一是荒唐无稽的,二是凶恶可怕的,三是不合人情的,四是消极悲观的。①

1936 年

1936 年 1 月,叶圣陶在《新少年》上发表了童话《"鸟言兽语"》。该童话的新颖之处在于用麻雀和松鼠之口来谈论"鸟言兽语"的问题。麻雀的话颇有深意:"咱们说咱们的话,原不预备请人类写到小学教科书里去。既然写进去了,却又说咱们的话没有这个资格!要是一般小学生将来真就思想不清楚,行为不正当,还要把责任记在咱们账上呢。人类真是又糊涂又骄傲的东西。"②后面的情节有力地表明:与"人言人语"相比,"鸟言兽语"则更实在。

1936 年 1 月,茅盾在《文学》月刊上发表了《再谈儿童文学》。他先以阅读凌叔华的《小哥儿俩》的感受开篇,充分肯定了凌叔华"写意画"的创作思想。同时他也指出:"我是主张儿童文学应该有教训意味。儿童文学不但要满足儿童的求知欲,满足儿童的好奇好活动的心情,不但要启发儿童的想象力、思考力,并且应当助长儿童本性上的美质:天真纯洁,爱护动物,憎恨强暴与同情弱小,爱美爱

① 心岂:《儿童文学中应否采取物语问题》,《东山》第 1 期,1935 年 12 月 5 日。
② 圣陶:《"鸟言兽语"》,《新少年》第 1 卷第 1 期,1936 年 1 月 10 日。

真……所谓教训的作用就是指这样地'助长''满足'和'启发'而言的。"①

1936年1月,尤炳圻翻译英国作家格莱亨的《杨柳风》由上海开明书店出版。该书是"世界少年文学丛刊"之童话的一种,卷首有周作人的"题记"和译者的"序"。关于《杨柳风》这一长篇童话,周作人曾在1930年撰写过一篇文章予以介绍。他叙述了自己的阅读经历:"这本《杨柳风》我却是一拿来便从头至尾读完了,这是平常不常有的事,虽然忘记了共花了几天工夫。书里边的事情我也不能细说,只记得所讲的是土拨鼠、水老鼠、獾、黄鼠狼,以及'癞施堂的癞施先生'(Mr. Toad of Toad Hall),和他老先生驾汽车、闹事、越狱等事的。"在周作人看来,《杨柳风》是20世纪的儿童文学的佳作,"它没有同爱丽思那样好玩,但是另有一种诗趣"。他重新引用《土之盘筵》和《儿童剧》的话来传达"迎合儿童心理供给文艺作品"的初衷。②

1936年1月,迟受义在《师大月刊》上发表了《儿童读物研究》。该文围绕"儿童读物在教育上的价值""研究的目的,方法和经过""儿童读的是些什么?""阅读兴趣 A.性别与阅读兴趣 B.年级与阅读兴趣""今后儿童读物的新大陆""调查以后"第几方面展开。在"儿童读物在教育上的价值"中,作者认为:"儿童有儿童自己的独立生活,不是缩小的成人,更不是成人的附属品。"并且他认为在儿童生活时期,"若强迫他作转念的准备,受壮年的教育,岂不是破坏了儿童时代的生活了么"?因此,他指出:"我们既以儿童为本位,做主体,那么就应根据儿童的心理和需要,供给他们一些适当的误读,来满足他们的内部的生活——精神生活。"尤其是对于教育的目的,他主张:"在辅导儿童身心的自愿的发展,不能加以任何外力的干涉。"由于作者在1934年在师大平民学校教学,调查研究了大量的儿童读物,但当时作者对于儿童的阅读现象提出了一系列问题:"儿童为什么这样爱读侠义小说?为什么喜欢连环画小人书?他们在功课以外到底读了些什么?他们所读的东西有没有毒质?对他们有没有不良的影响?"在学生中做了系统的调查后,他呼吁:"一方面要积极创作良好儿童读物,一方面更须改革现社会的经济组织,如此,不良儿童读物才可绝迹。"③

① 惕:《再谈儿童文学》,《文学》第6卷第1号,1936年1月11日。
② 岂明:《〈杨柳风〉》,《骆驼草》第15期,1930年8月18日。
③ 迟受义:《儿童读物研究》,《师大月刊》第6卷第24期,1936年1月30日。

1936 年 2 月，周作人的《安徒生的四篇童话》刊发于《国闻周报》第 13 卷第 5 期上。这四篇童话分别是《火绒箱》《大克劳斯与小克劳斯》《豌豆上的公主》《小伊达的花》。这些童话由开格温（R. P. Keigwin）翻译，拉佛忒夫人（Gwen Raverat）作木版画三十五幅。周作人引述了大段开格温写的《译者小引》里的话，这其中对于安徒生文体的论述成为后来研究者经常引用的："他抛弃了那种所谓文章体，改用口语上的自然的谈话的形式。"在与印该曼的信中，安徒生说道："我写童话，正如我对小孩讲一样。""那文体应该使人能够听出讲话的人的口气，所以文字应当努力去与口语相合。"在语言的运用上，安徒生擅用"谈话的笔法"："如干脆活泼的开场，一下子抓住了听者的注意，又如常用背躬独白或插句，零碎的丹麦京城俗语，好些文法上的自由，还有那些语助辞——言语里的点头和撑肘。"同时，开格温也提出了安徒生的另一个特点："那些童话是对儿童讲的，但大人们也可以听。"正因为如此，童话的言语并不以儿童的言语为限。在该文中，周作人还援引了托克斯微格所写的《安徒生传》里的文字来论述，在该文中，托氏列举了当时批评安徒生童话的两种声音。对此，周作人并不认同那些批评者要求童话传达教训的言论，他结合中国当前的文化语境论析道："那些批评在中国倒是不会被嫌憎的，因为正宗派在中国始终是占着势力，现今还是大家主张读经读古文，要给儿童有用的教训或难懂的主义，这与那两个批评是大半相合的。"①

1936 年 2 月，鲁迅在《海燕》月刊第 2 卷上发表《难答的问题》。鲁迅从"儿童节"谈起，他指出近年向儿童们说话的刊物越来越多，"教训呀，指导呀，鼓励呀，劝谕呀，七嘴八舌"。有感于《申报》儿童专刊上有一篇文章在对儿童讲《武训先生》，他批判了伪道德家们训导儿童的伪善。文章作者针对武训先生通过乞讨的方式存钱开办学校的故事对儿童提出问题："小朋友！你念了上面的故事，有什么感想？"鲁迅以"大朋友！你讲了上面的故事，是什么意思？"的回答对成人进行反讽。②

1936 年 4 月，陶行知的《儿童节对全国教师的谈话》刊载于《生活教育》第 3 卷第 3 期。对于"儿童的教师应该怎么干"的问题，陶行知给出的答案是："第一，追求真理，第二，讲真话，第三，驳假话，第四，跟学生学，第五，教你的学生小学

① 知堂：《安徒生的四篇童话》，《国闻周报》第 13 卷第 5 期，1936 年 2 月 10 日。
② 何干：《难答的问题》，《海燕》第 2 卷，1936 年 2 月。

生,第六,和学生、大众站在一条战线上。"[①]

1936年4月,胡风的《关于儿童文学》收录于其《文艺笔谈》一书中。该文论述了"五四"以来中国儿童文学发展的状况,认为儿童文学依然被冷淡地放在"文坛"的领域之外。在创作上没有真正回答过儿童对于文学的要求,文学批评也没有把那些儿童读物当作对象。儿童读物一部分是外国儿童读物的翻译或改作,一部分是民间传说的记录,一部分是历史人物的演义。他充分肯定了叶圣陶的《稻草人》与张天翼的《大林和小林》《秃秃大王》的文学价值。在他看来,由《稻草人》到《大林和小林》,大概还不到十年的时间,但天翼的童话取了和《稻草人》完全不同的崭新的样相。"作者摆脱了以往的儿童文学的传统,他的新奇的想象和跳跃的笔法所传达的内容是儿童的兴味和理解力为基础的社会的批评。"[②]

1936年4月,陶行知在《永生周刊》第1卷第5期上发表了《谈谈儿童节》。对于"谁的儿童节"这个问题,陶行知指出:"过节的意思,有的是纪念以往,有的是尊变现在,有的是创造将来。以往只有悲哀现在无可享受的穷孩子是要把这儿童节的刺激变成战斗的力量,从今日起就开始动手创将来的黄金时代。"而对于"儿童需要怎样的礼物"等问题,他认为:"他们需要爱。我也曾经给过他们一些神秘的爱。我现在知道他们不需要这种歪曲的爱。爱的教育是不能兑现的。爱的教育容易捧,容易哄。溺爱是有害的,把小孩拉住使他们不能向前跑。小孩所需要的不是爱而是了解。"[③]

1936年4月,周作人为其即将出版的《绍兴儿歌述略》作序,该文刊于《歌谣》第2卷第3期上。在文章的开篇,周作人指出故乡给他影响最大的言语,亦即方言:"普通提起方言似乎多只注意那特殊的声音,我所觉得有兴趣的乃在其词其句,即名物云谓以及表现方式。"他交代了自己搜集和整理儿歌的历程,"笺注这一卷绍兴儿歌,大抵我的兴趣所在是这几个方面,即一言语,二名物,三风俗"。他引述其《歌谣与方言调查》里的话予以说明:"我觉得现在中国语体文的缺点在于语汇太贫弱,而文法之不密还在其次,这个救济的方法当然有采用古文

---

① 陶行知:《儿童节对全国教师的谈话》,《生活教育》第3卷第3期,1936年4月1日。
② 胡风:《关于儿童文学》,《文艺笔谈》,上海书店1936年版,第67页。
③ 陶行知:《谈谈儿童节》,《永生周刊》第1卷第5期,1936年4月4日。

及外来语这两件事，但采用方言也是同样重要的事情。”[1]应该说，古文、外来语、现代汉语、方言的融合极大地丰富了儿童文学创作的语言形态。周作人对方言的强调在这篇文章中充分地体现出来。

1936 年 5 月，英国作家罗斯金的《金河王》由王慎之翻译后在上海启明书局出版。该书被列为“世界文学名著”之一。书前有王慎之所写的《译者小引》，该文首先简要地介绍了罗斯金的生平及创作情况，“《金河王》是他的童话，里面充满着温柔的感情和高尚的理想，实在是很好的儿童读物”[2]。《金河王》在中国有多个译本[3]。

1936 年 5 月，意大利作家契勃尼的童话《木偶游菲记》由上海启明书局出版。该书是江曼如根据派屈利（A.Patri）的英译本转译而成。书前有江曼如的《译者小引》，她首先指出该书是“一本给孩子看的好书，也是一本给大人看的奇书”。相较于《木偶奇遇记》，《木偶游菲记》里的匹诺曹已经长大一点了，他“从本国意大利泅过红海，冒险跑到了非洲去”。在她看来，该书具有“教育的意味”，作者“将故事与教训融为一体了，而且书中毫无神道说教禽言鸟语之失”[4]。

1936 年 5 月，罗荪在一般文化出版社出版的《野火集》上发表两篇文章：《关于儿童读物》和《再谈儿童读物》。罗荪指出，儿童节各大书店都有儿童读物出售，但他认为有的书里或多或少含了毒素，这是需要警惕的。这些书主要分为三类：一是养成崇拜黄金心理的，二是养成崇拜权力的心理的，三是养成迷信心理的。有些图书不过是“把中国神仙，换上外国王子、仙女”。在他看来，写童话是不易的，一些作品，“不单是内容贫乏和单调，形式也很蹩脚。连句子还在用着‘不文不白’的话来写，并且不是光顾了兴趣，忘记了内容所给孩子们的影响，就是没有兴趣的单为教训的文章”。他肯定了叶圣陶的《稻草人》、张天翼的《大林和小林》为童话所起的示范作用，还着重介绍了爱罗先珂和伊林的儿童文学作

① 周作人：《〈绍兴儿歌述略〉序》，《歌谣》第 2 卷第 3 期，1936 年 4 月 18 日。

② 王慎之：《译者小引》，罗斯金《金河王》，王慎之译，上海启明书局 1936 年版，第 I 页。

③ 《金河王》最早的中国译本是由谢颂羔翻译的，该书由上海开明书店 1928 年 10 月初版，被列为“世界少年文学丛刊：童话 3”。1931 年 12 月，丁同力翻译了《金河王》，该书由上海世界书局出版，被列为“世界少年文库 8”。1947 年 11 月，严大椿翻译了《金河王》，该书由上海大东书局出版，被列为“世界童话名著”之一。

④ 江曼如：《译者小引》，契勃尼《木偶游菲记》，江曼如译，上海启明书局 1936 年版，第 I 页。

品。他总结道:“新的时代要为新的儿童创作新的童话,它们不再是岳武穆刺字,司马温公打缸故事的复写,或是王子公主仙女的神怪的传说,而是心的知识的灌输,用孩子的话,孩子的情感,孩子的故事来给予孩子新的知识。”[①]罗荪认为,儿童是天真的,成人给他们什么读物,他们就会接收什么,并没有选择的能力。针对当时的儿童读物,他指出:“除了一些猫儿狗儿的,就是一些专门注射英雄思想的人物传记,自然人物传记的读物并不能说坏,但是需要一点选择,这就不能不顾虑到一点孩子们的环境了。”他批评了中国的儿童读物还停留在旧的阶段里:“不是麻醉,就是粉饰。尤其是写童话的作家们,大抵又不肯对孩子们的环境加一点注意,在用语方面,就常常忽略了,把成年人的习惯言语都注到儿童读物里,不能不说是‘不负责任’吧?!”[②]

1936年5月,茅盾的《不要你哄》发表在《文学》月刊第6卷第5期上。茅盾指出,近年来儿童的读物出版得不少。“三十年前,我们只有《大拇指》《无猫国》,二十年前我们还只有二三本浅近的科学谈话如《千里眼》,十年前我们把《树居人》《穴居人》之类当作宝贝;但是现在,我们但看生活《全国总书目》的《全国儿童少年书目》,吓,‘堂堂’一百〇五面的书目,几乎可说是天文、地理、历史、社会科学、自然科学、文艺、道德修养,乃至笑话、谜语、语文、百科辞典、百科全书——凡是成人的图书馆卡片上应有的节目,莫不有专给儿童读的著作了!”然而,茅盾也认为《全国儿童少年书目》可能有忠实正确的“自然科学”“社会科学”等知识,但大多数是承袭误谬的理论与学识,或者是支离割裂、凑搭敷衍——客观上是在“哄”[③]。

1936年5月,梦野在《文学青年》上发表了《饥饿的儿童文学》。他以饥饿的儿童的乞讨为出发点,认为跟他们谈起“儿童文学”,给他们讲一套“一个山洞里藏着金银”“天上落下玉米”“公主在樱桃园里跳舞”之类的话,无异于欺骗,是没有效果的。儿童文学与大多数贫穷的孩子是无缘的。“有人写一部书把这许多现象告诉给那些总算幸福识得字的小学生么?有人培养他们的‘同情心’,有人培养他们的‘人类爱’,有人指示他们‘社会的生路’和‘民族的生存’么?”为此,作

① 罗荪:《关于儿童读物》,《野火集》,汉口一般文化出版社1936年版,第15页。
② 罗荪:《再谈儿童读物》,《野火集》,汉口一般文化出版社1936年版,第19页。
③ 波:《不要你哄》,《文学》第6卷第5期,1936年5月1日。

者认为:“要写一部告诉饥饿儿童之所以挨饿的理由,怎样可以走到不挨饿的前途的书,一部告诉幸福的孩子一些贫穷的悲惨的不合理的故事的书,一部教全中国的小朋友一致起来不愿做小亡国奴和反对大汉奸的书,一部教全中国小朋友爱国,爱民族,爱世界,反对强暴,做一个堂堂的大国民的书。”①

1936 年 5 月,丰子恺在《浙江青年》第 2 卷第 7 期上发表了《版画与儿童画》。该文以苏联的版画展览会在上海开幕为创作语境,丰子恺对此有些自己的感想与体会,于是撰写此文。对于什么是版画,他认为:“简单地回答:版画不是描在纸或布上的画,是刻在木头等硬物上而印刷出来的画。版画不是作一次只得一幅的画,是作一次可印刷许多的画。”对于什么是“儿童画”,他的观点是:“儿童画是思想感情特殊而绘画技术未练的一种人所描的绘画。儿童画是重兴趣而轻理法的,近于漫画的一种绘画。”他还特别强调:“儿童画因为是重兴味而轻理法的儿童的作品,故画面当然也比成人的画小,笔法大概比成人的画粗率,色彩也比成人的画强烈。全体的印象大概比成人的画奇特。”②

1936 年 5 月,吴研因在《中华教育界》第 23 卷第 11 期上发表了《清末以来我国小学教科书概观》。他首先回顾民国初年教科书出版的状况:“民国元年,中华书局崛起,发行一套新中华教科书,这类教科书,文字反不简明。虽然因为政治的关系,很被小学教育界所采用,但是不旋踵而就自然消灭。”对于晚清儿童读物,他将其分为两种:“一种是启蒙的,例如《三字经》《百家姓》《千字文》《神童诗》《千家诗》《日用杂字》《日记故事》《幼学等》;一种是预备应科举的考试的,例如《四书》《五经》《史鉴》《古文辞》之类。”对于这两种,他的态度是否定的:“这些读物,有的没有教育的意义,有的陈义过高,不合儿童生活。而且文字都很艰深,教学时除了死读、死背诵之外,也不能使儿童们明了到底读的是些什么。”小学教科书变革的兴起给儿童教育带来新的希望,他的改革方案是“最好把现在的小学教学书跟从前的小学教科书,互相比较研究,再跟现代各国的小学教科书,互相比较研究,憨厚详细地分析说明”。

寻绎国文教科书的重大改革,吴研因将其归纳为以下几点:一、白话文的崛起;二、儿童文学的抬头;三、教育目的的逐渐正确;四、教材分量的逐渐增加;

① 梦野:《饥饿的儿童文学》,《文学青年》第 1 卷第 2 期,1936 年 5 月 5 日。

② 丰子恺:《版画与儿童画》,《浙江青年》第 2 卷第 7 期,1936 年 5 月。

五、写作渐多艺术兴趣;六、编制渐可手脑并用;七、国语读本从单字起进而为后整段的故事起;八、国语教材的编排有无组织进而为有组织;九、插图,从单色进而为复色或彩色,数量增加,形式也生动了;十、课文之外的粗边线、书名、页目等一切足以妨碍儿童实现或有损书的美观的东西,都逐渐取消了。在文章中,他花了较大的篇幅来比较中国和欧美教科书的优劣,他的发现是:一、欧美最进步的小学国语教科书,生字复习次数很多;我国的国语教科书,生字复习的次数较少。二、欧美小学教科书的教材分量多,插图彩色图也多而精美;我国小学教科书的教材分量少,插图也比较地少而草率。三、欧美的小学教科书,印刷精良,装订坚固;我国小学教科书,印刷装订都草率得多。四、欧美的小学教科书,各科都能平均发展;我国小学教科书,只有国语科用书进步得最多,其余各科用书,进步很少。为此,他提出了改进的方案:小学教科书,固不免有粗制滥造,但是有些人有着颜色眼镜或者存着破坏的心思,批评小学教科书,说这样不好,那样不对,甚至把最进步的教科书,也批评得"体无完肤",这也不是一个好现象。《新学制课程标准纲要小学过于课程纲要(1923)》颁布后,小学国语教科书开始将儿童文学作为主体。吴研因在《清末以来我国小学教科书概观》中说:"新学制小学国语课程,把'儿童的文学做了中心,各书坊的国语教科书,例如商务的《新学制》,中华的《新教材》《新教育》,世界的《新学制》……就也拿儿童文学做了标榜,采入了物话、寓言、笑话、生活故事、传说、历史故事、儿歌、民歌等等。"也有人反对吴研因的观点,吴研因也在《清末以来我国小学教科书概观》中曾经评论在论证中有些人"恨不得把儿童文学撵出小学教科书去"①。该课程方案凸显出儿童本体审美主义的教育理念,同时也引发了诸多争议,论争主要围绕儿童文学的主旨、教育性还是文学性、语言用文言还是白话等几大问题展开。

1936年7月,傅东华、郑振铎主编的大型文学刊物《文学》刊发了一期《儿童文学特辑》。内收有茅盾的《大鼻子的故事》、老舍的《新爱弥耳》、叶圣陶的《一个练习生》、王统照的《小红灯笼的梦》等儿童小说。傅东华译的苏联童话《筑堤》,以及沈起予译的高尔基的论文《儿童文学的"主题"论》、郑振铎的《中国儿童读物的分析》(上篇)、茅盾的《儿童文学在苏联》三篇论文。该刊主编在《编后记》中指

① 吴研因:《清末以来我国小学教科书概观》,《中华教育界》第23卷第11期,1935年5月。

出:"这特辑意在给儿童们与'大人们'一种新的提示,新的儿童观。"显然,主编的意图及特辑内容都显示了30年代儿童文学在逐步走向正视现实、反映时代。集内以多篇文字介绍苏联社会主义儿童文学,也显示了当时我国儿童文学的一个发展倾向。

高尔基的《儿童文学的"主题"论》最早刊发于1933年10月17日的《消息报》第255号,文章名为《论主题》,是高尔基基于儿童文学专门出版社的创立而写的。在该文章的开篇,高尔基就说:"儿童读物的主题问题,显然就是儿童社会教育的方针问题。"他结合自己国家的实际指出:"在我国,教育的意义就是革命;也就是将儿童的思想从他祖辈和父辈们的旧生活所预定的思想技术习惯和思想错误中解放出来。"在他看来,对于儿童教育而言,光有事实、思想和理论是不够的,还需要对儿童叙述劳动过程。他以原始神话为例分析得出:"原始神话里没有一个神不是能手,这些神都是技术熟练的铁匠,或是猎人、牧人、航海者、音乐家、木匠;女神也是一些能手:织女、女厨师、女医师等。被称为'原始人的宗教创作'的东西,其实是完全没有神秘性的纯艺术创作。"

该文着重提出了儿童创作和儿童读物可以发掘的主题,这些主题包括地球、空气、水、植物、动物、人怎样地出现在地球上、人怎样地学会思考、人怎样地使用起火来、人怎样会减轻自己的劳动和改善自己的生活、铁及其他金属的使用对人有什么意义、关于甜酸咸淡、关于科学工作中的奇迹、思维和事业、关于未来的技术、人为什么以及怎样地创造民间故事、宗教是什么及为什么会臆造出来、科学怎样使人变成巨人、为什么会有"无"、两个自然等。他还指出:"没有被劳动和科学承认的那种幻想的故事已经不存在,必须给儿童们以合乎现代科学思想的要求或假说的故事。儿童们不仅应该学习计算和测量,也应该学习想象和预见。"同时,他也强调儿童文学创作者和儿童读物重视语言问题,"简单、有趣而没有任何说教地和儿童们谈最大的主题是可能的。明白,朴素的文体并不能由降低文学的质量得来,而是由真正的技巧才能做到的"。最后,他发出这样的呼吁:"有志于儿童文学的作家必须考虑到读者年龄的一切特点。违背这些特点,他的著作就会成为没有对象的、对儿童和大人都无用的东西。"①

① 高尔基:《儿童文学的"主题"论》,沈起予译,《文学》第7卷第1号,1936年7月1日。

郑振铎的《中国儿童读物的分析》指出，中国传统教育借助强有力的手段剥夺儿童的主体价值，使之成为承载传统伦理道德的顺民和工具："中国旧式的教育，简直是一种罪孽深重的玩意儿，除了维持传统的权威和伦理观念（或可以说是传统的社会组织）外，别无其他的目的和利用。"注入式的教育方法给儿童灌输了"忠君孝父的伦理观念；显亲荣身的利己主义；安分守己的顺民态度；腐烂灵魂的反省的道学的人格教学"。在分析中国传统读物时，郑振铎认为除了"道学的人格教育外"，这些读物在语言上也对儿童毒害很大，"以严格的文字的和音韵的技术上的修养来消磨'天下豪杰'的不羁的雄心和反抗的意识，以莫测高深的道学家的哲学和人生观，来统辖茫无所知的儿童。而所谓儿童读物，响应了这种要求，便往往成了符咒式的韵语，除了注入些'方块字'的形象之外，大都是使他们茫然不知所谓的"。尽管郑振铎认为儿童读物应该以"儿童为本位"，但也指出："绝对的'儿童本位'教育的提倡，当然尽有可资讨论的余地。"①

茅盾的《儿童文学在苏联》比较系统地介绍了苏联儿童文学的发展现状及采取的举措。在茅盾看来，世界各国儿童读物之销数恐怕没有比苏联更大。究其因，苏联的儿童是很不寻常的读者。茅盾介绍了苏联举行的"儿童文学大会"，大会决议了苏联所有的优秀作家（专门儿童文学的与非专门的）和教师们、父母们以及少年先锋队的组织，通力合作，创造出值得苏联儿童阅读的儿童文学；决议翻译世界儿童文学和青年文学的名著，格林兄弟、安徒生、狄更斯、雨果、马克·吐温、大仲马、司汤达、威尔斯等都在被翻译之列。大会还决议要多出"神幻故事"，而这种神幻故事必须是新的，"要适应儿童们对于奇幻的和梦想的天性之爱好，但是当然也不要旧的'神幻故事'的什么仙女、侏儒、巨人、魔窟；新的'神幻故事'一定要有泼刺的想象，但同时一定不能是超现实的玄想；一定要有'奇迹'，但这'奇迹'一定不能是什么神，仙，灵鬼们玩的把戏，而是'人'的应用行为所成就的空前的新文化"。对于旧的"神幻故事"的杰作，苏联儿童文学界也批判地接受着，《渔夫与鱼》和《快乐的裁缝》就是典型的例证。同时，苏联儿童文学大会又一重要决议是将动员苏联的'能够写出生动而有趣的文字'的科学家和儿童读物的作家与编辑人通力合作，编出科学的儿童读物给年龄较大的儿童。②

① 郑振铎：《中国儿童读物的分析》，《文学》第7卷第1号，1936年7月1日。

② 茅盾：《儿童文学在苏联》，《文学》第7卷第1号，1936年7月1日。

1936 年 9 月,《儿童日报》创刊,发行主笔为黄一德,总编辑为何公超。据盛巽昌回忆:"这是当时带有抗日反帝色彩的进步报纸。该报创办是为了配合小学教育,'是小学时事教学的现成材料'。"①《儿童日报》的政治倾向是宣传"抗日救国",并且多次报道傅作义杀敌胜利的新闻,出版《援绥专号》。抗日战争爆发后,设在租界的该报,介绍了新四军东进浴血战场的消息,报道新四军在东战场有二十多万积极准备反攻。《儿童日报》也常常和儿童通信,勉励"共同努力,把有钱人的资本家推倒,使贫富不分,方能得到真正的一律平等"②。

1936 年 9 月,阎哲吾的戏剧理论著作《学校剧》由上海商务印书馆发行,该书属"戏剧小丛书"之一,发行人为王云五,该丛书的拟目及约人编纂,均由向培良、徐公美主持。王云五在为《学校剧》作序言时明确地表明了编纂该套图书的态度:"本丛书立意在于供给戏剧各部门的知识,分类取材,以切合实用为主。"在分析当时中国戏剧发展状况时,他也指出:"自西洋话剧(drama)传入我国,与旧有的戏剧,颇不相侔。其间轻重,不能以数言决定。但发扬意思,促进文化,究话剧为宜。"同时他也指出:"drama 虽传自西方,但我国自有其特殊的国情,故多逐译西籍,不尽适合。"最后他对这套丛书的特色做了总结:"本丛书限于体例,故叙述必求简明。务求撷取精华,删去浮词,故简而能尽,详而不繁。专门研究者不觉其庸浅,初入门径者不觉其艰涩。"③

在第九章的"儿童剧"中,阎哲吾从"儿童与演剧""戏剧与儿童教育""怎样制作儿童剧本""儿童剧的导演工作""儿童剧的音乐""儿童演剧的时间与场所""开办常设儿童剧场底建议"七个方面展开论述。他还归纳了儿童剧在教育中的九种功效:"一、儿童剧是切合儿童需要的,二、儿童剧是培养儿童团体团结精神的,三、儿童剧是启发儿童的智慧的,四、儿童剧本是训练儿童表现能力的,五、儿童剧是培养儿童的记忆力与学习的趣味的,六、儿童剧是帮助学校训育的,七、儿童剧是统一语言的工具,八、儿童剧是锻炼儿童的身体与姿态的方法,九、儿童剧是艺术教育的最好的方法。"他认为儿童剧的取材必须符合五个方面:"一、儿童本位的,二、幻想的,三、动作的,四、历史的,五、道德的。"他强调

① 盛巽昌:《解放前儿童报纸鸟瞰》,《现代儿童报纸史料》,少年儿童出版社 1986 年版,第 113 页。
② 盛巽昌:《解放前儿童报纸鸟瞰》,《现代儿童报纸史料》,少年儿童出版社 1986 年版,第 114 页。
③ 王云五:《戏剧小丛书编纂例言》,《学校剧》,上海商务印书馆 1936 年版,第 1—2 页。

在制作儿童剧的时候还需留意制作时的条件:"一、人物的描写,二、对话及歌曲,三、剧本的长度和分幕,四、剧本中角色的多少。"①

1936年10月,英国作家兰辛的《罗宾汉故事》由上海启明书局出版,译者为李敬祥。卷首有李敬祥的《小引》:"在我国儿童读物的荒芜园地里,罗宾汉确是一朵新生的鲜艳之花。……书中描写的绿林好汉,但都是真正有为勇敢仁义的青年,能激发读者的侠义心肠,并非我国一般剑侠小说的荒诞不经相比。"②在此之前,杨镇华也曾翻译了兰辛的《罗宾汉故事》,该书由上海世界书局出版,被列为"世界少年文库20"。

1936年10月,鲁迅的《"立此存照"(七)》刊载于《中流》半月刊第1卷第4期上。该文以1936年9月27日《申报·儿童专刊》刊发梦苏的《小学生们应有的认识》为例,批判了当时国民心态中"大国民的风度"说。鲁迅一眼穿透了"大国民的风度"背后新的主奴关系。如文章篇末所说:"这'大国民的风度'非常之好,虽然那'总禁不住''同情的愤慨',还嫌过激一点,但就大体而言,是极有益于敦睦邦交的。不过我们站在中国人的立场上,却还'希望'我们对于自己,也有这'大国民的风度',不要把自国的人民的生命价值,估计得只值外侨的一半,以至于'罪加一等'。主杀奴无罪,怒杀主重办的刑律,自从民国以来(呜呼,二十五年了!)不是早经废止了么?"鲁迅还于文末发出"真的要'救救孩子'。这于我们民族前途的关系是极大的"的呼声。③

1936年10月,陶行知的《今日之儿童》由上海生活书店出版发行。该书中有《儿童的世界》一文,陶行知认为小孩子"毕竟是小孩子对于大人的压迫是不断地反抗。一座小小的火山,只要是活的,自然时常喷出火焰来"。作者呼吁:"我们要创造儿童的世界。"同时他也指出:"这个儿童世界不是由大人们造好之后,现现成成的交给小孩子去享受。大人代儿童造的世界必是于儿童有害的。儿童的世界是要由儿童自己动手去创造。我们要停止一切束缚,使儿童可以自由活动,这儿童的世界,才有出现可能。所以我们最重要的工作在解放儿童的头脑与

① 阎哲吾:《学校剧》,上海商务印书馆1936年版,第50—52页。
② 李敬祥:《小引》,兰辛《罗宾汉故事》,李敬祥译,上海启明书局1936年版,第1页。
③ 晓角:《"立此存照"(七)》,《中流》第1卷第4期,1936年10月20日。

双手；儿童的手脑一经解放这新的儿童世界自然会应运而来了。”①

1936 年 10 月，全国儿童年实施委员会编印了《儿童问题讲演集》。这是一本讨论儿童问题的演讲集，出版目的是“以供国人留心儿童问题之参考”②。该讲演集中有民国二十四年六月八日第二次全体委员大会的决议：“在儿童年实施期间设置‘儿童问题讲座’，请由中央广播电台定期与每周兴起日十九时三十分至二十时，讲演儿童问题。”同时也说明了这些演讲集的来源：“各期讲演题材及演讲人员，由本会委员会及各组延聘之专家分别认定，依照排定之讲演日程，按期讲演。”该书涉及儿童问题的范围非常广，儿童教育、儿童卫生、儿童心理、儿童救济的内容占大多数。虽然该演讲集大多数内容涉及儿童问题，但也不乏对儿童文学思想具有启迪作用或史料研究价值的篇目，例如吴研因的《清末以来我国小学教科书概观》（该篇目原载于 1935 年 5 月《中华教育界》第 23 卷第 11 期）、马客谈的《欧美儿童教育状况》、俞子夷的《儿童本位教育》、高君珊的《父母教育问题》、潘公展的《儿童教育与救国运动》、萧孝嵘的《儿童心理卫生》等。

1936 年 11 月，何公超在《儿童日报》上发表了两篇纪念鲁迅先生的文章。内容如下：

> 当海宁路暗杀日本人的事情发生以后，上海有家报纸的“儿童专刊”上发表了一篇短论，里面说是中国人打死外国人，那罪名应该比打死中国人加重一倍。
>
> 先生看了，愤愤地说：“因多病不能看书，但报纸总不能不看。以为翻翻儿童读物总没有什么吧，一翻就翻出这样的东西。什么话！中国人的生命比外国人贱。已经开始替人家向孩子们灌输奴才思想了！”③

1936 年 11 月，徐子蓉在《光华大学半月刊》第 5 卷第 2 期上发表了《从表演法上研究童话的特殊性》。通过分析金斯莱（Kingsley）的《希腊英雄传》

① 陶行知：《儿童的世界》，《陶行知全集》第 3 卷，湖南教育出版社 1984 年版，第 153—155 页。
② 《儿童问题讲演集》，吴研因、俞子夷等编，全国儿童年实施委员会印行 1936 年版，第 1 页。
③ 何公超：《〈儿童日报〉四年苦斗》，《现代儿童报纸史料》，少年儿童出版社 1986 年版，第 33 页。

(*Heroes*)、克洛士(A.Cruse)的《北欧神话》(*Myths of the Norsemen*)以及著名的《埃及神话》(*Myths of the Egyptians*),徐子蓉阐明了两个概念:"神话的题材是人和妖魔仙怪们的一些离奇的事情,它的意旨大抵是应了某种预言之类,多数的结果是悲剧;它的表演法尽量跟随故事的进展,而尽使读者们感到叙述的'惊奇'。"对于儿童小说,他以《爱的教育》《好妻子》《小妇人》为个案进行研究,得到的结论是:"(一)儿童小说的题材大多是人类本身的事,少恐怖的成分,近乎现实,它的用意总是增多儿童的机智,改善儿童的生活;(二)它的表演法绝不会借'神秘'的成分以'演进',几乎和普通一般小说的手法大同小异。"在论及"童话和神话是更有密切的关系"时,他认为"神话是初民时信以为然传说着的故事",因此单从神话的著作上来看,可分两种:"一种是神话式的童话,一种是现实主义的童话。"另外还有"中间层的童话":"是介乎这两者中间的童话。"但无论是神话式的童话、现实主义的童话还是中间层的童话,"它们和神话的关系比较和儿童小说的关系更为密切"。而童话"是介乎神话和儿童小说中间的童话,它和神话的关系当然较儿童的小说加倍密切了"。在"童话表演法的特殊性"中,他认为在表演法上,童话和神话比较,可以分为四项:"第一,童话的叙述不只是事件的说明,它是较神话多含有'真理'的成分——所以它的文章是'意'的叙述,不专是造'事'的叙述;第二,童话表演的手法,其范围不像神话那样寥廓无边际;第三,神话的构成多曲折繁碎,是纵切面的,而童话,它却可以是横断面的、经济的、直截精悍的、单纯简明的;第四,童话的表演法能兼顾事实和神妙,且两者加以调匀,而神话的表演往往把前者忽略了,常常使读者有'虚无'的感觉。"在神话和儿童小说的区别问题上,他将其归纳为两方面:"第一,童话能把一切非人的东西'人格化',由这些人格化的东西相互间所发生的事便是童话的一部分的材料;第二,好多地方,童话较儿童小说更能有在范围以内不合情事的表演的可能。"①

1936年12月,高士其为《抗战与防疫》一书撰写序言。该序言开篇就指出:"目前的世界,有两种摧残生命的恶势力,在我们的周围潜伏着,有的已经在发动了。"这两种势力,"一个是战争的祸首,一个是疫病的元凶"。他向儿童们呼喊:

---

① 徐子蓉:《从表演法研究童话的特殊性》,《光华大学半月刊》第5卷第2期,1936年11月7日。

"那么，我们应当怎么办呢？无疑地对于野蛮无理的侵略，我们要马上抵抗。对于残酷无情的疫病，我们要赶早防御，不能再拖延了！'抗战！抗战！积极抗战！抗战到底！'这是今日中国民众的呼声！我们相信，在这国家生死存亡的关头，除了少数无耻的汉奸和怯弱的惟武器论者而外，我们四万万有热血硬骨的同胞，没有一个不主张抗战的。"①同时"防疫和抗战一样，是要经过一番最大的努力，最坚决与最猛烈的奋斗，看大家能否完全合作，能否团结一致来御侮，不拖延，不敷衍，然后最后的胜利才归于我们"②。

1936 年 12 月，周作人翻译日本作家北原白秋的《儿歌里的萤火》发表于《歌谣》第 2 卷第 29 期，该文是北原白秋《日本童谣讲话》中的一篇。在《附记》中，周作人对北原白秋做了简要的介绍："《日本童谣讲话》在一九二二年出版，凡四十余章，皆是对儿童说话的口气，所以颇有意思，因此却也不易译述，其神气不能传达也。"③

1937 年

1937 年 2 月，巴金的童话集《长生塔》由文化生活出版社出版。内收《长生塔》《塔的秘密》《隐身珠》《能言树》四篇童话。其中，《长生塔》曾在 1935 年 1 月号的《中学生》上发表过。在《序》中，巴金认为《长生塔》其实不过是"梦话"，"倘有人说梦话太荒唐，我也不出来否认。然而梦话却常常是大胆的，没有拘束的。那些快被现实生活闷煞的人倒不妨在这些小孩的梦景里呼吸一点新鲜空气。我愿意把我这本小书献给他们"④。在回忆《长生塔》的创作始末时，巴金谈到了鲁迅翻译森鸥外的《沉默之塔》以及胡愈之翻译爱罗先珂的《为跌下而造的塔》对其的影响："我对自己说：'写篇童话试试吧。'我的眼前出现了一座摇摇晃晃的高

① 高士其：《〈抗战与防疫〉自序》，《高士其全集》，第 1 卷，航空工业出版社 2005 年版，第 215 页。
② 高士其：《〈抗战与防疫〉自序》，《高士其全集》，第 1 卷，航空工业出版社 2005 年版，第 216 页。
③ 北原白秋：《儿歌里的萤火》，知堂译，《歌谣》第 2 卷第 29 期，1936 年 12 月 19 日。
④ 巴金：《序》，《长生塔》，上海文化生活出版社 1937 年版，第 1—2 页。

塔,只摇晃了几下,塔就崩塌下来了!长生塔的故事我也想好了。"他还指出,自己的童话创作受爱罗先珂"人类爱"思想影响甚大,"我的四篇童话中至少有三篇是在爱罗先珂的影响下面写出来的"。对于这四篇童话,他后来的界定却与《〈长生塔〉序》中所叙述的并非一致:"它们既非童话,也不能说是'梦话',它们不过是用'童话'的形式写出来的短篇小说。我的朋友用看安徒生童话的眼光看它们,当然不顺眼。至于孩子不懂,更不能怪孩子,因为他实在不知道三十年前中国的事情。"①

1937 年 3 月,沈心工所著的《心工唱歌集》(原名《学校唱歌集》)由江西文瑞印书馆出版发行。该书是一本歌词集,每首歌均配有乐谱,包括《美哉中华》《同胞同胞爱国》《革命必先格人心》《地球歌》《友谊》《童子军歌》等 68 篇歌词。"这本歌集中的曲调,大都采自外国童谣。但有一小部分系先生自己的创作。"②该书由吴稚晖和黄今吾作序,另外还有沈心工的自序。在第一篇序言中,吴稚晖认为:"民国开国之初共抱无穷之希望,学校弦歌一时皆流露正始之音。期间尤以沈心工沈先生之学校唱歌集盛极南北。"然而,"不幸封建余孽回光肆虐,逐渐晦蚀主义,驯至忿疐之气充塞城内,群自不知其流转邪僻,所谓毛毛雨妹妹我爱你等之桑中濮上之声忽起而夺席"。他认为,沈心工所撰写的这些歌词完全打破"晦蚀主义"的局面,而且"观乎毛毛雨曲等由官设禁,而盼心工先生歌集之再版者日有人,则消息渐微,其来甚著"③。因此吴稚晖相信在沈心工的努力下,"民国之运由此而大光,有可以一艺事之,区区坚信之"④。在第二篇序中,黄今吾回忆了两三岁时,其父亲买了几本歌唱集回来,"不懂得歌词的内容"而"只是吟唱",长大后回忆以前的歌词的内容,"很想找出那些歌词来细细玩味,并看看作者到底是谁,书中还有些什么其他的歌","家中的书已经佚散了",当时社会上流行毛毛雨之类的香艳之歌词,他所要的书籍在坊间已经绝迹,所以他看到沈心工的歌集后就非常开心,他推荐这本书也"并不单为了我私人的缘故,其中还有更

① 巴金:《关于〈长生塔〉——〈创作回忆录〉之二》,香港《文汇报》1979 年 8 月 12 日。
② 沈心工:《心工唱歌集》,江西文瑞印书馆 1937 年版,第 2 页。
③ 沈心工:《心工唱歌集》,江西文瑞印书馆 1937 年版,第 1 页。
④ 沈心工:《心工唱歌集》,江西文瑞印书馆 1937 年版,第 1—2 页。

重要的理由。那就是因为沈先生这本歌集在吾国音乐教育史上是有特殊地位的”①。他认为吴稚晖所说的“盛极南北”确系事实而不是过誉。对于沈心工的歌词艺术，他认为：“沈先生的歌词都浅而不庸俗，但意味深长，耐人寻味。字句与音乐的配合，每甚相称。”②但他最看重的还是“身心共作歌”的精神。

1937 年 4 月，日本学者永桥卓介编撰的《埃及童话集》经许达年翻译后于上海中华书局出版发行。该著被列为“世界童话丛书”之一。在“译者小序”中，许达年指出：“埃及人民，由于文化传统的关系，对于宗教的信仰很浓厚，尤其是虔敬鬼神，全国各处，有许多巍峨庄严的庙宇；因为虔敬鬼神而重视死后的遗体，于是，遗体的保存方法和储藏遗体的坟墓，他们便非常讲究——金字塔，就是这样建筑起来的。再因为虔敬鬼神而想象奇幻，于是魔法神奇等类的传说，便人人所乐道，这对于传授给儿童听的童话故事，当然也不能例外了。”③

1937 年 4 月，《少年周报》在上海中华书局正式创刊发行。该报的《发刊词》首先介绍了《小朋友》和《小朋友画报》取得的成果：“本局刊行《小朋友》周刊，供小学三年级至，初中一年级儿童阅读，已历十五年，出至七百余期，颇得一般家长及小学生之赞许，《小朋友》三字已成社会上流行之名词。又为小学低级刊行《小朋友画报》，中间因编辑人他去，中途停刊，然复刊以来，又已经三年，小小朋友多引为好朋友。”在此基础上，还阐明了《少年周报》创刊的缘由：“每接《小朋友》读者来函说道：‘我定阅《小朋友》已几年，从前认为良友，但现在年岁渐长，智识渐高，觉着阅《小朋友》周刊不如从前兴趣淳厚。可否刊行一种《少年朋友》，以便与中华书局继续做朋友。”在读者的督促下，中华书局克服困难发行了《少年周报》。该刊物的宗旨和体例如下：

本局刊行此《少年周报》之目的，在使少年以至低廉的代价每周得

① 据黄今吾回忆：“教育部第一次中国年鉴的记载，吾国小学课程规定有唱歌课最先在光绪二十九年(1903)，那年就是沈先生起始编著歌曲的一年。我们因此可以说，先生是提倡音乐教育最早者之一人。”沈心工在该书自序中也回忆道：“光绪廿九年，我在南洋公学附属小学，作了几首歌，教学生唱唱，觉得他们的兴趣很好，许多同事也哼哼地唱着。因此我很高兴，陆续作出歌来。积少成多，印成小册，名叫学校歌唱集。”

② 沈心工：《心工唱歌集》，江西文瑞印书馆 1937 年版，第 2 页。

③ 永桥卓介：《埃及童话集》，许达年译，上海中华书局 1937 年版，第 2—3 页。

读此周报,藉以明白世界之大势,获种种知识以及技能,以成为良好的少年。分析言之,本刊的宗旨:是灌输少年时代知识,培养少年良好德性,陶冶少年活泼感情,训练少年实用技能。而定价则力求其低廉,务使能普及于一般少年。而这些宗旨规定的内容大致分为几类:一、修养,二、常识,三、时事,四、文学,五、艺术,六、技能,七、图像,八、参考资料,此外还包括少年生活栏目,主要发表读者的各种心得,方便读者反映刊物的问题与意见。同时《少年周报》在消极方面也立定六戒:一是戒高调,二是戒偏激,三是戒盲从外国,四是戒迷信古人,五是戒攻讦个人,六是戒歧视宗教。①

《少年周报》创刊后,曾为《小朋友》杂志撰稿的杨同芳在《出版月刊》第二期的"新书推荐"上发表《给少年们推荐一种杂志——读〈少年周报〉创刊号后》。她在开头分析了西方儿童读物发达的原因:"近年来,我极注意儿童读物,手边常翻阅的有欧美日本新出版的儿童书报,对于这些国家儿童读物的印刷精美和内容的充实,十分羡慕;尤其是日本,适合于初中生阅读的像《少年俱乐部》一类的期刊,多至数十种,且均用套色版精印,完备无比。这固然是他们出版家的努力,要其文化进步,教育普及,是无不原因的。"她认为少年期正好是培养儿童阅读兴趣的最佳时期,借用杜威的话就是"对于少年们的'阅读热'(Reading Craze)应善于利用"。他强调《七侠剑仙》等读物的荒谬无稽,"这不仅会使他们发生许多不良的影响,甚至有碍其常态情绪的发展,简直无异于大量的毒汁,被少年们吸收了去,一般教育家是不能不注意这严重的问题的"。对于《少年周报》,她给予了很高的评价:"以'灌输少年时代的知识,培养少年良好德性,陶冶少年活泼情感,训练少年使用技能'为目标,该刊物的出版,是确能补足以上所说的缺憾,无疑的,它会给少年朋友们得到各方面的知识的满足……内容和形式确超过一切少年书报的水平之上。"②

1937年5月,熊佛西在《文艺月刊》第10卷第4—5期发表了儿童剧本《儿童世界(儿童剧本)》。该剧完成于1936年11月6日,由赵元任和青年音乐家老

① 《发刊词》,《少年周报》创刊号,1937年4月1日。
② 杨同芳:《给少年们推荐一种杂志——读〈少年周报〉创刊号后》,《出版月刊》1937年第2期。

志诚为其谱曲(赵元任为该剧制《儿童进行曲》,老志诚为该剧制《还是自己做的好》《这才是美满的生活》与《还是孙中山先生好》各曲)。早在"戏剧系"任教时,熊佛西就许下了写一部儿童剧的心愿。考虑到儿童来看戏剧会扰乱剧场秩序的缘故,他在戏票上印着"十二岁以下儿童恕不招待"的提示,几年以后剧场中果然没有儿童了。然而看到戏中并无儿童,他便觉得"心里反而觉得一阵出不出的难受。因为我许下的心愿还没有兑现"。他在该剧的序言中总结出其创作儿童剧所遇到的几大困难:"第一,既名为儿童剧本,它的内容和形式都必须合乎儿童的心理。第二,是中心思想的问题——所谓题旨也是:它又必须是儿童能够接受的,同时还是于他们的身心有益处。第三是题材问题……我最不喜欢把儿童看成天使,或扮作神圣。我们应该把他们看成我们一样的人。他们和我们一样,都是生活在现实的环境中,虽然他们在心理和生理方面还没有发育成熟,然而他们决不能逃避现实的环境。"在创作完《儿童世界》后,他对当时的家长、教育家、教师、作家等提出以下几点意见:"第一,学校当局应该有计划的指导学生上演这个剧本,最好把这个公演认为他们正式功课的一部分。第二,倘停课办不到,那么应该把这次公演作为一学年计划的课外互动,但必须与正式课程衔接呼应。第三,在每年的儿童节或其他的纪念日,倘能由当地的教育局领导,联合全城或全市镇的小学校举行联合公演,则更有意义。第四,这个剧本是特地为我国十二岁以下儿童写的,所以应该由他们主演。第五,这个剧本演出时,需要音乐的地方甚多,除了剧本中特制的曲谱之外,还须请当地的音乐教员酌量剧中情调编选。第六,表演地方最好在露天,演出方式最好采取'台上台下打成一片,演员观众不分的新式演出法'。"这恰好印证了他在序言中所坚持的教育观点:"总之,教育应该是活的,应该是启发的,应该是集体的。"①

1937 年 5 月,《读书月刊》创刊,该刊物由上海杂志公司出版发行。创刊号刊载了卢沙的《几种儿童·少年刊物》。卢沙首先强调了少年儿童刊物的重要性:"少年不能满足于课本上的知识,他们比较年轻,更喜欢探求现实的富有趣味的东西。这是在严肃的课本内所找不到的,只好求之于课外少年刊物上了。""过去虽有不少儿童刊物,但都出不了多少期,就夭折了,其生命最长久,而在儿童生

① 熊佛西:《儿童世界(儿童剧本)》,《文艺月刊》第 10 卷第 4—5 期,1937 年 5 月 1 日。

活中起相当影响的,是《小朋友》和《少年》等。然而多数儿童刊物,对于儿童并没有多大帮助,甚至是有害的。他们虽然抛弃了旧日的迷信的传说,但最多不过采取外国的神话,或是毫无意义的猫哥哥兔弟弟胡闹一阵。其作用往往是毫无原则的以忠实、驯服、忍耐等,把孩子们训练成懦弱无抵抗性的小奴隶!"因此他推荐了当时最新出的一些儿童刊物,如儿童创造社编辑的《儿童创造》半月刊、少年时代社发行的《少年时代》半月刊、儿童文艺社出版的《少年世界》、中华书局发行的《少年周报》、儿童知识社出版的《中国少年》。对于《中国少年》杂志,他认为有两点值得介绍:1. 注意目前救亡运动,不但在严肃的文章中强调着,即在游戏中都暗示着救亡御辱。2.《时事连环图画》摘录了《联华交响曲》中《小五义》的材料,做简短的解说,生动的书画,在意义和技术上实现了几年来理想中的连环画。对于《儿童文艺》杂志,他认为该刊物和以上介绍的一些刊物不同的地方在于"以纯文艺为主","里面颇有些可读的作品。但我们仍希望以后对于童话和小说的内容、技巧、结构上多加注意,因为在儿童文艺中占有最重要地位的就是小说和童话啊"。最后,作者总结了以上六种刊物的优点:第一,国际时事用通俗的笔法解说,使儿童能明白世界大事;第二,用通俗的故事体,活泼的笔调叙述自然科学与社会科学理论,给予儿童与少年学习写作的好材料。①

1937 年 7 月,张周勋的《略论儿童文学》一书中的第四节《神话采作教材的商榷》刊发于《文化与教育》,该文提出了"神话有害"的观点。他指出,本来神话也是儿童文学的故事的一部分,但用神话来做教材"实有百害而无一利",他旗帜鲜明地反对用神话来教儿童。在他看来,神话的结构以神鬼为中心,而其怪诞不经,当有不待言而喻者矣。以此等光怪不经之故事,做儿童教材,则儿童深受迷信之毒,其结果将令人不堪设想。为此,他陈列了神话的影响如下:第一,神话有害于科学;第二,神话有害于儿童的理想;第三,神话易使流入幻想。他概括道:"总而言之,在这科学时代,处在这科学落后的中国,我们加倍努力使我们的后代科学化,以赶上人家的科学,犹恐不及,哪能再开倒车,自己情愿回到野蛮世界去呢?"②

1937 年 7 月,蒲风的诗集《儿童亲卫队》由诗歌出版社出版发行。在《后记》

① 卢沙:《几种儿童 · 少年刊物》,《读书月刊》创刊号,1937 年 5 月 15 日。

② 张周勋:《神话采作教材的商榷》,《文化与教育》第 132 期,1937 年 7 月 20 日。

中，他对这本诗集的内容做了几点声明："1. 虽然此集总名为儿童诗歌集，《唱》和《学习真理》两篇却也收并在内，其理由是通俗而不碍于儿童的脾胃；2. 童话与寓言，原不无所区别；3.《星星及其他九篇》均是十余年前的旧作，以前曾披露在南洋《无声日报》画刊内；4.《儿童歌》一篇，我颇嫌其有硬凑情态，拟不收用，但逆不了友们的意见，他们都说：很不歹，便收进了。"另外，对于今后的儿童诗创作，他也提出两点建议："（1）童话、童歌应当多写，（2）童话诗、寓言诗很可以写。"①

1938 年

1938 年 1 月，左翼团体举办了"抗战以来文艺动态和展望"的会议，后来该会议内容载于 1938 年《七月》第 7 期。萧红曾经描写当时儿童在战争中的生存状况："我们并没有和生活隔离，比如躲警报，这也是战时生活，不过我们抓不到罢了……如果抓不住，也就写不出来的姨娘，听见警报响就骇得打抖，担心她的小儿子。这不就是战时生活的现象吗？"②

1938 年 2 月，郭沫若在《救亡日报》上发表了《我们大人们，学学孩子吧！》。郭沫若以流亡到汉口的"孩子剧团"为关注点，叙述了他们在父母失散时的流亡生活，高度肯定了他们不屈服和有志气的精神品格。他评价道："是我们这辈人太不中用，没有把中国弄好，以致弄得一群孩子失去了他们所应有的一切保障和教养。而他们却自行组织了起来，工作做得蛮好，并且能够自己教育自己。我们中国有这样的孩子，中国是绝对不会亡的。我们大人们，学学孩子吧！"③

1938 年 2 月，茅盾、叶圣陶、楼适夷、宋云彬等在湖北武汉创办了《少年先锋》。这是抗战初期最早出现的一本少年儿童刊物，张天翼的长篇童话《帝国主

① 蒲风：《〈儿童亲卫队〉后记》，《儿童亲卫队》，诗歌出版社 1939 年版，该文为 1939 年 7 月 2 日潮汕失陷后所写。

② 萧红：《抗战以来文艺动态和展望——座谈会记录》，《七月》1938 年第 7 期，第 31—34 页。

③ 郭沫若：《我们大人们，学学孩子吧！》，《救亡日报》，1938 年 2 月 19 日。

义的故事》从创刊起连载了9期,未载完,《少年先锋》就停刊了。《帝国主义的故事》后经作者改写后题为《金鸭帝国》,连载于桂林版《文艺杂志》1卷1期至2卷6期。[①] 这部作品形象地展示了帝国主义的发展史,目的是让人们对现实的日本帝国主义及其对华侵略战争有一个科学的认识。

1938年2月,茅盾在《救亡日报》的第128期发表了《为着幼年的中国主人》。他感慨:"这一次抗战的六个月内,我们国家的幼年主人实在牺牲得太多而又太惨。上海难民中死亡率之高已足惊人,可是难童的死亡率在全体中又占过半。这还是有数可计的,此外,流浪在上海街头的儿童冻馁而死者,太湖流域各城镇人民逃避敌兵时,沿途抛儿弃女,转辗于两条火线之中而死者,未及逃避而为敌人所残杀所劫难者,真不知有多少!"尽管如此,他仍对儿童充满希望,认为:"儿童们的认识已经很正确,他们的精神已经很奋发,我每次到收容所去参观,一进了儿童部,总舍不得离开。我从这些受难的小兄弟们的天真然而具有大人样的懂事而坚决的眉目中,明白地看出了我们民族前途的光明灿烂!"[②]

1938年4月,老舍在《武汉日报》上发表了诗歌《为小朋友们作歌》。该诗表达了作者对儿童的殷切期望,全诗如下:

一群小英雄//生长战争中//看惯了飞机——不害怕//长大也去学航空//听惯了枪炮——不害怕//为国报仇有心胸//打倒东洋小鬼//中华有好儿童//大中华　好儿童//爱国的小英雄//谁是小英雄//爱国挺起胸//哪怕年纪小——志气大//长大拿枪把敌攻//谁说拳头小——志气大//打败日本立奇功//中华多么可爱//我是中华儿童//大中华　好儿童//爱国的小英雄。[③]

1938年4月,茅盾的《我们对儿童给了些什么》发表于《救亡日报》。茅盾由"儿童节"想到了在战火中的儿童,想到了他们不幸的命运和现状,认为"他们的存在和重要,被忽略,被遗忘了"。他高度赞扬了"童子军救护队"和"孩子剧团",

① 参见张锦江《童话美学》,上海教育出版社2014年版,第39页。
② 茅盾:《为着幼年的中国主人》,《救亡日报》第128期,1938年2月11日。
③ 老舍:《为小朋友们作歌》,《武汉日报》,1938年4月4日。

指出:“敌人的侵略的炮火,民族的决死战斗,焚掠,流离,死亡——这血淋淋的现实,已经把我们的应该还是由爸爸妈妈手牵着手送上学校,由哥哥姐姐手牵着手在院子里,或者到公园去玩耍的小兄弟们,创造成锻炼成这么钢铁似的小英雄了!”在战争的考验下,儿童并没有沦亡,反而在大时代的交响乐中谱写了英雄的诗篇,这在作者看来是一个奇迹:“下一代的中华民族的主人,已经在敌人轰炸屠杀中,在我们民族的伟大的决死战争中,很快地长成,很快地接过了我们的火把,不!很快地从我们手中夺过了火把,比我们更勇敢更热烈地踏步上前去了!”然而即便如此,茅盾认为,大人没有为儿童做些有益的事情,反而“眼睁睁看着一些投机的书商用剪刀浆糊把甜酸苦辣腥糟臭腐什么都有的‘大杂拌’塞给那些天真的饥饿的灵魂”。但是,他更欣喜地看到的是:“不管风吹雨打,掀开了压在周围的乱石,挺然长成了,这真真是奇迹!这样的奇迹该使我们惶愧,但也该使我们更加奋发:更加确信了我们民族的前途充满光明:我们民族的老杆和壮枝虽然太不行,然而它那幼桠嫩芽却生气蓬勃,谁也不能摧折了它!”于是,茅盾深信:“我们的民族是有救的,我们的下一代已经起来了,并且很快地长成了。”①

1938 年 4 月,茅盾在《少年先锋》第 4 期发表了《为〈少年先锋〉题词》。该文写于 1938 年 3 月 9 日,文章简短,摘录如下:“大家都有过少年时代,我们自己的少年时代是在无意识中过去了。我们应该珍惜我们的少年,少年应该珍惜自己的时代。这是民族的命脉,文化的源泉。要有能够担当一切的少年,然后民族才有复兴的希望,文化才有推进的可能。目前和今后的我国是须要大材的时候。大材总要在自由的空气里才能蓬莲勃勃地生长。若要无理地加以拳曲,使之就范,最大的成功只能收获些粉饰庭园的盆栽,于建国是毫无用处的。”②

1938 年 4 月,熊佛西在《抗战戏剧》上发表了《〈儿童世界〉公演感言》。该文针对成都三万儿童参加表演《儿童世界》的盛举发表了感想。熊佛西指出当前教育的通病是“太死”,然而社会是“活”的,教育和生活越离越远。在抗战的时候,要把“死”的教育变成“活”的生活。他呼吁,要把儿童组织起来,训练起来,把他们养成抗战的基本队伍。在民族危亡的时刻,这是我们的“最后一课”。他认为今日《儿童世界》的公演,不是寻常的戏剧表演,而是整个儿童抗战示威的大运

① 茅盾:《我们对儿童给了些什么》,《救亡日报》,1938 年 4 月 4 日。
② 茅盾:《为〈少年先锋〉题词》,《少年先锋》第 4 期,1938 年 4 月 5 日。

动,可以说是“儿童总动员的初步”①。

1938年4月,刘念渠在《战时戏剧》第1卷第3期上发表《从孩子剧团说到孩子演剧》一文。刘念渠在开篇就指出是“八·一三”让儿童组织一个剧团,自己排演,自己所编,最后演给孩子们看成了事实。在上海沦陷后,儿童剧团走过南通、扬州、徐州、郑州,后来又到了汉口。他对他们的工作表达了由衷的赞赏:“他们不断的工作着,锻炼着自己,现在已经是一个强有力的健全的组织,虽然他们只是一群孩子们,却经常的如成人那样的工作着,为着抗战,尽了他们所有的力量。”他认为儿童剧团的组织非常系统,从推选干事、安排剧务、布置灯光、开会等,都有自己明确的负责人,半年来他们陆续演出了十多个剧本,有《帮助咱们的游击队》《火线上》《打鬼》;有他们自己改编的儿童剧,例如《仁丹胡子》《抓汉奸》《街头》《梦游北平》《团结起来》;还有几部他们改编的来自成人所演的剧本,例如《当国民兵去》《大家一条心》,这些剧除了一两次售票出演,其余全部公开在街头作为公益演出。刘渠念认为这些儿童“不会忘记了做小先生,在这种方便的机会里,他们教育着别的儿童,组织着别的儿童。同时他们利用了座谈会及将外人演讲的方法去教育自己,研究演剧的基础知识,研究时事问题,研究社会科学”。在后文中,他以孩子剧团为实例,认为这可以实际地解决孩子演剧的若干问题:“首先,我们明白的知道,好好的领导,则孩子们是可以组织起来的,无论是在难民收容所中,在小学校里,在市民区里,号召若干孩子们,开始由成人施行短期训练,就可以成为独立的队伍……关于儿童的剧本供给问题,除了由剧作者充分提供外,也可以发动孩子们自己创作……演出是比较复杂的一件事。但是,孩子剧团的经验告诉我们,实践是最好的教师。”这也印证了他在后面阐发的观点:“即使是孩子演剧,当然,在目前,它应该是抗战戏剧的一部分,应该是救亡工作一支军队。”因此他在文章最后提出一个具体的建议:“在若干地方,都市,省城,乡镇,以成人的剧团工作时间及人员的一部分,领导当地的孩子们。”②

1938年4月5日,老舍在《少年先锋》第4期发表《儿童节给小朋友的信》一文。在信中,他向小朋友们呼吁:“小朋友们,我请你们别忘了一件事,就是你们

① 熊佛西:《〈儿童世界〉公演感言》,《抗战戏剧》第10卷第3期,1938年4月5日。
② 刘念渠:《从孩子剧团说到孩子演剧》,《战时戏剧》第1卷第3期,1938年4月5日。

别忘了那些受难的小朋友们。你看，自从日本去年在华北动兵，直到今天，我们有多少城池被日本人烧毁，有多少人被日本人杀死；烧杀了八个月，现在还正在烧杀着。这是多么可恨的事啊！城池烧完，人民杀死，小孩儿们怎样呢？用不着说，有的随着大人一同死去，有的随着大人逃跑受苦，有的失了父母而成了无依无靠，无衣无食的孩子。这是多么可怜可惨的事呀！”老舍希望那些没有经受战争的儿童能帮助他们：“一方面要帮助他们，一方面别忘了他们受罪是因为日本人欺侮他们。日本并不单单欺侮他们，而且欺侮咱们全国的人民。你们愿做亡国奴吗？决不愿意！那么，你们须立志要强，死死的记住日本是咱们每个人的仇人，等长大了好去报仇。”①

1938 年 5 月，阿英的《抗战时期的文学》由广州战时出版社出版发行。该文集收录了谈论儿童问题的文章《祝福孩子们》《略记四十年来日本人屠杀中国儿童事》《淞沪战争戏剧录》。在《祝福孩子们》一文中，作者坦言：“我们的民族是不会灭亡的。”在他看来，对于在苦难时代成长的儿童，战争“是最好的教训，也是最好的磨炼，孩子们在这样的环境中生长起来的，定然是好孩子，定然是能保卫我们祖国的好孩子”。在文章结尾，阿英呼吁：“孩子们！全中国的孩子们！全世界的孩子们！我希望你们快快长起，好来和我们把这个旧的世界重新创造过！”②在《略记四十年来日本人屠杀中国儿童事》一文中，他回顾了中日甲午海战、上海战事、八国联军侵华等事件中无数儿童被无情杀害的事实，1938 年在冀东的小学里，“日本人来奴化教育，放映川越入京的新闻影片”，对此，他指出：“敬爱的读者们！当你们看完了这些事实，你们能不痛哭么？你们能不愤怒么？只要身体中还流贯着中国的血，只要身体中还燃烧着正义感，为着中华民族的前途，为着我们的小兄弟，为着人间的正义与和平，你们能不愤然而起，来和这杀人不眨眼的人类的蟊贼拼命么？”③在《淞沪战争戏剧录》一文中，作者提到了许幸之的儿童剧《小英雄》：“载十一月十日至十二日《救亡日报》。儿童歌剧。演浦东敌军收买儿童做奸细，儿童始受骗，继觉悟，奋勇往炸敌舰，卒至殉难身死事。全剧歌

① 老舍：《儿童节给小朋友的信》，《少年先锋》第 4 期，1938 年 4 月 5 日。

② 阿英：《祝福孩子们》，《阿英全集》第 5 卷，安徽教育出版社 2003 年版，第 107 页。

③ 阿英：《略记四十年来日本人屠杀中国儿童事》，《阿英全集》第 5 卷，安徽教育出版社 2003 年版，第 110 页。

词,极为动听。"同时也提及了"我们的儿童剧团三团员集体创作"的儿童戏剧《打》:"载十月十七日至二十二日《救亡日报》。故事演汉奸假招木工为名,为敌人招雇工人,卒被看出,予以毒打事。为《救亡日报》沪版最后刊出之剧本。"①

1938年5月,叶圣陶、茅盾等人主编的《给战时少年》由汉口大路书店出版发行。该书收录了篷子的《致少年》、叶圣陶的《少年们的责任》《珍惜自己和锻炼自己》《组织起来,来做抗战的工作》《今年的"儿童节"》《中国儿童号》、茅盾的《珍惜我们民族的未来主人》、宋云斌的《怎样纪念中山先生》、柳湜的《动员解》、老舍的《儿童节给小朋友的信》、白桃的《革命的先锋队》、楼适夷的《从少年使节说起》《少年的五月》、沈兹九的《组织"难童之友"队》、孙福熙的《赶快预备做胜利国的国民》等文章。

1938年5月,为关怀"孤岛"的儿童成长,上海《导报》创办了《少年先锋》副刊。白兮(钟望阳)执笔的发刊词《告上海少年》指出:"使少年们对当前的大时代有相当认识,从而抱负起少年们应负的责任。"它以抗日救亡为既定方针,开辟了《少年时事讲话》《少年战时常识》等栏,在台儿庄激战胜利后,发表了《台儿庄一勇士》《台儿庄血战的故事》,白兮的抗日儿童小说《小癞痢》就在该刊连载。②

1938年6月,解放区的第一份儿童报《边区儿童》由陕甘宁边区政府教育厅作为小学补充教材出版发行,这是一份石印版的儿童报,编辑为刘御和董纯才。该刊仅出了两期,毛泽东为《边区儿童》题词,并且向儿童发出号召:"儿童们起来,学习做一个自由解放的中国国民,学习从日本帝国主义压迫下争取自由解放的方法,把自己变成新时代的主人翁。"③据刘御回忆:"当时的教育厅设在延安南门外的一个山沟里,那里有一排窑洞,当中一个是编审科,就是编这张报纸的地方。当《边区儿童》第一期出版时,在这个窑洞里工作的有柯柏年同志、董纯才同志和我。他们的主要任务是编教科书。报纸,是我和董纯才同志兼管的。办这张报纸虽然没有专职干部,但是全边区的小学教师、妇联会和青救会,文协的作家和鲁艺的画家,都大力支持我们,因此我们的主观力量是不小的。"④创刊号

① 阿英:《淞沪战争戏剧录》,《阿英全集》第5卷,安徽教育出版社2003年版,第149页。
② 盛巽昌:《解放前儿童报纸鸟瞰》,《现代儿童报纸史料》,少年儿童出版社1986年版,第103页。
③ 刘御:《解放区第一张儿童报》,《现代儿童报纸史料》,少年儿童出版社1986年版,第43页。
④ 刘御:《解放区第一张儿童报》,《现代儿童报纸史料》,少年儿童出版社1986年版,第42页。

中有董纯才作词、罗柳波的《边区儿童歌》，词为："我们是边区儿童，我们要保卫边区，敌人来进攻我们就把他打出去。我们是边区的儿童，我们是抗日的小先锋，挺起身子来，谁说我们不英勇。我们是边区的儿童，我们要建设边区，好好地努力，开垦我们的土地。我们是边区的儿童，我们是抗日的小先锋不怕穷和苦，誓必奋斗到成功。"①

1938 年 7 月，郭沫若在《战时宣传工作》上发表了《儿童在战时》。该文写于 1938 年 6 月 15 日，在文中他认为抗战时期对儿童的教育要坚持三点要求："1. 灌输抗敌救亡知识；2. 动员他们参加必要的救亡工作—慰劳将士，募捐救济伤兵难民、组织救亡歌咏队、孩子剧团等宣传组织；3. 发展战时儿童文化教育。"②

1938 年 8 月，汪华在《文艺阵地》第 1 卷第 9 期上发表了《张天翼的儿童小说〈蜜蜂〉》。该文指出，在《蜜蜂》出版前，"中国文艺作品里儿童地位很少；纵偶尔有，也往往被视为应该受成年人们（如家长，先生……之类）庇护，甚至管束"。他批判"弱不禁风的小草般的，无论怎样，不使他们与社会面对面。最糟糕的，这些作家们，往往把自己由生活线上失败后，所得的温良的哲学，一古脑儿地，摆出副可怜的面孔，娓娓地向儿童们说起教来"。在他的文学观点中，"生活就是斗争"。他将《搬家后》与《蜜蜂》做对比，他觉得在时代性方面，《搬家后》中的大坤和《蜜蜂》中的大黑，"前者只不过是一个富有流氓气的，旧时代的倔强儿童；后者才是新时代儿童阵中，伟大的斗争者"。在情节方面，他认同《蜜蜂》所描写的"富有社会意义"的事件，对于《搬家后》中情节必然性，他觉得是"那些事实，是偶然采来，而不是发展出来的，在那些事实下的主人公动作呢，也是偶然的，而没有什么大的必然性"③。

1938 年 9 月，上海"孤岛"时期的半月刊《少年读物》由文化生活出版社出版发行。该刊物从 1938 年 9 月 1 日至 1938 年 11 月 6 日，一共出过 6 期，1946 年又重新复刊，最早由陆蠡主编。该刊物的发刊词有云："我们编辑这小刊物，是专给初中学生和同等程度的读者看的。高中学生和同等程度的也可以读。这里面没有艰深的学理，没有佶屈的术语，也没有呆板的说教。文字浅易明显，大家都

---

① 盛巽昌：《解放前儿童报纸鸟瞰》，《现代儿童报纸史料》，少年儿童出版社 1986 年版，第 116 页。
② 郭沫若：《儿童在战时》，《战时宣传工作》，1938 年 7 月 25 日。
③ 汪华：《张天翼的儿童小说〈蜜蜂〉》，《文艺阵地》第 1 卷第 9 期，1938 年 8 月 16 日。

看得懂。但是题材都是新颖的，观念都是明确的，思想也是前进的”，特别是对于“现在的少年，遭受国难家难重重痛苦，肩上却负着建社新国家新社会的非常责任，痛苦愈深，责任愈大”。这些都体现了该刊对儿童精神世界的重视。萧乾、李健吾、芦焚、许广平(笔名景宋)、黎烈文、唐弢、巴金、靳以等人，都为该刊撰稿。但事实证明，很多作品并没有像《发刊词》中所说的，“没有艰深的学理，没有佶屈的术语，也没有呆板的说教。文字浅易明显，大家都看得懂”[①]，文章思想战斗性特别强，有些甚至超出了儿童所能理解的范围，但依旧不乏优秀的作品，如巴金的散文《别广州》《香港行》，芦焚的小说《河》，大角的《少年天文台》，靳以的《寄小朋友们》等。另外该刊物还有许多外国儿童文学译作，如凯兹著、一知翻译的《马哥孛罗》《亚美利加洲得名之由来:美亚利哥·范斯浦奇的故事》，拉峰丹著、陆蠡翻译的《知了和蚂蚁》《一只青蛙》等。

1938 年 11 月，陶行知在重庆《新华日报》上发表了《小朋友是民族未来的巨子》。作者认为:“小孩子都是将来的主人，战胜敌人的后备军，建国时代的战斗员。目前小孩子所受的教育，应该是工学的教育，应在各地建立难童的工学团。工便是养活自己，学便是了解自己，而团便是保护自己……小朋友们，诸位将在抗战中，在炮火下成长为中华民国的巨子!”[②]

1939 年

1939 年 3 月，《儿童日报》刊登了一篇拟人化的“小自述”文章，描绘了该报一天的活动:“我的名字叫《儿童日报》。每天清早和我的小读者们见面，把全世界和全国的新闻告诉小朋友们。还把有趣的故事和文学献给小朋友们欣赏。我的性情喜欢广交朋友，不论贫富，凡是孩子我都愿意做朋友，从不骄傲，也不鄙视人家。有的小朋友，把意见交给我，我总是替他发表出来，贡献给各地的小朋友，

① 《发刊词》，《少年读物》创刊号，1938 年 9 月 1 日。
② 陶行知:《小朋友是民族未来的巨子》，《新华日报》，1938 年 11 月 6、7 日。

所以极受各地小朋友的喜欢，称我是一个好朋友。”①

1939年3月，伪满洲国的“满洲帝国协和会青年团中央统监部文化部”正式成立。当时“为了急速确立战时体制，‘协和会’整合了原来为伪文教部控制的‘童子团’和‘青年团’以及治安维持会掌握的‘青年训练所’，并在基础上建成了一元的青少年组织‘协和会青少年团’，由‘协和会’独家领导，从此‘协和’全面统制了青少年组织”②。该机构在《新青年》③停刊后，创办《青少年指导者》杂志，由王天穆、赵仁昌担任编辑，该杂志集文学与政论于一身，于1942年7月废刊。

1939年3月，苏苏（钟望阳）的《小癞痢》由译报图书部出版发行，该书属“少年读物丛刊”之一。该童话主要讲述了在穷苦中长大的抗日小英雄小癞痢与日本人侵略者斗智斗勇，并逐步成长为一名游击队员的故事。全书包括“大家都骂小癞痢”“小癞痢打架”“小癞痢看戏”“大人是挺奇怪的人”等30多个章节。在《小癞痢》的序言中，巴人对这部作品做了一番评价：“读完了苏苏兄的《小癞痢》，使我想起了庄子的两句话：‘彼且为婴儿，亦与之为婴儿。’我是跟着这一篇童话，把自己的心境，带到孩子的时代去了。我也仿佛变成小癞痢拿着手枪去打东洋人，虽然受了弹伤口，却还想念着祖国。”他还对小癞痢儿童形象予以高度的评价：“小癞痢是从穷苦中生长的；他顽皮而且强硬，他抱着颗富于正义的心；他戆直而且勇敢，好胜，却又不愿以机诈取胜：这是中国农村社会中一个典型的孩子，我爱他，比爱我自己的孩子更爱。”巴人将日本孩子与小癞痢做了对比：“在侵略国的日本，我会接触到不少孩子，我也爱他们顽皮，强硬，戆直，勇敢，好胜，相互之间争吵起来谁也不肯对谁让步。揪着臂膀厮打时，不把对手打落地，是不肯罢休的。这种坚毅奋斗的精神，我佩服；但可惜的是他们缺少了一样东西：那便是曲直的分辨——正义与公理的爱好。”④但他并非真正厌恶日本儿童，而是对当时日本法西斯军国主义提出的控诉：“现实的教训，将比一切‘人为教育’更为有

① 何公超：《〈儿童日报〉四年苦斗》，《现代儿童报纸史料》，少年儿童出版社1986年版，第33页。

② 刘晓丽：《异态时空中的精神世界——伪满洲国文学研究》，华东师范大学出版社2008年版，第171页。

③ 此《新青年》杂志为缘起于1935年“协和会”“奉天省”本部的机关杂志《新青年》，为该部门的机关刊物，同时也是伪满洲国早期比较重要的刊登新文学作品的刊物。主要以宣传“协和”精神和“建国”精神为主旨，但也刊登了大量的有价值的文艺作品。参见刘晓丽《异态时空中的精神世界——伪满洲国文学研究》，华东师范大学出版社2008年版，第171页。

④ 苏苏：《小癞痢》，上海译报图书部1939年版，第1页。

力吧。我相信:在穷苦中长大的日本孩子,一定也能像我们的小癞痢似的,将愤然起来,摔掉这法西斯军阀教给他们的一切'杀人的经典'为了自己的穷苦运命,为了自己要做个'人的存在',而奋斗的吧!"在序言的最后,他呼吁:"的确,我们是该向孩子学习了。纯正的洁净,勇敢,率直,不存在一丝一毫的自私自利观念,这应该是每个参加抗战的同胞们所应有的精神吧!我希望中国的孩子们爱读这册书,也希望中国的成人们爱读这册书,然而我更希望日本的孩子们能够读到这本书。"①

1939年3月,阿英(署名鹰隼)的《剑腥集》由上海风雨书屋出版发行。该书收录了《胡沙随笔》一文,其中记载了日本人对于中国孩子的暴行:"据《大美晨刊》载,杭州日军,按户搜索,将市内五岁以上,十五岁以下之小孩壮健活泼者,均行劫去,共约五百余名。于二十五日晨装运赴沪。孩童与其父母分离时,莫不悲号痛哭,惨绝人寰。"作者相信:"因为即使是中国的孩子,当他有着自觉的时候,也会懂得应该怎样去保卫自己的民族。在淞沪战争期间,许多孩子们的英勇事实,就不断地传到我们的耳里。最近北战场帮助作战的,也有整百的孩子。晋绥一带,两粤、武汉,和一切的前后方,沦陷区域,孩子们也都在为民族尽着最大的力量。日本人无论采取怎样的'断然手段','膺惩'或者'教化',但结果,中国人的孩子,必将终竟是中国的孩子。"②

1939年4月,九郎在《新满洲》第1卷第4号上发表了《童话之重要性》。该文认为:"也许人们把童话当作村夫野老之词,但是我们若仔细研究一下,便会知道它和一国的政治、历史、教育上有很大的暗示。"③

1939年4月,承国新、杭茂祥合著的《小先生的日记》由上海儿童书局出版印行,由陶行知校对。由于该书为两个孩子的日记,故取名为《小先生的日记》。该书的"代序"为承国新写给陶行知的一封信,上面写着:"亲爱的老师:国新今日身体更弱,庆娥于今晨由佐舟兄送她来沪,谅已会晤。西桥两个小先生的日记已经托佐舟兄带上,望你提早校阅。在这两本小册子里面,你将要发现两颗小小的沸腾着的赤诚的宝贵的心,至少要给我们以强有力的鼓励!虽然,文字是写得那

① 苏苏:《小癞痢》,上海译报图书部1939年版,第3页。
② 阿英:《胡沙随笔》,《阿英全集》第5卷,安徽教育出版社2003年版,第685—686页。
③ 九郎:《童话之重要性》,《新满洲》第1卷第4号,1939年4月1日。

么幼稚，像这样已有‘成人气概’的小先生是在大人之中也很难找到的。”[①]该书包括“小先生承国新的日记”和“小先生杭茂祥的日记”两部分，“小先生承国新的日记”包含了“都是我的朋友”“赌博”“欺辱小朋友的是强贼”等52篇短日记；“小先生杭茂祥的日记部分”包含“劳动工作”“大家读书”“求学要紧”和“我的朋友到上海去了”等40篇短日记，每篇小日记内容简短、语言朴实，都记录当时生活中发生的各种小事，对于研究当时的儿童生活具有较高的参考价值。

1939年4月，老舍在《抗战画刊》上发表了《儿童节感言》，这是继1938年儿童节给儿童写信后的一篇相关论文。他首先指出中国历史上“重文轻武”的传统给国人带来的毛病，必须予以矫正。落实到儿童身上，他的意见是：“‘娇生惯养’一定须换成‘身粗胆大’。‘掌上明珠’必要改成‘民族的战士’，我们的儿童不只专为继续一家一姓的香烟，而且也是能捍卫国家的武士。他不必一定去打仗，中华民族根本不是想侵略别人的民族，可是当别人来侵犯我们的时候，他必须有杀上前去的肝胆与体格，就是在太平无事之秋，他也须身强志勇，尽心尽力为全体同胞谋幸福。在抗战中我们需要武士，在建国中我们也需要武士，武士不必都执枪，要在有识有胆，有心有力，职守纵有不同，而精神则一致。”最后，他提醒天下的父母：“要记得，溺爱小孩就是害了一个国民！”[②]

1939年5月，《少年战线》（半月刊）创刊，由新知书店出版发行。该刊由陆洛主编，编委有王一青、伽因、建庵、陈原、陆洛、孙克定等。它是反映抗战时期少年生活动态的刊物。该刊的发行词《为什么要出版少年战线》指出：“在中国的各处，都有许多埋头苦干的小工作者、小战士、小护士、小演说家、小艺术家。但是，现在还没有一个刊物来反映这些小战士们、小工作者们的生活，来使大家的力量团结起来，更有力地推动工作，来使大家吸收更多的新知识。因此，《少年战线》是全中国的小朋友们自己的刊物。”[③]该刊设有世界大事、抗战常识、童运消息、工作报导、儿童生活、诗歌、童谣、歌曲、故事、活报、游戏、科学、工艺等栏目，还增设了儿童体的社会史诗、连环的木刻故事栏目。每期的作品，一部分是大朋友写的，还有一大半是由各校的小朋友供给的，这使刊物更加儿童化。它文字浅显，

① 承国新、杭茂祥：《小先生的日记》，上海儿童书局出版社1939年版，第1页。
② 老舍：《儿童节感言》，《抗战画刊》第26期，1939年4月20日。
③ 《为什么要出版少年战线》，《少年战线》创刊号，1939年5月1日。

故事有趣,受到广大少年儿童小读者的欢迎。它曾刊登过陈慎中的《厦门三儿童》、郑天闻的剧作《铁蹄下的儿童》等儿童文学作品。①

1939 年 5 月,陶行知在《儿童日报》的“儿童科学周刊”发表文章。他指出:“二十世纪的世界是一个科学的世界。科学的世界需要一个科学的中国。一个迷信的国家,在科学的世界里是难以存在的。科学的中国要谁去创造呢?要中国的孩子去创造。小朋友们把自己造成科学的孩子,便是把中国造成科学的中国。”②

1939 年 5 月,《抗战青年》半月刊创刊于四川江津。该刊旨在为社会青年、青年学生提供讨论、研究关于抗战、救国、就业、升学等各种疑难问题。撰稿人多为青年,主要有林清、沈静、竺夷之等人,辟有社评、书报评介等栏目,重点讨论青年工作、伤兵工作、国际局势、抗战动向等问题,曾出版“纪念高尔基逝世增刊”和“暑期工作特刊”,指导青年怎样做暑期农村救亡工作。1939 年 7 月 30 日刊出第 5、6 期合刊后休刊。③

1939 年 6 月,钟敬文在《中国诗坛岭东刊》第 1 卷第 5、6 期合刊上发表了《关于〈孩子的歌声〉——序黄诏年君编的儿歌集》。对于歌谣,钟敬文将其分为两大类:民歌与儿歌。他指出:“如果我们要使采用的名词的含义不过于宽泛而略失却精密性时,那末,我们也可以用‘童谣’两字,来表示民间自然的儿童所歌及他们母亲所唱的歌谣,而儿歌一词,则用以包括一切儿童与母亲及文人们为他们所唱作的歌。”对于“童谣”二字的理解,钟敬文认为:“在中国经过了两千多年来五行学派人士的附会涂抹,本来的意义已淹没不彰,所能给人认识的只是种乌烟瘴气、暗无天日的误解,我们要采用它,非经过一度的洗炼工夫不为功的。”关于“童谣”和“儿歌”的区别,他的理解是:“其实,童谣,就是小孩们所唱的歌谣,其意义与现在所谓‘儿歌’相似。”④

1939 年 6 月,上海小学教师进修会主办的杂志《儿童读物》收到贺宜寄的长

---

① 参见林飞:《抗战时期桂林儿童文学述略》,《广西师院学报》,1995 年第 2 期。

② 何公超:《〈儿童日报〉四年苦斗》,《现代儿童报纸史料》,少年儿童出版社 1986 年版,第 39 页。

③ 《抗战时期期刊介绍》,丁守和、马勇、左玉河、刘丽主编,社会科学文献出版社 2009 年版,第 909—910 页。

④ 钟敬文:《关于〈孩子的歌声〉——序黄诏年君编的儿歌集》,《中国诗坛岭东刊》第 1 卷第 5、6 期,1939 年 6 月 20 日。

篇儿童《野小鬼》，由于篇幅过长，无法在《儿童读物》上发表，于是决定单独出版，少年出版社就此创建。该出版社先后出版了《野小鬼》《凯旋门》《木头人》《小癞痢》《新木偶奇遇记》《安利》等儿童文学作品，还出版了《少年文艺丛刊》5 册，后因 1941 年 12 月太平洋战争爆发而被迫关闭。[①] 对于该社的成立，钟望阳曾发表文章《少年出版社缘起》，该文指出："我们中国为儿童们所写的儿童作品，在熟练上虽然也不可算少，但是所可惜的，若干所谓儿童文学作家所努力的目的，只是骗骗孩子们而已。他们有的把文字写得高深莫测，自以为行文绮丽，艺术高超，而自鸣玄博，然一推其内容，那只是一架可怕的骷髅罢了。他们所努力的，是要使千万的儿童们忘掉血淋淋的现实，而推使他们进入一种空幻的'仙境'里去！这无形中杀害了我们中华民族的幼芽！这种痛心疾首的现象，在抗战爆发的今日，固然已经是销声匿迹了，但是跟着艰苦的抗战环境而来的，我们又看到另一种杀害儿童的所谓'儿童作品'出现了。"[②]

1939 年 6 月，蒲风的《关于儿童诗歌》发表于《中国诗坛岭东刊》第 1 卷第 5、6 期合刊上。蒲风重申儿童文艺在抗战中的重要作用："当我们明白认识了今日的儿童即是异日的新世界的主人翁，他们竟因得不到优美的粮食，缺乏了适当的精神营养，沦于后天的不足，表演不出簇新的姿态于未来的社会时，我们又该当怎样追认荒疏于今日的罪过。"就儿童诗的建设而言，他提出应在继承传统儿歌的基础上，建立起"适应于大时代的进化"，有利于"目前的抗战建国"的新儿童诗。[③]

1939 年 6 月，《西南儿童》半月刊由西南儿童报社出版发行，陆静山任主编，生活教育社主办，该刊于 1943 年 8 月 23 日被国民党政府查封。该刊物主要为小学中高年级儿童的阅读刊物。《发刊词》这样写道："我们西南的小朋友就应该和全中国的小朋友团结起来……再和全世界的儿童团结起来，打倒日本鬼子，创造新中国；打倒法西斯蒂，创造新世界。"[④]该刊设置的栏目有：儿童歌曲、诗歌、战时常识、儿童通讯、工作报告、战时算术、儿童创作、图画故事、儿童言论、游戏、

① 蒋风：《世界儿童文学事典》，希望出版社 1992 年版，第 636 页。
② 苏苏：《少年出版社缘起》，《中国现代儿童文学文论选》，王泉根评选，广西人民出版社 1989 年版，第 163 页。
③ 蒲风：《关于儿童诗歌》，《中国诗坛岭东刊》第 1 卷第 5、6 期合刊，1939 年 6 月 20 日。
④ 参见林飞：《抗战时期桂林儿童文学述略》，《广西师院学报》，1995 年第 2 期。

戏剧、小言论、时事报告、儿童生活通讯、儿童故事、各科补充教材、适应时代的游戏、歌曲、连环画、儿童创作的诗歌、散文,还有歌谣、谜语等各种专辑。

1939 年 6 月,何云祥在《满洲教育》上发表了《儿童观的童话并儿童剧》。该文认为:"我们都已承认儿童并非成人的雏形,本质上和成人比大不相同。因而教育者给儿童的教育,无论教授上一节国语、陶冶上一曲唱歌、一阵教训,既不能和给成人的一样,也并非仅是文字和内容的程度之降低而已。总是儿童有他们特别需要的种种东西。童话并儿童剧正是这种东西里面的两种。"何云祥指出童话的价值大体可以分为三项:一是民族历史之价值;二是丰富儿童的想象、使逍遥于空想境、享受愉悦、有美的陶冶价值;三是使之开始理解社会生活,将社会的事件精炼组织,取以指示他们。宛然给他们教训,或宗教的制裁,道德的制裁纵不能规定德目,要注意暗示方法。这样有道德陶冶,宗教胸冶的价值。"对于童话的陶冶和作用,主要分为 7 项需要注意的事情:"1. 力避残忍的描写。2. 力避强烈的刺激。3. 免去错误的道德观念。4. 教训意味不使露骨。5. 内容趣旨要正大、趣味要高雅。6. 描写要美化。7. 低程度者文字组织要有反复。"①

1939 年 7 月,范大块在《新教育旬刊》上发表了《论儿童剧》。文章开篇叙述了儿童的特点:"游戏的摹仿的本能,天生的存在于每一个儿童的天性里,他们的活动的表演的喜好有如被惊动了的游鱼似的活跃。"范大块认为,假如把儿童所喜好的东西都结合、充实起来,就能成为儿童剧。正因为儿童剧是根据儿童所喜好的一切,组织起来充实起来的,所以更有利于儿童教育。为此,作者大力提倡儿童剧。他提倡艺术教育,推崇席勒的"美即是善,善即是美"的观念。他指出:"要想藉着艺术的力量完全的收获了教育的效果,是不可能的,但是艺术的陶冶却是不能不说在教育中占着很重要的部分。"他认为戏剧具有弥补这一缺陷的作用:"它比一般的艺术更直接,更强调的发挥着'表现人生,批判人生,创造人生'的雄伟的力量",因为"戏剧本身本来就负着很严重的教育的使命,可是它对于儿童教育特别的更有力量。儿童的性格是好动的,戏剧恰恰就是以动作为主要的成分的艺术。儿童是具有摹仿的本能的,戏剧恰好就是摹仿人们日常生活的种种状况的艺术。儿童们对于他们的生活是大部的装在游戏的内容里的,戏剧恰

① 何云祥:《教育观的童话并儿童剧》,《满洲教育》第 5 卷第 6 号,1939 年 6 月,第 90 页。转引自陈实《伪满洲国童话研究》,华东师范大学博士论文,2017 年。

正是以游戏的形态表现出来的一种艺术”。在范大块看来，儿童剧“很容易给儿童们以知识上的进益，戏剧的美妙的文字辅助了他们的语文课程，戏剧的和谐的声音，辅助了他们的音乐课程”。同时，他也指出：儿童戏剧毕竟和一般的戏剧有着很大的不同，儿童戏剧所要坚持的是“儿童本位”的教育学说，“儿童的戏剧也应该是由儿童们从事的适应于儿童的扮演给儿童们看的戏剧”。针对有人拿着一般成人所欣赏的戏剧让孩子们扮演或者让孩子们看的现象，作者认为长此以往会产生许多恶劣的影响。针对以上问题，他对儿童剧提出如下的建议：一、儿童剧要以适合儿童的材料为内容，二、儿童剧要以适合儿童的文字写出，三、儿童剧应该特别重视动作，四、儿童剧要有教育的价值。他还补充了普通儿童剧的取材：故事、寓言、历史、传记、神话。同时，对于儿童剧创作的一些小细节，他提出了建议：一、儿童剧要含有很丰富的启发性，多用浅显的暗示，使儿童自动地去理解；二、在儿童剧里对于人物事件的介绍，宜多用直接表现的手法，不宜多用间接的陈述；三、在儿童剧里同样意思的对话，宜多反复，多给儿童以了解的机会，不过反复的方法要运用的适当巧妙；四、儿童剧的词句务求适合儿童的口吻，简单明白。①

1939 年 7 月，何茜丽在《青年生活》第 4 期上发表了《介绍儿童剧团》。何茜丽时任长沙儿童剧团的团长，该文为她率团十二人到桂林表演时所发表的致辞。据她回忆：在 1938 年 2 月，她从江西到湖南时遇到一位小朋友田海男，一个月后儿童剧团就诞生于长沙。儿童剧团成立以后，他们每天利用课余的时间在青年会里练歌、排戏，虽然当时儿童剧团刚成立，很多事情并没有安排好，同时还要照顾伤兵，但他们还是受到了当时长沙戏剧界的帮助，因此顺利演出了《中华儿童血》三幕剧，与“长沙战时儿童服务团”联合出演，这也让戏剧界开始重视儿童戏剧。按照何茜丽的说法：“大先生们再也不会说‘小孩没用了’。”同时此次戏剧成功演出的一千五百元全部捐给“湖南儿童保育会”。但“八·一三”事变后，长沙各学校撤离，也因为日本飞机的轰炸，他们的所有东西，包括道具衣服全部化为灰烬，儿童戏剧运动也因此停止。10 月底何茜丽回长沙的时候，在乡下碰到几个小朋友，他们希望何茜丽带他们去加入儿童戏剧演出工作，并要求她担任新的

① 范大块：《论儿童剧》，《新教育旬刊》，第 1 卷第 14 期，1939 年 7 月。

团长,于是在何茜丽带领下,儿童剧团又"冒失"地开始参与活动,他们得到中华戏剧界抗敌协会的帮助。当时战事紧张,交通不便,儿童剧团运动也受到了很大的阻碍。后一段时间他们主要在衡阳参加各界的军民宣传大会,又参加伤兵募捐的公演,演出的戏剧为《中华儿童血》。郑君里那时到了衡阳,让他们到桂林。到达桂林后,他们得到命令,儿童剧团正式被第三厅收编。1938 年最后一天,他们为前线数十万浴血奋战的军人举行演奏大会,在筑光大剧院举行。这次大会打破了贵阳当时募捐公演的记录。在抗战即将转入第二期的艰苦阶段中,他们的剧团已经由 200 个会员变成 2000 个会员。按照何茜丽的说法:"那时,筑光不但可以照明贵阳,它将照明整个中国的前途。"①

1939 年 8 月,日本作家竹田浩一郎的《孩童的本质》经何广殊翻译后发表于《满洲教育》第 5 卷第 8 号上。竹田浩一郎指出:"只凡是他以为是有趣的话,他并不拘限,只管反复去做,也不拘是别人说的话,也不拘是自己使用的话,在孩童方面只要以为他有趣,他即乱学起来。"②

1939 年 11 月,许幸之创作的儿童剧《小英雄》由上海光明书局出版发行。该书是"光明戏剧丛书"之一,内收《七夕》《小英雄》《最后一课》《古庙钟声》四篇戏剧。舒湮为"光明戏剧丛书"作总序,他指出:"这两年半以来的民族解放战争,证明了文艺为国家服役的功绩,特别是戏剧部门的帮助教育群众,记录抗战史实,宣传反侵略真谛,动员民众包围国土……它把国民的精神武装起来,协同完成伟大的任务,这一切将是中国戏剧运动史上最光荣的一页。"在《序》中,许幸之认为:"人类最高无上的性灵——便是那天真、纯洁,对于一切都怀着爱和善意的童心……我所以爱写儿童故事的诗和散文,以及作儿童剧本的原故,也就是出发于这种真善美的朴素而单纯的感情。"③该书中还附录了许幸之的《论抗战中的儿童戏剧》。他认为,一切文化会跟着抗战的力量生长起来,同时,一切艺术,也随着抗战的力量而新生。于是,戏剧之于儿童的教育意义重大:"他们的想象,他们的理念,他们的意志,他们对于未来的憧憬,他们对于英雄的崇拜,他们将来要

① 何茜丽:《介绍儿童剧团》,《青年生活》第 4 期,1939 年 7 月。

② 竹田浩一郎:《孩童的本质》,何广殊译,《满洲教育》第 5 卷第 8 号,1939 年 8 月 1 日。转引自陈实《伪满洲国童话研究》,华东师范大学博士论文,2017 年。

③ 许幸之:《序》,《小英雄》,上海光明书局 1939 年版,第 1—2 页。

做个怎样的人物？将什么贡献与社会国家？戏剧会给与他们以直接或间接的影响，甚至于给他们一种善与恶的指示。”为此，他站在戏剧创作家的角度来立意，指出在编写剧本之前，应当选取什么题材？有什么社会或人生的意义？为什么要选取这种题材？在决定选取了题材后，还要思考这题材是否为儿童所熟悉？是否为儿童所欢迎？能否引起他们的爱好和兴趣？他还指出，作为一个剧作家，应具备深刻的社会认识，必须对于新时代要有坚定的信心，必须喜欢儿童观察儿童，必须浅近而易懂，必须轻松而活泼；反对在儿童戏剧中表达那些空洞的高谈阔论。落实到当时的社会情境，他认为儿童戏剧家应当采取最积极的、最现实的、最有教育意味的、最能引起儿童关心和引起儿童兴趣的题材。那么，在当时什么最使儿童们关心呢？无非是英勇的民族斗争，抗战中的英雄故事，家破人亡父母失散，敌人的无人道的暴行，游击队的神出鬼没。其次是历史上的有趣的事情，也不妨选取一些童话或神话的题材。“总之，一切现实的对抗战直接间接有利的题材，一切因这次解放斗争所产生的故事或罗曼斯，一切从历史上，童话或神话上所采取来的题材，都可以把他们编制成完美的儿童戏剧。”①

1939 年 12 月，郭沫若在《东南战线》上发表了《在广西生活教育社成立大会上的讲话》。他指出：“中国有一句俗话说，‘一代不如一代’，今天看了小朋友的活动，深深地觉得是‘一代不如一代’。古代的意思是说后代不如前代，但是我们今天看到的‘一代不如一代’是前代不如后代啊！仅仅这一点，就是能证明最后胜利一定是我们的。”最后他呼吁：“现在小朋友们就在诸位的面前，他们是那么纯洁、多么勇敢，希望每一个人都能够像这些小朋友一样，以纯洁无垢的精神，创造出一个纯洁无垢的新中国！”②

1939 年 12 月，杨慈灯在《泰东日报》上发表了题为《再谈怎样写童话》的文章。该文认为，“所谓儿童文学，绝不是儿童所作的文学”。在杨慈灯看来，“写童话，想象力是很要紧的，有伟大的想象力，可以写出丰富的东西来”，“近代的童话，不一定是专给小孩子读”。他还提出建议，“儿童本来都有好奇心，如果叫他

① 许幸之：《论抗战中的儿童戏剧》，《小英雄》，上海光明书局 1939 年版，第 146 页。
② 郭沫若：《在广西生活教育社成立大会讲话》，《东南战线》第 1 卷第 3 期，1939 年 2 月 20 日。

胡乱去猜想,不如爽爽快快解释给他的好"①。在第一部童话集《童话之夜》的序言中,他这样概括自己的童话创作风格:"我是一个初学写作的笨虫,产出来的东西不消说一定是幼稚甚至于是可笑的。可是我在军队里混饭吃已经有十来年了,脸皮厚,胆子也大。什么丢脸不丢脸全不管。"②

1940 年

1940 年 1 月,陶行知的《儿童的世界》在《中国儿童时报》开始连载。陶行知认为:"我们要创造儿童的世界,那里,只有真话,没有谣言;只有理智,没有恐怖;只有创业,没有享福;只有公道,没有惨酷;只有用的书,没有读的书;只有人或人中人,没有人上人或人下人,没有奴隶。"同时他还指出:"儿童的世界是要由儿童自己动手去创造,因此,首先就得摆脱一切束缚,解放自己的头脑和双手,活动可以自由,新的儿童世界便会应运而生了。"③

1940 年 1 月,日本作家甲田正夫著、许达年译的《日本童话选集》由上海中华书局出版。该书被列为"世界童话丛书"之一。内收《大国主命的传说》《驱逐兄滑》《到龙宫里去过的浦岛太郎》《阿苏史和强盗》《射箭的名手》《葛叶狐》《懒汉》《兄弟浪人》《贫穷神》《胸间有洞的人》《猫岛》等 17 篇童话。卷首有许达年的《译者小序》,他指出:"一个民族的历史,是绵长无穷的,区区八十余年,真算不了一回事,过去的八十余年,我们吃了亏,希望未来的八十多年我们不要轻易放过。诸君,就是八十余年历史的创始者,所以我国的国运兴替,对于诸君是很浓殷的。"④

① 杨慈灯:《再谈怎样写童话》,《泰东日报》,1939 年 12 月 19 日。转引自陈实《伪满洲国童话研究》,华东师范大学博士论文,2017 年。

② 慈灯:《童话之夜》,大连实业洋行出版部 1940 年版。转引自陈实《伪满洲国童话研究》,华东师范大学博士论文,2017 年。

③ 汪习麟:《从一般教育到积极战斗——〈中国儿童时报〉纪略》,《现代儿童报纸史料》1986 年版,第 123 页。

④ 许达年:《译者小序》,甲田正夫《日本童话选集》,许达年译,上海中华书局 1940 年版,第Ⅱ页。

1940 年 1 月，陈荒煤在《阵中日报·军人魂》上发表了题为《童话》的文章。该文并不是一则童话故事，而是描述抗战时期儿童生存状况的一篇随笔。陈荒煤塑造了乡村中的一些放哨的儿童，“他们用孩子的细心和天真，不放松任何敌人，骄傲地站在岗位上竟好像可以阻挡一切似的”。儿童们只有一些“生了锈的武器”，但令他感到惊奇的是，一个孩子的舅父是汉奸，四个孩子唤其到自卫队后将要枪毙，“当那个孩子的外祖父和母亲在哭的时候，那个孩子却和其他的孩子一样，不恐惧地在血尸旁欢呼他们的胜利”。为此他认为：“我虽然不必和一个伪人道主义者一样，惊奇太小的孩子丧失了人性，竟会在血和死亡面前欢跃，但是我要说，我也不以为这就是孩子的快乐和幸福！难道血债仍需要血来偿还的这一个事实，还应该要什么说明么？”①

1940 年 1 月，《学生月刊》由上海学生月刊社创刊发行。该刊为主要面向大中学生的抗日刊物。其主要栏目有画报、简评、时事解说、国文讲话、长篇连载、独幕剧、国际问题讲谈、南洋讲座学生文坛、学生通讯、时文选读等，撰稿人有张溯源、雨君、则鸣、傅东华等。“时事解说”栏目主要评述抗战时期国内外重要的事件，“学生文”主要发表学生创作的小说、散文、读书随笔、速写等作品。“时文选读”则选登当时名家有影响的评述文字，如何炳松、张其昀、冯友兰、章士钊、陈立夫、张君劢、于右任、杨幼炯等人的评论文字，及《大公报》《中央日报》《申报》等重要刊物的时评论说等。1941 年 11 月 10 日，该刊出版至第 2 卷第 11 期后停刊。②

1940 年 1 月，葛承训在《小学教师月刊》第 1 卷第 10 期上发表了《怎样写儿童读物》。葛承训认为广义的儿童读物主要包括“教科书和补充读物”。而“各科儿童读物的写作”有必要依据课程标准。同时，他对“战时补充教材”的具体编撰提出了十四点要求：1. 有关战时需要之教材，2. 关于民族英雄等历史故事之教材，3. 关于战时各地人民罹难情况之教材，4. 关于各地军民情况之教材，5. 关于鼓动民众应服兵役之教材，6. 关于各地人民应尊敬伤兵优待伤兵之教材，7. 关于优待出征军人家族之教材，8. 关于国防方面之教材，9. 关于开发产业增加生

① 荒煤：《童话》，《阵中日报·军人魂》第 541 号，1940 年 1 月 3 日。

② 《抗战时期期刊介绍》，丁守和、马勇、左玉河、刘丽编，社会科学文献出版社 2009 年版，第 938—939 页。

产之教材,10. 关于组织与训练民众之教材,11. 关于提高民族意识增强国家观念之教材,12. 关于拥护政府与领袖之教材,13. 关于增加科学信念与提高科学知识水准之教材,14. 其他有关建国纲领之教材。

关于文学方面,他还提出了四点要求:1. 课文文艺以简洁平畅之语体文为主;2. 文字在叙理论时,应如述事者同,求其平直畅达,不必多事征引,反致迷惘;3. 课文语气,以积极者为毕,批评谩骂,浮夸之文字固不宜取,消极与反暗示者亦应避免;4. 文必言之有物述之成理,力避空泛。

就儿童读物的"体裁"而论,葛承训认为可以分为"间接语的叙述"(普通叙述文)、"直接语的叙述"(如动物的自述等)、"间接语的对话"(假使甲乙两人对话某件事物)、"直接语的对话"(集中动物互相对话)以及拟人的描写等。① 他还围绕上述体裁展开了具体的阐述,图文并茂地论述了写作的具体方法。

1940 年 2 月,英英在《泰东日报》上发表了《谈谈童话》。该文将现代童话分为三种类型:改装古代童话或描绘想象的"创作童话",将自然界风雨雷电或动植物拟人化的"自然童话",将人类英雄人物神仙化的"英雄童话"。他进一步论述道:"对于童话的范围,依各种立场上是不定形的。例如有依国内之风俗习惯传说等的研究——依土俗学为对象的童话,有纯粹文艺性质的童话,更有本于历史上的童话,是不能详细分解的至于一般缩写的童话。内容的范围,是再宽广没有的。"②

1940 年 2 月,茅盾的《从〈有眼与无眼〉说起》刊发于《新华日报》。茅盾首先从孙毓修翻译《有眼和无眼》说起,介绍了自己与孙毓修的交往,指出:"孙先生是第一个介绍西欧童话来中国的一人……他翻译了二十三种童话,其中属于《有眼与无眼》类的总也有这么七八种,最受欢迎的,据说还是《大拇指》《无猫国》这一类幻想的童话。"他反对那些谈论儿童文学必须"夸狐说鬼""九天仙女与冬瓜成亲"的说法。在他看来,每一民族的口头文学中,诚然有不少这样怪诞奇幻的东西,但是儿童文学应该还需要类似于科学等方面的内容的滋养。对于《有眼与无眼》,茅盾认为是应该"归入落伍队中"了,"这本书虽然方法是对的,而且是这一类儿童读物的前辈,但材料不免稍嫌陈旧"。他最后这样说道:"提倡科学知识乃

---

① 葛承训:《怎样写儿童读物》,《小学教育月刊》第 1 卷第 10 期,1940 年 1 月 10 日。

② 英英:《谈谈童话》,《泰东日报》,1940 年 2 月 2 日。

是一切知识中之最基本的，尤其对于小朋友们。”①

1940 年 3 月，许达年翻译了《德国童话集》，这部童话集里基本为格林童话，由中华书局出版发行。该书是许达年根据甲田正夫的日译本转译的，内收《裁缝老公公》《长鼻子小孩》《白蛇》《奇妙的兵士》《狐的审判》《魔法笛》等 7 篇童话。在《译者小序》中，许达年感怀时事，这样写道：“在这兵荒马乱之际，我仍能保持这闲情别致的心情，细琢细磨地写这和身边的环境完全异趣的文字，自己也不知道是我的福气，还是我的无能。在这样的大时代中，这样的作品是不是少年们所需要的，这些我一点儿也不打量，也无心去打量，听凭各位的批判吧。”同时，他将中国和德国进行了比照：“可是它虽大败以后，过不了二十年，如今又虎视眈眈，在欧洲大陆上称雄了；比之我们自夸地大物博的中国，老是残息喘喘，翻不起身，真是从那里说起呢?”对于儿童读者，他也寄予了希望：“现在诸君还没有能力研究德国的政治、经济，那么，先看看他们少年所诵读的童话，作为将来更深刻研究的引线，想来也不是一件白耗的工作吧!”②

1940 年 3 月，萧红的《旷野的呼喊》由上海杂志公司出版发行。该书属于郑伯奇主编的“每月文库”之一，内收《黄河》《朦胧的期待》《旷野的呼喊》《逃难》《山下》《莲花池》《孩子的讲演》等 7 篇文章。《儿童的讲演》真实地再现了儿童当时的生存处境，同时也借主人公王根之口来阐发她对当时抗战文艺的看法：“因为那些所讲演的悲惨的事情都没有变样，一个说日本帝国主义，另一个也说日本帝国主义。那些过于庄严的脸孔，在一个欢迎会是不大相宜。只有蜡烛的火苗抖擞得使人起了一点宗教敏感。”③

1940 年 5 月，林风在《阵中日报·军人魂》上发表了通讯报道《战时儿童保育院》。该文生动描述了中条山区的战时儿童保育院的具体情况。“保育院的编制近于一所小学，但完全是一个适应战争环境的编制儿童完全过着一种集体的生活”，并且“教育方式注重启发儿童，尽力去避免注入式的讲课，并且很好地实行了小先生制，发扬自我学习的精神”，同时“儿童自觉自助的阅读课本，讨论问题，年纪大的帮助年纪幼小的，能力强的领导能力弱的，养成了一种良好的团结

① 茅盾：《从〈有眼与无眼〉说起》，《新华日报》，1940 年 2 月 20 日。
② 许达年：《译者小序》，《德国童话集》，上海中华书局 1940 年版，第 1 页。
③ 萧红：《旷野的呼喊》，上海杂志公司 1940 年版，第 148 页。

互助的习惯"。这与陶行知所提出的"小先生"特别类似。尽管条件艰苦,但他相信:"敌人正一天天败落下去,我们却是一天天强壮起来,这一批儿童,将是一个无比的力量,会给予敌人以严重打击的。"①

1940年8月,毛兰在《阵中日报·军人魂》上发表了散文《江岸上》。这篇散文刻画了一位年仅十四五岁的儿童,经历了徐州会战、武汉会战,还上过战场杀过日本人,作者形容他是"一个矫健的小战士"②。

1940年9月,臧克家在《阵中日报·军人魂》上发表诗歌《这一代的孩子们》。这首诗深刻地描绘了战时儿童保育院中儿童的生活状况。1938年3月,由国共两党支持的中国战时儿童保育会在汉口成立,属李宗仁的第五战区,并且范围日渐增大。1938年10月武汉沦陷之前,当时中国战时儿童保育会的20多位青年教师带领500多位男童提前疏散,华中、华北各战区的收容所都向中国战时儿童保育会靠近。在保育院中,许多无家可归的孩子受到教育,得以成长。臧克家所写的这首诗就真实地描绘了那些孩子的成长,正如他在诗歌的结尾中所说:"他们是五千个泥坯,在时代的烘炉中锻炼,(灾难是铁锤,炮火是煤炭,)按照民族需要的样子,他们将成为新中国的基石。"③

1940年10月,黎文在《阵中日报·军人魂》上发表《两个小战士》。该文为作者的亲身经历。在战事紧急时,作者曾在火车上问两个小勤务,"怕不怕",这两个小勤务反问他:"这有什么可怕的?"其中最小的一个勤务还"跟着队伍打过几次敌人","还到敌人阵地里去侦察过一次"。当他路过某地街道的时候,店里的老板和伙计都笑着喊着:"看,小兵!"为此,作者陷入深思:"他们的笑不是喜欢,也不是冷嘲,不过是相当的好奇心而已,按照他们的常例,这样小的孩子,那是在父母的保护下送到学校去读书的时候。他们哪里会知道,这两个小战士,已经在军队里成长了两年多了。"④

1940年11月,由新安旅行团集体讨论、张早执笔的《抗战中的儿童戏剧》刊发于《戏剧春秋》第1期上。该文开章明义地道出了戏剧与儿童本能之间的关

① 林风:《战时儿童保育院》,《阵中日报·军人魂》,1940年5月23日。
② 毛兰:《江岸上》,《阵中日报·军人魂》,1940年9月7日。
③ 臧克家:《这一代的孩子们》,《阵中日报·军人魂》,1940年9月7日。
④ 黎文:《两个小战士》,《阵中日报·军人魂》,1940年10月9日。

系："儿童是最喜欢看戏和最爱好娱乐的。儿童的本能就是接近于戏剧的。他不但喜欢看戏，而且他还喜欢演戏，所以可以说他是一名最好的表演艺术家，当然，这种表演必须要有正确的指导，才能有正常的发展。"[①]作者认为儿童是现在国家的主人翁，也是未来的主人翁，戏剧对儿童的影响甚大——"在儿童的面前将是一个保姆"。该文认为，《小小画家》《紫竹林中》《小国民的归宿》《麻雀与小孩》《蝴蝶姑娘》《葡萄仙子》等儿童剧，"多半是童话式的，剧情多半是美丽的，圆满的，中国的贫穷的小孩子们看了之后，只觉得好玩，并没有多大教育意义"。他列举了许幸之的《最后一课》、崔嵬的《墙》和姚时晓的《炮火中》，认为这些剧本是拿现实的事件做题材的，能让儿童直接地了解到国家现在的危亡。该文还介绍了孩子剧团为抗战戏剧所做的贡献。抗战进入第二阶段后，儿童戏剧得到了很大的进步，艺术水准也提升了不少，归有光的《两年来》《反攻》、舒强的《为了大家》、厦门儿童剧团的《我们是一群小瘪三》《铁蹄下的孩子》、西南旅行团的《敌后孩子》《谁拿的》《支那孩子》《帮助大哥哥打游击》、许幸之的《小英雄》《七夕》、吴祖光的《孩子军》、张季纯的《上海小同胞》、熊佛西的《儿童世界》等就是代表。同时，作者也阐释了儿童戏剧存在的问题，"一般儿童戏剧的创作，有个最大的毛病，就是千篇一律，差不多都是汉奸，聪明的小孩和最后胜利，等等。一直到现在，儿童剧本还是有这样的毛病，剧本的范围太狭小了，没有把儿童的日常生活和幻想等很多的事件作题材"，"儿童剧的上演，一般都太老人气了，作剧本的人，把儿童的对话，都写成大人的口气了，导演的人也不注意，把儿童的动作，表情，也教成大人的样子"[②]。当抗战进入第二阶段时，武汉的儿童剧也有了飞快的进步，同时在艺术水准上也提高了不少，例如："归来先生的《两年来》（四幕）及《反攻》，《打日本》（不知是谁做的），舒强先生的《为了大家》，厦门儿童剧团的《我们是一群小瘪三》，《铁蹄下的孩子》（三幕），孩子剧团的《把孩子们怎么办》……"同时，新安旅行团的《敌后孩子》《谁拿的》《支那孩子》《帮助大哥哥打游击》，还有许幸之的《小英雄》《七夕》，吴祖光的《孩子军》，张季纯的《上海小同胞》，熊佛西的《儿童世界》。

同时，该文也总结了存在的问题，内容如下：

① 《抗战中的儿童戏剧》，新安旅行团集体讨论、张早执笔，《戏剧春秋》第 1 期，1940 年 11 月 1 日。
② 张早：《抗战中的儿童戏剧》，《戏剧春秋》第 1 期，1940 年 11 月 1 日。

第一,儿童的剧本太少,各团体与各学校,总是感到无剧可演,没有办法时,只有走两条路,一是把旧的剧本翻来覆去地改名换姓地演出,不管它适合不适合,只要演出来就算了,二是拿大人的剧本来演,有的团体演出《胎妇》,还有个儿童团体,演出《爱情三部曲》,最糟糕的是里面有跳交际舞和拥抱,喝酒接吻的举动,像这样的剧,不但演出效果是一塌糊涂,叫观众哭笑不得,而且对儿童的生理与心理也有很大的妨害。

第二,一般儿童戏剧的创作,有个最大的毛病,就是千篇一律,差不多都是汉奸,聪明的小孩和最后胜利,等等,直到现在,儿童剧本还是有这样的病,剧本的范围太狭小了,没有把儿童的日常生活,和幻想等等很多的事件作题材。

第三,儿童剧的上演,一般都太老人气了,作剧本的人,把儿童的对话,都写成大人的口气了,导演的人也不注意,把儿童的动作,表情,也教成大人的样子了,这是很大的错误。

基于此,作者提出以下六点希望:

第一,希望着更多的大先生帮助儿童戏剧,在质量的方面,更广泛地发展。

第二,各个流动儿童团体,能有机的和学校配合起来,在各地做散播戏剧种子的工作,广泛的发动起各地学校,因为只有他们才可以更深入地做许多宣传工作。

第三,在大后方,广泛的建立起儿童剧场来,我们知道许多地方的戏院门口,都有这样的布告"禁止十二岁以下儿童入场"……社会上为儿童们所设立的娱乐场所,和给他们玩的地方,实在太少了,往往许多儿童得不到正当的娱乐,在生活上显得顽皮和胡闹,所以他们是迫切地需要着,建立起他们自己的娱乐场所来。

第四,我们希望国家培养儿童戏剧干部,设立起儿童戏剧学校,培养天才儿童,使他们成为优秀的艺术家。

第五,大人多多为儿童们演戏,演一些适于他们看的剧,特别提出能有直接教育意义的。

第六，最后我们希望各地的儿童戏剧工作者，建立起通讯网来，经常在剧作上多多交换，工作经验的交换，以及各种工作技术的讨论。①

1940 年 11 月，上海孤岛的《儿童导报》（周报）创刊。据盛巽昌研究："在'每周指导''每周新闻报导'中，汇集国内外重大时事；'儿童知识'则着于介绍自然科学、世界珍闻和中外历史；第三版'儿童文艺'，在'每周文选'专栏里，先后刊登了《静》（朱自清）、《岁寒知松柏》（蒋剑侯）等范文；'童年早疑的一群'专栏，介绍了曹植、孔融和司马道箴（晋元帝子）的聪慧事迹；'儿童创作'版，发表了九岁女孩写的连载故事《大琳的日记》和《上海的怪现象》《难民的痛苦》等儿童创作。"由于政治高压，《儿童导报》不能刊登抗日的言论，但编辑在《儿童导报》第 4 期"圣诞节特刊"中发文："有个意义重大的云南起义纪念，同时降临，回忆蔡锷先生的忠勇精神，诚然值得我们永远纪念着。"②以此来警醒儿童勿忘国耻。

1940 年 12 月，贺宜的长篇童话《凯旋门》由少年出版社出版。该童话具有很强的政治性和批评性。"米乎米乎国"企图征服"大华国"，在其首都建造了凯旋门，最终本国人民与前线溃败下来的士兵一道吊死了皇帝、元帅和大臣。在《后记》中，贺宜指出，一般的童话都写"一个漂亮的公主和一个勇敢的王子结婚了"，但他的童话要写"一个勇敢的王子和漂亮的公主恋爱了"。该童话"是一把外科用的小刀，我要指给我的小朋友看，在'友邦'的膏旗下面是怎样的毒疮啊！可怜'友邦'要给这个毒疮烂死了"③。

1940 年 12 月，周作人的《童话》在《晨报·文艺》上刊发。周作人指出，在小时候，他就留意找外国童话，直至今天还是有兴味。他曾将童话分为两大类："一是文艺的，如丹麦安徒生所作，一是自然的，如德国格林兄弟所集录者是也。"周作人将哈忒兰的《童话之科学》与麦克洛支的《小说之童年》视为童话的最好参考书。同时，"安徒生童话全集英译以克莱格夫妇本为佳，培因却亦有译本，又据说

① 《抗战中的儿童戏剧》，新安旅行团集体讨论、张早执笔，《戏剧春秋》第 1 期，1940 年 11 月 1 日。
② 盛巽昌：《解放前儿童报纸鸟瞰》，《现代儿童报纸史料》，少年儿童出版社 1986 年版，第 115 页。
③ 贺宜：《后记》，《凯旋门》，少年出版社 1940 年版，第 76—77 页。

英文《安徒生传》也以培因所著为最”①。

1940年12月,周作人的《歌谣》刊发于《晨报·文艺》上。该文对歌谣的搜集进行了论述,周作人指出自己搜集外国歌谣是从民国初年就开始的,最初只注意儿歌,后觉得这些东西禁不起重译,所以只收原文著录的,于是就只限于英日两种文字了。在英文本的儿歌中,周作人非常喜欢安特路朗编的《儿歌之书》,该书出版于1897年,有勃路克的插画,他认为作者是人类学派的神话学家,这是其钟爱的原因。在日文方面,周作人提及了前田林外编的《日本民谣全集》,正续二册,正集附有《日本儿童的歌》一篇译文,小泉八云原著,是一篇很有意思的文章。此外,汤朝竹山人的《俚谣》、高野辰之的《日本歌谣集成》、故上田敏校注的《小呗》、藤井乙男和藤田德太郎编的歌谣集也都有特色。②

1941年

1941年1月,高士其的科普小说《菌儿自传》由上海开明书店出版。该书以妙趣横生的方式向青少年讲述了传播医学科学与公共卫生的知识、思想和精神,揭开了细胞不死、生命起源的秘密。细胞为什么会永远长大,永远不死?而由细胞组成的人却得不到永生,会逐渐衰老、死亡呢?该书从生命的起源、单细胞的性生活说起,揭开细胞的不死之谜。茅盾阅读了《菌儿自传》后,写了一篇评论,认为:“《菌儿自传》就是原原本本,描写了说明了这些在苍蝇腿上可以群居数十万的小到只有显微镜下方能看见的‘菌儿’一族的。这是‘自传’体。作者用他卓特的生动多趣的笔墨写出‘菌儿’之种类与特性,如何藉空气、水、苍蝇等等媒介,钻入人们的呼吸器官、肠胃、血管,蔓延而作恶。他写到了科学家们怎样发见‘菌儿’,怎样研究它,怎样发明了抵抗它的方法,也写到了人体构造虽然精巧,虽然有天生的抵抗力,但仍予‘菌儿’以可乘之隙,‘菌儿’的攻势,可以说无孔不入的,

① 知堂:《童话》,《晨报·文艺》,1940年12月16日。
② 知堂:《歌谣》,《晨报·文艺》,1940年12月23日。

简直有点防不胜防。如果公共卫生不周到，私人的防御颇难万全，这是我们应该深深警惕的。”①

1941年1月，王任叔撰文《学习与走路》鼓励青少年发扬“坚韧不拔的学习精神”。该文认为，对儿童来说，“读书和学习，也像走路”，读书的方法必须要“定方向，定目的”。他特别强调了“兜风的学习法，那就是漫无目的，趁头阵，赶时髦，什么都学习，什么都不知道”②的不正学风。

1941年1月，老舍的《老牛破车》由上海人间书屋出版发行。该书收录了《我怎样写〈小坡的生日〉》一文。老舍谈及离开欧洲之去南洋，“因为正想找写小说的材料，像康拉德小说中那些材料”。康拉德“有时候把南洋写成白人的毒物——征服不了自然便被自然吞噬”，老舍要写的则刚刚相反，他认为：“南洋的开发设若没有中国人行么？中国人能忍受最大的苦处，中国人能抵抗一切疾痛：毒蟒猛虎所盘踞的荒林被中国人铲平，不毛之地被中国人种满了菜蔬。”③所以他想写南洋的故事，“写中国人的伟大；即使仅能写成了罗曼司，南洋的颜色也正是艳丽无比的”④。因为种种条件的限制，老舍只能去中学教书，开始创作《小坡的生日》。他认为这篇童话存在一些问题：“以小孩为主人翁，不能算作童话。可是这本书的后半又全是描写小孩的梦境，让猫狗们也会说话，仿佛又是个童话。此书的形式因此极不完整：非大加删改不可。前半虽然是描写小孩，可是把许多不必要的实景加进去；后半虽是梦境，但也时时对南洋的事情做小小的讽刺。总而言之，这是幻想与写实夹杂在处，而成了个四不像。”他这样阐述自己的心境：“这个毛病是因为我是脚踩两只船：既舍不得小孩的天真，又舍不得我心中那点不属于儿童世界的思想。我愿与小孩们一同玩耍，又忘不了我是大人。这就糟了。所谓不属于儿童世界的思想是什么呢？是联合世界上弱小民族共同奋斗。此书中有中国小孩，马来小孩，印度小孩，而没有一个白色民族的小孩。在事实上，真的，在新加坡住了半年，始终没见过一回白人的小孩与东方小孩在一块玩

① 明：《〈菌儿〉自传》，《笔谈》第6期，1941年11月16日。

② 汪习麟：《从一般教育到积极战斗——〈中国儿童时报〉纪略》，《现代儿童报纸史料》1986年版，第124页。

③ 老舍：《我怎样写〈小坡的生日〉》，《老舍和儿童文学》，少年儿童出版社1996年版，第455页。

④ 老舍：《我怎样写〈小坡的生日〉》，《老舍和儿童文学》，少年儿童出版社1996年版，第456页。

耍。”[①]尽管如此，他还是对该童话很满意，“因为我深喜自己还未全失赤子之心——那时我已经三十多岁了”。该书最让他满意的地方就是“文字的浅简明确”[②]。

1941年2月，孙犁(笔名“林冬苹”)在《晋察冀日报》上发表了《谈儿童文艺的创作》。该文的源起是由于在“十月十九日早晨想起了鲁迅先生，因之也想起了边区的儿童文艺创作问题”。就当时的现实状况而言，他认为“边区的儿童要求着读物，无论是看的、听的和唱的”。他分析了叶绍钧后期的创作：“《稻草人》给中国儿童文艺开了一条路，但此后‘不但并无蜕变，而且也没有人追踪，倒是拼命在向后转’。”对此他指出：“边区的文艺工作是突击过来的。对《稻草人》不只有追踪的勇气，而且有超越它的实行‘蜕变’的可能。”他还特别提到了张天翼的《蜜蜂》。在比较了苏联的儿童文学创作后，他认为“关于新童话的创作要不要神话的问题”的两种偏向，“有一种人主张把神话和幻想完全从童话中驱除，完全‘科学化’。这显然是忽视了儿童读物的特点”。“另一个偏向是主张使儿童读物完全脱离现实。”显然，这两种偏向都是站不住脚的。孙犁在文章的最后呼吁：“边区的孩子已经参加了战斗，需要对他们进行政治的、战斗的科学教育。今天用艺术来帮助他们，使他们的思想感情加速健康地成长，是我们艺术工作者的迫切任务之一。”[③]

1941年5月，周楞伽的《月球旅行记》由山城书店出版发行，该书属“创作童话新刊”的一种。该书的缘起是章铎声正在考虑出版“创作童话新刊”，一次偶然的机会章铎声遇见了周楞伽。周楞伽因之前写过童话而受到了章铎声的邀约，于是就把他以前写的《小泥人历险记》交给了编辑部。此后，《小泥人历险记》曾印刷过三版。对此，他说：“这给了我极大的鼓励，于是便提起十年不写童话的笔来，写下了这部《月球旅行记》。”他希望“小读者们千万不要误会，以为这部《月球旅行记》是什么科学小品，这其实是一部童话”，因为这部童话像“平时所看的新奇有趣的童话一样，绝无丝毫枯燥乏味的地方。这里面自然大部分都充满了幻

① 老舍：《我怎样写〈小坡的生日〉》，《老舍和儿童文学》，少年儿童出版社1996年版，第457页。
② 老舍：《我怎样写〈小坡的生日〉》，《老舍和儿童文学》，少年儿童出版社1996年版，第458页。
③ 林冬苹：《谈儿童文艺的创作》，《晋察冀日报》，1941年2月16日。

想,但也不是全无根据的"[①]。

1941年5月,高士其的《细菌与人》由开明书店出版发行,该书属"开明青年丛书"之一,内收入29篇科学小品。按照高士其的说法,"谈的尽是些生物界细微琐屑的事,却篇篇都与人生有关"。原本他"想叫这集子作'蚂蚁大王'"。在原来的序言中,他指出"蚂蚁"和"大王"的两个特点:"蚂蚁呢?它一向是给人看不起的。为的身子小,然而现在竟有比它还要小的一大众。小到连蚂蚁的眼睛都看它不见。大王更不必说了。然而它却时时要压倒大王的架子。在大王没有认识它之前,我权借蚂蚁的名字租给它。大王一没落,蚂蚁就抬头了。"虽然这样写很有趣,但"写完了,又不满意。心机一转,干脆一点儿,还是称这集子作'细菌与人'"[②]。

1941年6月,陈伯吹翻译的英国作家吉卜林的《象童》由上海山城书店出版。1946年4月,该书由上海三民图书公司重印出版。1944年6月,该书又以《神童伏象记》为书名由重庆中华书局出版。

1941年6月,《东南青年》月刊由江西上饶东南青年月刊社创刊出版。该刊设有专论、生活问题讨论、通讯与报告、文艺新地、每月谈话、工作与学习、青年园地、通讯报告、科学知识、信箱等栏目。刊发的文章除报道国际国内形势外,主要介绍中国青年的成长及其在抗战中的责任和义务,以及以抗战为题材的文艺作品,如《抗战青年应有的努力》《中英美苏合作与太平洋现局》《青年生产训练刍议》《青年团与青年》《青年行为之观察及教育训练问题》《空袭小记》《女青年职业问题》《男人们都去了》(长篇连载)、《青年团工作的根本要旨》《青年急应建立的几个中心思想》等。1942年12月出至2卷6期停刊。[③]

1941年9月,郭绍虞的《语文通论》由上海开明书店出版发行。郭绍虞认为,虽然白话文的成果在一些儿童文学的创作中尤为突出,但国文教学中的文言文并不乐观:"在现在,无论是谁都不能否认新文艺的存在;同时无论是谁也都不能否认旧文学——或称文言文——在社会上犹有相当的势力,相当的需要。所以教育部之中学国文方针也依违于此二者之间不能定一明确的趋向;而一般中

① 周楞伽:《序》,《月球旅行记》,上海山城书店1941年版,第1页。
② 高士其:《自序》,《高士其全集》第1卷,航空工业出版社2005年版,第89页。
③ 《抗战时期期刊介绍》,丁守和、马勇、左玉河、刘丽编,社会科学文献出版社2009年版,第852页。

学教员也只能随学校方针或徇学生要求而异其施教的方针。漫无准的,莫知适途,而为国文教员者遂感到大大的困难。"①

1941 年 10 月,顾均正翻译德国作家柏吉尔的科学童话集《乌拉波拉故事集》由上海开明书店出版。该书被列为"世界少年文学丛刊"之一,内收《小水点》《火柴和蜡烛》《月球上的一日》《世界的末日》《太阳请假的时候》《金刚石和他的弟兄》《奇异的世界》等 15 篇。书前有《原序——给成人的话》,该文指出:"在文学上,一向有许多奇异的童话,供儿童阅读。这些童话都愉快动人、富于想象,并且有时候的确蕴藏着一连串严肃的思想"。但是作者认为时代发生了变化,"这些童话于二十世纪的少年的要求已不再有任何真实的关系了,尤其是对于生长在城市而其初期的儿童生活又已过去了的少年"。因而,他呼吁多创作类似的"科学童话"来满足儿童的需要。②

1941 年 10 月,在《中国儿童时报》创刊千期纪念时,社长田锡安撰文做了说明:"我们深信:小学时事教育是国民政治教育的根本,儿童新闻事业是一般新闻事业的基础,要使下一代的国民人人能留意政治,必使这一代的儿童人人能关心国事;要使下一代的国民人人有看报的习惯,必使这一代的儿童人人有看报的兴趣!我们认为儿童报纸不仅是小学教育上必备的工具,其性质之重要,或许在普通课本之上,并且是新闻事业中应有的部门,其效用之广大,也不在一般报纸之下!我们认为儿童报纸有其特殊的对象,特殊的任务,因而也必有其特殊的方法,特殊的作风!儿童报纸不是一般报纸的缩制,却是一般报纸的前驱,儿童报纸有其存在的价值与必要,正和一般报纸毫无二致!"③

1941 年 11 月,孟昌翻译高尔基的《文学散论》由文献出版社出版。该书收录《论伟大作家与"青年作家"》《论青年作家》《再论文字通顺》《培养文化技师》《论能力的浪费》《文化的突击队员》《论工作的不熟练,疏忽,不忠实等等》《论不负责的人们并论今日的儿童读物》《关于一个论战》《论语言》《把文学——给与儿童》《关于故事》《论岗与点》等十三篇论文。其中《把文学——给与儿童》一文对

① 郭绍虞:《新文艺运动应走的新途径》,《语文通论》,上海开明书店 1941 年版,第 84—85 页。

② 《原序——给成人的话》,柏吉尔《乌拉波拉故事集》,顾均正译,上海开明书店 1941 年版,第 1—2 页。

③ 汪习麟:《从一般教育到积极战斗——〈中国儿童时报〉纪略》,《现代儿童报纸史料》,少年儿童出版社 1986 年版,第 120 页。

中国儿童文学界影响较大。该文认为，做了国家主人公的父母们投入社会主义国家的建设，儿童的社会主义教育事业尚未占首要地位，鉴于此，“为儿童们创造新的、苏维埃的通俗科学的、社会主义的并且艺术上优美的读物，是迫不及待要解决的问题”。高尔基站在国家前途的立场上指出：“我们的孩子们应该被教育成更活跃的世界无产阶级的领导者。因此，我们就有义务将他们从小就武装起来，使他们具备抵抗旧生活的保守主义和沉滞的小市民环境的影响的一切必要知识的威力。”同时，高尔基还指出，从资产阶级的遗产里只能选取极少数古典作家及世界性的民族叙事诗的作品和一些适合于高年级生的通俗科学书，因此，如何提供好的儿童读物和儿童文学作品就至关重要了。他分别从物理、化学、哲学、经济、生物、人体、计量、文化史等方面探究了如何给儿童传授上述知识。对于儿童图书，他强调：“我们的书不能都是教训式的，也不能都是有明显倾向的。它必须以形象的语言来表述，必须是艺术性的东西。我们也需要那种发展儿童的幽默感的、愉快和诙谐的书籍。必须创造作为整套儿童丛书的主人公的、新的幽默人物。”①

1942 年

1942 年 2 月，姚忠海在《满洲学童》发表了《大东亚战争》。该文的创作背景是日益严峻的太平洋战争，是作家对青少年的精神动员。在作者的笔下，英国和美国的形象是这样的：“英美是东亚新秩序的破坏者，是世界人类的恶魔，是黄色人种的仇警。他们用种种政策来侵略东亚，像经济方面军事重地，许多的权威把持在他们的手里，大有置黄色人于死地之概。像这样宣人气息的敌者，怎能使他顷刻存在。”②因为《满洲学童》是伪满洲国唯一的儿童杂志，对儿童思想的腐蚀不言而喻。

① 高尔基：《文学散论》，孟昌译，文献出版社 1941 年版，第 96 页。

② 姚忠海：《大东亚战争》，《满洲学童》，1921 年 2 月 1 日，第 4—5 页。转引自陈实《伪满洲国童话研究》，华东师范大学博士论文，2017 年。

1942年4月,吴鼎在《教育通讯》第5卷第28期上发表了《现代儿童文学泛论》。作者特别强调了儿童文学的"现代"①二字是指"当前抗战建国这一阶段范围的",虽然儿童文学在各方面均有进步,但"中国儿童文学仍须继续的改进,则为事实"。对儿童文学定义,他先从"文学"方面立论:"一群文字,具有正确的思想,通过了感情和想象,而用艺术方法表现出来的东西,便是文学。"其次从"儿童"层面展开:"儿童不是成人,也不是成人的缩影,儿童在生理上和心理上都有着和成人不同之点,在儿童的环境里,自有他们独立生活的意见,自有他们的意义和价值,所以我们绝不能否认儿童意义的重大。"在"儿童文学的分类"中,他认为教育部颁发的小学课程标准中的分类方法比较公允,内容如下:

一、普通文

(一)记叙文

1. 生活故事——以儿童为主角记叙现实生活的故事。

2. 自然故事——关于自然物的生活及特征的故事(科学发明的故事,也归入此类)。

3. 历史故事——合于史实的记人或记事的故事(传记轶事及发明家个人事迹等,也归入此类)。

4. 童话——超自然的假设故事。

5. 传说——民间传说故事(原始故事,归入此类)。

6. 寓言——含有道德意义的简短故事。

7. 笑话——滑稽可笑的简短故事。

8. 日记。

9. 游记。

① 自从1922年以来,中国的儿童文学才开始具体被教育界重视,儿童读物也开始逐渐增多。按照吴鼎的说法:"从民十一到民二十六抗战前止,这十五年间,儿童文学进步之快,实在可以惊人。""'在量方面',各书坊出版儿童类读物,合计起来,已有三万余种之多。'在质方面',起初在儿童文学书籍中,尚有不少神仙故事、鬼怪故事,等等,可是后来根据社会客观的需要,和从看儿童文学的人们自身的努力,已将儿童文学领域中的迷信材料怪诞思想等成分渐渐肃清,而创造若干应时代需要的新材料。"参见吴鼎《现代儿童文学泛论》,《教育通讯》第5卷第28期,1942年4月。

10. 其他。

（二）说明文

（三）议论文

二、实用文

（一）书信——儿童和家属、亲朋、教师、同学等往来的信札。

（二）布告——学校或儿童自治团体等的通告。

（三）其他。

三、诗歌

（一）儿歌——合于儿童心理的协韵歌辞（急口令等，也归入此类）。

（二）民歌——民间传流的歌谣（拟作的民歌，也归入此类）。

（三）杂歌——切写景、抒情、叙述故事等的歌词。

（四）谜语——包含拟作。

（五）诗歌——近人的所谓新诗和古人的白话诗。

四、剧本

（一）话剧。

（二）歌剧。

吴鼎将儿童文学的生产过程概括为：创作、翻译、搜集、修改四个阶段。具体而论，"创作"方面的要求是："第一，作者要有文学的天才和素养。第二，作者对于文学、儿童学、儿童教育学、儿童心理学、民俗学、语言学、音韵学、语法、文法、修辞学、教学法等都要有相当的研究。第三，作者要彻底明了儿童文学的特点。第四，作者要具有各种科学的基本知识。第五，作者要能加入儿童团体中去活动，以儿童的生活为生活。"在"翻译"阶段，作者将翻译分为两种："一是把外国的儿童文学译成国文；一是把本国古代的有趣的故事，译成语体文，使之适合儿童的口味。"在"搜集"过程中，作者认为搜集的方法"除由民间取材料外，还可由定期刊物、报纸、民间流传的小说书报等中间去搜寻，必能有很好的收获"，"不过在搜寻时也要有很好的眼光，注意其是否为'儿童的'，并且注意是否为现代所需要"。在"修改"的最后阶段，如果想要把旧书上的内容改编成儿童文学，必须"则必审慎此篇材料究以何种方式表现出来为最相宜"[①]。最后,吴鼎还探讨了"现代儿童文学的实例",并对生活故事、自然故事、历史故事、童话、传说进行了案例分析。对于韵文,作者则将其分为儿歌、民歌、杂歌、谜语、诗歌五部分来展开讨论。

1942年5月,苏夫的《小铁匠》由文化供应社出版发行,该书属"少年文库"之一。该书前有《少年文库刊行旨趣》一文,该文指出:"抗战发生以后,我们的文化工作,有了长足的进步,但也正因为大家的眼光都集中到动员,注视到抗战上面,对于少年们谨慎食粮的供给,反而忽略了。"而且"中国的少年们,在这样瞬息万变的环境中,成长之速尤其令人吃惊,他们不仅和大人一样的在动员着,且能像一个大人一样地负担着艰巨的抗战工作"[②]。因此很多人注意到了此问题,并且在上海继儿童书局之后成立了儿童文学研究组,"少年文库"丛书也因此诞生。少年文库的图书范围广泛:"凡适合于少年们阅读的故事、童话、小说、剧本、诗歌、谣曲、游记以至自然科学、社会科学,无所不包,每册字数略以二万到三万为准,文字力求简洁生动,并具有新鲜活泼的意趣。"[③]

1942年7月,小岩在《青少年指导者》第19卷上发表了《满洲青年教育我观点》。太平洋战争爆发后,伪满洲国出现了以对抗英美为题材的儿童读物,而且常常把英美刻画成反抗的对象,鼓吹伪满洲国的儿童、青年响应号召,一致抗敌。小岩的《满洲青年教育我观点》指出:"伴随内外情势的紧迫,和大东亚战争的爆发,这更给我们青少年练成阵营更重大的更有意义的使命,这便是临战体制下的青年练成的问题。为使物力人力走向全体的集中的体制上,则我们青少年的组织与训练,自然应顺应这客观情势的邀请,也应整备共组织,检讨共练成内容。"[④]

1942年8月,陶行知撰写了《写在〈植物的世界〉创刊号之后》。《植物小世界》是育才学校七个小学生所办的壁报,陶行知认为:"小孩们干得很高兴,有的提议要出壁报。野心真大,学了一个星期的植物学就要出壁报,我虽然觉得他们

---

① 吴鼎:《现代儿童文学泛论》,《教育通讯》第5卷第28期,1942年4月。
② 苏夫:《小铁匠》,香港文化供应社1942年版,第1页。
③ 苏夫:《小铁匠》,香港文化供应社1942年版,第2页。
④ 小岩:《满洲青年教育我观点》,《青少年指导者》第19卷,1942年7月30日,第95页。转引自陈实《伪满洲国童话研究》,华东师范大学博士论文,2017年。

没有把握，但是相信出壁报发表可以增加他们努力学习的兴趣，所以也赞成。这就是《植物小世界》的发芽的小史，希望大家帮助指点，踊跃参加，使它长成一个植物大世界，那就更庆幸了。”①

1942 年 11 月，《新满洲》杂志 11 月号刊登“满洲童话”特辑，这是该杂志首次刊登该特辑。吴郎在该特辑发表了《关于满洲的童话》一文。该文指出：“‘满洲童话特辑’的发稿，这是在说明着编者对于满洲童话界的期待与企图，本来此计议是最早的腹案，但为了确切树立满洲童话界的声威，所以再三慎重的结果，以致迟延到今天……”吴郎指出：“满洲童话界所行的步伐是缓慢而蠕动，虽然被作家创作出来，但也不能说是‘纯童心文学’之发露，那么抓着了微妙的精力童心作家，不也是我们目前文艺家所需要的吗？”②

1942 年 12 月，萧三在《解放日报》上发表了题为《略谈儿童文学》的文章。他从儿子阅读的经验谈起，指出：“中国的儿童文学实在太贫乏了，太不被重视了！中国百千万可爱的儿童就在这方面，也太可怜了！他们简直没有几本课外的读物可读！”对于“儿童文学”这个名词，他认为有三层含义：一是给儿童写的，二是写儿童的，三是儿童自己写的。作为大后方唯一的儿童刊物《西北儿童》，应在这几个方面都有所注意。他最后呼吁道：“写吧，作家、诗人们！写他们，为他们写吧！希望我们的作家、诗人们在下决心面向工农兵大众的时候，不忘掉这一年少的读者层。希望中国也有许多真正的儿童文学专家！”③

1943 年

1943 年 2 月，朱家振在《时代中国》第 7 卷第 2 期上发表了《论儿童文学之改编》。作者在文章开头就强调改编和创作同样重要：“假如你有特异的改造的

① 陶行知：《写在〈植物的世界〉创刊号之后》，《陶行知全集》第 3 卷，湖南教育出版社 1984 年版，第 475 页。

② 吴郎：《关于满洲的童话》，《新满洲》第 4 卷第 11 月号，1942 年 11 月，第 100 页。转引自陈实《伪满洲国童话研究》，华东师范大学博士论文，2017 年。

③ 萧三：《略谈儿童文学》，《解放日报》，1942 年 12 月 17 日。

天才,你一样也可以成功的。安徒生的《皇帝的新衣》是由一个丹麦的民间故事改编而成的。格林兄弟的童话出诸自己创作的可说绝无仅有,都是从德国的传说和民间故事改编过来的。这种改编的工作通过了你熟练的写作技巧和正确的思想和观点,将创造一种奇异的成就,有如把一块朽木重新雕成一个,新巧的小物件。甚或是一种不可思议的'点金术'一般。"在他看来,改编并不是一种抄袭,相反它是以另一种方式将作品转化成更加成功而有价值的作品。同时,作者将批判的矛头指向打着"改编"的名义"抄袭"的作家:"他们会用很聪明的手法表示一篇东西完全是新的、而且是真正的他自己的作品。即使像狐狸吃酸葡萄那样陈旧的故事,他也可以用他的名义来再写一遍,好像这个故事还是他今天偶尔发现偶尔创造出来的一般。"[①]面对改编之中出现的诸多问题,他将问题症结归结为:"我们到底要改编写什么东西?"为此,他列出儿童文学可以改编的类型:第一种是把一篇冗长的文学名著,缩写为长短合度适于儿童。第二种是把较艰深的文字译成较易懂的文字。第三种是把外国的儿童文学作品中所有冗长的人名地名以及特殊的风俗和语言习惯加以中国化。第四种是把许多旧时成语演绎为具体的故事。第五种是把各种失掉的时代精神的故事加以彻头彻尾的改写。在这五种编写方式中,第一、二、三、四种方式大体一致,而第五种按照朱家振的说法,"其艰难程度至少相等于创作,抑或过之"。为了更好地说明问题,他以《聊斋志异》中的故事《崂山道士》为例,将标题改为《仙人的故事》,内容改为白话,他在文章最后将两种不同版本的故事做了比较。

1943 年 6 月,生活教育社晓庄研究所主编的《战时教育》第 7 卷第 10、11、12 期合辑中设立"儿童文学专号",集中讨论了儿童文学的现状、概念、创作等问题。

茅盾的《谈儿童文学》发表于当年的 2 月 5 日,该文开头介绍了当时中国儿童文学读物的情况:"现在到处都听得到要求精神食粮的呼声,据说自由中国大后方定期出版的公共私人刊物,也还有三百种光景,单行本每月有多少我不知道确数,先就中央图书馆图图书月刊第三卷第五六两月出版的书籍共计一百二十三种,(其中有几种实为再出版书,)似乎也不算少了,平均每日出新书两种。但既然仍嫌不够,一方面固然由于人民精神食欲的亢进,另一方面怕也是这些食粮

① 朱家振:《论儿童文学之改编》,《时代中国》第 7 卷第 2 期,1943 年 2 月 20 日。

还不尽能适应读者的胃口。”在文中，茅盾介绍了《战时教育》开设“儿童文学专号”的原因：《战时教育》应社会人士要求提倡儿童文学，创造儿童文学，打算最近出个“儿童文学专号”。茅盾也承认：“我在儿童文学方面未有研究，亦未尝试写作，没有发言的资格。”同时他在后文中也给出了意见：“神仙故事、动物拟人化，等等沿袭的儿童文学的题材，颇有人不以为然，但我觉得其实也无疑，不过有一个条件，即必须对于儿童的人格修养有益，善神终于胜了恶魔，狐狸的狡猾终于占不到便宜，这样落笔，我以为是硬要的。”对于作品中的神仙的定位，他认为：“我相信只要不是十足的低能儿，总不会老是相信真有神仙，禽兽真能说话，像人似的，我们小时也读过这些所谓旧式的童话，但我们现在何尝就相信了动物能说话，何尝相信了有九天仙女和海上神仙？”对于儿童心理的理解，他还补充：“儿童文学者还必须有广博的关于宇宙和人间的知识，还必须有瑰奇的想象力，而且尤其重要的，还须能说儿童的话——儿童们的说话。写给儿童读的文学作品实在比写给成人读的要难得多。”[①]

杜守素的《关于儿童文学》发表于当年的 2 月 7 日。在文章的开头，作者指出：“儿童文学是要写给儿童阅读的。所以，它必须适合于儿童的阅读能力，必须能够引起儿童的兴趣。”但适应儿童阅读并不意味着丧失文学性，杜守素也指出：“它必须是文学的，儿童理解事物，往往是形象的，具体的，不是逻辑的，抽象的。”在儿童文学的范围内填入教条与伦理，作者认为是不应该的：“教育是广义的生活教育，不单单是狭义的道德教育。一面要表现种种好的生活习惯，否定坏生活习惯。精神的净化，在抗战同时也是建国的今天，尤其是需要的。”他也注意到儿童文学大多是成人撰写，很多时候对童年的经验与经历到了一定年龄就表现得不太充分了，“作者必须多多地跟儿童学习，最好是儿童爱好者，能够和儿童做朋友，和儿童一起生活”[②]，这样才能使儿童文学具有儿童性的意义。

以群的《儿童文学的新路》发表于当年的 3 月 6 日。作者写该文的缘起是常听到很多关于“孩子们的悲怀的故事”。虽然抗战时期不少孩子成为孤儿，但在沦陷区、国统区、敌后区的不少儿童有许多优秀的品质。正因为如此，作者在开头呼吁：“可是这些活的素材，为什么没有人将它们表现在供给孩子阅读的文学

① 茅盾：《谈儿童文学》，《战时教育》第 7 卷第 10、11、12 期合辑，1943 年 6 月 20 日。
② 杜守素：《关于儿童文学》，《战时教育》第 7 卷第 10、11、12 期合辑，1943 年 6 月 20 日。

作品中去呢?”简要的儿童文学历来的取材方向,具体表现为:“一面是神仙鬼怪,另一面是鸟兽鱼虫,凭借着想象的故事来给智识幼稚而幻想丰富的孩子们灌输一些观念或教训。”虽然以群并不反对这种观念,但他认为许多未成年的孩子经历了太多的苦难,而且很多传统的幻想故事已经不能满足儿童的精神需要了,特别是自抗战以来,许多孩子从事着艰苦的社会工作,所以他认为:“这一切传奇似的事实,神话似的经历,实在值得文学工作者们,将他们写成优秀底儿童文学。”[①]最后他以托尔斯泰去世时一个孩子给高尔基写信希望他写故事作结,呼吁儿童文学作家们多多为孩子们创作优秀作品。

臧克家在该刊上发表了《好好想一下》。该文主要对儿童文学现实性问题展开反思。他以小毛弟和跳伞的故事为例来说明现实主义的重要性,认为:“中国以往,根本没有人替儿童们设想过,儿童文学读物可以说很少,有的便是一些神仙武侠的东西。”但臧克家认为儿童存在着好奇心,但这并不能阻碍他们接受现实主义:“时代、环境、战争、战争把儿童从狭小的天地里拉出来,从梦里拉出来。”[②]在文章最后他也认为儿童文学的创造者,应向事实请教,同时强调现实必须是儿童所能接受的现实,而且,在创作现实主义作品时,不能提一些“大道理”,破坏故事的“兴味线”,不必要把“科学救国”“航空杀敌”的字眼弄得满纸都是。

姚雪垠的《一封谈儿童文学的信》发表于1943年3月7日。这是一封写给儿童的信。虽然姚雪垠并未专门研究儿童文学,但这封回信可以视为从成人文学的角度来看待儿童文学的力作,对于打通成人文学与儿童文学的界限具有一定的参考价值。姚雪垠回忆了其童年所接触的文学作品:“我所接触的人物只有两种:一种是伪善的基督徒,一种是在衙门院里吃饭的血腥人物。虽然我从懂事的时候起就憎恨这两种人物,但这种憎恨完全是自发的,并没有谁来启发我,教育我。”[③]而且“当时我并不崇拜摩西,也不崇拜耶稣,倒是崇拜那些能飞檐走壁的,打富济贫的,对朋友讲义气的绿林人物”,特别是《彭公案》《施公案》《小五义》《三国演义》等。十五岁左右,他也开始读鲁迅、叶圣陶、王统照,还包括如柴霍甫

① 以群:《儿童文学的新路》,《战时教育》第7卷第10、11、12期合辑,1943年6月20日。
② 臧克家:《好好想一下》,《战时教育》第7卷第10、11、12期合辑,1943年6月20日。
③ 姚雪垠:《一封谈儿童文学的信》,《战时教育》第7卷第10、11、12期合辑,1943年6月20日。

等一些外国作家的作品。二十岁左右他开始写小说并且读了很多新的小说，虽然小说艺术水平不足称道，却获得了新的人生观，获得了浓厚的革命认识和天真的革命热情，并大体上确定了其以后的生活路线。他论及儿童文学对其创作道路的影响："假若当我在童年时候能读到进步的，浅显的，为儿童而写的文学作品，大概我今日的成就绝不是这样渺小。"最后，他对儿童文学提出了自己独特的见解："人的生活固然须要向生活实践中去学习，但文学和历史也可以供给人许多生活的实际知识。特别是对于儿童，对于生活经验缺乏的人类的幼苗，更须要用文学来培养他的纯洁的灵魂。儿童和青年都爱读文学，我想其中有一个重要的原因，即儿童和青年有一种想了解人生和认识世界的迫切要求，也就是要学习生活。这种行为因为往往是不自觉的，所以许多世纪来竟不被人们指出，也不被人们重视……如果我的猜想是对的，那么，作家们更应该快快的多写点好的作品，让孩子们从文学中学习生活。"①

欧阳凡海在《战时教育》发表了《儿童应该怎样学习文学》。他就"儿童怎样学习文学"的问题提出了两点看法："第一，我不赞成儿童拼命地读以成年人，甚至青年人的生活为内容的所谓名著，尤其是外国的。第二，我希望儿童多读童话，多读以儿童的生活为内容的作品，多让儿童的经验和年龄能了解的作品。"他觉得儿童时代是一个富于想象和幻想的时代，同时又是一个没有人生经验的时代。对于儿童与成人的区别，他认为："成年人觉得是顶好的书，儿童也许看不出一点好处。如果因为成年人说好，便一定非看不可，那一定会上当。"他以《阿 Q 正传》与《战争与和平》为例，认为这些书只是针对四十岁以上的成年人，对于儿童只会伤害他们的脑力。他还结合自己十一岁时看《红楼梦》的经验，认为这里面的一些意味深长的话他一点也看不出来。他以这些成人文学对儿童的影响为例，其目的是要突出儿童文学本身的特殊性。对于那些以成人生活为内容的外国文学，他认为接受读者"还需要对外国的风俗人情具备一些预备的知识"。但他并不完全否定外国儿童文学作品，以童话为例，他认为："好的也还是外国的多，此外，儿童课余读的文学作品，外国的也多于中国的，当然不必害怕去读。"在他的文学观中，文学的作用在于激发人的想象

① 臧克家：《好好想一下》，《战时教育》第 7 卷第 10、11、12 期合辑，1943 年 6 月 20 日。

力,这也是文学的生命线。特别是幼年时期,如果“想象力得到充分的正确培养,在青年时期,又能合理地发展了热情,那么到了成年以后,人生的智慧一旦成形,便能变成文学了”[①]。

戈茅在该期发表的文章是《关于童话写作及题材》。该文指出,自从新文学运动以来,新的诗歌、小说、戏剧等,已经出版了很多,可是专门写给儿童看的童话却很稀少。他还注意到,除了叶圣陶的《稻草人》、张天翼的童话以外,似乎很难再找到其他儿童文学作品了。为此,他感慨道:“二十年来,曾不断有人提倡儿童文学,但也仅只是提倡提倡而已,然却并未实际着手去做,一直到现在,儿童文学依然是贫乏的。”因为缺乏好的文学作品,当时很多儿童都把那些志神说怪的章回体小说、荒诞不经的飞仙剑侠和坊间流行的小人书都当作有趣的“儿童读物”来阅读,这引起了作者的担忧。他提倡:“我们有权利要求作家应注意童话的写作,更希望出版家能和作家密切合作,认真出版一些好的儿童读物和连环画书,以代替旧的章回体小说和旧的连环画图书。”在童话的写法上,作者认为应该“了解他们的爱好兴趣、求知欲望、好奇和想象的特点,并要注意他们的知识程度,写法要浅显明白,生动有趣”。特别是对于高级的文学手法,他认为儿童往往不能够理解,不理解就不能激发他们读书的乐趣。他还发现一个奇怪的现象,外国的一些翻译著作质量极高,“可是一般的中国儿童有的对于读这些童话,还不如读中国旧章回体小说的兴趣高”,他认为“这是抓住中国人的生活习惯和趣味特点的缘故”。对于那些经典的童话如《爱的教育》《表》以及安徒生童话、伊林的童话等,他认为这些都是质量较高的儿童读物,他希望中国的作家重视这些童话的特点,“特别是写作童话更应注意到故事的生动活泼的趣味性,以及人物穿插的曲折等。童话内容所包含的事件,人物,情节不宜太复杂,要严格注意表现内容及方法的明确性,力避晦暗,深奥”。对于童话的来源,他列举了两种:一是历史的来源,二是现实的来源。而他更偏向于后者。对于选取历史题材,他又分出了两个方向:一是从古书和旧小说上吸取好的有用的材料,加以分析、批判、陶炼、消融,然后加以艺术的创造,赋予以新的生命;另一种是民间传说中的丰富宝藏,加以发掘和创造,成为好的童话材料。[②] 特别是口头的民间传说,作者认为

① 欧阳凡海:《儿童应该怎样学习文学》,《战时教育》第7卷第10、11、12期合辑,1943年6月20日。
② 戈茅:《关于童话写作及题材》,《战时教育》第7卷第10、11、12期合辑,1943年6月20日。

这些是构成伟大民族历史的重要组成部分，如果能将其中不合理的地方加以改造，那么这些都会成为非常丰富多彩的童话材料。至于现实生活的一些题材，作者则从两方面展开：一是指写大后方的儿童生活与活动的题材，二是历史题材和现实题材相结合的题材。

田涛在该期发表了《接近现实些》。该文的开头，作者回忆起小时候看戏剧时的场景，他的感受是："这便可证明儿童是不爱寂寞的，时时要新鲜，要有点刺激给他，他才快活，高兴。儿童文学，恐怕也应该这样吧！"他以一个儿童拿着语文课本向父亲天真地问"蚂蚁也穿衣服吗"为例，来说明儿童与成人的情感世界的差异，他的结论是："儿童喜欢新奇，热闹，所以一些'童话'及儿童画书，往往有不近情理的人物故事出现，这固然能吸引儿童去看，但这种不近情理，往往使儿童不能理解，我觉得还是接近现实些好！"①

得先署名"一位母亲"在该刊上发表《一个母亲的吁请》。她首先呼吁："请大家注意儿童文学，提倡儿童文学，创造时代所需要的儿童文学，救救孩子们心灵的饥渴吧。"根据她的经验，两岁幼童便开始懂得故事了，结合给学生们讲故事的经历，她认为："想使学生容易了解他们所要学习的功课内容，最好先引起他们的兴趣，启发他们的思考，那常常是最好从讲一个故事开头。"甚至她还想出一个办法，将一星期内读过的生字来让孩子们"听写"，她发现孩子们虽然有些并不能完整地写出一些字，但对于故事情节充满着兴趣。因为她是从事教育工作的，鉴于以往的经验，她觉得"儿童文学对于儿童的教育太重要了"，特别是"一个英勇的杀敌，精忠报国的英雄故事，可以启发儿童勇敢牺牲，救国除奸的热情；一个受尽千般折磨困苦，九死一生而终于成功的故事，可以暗示儿童趋向坚强不拔，克服困难，乐观积极；一篇历史伟人的传记，可以引起儿童崇高的理想；甚至于一句美丽而充满热情的诗句，会影响一个儿童终身的为人方法"。文学对于启发孩子想象力的贡献是巨大的，"'想象'又是儿童文学智慧的源泉"②。所以针对战争而使儿童读物缺乏的状况，她诚切地呼吁要多给孩子提供一些"精神食粮"。

王亚平在该期发表了《开展儿童文学运动》。在王亚平看来，"中国儿童，不

① 田涛：《接近现实些》，《战时教育》第 7 卷第 10、11、12 期合辑，1943 年 6 月 20 日。
② 得先：《一个母亲的吁请》，《战时教育》第 7 卷第 10、11、12 期合辑，1943 年 6 月 20 日。

被社会人士所注意,这是中国社会的病态”。他从所见的儿童画展、儿童歌剧、儿童音乐中体会到,儿童的才能是可敬的。他对中国的作家发出呼吁:“应该多多地为儿童写诗、童话、散文、剧本,以启发他们的艺术智慧。”对于中国的儿童文学,他认为必须广泛开展运动,并列出四个方面内容:“第一、出儿童文学刊物,第二、杂志上开启儿童文学专栏,第三、报纸上出儿童文学副刊,第四、书店印行儿童文学书籍。但最主要的,还是希望作家多多为孩子们创作。”①

吴克强的《孩子们在饥饿中》也刊发在该刊的第 7 期上。他提出中国的儿童文学太匮乏,中国的儿童太可怜,所能得到的儿童读物实在太少。他论述了这样一个现象:“今天很多出租旧小说的旧铺里,常常出现一些从十来岁到十五六岁的儿童,他们整天沉溺在那神仙侠客的故事里。再跑到小学校里去看一看:小学生用的课本,不但是单调、呆板,而且和他们的生活相距十万八千里。”②随后,他又回忆道:“三十年的四月,在中苏文化协会举行中苏儿童读物作品展览会时,中国方面展览的书籍主要是抗战前出版的童话、小说,看展后各地出版的一些杂志、报纸和书籍,以及各种保育院儿童们的作文,数量虽然不很多,可是来参观的儿童来来往往像跳长蛇……”这件事情至今都令他印象深刻。但抗战时期的儿童文学资源匮乏的原因,作者将其归纳于:“这一方面是受了印刷等困难的限制,同时也有一些儿童杂志,因为经费艰难而停刊。”③为了使新时代的儿童成为中国未来的希望,他希望政府、教育家、文学家、科学家、戏剧家、音乐家等各阶层人士一起努力,多多为儿童创作。

针对儿童文学匮乏的问题,方兴严于 1943 年 3 月 3 日发表了《儿童文学创作三条路》,后也收录于《战时教育》第 7 期。结合过去的经验,他认为,儿童文学有三条路可以走:一是专心研究儿童生活问题的而兼爱好儿童文学文字者,依照时代需要、儿童需要,适合儿童心理,而创作儿童文学;二是由儿童自己在生活、工作、学习……实践。而自由自在的去创作他们活生生的儿童文学;三是由爱好儿童文学者,和儿童集体探讨,共同创造儿童需要的儿童文学。关于第一条路,他认为儿童文学创作者都从“关心”出发,“随时随地地正视着现实,正视着时代,

① 王亚平:《开展儿童文学运动》,《战时教育》第 7 卷第 10、11、12 期合辑,1943 年 6 月 20 日。
② 吴克强:《孩子们在饥饿中》,《战时教育》第 7 卷第 10、11、12 期合辑,1943 年 6 月 20 日。
③ 王亚平:《开展儿童文学运动》,《战时教育》第 7 卷第 10、11、12 期合辑,1943 年 6 月 20 日。

正视着需要，以文学的情调，写出适应儿童心情的儿童文学”。他列举了几首儿童喜欢的有韵诗歌，如直叙的叙事诗歌或抒情诗歌《帆船》，引起儿童对大自然热爱的《蜜蜂》（刊载于《儿童画报》），引发孩子尊重劳动的《自立歌》（陶行知著），激起孩子们反抗侵略、同仇敌忾、保卫家园的《把家保》（宋晓村著），能引导人深信“军事第一，胜利第一”的《老母鸡》（村姑曲）。对于中年级儿童，他觉得除了诗歌，还应该有“趣味的推理的童话和冒险的特烈的追求真理的英勇故事”。同时他也批判了描写旧王子王后神仙故事的儿童“毒物”。对董纯才翻译的伊林写的故事，他认为这类故事“以新的作风和气派，以简短的故事，描写现今世界的气相”。而宋易翻译的法布尔科学故事，他认为它们把“艰奥难懂，昆虫学诗化了，把昆虫生活故事化了”。和它们相比，他认为中国国产的童话和故事，虽然不算少，但佳者不多。他这样评价张天翼的童话：“张天翼的《蜜蜂》与《大林和小林》的语气和格调，极合于儿童趣味，虽然大林和小林的叙述形容得有些过分夸张，却能在儿童生活中发生极深刻的影响，至于他的《金鸭帝国》，则尤其难能而可贵。”①

值得注意的是，在该刊刊载的童话《拇指》后附上了一则征稿信，全文内容如下：

> 敬爱的××先生：目前我们儿童在精神食粮方面感到十分枯竭。除了一些荒诞的旧小说、连环图画之外，能够算作未来世界的主人翁，新中国的创造者，今天儿童的不幸，就是未来世界的不幸，新中国的不幸，为了倡导儿童文学，我们准备在战时教育上出一个《儿童文学专号》请教育文艺各界以及全中国的小朋友向社会人士要求：“倡导儿童文学”“创造儿童文学”。
>
> 久仰先生××界前辈关心儿童事业，为今日孩子们着想，为新中国着想，对于我们这一点微小的呼声想来，先生定会给以同情的援助。因此，我们希望您能为我们写一点短文，内容：说明儿童文学对于孩子们的重要性也好指示儿童文学创作方法也好，或是对于目前中国已有的

① 方兴严：《儿童文学创作三条路》，《战时教育》第 7 卷第 10、11、12 期合辑，1943 年 6 月 20 日。

儿童文学的以批判也好,大作望于二月掷下!前后,我们真诚地向先生请求,不要给我们失望,那怕是只为三言两语也好。

先生!请"救救孩子们"!敬祝健康。

育才学校文学组敬上　　　　×月×日

在该刊中,育才学校文学组学生集体执笔,在该刊物发表了《我们需要什么样的儿童文学》。吴鸠生在该文中写道:"我们喜那些用最通俗,然而却不庸俗的笔调写或描述现实社会生活的故事,我们不但得到崭新的知识,增加生活经验而且能引起求学兴趣。至于一些社会的神话剑侠小说,其中所表现的是一大套神鬼故事,一点都不合乎现实的情况的。因此使儿童造成一种幻想于恐怖世界的思想,这是我们不需要的。"吴知方则认为:"在中国,作家们忽略了读写儿童作品,这对于儿童是一种极大的损失。因此,我热切地希望各位文艺界的先辈们,能多写些儿童看的书籍……像《表》《文件》这一类的故事,我最喜欢了,仅仅也只有了这两本,我觉得这两本书很好,对于儿童也真正的起了教育作用,我觉得这样的作品才是我们需要的。"对于写鬼怪神仙方面的题材,韦荷珍也提出了自己的想法:"我们说王尔德的童话写的很美,但是,那是我们所看不懂的,我不喜欢,我不高兴与别人用很欧化的,很啰啰嗦嗦的句子写给我们看的东西,也不高兴完全有意用小孩子的吭哧吭哧的吃力的句子来写的,我喜欢的是简单,明了,能把孩子的生活,以及要告诉孩子们的知识实实在在清清楚楚地写下来,能使我们一看就明了,一听就懂得的作品。"对于中国的作家,韦荷珍提出一些批评性的意见:"作者先生们写给孩子们看的东西中把许多事物夸张得了不得,或者,他们之所以这样做事为着引起我们看书的兴味,但是,夸张也得有个限度,张天翼先生作的秃秃大王笑时牙齿就缩短,发怒的时候牙齿就伸得哧长哧长,可是,不喜欢这样的夸张,因为这离现实生活太遥远了,简直是想象不到的。"但她赞赏班台莱夫的童话,张天翼的《奇怪的地方》,因为这些作品"是真正的现实生活,并且又与我们的生活很接近,里面的事物是我们大家所熟悉的,而且主人公又是我们小孩子自己"。对于儿童文学的现实主义,江淑和表示:"尤其是描写受难和穷苦儿童的生活的作品,例如我很喜欢《苦儿努力记》《穷儿苦狗记》《表》《奇怪的地方》等一二的实东西。因为这些是写得非常生动,表现的也是儿童。”①

该刊还刊登育才学校文学组马永清创作的童话《太阳园》、郭方仑搜集的《儿歌抄》,内容包括《落花生(四川儿歌)》《大学大学(江浙儿歌)》《金银花(四川儿歌)》;张兴文的《属于儿童的作家——狄更斯》;程延庆作曲、安娥作词的《战地之春》;李道逵所作的《文件》及朱振华的《表》。该刊还附有两则广告,一篇是《两篇儿童文学名著介绍》一文,全文内容如下:

下面是仿照蓝姐姐弟之莎氏乐府写法而编成的两篇儿童文学名著的内容介绍。这有一个目的:(一)供给一般教师与家长讲给孩子们听,补充课外教材的缺乏,以免被孩子们包围起要求讲故事而受窘;(二)给孩子们自己看,帮助他们读原文,或者补救他们读不到原文的损失,或者引起他们读原文的兴趣。

前一篇《文件》是根据夏懿先生的译本。故事生动,活泼,富于戏剧性,比较适合于大一点的好动的男孩,为了尽量使用原文语言,有些地方竟是整段的“抄袭”原文,“为了字数的限制”当然有些改变。

《表》是根据鲁迅先生的译本。这是一本很有名的童话。曾有少年朋友董林肯将其改变成剧本并且去年在重庆会被育才学校戏剧组小朋友搬上舞台过。

两篇的作者班台莱耶夫据说“原是流浪儿,后来受了教育,成为出色的作者,且是世界闻名的作者了”②。

第二篇是《儿童月刊(介绍)》,全文内容如下:

在这可以算是很大后方文化中心的战时陪都重庆,提起儿童刊物来,恐怕只有一本《儿童月刊》了。

该刊是从前孩子剧团的《抗战儿童》与《儿童月刊》合并而成。现在

① 《我们需要什么样的儿童文学》,育才学校文学组学生集体执笔,《战时教育》第7卷第10、11、12期合辑,1943年6月20日。

② 《两篇儿童文学名著介绍》,《文艺先锋》第4卷第5期,1944年5月20日。

负实际编辑责任的也还是从前“孩剧”的吴克强同志，另外还有两位得力的顾问先生：曹孟君先生与何公超先生。

该刊的优点是：内容相当广泛，辅助儿童进修性的文章不少，并且执笔者多为国内外名家，能够深入浅出，可是印刷却差了一点，尤其那些又挤又模糊的新五号字，恐怕不是小朋友们所欢迎的吧？

该刊去年曾一度停刊，今年又复刊了。我们希望复刊后的《儿童月刊》能够乘着它的优点克服它的缺点，在这荒凉的儿童园地，永远平安地发展下去，创造下去。[①]

1943年8月，《青少年指导者》同人借“协和会”改组为契机，新创设了“满洲青少年文化社”，于1943年8月开始发行《青年文化》杂志，于1945年1月终刊。据刘晓丽的研究：“《青年文化》是由王天穆个人出卖家产投资创办的。王天穆本来想离开伪满洲国，到关内去，在姜学潜等人的挽留和劝说下，他没有走，并且和他们一起创办了《青年文化》。于雷认为姜学潜劝说王天穆留下来办杂志，别有用心，目的是要为伪政府调查‘反满抗日’的文学青年的行踪。”[②]创刊号中有日本的坂田修一的《青年与协和运动》。该文认为“满洲青少年文化社”为“协和会的一翼，而挺身于文化运动”[③]。同时，创刊号的《辑后谈》也指出：“总之，从哪方面来说我们都应当力求无损于《新青年》过去十年间的功绩而更进一步地发展下去。《青少年指导者》的历史虽然很短，却有了一段不小的贡献，协和会当局能断然地将它交给我们，是必须以努力来表示感谢的。”[④]创刊号的栏目包括：“社论”“时事”“问题”“世界动向”“论著”“简”“世界的焦点”“艺术·科学小品”“季节风”“每月评论”“雕刻·名画”“野火”“创作”等。

1943年10月，奥地利作家沙尔顿的《斑麋》由方安翻译后在重庆商务印书馆出版。该书是根据英译本转译而成，书前有哥尔斯胡绥、邹海滨、张天泽的序文各一篇。哥尔斯胡绥指出：“《斑麋》是一本极有趣的书。不但小朋友喜欢它，

① 《儿童月刊(介绍)》，《文艺先锋》第4卷第5期，1944年5月20日。

② 刘晓丽：《异态时空中的精神世界——伪满洲国文学研究》，华东师范大学出版社2008年版，第173页。

③ 坂田修一：《青年和协和运动》，《青年文化》创刊号，1943年8月。

④ 《辑后谈》，《青年文化》创刊号，1943年8月，第116页。

就是不幸而长大的人也同样欢喜。它对于理解和真理方面描写之精致,可说超过一切动物小说之上。”[①]邹海滨认为:“这是一篇散文,但是里面充满了美妙的诗意。用落叶来形容冬季的降临,除了诗,很难有这样的笔法的。而春季,夏季,骤雨,大雪,以及其他种种的描写,又不啻是一幅幅的图画。这本书无疑地是文艺中的上品。”[②]

1943 年 11 月,南登山编译的《印度故事集》由重庆正中书局出版。该书收《蓝色的豺狼》《婆罗门教徒和强盗》《鹦鹉的弟弟》《狮子和野兔》等民间传说和童话三十多篇。编者的《原序》指出,以前没有印的书,故事不是读的,而是说的,“先生说给学生听,父亲说给儿子听”,因而,故事一定要有趣味、有价值才能吸引很多的人,“这些故事,可以指示现在的儿童们许多真理,和若干世纪以前,在远远的印度一样有效”[③]。

1943 年 12 月,郭沫若在《木雕艺术》月刊第 2 期发表了《敬致木雕工作者》。该文有感于《儿童画报》的刻印不容乐观,郭沫若陈述了当时儿童读物稀缺的三大状况:“中国的儿童实在太可怜了。玩具只是些旧式舞台使用的刀枪,读物更是一无所有。近几年来,连四五十年前我自己做小孩子时候都看见过的,如《断机教子》《老鼠招亲》之类的版画都完全绝了迹。新的东西呢?因战争的关系也绝了版。”因此,对于儿童文艺工作者而言,郭沫若认为:“应该把你们的力量,把你们组织的力量,集中到这些实际问题上来。不要过于执着于艺术家的态度,而且不要把木刻这项宝贵的武器孤立了起来,只是插放在‘木刻专页’或‘木刻展览会’那样的宝库里面。和生产扣合,一方面既可供应社会的需要,另一方面也可以充裕木运的经济资源,免得时常在青黄不接的状态中,风雨飘摇,仰人鼻息。而美化人生的大使命靠着这内外交济,也就可以逐步地完成而得到更高的推进。”[④]

---

① 《哥尔斯胡绥序》,沙尔顿《斑麋》,方安译,重庆商务印书馆 1943 年版,第Ⅰ页。
② 《邹海滨先生序》,沙尔顿《斑麋》,方安译,重庆商务印书馆 1943 年版,第Ⅱ页。
③ 《原序》,《印度故事集》,南登山编译,重庆正中书局 1943 年版,第 3 页。
④ 郭沫若:《敬致木雕工作者》,《木雕艺术》第 2 期,1943 年 12 月 30 日。

1944 年

1944 年 2 月，伪满洲国的《青年文化》杂志第 2 卷第 2 期上，刊发了《〈青年文化〉应该是国民个个的友人》一文。这其实是广告宣传的文字，预示着在当时经济窘迫的环境下的一种生存困境：“亲爱的志友！你的同学，你的朋友，你的同僚，你的亲戚，你的学生，不可加以推荐吗？亲爱的志友，想你们一定不肯坐视，我们在深深地期待着。”根据刘晓丽的研究，当时该杂志社“为了使杂志获得广泛的读者，还追求文章的平易性和趣味性，避免抽象的、生硬的叙述形式，用具体的富有情趣的笔调介绍哲学、科学、音乐、美术等知识，刊出了大量的科学小品、学术小品”①。有趣的是，杂志的价格也随着时间的推移逐渐上涨，但页数逐渐减少，原因在该期的《本社业务启事》中也有交代：“本志因纸张及印刷诸费，日渐昂贵，势不得不自二月号，增价为每期壹圆，但对订购半年以上长期预约者，则以每期九角计算，希望读者见谅，踊跃直接订阅为盼。”②

1944 年 3 月，中华全国文艺界抗敌协会傀儡戏研究组在桂林社会服务处演出指头傀儡戏《国王与诗人》、童话剧《小红帽》、儿童剧《三只小花狗》与《蠢货》等。自 1938 年 3 月至 1944 年 3 月，“各种儿童剧团(业余的和专业的)在桂林街头、公共体育场、各学校单位礼堂和各处剧场，演出的儿童戏剧不少于 116 场次”③。

1944 年 4 月，上海中国儿童文化研究所发行《儿童文化》，由董浩云主编，共出 7 期，于 1944 年 11 月停刊。④

1944 年 5 月，阿英在《盐阜报》的副刊《新地》第 1 期上发表了《关于盐阜区

① 刘晓丽：《异态时空中的精神世界——伪满洲国文学研究》，华东师范大学出版社 2008 年版，第 174 页。

② 《本社业务启事》，《青年文化》第 2 卷第 2 期，1944 年 2 月，广告页，转引自刘晓丽《异态时空中的精神世界——伪满洲国文学研究》，华东师范大学出版社 2008 年版，第 174 页。

③ 林飞：《抗战时期桂林儿童文学述略》，《广西师院学报》1995 年第 2 期。

④ 林飞：《抗战时期桂林儿童文学述略》，《广西师院学报》1995 年第 2 期。

的儿童戏剧问题》一文。阿英曾让范政写一篇关于盐阜区的儿童戏剧报告，范政在给阿英的回信中写道："盐阜区的儿童戏剧运动可怜之至，没有什么可以写的，而且是很痛心的。如某校儿童团公演《照减不误》，某校公演《开明三老》，真是令人难过。这种形式的戏剧给儿童演出，真太不合适了。"阿英非常同意范政"应该发掘、创作更新的形式，如话剧、童话剧、歌舞剧"的观点，他还总结出三点原因："第一，机械的理解了党的文艺政策。第二，忽略了儿童教育的特殊性。第三，是适宜于儿童演出的剧本缺乏问题。"①

1944 年 5 月，王平陵在《文艺先锋》第 4 卷第 5 期发表《新时代的儿童文学》。对于儿童与家庭的关系，王平陵认为："在家庭中，儿童就是支撑家庭的栋梁，维持着家庭生活的中心，他们的喃喃湘语，清歌妙舞可以使母亲们忘掉白天的辛苦和疲劳；夫妇观看到孩子们的逐渐长大，可以引起一种义不容辞的责任感。"在作者眼中，"儿童既确认为国家未来的主人翁，民族的新命脉，那么，母亲之所以伟大，就在于能把自己的孩子，教育成一个健全的人格，体格，实格，能运用体力，智力，道德的控制力，小众与国家民族的职务"。而他所希望的，就是发挥伟大的母爱，服务于民族国家的利益。在"什么是儿童的精神食粮"一节中，他认为当时家长对儿童精神文化需求缺少足够的认识。对于儿童的精神食粮，他给出的解释是："选取现代的科学为内容，运用文艺的形式，最熟练的技巧所写成的诗歌、小说童话与戏剧。"他回忆起早期郑振铎主编的《儿童世界》、商务印书馆出版的"小学生文库"、徐应昶主编的《少年画报》、诗人刘延陵在中华书局主编的《诗刊》上介绍的各国歌谣、民国十二三年间译介儿童文学作品与研讨儿童文学理论的《小说月报》、夏丏尊主编的《一般》刊物上的"科学小品文"等，认为这些读物让当时有进步思想的父母觉悟到他们小时候阅读的东西"是毒物，并不是读物"。抗战七年间儿童文艺读物的缺乏，特别是一些刊物中所载的人物传记："编者的用意，像是要使儿童知道些历史的掌故，把中外古今成功的任务做模范，起一种人格上的感化的。"当然作者并没否定儿童文学的教育性，他只是想强调带有文艺色彩的读物，是抗战七年以来儿童所贫乏的。他以朋友黄文山举"玩具飞机"的事情为例，证明文学的趣味性在儿童的认知过程中能不知不觉起到一种意

① 阿英：《关于盐阜区的儿童戏剧问题》，《盐阜报·新地》第 1 期，1944 年 5 月 1 日。

想不到的效果。在谈及“儿童文学的意义与技术”的问题时,他着重探讨了为什么创作儿童文学的问题,他的结论是:“第一,儿童的生活习惯,与成人不一样,儿童有生活上所出发的思考、想象,也和成人不同,儿童文学的作者,假使不能从儿童的生活中,直接体验儿童的思考和想象,是无法写出儿童所需要的作品的。第二,作家们仅与儿童生活在一起,是不够的,还要更进一步研究他们的嗜好,测验他们的心理,观察他们的生活环境,甚至是要意识到他们的知识,才能使写成的童话和故事,为儿童所爱好。第三,儿童的文学作品,不仅要有丰富的想象,热烈的价值,新颖的语句,而且每一个组合的字业,都要是美丽的,跳动的。”以上三点不仅涉及儿童文学为什么写,更阐释了儿童文学创作艰难的缘由。作者批评了当时国内出版的一些儿童读物,仅仅是“称为儿童文学的教科书,而与教科书有关的课外读物,很难实现到一个童话,一个儿童剧,一篇有文学价值的故事”①。

1944 年 6 月,《儿童漫画》月刊与 6 月 10 日在桂林创刊,这是中国抗战时期境内出版的唯一的儿童画报,编辑者为桂林的儿童漫画社,出版者为设于桂林的现代书局,总经销设于桂林的万友书局。内容有《诗歌》《故事》《童话》《时事讲话》《科学知识》《歌谣漫画》《连环故事画》等栏目。该月刊图文并茂,载有教育专家的作品,有儿童创作等,仅出 1 期,遇桂林疏散而停刊。主要作者有胡危舟、安娥、姚牧、维加、尚侠、沈同衡、何澄等。②

1944 年 7 月,周作人在《华北新报》上发表了《儿童文学》。周作人将“野蛮”分为“古野蛮”“小野蛮”和“文明的野蛮”。他认为:“我们对于儿童学的有些兴趣,这问题差不多可以说是从人类学连续下来的。”他回忆了其在日本留学时得到高岛平三郎《歌咏儿童的文学》及所著《儿童研究》的影响,对赛来的《儿童时期之研究》也非常感兴趣。在他看来,“以前的人对于儿童多不能正当理解,不是将他当作小型的成人,期望他少年老成,便将他看作不完全的小人,说小孩懂得什么,一笔抹杀,不去理他。现在才知道儿童在生理心理上虽然和大人有点不同,但他仍是完全的个人,有他自己内外两面的生活”。他重申其《儿童的文学》中的观点:“儿童应该读文学的作品,不可单读那些商人们编撰的读本,念完了读本虽然认识了字,却不会读书,因为没有读书的趣味。幼小的儿童不能懂名人的诗

① 王平陵:《新时代的儿童文学》,《文艺先锋》第 4 卷第 5 期,1944 年 5 月 20 日。

② 林飞:《抗战时期桂林儿童文学述略》,《广西师院学报》1995 年第 2 期。

文,可以读童话,唱儿歌,即是儿童的文学。”[①]

1944 年 8 月,陈伯吹在《新中华》(复刊)第 2 卷第 8 期上发表了《梦与儿童文学》。他首先引用诗人海涅的《梦底画像二首之二》:“希望,是会使人年青的。梦,就是美妙的希望。”他认为梦并不会欺骗的人,人们被欺骗的只是自己的一些愚昧和贪婪,梦比人世间的许多东西都要真实,因而他将梦解释为“‘人生的真情的流露’以及‘人生的实感’的文学”。梦对于儿童的重要性的问题,他的观点是:“大概是梦里的说话是坦白的,行动是自由的。情景是多变化的,一切是超然的又可能的,可以做无情的批判,把严肃的转变成幽默的,更没有现实的事理的障蔽,阻碍了作者的高速的遐想,奇幻的情趣,和他笔底下的缥缈的事实,一些特殊的人物,无数怪异的环境,作者尽可在海阔天空的梦的世界中,自由自在地创作。”[②]

1944 年 9 月,陈纪滢创作的报告儿童文学《新中国幼苗的成长》由南京建中出版社发行,总经售为百新书店有限公司,总发行所为上海四马路中,分发行所为上海棋盘街中。作者非常关注儿童问题,他指出:“这几年来,由于特别的兴趣,在我注意的问题当中,儿童教养问题,占去了我很多时间。”[③]同时,他阐明了创作该作品的意图:“概括说来,人性在动乱时代最容易失去平衡,崇高与卑劣在极度矛盾中斗争,而有强烈鲜明的反映。社会上,错综复杂的形形色色,尽管千变万化,欲代表着‘人性’。动乱时代的‘人性’,有如潮水,有定期的起伏,也有不定期的泛滥。这潮水反映在成年人身上,代表着一个时代的思潮,行动,倾向。它可以影响一个国家的兴衰,一个时代的隆替;若是反映在未成年人的孩童身上,它就不只影响现在,并且还影响到将来了。”[④]与此同时,作者在创作时也对儿童存在的问题充满着忧虑:“我们看见这传奇式的小英雄,不由得心花怒放,肃然起敬,而对那群失掉教养的不幸者也不由得怵目惊心,思之起栗。”于是他“决定拿《爱的教育》和《小妇人》里的故事试一试”[⑤],希望儿童有“崇高的爱国理想,

---

① 知堂:《儿童文学》,《华北新报》,1944 年 7 月 9 日。
② 陈伯吹:《梦与儿童文学》,《新中华》(复刊)第 2 卷第 8 期,1944 年 8 月。
③ 陈纪滢:《新中国幼苗的成长》,南京建中出版社 1944 年版,第 2 页。
④ 陈纪滢:《新中国幼苗的成长》,南京建中出版社 1944 年版,第 1 页。
⑤ 陈纪滢:《新中国幼苗的成长》,南京建中出版社 1944 年版,第 5 页。

有光,有热"[①]。

1944年11月,陈伯吹翻译俄国作家斯蒂泼涅克的《一文奇怪的钱》由重庆中华书局出版。该书根据作家的英译本译出,书前有陈伯吹的《写在前面》,他简要地介绍了斯蒂泼涅克,认为他的革命纪事小说是可以与阿尔志巴绥夫、萨文科夫等作家相媲美的。同时,"他的作品都是用英文写的,后来再译为俄文。这一点,可以说是非常有趣的;因为他是一个'政论作家',在当时反动政府的统治之下,不得不寓居在国外的缘故。这一篇童话,是从苏联帝俄时代的社会生活的急剧洪流里,激发飞溅出来的一朵浪花,也是一首血和泪的史诗"[②]。

1944年11月,陈伯吹的《论寓言与儿童文学》发表在《东方杂志》第40卷第21号上。陈伯吹首先对寓言进行了界定:"它的内容好像童话,却又不是童话;童话比它曲折一些,趣味也比较好一些。它的结构好像小说,却又不是小说;小说的篇幅比它长很多,内容比它复杂得多,所述说或描摹的对象,并不和它同样地老是讲着那些鸟兽鱼虫们的活动,以及它们相互间的各种关系,反之,小说是准对着人与人事而写作的。它的意义好像格言,却又不是格言,格言又没有它生动,活泼,而且教训明显,过于枯燥,严肃得叫人诵读了,如同嚼蜡一般的无味。"他引用拉封登关于语言"身体"与"灵魂"的比喻,指出:"寓言是含有教训的目的,道德的格言,社会的意义,政治的事实的一种组合的文艺,简短而有力,明白而易解,它是要把人间世的人间事,表现着,批评着,所以寓言有一个伟大的教育使命——在增进人群的感情,改善人类的行为,寓意于言,意在讽劝。"在作者看来,寓言对于人的奉劝是间接而不是直接的,是暗示而不是提示的,是幽默而不是庄重的,是温柔而不是严厉的,是津津有味的诉说而不是唠唠叨叨的训斥。同时,陈伯吹也指出,寓言的含义多数是消极的教训,极少有积极的鼓励,而且其重点,更在暴露黑暗方面的居多,颂扬光明的绝鲜,所以教师在选择其作为教材时要有审慎的态度,以防止其对于儿童的副作用。他以《伊索寓言》《印度寓言》《土耳其寓言》《拉芳登寓言》为例分析了其得失,同时还提及了《盖氏寓言》《莱森寓言》

① 陈纪滢:《新中国幼苗的成长》,南京建中出版社1944年版,第6页。
② 陈伯吹:《写在前面》,斯蒂泼涅克《一文奇怪的钱》,陈伯吹译,重庆中华书局1944年版,第2页。

等。最后他指出要创造新时代的"新寓言"①。

1944 年 12 月,陶行知在重庆《大公报》上发表了《创造的儿童教育》。陶行知指出三种"成人加入小孩子队伍中去"的方法:"第一,把我们摆在队伍里,成为孩子当中的一员;第二,认识小孩子有力量;第三,解放儿童的创造力;第四,培养创造力。同时,作者结合民主观念,对于儿童教育提出三个观点:(一)教育机会均等;(二)宽容和了解;(三)在民主生活中学民主。"②

1945 年

1945 年 2 月,Deana Levin 著、高时良翻译的《苏联的儿童剧场》发表于《南潮》第 1 卷第 5 期。高时良在翻译此文时提到苏联儿童剧场的情况:"随着苏联经济建设的进步,苏联和教育也有新的发展。根据五年计划,苏联的俄罗斯境内,有一百十五家能容十八万二千个作为的新剧场在积极建筑中。儿童剧场是苏联的一个特色,他们要求儿童明了'戏剧性'(theatricality)和戏剧的教育性,学校时常组织团体参观儿童剧场。"该译文是 Deana Levin 对苏联的儿童剧场的一个简单的介绍。文章介绍了苏联儿童剧院的规模、细节、特色,例如座位的排列、剧场的票价、剧场的装饰,等等。剧场的布置始终坚持的原则是:"有伤害儿童身心的剧本被删掉,演员要听命于他们底观众,并对儿童心理下过一番研究,'不论谁想和儿童玩耍,一定要他自己成为一个孩子,那就是说——什么都对他自己诚实'。"秉持着"一切都为儿童"的思想,他们的剧本演出特色为:"剧本的演出因儿童的年龄而异其趣。对于年幼儿童,剧本大抵是神仙故事、冒险故事或探险故事,而所有的故事末后都指示了明确的观念。"在高时良看来,《黑人与猴》(*The Negro and Monkey*)的初衷是使儿童对黑人产生友爱,《木偶奇遇记》(*Pinocchio*)主要为了激发儿童冒险观念,同时以快乐的

① 陈伯吹:《寓言与儿童文学——儿童文学研究之一章》,《东方杂志》第 40 卷第 21 号,1944 年 11 月 15 日。

② 陶行知:《创造的儿童教育》,《大公报》,1944 年 12 月 1 日。

感觉。对于年龄稍大的儿童,他提出:"剧本内容则提供儿童生活上所引起的许多显著问题,如学校与少年时期的困难问题是。有许多剧本描写历史上的重大事迹与义侠行为,也有叙述某些重要事实如早年的流浪儿如何收容抚养,……有许多取材于古典名著,但也有不少专为儿童而写作。"在如何选择好的演员的问题上,他则从反面提出要求:"我可以向你们保证那演员的最少成功处,在于训练到他们在舞台上表演完全忘记了机子是成人而不是小孩子。"他还认为编剧者与舞台之间的联络也是评价儿童剧院优秀与否的重要标志,编剧应该"到每一个学校叙述他们的工作情况,并与儿童共同讨论,要他们提出哪些剧本是他们所爱好和喜欢他些什么"①。

1945年4月,陶行知在重庆《新华日报》上发表了《民主的儿童节》。陶行知认为,"儿童的生活,是社会的一面镜子",而"儿童节是全国儿童的儿童节,绝不是少数儿童的儿童节"。最后他得出结论:"真正爱护小孩的朋友,必须是民主的战士。让我们促成民主的政治经济,以实现民主的儿童节。"②

1945年5月,陈伯吹在《学生杂志》上发表了《巴雷和他的理想——潘彼得》。该文主要是《彼得潘》的作者巴雷的生平介绍,同时也有陈伯吹对巴雷的一些评价。他引用柯乐(J.B.C. Corot)的话:"我每天所祈求于上帝的,就是要他永远留着我做一个小孩子,使我能够用小孩子的眼睛来看和用笔来画这个世界。"以此说明巴雷的贫困出身及在文学方面的天赋与热爱。陈伯吹将他比喻成孔子的大弟子颜渊,还将其比喻成易卜生:"巴雷在剧坛上的地位,永远闪烁的星辰了。……他老是那样有一股严肃无比的神气,可说没有一个幽默家能在大庭广众比他有更少的笑容。"《潘彼得》在当时的受欢迎程度,陈伯吹在该文章中做过介绍:"自一九〇四年十二月二十五日这圣诞节以后起,非上演童话剧《潘彼得》,不能算是过圣诞节,至少在伦敦和纽约是如此,和这平分荣誉的,怕就只有狄更斯的《圣诞节的故事》罢。"1911年,巴雷又把《彼得潘》的戏剧改为童话《彼得潘与文黛》(*Peter Pan and Wendy*),文体虽然不同,但事实和精神,和原创的并无一二。最后陈伯吹总结了《彼得潘》的哲学,他认为《可敬的克莱敦》是体现了巴雷的"平余观念",《潘彼得》是巴雷的"永生理想"。《潘彼得》把儿童的游戏精神

① Deana Levin:《苏联的儿童剧场》,高时良译,《南潮》第1卷第5期,1945年2月1日。
② 陶行知:《民主的儿童节》,重庆《新华日报》,1945年4月4日。

探入了戏剧内，永远长不大的彼得潘是永生的象征。对于巴雷而言，“虽然把潘彼得写成敢于忘却现实的世界，能永久从游戏中表露出一种永生的快乐，顽强的精神，但自己还不能够忘却现实的世界。所以三个孩子能够从‘永无岛’回来了，终于叫他们长成了”①。

1945 年 6 月，日本学者百田宗治在《文友》第 5 卷第 3 期发表《关于儿童文学》。该文为百田宗治写给霜田静志的一封信。对于儿童文学“教育性”的问题，他提出：“儿童的读物之问题，倘依我说，是对所谓艺术的儿童读物抱着疑念的。‘作为给予教训而写的东西类似非艺术的技法’之说，在我虽然是很了解着，可是我想到的是，同样的在能有教育的一切艺术的读物之中的某些东西，是否也可概括的说呢？”言外之意，在教育中文学的纯粹不能忘掉。无论是小说还是童话，特别“是否直接地对儿童底教育有好处的问题是要大加考虑的”。对于“文学”与“教育”之间相克的姿态，他认为很多问题的结果都是“文学”占优势但“教育”处于劣势，而对于“文学”的指向，他进一步指出：“究竟其姿态不过是在每个作者的‘文学’或‘艺术’之中的孩子，很多可以看出是失去了为了孩子自身的文学的或是艺术的姿态。所以我想到把这种文学的或是艺术品，极其爱读或鉴赏的人，终归是‘大人’或‘教师’吧？”在艺术性占上风的教育理念中，他认为儿童在现实生活中不见得会存在“文学性”或者“艺术性”，所以他认为需要从别的立场来思考这个问题，可他最终并没有给出答案，而是将这个问题悬置。他坚信：“无论是漠然的‘儿童文学’，无论是‘童话’，是不能仅从视点来思索的，要立于实际的儿童的生活的现场——即使从我们可说在‘对面’的儿童们的世界，完全将那些东西构成新的——这样说也许有语病，但我以为开拓另外的那种读物的世界，我是想去需求于今后的儿童文学，孩子的读本的。”②

1945 年 11 月，匈牙利作家至尔·妙伦的童话集《真理的城》由上海联合出版社出版，翻译者是赵纶时。该书是根据林房雄的日译本转译而成，内收《真理的城》《墙壁》《国王的帮手》《夜的幻》《猿与鞭》《怪壁》《帚》《三个朋友》《街马车的马》《桥》等 10 篇。书前有译者的《前记》，他交代了翻译该书的出发点：“‘救救孩子！’这句话，常常从一些关心教育的人的嘴里听到，谁能说不是很严重的问题？

① 陈伯吹：《巴雷和他的理想——潘彼得》，《学生杂志》第 22 卷第 6 期，1945 年 5 月 15 日。

② 百田宗治：《关于儿童文学》，《文友》第 5 卷第 3 期，1945 年 6 月 15 日。

实在的,一个儿童在现在读到的除去死板的教科书以外,不就是那些猫姐姐狗妹妹,再就是‘小人书’吗?他们精神上的食粮太贫乏了。”①

1946 年

1946 年 1 月,《中国儿童时报》迁回杭州复刊,由盛澄世任发行人。据说盛澄世曾回忆:“在三年解放战争期间,这张儿童报纸最高发行额达一万八千份,是当时全国发行量最大的儿童报刊。报纸本身是亏本的,但报社在慈幼路设了个营业部,经售全国儿童书刊,由于经营得法,略有盈余,刚好拿来贴补报纸,使这张民营报纸一直坚持办下去,直到一九四九年杭州解放。”②

1946 年 1 月,陶君在《东北文学》上发表了《东北童话十四年》。他认为杨慈灯“初期的作品,尚不失其‘童’,自《月夜里的风波》以后,便失掉童话的风姿,而成为一种特异的小说了”。对于业余童话作家心羊的作品,他有这样的评价:“至于心羊氏的童话,严格的来说,还是很幼稚的,似乎尚未走出习作的领域,而且他的作品里面,教训的意味十分浓厚,有些近于寓言,读起来令人沉闷。”③

1946 年 2 月,《中国儿童时报》编辑部迁至杭州,出了“杭州第一期”,该期的第 1 版上发表了社论《我们回到了老家——告诉老朋友和新朋友们》。社论有云:“只有科学的手脑与社会的心理,才是复兴中华民族的两大支柱,亦只有这两大支柱交互作用,才能达到建国成功、世界和平的目的;而这两大支柱,首先要在每个儿童的生理与心理上培育成长,才可能奠定坚实不拔而又悠久无疆的基础。”④

1946 年 2 月,《新少年报》创刊于上海,1948 年 12 月 2 日停刊,共出 100 多期。据胡德华回忆:“创刊时为八开四版,开始分版不严格,十九期后,基本上按

① 赵绂时:《前记》,至尔·妙伦《真理的城》,赵绂时译,上海联合出版社 1945 年版,第 1 页。
② 圣野:《西子湖畔等天明——回忆〈中国儿童时报〉在杭州》,《西湖》1980 年 7 月号。
③ 陶君:《东北童话十四年》,《东北文学》第 1 卷第 2 期,1946 年 1 月。
④ 汪习麟:《从一般教育到积极战斗——〈中国儿童时报〉纪略》,《现代儿童报纸史料》,少年儿童出版社 1986 年版,第 125 页。

时事、知识、少年园地、文艺分成四版。一九四七年开始又增加学校新闻及有关少年儿童活动的报道。一九四八年四月八日第七十期开始，因经济困难，改为八开二版，铅条改细，版面排得顶天立地、小株密植，字数略有减少，从原来四版的二万字，减为两版一万四千字，内容压缩了知识版，第一版基本上是新闻，包括对少年儿童活动的报道，第二版一般是文艺和少年园地。”[①]因此，段镇称该报为“没有‘报馆’的报馆”[②]。又据高沙回忆：“办这张报纸是为了把真理带给国统区的孩子们。报纸运用各种巧妙方式，与反动当局进行斗争，到一九四八年十二月被迫停刊时止，共出版一百期。在这期间，也出版了《石榴花》《木土生》《小矮人》等连环画及一些在报上发表过的中篇《爱皮西游记》、剧本《小英雄》等。”[③]

1946年5月，陈伯吹、李楚材、何公超、仇重、贺宜、沈百英、金近、黄衣青、韩群等十余人举行了一次的集会，该会由陈伯吹、李楚材发起。到会者热烈发言，对抗日战争胜利的儿童文学，提出了必须反映时代、指导儿童主义政治、注意社会等主张，同时还要求用儿童的口语来传达儿童所能了解的意念。经过一系列的准备工作，“中国儿童读物作者联谊会预备会”于是年6月9日成立了。到会的24人，通过章程草案，会后请陶行知先生演讲了《儿童与儿童文学》。[④] 据李楚材回忆：“首次集会，在编辑方面解决了两个问题。第一是在大体上做了分工，分定各杂志的编辑方针，依照内容：有的偏重文艺，有的偏重自然，有的偏重社会；依照对象：有的偏重低级，有的偏重中级，有的偏重高级。第二是商定各杂志社的稿件互相交换，适合某一杂志的稿件就送到那里去。在发行上，决定各杂志互相介绍，合作推广。”[⑤]

1946年5月，《广东教育》第1卷刊载了《教育部鼓励国民教师编写儿童读物》。在编著儿童读物的材料方面，该文主要从四个方面展开论述：第一，创作——由作者自出心灵者；第二，重述——近代书报所载关于建国时期各种英勇抗敌，努力建设之事实，重行描写，加以演唱或删节者；第三，翻译——取材于我国经史子集及历代人名笔记寓言逸事等，用浅近之语体叙述，或取材于外国名著

① 胡德华：《〈新少年报〉的版面》，《现代儿童报纸史料》，少年儿童出版社1986年版，第60页。
② 段镇：《没有‘报馆’的报馆》，《现代儿童报纸史料》，少年儿童出版社1986年版，第69页
③ 高沙：《解放前的〈新少年报〉》，《现代儿童报纸史料》，少年儿童出版社1986年版，第45页。
④ 《中国儿童读物协会简史》，《一九四八年 儿童文学创作选集》，上海中华书局1948年版，第1页。
⑤ 李楚材：《中国儿童读物作者联谊会的诞生》，《大公报》，1947年4月6日。

而用浅近之语体翻译者;第四,搜集——搜集各地民间口头相传之传说、歌谣、谜语及乡贤故事等,分类选述加以整理者。①

1946 年 6 月,《中国儿童时报》创刊 16 周年纪念。该刊发表社论《坚强的自信——纪念本报十六周年》表达了对当时局势的看法:“暴敌求降,举国狂欢,本报也以为‘否极泰来’,从此可以结束十六年来坎坷的生活了;又谁知胜利以后,内战突然发生,物价更加狂涨,国内没有一块土地可以安居乐业,也没有一个人民不是叫苦连天。在这样的情况下,本报印刷的成本在迅速狂涨,而发行的路线仍迟未扩展。当前困难重重,有时竟感到没法克服;所谓美满的‘复员计划’,更早已同肥皂泡一样地破灭了。”②

1946 年 7 月,华山创作的儿童小说《鸡毛信》发表于《长城》③创刊号上。小说塑造了儿童团长海娃这一小英雄形象。中华人民共和国成立以后,《鸡毛信》的故事被编入教材,还被改编成连环画、电影、幻灯片、宣传画等。1952 年,张骏祥将《鸡毛信》改编成电影文学剧本。1954 年,由石挥导演的电影《鸡毛信》在“六一”节上演。这是我国第一部战争题材的儿童片,海娃也成为共和国银幕上第一个抗日小英雄。

1946 年 8 月,郭沫若在《民主周刊》上发表了《记不全的一首陶诗》。郭沫若回忆起陶行知曾讲过的一个故事:“在重庆附近的某一个地方办了一个流亡少年的小学校。办学的人不知道因为什么原故,中途跑了,于是孩子们便自动地把学校护持下去。他们公举了一个能干的来代理校长,共同奔走经费,相互地教管,切切实实地施行了陶行知所主张的小先生制,虽然他们在初并不认识陶先生。”后来小孩子“也知道了陶行知,便请陶先生到他们学校里面去讲话,因而陶先生也就知道了有这么一个稀奇的学校。他便作了一首诗来称赞他们。诗曰:‘有个学校真奇怪,大孩自动教小孩。XXXXXXX,先生不在学生在’”。郭沫若记不住第三句了,便几次想去问陶行知,但见了面以后又忘记了。在他看来,“这诗在陶行知的日记或手编的诗文集里面想来是会有的”,但

① 《教育部鼓励国民教师编写儿童读物》,《广东教育》第 1 卷,1946 年 5 月 20 日。

② 汪习麟:《从一般教育到积极战斗——〈中国儿童时报〉纪略》,《现代儿童报纸史料》1986 年版,第 127 页。

③ 《长城》月刊创刊于 1946 年 7 月 20 日,由中华文艺协会“长城社”编辑发行,丁玲任主编。创刊号除了刊登华山的《鸡毛信》外,还有丁玲的《“海燕”行》、周扬的《论赵树理的创作》等。

“或许不至于永远没有补填的机会吧”。不过他也认为，“这诗的第三句并不怎么重要，似乎是说井井有条的意思。假使高兴要替他填补，就照着这个意思，填上不粘不脱的七个字都可以的。故事的重心倒在第二句”。当时陶行知提出“大孩自动教小孩”这个观点，一个大概只有八九岁的小孩子就指出第二句不好，“大孩自动，小孩就不能够自动吗？大孩教小孩，小孩就没有教大孩吗？假使真只‘大孩自动教小孩’，‘你说奇怪’，‘那有什么奇怪’？”这把陶行知给难住了，于是他立刻将“大”改成“小”字，变成“小孩自动教小孩”，郭沫若认为这就是“向小孩学习”[①]最好的例证。

1946 年 9 月，由苏联大使馆新闻处编印的《新闻类编》中刊发了列昂尼多夫的《苏联的儿童剧场》。该文的目的是让中国读者了解儿童剧场在苏联的情况，特别是莫斯科、列宁格勒、基辅和哈尔科夫的少年剧场。在儿童剧的演出中，古典剧目丰富，特别是奥斯特洛夫斯基、格里波叶多夫、果戈理和外国古典作家莎士比亚、莫里哀、高列唐尼、洛比·维卡、雪勒。除了古典剧目，儿童剧场还大量引入现代作家的剧本。比如由塔次杨·卡贝以法兰德斯传说为题材的《机械城》与他的另一个剧本《一双水晶鞋子》，阿压舍·西模戈夫的《祖国的土地》等。作者认为，相比于学校里的课程或文学作品，戏剧更能“给予他们关于在过去消逝了的永不复返的这种生活和气质更明显的观念”。同时他还列举了《远方》《活人的一天》《真理的故事》等在儿童中广受欢迎的戏剧，这些剧本大多表现尖锐的阶级矛盾、残酷的战争岁月以及浓厚的爱国情感。对于戏剧如何表达上述思想的问题，他认为要“贯彻着人道主义的思想，它们教育人有良善、爱情、正直和爱国主义的理想”[②]。

1946 年 10 月，赵景深的《海上集》由上海北新书局出版发行。在书中收录的《丰子恺和他的小品文》一文里，赵景深谈到了丰子恺对儿童的爱：“我知道他是最喜欢田园和小孩的，便买了一本描写田园和小孩最多而作风也最平和的米勒(Millet)的画集送他，还送了一盒巧格力糖给他的孩子们，这盒糖也经过我的选择，挑了一盒玻璃纸映着有一个美丽女孩的肖像的。”他将丰子恺的随笔和叶绍钧的《隔膜》做对比，认为：“在描写人间的隔膜和儿童的天真这两点上，这两个

① 郭沫若：《记不全的一首陶诗》，《民主周刊》，1946 年 8 月 3 日。
② 列昂尼多夫：《苏联的儿童剧场》，《新闻类编》第 1536 期，1946 年 9 月 28 日。

作家是一样的可爱。其实这两点也只是一物的两面,愈是觉得人间的隔膜,便愈觉得儿童的天真。卢骚曾喊过‘返于自然’,子恺恐怕要喊一声‘返于儿童’。”在他看来,对于丰子恺来说,更重要的还是在“小品文里包含着人间隔膜和儿童天真的对照,又常有佛剑的观念,似乎,他的小品文尽都是抽象的、枯燥的哲理了”①。

1946 年 10 月,茅盾翻译苏联作家卡泰耶夫的《团的儿子》由上海万叶书店出版。该书为中苏文化协会文学丛书(小型本),曹靖华主编。它是根据英文版《国际文学》1945 年 11 月号所载英文节译本转译,卷末附译后记。在《译后记》中,茅盾简要交代了卡泰耶夫与中国文学的关系,提及了他的《时间前进呀》《我是劳动人民的儿子》等作品。他指出:“《团的儿子》是一部新型的儿童文学。是配合了苏联反法西斯战争的政治要求的一部卓越的儿童文学。向来有一种‘理论’,以为儿童文学是应当远离政治的,但在苏联,这种‘理论’早已破产了,而《团的儿子》则是最新的又一例证。”他还联系中国抗战的现实,认为中国也有类似主人公凡尼亚型的孩子。他列举了抗战初期的“孩子剧团”“新安旅行团”以及八路军的“小鬼”为例来说明“中国的凡尼亚确是有的,而且很多”。然而,中国一些儿童读物,如《剑侠奇传》《火烧红莲寺》等却基本上是荒唐幻想的产物。对此,茅盾也确信“不久的将来,一定会有中国的《团的儿子》产生的,因为既已有此活生生的现实,迟早必将反映到文艺”②。此后,范泉根据茅盾的中译本缩写了《团的儿子》,于 1948 年 4 月由上海永祥印书馆出版。

1946 年 11 月,奥地利作家沙尔顿的长篇童话《斑比》由蕴雯翻译后在南京独立出版社出版。书前有蕴雯的《译者序》,她认为:“《斑比》真是弱者的好朋友!它扫荡了我们潜在着的羞涩颓唐的心理,光复了已经丧失的自信!”③

1946 年 11 月,中国儿童读物作者举行了第二次集会,到会的十八人,讨论的主题是《连环图画》,主要包括如下五个问题:一是连环图画对儿童及民众的影响;二是连环图画的缺点;三是改革旧连环图画的方法;四是创作新连环图画的

① 赵景深:《丰子恺和他的小品文》,《海上集》,上海北新书局 1946 年版,第 78 页。
② 参见《茅盾和儿童文学》,孔海珠编,少年儿童出版社 1990 年版,第 442 页。
③ 蕴雯:《译者序》,沙尔顿《斑比》,蕴雯译,独立出版社 1946 年版,第Ⅰ页。

方法；五是如何向旧连环图画发行人手里，争取广大的小读者。[①]

1946 年 12 月，林雪清翻译瑞士作家史必烈的《海地》由上海正中书局出版，该书被列为“儿童文学名著”之一。卷前有林雪清的《译者的话》，他认为史必烈的“描写天真烂漫的儿童世界的手腕，是可以和安特生相比拟的”，《海地》一书是其代表作，“她的著作是为儿童本身和爱好儿童的人们而写的”[②]。1948 年 11 月，杨镇华重译了《海弟》，该书由上海大东书局出版。

1946 年 12 月，儿童书局发行的《儿童故事》月刊在沪创刊。该刊物由陈鹤琴、胡叔异、杨镇华主编。丰子恺在《儿童故事》创刊号发表《生死关头》(故事，附图《一个失手，索子圈飞也似的荡了开去》，该故事作于 1946 年，文末署“卅五年十月五日于上海作”)，初收《博士见鬼》(儿童书局 1948 年 2 月版)，漫画被用于该期封面。[③]

1947 年

1947 年 1 月，《中华教育界》复刊。在《复刊词》中，该报编者就教科书的民族问题提出：“在对日抗战期间，政府为要统一意志，集中力量，以推行国策起见，同时也为了要解决学校课本荒芜这一严重问题起见，对于所有中小学应用的教科书，一变战前由各家出版和私人编辑送部审定发行的办法，而改行由政府统编统印的办法。”同时，在复刊后第 4 期第 5 卷中称：“国立编译馆编中小学各科课本自开放印行以来，各地公私印刷机关遵照部颁印行办法及实施细则申请印行者甚多……截至九月底，初小高小教科书经审查合格，颁发执照，并由教育部通令全国各省市教育厅采用者，计有大中国图书局、新亚书店、三民图书公司、广益书局、中联印刷公司、北新书局、商务印书馆、中华书局、正中书局、世界书局、开

① 《中国儿童读物作者协会史》，《一九四八年 儿童文学创作选集》，中华书局 1948 年版，第 2 页。
② 林雪清：《译者的话》，史比烈《海地》，林雪清译，上海正中书局 1946 年版，第Ⅰ页。
③ 陈星撰著《丰子恺年谱长编》，中国社会科学出版社 2014 年版，第 479 页。

明书店、大东书局、文通书局、陕西省银行印刷所十四家……过去所传书荒,多为过虑。”①

1947年4月,范泉的《新儿童文学的起点》一文刊载于《大公报》上。范泉列举了叶圣陶、冰心、张天翼等人的儿童文学方面的成绩:叶圣陶的《稻草人》是开了中国儿童文学的门户;冰心女士的《寄小读者》,是给少年们带来了儿童文学的醉心的“爱”;张天翼的《秃秃大王》和《大林和小林》,可以说是中国儿童文学的里程碑,它以崭新的形式,从儿童的心理的路线,发掘了新的题材,灌输了新的知识;贺宜和钟望阳,是把战争和血泪的现实表现在儿童文学作品里的勇敢的尝试者。该文还介绍了翻译方面的成绩。在当时的情境下,范泉主张建立新儿童文学,其意见如下:

> 首先,像丹麦安徒生那样的童话创作法,尤其是那些用封建外衣来娱乐儿童感情的童话,是不需要的。因为处于苦难的中国,我们不能让孩子们忘记了现实,一味飘飘然地钻向神仙贵族的世界里。尤其是儿童小说的写作,应当把血淋淋的现实还给孩子们,应当跟政治和社会密切地联系起来,《团的儿子》就是一个好例子。
>
> 第二,在写作上,应当摆脱“五四”时代的“小脚”作风,而需要大踏步地走向孩子们的群里,去向孩子们学习语汇,研究儿童心理,用孩子的智慧和幻觉来表现富有教育意义的题材。
>
> 第三,我们不单是表现,不单是暴露,还需要暗示和争取。固然,我们不能叫孩子们的头脑变成化石,但我们是需要孩子们的智慧茁长,而且要使他们认清现实,指示他们未来的路向。成长在这样时代里的我们,忽视了进步的思想便会掉入堕落的陷阱。
>
> 第四,我们应该发扬民族的智慧。这就是说,凭我们这个古老民族五千年来的历史,存在于民间的传说和歌谣是异常丰富的,例如蒙古的无数可爱的传说,台湾高山族的灿烂的歌谣,这些都是我们民族的遗

① 转引自张心科《清末民国儿童文学教育发展史论》,北京师范大学出版社2011年版,第296—297页。

产,我们应当批判地加以吸收,整理和改造。这样的工作非但可以加强中国儿童文学的潜力,亦且可以发扬优秀的民族的智慧。

他最后指出:"中国风格的新儿童文学的起点,应当是从这四个据点出发的。"①

1947 年 4 月,陈伯吹的《陈旧的"酒瓶盛新酒"——关于儿童读物形式问题》刊发于《大公报》上。在列举了范泉、贺宜、衣青、公超等人在特刊上发表文章主要观点后,陈伯吹提出了自己的主张是以"社会和自然"为内容,也颇注意于阅读的趣味。在他看来,儿童读物必须是文学的,而社会与自然(科学新知与常识)内容也同等重要,于是"旧瓶盛新酒"的艺术形式就成为考虑的方法。他指出:"那些民间故事、童话、寓言、山歌、谣曲等等形式,我们应该尽量利用,发挥它们的效能。"他反对脱离现实的空想,愿意采纳"可以健康地启发想象的那种幻想"②。

1947 年 4 月,《学生生活》月刊杂志创刊,该刊物的编辑者和发行者均来自学生生活社。就刊物的理念、运作等方面的问题,编者在《编后话》中提出了四点:"一、本刊同人都是学生,深深体尝生活的空虚。不但物质食粮不好,而且精神食粮也不足!虽然现在书包杂志琳琅满目,但多是大众读物或是偏重政治的,而关于学生的生活却没有专刊物,所以我们准备了许久,才勉强地将这本小册子问世。二、本刊是学生生活,是学生的园地,希望学生来培植她!下期预出'学生信箱',希望同学们多提出问题大家讨论。三、本刊计划下期添加英汉对照,以供同学参考,提高大家英文趣味。四、六月号我们预备蒐集升学教材,以及升学指南,各校介绍等,希望各个学校的大哥大姐们介绍一下我们的学府,领导你们小弟小妹们走到你们的学府里。"③

1947 年 4 月,在渝北会支持之下,上海新闸路小学举行了"儿童读物展览会",用六个教室,陈列了六类的书籍:

一、各国儿童读物,共五百余册;其中一部分是苏联出版的。

---

① 范泉:《新儿童文学的起点》,《大公报》,1947 年 4 月 6 日。
② 陈伯吹:《陈旧的"旧瓶盛新酒"——关于儿童读物形式问题》,《大公报》,1947 年 4 月 6 日。
③ 《编后话》,《学生生活》创刊号,1947 年 4 月 1 日。

二、连环画书二百余册,其中旧连环画书占绝大部分,新连环画图书只有很少几种罢了。

三、历史的教科书,自清末到最近出版的,大致罗列在内。

四、一般儿童读物,包括童话、诗歌、小说、剧本、音乐以及报纸、杂志。

五、儿童自己的作品,有壁报、小册子、画集等。

六、儿童读物研究资料。

同时,《大公报》《文汇报》发刊了"展览会特刊",广泛讨论各种有关儿童读物的问题。在展览的第一日,并在新闸路小学礼堂内放映教育电影及上演木偶戏《史可法》。①

1947 年 4 月,中国儿童读物作者联谊会举行了成立大会,到会员 40 余人,通过章程以选举理监事,并以座谈会方式,做"怎样编选全国儿童读物目录"的专题研究,一致同意在这目录中,向全国小学教师和家长,推荐进步的儿童读物。可惜因为会内没有经济的基础,没有编成。②

1947 年 4 月,教育部在南京金陵大学召开的教育问题座谈会,讨论了教科书编审问题。在会上,儿童教育家陈鹤琴指出:"无论采用国定本制或审定本制,教科书必须做彻底的整个的改革,而改革的最重要的原则,是要顾及儿童,以儿童为中心。要知编教科书是为儿童的,不是为成人的。过去编教科书都忽略了这一点,所以今后采取儿童中心主义来编教科书,是个最重要的改革。"③

1947 年 4 月,苏联作家扬·拉丽所著的童话选集《昆虫世界漫游记》的中文译本由开明书店出版发行。该书由黄幼雄翻译,属"世界少年文学丛刊"之一。新中国成立后,1962 年 1 月再版,被列为"青年科学丛书",由北京的中国青年出版社出版发行。该书从日译本《自然的教室》转译而成,相较于初版,1962 年版多了内容提要:"本书用小说题材,通过主人公(一位博学的教授和两个好奇的孩子)冒险旅行的经历和他们的对话,把地面上、地底下、水面上、水底下、天空里、

---

① 《一九四八年 儿童文学创作选集》,中国儿童读物作者协会编选,上海中华书局 1949 年版,第 2 页。

② 《一九四八年 儿童文学创作选集》,中国儿童读物作者协会编选,上海中华书局 1949 年版,第 3 页。

③ 陈实:《中小学教科书编审问题》,《教育通讯》复刊第 3 卷第 4 期,1947 年。转引自张心科《清末民国儿童文学教育发展史论》,北京师范大学出版社 2011 年版,第 305 页。

森林里、洞窟里、山谷里各种类型昆虫的性状，生活以及对人类的关系，做了生动的叙述。这里，除了主人公的经历应该作为小说来看外，其余全部是真实的科学。”①该书的内容主要以讲故事的形式介绍昆虫世界，内容简洁生动，通俗易懂。叶至善曾为该书撰写过广告：“这是一个有趣的科学故事，叙述两个孩子误喝了生物学教授的缩形药水，变得和跳蚤一般大小，到昆虫世界去漫游的经历。故事曲折惊险，对各种昆虫的生活习性也说得极其详尽。作者是苏联有名的生物学家，他特地为少年们写下这个故事，把美丽的幻想和科学知识交织在一起。读者会一面被波澜迭起的情节所吸引，一面又可以获得不少关于昆虫和植物的知识。”②

1947 年 5 月，印度作家 Vishun Sarma 著、卢前翻译的童话寓言故事集的《五叶书》由正中书局出版发行，译文为文言体，根据芮士的英文本转译。该书属“印度文学丛刊”，发行人为吴秉常。卷首的原序及译者的《五叶书引》详细地交代了该书的成因：“《五叶书》者，盘洽檀多罗。‘盘洽’云者，梵之谓‘五’，‘檀多罗’犹言‘卷叶’。书不详作者姓氏，惟编中说教者曰昆什罗薩摩，疑即作者自谓。是五叶书后世所名，原编修短不可悉；有云初为十二卷者。盖旨在述道德，讬寓言，以告诸王公者。……此书在印度原无定本，以南印度本为最少，外来影响较小；芮士节本所据南印度本，殆亦最古代之本。”卢前认为：“书中有与伊索寓言颇类似处，或云伊索寓言出于此书，则此书之成，在公元二世纪后。众说纷纭，莫衷一是。译此书者，有阿剌伯文、波斯文、腊丁文、希腊文、希伯来文、法兰西文、德意志文、意大利文；英吉利文，出芮士手，盖节本也。”③

1947 年 5 月，中华全国文艺协会香港分会成立儿童文学研究组，掀起了华南儿童文学运动的大潮。在此运动的推动下，香港的《星岛日报》创办“儿童乐园”副刊、《华侨日报》创办“儿童周刊”、《文汇报》创办“新少年”专栏、《大公报》开辟“儿童园地”专栏。据黄庆云的回忆，“投稿的作家群就更庞大了……把少年儿童读物的内容提到了一个新的高度，给广大读者留下了深远的影响”④。

① 扬·拉丽：《昆虫世界漫游记》，黄幼雄译，中国青年出版社 1962 年版，版权页。
② 范用：《爱看书的广告》，生活·读书·新知三联书店 2004 年版，第 48 页。
③ Vishun Sarma：《五叶书》，卢前译，上海正中书局 1947 年版，第 1 页。
④ 黄庆云：《香港当代文学精品·儿童文学卷》，长江文艺出版社 1994 年版，第 2 页。

1947 年 5 月，黄庆云在《家》第 16 期上发表了《儿童文学的使命》。黄庆云时任《新儿童》[1]半月刊的主编。她在文中强调：“我们供给儿童读物时，就该想到我们的使命就是如何运用儿童文学的力量，来培养和启发这些在生长中的孩子。”同时也要“让自己也成为活泼的一个时代人，让自己也不断地生长，不断地向那获得对象——孩子——学习”。在她看来，优良的儿童读物“一方面发展儿童的幻想”，“一方面使儿童认识现实”，而且“儿童读物之于儿童，比成人读物之于成人，其影响更大”。除了这些“知识”和“意识”的培养，她也认为，要“使儿童养成一个良好的阅读习惯”，必须在“形式和写作技巧”[2]方面引起高度重视。

1947 年 5 月，《现代儿童》正式在《大公报》上与读者见面。没有“发刊词”，但是在创刊号上，可以看到如下 8 篇儿童文学作品，目录如下：

巨人的死——台湾高山族传说(童话)	范泉
没有人喝彩的工作(小说)	黄衣青
一只没有袋的袋鼠妈妈(童话)	伯吹
第一艘汽船(诗)	吴辉
蚱蜢·螟蛾·青蛙比本领——稻田里的小故事(童话)	仇重
人怎么会生颈瘤(卫生常识)	丁兰惠
小茉莉得不偿失(漫画)	张乐平
废名片还有用吗(小经验)	朱炳煦[3]

1947 年 6 月，石云子续编《中国儿童时报》，当时他在《工商报》担任编辑，《中国儿童时报》是他业余兼任的。据鲁兵回忆：“他一看见我和鲁兵这两张热呼呼的面孔，就往我们肩上压担子，请鲁兵专编文艺版和‘冰儿信箱’，委托我专看大批的小学生来稿，代编‘自己的岗位’。当时学生习作园地，每期竟占一整版，

① 《新儿童》周刊最早创刊于香港，由现代书局出版发行，由儿童漫画社主编，在香港出版了 14 期。后来由于太平洋战争爆发，该杂志社迁往桂林，于 1942 年 10 月 10 日在桂林复刊，黄庆云担任主编，一些著名儿童文学作家，例如贺宜、金近、冰儿、严文井、胡明树等都为该刊撰过稿。

② 黄庆云：《儿童文学的使命》，《家》第 16 期，1947 年 5 月 1 日。

③ 《现代儿童》，《大公报》，1947 年 5 月 3 日。

用这么大的篇幅来大力扶植幼苗新秀，是这张儿童报纸的特色之一。”①

1947 年 6 月，俄罗斯作家巴若夫的《宝石花》经戈宝权翻译后，由上海时代书报出版社发行，发行者为罗国夫。正文包括三个传说故事：“杜姆拉亚山上的看更房”“宝石花”“矿山的名匠”。戈宝权在译者前言中说明了《宝石花》故事的背景和梗概：“对于我们的读者，《宝石花》也许是个很熟悉的名字。因为很多人都已经看过这张最新的苏联五彩影片，甚至还为它的美丽色彩和奇迹似的故事所逮住。《宝石花》这张影片，是根据苏联老作家巴威尔·巴若夫的旧乌拉尔山传说集——《孔雀石箱》中几个有连贯性的传说改编而成：这就是《杜姆拉亚山上的看更房》《宝石花》《矿山的名匠》。《杜姆拉亚山上的看更房》，本来是《孔雀石箱》一书的代序，也可以说是全书的引子。作者在此地写出了看更的老头儿史里希科老爹爹，阐明了这个老头儿所讲的许多的乌拉尔山传说的真实内容和意义，这也就是我们的电影所看到的开头和结尾的场面，而《宝石花》和《矿山的名匠》两篇连续的传说，就组成了电影的中心内容。”②“序言”交代了巴若夫的传说故事的来源：“他所记载的传说，多半是从赫美里宁（史里希科老爹爹）的嘴中讲出来的。史里希科老爹爹本人也曾称自己所讲的，并不是虚幻的故事，而是真实的民间传说，这因为他所讲的东西，都是由乌拉尔山矿工和宝石工人的实生活交织而成的，从此地我们可以看出当时工人们所遭受的艰苦命运、所过的生活，也可以看出他们心里所怀抱的那种希望和幻想。巴若夫这样写道：‘赫美里宁的传说，可以视为是一种特有的历史生活的文献。在它们里面，不只是反映了这个老矿工的全部艰苦的生活的憧憬——这种生活是这个讲故事的人自己所不知道的，也是他想象不出的，但绝不是他自己所经历的那种生活。’除此之外，巴若夫在这些传说中，还又体现出无数俄国名匠的形象，和表示出对于伟大的劳动，特别是创造性的劳动的歌颂和赞扬。”③

1947 年 7 月，叶圣陶编纂的《开明少年国语读本》由上海开明书店出版发行。全书分为四册，作为一本国语读本，里面的内容非常丰富，中国青年出版社在 2011 年重新翻印《开明少年国语读本》读本时引用了叶圣陶的一句话：“给孩

① 圣野：《西子湖畔等天明——回忆〈中国儿童时报〉在杭州》，《西湖》1980 年 7 月号。
② 巴威尔·巴若夫：《宝石花》，戈宝权译，上海时代书报出版社 1947 年版，第 5 页。
③ 巴威尔·巴若夫：《宝石花》，戈宝权译，上海时代书报出版社 1947 年版，第 6 页。

子们编写语文课本,当然要着眼于培养他们的阅读能力和写作能力,因而教材必须符合语文训练的规律和程序。小学生既是儿童,他们的语文课本必得是儿童文学,才能引起他们的兴趣,使他们乐于阅读,从而发展他们多方面的智慧。"[①]

1947年9月,凌山翻译、美国的狄斯尼绘撰的《米老鼠开报馆》由香港生活·读书·新知三联书店出版发行。该书译于1940年,"直到抗战胜利后的一九四七年,方才印出了第一版。第一版出版两千本,很快就销光了。销光之后,并未即刻出版"[②]。1950年10月,北京的生活·读书·新知三联书店再版,那时该书属于"新中国少年文库"中的一种。该书的第一版发行时,"流行的地区不大",对于很多儿童来说也并不是非常熟悉。在1950版的序言中,董秋斯认为儿童需要看米老鼠这个故事,因为"除去少数战争贩子及其走狗外,美国人民依旧是我们的朋友,当然,我们不妨看他们写的书;其次,就是我们仇人写的书,有一些我们还是要看的,目的是把他们认清楚,以便打倒他"[③]。他认为这本书的主要任务是:"揭露贪官污吏与地痞流氓串通作恶的事实,运用人民大众的力量,把这些坏蛋从社会中驱除出去。与这个相类似,我们全世界人民(包括美国人民之内)目前的主要任务是:揭穿战争贩子的侵略阴谋,号召和团结爱和平的人民,保卫世界和平,把帝国主义的侵略队伍从我们的旁境赶开去。"[④]

1947年9月,陈伯吹在《教育杂志》第23卷第3号上发表《儿童读物的编著和供应》。对于"什么叫作儿童读物?"的问题,作者认为:"儿童读物的范围很广,当然也包括'小学(国民学校)教科书'在内;但一提到教科书,尤其是小学教科书,这就够在它各方面写成若干篇论文,因为这是一个复杂而又专门的问题。"他强调:"不是指广义的而言,乃是指着除了教科书以外,连那些作为补充读物和课外读物的读物,甚至于各科的副课本、练习本、日记和书信等等的指导书籍,也一概不包括在内,纯粹是在狭义的偏重文学欣赏的这圈子内的儿童读物。"在"编者的前提"中,他归纳了两个前提:"编著给谁看?""编著给怎样的儿童阅读?"在"题材的采择"中,作者将题材转向"社会的内容"和"自然的内容"。就具体的"写作的技巧方面"而言,

---

① 叶圣陶:《开明少年国语读本》,上海开明书店1947年版,第73页。
② 狄斯尼绘撰:《米老鼠开报馆》,凌山译,生活·读书·新知三联书店1947年版,第6页。
③ 狄斯尼绘撰:《米老鼠开报馆》,凌山译,生活·读书·新知三联书店1947年版,第4页。
④ 狄斯尼绘撰:《米老鼠开报馆》,凌山译,生活·读书·新知三联书店1947年版,第6页。

作者提出：首先，儿童读物必然是儿童文学的读物，不论她的内容是社会的或自然的，必须要依照文学的形式与艺术的技巧来编著；其次，讨论文章作法，与研究文艺写作的书籍，出版的已经非常的多，一个儿童读物的编著者，必须具有文学的修养，并且是前进的新颖的理论，不要把儿童读物估量得较低，因此掉以轻心，以为粗通文字的人，即能执笔一挥，这种错误的认识，常常自误误人；再次如果容许笔者简单地指出，就因为“情节好”“动作多”的缘故，这也许是笔者个人的肤浅的看法。在“用字和造句”中，作者提到要分清“常用字”和“简体字”。在“造句”方面，他强调：“编著儿童读物，在造句方面第一要注意的是‘短句’，使得儿童容易阅读，容易了解，这样也就容易发生阅读的兴趣。”同时“再该注意的是要写得‘生动’，要有力量，要有刺激性与诱惑性，同样的一句，这样写和那样写，断然有着显著的不同”。最后，他指出：“高中师范、专科师范、大学教育学院、师范大学，亟应添设‘儿童文学’或‘儿童读物’学程，并且规定为‘必修科目’，这样，数十年后，也许会得人才辈出，而优秀的儿童读物，也琳琅满目，美不胜收了。”①

1947 年 10 月，李林翻译的 H. E. Rieseberg 的科学文艺读物《月球旅行》由上海文化生活出版社出版发行。该书属于“少年科学丛书”的一种，包括《月球旅行》《海底捞金记》《奇人？奇食？》《老鼠—人类的大敌人》《人类和热的斗争》《环球独航行记》《魏尔伦的理想之实现》7 篇，巴金为该书作后记。七年前巴金的两位朋友在上海创办《科学趣味》月刊在上海创刊，《科学趣味》是同人杂志，撰稿人不多，时常缺稿，于是就邀请李林帮忙，李林虽然并不是研究科学的人，但他兴趣比较广，喜欢读一些通俗的科学文章，当时振寰有一些英美的通俗科学方面的杂志，于是李林将陆续翻译出来，发表在《科学趣味》杂志上。后来因为多了一些撰稿人，李林也就将更多的精力花在了文学和音乐上，也翻译过半部科学小说。但他的健康状况越来越差，用巴金的话说：“他的健康已经完全毁坏了。‘养’对他没有多大的用处。‘胜利’前最后两年中他在物质和精神方面都受着大的压迫。”因而巴金编该书的目的：“一是为了纪念林兄，二是因为我喜欢他的译文。单为纪念，我用不着花费读者的时间，必须文章有意义，对读者有益处，值得被印出来。”②

1947 年 10 月，茅盾在《新闻报》“艺月”第 40 期发表了《儿童诗人马尔夏

① 陈伯吹：《儿童读物的编著和供应》，《教育杂志》第 23 卷第 3 号，1947 年 9 月 25 日。
② H. E. Rieseberg 等：《月球旅行》，李林译，上海文化生活出版社 1947 年版，第 75—76 页。

克》。他认为马尔夏克将近三十年的劳绩在儿童文学上确已开辟了一个“新的世界”。在茅盾看来,他的儿童文学作品无论思想意识、教育意义,乃至用字造句都和旧时儿童文学不同,都是新的、富于独创性的。他指给儿童们看的世界是一个“新的世界”,他把现实的平凡代替了幻想的、怪异的,而用了充满着智慧和温暖的作品饷给他的小读者。茅盾指出,马尔夏克给儿童看的世界内没有恐怖、残暴或荒谬。他为最小儿童所写的故事和剧本都是诗体的。他的结论是马尔夏克是“新的儿童文学的创造者和领导者”①。

1947 年 10 月“中国儿童读物作者协会”举行了第一次座谈会,并于 12 月再次举行座谈会。

第一次座谈会的题目是“儿童文学的用语与用字问题”,结论是儿童文学的作者应该生活到儿童队伍里去,听取各种年龄、各种程度的儿童语言,采用他们的语言,使自己的作品完全儿童口语化。

第二次座谈会举行于儿童剧《小主人》上演之时,题目是“小主人与儿童戏剧”。结论是《小主人》这一个儿童剧,优点多于缺点,感人之力颇深,由此证明,儿童戏剧在教育上有很大的效果。

当时,上海儿童文艺界的落后分子,为了替统治阶级掩饰罪恶,蒙蔽儿童起见,曾发出了儿童文学不应该暴露黑暗的荒谬主张。该会特举行了一次笔谈会,号召会员对这个问题提出正确的意见。参加这次大会论战者十余人。结果是下列的主张占了优势,就是:儿童文学必须暴露政治所造成的贫穷、黑暗,这是儿童文学写作者不可逃避的责任,但同时必须向儿童大众指出一条专门的路,(集体的,有正确领导的)以及光明的胜利的前景,勿使儿童因为只看到目前的黑暗却看不到出路而悲观绝望。

这两次座谈会以及一次笔谈会的记录,先后发表于《中华教育界》上,会员们大多数接受了这正确的主张。②

1947 年 11 月,茅盾的《马尔夏克谈儿童文学》被选入“今文学丛刊”的第二本《我是中国人》。茅盾回忆了 1946 年底到 1947 年春访问苏联时和马尔夏克的交谈。在讨论儿童诗歌的语言问题时,马尔夏克说他是“为最幼的儿童服务的”,同时

① 茅盾:《儿童诗人马尔夏克》,《新闻报》“艺月”第 40 期,1947 年 10 月 10 日。

② 《一九四八年 儿童文学创作选集》,中国儿童读物作者协会编选,中华书局 1949 年版,第1—5 页。

他“用韵文写童话”。茅盾评价马尔夏克是“语言的魔法师”，他的诗句“外表上是平淡极了，自然极了，又轻松极了，可是平淡之中有绚烂，自然之中有机巧，而轻松之中有严肃的情感和思想”。同时茅盾又评价马尔夏克是“诗歌的教师”，能使“最幼的儿童们感到语文的技巧美，欣赏了显眼的色彩以及和谐的节奏”。茅盾对马尔夏克作品的欣赏不仅停留在形式美，他更看重的是其作品的教育意义。他认为马尔夏克作品的教育性的独特之处在于：“为了达到教育的效果，一般的儿童作家们都免不掉在一个故事里加强了教育的口吻”，同时“又都常常把一些禁忌事物写得很可怕”，而马尔夏克“不主张教训”和“对于天真的儿童动辄施用这样的恐吓或责罚”①。他还认为他的作品“和旧时代的儿童文学不同”，展现的是“苏维埃的新世界”，是“劳动人民劳作的成果”。茅盾以马尔夏克的短诗《火》作为例证，说明马尔夏克的作品就是给他的小读者看的。在文章的最后，马尔夏克呼吁：“加强中苏文化交流！加强两大民族人民的友谊，从儿童时代就开始！”

1947 年 12 月，方葆真在《中央日报》上刊发了《关怀三毛》的文章。他发表这篇文章的缘起是：“最近因画家张乐平咳血，暂停刊载了。许多读者关心着三毛，怀念着三毛，这样冷冻饥饿的冬天，不知三毛在印刷店的劳役，受了些什么意想不到的磨折？他加上寒衣否？”同时这篇文章还对《三毛流浪记》的艺术手法做了细致的分析。方葆真首先评价该作品的“笔锋技巧是成功的，反映的社会意识也很深入”。同时他还指出：“社会一面是无情，另一面也有良知。”对于三毛的形象，他的评价是：“三毛是有智慧的”，也希望三毛能“获取他应得的智慧和教育上的温暖”②。应该说，这篇小文不仅评价了《三毛流浪记》这部作品，更突显了对儿童问题的关注。

1947 年 12 月，《现代儿童》第 32 期刊发了 6 篇与圣诞节有关的文章：何公超的《圣诞老人送礼物》、陈伯吹的《圣诞节的新歌颂》、沈雁冰的《圣诞老人病在医院里》、伊钟瑾的《圣诞老人今夜来》、杨玉衡的《圣诞老人不进穷人家》以及何公超摘译的《邓肯自传》片段《我不相信圣诞老人》。③

① 茅盾《马尔夏克谈儿童文学》，原载于 1947 年 11 月 30 日《今文学丛刊》的第二本《我是中国人》，1947 年 11 月 5 日，后载于 1948 年 4 月开明书店出版的《苏联见闻录》。

② 方葆真：《关怀三毛》，《中央日报》，1947 年 12 月 30 日。

③ 《现代儿童》第 32 期，1947 年 12 月 20 日。

1947年12月，圣野在《中国儿童时报》上发表了《自己的宪章》。该文对于儿童诗理论提出五点看法："不写和自己生活无关的东西、不写自己不懂的东西、不跟人家写、抄人家更犯不着、不写老题材、应时的题材、不做爱用老套的小冬烘。"早在1947年9月时，他就在《中国儿童时报》中发表了自己的见解："一、诗是诗，不是散文或歌谣。二、是'写'诗，不是'做'诗。勉强做出来的，决不会是好诗。诗写得好，念起来有很自然的节奏，想象和感情模仿和抄袭的东西，一看就可以看出来必须完全依靠自己的生活体验和灵感，绝对不要去抄人家，跟人家的样。四、诗，是人类的童年。最小的小朋友，可能写出最天真最可爱的诗。"[①]

1948年

1948年1月，中国儿童读物作者协会开始了"儿童文学年选"的编选工作。编选从1948年开始，具体内容如下：

一、内容按性质分为五类：1. 童话，2. 诗歌，3. 剧本，4. 散文，5. 小说。

二、选取标准，各类稍有不同，原则上是这样：1. 要纯创作的；2. 要思想前进，有教育作用的；3. 要艺术性较高的；4. 要适合儿童心理与阅读能力的。

三、由选到编分为三个步骤：

1. 分发推选表给会员及教师和家长，分别推选；
2. 推选表收到后，分五组评阅被推选的作品；
3. 由上述各组把评定入选的作品，交由本会编审组覆审，然后作为定稿。

① 汪习麟：《从一般教育到积极战斗——〈中国儿童时报〉纪略》，《现代儿童报纸史料》，少年儿童出版社1986年版，第135—136页。

这一工作，一直到该年下半年才告完成，全书约十余万字，委托中华书局印行。该会还对以往工作做了补充："本会从成立以来，一直是在半公开状态中存在着。为了避免国民党反动派的支配或干扰，始终未曾向当时的伪社会登记，所以名称用的是联谊会，不是协会（在当时，协会两字，必须准许登记后才许可应用的），解放以后，本会完全公开，并且决定大踏步地向前工作，因此，经全体会员的同意，公开正名为'协会'。这决议案也是在上海解放以前早已成立了的。"

该儿童文化团体团结着进步的儿童文学写作者、戏剧工作者、美术工作者。会员大部分来自上海，少数来自北京、南京、杭州、福州、重庆、香港。整个中国的儿童读物有三种报纸，十余种杂志，数百种单行本，以及多次儿童戏剧的演出，游艺会的表演，几乎全部出于本会会员之手。当然，它的缺点也存在，如组织不够健全，工作不够紧张。该协会指出："现在，全国的解放已经为期不远，一切桎梏，一切束缚，将永远加不到它身上，我们热切地希望它加强组织，加紧工作，用权利来担负起时代交给它的使命。"①

1948 年 2 月，《中国儿童时报》中的《画刊》上，编者以《延安的儿童》为标题，刊载了三幅延安儿童的生活照片，编者特别加上了说明："陕北的延安，过去是一块神秘的地方，现在已和其他城市一样，并不神秘了。"②这在国统区内是难得的景象。

1948 年 2 月，石志林创作的《小泥人历险记》由上海山城书店出版发行。该书是"创作童话新刊"之一，内收童话《小泥人历险记》《红帻子先生》《巨人国》《像狼一样的狗》《两个小学生》《小猫儿》《田园里的谈话》《橱窗里的洋团团》《哟哟乎小姐》9 篇童话。其中《小泥人历险记》和其余的几篇童话写于 1943—1944 年间，除了他的《小朋友物语》（该书由北新书局出版）外，其余均收录在本册童话集中。《两个小学生》是该童话集中最长的一篇童话，但是情节非常简单，作者的初衷是"为当时有许多儿童喜欢看连环画和武侠电影，以至入了迷，演出入山求师那样的怪剧来。为了要纠正他们认识的错误"。他创作这部童话只为向孩子说

① 《一九四八年 儿童文学创作选集》，中国儿童读物作者协会编选，上海中华书局 1949 年版，第 3—4 页。

② 汪习麟：《从一般教育到积极战斗——〈中国儿童时报〉纪略》，《现代儿童报纸史料》，少年儿童出版社 1986 年版，第 140 页。

明“世界里实在没有什么仙剑侠客之类,现在入山求师一类的事已少有发生了”,同时他还认为陈伯吹是鼓励他创作童话的第一人,正是陈伯吹的鼓励,使他“对于文学事业心灰意懒之余,重又提起笔来,也就从这基础上,再次踏入文学的领域”①。

1948年2月,董林肯创作的四幕儿童剧《小主人》由立化出版社出版发行,该书属“立化儿童戏剧丛书”之一,由陶行知题词。在“立化儿童戏剧丛书总序”中,董林肯提道:“在中国,‘儿童戏剧’这四个字,听起来很生疏;虽然有好些戏剧和教育先进们早已经注意到儿童戏剧的重要,然而都还没有开始做。”然而国外已“把戏剧当作教育的工具,用儿童戏剧来教育大量的儿童”。为了给新时代的教育打下坚实的基础,他的计划是“首先把儿演剧打进学校,使其普遍地开展让孩子们去看‘儿童戏’,他们从这里得到很多广泛的知识和正确的企图,让孩子们自己去参加‘儿童演剧’,他们更可以从戏剧工作中吸收很多活的教育”。具体的方案主要有:一是选择比较成熟的儿童多幕剧,以供较大规模的演出,作为儿童剧的示范;二是选择上演条件简单的儿童独幕剧,专供小规模演出之用,以期儿童剧运动普遍的发展到学校园子里去。在此基础上创办立化学校,试行“教师舞台化,教材戏剧化”,以达“教育立体化”之理想体系,俾使教育与戏剧趋于一元。②

1948年3月,巴金翻译的王尔德《快乐王子集》由上海文化生活出版社出版。内收童话《少年国王》《西班牙公主的生日》《渔人和他的灵魂》《星孩》《快乐王子》《夜莺与蔷薇》《自私的巨人》《忠实的朋友》等9篇和散文诗《艺术家》《行善者》《弟子》等7篇。当时巴金为该书撰写过广告:“王尔德的‘童话’,并非普通的儿童文学,却是童话体的小说。在这九篇童话里,作者仍然保持着他那丰丽的辞藻和精炼的机智。”③在《译后记》中,巴金指出二十年前就有了翻译王尔德童话的念头,但始终不敢动笔,原因是“他那美丽完整的文体,尤其是他那富于音乐性的调子,我无法忠实地传达出来。他有丰富的词藻,而我自己用的字却是那么贫弱”。他还介绍了王尔德童话的具体情况:“说到王尔德的童话,我们都知道他一

---

① 石志林:《小泥人历险记》,上海山城书店1948年版,第3—4页。
② 董林肯:《小主人》,上海立化出版社1948年版,第1页。
③ 范用:《爱看书的广告》,生活·读书·新知三联书店2004年版,第29页。

共写了九篇，分两次出版，第一册叫做《快乐王子和别的故事》，一八八八年出版，共收《快乐王子》《夜莺与蔷薇》《自私的巨人》《忠实的朋友》和《了不起的火箭》五篇；第二册叫《石榴之家》，一八九一年出版，收《少年国王》《西班牙公主的生日》《渔夫和他的灵魂》《星孩》四篇。《现代丛书本》的《王尔德童话集》(附散文诗)则将九篇童话合印一册，而把《石榴之家》中的四篇放在前面。我是根据现代丛书本翻译的，所以排列次序也依照那个版本。”巴金还指出，他并非王尔德童话的“适当的翻译者”，他的译文只能说是“试译稿”①。

1948年4月，陈敬容翻译安徒生的童话集《丑小鸭》由上海骆驼书店出版。该童话集收《丑小鸭》《天国的花园》《小丁妮》《小枞树》《鹳鸟》《小伊达的花儿们》等6篇。书前有陈敬容的《译者序》，她指出：“在这种苦难的年代，成人们在艰难的生活里挣扎，受尽种种精神和物质的虐待，但我们还有一个目标，一个信念；我们懂得我们对时代应当担负的艰巨责任，可是孩子们呢？天真活泼的孩子们呢？我们能让他们也像我们一样，只看到人生的阴暗面吗？”他进而认为：“凡是进步的，或希望进步的国家，莫不重视儿童。重视儿童，就是重视人类的将来。”对于安徒生，她的评价是：“虽然想象极其丰富，但又极合人性；就是说，极有人情味，并不是徒涉玄虚，或者完全流于神怪。真正好的童话作品，应该有这个初步条件。”②

1948年4月，上海《大公报》和《时代日报》都出版了《儿童节特刊》。文章的内容都有一致的倾向，即主张目前的儿童文学，必须能够使孩子们有面对现实的勇气，有与丑恶的现实作战的决心。至于过去的作品，则应该加以选择：“进步的让它们继续存在，对儿童发生教育的作用；含有毒素的淘汰它，不让它们继续侵害儿童的心灵。”③

1948年4月，《大公报》“现代儿童”刊发了范泉、金近、贺宜、陆静山、陈鹤琴、鲁兵、汤中原、黄衣青等人的文章，开启了一场围绕“儿童文学问题”的讨论。范泉的《如何写作儿童文学 作家要有真切感情》重点谈论了三个问题：一是作家

① 巴金：《译者后记》，王尔德《快乐王子集》，巴金译，上海文化生活出版社1948年版，第244—245页。

② 陈敬容：《译者序》，安徒生《丑小鸭》，陈敬容译，上海骆驼书店1948年版，第Ⅰ—Ⅱ页。

③ 《一九四八年 儿童文学创作选集》，中国儿童读物作者协会编选，上海中华书局1949年版，第3—4页。

的技巧,二是作家的感情,三是作家的意识。他认为作家的技巧要浅显,作家的感情要真实,作家的意识要正确。[①] 金近撰文认为儿童文学写作时主题要明确,不能太含蓄,寓意不能太深,少用理论。用儿童熟悉的题材,要来自儿童生活中的东西。题材应该注意鼓励性,不论是诗、戏剧、童话都该含有勇敢,充满上进、希望。内容要生动有趣,注重一点幻想,但又要不离开现实太远。结构该紧凑。为了要适合儿童兴趣,写作应注意活泼热闹。同时,他也指出写作中描写的人物该是肯定的,让儿童有是非、正误的观念,切忌命运论的思想掺杂进去。他还强调儿童文学要有几种教育意义:一是浅显而生动地告诉儿童地球上一切事物,二是正确的人生观,三是科学的基本常识。[②] 在《谈儿童补充读物》中,贺宜介绍了商务印书馆的《新小学文库》、中华书局的《中华文库小说集》、大东书局的《新儿童基本文库》等丛书的出版情况,在谈论单行本时,他介绍了儿童书局的贡献,同时还高度评价了华华书店对儿童补充读物的出版所做的努力。[③] 陆静山的《写儿童读物的三条途径》则从"为什么人写?""写什么东西?""怎么写?"三个方面对儿童读物的写作进行论述,他认为现在儿童读物的材料都偏向高年级小朋友,中年级有一点,低年级的太少。应该用口语写,使小孩读来如听讲故事,要是剧本马上就可以表演。具体写作的途径是整理旧有的好作品,改变和创作,希望作家分工合作有计划地写。[④] 陈鹤琴撰文指出,一个儿童读物的作家,要认识儿童,了解儿童,更重要的是同情儿童,爱儿童,由这样而产生的作品才是儿童所需要,所喜欢的。在他看来,儿童读物应该领导儿童的思想走向创造的路,要启发儿童的创造性。[⑤] 针对有人提到《大公报》的"现代儿童"要扩大篇幅的建议,鲁兵表示赞同,他指出儿童文学批评是很重要的,但在今天还未见到。写作技巧,尤其是内容都需要建立批评。各位都说内容要现实,但如把漆黑一团交给儿童,是否会起好反响?指出现实不好,还得告诉他们另有乐土,而最重要的,应该从生活、人性、知识出发。希望马上看到批评。[⑥] 汤中原认为,儿童读物问题的本质就是

① 范泉:《如何写作儿童文学 作家要有真切感情》,《大公报》,1948年4月5日。
② 金近:《儿童文学作品里面切忌命运论的思想》,《大公报》,1948年4月5日。
③ 贺宜:《谈儿童补充读物》,《大公报》,1948年4月5日。
④ 陆静山:《写儿童读物的三种途径》,《大公报》,1948年4月5日。
⑤ 陈鹤琴:《钻进儿童圈子里去才能写出好的作品》,《大公报》,1948年4月5日。
⑥ 鲁兵:《儿童文学需要建立批评》,《大公报》,1948年4月5日。

教育问题，由于受教育者家庭状况的不同，而又有着极大的阶级性在内。以往我们的儿童读物取材多来自上层阶级，而忽略占绝大多数的中下层儿童生活，因此制成的作品就完全成了上层有产者的专利品，教育也为他们独占了。我们今天应该突破这种专利的倾向，而给中下层儿童以精神粮食。同时，他也认为儿童读物的内容应该是现实性的，从现实中吸取的题材才富于教育性。写作方法必须用写实法，一切空洞装饰的字不必用。[①] 黄衣青强调儿童读物不要忘记了广大的农村儿童，在写作儿童作品内容时要注意几点：儿童作品离不开现实，不能造出空想神怪，使小孩脱离了现实，这是欺骗。儿童作品离不开兴趣，要有兴趣而不低级。儿童作品离不开中外遗产，要充分利用这些有益的资源。[②]

1948 年 6 月，仇重在《中国儿童时报》发表了《回忆·检讨·瞻望》。作者在文中回忆了他与《中国儿童时报》的一些往事，他曾给该刊写过《从风吹来的地方》《有尾巴的人》两篇长篇童话，访问过在金华的《中国儿童时报》的报社。金华沦陷之后，《中国儿童时报》迁到永安之后，周庸邀请他给《中国儿童时报》写稿。对此，他指出："我为大家的精神所感召，也就帮了许多笔头的忙，自己也因此得到许多安慰与鼓励。"在作者看来，"在物质上、精神上，'儿报'在今天所遭遇的苦难，并不比当年金华、永安流亡时少；但是，难局一定要打开，这一点儿童文化工作一定要延续下去，扩展开来"[③]。

1948 年 6 月，中国儿童读物协会号召全体会员，用各种体裁的文字，在儿童报纸和杂志上，披载美国扶持日本的用意和真相；并于 6 月 20 日，由会员三十多人签名，发表了反对美国"扶日"、反驳司徒雷登的荒谬声明的宣言。该宣言引起了反动国民党政府的仇恨，宣言具名人都上了黑名单，一度有将与其他发表同样性质宣言的人士一起逮捕的传言。[④]

1948 年 9 月，仇重、柳风、金近、贺宜等人编辑的《儿童读物研究》由中华书局出版。内收仇重的《故事类读物》、金近的《小说类读物》、贺宜的《童话类读物》、柳风的《游记类读物》、包蕾的《阅读兼表演的读物》、吕伯攸的《有韵的读

---

① 汤中原：《莫忘贫苦儿童 给他们以精神食粮》，《大公报》，1948 年 4 月 5 日。

② 黄衣青：《莫忘农村儿童》，《大公报》，1948 年 4 月 5 日。

③ 汪习麟：《从一般教育到积极战斗——〈中国儿童时报〉纪略》，《现代儿童报纸史料》，少年儿童出版社 1986 年版，第 140 页。

④ 《一九四八年 儿童文学创作选集》，中国儿童读物作者协会编选，上海中华书局 1949 年版，第 4 页。

物》、鲍维湘的《知识的读物》、邢舜田的《读物与图画》、何公超的《连环画书的昨今明》。在该书的《绪言》中,吕伯攸指出,儿童读物的范围很大,凡是一切儿童应该读的书,不论是精读的教科书,略读的故事集、童话集,甚至连儿童书,也可以包括在这个范围中。在中国,儿童是一向被看作"小型的成人"的,根本没有"儿童本位"的教育,因此,对于儿童读物,根本没有人写,更没有人去研究。《阅读兼表演的读物》一书指出,过去一些保守的教育家,为了要把儿童训练成文质彬彬的君子,不肯让其登台表演,因而儿童戏剧和文学、艺术、教育之间的关系是脱节的。这样一来,由于写作的常常仅注意"阅读"而忽略"表演",因此它的功用,还和童话、小说一样,只是"静"的,不能动的。抗战以后,儿童戏剧才受到教育家的注意。在他看来,"儿童戏剧和其他形式的儿童文学一样,使儿童在阅读后得到真理的启示,得到艺术的欣赏,或者说是'真'的认识,'善'的默化,和'美'的熏陶"。其结果是"一方面教育了自己,一方面教育了别人"。最后,作者总结道:"儿童戏剧是儿童文学的一部分,而它必须具备着作为戏剧的艺术与技术上的条件,在内容上,更要求它富有教育的意味。"①

1948 年 9 月,郭沫若在香港为《新中国儿童文库》作序。他认为,少年时期的"可塑性极强,一个人将来要成为甚么,大体上就在这时期注定。染苍染黄,就在这个时期。为龙为猪,就在这个时期。"为此,他特别强调了教育的重要性,认为青少年"要有良好的家庭教育,社会教育,学校教育,然后才能够培养出良好的少年,至少可以使少年人少走些冤路"。同时"教育自然应该跟着时代走,而同时更应该策进时代走向正确的方向。把握时代精神并促进时代精神的发展,是教育所应该遵奉的根本意义"。在特殊的历史时期,他呼吁:"今天是人民的世纪,是民主的时代,一切应该以人民为本位,为人民而服务,这是今天的时代精神。根据这样的精神,帮助少年养成为新时代的民主的战士,应该也就是一切教育的基本方针。"②

1948 年 11 月,柳一青主编的《小学国语科自修读物 儿童歌谣》由华华书店出版发行。在前言中,作者认为:"民间歌谣,在我们中国,储藏也是很丰富的。"

① 包蕾:《儿童戏剧的地位与价值》,《儿童读物研究》,仇重、柳风等编,上海中华书局 1948 年版,第 97 页。

② 郭沫若:《〈新中国儿童文库〉序》,《大笨象旅行记》,香港智源书局 1948 年版,第 1 页。

“儿歌，是民间歌谣中的一部门，其实又很难和民歌分得开；除了情歌，是特别属于成年人传唱的以外，其余的差不多都是儿童可以上口的。”①他将儿歌主要分为七类：一是儿歌和童谣，二是滑稽歌，三是讽刺歌，四是杂歌，五是对口歌，六是趁韵歌，七是急口令。

1948 年 11 月，沙平的《少年航空兵——祖国梦游记》由上海文化出版社出版发行。叶圣陶为该书写序。叶圣陶认为这是一本好书，少年们值得看，成人们也值得看。他认为这本书“描摹出新中国的轮廓，尤其重要的，描摹出新中国的少年精神”。这种少年精神即“永远向着未来，不要怀念过去；一切为了明日，不要迷恋昨日”。他希望读者读完这本书后“想想自己，想想人生，想想中国，也想想世界”。这样才会更好地理解“为了明日”“向着未来”的含义。在该书的后记中，沙平首先介绍了创作的缘起，他指出：“这是一个不完整的东西，特别是第十二章以前和以后，写法完全不一致，甚至前后会有一些矛盾。”为此，他在封面上声明“本书非文艺作品”。他最后说：“我不反对把这部偶然的机会写成的东西印成单行本。把它作为一种少年读物，或者不会完全糟蹋了一些小朋友们的宝贵的时间罢。”②

1948 年 11 月，董纯才创作的科学小品集《凤蝶外传》由东北书店出版印行。作者在序言中就准确地表达了创作这本书的目的。他引用了高尔基的话：“文艺书和通俗科学书之间，不应该有豁然的界限。”在他看来，“以艺术手腕传播科学知识”应该是写通俗科学读物的指针，他还举了法国作家法布尔的《昆虫记》和苏联伊林的《五年计划的故事》《人和山》的例子。自 1937 年起，作者便尝试翻译工作，“开始是试用故事体裁写了一些生物界生存竞争的自然现象”。该集子中的《狐狸夫妇历险记》和《凤蝶外传》就是那时的产物。1940 年，《凤蝶外传》被《中国青年》转载，有人督促董纯才继续在此领域写作，于是他陆续写了《一碗生水》《马兰草》《人和鼠疫的战争》《消灭杀虫的战争》等作品。那个时期的作品，他认为就是“开始努力学习把生产斗争的和社会斗争的知识交织在一起写作”③。

1948 年 12 月，陈伯吹等人在《中华教育界》第 2 卷第 12 期发表了《儿童读

---

① 《小学国语科自修读物 儿童歌谣》，柳一青编，上海华华书店 1948 年版，第 3 页。
② 沙平：《少年航空兵——祖国梦游记》，上海文化出版社 1948 年版，第 389—390 页。
③ 董纯才：《序》，《凤蝶外传》，东北书店 1948 年版，第 1 页。

物的用字和用语问题》。该文是一次座谈会的记录稿件，后面还附有陈伯吹和陆静山的论文。座谈会于1948年10月9日举行，该次座谈会主席是陈伯吹，由丁兰惠做记录，主题为“儿童读物的用字和用语问题”。该会议还特别请到了语文专家施效人，到会嘉宾还有仇重、何公超、鲍维湘、陆静山、龚炯、严冰儿、周圣野等人，其中严冰儿、周圣野是《中国儿童时报》的编辑。首先发言的是仇重，他刚参加教育部主办的“国语教育讲习会”。在语言方面，他认为：“教育部对于中国‘标准语’的规定，是以‘北平话’作为标准的，而且是以北平一般‘受过中等教育的人的语言’作为标准的。”对此，他提出这样的疑问：“北平固然是中国历代文物荟萃之地，但是在地域上总是局限于北平一隅，而且只限于一般知识分子的语言，那么，其他各地区及其他各阶层的语言，是不是就被驱逐于国语之外？”他还指出：“一般知识分子的语言是很贫乏的，而那些下层社会人士的语言往往有很多是极生动的，如果不能为国语所容纳、吸收，久而久之，也就变成新的文言了。”当时教育部门推广了一种“简体字”，还有一些“常用字”，但仇重认为教育部“所颁布的那些，简直并不常用，真令人费解”，对于“注音符号”的问题，他质问当时教育部的决策者：“试想，注音符号不就等于另外一种外国语吗？”在他看来：“无论怎么说，问题是在中国文字的本身，如果不在文字的本身上改革，一切都是徒劳的事。”他还常和同事们谈起：“照现在这种写法，实在大成问题，由于文字落在语言之后，我们目前所写的，可以说都是让儿童‘看’的，不是让儿童‘读’的。”①最后他还提出五种疑问，内容如下：

1. 我们是否要采用教部规定的“标准语”？不够用时怎么办？对于“注音符号”我们应该抱持何种态度？

2. 对教部颁定的“常用字汇”，我们应持何种意见？

3. 是否就用我们现在这样南腔北调的“蓝青官话”写下去？怎样改善？

4. 是否就采用“方言”和“土语”？怎样应用？

5. “欧化语法”的应用，保持到怎样一种限度？

① 陈伯吹等：《儿童读物的用字和用语问题》，《中华教育界》第2卷第12期，1948年12月15日。

施效人认为仇重所提出的是“越想越麻烦的问题”，在国语运动推动多年后，一般人都认为国语是“北平话”，他所想的问题也是“用北平话作为国语是否合理”。他表示：“与其硬性规定，倒不如弹性规定较合理些。这就是说：硬要规定北平话为国语，还不如用普通的北方话作为国语好一些。”他总结出一般的国语应当具有的三个条件：

1. 应当是全国最大多数人民的发音。
2. 文学遗产最多的地区的语音。
3. 具有一种向心运动的语言。

施效人主张：“大家应当尽量试写‘方言文学’，大胆地从事方言文学的写作。”并对“五四”以来的文学“只能拿来‘看’，不能拿来‘念’，只是‘视’，不是‘听’”的问题做出解释：“这证明中国文字本身有着问题，汉字存在一天，总不能消除语言与文字中间的距离，由此可知，汉字废除更属必要。”对于这个看法，陈伯吹认为施效人所提出的国语形成的三个条件确实是必要，但他也引用托尔斯泰的一句话：“假若我做了沙皇，对于那些用了别人所听不懂看不懂的语言来写文章的作家，要重重地把他们打一顿。”

在座谈会上，何公超认为语言分为两种：“一种是‘口头语言’，这是老百姓的语言；另一种是‘文学语言’，是把口头语经过作家的加工和锤炼而成的艺术上的语言。”“语和文的分歧，是一件不容易克服的事情”，他推崇叶圣陶和张天翼的儿童文学作品，特别是张天翼的语言，“往往是他自己创造出来的强调，不是纯粹的真实的儿童大众的用语，至少是没加工的半制品”。他认为《秃秃大王》就是其中一个经典的例子。对于叶圣陶的用字用语，他认为：“往往是真实的儿童大众的口头语，比较接近理想。”其次，“书本上也可以学习；另外，有些生动的方言、土话，必要时我们应当采用”，对于仇重的上述疑问，他的观点是，“置之不理，常用字、标准字……更不必理睬，他们规定的那些常用字简直就是‘麻烦字’，一点也不常用”。

针对仇重和何公超的“语文问题”，鲍维湘认为：“语言和文学是没法完全一致的。”他比较同意“采取一般儿童能懂的‘书面官话’来写。尽力使其与儿童口语接近，越接近越妙”。他看重“多看别人的著作，如老舍的《二马》，其中用语都可以参考。还有剧本之类。中国作家中,以熊佛西、吕叔湘二氏的作品中的用语用字顶值得学习。西洋方面,汉译的《圣经》中,《创世纪》《雅歌》都是很好的”。

就上述问题,陆静山认为:“我们写作,不能完全用儿童大众可以明白的语言来写。”他赞成何公超的看法:“到广大的儿童行列中去,去向他们学习语言。”不过“儿童文学比之成人文学实在困难复杂多了”,儿童“由于年龄关系,分为低教、中教、高教,智力和学力又有差别”。对于儿童用语的问题,他认为:“我们的用语问题,也绝不是死板板的静止的,我们要顾到他们的年龄和学力在时时不断的成长,作品的用语,也要分出深浅的差别。”另外,相比于陆静山,龚炯的意见很简单,他认为:“既然对象是一些儿童大众,那么为了收得良好的效果起见,我们的作家必须要熟悉儿童的生活尽力采取儿童自己的语言。做到这样,作品才能为儿童所理解,所喜爱。”[1]

该文最后还附有陈伯吹、仇重、陆静山、黄衣青、严冰儿的五篇论文。

在陈伯吹的论文中,他引用休格(Hueg)的话:“文学当从儿童第一天入学时读起”,将“语文”比作文学表达的工具,认为“儿童读物的用字和用语,至少和它的内容有同等的重要”。他的立论依据是:“‘字’和‘语’,是语文的两面,实在不能分家。”在“五四”前夕,国语运动和新文学运动呈现一种相互交织,互相促进的作用[2],考虑到方块字的一些特征:“它的缺点在于认识和发音的不容易,因而障碍了孩子们的阅读能力,并且助长了中国文盲的数量,这实在是一个大缺憾。”[3]他认为:“在儿童的生理与心理观点上看来,总觉得是累赘。”[4]因此有人认为“注音符号”的提倡能“帮助汉字的阅读”,但结合当时“国语运动”的发展史来看,当时“‘注音符号’本身并不健全,缺点太多”还是主要问题,即使后来拉丁文的崛起,对于扫除文盲有了很大的改善,但依旧受到一些顽固势力的阻挠;一些儿童教育家也从“汉字本身”考虑,分出“常用字”“基本字”“简体字”三种。陈伯吹认为前者“因为没有大规模的测验,没有可靠的统计”,因此到现在都“没有引起广

① 陈伯吹等:《儿童读物的用字和用语问题》,《中华教育界》第2卷第12期,1948年12月15日。

② 胡适在《建设的文学革命论》中曾经提出:“国语的文学,文学的国语。”黎锦熙认为该文发表以后“文学革命与国语统一遂呈双潮合一之观”。详见黎锦熙《国语运动史纲》,商务印书馆1934年版,第70页。

③ 陈伯吹等:《儿童读物的用字和用语问题》,《中华教育界》第2卷第12期,1948年12月15日。

④ 陈伯吹等:《儿童读物的用字和用语问题》,《中华教育界》第2卷第12期,1948年12月15日。

大人士的注意”；而后者却“又给有力的守旧派打回去头去，销声匿迹了”。对此，他在文中也提到了王力在《漫谈方言文学》中主张的“提倡国语，拥护方言”两者的关系：“我们学习国语，并不是要消灭方言，只不过是较大多数人所应用的一种方言罢了……这两种平行的语言既不矛盾，也不分化。”

对于儿童语言，他认为大致可区分成“国语”和“方言”两类，对于儿童所能理解和欣赏的语言，则“应该说什么话，写什么文，口头怎样说，笔下怎样写”，他强调：“一个作家能够运动口语和方言的，才能写出活的文学和有生气的文学来。”但是他也指出“绝对的地域性的方言作品，它也自有其缺点，将无法和异地人作为交换情意的工具”，特别是那些吴侬软语、俚语、俗谚和隐语等。因此“方言口语文学，倘使不统一的标准的国语化，或者夹注国语的‘详解’，极不容易维持它生命的延续与拓展”。他还主张：“无论写用国语或方言的儿童读物，如果在必要时和适当时，可以违反‘单一’与‘净化’的文学理论，在写作国语时插入方言，写作方言时插入国语，非但可不相克，转而相生，在某种情形下可以得到更强的表现，更多的趣味，更大的生动的。”最后他得出结论：“儿童读物的写作者，在新文学还没有流通以前，应用汉字写作，它是目前无可如何的一种表情达意的共通符号，但应该大胆地写用简体字（这是在无须经过官方核准的），并且随时留意那些经过一番或大或小研究的常用字和基本字，在以国语为基础的写作，也应该技巧地应用方言（如不能望文生义的费解的方言，尽可在篇中或篇末加些详解）。”

仇重认为：“儿童读物的作者对象是语文能力低浅的儿童，在写作儿童读物上遭受到的语文问题，其困难与复杂性就又加倍苦重。”因此他对儿童读物用语问题的迷茫主要分为三部分展开：首先是他“对于北平话定为一尊，来统一中国语言，发生了怀疑”，尤其是在三方面容易把中国语言狭隘化——（一）在地域上，限于北平；（二）阶层上，限于知识分子；（三）在年龄上，限于成人。他之所以觉得不合理，理由也总结出三点——（一）北平在历史上就是中国民族的大熔炉；（二）存在许多非标准国语的地方语；（三）除了地方语外，还有许多外来语。[①] 其次是他对于近两年来国语运动的思考，据仇重回忆，当时他认为当时的

① 陈伯吹等：《儿童读物的用字和用语问题》，《中华教育界》第2卷第12期，1948年12月15日。

国语运动者,“由于三四十年来现实的教训,已渐渐修正了过去的意见和态度”[①],国语运动者也在三方面做出让步:(一)受教育者;(二)对于施教者;(三)对于读物的印刷方形式。特别是对于边疆民族,他提到了所谓的“五行课本”:汉字、藏文、藏语、国语、国音符号[②]。

陆静山对于“文艺大众化”中儿童文学的看法是:“只有到儿童中间去生活,去认识儿童,了解儿童,向儿童学习,使自己变成一个儿童。这样,我们才能写出真正儿童化的读物。”在他眼里,儿童读物按年龄分主要分四种:幼稚园儿童、小学低年级儿童、中年级儿童、高年级儿童,年龄“大约自六七岁到十二三岁”。可他也强调:“儿童是在逐渐生长的,其经验、智识及见解在逐渐扩张。所以读物中的用语,也要逐渐地把词汇扩张,使儿童们在一种顺序渐进中得到丰富的语汇而使其能应用到实际生活中去。”关于用字用语的问题,他提到了陈鹤琴、敖弘德、王文心、杜佐周、蒋成堃、庄泽宣等人[③]的著作,但他认为:“最好是根据儿童日常用语,我们要到各种程度不同的儿童的队伍中去,记录他们日常生活中的用语言,然后把它们整理出来,这比从书本文字上去整理更靠得住一点。”

针对上述问题,黄衣青认为:“文字是一种工具,一种思想意识的骨干,如果想在这骨干上添加了血肉,则一定要使文字所表现的形式,越接近口语越好;使文字和口语分不开来,这样地所写的儿童读物,成为活生生的,反映着儿童现实生活中的一部分生活。”为此,她主要提出三点意见:(一)需要不断地创造新的活的,扬弃旧的,使文字接近口语或方言,也使方言口语接近文字上所有的语汇;(二)需要在现实生活上,建立新的活的文字;(三)需要自儿童岗位上,创造出儿童本位的语文,放弃孩子们不容易明了的文字。

---

① 据作者回忆:当时国语运动者主要有三方面新的认识:(一)认定地方语有独立存在的价值;(二)学习标准国语不过是要在地方语之外,学习第二种外语;(三)注音符号只能作为识字教育的辅助工具。具体内容详见陈伯吹等,《儿童读物的用字和用语问题》,《中华教育界》第2卷第12期,1948年12月15日。

② 陈伯吹等:《儿童读物的用字和用语问题》,《中华教育界》第2卷第12期,1948年12月15日。

③ 作者特别提道:“如陈鹤琴氏的语体文应用字汇(商务印书馆出版),敖弘德氏对陈氏字汇的继续研究,王文新氏的小学分级字汇,杜佐周、蒋成堃二氏的儿童与成人常用字之研究,庄泽宣氏的基本字汇以及教育部二十一年公布的国音常用字汇和二十四年颁行的小学初级分级暂用字汇,等等。”转引自陈伯吹等《儿童读物的用字和用语问题》,《中华教育界》第2卷第12期,1948年12月15日。

对于“怎样用方言”，严冰儿从三个方面提出一些问题。在“文字方面”：(1) 儿童读物上要不要加注音符号？(2) 要不要印行注音符号或其他拼音文字的读物？(3) 儿童读物可否用简体字？(4) 写作儿童读物应否受常字的限制；如果不应该，我们自己又有什么标准来决定取舍常用字汇？在“语汇方面”：(1) 我们应该如何吸取新语汇？(2) 我们应该如何避用旧的不合口语的字汇？(3) 现在的儿童读物上语汇有些什么缺点？应该怎样纠正？在“关于语法及方言读物的编写问题”方面：(1) 我们应该用标准国语来写作儿童读物吗？(2) 现在的南腔北调的语法是不是最适合于儿童阅读的？(3) 我们应该用方言来写作儿童读物吗？如果应该，应如何写？①

1949 年

1949 年 1 月，在《中国儿童时报》的《综合时事》中转发了毛泽东的《关于时局的声明》一文。该文“刊载了惩办战争罪犯等八个条件”②。

1949 年 2 月，《中国儿童时报》的《综合时事》指出：“共产党说，主张打内战的大官，只顾把持自己的地位，不顾人民的死活，极力主张打内战，害得许多人民死的死，伤的伤，饿得没有饭吃，到处流浪，打仗打掉许多人民的钱，许多人民的房屋，许多人民的财产，可是大官们越打越有钱了，官也越大了，这些害人民主张打内战的大官，实在都有很大的罪，是战争罪犯，如果不惩办他们，将来他们又在暗地里打主意，鼓动新的内战，叫人民更加受苦受难可又怎样好呢？”③

1949 年 2 月，哈尔滨的《中苏介绍》第 2 期上刊登了一则《儿童文学作家们的动态》。该文主要是从苏联的《少年真理报》转译过来的。文章开头阐明刊登该文的目的：“《少年真理报》编辑部会请求获得第一次儿童文学一等奖金的作家

① 陈伯吹等：《儿童读物的用字和用语问题》，《中华教育界》第 2 卷第 12 期，1948 年 12 月 15 日。

② 《关于时局的声明》，《中国儿童时报》，1949 年 1 月 21 日。

③ 汪习麟：《从一般教育到积极战斗——〈中国儿童时报〉纪略》，《现代儿童报纸史料》1986 年版，第 146 页。

们发表他们现在都作写什么工作。"它分别介绍了苏联的几位作家,包括女作家巴尔特、穆萨托夫、米哈乌柯夫、马尔沙克、列甫·卡内。女作家巴尔特说:"我正在写一首长诗,这首长诗叙述一个十四岁的小男孩子,他准备加入青年团。他期待着这个光荣的日子。他记起了自己过去的整个行动——好的,不好的。他这样反问着自己:我有资格承受这个光荣的称号吗?"穆萨托夫在介绍他的作品时补充:"我现在写一部中篇小说:《友谊的一群》——是关于德涅泊尔彼得罗夫斯克省比尔宾斯基中学的学生——青年团员和少先队员们。一九四八年他们在故乡的集体农庄里,三公顷土地上,收获了最高产量的苞米。我们的主要工作是描写农村青年团员们。"米哈乌柯夫在写一部剧本,他叙述了爱国战争中失去了父母的苏联儿童,描写了他们的生活,戏剧的名称为《我要回家》。同样,还有马尔沙克为《我们院子里的孩子》所作的一首新诗《卡加·布连诺娃》。当时马尔沙克在儿童剧院工作,他写了一部剧本《密斯特·特维司太》,该剧本内容涉及兵士的剧本,其主要精神是"你不怕困难,困难就会怕你"。文章最后提到列甫·卡内里:"数月前,我开始于作家兼记者勃乌诺夫斯基合写一本小说《稚子的街头》——一部关于克尔奇市的小学生,他把自己的生命献给人民的事业,列宁、斯大林的事业的真实故事。"①

1949 年 3 月,为了增加儿童对于现实的认识,中国儿童读物作者协会选取了反映现实的短剧,轮流在各小学的课余时间上演,每次观众数百人。本来还可以继续坚持下去,适值国民党反动派的军队节节败退,战火逼近上海,主持这个工作的会员们,担任了更重要的任务,不得不停顿下来。并且在 1949 年的儿童节,因为国内国民党反动派早已把进步的报纸,如《文汇报》《时代日报》封闭,便只以诗歌、短剧的形式,向儿童大众暗示:"黑暗即将过去,光明即将来临。"②

1949 年 3 月,《中国儿童时报》的《大事小记》指出:"中共在中原成立临时人民政府……施政方针是:一、支援人民解放斗争,二、发展生产,三、整顿财政。"3 月 26 日,该刊则更明确宣称:"中共解放区里的情形:私有财产是受政府保护的;那边没有一个外国兵,一件外国货;土地改革以后,贫苦的农民都分得了田

① 《儿童文学作家们的动态》,《中苏介绍》第 2 期,1949 年 2 月。

② 中国儿童读物作者协会编选:《一九四八年 儿童文学创作选集》,上海中华书局 1949 年版,第 5 页。

地，地主阶级都消灭了，地主本人也分得耕地，大家都是土地的主人。”①像这样的赞颂解放区的报道，已经成了当时《中国儿童时报》的普遍现象。

1949 年 4 月始，《中华教育界》刊发一组文章，就“儿童读物应否描写阴暗面”展开论争。夏畏撰文《问题的提出》提出问题：“儿童读物应当描写阴暗面吗？”他结合自己的实际，讲述了这样一件事：“我的一个可爱的天真的孩子，在看完了一本儿童名著《表》以后，把他母亲的一支自来水笔偷偷地拿走，却用谎话掩饰了自己。我担忧自己的孩子在现实的社会里会成为一个堕落的人！连带地想起最近的广告：‘儿童新著《我要老婆》出版’，我应当为孩子买一本回去么？这是儿童的急切需要的吗？敬希讨论指教。”②夏畏的上述疑问引发了这次讨论。

龚炯的《必须暴露阴暗面》认为，儿童读物应当描写阴暗面，“非但应该，而且必需”。那种“眼不见为净”是欺人之谈，不是一个有良心的艺术工作者应取的态度。在他看来：“假使因为儿童的心是天真纯洁的，不应该让外界的黑暗，蒙上那颗‘小小的童心’。那么，一直让儿童生长在自己的‘天真的王国’中，不是和实在并不纯洁并不善良的社会，相去十万八千里吗？”在提出要暴露阴暗面的同时，他也主张热情地讴歌社会的光明面。他结合《表》的内容探讨了儿童受其影响的问题，认为：“问题不在于班台莱耶夫描写了阴暗面，而在于儿童接受程度的‘够不够’？怎样能使儿童消化名著，成为真正的精神食粮，这是教师和家长共同应负的责任。”③

对此，孔十穗却有不同的意见，他的文章《应当少写到阴暗面》不赞成揭发阴暗面可以使儿童将来进入社会而避免受人愚弄的观点，“阴暗的揭示，并不在教训人防备沦陷，而是要从沉溺中解救，要去除阴暗”。在他看来，“黑暗面侵入幼小者的脑髓中，是一件不幸残酷的事啊！不能避免黑暗是一件事，引导光明使其不沉溺于黑暗又是一件事”。具体的做法是，在儿童之域的门口，应加以严密的守卫，使黑暗不能随便侵入，“我们要使这些新的幼芽，成为光明的可爱的种子，成为反抗阴暗的药剂，使下一代比我们更有福”。他还列举了安徒生童话关于魔

① 汪习麟：《从一般教育到积极战斗——〈中国儿童时报〉纪略》，《现代儿童报纸史料》1986 年版，第 146—147 页。

② 夏畏：《问题的提出》，《中华教育界》第 3 卷第 4 期，1949 年 4 月 15 日。

③ 龚炯：《必须暴露阴暗面》，《中华教育界》第 3 卷第 4 期，1949 年 4 月 15 日。

妇吃孩子手指的细节，认为安氏的高明之处在于将其描写得像“吃萝卜干一样，绝对避免吃人式的恶印象；他写恶魔，也不描写到可怖的意境”①。

随后，孔十穗又撰文《阴暗的侵入应有限度》，将他所提出的观点进一步深化。首先他将问题的论点归纳为两方面：一、不能忘却儿童。二、不能不注意阴暗面是什么。他认为儿童“儿童好比一株幼苗，它适当的处置应当放在暖房里，我们不是不想把它培养成一株能经历风霜，耐得冰雪的大树，但在幼苗时却是需要保护，不使它在冰雪中枯萎了，我们并不想把儿童养成‘世故’老人，因为这不是他们的义务”②。同时他以上海小学生为例，分析了在见识了很多阴暗面的事实后，儿童文学正好是对于儿童思想具有一种引导和启迪作用，儿童读物写阴暗面不可避免，但是有一定条件的。

汪国兴不赞成描写阴暗面。他在《应该不是包裹糖衣的毒物》中认为“儿童读物应当是建设性的”。理由主要有以下三点：“一、儿童是富有模仿性的，阅读描写阴暗面作品的结果，难免不引起儿童的模仿，以致做出不良的行为。二、儿童是纯真的，对于是非的辨别，由于缺少经验的根据，知识的凭借，显然不能和成人比。三、儿童的人格未会成为定型，易受环境的影响，尤其易受所阅书籍的陶冶。”③

阮纪鹤态度坚决地指出：“描写阴暗面是有害心理健康的。”他撰文《有害心理健康》强调：“儿童好比一张洁白无瑕的白纸，所以富有感染性，我们为了孩子的宁静、和谐、愉悦，何以以阴暗面的罪恶，损毁其幼小的心灵？”他列举了儿童阅读罪恶的文字产生的两种不良的后果：一、心灵上受到剧烈的刺激，以至影响心理的健康；抑且心理的过度刺激，腺分泌也随之反常，转而影响生理的宁静。二、改革罪恶的效果不可必期，而摹仿罪恶的行为或思想却容易发生。④

尽管如此，依然有许多学者、研究者、教育家、编辑等持“要写阴暗面”的观点。杨光在他的文章《不能仅止于暴露》中就认为，《表》这本书从后来流浪孩子彼蒂茄

① 孔十穗：《应该少写到阴暗面》，《中华教育界》第3卷第4期，1949年4月15日。

② 孔十穗：《阴暗的侵入应有限度》，《中华教育界》(复刊)第3卷第4—5期，1949年4月15日—1949年5月15日。

③ 汪国兴：《应该不是包裹糖衣的毒物》，《中华教育界》(复刊)第3卷第4—5期，1949年4月15日—1949年5月15日。

④ 阮纪鹤，《有害心理健康》，《中华教育界》(复刊)第3卷第4—5期，1949年4月15日—1949年5月15日。

良心发现把表还给了醉汉的女孩这一情节中便能发现:"尽管里面有些阴暗面的地方,却有一个'好'的结局。儿童读物不像一般的文学作品,有单纯暴露阴暗面的。儿童既然处身现实世界,不论写童话或凄然,描写阴暗面是免不了的;我们把现实世界,写得美丽、光明,孩子们和实际一比较,会感到失望的。"[1]他认为以后儿童会面对大量社会的阴暗面,儿童观念中就应该是乌托邦般和谐宁静。

黄植基撰文《唯恐写得不透彻》呼吁:"目前的社会是阴暗的,儿童和成人一样,所见所闻也是阴暗的,我们决不能欺骗他们,该把阴暗面放进艺术的作品里去,就是说,把实在的生活放进去;同时我们要指示光明在那里,应当怎样争取,我们没有替'大人'们遮疮疤掩丑恶的义务,同时我们也不能'搪塞'儿童们心里的疑问。"针对孔十穗"儿童是接近光明的""我们总不想永远生活在黑漆的世界"和"罪恶的揭示,反而会引起罪恶"等观点,他予以批评,认为孔十穗的观点存在"一面不让黑暗侵入幼小的头脑,一面却又希望孩子们成为'反抗阴暗的药剂'"的矛盾性,主张"不但应该写阴暗面(因为它是现社会的真面目),并且还唯恐写得不深入,不透彻"[2]。

徐恕也认为儿童文学"应该描写阴暗面"。他从现实出发提出三个问题:一、儿童能避免接触阴暗面吗?二、纯光明面的启示价值是不是绝对的?三、明白阴暗面可以增加反抗黑暗的力量吗?针对这三个问题他检视了现有的儿童读物,认为描写阴暗面应该注意以下几点:

1. 读物中的阴暗面,不应止于写实主义的揭发,必须有极度明显的教育性。

2. 极端恐怖的凄惨的事实,不出现于儿童读物中。

3. 所提到的阴暗面,应是儿童日常所见到听到的。

4. 超越儿童生理心理的事实,也以不提到为是。[3]

---

① 杨光:《不能仅止于暴露》,《中华教育界》(复刊)第 3 卷第 4—5 期,1949 年 4 月 15 日—1949 年 5 月 15 日

② 黄植基:《唯恐写得不透彻》,《中华教育界》(复刊)第 3 卷第 4—5 期,1949 年 4 月 15 日—1949 年 5 月 15 日。

③ 徐恕:《应该有条件的描写》,《中华教育界》(复刊)第 3 卷第 4—5 期,1949 年 4 月 15 日—1949 年 5 月 15 日。

当关于阴暗面的论争进入高潮时,龚炯又撰文《再谈"必须露阴暗面"》,他的观点非常明确:"我是百分之百主张'必须暴露阴暗面的'。"他回应徐恕所阐述的观点:"所提到的黑暗,应是儿童日常所见到听到的。"言外之意是要回归"文学是生活的反映,生活有阴暗面,就应该暴露"。而且他还指出,当时所暴露出来的阴暗面的问题是非常狭窄的,因为当时讨论的阴暗面"是儿童读物里的一个问题,而儿童读物的对象,是有书读的儿童"。他更关注的是当时大量饥饿失学的儿童,他又指出:"他们连最起码的国民教育都不能收,字也不识,生活也不能解决,还有哪一个会欣赏儿童读物?"①

与此同时,龚炯还进一步阐述了怎样暴露阴暗面的问题。他的《怎样暴露阴暗面》就从内容和形式两方面对比并进行了详细的阐释,在内容方面:一、向儿童暴露的阴暗面,必须是实的,这里包括着现实的记录和概括;二、在儿童目击了阴暗面后,应该告诉他们,造成阴暗面的原因;三、进一步还要使得儿童明白这阴暗面,是可以征服或取消改变为光明面的;四、最最重要的一点是,使儿童们确信这世界上必然有一天会把阴暗面消灭;五、最后是:要使儿童自信有旺盛的生命力,自己就是向阴暗面斗争,消灭阴暗面的一分子。在形式方面,他主张:一、不必过分渲染和夸张,遮掩了阴暗面反面的光彩;二、在主要或复杂的地方,要不厌其烦地重复,务使得儿童完全领会;三、描写的形象,要生动而正确,坏人的伪装,要儿童一看就明白;四、故事要单纯,要有头有尾,一条线索地发展下去,让儿童看到"坏东西"的结果。②

值得注意的是,《小朋友》期刊的主编黄衣青发表《毒菌不可不认识》加入了这场论争中,强调:"如果要使他们生存在这个离不开它的社会里,过着健全的生活,健全地做人,那么这本来已有毒菌存在的阴暗面,是不能不告诉他们的。"她认为,夏畏的孩子因为看了《表》而产生坏的影响这种特殊情况可能是"孩子本身的理解力等问题存在,在逻辑上说,可以说是犯着以'局部'来看'全体'一样的错

① 龚炯:《再谈"必须暴露阴暗面"》,《中华教育界》(复刊)第3卷第4—5期,1949年4月15日—1949年5月15日。

② 龚炯:《怎样暴露阴暗面》,《中华教育界》(复刊)第3卷第4—5期,1949年4月15日—1949年5月15日。

误”①。黄衣青以“方生”和“未死”两个范畴来强调光明应该去争取，但对于阴暗面的描写，仍然是必不可少的。

对于上述论争，儿童文学理论家陈伯吹撰文《教育的意义必须强调》来表述自己观点，首先他将参与“儿童读物应否描写阴暗面”论战中的人，概括起来分为两类：一是文艺写作者，特别是儿童文艺写作者；二是教育工作者，特别是儿童教育工作者。前者认为：“儿童不能离开社会单独生存，社会有它阴暗的一面。”后者则认为：“儿童是天真无邪的，比如一张洁白的纸”，“教育儿童，只能引导走向光明的大道，何必在他们的小脑袋里，倾注墨一般的黑色的燃料呢”？针对这两种不同的看法，作者从“一件新闻一节故事一个寓言”“描写阴暗面应有限度”“教育意义必须鼓捣而且强调”“教育方法必须有熟练的技巧”几个方面展开论述。

在“一件新闻一节故事一个寓言”中，陈伯吹举了“一个新闻”的例子，该新闻刊登在民国三十八年二月二十四日的上海《新闻报》中的“教育新闻”栏内，内容为几个省立女中初中生平时痴迷读仙侠小说导致离家出走求仙学道，从而使家长陷入焦虑寻觅之中。陈伯吹以此为例，论析了优秀的读物容易主宰人的意志，这是儿童读物写作者必须注意的问题。他又以美国女作家奥尔珂德（L. M. Alcott）的《小妇人》为例。从《小妇人》中的故事情节中得出结论：“对于描写黑暗时间，意在告诫而适得其反的，这可以说是真凭实据了。”最后他列举了关于“两个武士”的寓言，这个寓言为了“说明事物的复杂性和多样性，显然真理是唯一的，然而也自有时间的空间的限制，因而不能做着机械的绝对论”。综上，他给出的答案是需要描写阴暗面：“但是描写阴暗面，并不就是说描写漆黑的一团，是要从黑暗写到光明，要有拨云见雾而见青天的布局，向读者指向光明，并且保证光明的到来。”对于“描写阴暗面应有限度”的原因，他给出的三点原因是：一、儿童还年幼暂且不知道社会的阴暗面；二、儿童因为条件的限制，智力理解力不够；三、对理想过分的夸张是很难做到的。陈伯吹这一论断的重心在于“教育意义”，他认为作品以教育性作为根基，“即使描写阴暗面的题材，如果处理结构得当，便不可能发生坏的影响”。可是对于写作者而言，“教育方法必须熟练的技巧

① 黄衣青：《毒菌不可不认识》，《中华教育界》（复刊）第 3 卷第 4—5 期，1949 年 4 月 15 日—1949 年 5 月 15 日。

的”,他认为具备以上条件便能使作品发挥“珠联璧合,相得益彰”的效能。[①]

1949年4月,《大公报》的“儿童节”专刊上刊载了流浪儿题材的一些照片,同时照片下面写着“救救孩子”的标题,做了如下说法:“儿童节到了,照例又要开会庆祝一番,但是受到实惠的是一般中上阶层的子女,穷困的儿童仍然是街头求乞、拾垃圾或推三轮车。儿童节虽是他们的日子,并不能引起他们的兴趣,他们最大的希望是每天不挨饿,不被打,不受冻。”[②]

1949年4月,《中国儿童时报》的最后一期出版发行。后来,在《文字生涯第一步》一文中,柯岩提道:“我不完全了解,为什么解放了,它反而停刊了。这对我来说是一个谜。”石云子在《给它以一席之地——忆在〈中国儿童时报〉工作的两年》中回忆:“据我所知,这个谜底不外乎:一、发行人(社长)个人的政治历史问题;二、当时原来编儿报的人都先后离开杭州,没有人为它继续出版去奔走;三、此报功罪尚缺评价。”[③]

1949年5月,丰子恺在《新儿童》上发表了《我与〈新儿童〉》。该文主要论述了丰子恺与《新儿童》杂志的一些经过。丰子恺在重庆避难时,曾给幼女订了一份《新儿童》,并且时常投稿,和《新儿童》编辑部建立了深厚的联系。对此,他指出:“我相信一个人的童心,切不可失去。大家不失去童心,则家庭,社会,国家,世界,一定温暖、和平而幸福。所以我情愿做‘老儿童’,让人家去奇怪吧。”[④]

1949年5月,中国少年儿童读物作者协会会员28人发表宣言,表示热烈的庆祝,并声明:“今后我们将在为劳动人民、为贫苦儿童服务的原则下,在反帝反封建、反官僚资本的文化运动中,加紧工作,加倍努力。”[⑤]

1949年5月,中华全国文艺协会香港分会出版了《文艺三十年》。该书是对自“五四”以来中国文艺的一个总结,其中涉及儿童文学的内容,包括黄庆云、胡明树、谢加因、吕志澄撰写的《华南儿童文学运动及方向》、黄茅的《关于连环画》、

---

① 陈伯吹:《教育的意义必须强调》,《中华教育界》(复刊)第3卷第4—5期,1949年4月15日—1949年5月15日。

② 《大公报》,1949年4月3日。

③ 石云子:《给它以一席之地——忆在〈中国儿童时报〉工作的两年》,《现代儿童报纸史料》,少年儿童出版社1986年版,第22页。

④ 丰子恺:《我与〈新儿童〉》,《新儿童》,1949年5月1日。

⑤ 《一九四八年 儿童文学创作选集》,中国少儿读物作者协会编选,上海中华书局1949年版,第5页。

胡明树的《儿童文学的新课题》三篇文章，还包括一篇学生所写的《一个小学生说“五四”》。在《华南儿童文学运动及方向》中，作者认为华南的儿童文学运动“在抗战后期到现在，尤其是香港的今天，可以说是萌芽的时期。在书籍出版方面，在理论方面都有着这种表现”。作者进一步指出，“五四”运动所表现的是反帝反封建的思想，“华南的儿童文学所表现的，正是和这精神相吻合，而且，为了时代和客观环境的改变，它将会更跨进一步”。具体而论，“华南儿童文学所表现的‘五四’精神，并不是直接的受了‘五四’运动所影响。全国的儿童文学运动，都不是直接受到‘五四’运动所引起的。不过一切影响文艺运动的因素也就影响了儿童文学。虽然它的发芽时很迟，到成人文艺运动到了开花结果的时候，它才抽着芽，才给少数园丁们注意”[①]。

在“世界儿童文学的主流和中国儿童文学运动”中，该文将儿童文学的发展分为三个时期：训蒙时期；文艺的、教育的儿童化时期；社会性的新兴儿童文学时期。对于中国传统的儿童读物，作者认为：“如果勉强把教儿童的书也当作儿童文学的话，那就完全是训蒙式的课本。”自叶圣陶的《稻草人》《古代英雄的石像》出版以来，“别的儿童文学就差不多纯粹欧美作风的了”。1927 年至 1933 年为全盛时期，“杭州的《中国儿童时报》在此时出版《申报》也开了专栏给儿童，专印儿童书籍的儿童书局在此时成立。”“九·一八”事件以后，“民族的觉醒心把儿童文学推向了一个新的阶段，以现实生活做题材，勇敢地推翻欧美童话的传统的有少年出版社，张天翼、苏苏、贺宜等是其中最有名的”。

“卢沟桥事变”后，中华书局的《小朋友》、商务印书馆的《儿童世界》和《儿童周报》都停刊了。进步教育出版社的《新儿童》在抗战时期创刊，在太平洋战事前它是各地华侨唯一的儿童期刊。[②] 在太平洋战争后，《新儿童》编辑部搬到了桂林，一直是全球性的儿童刊物（沦陷区除外），在抗战期间发行量极大。抗战胜利后，该刊物的编辑部就搬迁到了香港。1947 年香港文协成立以后，专门成立了儿童文学研究组，音乐作家也出版《儿童音乐》这类的杂志，其中《儿童文学周刊》是销量比较大的期刊，同时还有《大公报》的《家庭》，《文汇报》的《新少年》，独立的《儿童文学连丛》《学生文丛》《香港学生周刊》，这些报刊的内容大多都带有反

① 中华全国文艺协会香港分会：《文艺三十年》，中华全国文艺协会香港分会编印 1949 年版，第 61 页。
② 中华全国文艺协会香港分会：《文艺三十年》，中华全国文艺协会香港分会编印 1949 年版，第 62 页。

帝反封建的教育思想。单行本初版的儿童读物主要有“业余”出版的《列宁的童年》、力群出版的《洋囝囝奇遇记》、前进书局出版的《美丽的瞎子岛》、学从出版的《大闸蟹》、初步出版的《阿丽的日记》等。

在“自我检讨与今后展望”中,作者认为好的儿童文学应该具有如下功能:一是启发智慧,二是丰富生活与经验,三是培养想象力,四是养成一个健全的理想与生活态度,五是增加知识,六是养成良好的习惯——包括阅读兴趣,七是适应儿童需要。对于当前儿童文学发展的情况,作者总结了存在的问题:第一,它还不会普及全中国的儿童;第二,关于科学常识的书籍和文章,虽然有却少得很;第三,以提倡劳力,劳动的作品,算是少之又少,这又对“劳动的”这要求,未能达到;第四,在创作的形势方面,只偏重于文学的,而文学中又偏重于童话、于故事。①

针对上述存在的问题,作者提出了如下建议:

1. 全国文协总会下所分之五部门加上儿童文学部门。

2. 文艺批评者及书评家多注意儿童文学评论。

3. 师范学校以儿童文学为必修科,且注重实践。

4. 提倡建立有关儿童文学的机构如:儿童图书馆、儿童剧场、儿童博物馆(包含科学馆与艺术馆)。广泛的提倡有关儿童文学的活动,如故事演讲比赛、读者会、电化教育、集体研究、集体创作……等。

5. 一切儿童团体中,应尽量提倡儿童文学的活动,和广泛地让儿童文学作者到儿童中间参加体验。

6. 鼓动一切有关儿童文学的研究,儿童的阅读兴趣及能力测验尤其需要。②

在《关于连环画》一文中,黄庆云等人认为“连环图画是一种最为大众欢迎的绘画形式,如果好好地运用,毫无疑问是革命过程中最好的教育工具”③。当时的连环画不仅是给儿童看,还给成人看,如《小二黑结婚》《白毛女》《虾球传》《王

① 中华全国文艺协会香港分会:《文艺三十年》,中华全国文艺协会香港分会编印 1949 年版,第 67 页。
② 中华全国文艺协会香港分会:《文艺三十年》,中华全国文艺协会香港分会编印 1949 年版,第 70 页。
③ 中华全国文艺协会香港分会:《文艺三十年》,中华全国文艺协会香港分会编印 1949 年版,第 71 页。

贵和李香香》等。作者指出:“除了《虾球》以外,全是以北方为题材为背景的。”虽然作者并不反对都以北方的故事为题材,但是他还是希望能多创作一些以华南为题材的作品。他还强调了在创作中如果不能去现实中寻找和组织题材,那么这样就“直接限制了它们创作”,因为“真实的连环画题材不能在一些零碎的报导文章上使我们满足,这得在实际生活中去发掘”[①]。

胡明树的《儿童文学的新课题》是为了庆祝香港文协分会儿童文学组成立二周年而创作的,全文分为“安徒生和儿童的功利主义”“鲁迅先生的遗产”“毛泽东思想和儿童文学理论”“我们的新课题”四部分。在“安徒生和儿童的功利主义”中,他认为从前很少有人会想到“为谁写”的问题,但是安徒生是少数“自觉的而且宣布了‘为谁写’的少数中又少数”[②]的作家。在介绍完了安徒生写童话的事迹后,他认为:“儿童文学在它的发生的时候,而且连儿童文学本身的意义,都鲜明地标出了它的为人生而艺术的任务。安徒生在他‘为儿童’而创造文体的时候,也就害怕着‘有学问的批评家’(维护着传统旧法则的害怕艺术为多数人服务的批评家)的无情铁尺!……儿童文学的发生以及本身的存在意义就鲜明地标明了它的艺术的功利主义了的。”

在探究鲁迅与儿童文学的关系时,作者认为:“鲁迅先生虽然没有写过童话作品,但他的一篇新文艺作品《狂人日记》就已经宣言‘为谁写’的了。为谁写呢?《狂人日记》虽然是写给成人看的作品,但他的目的却是为青年,新的一代:‘救救孩子!’”在他看来,鲁迅的一部分作品“虽然不是直接写给儿童看的,但却可以说是为儿童而对大人说的话,也可以说‘为儿童’而做的准备工作”[③],他还阐释了《狂人日记》《故乡》《我们现在怎样做父亲?》《上海儿童》《上海少女》《看图识字》《从孩子的照相说起》等作品中的儿童文学观念,同时他也分析了鲁迅的翻译著作《小约翰》《小彼得》《表》。对于《表》,他认为“给我们儿童文学工作者的参考,学习,仍是很有意义的。而且,这些童话,都已经为今天的世界儿童文学的古典底作品了”。

在第三部分“毛泽东思想和儿童文学理论”中,作者指出虽然毛泽东在延安

① 中华全国文艺协会香港分会:《文艺三十年》,中华全国文艺协会香港分会编印 1949 年版,第 72 页。
② 中华全国文艺协会香港分会:《文艺三十年》,中华全国文艺协会香港分会编印 1949 年版,第 73 页。
③ 中华全国文艺协会香港分会:《文艺三十年》,中华全国文艺协会香港分会编印 1949 年版,第 74 页。

文艺座谈会上的“论文艺问题”中并没有提到儿童文学以及其他的文字,但毛泽东的思想“理论的原则确实可以充分应用在儿童文学上,如为谁写,文学的功利主义,写什么等问题上”①。

该书的最后一篇为《一九四八年全年会务情况》,该文特地介绍了“儿童文学研究组”,成立该会的起因是“华南儿童文学的兴起,更是由于儿童——少年需要大量的精神食粮”。该会第一年的工作重心在“创作及出版书刊方面”,自1948年后,该会的工作重心调整为“与读者的联系,接触他们,教育他们,了解他们的生活与心理”。为了庆祝儿童节,该会决定出版各种儿童节的特刊,对“儿童文化工作者联谊会”起了重大的推动作用。1948年的4月3日,他们还为《新儿童》《儿童周刊》《儿童文学连丛》《学生文丛》《香港学生》等五家刊物的五百多个读者举办了联合大旅行、游艺会、歌唱比赛、傀儡戏、讲故事等节目,从很大程度上推动了香港儿童文学的发展。

1949年5月,茅盾在《文艺报》周刊发表了《关于〈虾球传〉》。对于《虾球传》在华南文学中的地位,茅盾认为:“一九四九年,在华南最受读者欢迎的小说,恐怕第一要数《虾球传》的第一、二部了。”该书作者原计划写四部分:一、《春风秋雨》,二、《白云珠海》,三、《水远山长》,四、《光天化日》,尤其是其中的《春风秋雨》②,受到当时“落后的市民阶层”的欢迎。究其因:“作者不但表现了虾球本质的善良,同时也暗示他在生活摸索中终将走上光明之路,而对于虾球周围的黑社会人物(大小捞家——流氓)以及产生和培养这些‘捞家’的社会制度,作者是深至其憎恨的。”而对于其他三部,他补充道:“《白云珠海》写到虾球的流浪和冒险生活的范围扩大了,而且也写到他是一步一步摸索到了光明之路了。《水远山长》则写虾球已经在游击区,最后一部,《光天化日》,恐怕还没有脱稿。”将出版的三部比较起来,茅盾指出:“第一、二部比第三部好,而在第二部中,有人又觉得写‘鳄鱼头’——这是在一部中就出现了的一个主要人物,是一个大捞家——比写虾球还有声有色些;在第一部中,虾球的性格是在发展着,而在第二部中,这发展事实上是停滞了,作者虽勉力为之,然已不大自然,到了第三部,虾球是在游击队了,虾球的性格应当有新的发展,作者确也很卖力的写,但是,不及第一部那样生

① 中华全国文艺协会香港分会:《文艺三十年》,中华全国文艺协会香港分会编印1949年版,第75页。
② 《春风秋雨》最初连载于香港《华商报》,至1949年底登完,十余万字。

动有力。”关于虾球的性格，茅盾认为：“作者是写得颇为鲜明的；但是，对于虾球的思想意识，从第一部起，就表现得不够明确。因此曾引起了争论。虾球从小时起，非农，非工，亦非小贩(虽然他干过短时期的小贩)，是在流氓群中混大了的，我以为这一点，在研究虾球的思想意识时不能轻轻忽略。”①

1949 年 6 月，苏联文艺选丛编辑委员会编辑的《苏联少年文艺选》(第 1、2 辑)由上海大东书局出版。书前的《前记》指出，编辑少年文艺选是一件“不讨好”的事情，但少年的阅读对于其成人有着重要的意义，少年阶段人的求知欲非常强烈，应对其加以“精神上的指导”。于是，编辑时注重“文字的内容”和“健全的意识”②。第 1 辑收青斯基的《狡猾的小姑娘》、奥斯托洛夫斯基的《饭厅里的小菜房》、巴若夫的《太阳石》《宝石花》、伊林的《主人的到来》《活动地图》、陀罗雪维支的《猪的故事》《雨》等 9 篇寓言。第 2 辑收马尔夏克的《十二个月》、帕郭列尔斯基的《阿廖夏的梦》、华西连柯的《绿木箱的故事》、卡达耶夫的《团的儿子——凡尼亚》、达廖基的《微笑》、多夫静柯的《生命的花开放了》、高尔基的《我的童年》等 7 篇。

1949 年 6 月，郭沫若所撰写的话剧剧本《南冠草》由上海的群益出版社出版发行。该书主要分为六幕戏，在附录中有儿童人物传记《夏完淳》一文。郭沫若认为夏完淳是一位“神童”，他“不仅文辞出众，而且行事感人”。他将夏完淳和王安石笔下的《伤仲永》比较，认为“方仲永的早熟是因为天资高，假使再加以人力的培养，一定会比有成就的人还要大有成就。然而终竟毫无成就地成为了一般的人，那是因为人力的培养不够”。他没有局限于中国的情况，还将欧洲的音乐家莫扎特和贝多芬拿来做对比，他并没有刻意强调“神童”或“天才”，而是“重视教育在‘神童’或‘天才’方面的影响”③。

1949 年 6 月，于逢在《小说月刊》第 2 卷第 6 期中发表《〈论虾球传〉的创作道路》一文。该文指出了虾球性格上的缺陷：“他的遭遇都是很偶然的。他的斗志和道路缺乏现实的基础与必然发展的规律……一切是机缘，一切是偶然线索交织。在这里，他的性格并未发生什么作用；而这些离奇曲折的遭遇也没有或很

① 茅盾：《关于〈虾球传〉》，《文艺报》第 4 期，1949 年 5 月 26 日。
② 《前记》，《苏联少年文艺选》，苏联文艺选丛编辑委员会辑，上海大东书局 1949 年版，第 1 页。
③ 《郭沫若和儿童文学》，盛巽昌、朱守芬编，少年儿童出版社 1990 年版，第 33—34 页。

少影响他的性格。他仿佛总是依然故我,并无长进。”①

1949年11月,《文艺报》第1卷第5期刊登北京市立二中学生樊平的来信,信中提道:“在今日一切都走向工农兵的时代,文艺当然也如此,并且要比其他学科还要显著一些,学习写作者与爱好文艺者,都要学习工农兵的文章以及为工农兵服务的文章,但是中国的旧文学像诗、词等,是否也可以学习呢?”②

1949年11月,马克·吐温著、章铎声译的《孤儿历险记》由上海光明书局出版。译者认为:“当时旧礼教深深地伸展在所有的儿童和农奴之间。”该书的《原序》曾指出:“这本书里的许多冒险记录完全是真实的事件;有一两桩是我自己的个人阅历,其余的这些孩子们都是我底同学。赫克是一个理想的人物;汤姆也是,然而并不是个人底——他是一个由我所知道的三个儿童之中的特性的结合,所以是属于构造顺序的组集而成的。”虽然作者写这本书的主要动机“是为了款待儿童”,但他“不希望远辟成年人底利用”,他尝试着“使成年人能回忆到他们自己往时的愉快生活和那些童年时期的不寻常的动作,感觉,思想与谈吐又复显现在眼前”③。在《代序》中,译者也有对马克·吐温的诸多评价。他列举了马克·吐温,他作品的一些情节和中国的社会生活做比较,例如马克·吐温和他母亲开玩笑,他认为“这件事也许是咱们中国所说的不孝,但当时他的母亲只是一笑置之”。同时译者认为“如果你仅仅说他是一个幽默小说家,实在有些对不起他”④。他认为,只有马克·吐温《著名的跳蛙》(*The Celebrated Jumping Frog*,1867)等早期作品是幽默小说。他还提及了对马克·吐温的作品影响较大的作家,如白朗(Brown)、艾伦·坡(Allan Poe)、爱尔哲奇(Aldrich)与霍伟尔(Howells)等,并对《孤儿历险记》做了分析。

1949年11月,德国作家歌德的《女性与童话》经胡仲持翻译后,由香港智源书屋出版发行。译者在“前记”中就指出:“中国新文学的生长对于歌德是有不小的感恩的。”在译者看来,这本书里所翻译的两篇,“也同《浮士德》一样,到今天还非常新鲜”。同时,对于童话《带灯的人》,他认为:“显然是根据了一个民间故事

① 于逢:《〈论虾球传〉的创作道路》,《小说月刊》第2卷第6期,1949年6月1日。
② 《文艺报》第1卷第5期,1949年11月。
③ 马克·吐温:《孤儿历险记》,章铎声译,上海光明书局1949年版,第1页。
④ 马克·吐温:《孤儿历险记》,章铎声译,上海光明书局1949年版,第3页。

加工写成的。其中《青龙架桥》那样的神话和中国同类的民间故事,很有近似的情调。”因而该故事“实在是世界的民主革命的斗争中间,事实也显得如此”①。

1949 年 12 月,中国儿童读物作者协会编选的《一九四八年 儿童文学创作选集》由中华书局出版印刷,发行人为中华书局股份有限公司代表李虞杰。该书有《儿童文学创作选集编辑缘起》,全文如下:

> 儿童文学,在中国还是一片草昧未辟的荒原,中国儿童读物作者协会同人们,在这块荒原上,耕耘、播种,各人都尽过不少力;我们试验、失败、再试验,各人也都有一番辛苦的经验。虽然收获很少,但一花一木,都是我们心血的结晶,我们是珍视我们的劳绩。
>
> 我们编辑这五种年选(童话与寓言、诗歌、小说、散文、戏剧),目的是要总结一下从胜利到现在两年间的成果,一方面给会友们互相观摩研究,检讨得失;并以此为起点,来展开新的工作,另一方面,想藉此招致一些愿意走同路的朋友,也来参加这一种拓荒的工作,共同建设明天的新儿童文学。
>
> 每一篇作品的入选,都先经过会友或会外朋友的推荐,再分由负责选稿的五组组员,仔细挑选,再交换审阅,经五组一致同意后,然后决定,自信相当慎重。但我们见闻有限,大海遗珠,在所难免,选取标准,抑或有主观上的偏向,加以生活困窘,工作繁重,有好多地方力不从心,希望热心儿童文化教育工作者以及爱读儿童文学作品的小读者,多多给我们意见。②

全书分为五部分:童话选、诗歌选、散文选、小说选、戏剧选。全书目录如下:

> 童话选:
>
> 《熊夫人办学校》(仇重)、《发疯的大钟》《公正无私的太阳》(方轶群)、《圣诞老人送礼物》《狼和兔子》(何公超)、《狐狸吃鸡》(吕漠野)、

① 歌德:《女性与童话》,胡仲持译,香港智源书屋 1949 年版,第 1—2 页。
② 《一九四八年 儿童文学创作选集》,中国儿童读物作者协会编选,上海中华书局 1949 年版,第 1 页。

《小水点出游》(李晴)、《老猿的铺子》(胡伯周)、《肺爸爸的败家子》(施燕冰)、《驼背佬佬的音乐会》(金近)、《狐狸妈妈办学校》(范泉)、《甲虫的下场》《井底的青蛙》(陈伯吹)、《死哭宝》(贺宜)、《财神下降以后》(黄衣青)、《伍圆的话》(丰子恺)、《掉到月亮里去的富翁》(严冰儿)。

诗歌选:

《苦小孩》(王志成)、《小河》《海浪》《嫩芽的话》《新屋的主人》(沈百英)、《猴子耍把戏》《星》《小毛的生活》(金近)、《鸟儿说的》(吕伯攸)、《小姑娘进厨房》(金云峰)、《知了》《王老老》(陶蔚文)、《下雪了》《摩天楼》《童话》《嘉陵江上纤夫曲》(陈伯吹)、《窗上的冰花》(阴景曙)、《运动会》(陆静山)、《捡垃圾》(贺宜)、《路灯》(戚星北)、《白鹅》《电悍与电线》(叶清敏)、《富翁与厨子》(叶超)。

小说选:

《数米记》(仇重)、《三件东西》(方轶群)、《爸爸抽上鸦片啦》《越王的荷花池》(吕漠野)、《阳光和小草》(施雁冰)、《可怜的小菊子》(徐学文)、《亲爱的山姆大叔》(陈伯吹)、《罗兰到上海来的故事》(陈叔勉)、《卖古董的老头子》(严冰儿)。

散文选:

《一张照片》《月亮弯弯像什么》《海宁看浙江潮》(仇重)、《外婆家》(吕伯攸)、《扫落叶》(沈百英)、《大地山河》(范泉)、《流水·游鱼·渣滓》(高敬武)、《人和自然》(徐学文)、《光明的烛》《希望之塔》《一匹出色的马》《巨人和铁马》(陈伯吹)、《秋天的风》(贺宜)、《小朋友玩的把戏》(汤钟元)、《天窗》《放风筝》《没有人喝彩的工作》(黄衣青)。

戏剧选:

《玻璃门》(包蕾)、《小小先生》张石流、《同心协力斩妖蛇》(欧阳敬如等)、《迟到》(龚炯)。

参考文献

一、期刊

1.《教育杂志》
2.《文学周报》
3.《小说月报》
4.《文艺先锋》
5.《战时教育》
6.《中华小说界》
7.《教育杂志》
8.《中华教育界》
9.《小朋友》
10.《中学生》
11.《妇女杂志》
12.《教育通讯》
13.《学生杂志》
14.《新青年》
15.《时事新报·学灯》
16.《燕大季刊》
17.《师大月刊》
18.《东方杂志》
19.《晨报副镌》
20.《民俗》

21.《儿童世界》
22.《先驱》
23.《国语月刊》
24.《民俗》
25.《中国青年》
26.《大众文艺》
27.《文学》
28.《中华童子界》
29.《现代文学》
30.《申报》
31.《现代》
32.《现代父母》
33.《读书月刊》
34.《生活教育》
35.《少年周报》
36.《文学青年》
37.《歌谣》
38.《文艺月刊》
39.《中国诗坛岭东刊》
40.《阵中日报》
41.《大公报》
42.《东山》
43.《儿童周报》
44.《中华儿童画报》
45.《儿童良友》
46.《儿童之友》
47.《新华日报》
48.《晋察冀日报》

二、参考书目

1. 孙毓修:《欧美小说丛谈》,商务印书馆 1916 年版
2.《欧美名家短篇小说丛刊》,周瘦鹃译,中华书局 1917 年版
3. 沈德鸿编纂:《中国寓言初编》,商务印书馆 1917 年版
4. 陈和祥:《图绘童话大观》,上海世界书局 1922 年版
5.《儿童文学读本教学法》,周尚志、沈百英等编,商务印书馆 1922 年版
6. 魏寿镛、周侯予:《儿童文学概论》,商务印书馆 1923 年版
7. 朱鼎元:《儿童文学概论》,中华书局 1924 年版
8. 赵景深:《童话评论》,新文化书社 1924 年版
9. 赵景深:《童话概要》,北新书局 1927 年版
10. 赵景深:《童话论集》,开明书店 1927 年版
11. 黄石:《神话研究》,北新书局 1927 年版
12. 谢六逸:《神话学 ABC》,世界书局 1928 年版
13. 张圣瑜:《儿童文学研究》,商务印书馆 1928 年版
14. 赵景深:《民间故事研究》,复旦书店 1928 年版
15. 茅盾:《中国神话研究 ABC》,世界书局 1929 年版
16. 茅盾:《神话杂论》,世界书局 1929 年版
17. 赵景深:《童话学 ABC》,世界书局 1929 年版
18. 赵景深:《文学讲话》,上海亚细亚书局印行 1928 年版
19. 赵景深:《民间故事丛话》,国立中山大学语言历史研究所 1930 年版
20. 姚枝碧:《儿童研究概要》,上海新亚书店 1930 年版
21. 芦古重常:《世界童话研究》,黄源译,上海华通书局 1930 年版
22. 张雪门:《儿童文学讲义》,北京香山慈幼院 1930 年版
23. 赵景深:《民间故事丛话》,中山大学语言历史研究所 1930 年版
24. 冯品兰:《儿童研究》,上海商务印书馆 1931 年版
25. 徐锡龄:《儿童阅读心理的研究》,民智书局 1931 年版
26. 周作人:《儿童文学小论》,儿童书局,1932 年版
27. 陈伯吹:《儿童故事研究》,北新书局,1932 年版

28. 贺玉波:《现代中国作家论(第一卷)》,光华书局 1932 年版
29. 章衣萍:《寄儿童们》,上海儿童书局 1933 年版
30.《儿童文章作法》,孙季叔编,亚细亚书局 1933 年版
31. 严国柱、朱绍曾:《儿童阅读书报指导法》,大东书局 1933 年版
32. 王人路:《儿童读物的研究》,中华书局 1933 年版
33. 葛承训:《儿童心理与兴味》,中华书局,1933 年版
34. 赵侣青、徐迥千:《儿童文学研究》,中华书局 1933 年版
35. 王人路:《儿童读物的研究》,中华书局,1933 年版
36. 吕伯攸:《儿童文学概论》,大华书局,1934 年版
37. 钱耕华:《儿童文学》,世界书局,1934 年版
38. 陈济成、陈伯吹:《儿童文学研究》,上海幼稚师范学校丛书社 1934 年版
39. 葛承训:《新儿童文学》,儿童书局 1934 年版
40. 仇重、金近、贺宜等:《儿童读物研究》,中华书局 1948 年版
41. 严文井:《严文井文集》,湖北少年儿童出版社 2000 年版
42. 周作人:《周作人散文全集》,广西师范大学出版社 2009 年版
43. 胡风:《胡风全集》,湖北人民出版社 1999 年版
44. 茅盾:《茅盾全集》,人民文学出版社 1986 年版
45. 郑振铎:《郑振铎全集》,花山文艺出版社 1998 年版
46. 陶行知:《陶行知全集》,湖南教育出版社 1984 年版
47. 高士其:《高士其全集》,安徽少年儿童出版社 1991 年版
48. 孙犁:《孙犁全集》,人民文学出版社 2004 年版
49. 老舍:《老舍全集》,人民文学出版社 2013 年版
50. 庐隐:《庐隐全集》,福建教育出版社 2015 年版
51. 蒋光慈:《蒋光慈全集》,合肥工业大学出版社 2017 年版
52. 阿英:《阿英全集》,安徽教育出版社 2003 年版
53. 鲁迅:《鲁迅全集》,人民文学出版社 2005 版
54. 陈伯吹:《陈伯吹文集》,少年儿童出版社 1992 年版
55.《郭沫若和儿童文学》,少年儿童出版社 1990 年版
56. 叶圣陶等:《我和儿童文学》,少年儿童出版社 1990 年版

57.《茅盾和儿童文学》,少年儿童出版社 1990 年版
58.《老舍和儿童文学》,少年儿童出版社 1996 年版
59. 茅盾:《我走过的道路》,人民文学出版社 1981 年版
60. 蒋风:《世界儿童文学事典》,希望出版社 1992 年版
61.《中国现代儿童文学文论选》,王泉根评选,广西人民出版社 1989 年版
62. 刘锡诚:《二十世纪中国民间文学学术史》,中国文联出版社 2014 年版
63. 盛巽昌等:《现代儿童报纸史》,少年儿童出版社 1986 年版
64. 胡从经:《晚清儿童文学钩沉》,少年儿童出版社 1982 年版
65. 张心科:《民国儿童文学教育文论辑笺》,海豚出版社 2012 年版
66. 杜传坤:《中国现代儿童文学史论》,中国社会科学出版社 2009 年版
67. 李涵:《中国儿童戏剧史》,中国戏剧出版社 2003 年版
68. 叶圣陶:《叶圣陶语文教育论集》教育科学出版社 1980 年版
69.《汉译文学序跋集》,李今主编,罗文军、樊宇婷编注,上海人民出版社 2017 年版
70. 周蜜蜜:《香江儿梦话百年(20—50 年代)》,明报出版社有限公司 1996 年版
71. 李利芳:《中国发生期儿童文学理论本土化进程研究》,中国社会科学出版社 2007 年版
72. 孙建江:《二十世纪中国儿童文学导论》,江苏少儿童出版社 1995 年版
73. 黄云生:《人之初文学解析》,少年儿童出版社 1997 年版
74. 李红叶:《安徒生童话的中国阐释》,中国和平出版社 2005 年版
75. 吴翔宇:《“五四”儿童文学的中国想象研究》,北京师范大学出版社 2014 年版
76. 范用:《爱看书的广告》,生活·读书·新知三联书店 2004 年版
77. 赵景深:《民间文学丛谈》,湖南人民出版社 1982 年版
78. 赵景深:《新文学过眼录》,广西师范大学出版社 2004 年版
79.《百年中国儿童》,中国青少年研究中心编,新世纪出版社 2001 年版
80.《1913—1949 儿童文学论文选集》,本社编,少年儿童出版社 1962 年版
81. 彭斯远:《〈小朋友〉90 年(1922—2012)》,少年儿童出版社 2013 年版

82. 韦苇:《世界儿童文学史》,安徽教育出版社 2015 年版

83. 张香还:《中国儿童文学史(现代部分)》,浙江少年儿童出版社 1988 年版

84. 张锦江:《童话美学》,上海教育出版社 2014 年版

85. 简平:《上海少年儿童报刊简史》,少年儿童出版社 2010 年版

86. 刘晓丽:《异态时空中的精神世界——伪满洲国文学研究》,华东师范大学出版社 2008 年版

87. 刘增人等:《中国现代文学期刊史论》,新华出版社 2005 年版

88. 丁守和、马勇、左玉河、刘丽:《抗战时期期刊介绍》,社会科学文献出版社 2009 年版

89. 贺宜:《贺宜文集》,少年儿童出版社 1988 年版

90. 蒋风:《中国现代儿童文学史》,河北少年儿童出版社 1986 年版

91. 吴其南:《中国童话史》,河北少年儿童出版社 1992 年版

92. 张之伟:《中国现代儿童文学史稿》,华东师范大学出版社 1993 年版

93. 陈福康:《郑振铎年谱》,三晋出版社 2008 年版

94. 陈星:《丰子恺年谱长编》,中国社会科学出版社 2014 年版

95. 朱自强:《中国儿童文学与现代化进程》,浙江少年儿童出版社 2000 年版

96. 方卫平:《中国儿童文学理论批评史》,江苏少年儿童出版社 1993 年版

97. 刘绪源:《中国儿童文学史略(1916—1977)》,少年儿童出版社 2013 年版

98. 叶圣陶:《开明少年国语读本》,中国青年出版社 2011 年版

99. 张永健:《20 世纪中国儿童文学史》,辽宁少年儿童出版社 2006 年版

100. 金宏宇:《文本周边——中国现代文学副文本研究》,武汉大学出版社 2014 年版

101. 吴俊:《中国当代文学批评史料编年》,华东师范大学出版社 2017 年版

102. 钱理群:《中国现代文学编年史——以文学广告为中心》,北京大学出版社 2013 年版

103. 於可训:《现代文学编年史:现代卷》,湖南人民出版社 2006 年版

104. 於可训:《中国文学编年史:当代卷》,湖南人民出版社 2006 年版

105. 刘勇、李怡:《中国现代文学编年史(1895—1949)》,文化艺术出版社 2015 年版

106. 张福贵:《文学史的命名与文学史观的反思》,北京大学出版社 2014 年版

107. 徐兰君:《儿童与战争》,北京大学出版社 2015 年版,第 160 页

108.《民国时期总书目:外国文学卷》,书目文献出版社 1987 年版

109.《中国现代文学总书目》,贾植芳、俞元桂主编,福建教育出版社 1993 年版

110.《中国儿童文学大系》(25 卷),蒋风等编,希望出版社 2009 年版

111. 鲁冰主编:《中国幼儿文学集成》(10 卷),重庆出版社 1991 年版

112. 杨义:《二十世纪中国翻译文学史》(6 卷),百花文艺出版社 2009 年版

113. 王泉根:《百年中国儿童文学编年史》,湖南少年儿童出版社 2017 年版

114. 付祥喜:《20 世纪前期中国文学史写作编年研究》,北京师范大学出版社 2013 年版

后 记

近年来，中国儿童文学研究界注重跨学科的拓展、中外视域的比照及百年中国儿童文学发展史的整体统摄。这些观念的更新极大地推动了中国儿童文学的发展，有效地将其带入了世界儿童文学的格局之中。在此情境下，中国儿童文学资料的整理与研究也应跟上思想观念革新的步伐，以期合力推动中国儿童文学研究走上新的阶段。

确定做“中国儿童文学编年史”的课题，始于2013年。在完成《“五四”儿童文学的中国想象研究》的过程中，我发现中国儿童文学的很多史料并没有得到足够的关注，有的长期处于被遮蔽的状态之中，为此，产生了要整理这些史料的念头。要系统地梳理这些文献，文献编年是一个好的方法。日积月累，我占有了较为丰富的图书文献资料，为本研究准备了条件。史料的搜集、整理与研究是一个系统性的工程，每一个环节都不能忽视。当我们把这些资料呈现和阐述出来时，中国儿童文学的发展轨迹也若隐若现地出现在我们面前。本书获得了国家社科基金重点项目“百年中国儿童文学与中国现当代文学的一体化研究”和浙江师范大学研究生教育教学改革项目“基于‘共构’理念的研究生教育培养的创新性实践探索——以儿童文学专业为例”的经费支持，感谢匿名评审专家的肯定与支持。

在系统搜集、整理中国儿童文学的文献后，我有一种感觉，有些中国儿童文学研究文章所用的概念、观点，将原本丰富多元的文学状态，做了想当然的遮蔽或删减，甚至难免会出现对中国儿童文学完整图景及复杂历程的误读。正因为如此，也使我确定了要更加重视史料的搜集及开掘。我深知，史料是永远搜集不尽的，本书所使用的文献史料无法完全还原中国儿童文学史的本来面貌。在信息化高度发展的当下，随着各类文献数据库建设的兴起，史料的搜集变得便捷多了。然而，我不想做一个纯粹的“文献搬运工”，史料文献的应用必须回到“中国”“文学”“现代”。本着这种考虑，中国儿童文学史的生动、复杂、多元的形态就在这些看似历时性的铺排中有了自成系统的脉络。

中国儿童文学研究不能与中国历史研究切割开来，考察中国儿童文学的理论批评史也不能不重视教育史、文化史甚至思想史的价值。对史料的搜集、整理的本身而言，不止于一般意义上的知识的接受过程，而是一种高度主动精神的遇合的过程。在发现史料的乐趣的同时，也期待着理论研究的创新。

在这里，首先要感谢的是蒋风先生，蒋老师虽耄耋之年，但仍然笔耕不辍，对后学也多有提携。在我儿童文学研究的道路上，蒋老师就是一盏明灯，照亮着我前行的路。蒋老师在百忙之际给拙著写序，为本书增色不少。同时，我还要感谢我的学生徐健豪同学。徐健豪同学是一位本科生，有较好的家学渊源，对儿童文学研究有着浓厚的兴趣。在他的身上，我看到了年轻学子锐意进取的青春与理想。我们一直保持着亦师亦友的关系，多数时间一起切磋学问，偶尔也叫上其他学生一起小酌。本书的完成倾注了他不少的心血，我想这对他的学术训练是有助益的。希望健豪能将这份对儿童文学研究的热情坚持下来。

限于精力，本书的时间下限确定为 1949 年，之后的中国儿童文学是一个同样复杂而生动的领地，等待着我们去探索与发现。

吴翔宇记于柳湖寓所

2018 年 12 月 24 日